KB170964

워터 포 엘리펀트

워터 포 엘리펀트

새러 그루언 지음

김정아 옮김

믿어주세요, 정말이에요……

코끼리는 믿을 수 있어요!

백퍼센트 믿을 수 있어요!

— 테오도어 수스 지젤, 『코끼리 호튼이 알을 까요』 1940

collection of the ringling circus museum, sarasota, florida
〈링글링 서커스 박물관〉 소장, 플로리다 주 사라소타

서커스장 햄버거 매점 차양 아래 남아있는 것은 그레이디, 나, 요리사 이렇게 셋뿐이었다. 그레이디와 나는 나무 탁자 앞에 앉아 있었다. 나무 탁자에는 밀가루 반죽이 군데군데 묻어 있었다. 우리 앞에는 우그러진 양철 접시가 하나씩 놓여 있었고 각각 햄버거가 담겨 있었다. 요리사는 카운터 뒤에서 프라이팬 바닥을 주걱으로 긁어내고 있었다. 프라이팬 불은 꺼진 후였지만, 기름 냄새는 좀처럼 가시지 않았다.

　서커스장은 조금 전까지만 해도 사람들로 북적이고 있었는데, 이제는 일꾼 몇 명, 그리고 쿠치 텐트* 앞에서 차례가 오기를 기다리는 사내들 말고는 아무도 없었다. 차례를 기다리는 사내들은 모자를 깊이 눌러쓰고 양손을 주머니에 찔러 넣은 자세로 초조한 듯 좌우를 두리번거렸다. 실망하지 않을까 걱정하는 것이라면, 괜한 걱정이었

---

* 서커스단에서 관객들을 대상으로 운영하던 불법 성매매 장소. 옮긴이 주

다. 텐트 안에 있는 바바라는 매력 그 자체였으니까.

'촌뜨기'들은 동물원 텐트를 통과해 대공연 텐트로 들어간 후였다(엉클 앨은 마을 사람들을 '촌뜨기'라고 불렀다). 대공연 텐트는 열광적인 음악으로 들썩였다. 밴드는 언제나 그렇듯 고막이 터질 듯한 시끄러운 곡을 연주했다. 나는 공연순서를 꿰고 있었다. 빅쇼 행렬이 퇴장한 후에는 곡예사 로티의 순서였다. 로티가 무대에 설치된 그네를 오르고 있었을 것이다.

나는 그레이디를 쳐다보았다. 그의 말을 이해할 수 없었기 때문이다. 그는 주위를 살피며 내게 몸을 기울였다.

"그뿐이 아니지." 그는 내 눈을 쳐다보며 경고했다.

"너 지금 큰일났어." 그러고는 눈썹을 치켜세우며 자기의 경고를 강조했다. 나는 일순간 심장이 멎는 것 같았다.

공연장 텐트에서 우레 같은 갈채가 터져 나왔다. 밴드는 부드럽게 구노의 왈츠로 넘어갔다. 나는 본능적으로 동물원 텐트를 돌아보았다. 구노의 왈츠는 코끼리의 등장을 알리는 곡이었기 때문이다. 말레나는 로지의 머리에 올라타는 중이었을 것이다. 아니면 이미 올라앉아 있었을 것이다.

"이제 갈게."

"앉아." 그레이디가 말렸다.

"먹어. 떠나기로 했으면 먹어 둬. 이렇게 떠나면 언제 음식 구경할지 모르니까."

바로 그때였다. 음악이 이상해졌다. 관악기와 현악기와 타악기가 전혀 어울리지 않게 부딪히며 울렸다. 트롬본과 피콜로의 불협화음이 신경을 긁었고, 튜바가 방귀를 뀌었다. 심벌즈의 공허한 굉음이 서커스장 전체에 울려 퍼지다가 침묵 속에 사라졌다. 그렇게 음악이 멈 췄다.

양손으로 햄버거를 집어 막 한 입 베어 먹으려던 그레이디는 양손 새끼손가락을 들어올린 채 얼어붙었다.

나는 주변을 둘러보았다. 모두 마찬가지였다. 모두가 하던 일을 멈 추고 공연장 텐트만 바라보고 있었다. 건초 두어 가닥만 굳은 흙 위 에서 게으르게 빙글빙글 돌아가고 있었다.

"뭐야? 무슨 일이야?" 나는 다급히 물었다.

"쉿." 그레이디가 내 말을 가로막았다.

음악이 다시 시작되었다. 밴드가 연주하는 곡은 '성조기여 영원하 라'였다.

"맙소사. 이럴 수는 없어!"

그레이디는 햄버거를 식탁 위에 내던지며 벌떡 일어났다. 그 바람 에 그가 앉아 있던 벤치가 바닥으로 쓰러졌다.

"뭐야? 뭐냐니까?"

나는 소리를 질러야 했다. 그가 이미 한참 뛰어가고 있었기 때문이다.

"재앙 행진곡!" 그가 나를 돌아보며 소리쳤다.

나는 즉시 요리사를 돌아봤다. 그는 급히 앞치마를 벗는 중이었다.

"도대체 무슨 소리야?"

"재앙 행진곡 몰라?" 요리사는 앞치마와 씨름하며 대답했다. "문 제가 생긴 거야. 심각한 문제가 생겼다고."

"무슨 문제?"

"낸들 알아. 공연장 텐트에 불이 났든지, 동물들이 탈출했든지, 뭐 든지. 이런. 불쌍한 촌뜨기 놈들은 아직 모르고 있군."

혼란 그 자체였다. 사탕매점 점원들은 카운터를 훌쩍 뛰어넘어 달려갔고, 일꾼들은 허겁지겁 천막 자락을 헤치고 밖으로 나왔고, 막일꾼들은 서커스장을 가로질러 질주했다. 요컨대 〈벤지니 형제 지상 최대의 서커스단〉에서 일하는 사람들은 모두 공연장 텐트를 향해서 무서운 속도로 모여들었다.

다이아몬드 조가 말처럼 빠르게 내 앞으로 달려갔다.

"제이콥! 동물원 텐트야." 그가 소리쳤다.

"동물들이 탈출했어. 어서, 빨리, 서둘러!"

두말할 필요도 없었다. 동물원 텐트 안에 말레나가 있었다.

동물원 텐트로 달려가는 동안 온몸이 우르르 울렸다. 지축이 흔들리는 것 같았다. 단순한 소동이 아니었다. 오금이 저렸다.

나는 허위허위 천막으로 들어갔다. 들어가자마자 거대한 야크의 가슴에 부딪힐 뻔했다. 곱슬곱슬한 털로 덮인 가슴, 허공을 휘젓는 발굽들, 벌름거리는 붉은색 콧구멍, 빙글빙글 돌아가는 눈알들. 나는 까치발로 펄쩍 뛰어 간신히 피했다. 야크의 뿔에 찔리지 않으려고 천막으로 온몸을 휘감았다. 겁에 질린 하이에나 한 마리가 야크의 어깨에 매달려 있었다.

동물원 텐트 한가운데 세워졌던 매점은 납작하게 짜부라진 후였다. 매점이 있었던 자리에는 짐들과 줄들이 어지럽게 엉클어져 덩어리를 이루고 있었다. 엉덩이들, 뒤꿈치들, 꼬리들, 발톱들 ― 온갖 것이 미친 듯이 뒹굴면서 으르렁거리고 꺅꺅거리고 매애애거리고 히이잉거렸다. 이 거대한 덩어리로부터 북극곰 한 마리가 솟구쳐 올랐다. 그리고 프라이팬만한 앞발로 무턱대고 허공을 휘저었다. 라마가 북극곰의 앞발에 얻어맞고 바닥으로 떨어졌다. 쿵. 라마는 불가사리처럼 목과 네 발을 쫙 뻗었다. 침팬지들은 꺅꺅 소리를 지르며 밧줄을 타고 대롱거렸다. 맹수들을 피하려는 것이었다. 겁에 질린 얼룩말이 우왕좌왕하다가 웅크린 사자에게 접근했다. 사자는 얼룩말을 향해 앞발을 크게 휘둘러보았지만, 먹이를 잡는 데는 실패했다. 목표물을 놓친 사자는 배를 바닥에 깐 채 얼룩말 쪽으로 시선을 보낼 뿐 뒤쫓아 가지는 않았다.

나는 텐트 안을 한 바퀴 둘러보았다. 말레나를 찾아야 한다는 생각뿐이었다. 말레나 대신 맹수 한 마리가 공연장과 연결된 통로로 어슬렁어슬렁 기어가는 모습이 보였다. 표범이었다. 검은색 표범의 유연한 몸통이 통로로 사라지는 것을 보며, 나는 침을 꿀꺽 삼켰다. 촌뜨기들도 이제 곧 알게 되겠지. 몇 초가 흘렀다. 그리고 올 것이 왔다. 외마디 비명이 들려왔다. 곧이어 또 다른 비명이 들려왔고, 곧이어 또 다른 비명이 들려왔다. 이윽고 공연장이 떠나갈 것 같은 시끄러운 소리가 들려왔다. 사람들이 서로 밀치면서 관객석을 빠져나올 때 몸뚱이가 부딪히며 나는 소리였다. 밴드는 다시 연주를 중단했다. 음악은 그것으로 끝이었다. 나는 눈을 감았다. 하느님, 제발 사람들이 뒷문으로 나가게 해주세요. 이쪽으로 오지 않게 해주세요.

나는 감았던 눈을 뜨고 동물원 안을 살폈다. 그녀를 찾아야 한다는 마음뿐이었다. 사람 하나와 코끼리 하나를 찾는 것이 이렇게 어려울 줄이야.

분홍색 시퀸을 발견했을 때 나는 너무 기쁜 나머지 비명을 지를 뻔했다. 실제로 비명을 질렀을 수도 있다. 모르겠다.

분홍색 시퀸의 주인공은 반대쪽 천막 앞에 서있었고, 맑은 여름 한낮처럼 평온해 보였다. 시퀸 장식들이 리퀴드 다이아몬드처럼 반짝였다. 분홍색 시퀀은 형형색색의 동물들 사이에서 내 앞길을 인도하는 등대였다. 그쪽에서도 나를 보았고 나와 눈이 마주쳤다. 그 시간이 영원처럼 느껴졌다. 나와 달리 침착할 뿐 아니라 심지어 나른한 표정이었다. 미소를 짓기까지 했다. 그쪽으로 가려는데, 상대방의 얼굴에 뭔가 이상한 표정이 떠올랐다. 그걸 본 나는 온몸이 얼어붙은 듯 꼼짝할 수 없었다.

그 개자식이 그 앞에 서 있었다. 벌겋게 상기된 얼굴로 나를 향해 뭔가 고래고래 소리를 질렀다. 그러면서 은장식 지팡이를 휘두르며 양팔을 흔들었다. 놈이 쓰고다니는 원통형 신사모는 옆쪽 짚더미 위에 떨어져 있었다.

놈의 뒤에 있던 분홍색 시퀀의 주인공은 바닥에 떨어진 뭔가를 집었다. 때마침 기린이 지나가는 바람에 무슨 일이 벌어지고 있는지가 보이지 않았다(기린의 긴 목은 이런 난리통에도 우아하게 움직였다). 기린이 지나간 후, 나는 그 뭔가가 쇠막대기라는 것을 확인했다. 쇠막대기 한쪽은 단단한 바닥에 끌리고 있었다. 내가 사랑하는 그 아름다운 눈동자는 쇠막대기를 향했다가 생각에 잠긴 듯 다시 한 번 나를 쳐다보고는 놈의 뒤통수로 시선을 옮겼다.

"오, 이런."

나는 무슨 일이 벌어질 것인지를 깨닫고 나지막이 탄성을 질렀다. 힘이 빠져 버린 다리로 비틀비틀 걸어가며 소리쳤다.

"안 돼! 안 돼!" 나의 말이 들릴 리는 없었지만.

쇠막대기 끝이 공중으로 솟아올랐다가 놈의 머리 위로 떨어졌다. 놈의 머리통은 수박처럼 쪼개졌고, 놈의 두 눈은 휘둥그레졌고, 놈의 입은 'o'자 모양으로 얼어붙었다. 그리고 놈은 무릎이 꺽이더니 짚더미 위로 고꾸라졌다.

나는 깜짝 놀라 정신을 차릴 수가 없었다. 새끼 오랑우탄이 유연한 두 팔로 내 두 다리를 끌어안는데도, 나는 꼼짝없이 그 자리에 서 있었다.

아주 오랜 옛날, 까마득한 옛날의 이야기다. 그러나 그 기억은 아직도 내게서 떠나지 않는다.

나는 그때의 이야기를 별로 하지 않는다. 사실은 한 번도 한 적이 없다. 왜 그랬을까. 나는 거의 칠 년 동안 서커스단에서 일을 했다. 재미있는 이야기가 얼마나 많은지 모른다.

사실 나는 내가 왜 그때 이야기를 하지 않았는지를 잘 알고 있다. 그것은 나 자신을 믿을 수 없었기 때문이다. 서커스단 이야기를 하다가 나도 모르게 그 이야기가 튀어나올까 봐 두려웠다. 비밀을 지키지 않으면 안 된다는 것을 나는 잘 알고 있었다. 그리고 끝까지 비밀을 지켰다. 그녀가 세상을 떠날 때까지. 그리고 그녀가 세상을 떠나고 나서도.

칠십 년 동안, 나는 단 한 사람에게도 그 이야기를 한 적이 없다.

내 나이 아흔. 아니면 아흔셋. 둘 중 하나다.

다섯 살 때 우리는 자기의 나이를 개월까지 정확하게 계산한다. 이십대에도 우리는 자기가 몇 살인지 알고 있다. 누가 나이를 물어보면, 나는 스물셋이야, 아니면, 나는 스물일곱이야, 라고 한다. 그러나 삼십대가 되면 이상한 일이 벌어진다. 처음에는 그냥 잠시 시간이 걸리는 정도다. 누가 나이를 물어보면, 아, 나는, 이라고 자신 있게 대답을 시작한다. 그러다가 멈칫한다. 서른셋, 이라고 하려고 했는데, 생각해 보니까 서른셋이 아니다. 서른다섯이다. 그러면 신경이 쓰인다. 끝이 시작되고 있는 것이 아닐까 싶어서다. 그렇다. 끝이 시작되고 있다. 그러나 그것을 인정하기까지 몇십 년이 걸린다.

생각나지 않는 단어들이 생겨난다. 단어가 혀끝에 맴돌지만 말이 되어 나오지 못하고 혀끝에 머물다 사라진다. 뭔가를 가지러 이 층에 가는데, 막상 올라가면 무엇을 가지러 왔는지 생각이 안 난다. 자식들 이름도 헷갈린다. 막내를 불러야 하는데, 다른 아이들의 이름만 생각나고 막내의 이름은 생각이 안 난다. 그러다가 개를 부를 때, 막내의 이름이 튀어나온다. 가끔씩 오늘이 며칠인지 생각이 안 나고, 마침내 올해가 몇 년도인지 생각이 안 난다.

사실은 생각이 안 난다기보다는 세월을 따라가지 못하는 것이라고 해야겠다. 밀레니엄이 지나갔다. 나도 그 정도는 알고 있다. 아무것도 아닌 일에 그리도 법석을 떨었지. 어떤 게으른 놈이 숫자 적을 칸을 네 칸이 아니라 두 칸만 만드는 바람에, 젊은 사람들은 모두 큰일 났다 호들갑을 떨며 통조림을 사들였지. 그게 지난달이었나 아니면 삼 년 전이었나. 아무튼 그게 무슨 상관인가? 으깬 콩과 녹말죽을 먹고 요실금 팬티를 입는 나이에, 삼 주나 삼 년이나 삼십 년이나 뭐가 다르다는 건가?

내 나이 아흔. 아니면 아흔셋. 둘 중 하나다.

사고가 났나? 누가 조깅이라도 하고 있나? 시끌벅적한 노부인들이 복도 끝 창문에 달라붙어 있다. 아이들 같기도 하고 죄수들 같기도 하다. 노부인들은 거미처럼 마른 데다 건드리면 깨질 듯이 연약하다. 머리카락은 이슬비처럼 가느다랗다. 대부분 나보다 십 년 이상 젊은 사람들이라니 놀라운 일이다. 몸뚱이에는 나이가 드러나지만, 머릿속은 그럴 리 없다며 부인한다.

나는 복도에 나와 있다. 보행기를 잡고 휠체어에 앉아 있다. 전에 한번 골반을 다쳤는데, 지금은 호전된 상태다. 다행한 일이다. 한때 다시는 걷지 못할 줄 알았다. 양로원으로 들어가라는 말에 그러마고 했던 것도 그 때문이었다. 그러나 나는 지금 두 시간 간격으로 걷는 것을 연습한다. 이제 그만 해야겠다는 느낌이 들 때까지 다만 몇 걸음이라도 걸으려고 한다. 걸어서 갈 수 있는 거리가 날마다 점점 길어진다. 이 노인네에게도 아직 생명력이 남아있다.

머리가 허옇게 센 늙은이들이 창문 앞에 웅기중기 모여, 구부정한 손가락을 들어올려 창밖 어딘가를 가리킨다. 늙은이들이 다른 데로 가버리길 기다리며 잠시 지켜본다. 그러나 늙은이들은 아무 데도 가지 않고 계속 창문 앞에 모여 있다. 나는 아래를 내려다보며 휠체어 브레이크가 고정되어 있는 것을 확인한다. 조심스럽게 몸을 일으켜 휠체어 팔걸이에 체중을 싣는다. 휠체어에서 보행기로의 위험한 이동이 바야흐로 시작된다. 일단은 몸통을 일으켜 세우고, 보행기 팔걸이의 회색 고무 패드를 붙잡는다. 그러고는 팔걸이를 앞으로 밀어내 팔꿈치를 쭉 편다. 팔꿈치 길이가 바닥에 깔린 타일 한 개의 길이와 정확하게 일치한다. 이제는 발을 움직일 차례다. 우선, 왼발을 앞으로 밀어낸 후 흔들리지 않는지 확인하고, 이어, 오른발을 끌어당겨 왼발 옆에 가져온다. 밀어내고, 끌어당기고, 기다렸다가, 끌어당기고. 밀어내고, 끌어당기고, 기다렸다가, 끌어당기고.

복도는 길고 내 발은 옛날같지 않다. 캐멀 같은 불구가 아닌 것은 천만다행이지만, 그래도 불구는 불구다. 가엾은 캐멀 노인. 몇 년 동안 까맣게 잊고 있었는데, 문득 생각난다. 캐멀의 양발은 두 다리 아래에서 흐느적거렸다. 걸음을 옮기려면 무릎을 높이 들어올려 앞쪽으로 내던져야 했다. 내가 걸음을 옮길 때는 양발을 무거운 짐짝처럼 질질 끈다. 등이 굽었기 때문에, 보행기를 잡고 서 있으면, 보행기 다리들 사이로 슬리퍼가 눈에 들어온다.

복도 끝에 도착하기까지 한참이 걸린다. 그러나 어쨌든 가긴 간다.

그것도 내 발로 걸어서. 의기양양이다. 일단 도착하고 나니 휠체어로 돌아갈 일이 걱정이긴 하다.

노부인들은 나를 위해 자리를 내준다. 여기 있는 노부인들은 정정한 편이다. 보행기 없이 걸을 수 있는 사람들도 있고, 휠체어를 밀어주는 친구를 둔 사람들도 있다. 아직은 정신이 온전하고, 내게 잘해준다. 여기서 나는 희소가치가 있다. 먼저 떠나보낸 남편을 잊지 못하는 무수한 과부 사이에서 나는 유일한 남자, 청일점이다.

"아, 비켜봐." 헤이즐이 자리를 내준다.

"제이콥도 창밖을 볼 수 있게."

헤이즐은 돌리의 휠체어를 일 미터쯤 뒤로 민 후, 발을 질질 끌며 내 옆으로 다가온다. 그러고는 두 손을 깍지 낀다. 젖빛 눈동자가 반짝인다.

"아, 굉장해요! 아침 내내 저렇게들 일하고 있어요!"

나는 천천히 창문으로 다가가 고개를 쳐든다. 햇살이 눈부셔 눈을 가늘게 뜬다. 너무 밝은 햇빛 때문에 창밖에서 일어나는 일을 이해하기까지 시간이 걸린다. 창밖의 풍경은 서서히 그 모습을 드러낸다.

우리 블록 끝에 위치한 공원에 거대한 천막이 서 있다. 천막은 하얀색과 자홍색의 굵은 줄무늬다. 꼭대기는 뾰족하다. 영락없는—

이런. 심장이 너무 세게 뛴다. 나는 주먹 쥔 손을 가슴으로 가져온다.

"제이콥! 오, 제이콥!" 헤이즐이 소리친다. "세상에! 맙소사!" 헤이즐이 어쩔 줄 모르고 두 손을 흔들며 도움을 청한다.

"간호사! 간호사! 어서! 얀콥스키 씨가!"

나는 "괜찮다"고 말하면서 기침을 하고 가슴을 친다. 이게 바로 이 노부인들의 문제다. 항상 누가 쓰러지지나 않을까 전전긍긍이다. "헤이즐! 나 괜찮아요!"

그러나 너무 늦었다. 찍— 찍— 찍— 고무 밑창 소리가 들리고, 몇 분 만에 나는 간호사들에 에워싸인다. 어쨌든 휠체어로 돌아갈 걱정은 없어졌군.

"오늘 저녁 메뉴는 뭐야?" 나는 내가 탄 휠체어를 식당으로 밀고 가는 간호사에게 불만에 찬 목소리로 물어본다. "귀리죽? 으깬 콩? 패블럼 이유식? 아, 내가 맞춰보지. 녹말죽 아니야? 녹말죽 맞군! 오늘 저녁 녹말죽 이름은 라이스 푸딩인가?"

"오, 얀콥스키 씨, 참 재미있는 분이세요." 간호사가 억양 없는 목소리로 대꾸한다. 대답을 바라고 물은 것은 아니었다. 간호사도 그것을 알고 있다. 오늘은 금요일이니까, 메뉴는 다진 고기, 옥수수죽, 으깬 감자 분말, 그리고 그레이비소스다. 그 옛날, 쇠고기 덩어리 위에 뿌려졌던 추억을 간직하고 있을지도 모르는 그레이비소스다. 영양가는 있겠지만 맛은 없다. 그런데도 내 체중이 줄어드는 이유를 모른다니.

이곳에는 치아가 없는 사람도 있다. 그건 나도 알고 있다. 그러나 나에게는 치아가 있고, 치아가 있는 나는 고기찜을 먹고 싶다. 아내가 해주던, 바짝 말린 월계수 잎으로 향을 낸 고기찜 요리를 먹고 싶다. 당근도 먹고 싶다. 감자는 껍질째 삶아서 먹고 싶다. 그리고 이 모든 것을 씻어 내려주는 까베르네 쇼비뇽을 마시고 싶다. 사과주스 캔 따위는 먹고 싶지 않다. 그러나 가장 먹고 싶은 것은 옥수수다. 자루에 박혀 있는 진짜 옥수수 말이다.

가끔 이런 생각을 한다. 옥수수 한 자루와 섹스 중에 하나만 고르라면, 옥수수를 고르겠다. 인생의 마지막 섹스가 싫다는 얘기가 아니다(나는 아직 남자고, 세상에는 결코 죽지 않은 것이 있다). 그러나 치아들 사이로 터지는 달콤한 옥수수 알갱이, 생각만 해도 군침이 흐른다. 물론 모든 것은 환상이다. 나도 알고 있다. 앞으로 내게는 옥수수를 씹을 일도, 섹스할 일도 없을 것이다. 그렇지만 나는 어느 쪽을 고를까를 생각하는 것이 좋다. 솔로몬의 판결을 기다리는 기분이다. 마지막 섹스냐 옥수수 한 자루냐. 얼마나 달콤한 딜레마인가. 가끔은 옥수수 대신 사과를 가지고 상상의 나래를 펼친다.

식탁에 앉아 있는 사람들은 하나같이 서커스 이야기를 하고 있다. 정확히 말하면, 식탁에 앉아 있는 사람 중에 말을 할 수 있는 사람들은 서커스 이야기를 하고 있다.

말 못 하는 사람들, 얼굴이 굳어지고 팔다리가 오그라든 사람들, 식기를 쥘 수 없을 만큼 머리와 양손이 심하게 떨리는 사람들 — 이런 사람들은 식당 벽 쪽 자리에서 조무사의 도움으로 식사를 한다. 조무사들은 숟가락에 소량의 음식을 떠서 입속에 집어넣은 후, 어르고 달래서 음식물을 씹게 한다. 이렇게 음식을 받아먹는 사람들을 보면, 아기 새가 생각난다. 물론 이런 사람들에게서 아기 새와 같은 식욕을 찾아보기란 불가능하다. 음식물을 씹기 위해 턱뼈를 조금씩 움직이는 것을 빼면, 이들의 얼굴에는 아무 움직임도 없다. 끔찍하리만큼 텅 빈 얼굴이다. 이들이 끔찍해 보이는 이유는 이들이 내 미래의 모습이기 때문이다. 아직은 아니지만, 얼마 남지 않았다. 이들처럼 되지 않는 방법은 오직 하나뿐인데, 그 방법 역시 좋다고 말할 수는 없다.

간호사가 내가 탄 휠체어를 식탁 앞에 세운다. 다진 고기 위에 뿌려진 그레이비소스는 벌써 굳기 시작한다. 나는 소스를 포크로 조심

조심 찔러본다. 볼록하게 굳어 있는 소스가 나를 비웃기라도 하듯 찰랑찰랑 흔들린다. 밥맛이 떨어진 나는 고개를 쳐든다. 조셉 맥긴티를 쳐다보니 놈도 나를 노려보고 있다.

놈은 내 맞은편에 앉아 있다. 신참인데, 사사건건 참견하는 귀찮은 놈이다. 은퇴한 변호사라는데, 턱은 사각에 코는 곰보이고 귀는 펄럭거릴 만큼 커다랗다. 놈의 귀를 보니 로지 생각이 난다. 귀 말고는 로지와 비슷한 구석이 전혀 없다. 로지는 사랑스러웠다. 그러나 놈은 ─ 은퇴한 변호사라는데 무슨 말이 더 필요하랴. 변호사와 수의사 사이에 무슨 공통점이 있다고 생각한 것인지 나로서는 알 수 없는 일이지만, 어쨌든 간호사들은 놈이 여기 들어온 날 저녁부터 놈을 내 맞은편 자리에 앉혔다. 그날부터 놈은 식사 시간마다 여기 내 앞에 앉아 있다.

놈은 나를 노려보며 사각턱을 앞뒤로 움직인다. 소가 되새김질하는 것 같다. 이럴 수가. 놈은 이런 것을 정말로 먹고 있다.

노부인들은, 마치 여학교 시절로 돌아간 듯, 아무것도 눈치 채지 못한 채 행복하게 수다를 떨고 있다.

"일요일까지 한대요." 도리스가 말한다.

"빌리가 가서 물어봤어요."

"맞아요. 일요일 공연이 두 번, 토요일 공연이 한 번. 나는 내일 랜덜이랑 손녀들이 오면 같이 갈 거예요." 노마가 말한다. 그러고는 나를 돌아본다. "제이콥도 구경 가요?"

막 대답하려는데 도리스가 갑자기 끼어든다. "그리고 그 말들 봤어요? 세상에, 얼마나 예쁜지. 나 어렸을 때 우리 집에 말이 있었어요. 아, 말 타는 게 참 좋았는데." 그녀는 먼 곳을 바라본다. 아주 잠시 동안, 그녀의 얼굴에 젊고 아름답던 시절의 모습이 겹쳐진다.

"서커스 기차 기억나요?" 헤이즐이 말한다. "이삼일 전부터 포스터를 붙였잖아요. 온 마을 벽이란 벽에는 모두 포스터가 붙어 있었잖아요. 벽이 보이지 않을 정도였잖아요."

"맞아, 맞아. 기억나요." 노마가 말한다. "어느 해인가는 우리 집 헛간 벽에까지 포스터를 붙였어요. 그러면서 아버지한테는 특수한 아교를 썼으니, 서커스가 끝나고 이틀만 지나면 떨어질 거라고 말했어요. 하지만 웬걸요. 포스터는 두 달이 지나도 그대로 붙어 있었어요!" 그녀는 킥킥 웃으며 고개를 저었다.

"아버지가 얼마나 노발대발하셨는지."

"포스터가 나붙고 이삼일 지나면 기차가 도착했어요. 항상 꼭두새벽이었어요."

"서커스 기차가 올 때마다 아버지를 따라가서 짐 내리는 것을 구경하곤 했었는데. 정말 볼만했어요. 마을 퍼레이드도 굉장했지요! 땅콩 냄새도—"

"크래커 잭도!"

"사탕사과랑 아이스크림이랑 레모네이드도!"

"톱밥도 많았잖아요! 콧속으로도 막 들어가고!"

"나는 코끼리 물당번이었는데." 맥긴티가 끼어든다.

나는 포크를 내려놓고 고개를 든다. 놈은 자만심을 철철 흘리면서 노부인들이 소녀 팬들처럼 자기에게 아양을 떨어주길 기다린다.

"설마." 내가 말한다.

잠시 침묵이 흐른다.

"뭐라고?" 그가 묻는다.

"당신이 코끼리 물당번이었을 리가 없어."

"나는 분명 코끼리 물당번이었어."

"그럴 리가 없어."

"내가 거짓말이라도 한단 거야?" 그가 천천히 말한다.

"당신이 코끼리 물당번이었다는 말은 거짓말이야."

노부인들은 어린 소녀처럼 당황한 얼굴로 나를 쳐다본다. 가슴이 방망이질한다. 내가 잘못하고 있다는 것은 나도 알고 있다. 하지만 나도 나를 어쩔 수 없다.

"어떻게 그런 말을!" 맥긴티가 마디 굵은 손으로 식탁 끝을 붙잡는다. 팔뚝 여기저기 힘줄이 나타난다.

"이봐 친구." 나는 말한다.

"자네같이 바보 같은 영감탱이들이 자기가 코끼리 물당번이었다면서 허풍을 떠는 것을 내가 수십 년 동안 들었어. 근데 이거 알아? 코끼리 물당번이라는 건 없었어."

"바보 같은 영감탱이? 바보 같은 영감탱이?"

맥긴티가 자리에서 벌떡 일어난다. 그러자 그가 앉아 있던 휠체어가 뒤로 한참 밀려난다. 놈이 쭈글쭈글한 손가락을 들어올려 나를 가리키나 싶었는데, 바로 다음 순간, 다이너마이트에라도 얻어맞은 듯이 맥없이 바닥으로 쓰러진다.

"간호사! 오, 간호사!" 노부인들이 소리친다.

귀에 익은 구두 밑창 소리가 들려오고, 얼마 후에 간호사 두 명이 맥긴티의 팔 밑으로 손을 넣어 상체를 일으킨다. 놈은 투덜투덜하며 혼자 일어설 수 있다는 듯 간호사들을 물리치는 시늉을 해본다.

또 다른 간호사가 식탁 끝에 서 있다. 상체가 풍만한 흑인 소녀인데, 연분홍색 옷을 입고 있다. 그녀는 엉덩이에 두 손을 올려놓은 자세로 묻는다. "도대체 무슨 일이에요?"

"저 늙은 개자식이 나더러 거짓말쟁이라잖아." 휠체어에 안착한 맥긴티가 대답한다. 놈은 셔츠를 매만지고, 허옇게 센 턱수염을 높이 쳐들고, 가슴 앞에서 팔짱을 낀다. "또 바보 같은 영감탱이라고 했어."

"아, 얀콥스키 씨가 그런 뜻으로 말씀하신 것은 아니겠지요." 분홍 옷의 소녀가 말한다.

"그런 뜻으로 말한 거야." 나는 말한다.

"틀린 말이 아니야. 쳇. 코끼리 물당번이라고? 코끼리가 물을 얼마나 많이 먹는지 알기나 해?"

"이런, 정말 모르겠네." 노마가 입술을 오므리고 머리를 흔들면서 말한다. "갑자기 왜 이러실까, 얀콥스키 씨가."

아, 그랬군. 알았어. 벌써 다 넘어갔군.

"더는 못 참겠군!" 맥긴티는 이렇게 말하며 노마에게 살짝 몸을 기울인다. 자기편이 많다는 것을 눈치 챈 것이다.

"거짓말쟁이라는 말을 듣고 내가 왜 참아야 해?"

"바보 같은 영감탱이라는 말도 했지." 내가 거들어준다.

"얀콥스키 씨!" 흑인 소녀가 언성을 높인다. 그리고 내 뒤로 와서 휠체어 브레이크를 푼다. "방으로 가시는 게 좋겠네요. 진정하실 때까지 방에 들어가 계세요."

"잠깐만 기다려!" 나는 소리친다. 그녀가 휠체어를 밀고 식당 문을 나가려고 한다.

"이미 진정했어. 그리고 아직 밥도 못 먹었고!"

"식사는 방으로 가져다 드릴게요."

그녀는 휠체어를 밀면서 말한다.

"방에서 먹기 싫어! 식당으로 데려다 줘! 나한테 이럴 수는 없지!"

그러나 나한테 이럴 수가 있나 보다. 그녀는 번개 같은 속도로 휠체어를 밀고가다가, 내 방 앞에서 가파르게 방향을 돌린다. 그녀가 브레이크를 너무 세게 잠그는 바람에 휠체어 전체가 덜컹거린다.

"식당으로 갈 거야." 나는 말한다. 그러나 그녀는 이미 발판을 올리는 중이다.

"못 가세요." 그녀는 이렇게 말하며 내 발을 바닥에 내린다.

"불공평해!" 나는 거의 울먹이는 목소리로 투덜댄다.

"왜 다들 그놈 편만 드는 거야?"

"편든 사람 없어요." 그녀는 내 쪽으로 고개를 숙이고 내 어깨를 걸머진다. 그녀가 나를 들어올린 순간, 내 머리가 그녀의 머리에 닿는다. 스트레이트 퍼머넌트로 곧게 펴진 그녀의 머리카락에서 꽃향기가 난다. 그녀가 나를 침대 가장자리에 내려놓는 순간, 그녀의 연분홍 가슴이 정면에 보인다. 그리고 그녀의 명찰이 보인다.

"로즈메리." 내가 그녀의 이름을 부른다.

"네, 얀콥스키 씨?" 그녀가 대답한다.

"놈의 말은 거짓말이야. 알잖아."

"저는 몰라요. 얀콥스키 씨도 모르고요."

"하지만 나는 알아. 서커스단에 있었으니까."

그녀는 짜증스러운 듯 눈을 가늘게 뜬다. "그런데요?"

나는 망설이다가 마음을 고쳐먹는다.

"됐어. 그만두지."

"서커스단에서 일하셨어요?"

"됐다니까."

잠시 불편한 침묵이 흐른다.

"맥긴티 씨가 심하게 다치지 않아서 다행이지, 어쩔 뻔했어요." 그녀는 이렇게 말하며 내 다리를 편한 곳에 놓아준다. 그녀의 손놀림은 빠르고 능률적이지만 무성의하지는 않다.

"놈이 다칠 리가 없지. 변호사 놈들은 철인이야."

그녀는 나를 물끄러미 바라본다. 나를 인간으로 보고 있다. 아주 잠시, 말이 통할 것 같다는 느낌을 받는다. 그러나 금세 그녀는 바지런한 간호사의 역할로 돌아간다.

"이번 주말에 가족들과 서커스 보러 가세요?"

"아, 그럼." 나는 조금쯤 자랑스럽게 말한다.

"가족들이 매주 일요일마다 오지. 시계처럼."

그녀는 담요를 펼쳐서 무릎 위에 덮어준다.

"저녁식사 가져다 드릴까요?"

"싫어." 나는 말한다.

어색한 침묵이 흐른다. "고맙지만 괜찮아"라고 했어야 했는데. 그러나 이제 너무 늦었다.

"알았어요." 그녀가 말한다.

"잠시 후에 올게요. 지금은 불편한 것 없으시죠?"

물론이지. 잠시 후에 온다고? 말이야 항상 그렇게 하지.

그런데, 이런. 잠시 후에 그녀가 정말 왔다.

"아무한테도 말하지 마세요." 그녀는 분주하게 방으로 들어와서 화장대 겸 식탁을 무릎 위에 펴준다. 그리고 그 위에 종이냅킨과 플라스틱 포크와 과일 그릇을 놓는다. 그릇 속에 들어있는 딸기, 멜론, 사과는 정말 먹음직스럽다. "간식으로 싸왔어요. 다이어트 중이라서. 과일 좋아하세요, 얀콥스키 씨?"

그러나 나는 대답할 수가 없다. 한 손으로 입을 막고 있기 때문이다. 손이 부들부들 떨린다. 사과라니, 하느님 맙소사.

그녀는 내 한쪽 손을 가볍게 두드린 후 방에서 나간다. 내가 우는 것을 모르는 척 해주는 것이다.

나는 사과 한 조각을 입속으로 밀어넣고 과즙을 맛본다. 머리 위의 형광등이 윙윙 소리와 함께 켜지고, 과일을 집어드는 내 뒤틀린 손가락 위로 무자비한 백광을 뿜어낸다. 손가락이 낯설어 보인다. 내 손가락이 아닌 것만 같다.

나이는 무시무시한 도둑이다. 인생의 요령을 터득하기 시작하는 바로 그때, 나이라는 놈이 살며시 다가와, 다리에서 힘을 훔쳐가고 등을 굽게 하고 이곳저곳 쑤시게 하고 머리를 멍하게 한다. 그리고 그놈은 아내의 온몸에 조용히 암세포를 퍼뜨렸다.

전이성이라고 의사는 진단했다. 몇 주가 될 수도 있고 몇 달이 될 수도 있다고 했다. 그러나 불면 꺼질 듯 약했던 아내는 그로부터 아흐레 후에 세상을 떠났다. 61년간 함께 지냈는데, 그렇게 내 손을 붙잡고 마지막 숨을 거두었다.

그녀를 되살릴 수만 있다면 그 무엇도 아깝지 않다고 생각할 때도 있다. 그러나 그녀가 먼저 간 것은 다행이다. 그녀를 떠나보내야 했을 때, 나는 몸뚱이가 반으로 쪼개지는 아픔을 느꼈다. 나에게는 세상이 끝난 것이나 마찬가지였다. 이런 일을 그녀에게 겪게 할 수는 없다. 사랑하는 사람보다 오래 사는 것은 고약한 일이다.

늙는 것이 늙지 않는 것보다 낫다고 생각하던 시절도 있었다. 그런데, 이제는 그것도 잘 모르겠다. 빙고와 노래교실 그리고 휠체어에서 꼼짝달싹 못하면서 창밖만 하염없이 내다보는 더러운 노인들 — 죽고 싶을 만큼 지긋지긋하다. 잡동사니처럼 여기 내동댕이쳐진 그 더러운 노인들 중 하나가 바로 나라는 사실을 생각하면, 정말이지 죽고 싶다.

그러나 내가 할 수 있는 일은 없다. 내 과거의 유령들이 내 텅 빈 현재에 들어와 분탕질치는데, 내가 할 수 있는 일은 그것을 바라보는 것뿐이다. 그러면서 죽음을 기다리는 것뿐이다.

과거의 유령들이 현재를 제집처럼 휘젓고 다닐 수 있는 것은 과거의 유령과 싸울 만한 강력한 현실이 현재 속에 존재하지 않기 때문이다. 나는 유령들과 싸우는 것을 그만두었다.

지금 유령들은 나의 현재 속을 제집처럼 휘젓고 다니는 중이다.

어서 와, 애들아. 너희 집이라고 생각하고 편히 지내. 아, 미안해—벌써 들어와 살고 있구나.

빌어먹을 유령 놈들.

c. p. fox photo collection

내 나이 스물셋. 캐서린 헤일의 옆자리를 잡았다. 아니, 그녀가 내 옆 자리를 잡았다고 해야겠다. 강의실에 들어와서 자리를 잡은 것은 내 가 먼저였다. 강의실로 들어온 그녀는 무표정한 얼굴로 내가 앉아 있 는 장의자를 선택했다. 그녀는 바로 내 옆에 앉았고 나와 허벅지가 닿자 마치 우연인 듯 얼굴을 붉히며 움찔 피했다.

31년 입학생 중에서 여학생은 캐서린을 포함하여 넷뿐이다. 캐서 린의 잔인함은 끝이 없다. 오, 하느님! 오, 하느님! 이 여자가 이제서 야 나를 받아주는군요! 라면서 가까이 갔다가, 보기 좋게 뺨을 얻어 맞고, 오, 하느님! 이 여자가 이제 와서 나를 밀어내다니요! 라면서 물 러났던 적이 얼마나 많은지 모른다.

내가 아는 한, 나는 세상에서 가장 나이 많은 숫총각이다. 내 나 이에 자기가 총각이라고 순순히 인정할 사람은 없을 것이다. 심지어 내 룸메이트 에드워드도 자기가 총각이 아니라고 주장한다. 물론 그

가 벌거벗은 여자를 가장 가까이에서 본 것은 《티후아나 바이블즈》*
표지에서였겠지만. 얼마 전이었다. 우리 축구팀에서 몇 놈이 일인당
이십오 센트씩 내고 여자를 불렀다. 그러고는 한 사람씩 돌아가며 축
사에 들어갔다. 코넬에서 총각 딱지를 떼는 것이 내 간절한 소망이었
지만, 차마 거기에 낄 수는 없었다. 왠지는 몰라도 도저히 그럴 수가
없었다.

그러니 이제 열흘 후면, 나는 나를 그림자처럼 따라다니는 이 순
결이란 놈과 함께 이타카Itaca를 떠나, 아버지가 수의사로 일하는 노
르위치Norwich로 갈 것이다. 지난 육 년 동안, 수도 없이 많은 동물을
해부하고 거세하고 조산했다. 암소 엉덩이에 팔뚝을 밀어넣은 것은
몇 번인지, 기억하고 싶지도 않다.

"이것이 소장 말단부가 굵어지고 있다는 증거다." 윌러드 맥거번
교수가 나른한 표정에 억양 없는 목소리로 설명한다. 그러면서 죽은
점박이 암염소의 뒤틀린 창자를 막대기로 쿡쿡 찌른다. "이렇게 소장
말단부와 장간막 임프절이 비대증을 보이는 질병은—"

문이 삐걱하는 소리를 내며 열린다. 맥거번이 소리 나는 쪽으로 고
개를 돌린다. 막대기는 암염소의 뱃속에 박혀 있다. 윌킨스 학장이
급하게 강의실로 들어와 강단으로 올라간다. 윌킨스와 맥거번은 이마
가 거의 닿을 만큼 가까운 곳에 서서 뭔가 얘기를 나눈다. 맥거번은
윌킨스의 다급한 얘기를 경청한 후, 걱정 어린 눈빛으로 강의실을 쭉
둘러본다.

학생들은 모두 안절부절못한다. 캐서린은 내가 자기를 보고 있는

---

* 미국의 포르노 만화책으로 '여덟 쪽짜리 만화'라고도 한다. 1920년대에서 1960년대까지 나왔으
며, 대공황 시대에 최고의 전성기를 누렸다. 옮긴이 주

것을 알고는, 다리를 꼬고 앉아 나른하게 치마를 매만진다. 나는 침을 꿀꺽 삼키면서 다른 곳을 본다.

"제이콥 얀콥스키?"

나는 깜짝 놀라 연필을 떨어뜨린다. 연필은 캐서린의 발밑으로 굴러간다. 나는 목소리를 가다듬고 급히 자리에서 일어난다. 쉰다섯 쌍의 눈동자가 나를 바라본다. "네, 교수님?"

"이야기 좀 할 수 있을까?"

나는 공책을 덮고 장의자 위에 올려놓는다. 캐서린이 연필을 주워서 건네준다. 캐서린의 손가락이 내 손 위에 잠시 머문다. 허둥지둥 장의자를 빠져나가느라 이 사람 저 사람 무릎을 치고 발을 밟는다. 웅성웅성하는 소리가 강의실 앞까지 따라온다.

"같이 가세." 윌킨스 학장이 이렇게 말하며 나를 바라본다.

내가 무슨 짓을 하긴 했나 보다.

나는 그를 따라 복도로 나간다. 맥거번이 뒤따라 나와 강의실 문을 닫는다. 두 사람은 잠시 말이 없다. 그리고는 굳어진 얼굴로 가슴 앞에서 팔짱을 낀다.

도대체 무슨 일이지? 최근에 내가 저지른 일들을 떠올린다. 기숙사를 수색했나? 에드워드의 술을 발견했나? 아니면 《티후아나 바이블즈》를 발견했나? 하느님! 이제 와서 퇴학당하면 저는 아버지한테 죽어요. 정말 죽는다고요. 어머니가 얼마나 충격을 받을지는 생각하고 싶지도 않습니다. 그래요, 위스키 조금 마셨습니다. 하지만 축사에서 술판을 벌인 일은 저랑은 아무 상관도 없다고요—

윌킨스 학장은 숨을 깊이 들이마신 후, 눈을 들고 나를 쳐다본다. 그리고 한 손으로 내 어깨를 두드린다. "제이콥 군, 사고가 있었네."

잠시 침묵이 흐른다. "교통사고였네." 다시 침묵이 흐른다. 아까보다 긴 침묵이다. "제이콥 군 부모님이 사고를 당하셨네."

나는 그를 쳐다보며 다음 말을 기다린다.

"그래서……? 부모님은……?"

"유감일세, 제이콥 군. 순식간의 일이었네. 손을 쓸 도리가 없었네."

나는 그를 바라보며 애써 그와 눈을 맞추려고 한다. 그런데 쉽지 않다. 그가 점점 멀어지다가 길고 검은 터널 저편으로 사라진다. 사방에서 별들이 폭발하는 것만 같다.

"괜찮은가, 제이콥 군?"

"네?"

"괜찮은가?"

순식간에 그가 다시 내 눈앞에 있다. 나는 눈을 깜빡인다. 그가 무슨 말을 하는지 모르겠다. 빌어먹을, 어떻게 괜찮을 수가 있나? 그가 무슨 말을 하는지 이제 알겠다. 그는 내게 울음을 터뜨릴 거냐고 묻고 있다.

그는 목소리를 가다듬고 말을 계속한다. "오늘은 집에 가게. 사망자 신원 확인 절차도 있으니. 역까지 차로 데려다 주겠네."

총경이 사복 차림으로 플랫폼에서 기다리고 있다. 그는 우리 교회 신도이다. 그는 내게 어색한 목례와 뻣뻣한 악수를 건넨다. 그리고 뒤늦게 생각난 듯 나를 세차게 껴안고 내 등을 소리 나게 두드린다. 그러곤 내 몸을 떠밀듯 포옹을 풀어주며 코를 훌쩍인다. 그는 나를 자기 차로 병원까지 데려간다. 그의 차는 이 년밖에 안 된 페이튼이다.

무지 비쌀 텐데. 그 파국의 시월에 무슨 일이 벌어질 것인가를 알았다면 사람들이 그토록 사치와 낭비를 일삼지는 않았을 것이다.

검시관은 우리를 데리고 지하실로 내려간다. 우리를 복도에 세워둔 채 어딘가로 들어가 버린다. 몇 분 후에 간호사가 문을 열고 나와 말없이 문고리를 잡는다. 들어오라는 뜻인가 보다.

우리가 들어간 방에는 창문이 하나도 없다. 한쪽 벽에 걸려 있는 시계를 제외하면 아무것도 없다. 리놀륨 바닥은 올리브 그린 색과 하얀색이 섞여 있다. 중앙에는 바퀴 달린 병원 침대 두 개가 나란히 놓여 있다. 침대 위에는 시트에 덮인 시체가 한 구씩 놓여 있다. 감당할 수 없다. 뭐가 뭔지 모르겠다.

"준비되셨습니까?" 검시관이 병원 침대 사이로 걸음을 옮기며 묻는다. 나는 침을 삼키며 고개를 끄덕인다. 내 어깨 위로 손이 하나 올라온다. 총경의 손이다.

검시관은 먼저 아버지를 보여주고, 이어 어머니를 보여준다.

부모님처럼 보이지 않는다. 그러나 부모님이다. 온몸에서 죽음의 표시가 나타난다. 안와는 움푹 꺼져 있고, 만신창이가 된 상체는 얼룩덜룩하게 변색되어 있다. 핏기 없는 흰 피부 군데군데 암자색의 피멍 자국이 겹쳐있다. 어머니 — 생전에 그렇게 곱고 깔끔하던 어머니가 죽어서는 뻣뻣하게 찡그린 표정을 하고 있다. 피로 엉겨 붙은 머리카락이 으스러진 두개골의 움푹 파인 곳에 눌어붙어 있다. 입은 벌어져 있고, 턱은 코를 고는 듯이 뒤쪽으로 꺼져 있다.

갑자기 구토물이 올라온다. 나는 고개를 돌린다. 누군가가 곡반[*]

---

[*] 사발처럼 움푹 들어간 모양의 스테인레스 도구로 병원에서 사용. 옮긴이 주

을 받쳐 준다. 그러나 조준이 실패한다. 액체가 바닥으로 쏟아지고 벽에 물이 튀는 소리가 들린다. 구토물이 보이지는 않는다. 눈을 꽉 감고 있어 아무것도 보이지 않는다. 나는 토하고 또 토한다. 더이상 토할 것이 없다. 그럼에도 상체를 구부린 채 토악질을 계속한다. 내장을 토해낼 수도 있지 않을까, 하는 생각이 든다.

그들이 나를 어딘가로 데려가 의자에 앉힌다. 빳빳한 하얀색 유니폼을 입은 친절한 간호사가 커피를 갖다준다. 탁자 위에 놓인 커피는 속절없이 식어간다.

얼마 후, 신부가 찾아와 옆에 앉는다. 부를 사람이 있으면 불러주겠다고 한다. 나는 친척들이 모두 폴란드에 있다고 중얼중얼 대답한다. 신부는 이웃 사람들이나 교회 사람들 중에서 부를 사람이 없느냐고 묻는다. 그러나 아무리 애를 써도 기억이 안 난다. 단 한 명의 이름도 기억이 안 난다. 지금 누가 내 이름이 뭐냐고 묻는다면, 대답할 수 있을까? 모르겠다.

신부가 떠난 후 병원을 빠져나온다. 집까지의 거리는 삼백 미터가 좀 넘는다. 마지막 은빛 햇살이 지평선을 막 넘어갈 때, 집에 도착한다.

차고가 비어 있다. 그럴 수밖에.

나는 트렁크를 들고 뒤뜰에 서서 차고를 쳐다본다. 차고 문에 처음 보는 팻말이 걸려 있다. 팻말에는 광택 있는 검은색 글자로 이렇게 씌어 있다.

E. 얀콥스키 부자父子 수의사의 차고

잠시 후, 나는 안채로 통하는 계단을 올라가 문을 연다.

아버지가 아끼던 필코 라디오가 부엌 취사대 위에 놓여 있다. 어머니의 파란색 스웨터가 의자 등받이에 걸려 있다. 식탁에는 다림질한 속옷들과 화병이 놓여 있다. 화병에는 시들어가는 제비꽃이 꽂혀 있다. 싱크대 옆에는 마른행주가 펼쳐져 있고, 그 위에는 거꾸로 세워진 믹싱볼, 접시 두 개, 식기 한 줌이 놓여 있다.

오늘 아침까지 나에게는 아버지와 어머니가 있었다. 오늘 아침 아버지와 어머니는 아침을 드셨다.

나는 현관 앞에 무릎을 꿇은 채, 양손을 뻗고 엎드려 오열한다.

한 시간도 못 되어, 교회 봉사단체 부인들이 들이닥친다. 총경 부인으로부터 내가 집으로 간다는 연락을 받았던 것이다.

나는 얼굴을 무릎에 파묻은 채 현관 앞에 그냥 있다. 타이어가 자갈길을 지나가는 소리, 차문이 닫히는 소리가 들린다. 다음 순간, 밀가루 반죽 같은 살덩이와 꽃무늬 프린트와 장갑 낀 손들이 나를 에워싼다. 부드러운 가슴들이 나를 바짝 짓누르고, 베일 달린 모자의 챙들이 나를 쿡쿡 찌르고, 자스민차와 라벤더차와 장미차의 향내가 나를 숨 막히게 한다. 죽음은 공식행사이다. 사람들은 교회 갈 때 입는 가장 좋은 옷을 입고 와서, 나를 어루만지면서 소란을 피운다. 가장 참기 힘든 것은 쯧쯧 혀를 차는 소리다.

안 됐네요, 안 됐어요. 그렇게 착하신 분들이. 왜 이런 일을 당했는지 모르겠네요. 인간의 머리로는 알 수 없는 일입니다. 하지만, 선하신 하느님은 인간이 알 수 없는 방식으로 역사하십니다. 우리가 다 알아서 해줄게. 로이라테 부부네 집에 빈소를 마련해 놓았어. 아무 걱정 마라.

사람들은 내 가방을 집어들고 나를 자동차로 몰고 간다. 인상이 험악한 짐 로이라테가 양손으로 운전대를 움켜쥐고 앉아 있다.

장례식 이틀 후, 에드먼드 하이드 변호사 사무실로부터 호출을 받는다. 유산에 관한 자세한 사항을 알려주겠다는 것이다. 나는 딱딱한 가죽의자에 앉아 있다. 맞은편 의자에는 에드먼드 하이드 변호사가 앉아 있다. 유산이 전혀 없다는 말을 듣고 나는 의자 속에 점점 깊이 파묻힌다. 처음에는 그가 나를 놀리는 줄 알았다. 아버지는 거의 이십 년 동안 진료비 대신 콩과 달걀을 받았다고 한다.

"콩과 달걀이요?" 믿기 힘든 말에, 목소리가 갈라진다.

"콩과 달걀이라고요?"

"그리고 닭과 기타 잡동사니."

"대체 무슨 말씀을 하시는지……"

"사람들은 진료비를 낼 돈이 없었다네. 그래서 갖고 있는 것을 냈지. 얀콥스키 군. 마을 전체 경제가 심각한 타격을 입었고, 자네 아버지는 사람들을 도와주고 싶어했어. 동물들이 고통 받는 것을 보고만 있을 수는 없었으니까."

"하지만…… 이해할 수 없는데요. 아버지가 아무리 진료비를, 그러니까, 그런 걸로 받았다고 하더라도, 어떻게 은행이 아버지 재산을 몽땅 가져갈 수가 있어요?"

"집을 저당 잡혔는데, 대출금을 제때 못 갚았어."

"부모님은 저당 잡힌 적이 없었어요."

그는 불편한 표정으로 양손을 맞댄다. 손가락을 뾰족한 탑처럼 세우고 얼굴 앞에 가져간다.

"그게, 그러니까, 저당 잡힌 적이 있네."

"그럴 리 없어요." 내가 주장했다.

"부모님은 거의 삼십 년 동안 이 집에 사셨어요. 아버지는 돈을 모두 다 은행에 저금하셨어요."

"은행이 망했어."

나는 눈을 가늘게 뜬다.

"방금 재산이 모두 은행에 넘어갔다고 말씀하시지 않으셨나요?"

그는 깊은 한숨을 내쉬며 말한다. "그건 다른 은행이고. 돈을 저금했던 은행이 망했으니, 다른 은행에서 돈을 빌린 거지." 그가 답답하다는 듯 대답한다. 참을성 있게 대답해주고 싶은데 생각대로 잘 안 되나? 아니면 나를 한시바삐 내쫓고 싶어서 일부러 저러나?

나는 어느 쪽일까를 생각하며 잠시 말을 멈춘다.

그리고 결국 다시 입을 연다. "가구는요? 병원 물건은요?"

"다 은행으로 넘어가지."

"싸울 수는 없을까요?"

"어떻게?"

"고향으로 돌아와서 병원에서 진료를 하면서 빚을 갚는 방법은요?"

"그건 안 되지. 병원이 자네 것이 아닌데."

나는 에드먼드 하이드를 쳐다본다. 값비싼 양복, 값비싼 책상, 가죽으로 장정 된 책들을 쳐다본다. 납으로 된 창틀로 들어오는 햇빛이 그의 등 뒤에 줄무늬 그림자를 만든다. 나는 문득 그에 대한 혐오감에 휩싸인다. 그가 돈 대신 콩과 달걀을 받은 적은 태어나서 한 번도 없었을 것이다.

나는 상체를 기울이며 변호사와 눈을 마주친다. 그가 내 문제를 걱정하게 하고 싶다. "어떻게 하는 것이 좋을까요?" 나는 천천히 묻는다. "모르겠네, 얀콥스키 군. 조언을 해줄 수 있다면 좋겠지만. 나라가 어려운 때 아닌가." 그는 의자에 몸을 기대며 다시 한 번 손가락을 뾰족한 탑처럼 펼친다. 그리고 뭔가 생각이 떠오른 듯 고개를 뒤로 젖힌다. "서부로 가보면 어떨까?" 그가 생각에 잠긴 듯 말한다.

당장 이 사무실을 나가야지, 그렇지 않으면 그를 두들겨 패게 될 것 같다. 나는 자리에서 일어나 모자를 덮어쓰고 그곳을 나온다.

보도 위를 걸으면서 한 가지 사실을 깨닫는다. 부모님이 은행에서 돈을 빌려야 했다면, 그 이유는 하나뿐이다. 내 아이비리그 등록금을 마련하기 위해서다.

그것을 깨닫는 순간, 갑자기 참을 수 없는 고통이 밀려온다. 나는 배를 움켜잡고 허리를 꺾는다.

나는 학교로 돌아간다. 대안이 떠오르지 않았기 때문이다. 그러나 이것은 그야말로 임시방편이다. 지금까지 낸 돈으로 연말까지 기숙사에 살 수 있다. 그리고 연말은 육 일밖에 안 남았다.

복습 강의 일주일을 빼먹었다. 모두가 도와주고 싶어한다. 캐서린은 나에게 공책을 빌려주고 품에 안아준다. 이번에야말로 마음만 먹으면 내가 그토록 원하던 것을 얻을 수 있을 것 같다. 그러나 나는 그녀를 밀어낸다. 섹스에 관심이 생기지 않는 건, 내가 기억하는 한, 이때가 처음이다.

아무것도 먹을 수가 없다. 잠도 오지 않는다. 공부도 할 수 없다.

한 문단을 십오 분 동안 쳐다보고 있어도 무슨 뜻인지 모르겠다. 당연한 일 아닌가? 하얀색 종이 위로 보이는 것은 글자가 아니라 부모님을 죽음으로 몰고 가는 무한궤도다. 부모님의 크림색 뷰익이 맥퍼슨 노인의 붉은색 트럭을 피하려다 가드레일을 들이받고 다리 난간으로 굴러 떨어지는 모습이 눈앞에 어른거린다. 맥퍼슨 노인은 사고 현장에서 끌려나오면서 자기가 어느 쪽 차선에 있었는지 확실히 모르겠다고, 브레이크를 밟는다는 것이 액셀을 밟았나보다고 했다. 맥퍼슨 노인이 부활절에 속옷 바람으로 교회에 나타난 것은 유명한 얘기였다.

감독관이 강의실 문을 닫고 자리에 앉는다. 벽시계를 쳐다본다. 벽시계의 분침이 가늘게 떨리다가 정각을 가리킨다.

"시작."

쉰두 개의 시험지가 부스럭거린다. 훌훌 넘겨보는 학생도 있고 처음부터 답을 쓰기 시작하는 학생도 있다. 나는 넘겨보지도 않고 답을 쓰지도 않는다.

사십 분이 지났지만 시험지에 연필을 대지도 못했다. 절박한 심정으로 시험지를 뚫어져라 바라본다. 도형이 있고 숫자가 있고 줄이 있고 표가 있다. 줄줄이 이어진 단어 뒤에 마침표 아니면 물음표가 찍혀 있다. 아무것도 이해할 수 없다. 이것이 영어일까 잠시 의심한다. 폴란드어라고 생각하고 읽어본다. 역시 이해할 수 없다. 상형문자와 다를 것이 없다.

여학생의 기침 소리에 소스라치게 놀란다. 이마에 맺혔던 땀방울이 시험지 위로 떨어진다. 소매로 땀을 닦고 시험지를 들어올려 본다.

눈에 가까이 대고 보면 나을까. 아니면 멀리 들고 보면 나을까. 이제 나는 이것이 영어라는 것을 알았다. 정확히 말하면, 단어가 영어로 되어 있다는 것을 알았다. 그러나 단어를 붙여서 읽을 수가 없다.

땀방울이 또 떨어진다.

시험장을 둘러본다. 캐서린은 빠르게 답을 쓰고 있다. 연갈색 머리카락이 얼굴 위로 흘러내려 온다. 왼손잡이인 캐서린은 왼쪽 팔목부터 팔꿈치까지 은회색 흑연이 묻어 있다. 그녀 옆에 앉은 에드워드는 상체를 벌떡 일으켜 시계를 보더니 깜짝 놀란 표정으로 시험지에 코를 처박는다. 나는 고개를 돌리고 창밖을 내다본다.

나뭇잎 사이로 하늘이 보인다. 파란색과 초록색의 모자이크 무늬가 바람에 따라서 조금씩 위치를 바꾼다. 나는 모자이크 모양의 나뭇잎을 응시하다가 눈동자의 긴장을 늦추고 나뭇가지 뒤를 바라본다. 다람쥐가 꼬리를 쫑긋 세우고 둔하게 뛰어오르는 모습이 시야에 들어왔다 사라진다.

나는 장의자를 밀어내고 일어난다. 강의실 전체에 바닥 긁는 소리가 울린다. 이마에는 땀방울이 송골송골 맺히고 손가락은 떨린다. 오십 개의 얼굴이 나를 돌아본다.

내가 아는 얼굴들이다. 아니, 한 주 전만 해도 알고 있던 얼굴들이다. 가족들이 어디 사는지도 알고 있었다. 아버지 직업이 뭔지도 알고 있었다. 형제가 있는지, 형제들과 사이가 좋은지도 알고 있었다. 빌어먹을, 공황이 시작된 후 학교를 그만둬야 했던 사람들까지도 생생하게 기억난다. 헨리 윈체스터. 그의 아버지는 시카고 무역회의 건물 창문에서 뛰어내렸다. 앨리스테어 밴스. 그의 아버지는 머리에 총을 쐈다. 레기날드 몬티. 가족들이 기숙사비를 대주지 못하자, 그는 자동차에서 살아보려고 했다. 결국 실패했지만. 버키 헤이어스. 그의 아버지는 직장을 잃은 후 집을 나가 소식이 없었다. 그런데 여기 남은 사람들은? 아무것도 기억나지 않는다.

나는 텅 빈 얼굴들을 쳐다본다. 머리카락만 있고 눈, 코, 입이 없다. 나는 점점 초조한 마음으로 하나씩 둘러본다. 어디선가 천식 걸린 말이 내는 신음 소리 같은 것이 들려온다. 알고 보니 내가 내는 소리였다. 나는 숨이 막힌 듯 헐떡거린다.

"제이콥?"

내 바로 옆에 있는 얼굴에는 입이 달려 있다. 입이 움직인다. 입에서 나오는 소리는 소심하고 불안하다. "괜찮아?"

나는 눈을 끔뻑끔뻑해보지만 아무것도 보이지 않는다. 바로 다음 순간, 나는 시험장 앞으로 걸어 나와 감독관 책상 위로 시험지를 내던진다.

"벌써 다 했나?" 감독관이 시험지로 손을 뻗으면서 물어본다. 시험장 문을 나서기 전까지 등 뒤에서 시험지가 부스럭거리는 소리가 들린다. "잠깐!" 그가 나를 부른다.

"시작도 안 했잖아! 거기 서. 이렇게 나가면 나로서는—"

문 닫히는 소리가 그의 말을 자른다. 캠퍼스를 지나가면서 월킨스 학장의 집무실을 올려다본다. 그는 창가에 서서 밖을 내다보고 있다.

마을이 끝나는 곳까지 걷는다. 마을이 끝난 후에는 기찻길을 따라 걷기 시작한다. 어둠이 내리고 달이 높이 떠오른다. 그 후로도 몇 시간을 더 걷는다. 다리에 통증이 느껴지고 발에 물집이 잡힌다. 그러다가 걸음을 멈춘다. 피곤하고 배가 고프고 여기가 어딘지 전혀 알 수 없다. 잠결에 길을 걷다가 갑자기 잠이 깬 것 같다.

여기가 문명 세계임을 알려주는 유일한 표시는 철로이다. 철로 밑에 자갈이 깔려 있다. 철로 한쪽에는 숲이 있고 다른 한쪽에는 작은 개간지가 있다. 근처 어디선가 물소리가 들려온다. 나는 달빛의 인도를 받아 물소리가 나는 쪽으로 간다.

시냇물의 너비는 기껏해야 육십 센티미터 정도다. 시냇물은 개간지와 숲 사이로 흐르다가 숲 속으로 꺾여 들어간다. 나는 신발과 양말을 벗고 시냇가에 앉는다.

차가운 물속에 두 발을 담근다. 발이 너무 아파 참을 수가 없다. 황급히 발을 뺀다. 발을 뺐다가 담그고 다시 뺐다가 담그고를 반복하며 물속에 머무는 시간을 점점 늘린다. 마침내 물집들이 냉기에 마비된다. 발바닥을 돌바닥에 올려놓자 시냇물이 발가락 사이로 꾸물꾸물 흘러간다. 냉기가 아프게 느껴질 때쯤, 시냇가의 평평한 바위를 베고 누워 발이 마르기를 기다린다.

멀리서 코요테의 울음소리가 들린다. 고독하면서도 친숙한 소리다. 나는 한숨을 내쉰다. 눈이 스르르 감긴다. 그런데 왼쪽으로 불과 이삼십 미터 떨어진 곳에서 비슷한 소리가 들린다. 또 다른 코요테가 대답하는 소리일까? 나는 부리나케 일어나 앉는다.

다시 한 번 멀리에서 코요테가 울기 시작한다. 이번에는 기적소리가 대답한다. 나는 양말과 신발을 신고 자리에서 일어나서 개간지 방향을 바라본다.

기차가 다가온다. 덜컹덜컹 내 쪽으로 다가온다. 칙칙폭폭, 칙칙폭폭, 칙칙폭폭…….

양손을 허벅지에 문지르고 철로를 향해서 걷다가 이삼 미터 앞에서 멈춘다. 독한 기름 냄새가 코를 찌른다. 다시 한 번 기적이 울린다.

뿌우우우우우우우우우우웅—

육중한 엔진은 휘어진 선로를 돌아가며 뭔가 폭발하는 듯한 엄청나게 큰 소리를 낸다. 나는 바람에 얻어맞기라도 한 것처럼 비틀거린다. 기차가 엄청나게 큰 데다가 바로 내 옆으로 지나가기 때문이다. 기차의 엔진에서 뭉게뭉게 피어나는 검은 연기구름은 뒤따르는 차량들을 밧줄처럼 휘감는다. 거대한 기차의 모습, 소리, 냄새는 도무지 감당할 수 없다. 넋이 나가 쳐다보고 있는 내 앞으로 무개차량 여섯 개가 획획 지나간다. 무개차에 실린 것은 마차인 듯 보이지만, 달이 구름에 가려져 있어 정확히는 알 수 없다.

나는 비로소 정신을 차린다. 이 기차에는 사람이 타고 있다. 기차가 어디로 가는지는 상관없다. 그곳이 어디든 코요테가 활보하는 황무지는 아니겠지. 먹을 것이 있겠고, 일자리도 있을지 모른다. 이타카로 돌아갈 차표를 구할 수 있을지도 모르는 일이다. 물론 지금 내 수중에는 단돈 일 센트도 없고, 학교에서 나를 다시 받아줄 이유도 없지만 말이다. 설사 학교에서 받아준다 한들, 나에게는 돌아갈 집도, 병원도 없다.

무개차들이 또 지나간다. 이번에는 전신주 같은 것이 실려 있다. 나는 다음에 오는 기차를 보기 위해 고개를 돌리고 눈에 힘을 준다. 잠시 구름을 벗어난 달이 뒤따르는 기차 위로 빛을 던진다. 화물용 기차 같다.

나는 기차와 같은 방향으로 달리기 시작한다. 두 발이 비탈진 자갈 위를 미끄러진다. 모래밭에서 뛰는 것처럼 속도가 붙지를 않는다. 속도를 내기 위해 상체를 최대한 앞으로 숙인다. 발을 헛디뎌 넘어질 뻔하다가 양팔을 미친 듯이 휘두른다. 빨리 균형을 잡아야 한다. 그렇지 않으면, 신체의 일부가 거대한 기차 바퀴와 철로 사이로 빨려들어갈 것이다.

나는 균형을 잡고 속도를 내면서 기차 차량들을 하나하나 둘러본다. 뭔가 붙잡을 것이 없을까, 하는 사이, 차량 세 개가 번개처럼 지나간다. 세 개 모두 단단히 닫혀 있다. 그 뒤로 가축용 기차가 연결되어 있다. 가축용 기차는 문은 열려 있지만, 말들의 궁둥이로 빽빽하게 채워져 있어서 올라탈 곳이 없다. 이상하다, 라고 생각한다. 무주공산에서 기차와 함께 달리고 있지만, 이상한 것은 이상한 것이다.

나는 속도를 늦추다가 멈춘다. 숨이 턱에 찬다. 이제는 희망이 없다고 생각하며 뒤를 돌아본다. 그런데 세 칸 뒤에 열린 문이 있다.

나는 차량 수를 세면서 다시 한 번 돌진한다.

하나, 둘, 셋―.

나는 쇠로 된 가로대를 잡기 위해 펄쩍 뛴다. 먼저 왼발과 팔꿈치가 가로대에 부딪히고, 이어 턱이 가로대 모서리에 세게 부딪힌다. 나는 왼발과 팔꿈치와 턱을 모두 동원해서 매달린다. 기차의 소음은 고막이 찢어질 듯 시끄럽다. 턱뼈가 가로대 모서리에 리드미컬하게 부딪힌다. 피 냄새인지 녹슨 쇠 냄새인지 알 수 없는 기분 나쁜 악취가 풍긴다. 이가 몽땅 부러졌나? 상황이 예상치 못한 파국으로 치닫고 있는 걸까? 나는 오른쪽 다리를 기차 바닥 가장자리에 간신히 올려놓고 위험하게 균형을 잡는다. 그리고 오른손을 뻗어 가로대를 붙잡고 왼손으로 기차 바닥을 후벼 파듯 움켜쥔다. 너무 세게 팠는지, 손톱 아래에서 나뭇조각들이 깎여져 나간다. 손을 놓칠 것만 같다. 발을 디딜 곳이 거의 없다. 왼발이 기차에서 찔끔찔끔 밀려간다. 오른쪽 다리는 아예 기차 바깥에서 대롱대롱 흔들린다. 다리가 기차 밑으로 들어갈 것만 같다. 이러다 다리가 잘리고 말리라. 눈을 꽉 감고 이를 악문다.

그렇게 몇 초가 흐른다. 다친 곳은 없다. 눈을 뜬다. 이제 어떻게 해야 할까. 타거나 내리거나 둘 중 하나다. 내리다가는 기차에 깔리기 십상이다. 나는 셋을 센 후 젖 먹던 힘까지 다해서 몸을 띄워 올릴 참이다. 우선, 왼쪽 무릎을 가까스로 기차 안에 넣는다. 이어, 발과 무릎과 턱과 팔꿈치와 열 개의 손톱을 모두 동원해 몸 전체를 기차 안에 넣는다. 그러고는 바닥 위에 쓰러진다. 나는 거의 탈진한 상태로 숨을 몰아쉬며 그 자리에 대자로 눕는다.

그런데 바로 내 앞으로 희미한 불빛이 보인다. 나는 오른쪽 팔꿈치에 의지해 몸을 벌떡 일으킨다.

네 명의 사내가 사료 부대 위에 걸터앉아 있다. 등잔불 아래서 카드놀이를 하던 중이었다. 그 가운데 한 명은 비쩍 마른 노인이다. 움푹 꺼진 볼에 지저분한 수염. 노인은 술단지를 입에 대고 마시다가 그대로 멈춘다. 너무 놀라 술단지를 내려놓는 것을 잊은 것 같다. 그는 곧 술단지를 내려놓고 소매 안감으로 입가를 닦는다.

"이런, 이런, 이런." 그가 천천히 입을 연다. "이게 뭐야?"

두 번째 사내와 세 번째 사내는 카드를 부채처럼 펼쳐들고 말없이 나를 보고 있다. 네 번째 사내는 자리에서 일어나서 내 쪽으로 걸어온다.

그는 검은색 턱수염이 잔뜩 나 있는 거구의 야수다. 옷은 더럽고, 모자챙은 누가 씹어 먹은 것 같다. 나는 급히 자리에서 일어나서 휘청휘청 뒷걸음질 쳐 보지만 더는 갈 곳이 없다. 뒤를 돌아보니 천막 두루마리 하나가 퇴로를 막고 있다. 이곳에는 천막 두루마리가 가득하다.

다시 앞을 보니 거구의 사내가 바로 눈앞에 있다. 술 냄새가 지독하다.

"이 기차에는 부랑자가 탈 자리는 없어. 이 자식, 당장 내려."

"잠깐 참아, 블래키." 술단지를 든 노인이 말한다.

"여기서 허튼짓하지 마, 알아들어?"

"허튼짓 좋아하네." 블래키는 이렇게 말하며 내 멱살을 잡는다. 나는 그의 팔을 쳐낸다. 그는 반대쪽 팔을 뻗고, 나도 팔을 뻗어 방어하려 한다. 그때, 퍽 하는 소리와 함께, 그의 팔뚝 뼈와 나의 팔뚝 뼈가 부딪힌다.

"저런." 노인이 소리친다.

"조심해, 이 친구야. 블래키를 건드리면 재미없어."

"블래키가 먼저 나를 건드린 것 같은데요." 나는 이렇게 소리를 지르며 다시 한 번 날아오는 주먹을 막는다.

블래키가 다가온다. 나는 천막 두루마리 위로 쓰러진다. 머리가 땅에 닿기도 전에 몸통이 위로 끌려 올라간다. 다음 순간, 오른팔이 등 뒤에서 꺾이고, 두 발이 기차 바깥에서 대롱대롱 흔들린다. 눈앞에서 나무들이 휙휙 지나간다. 너무 빨리 지나간다.

"블래키." 노인이 소리친다. "블래키! 놔 줘. 놔 주라고. 아니, 거기서 놓지 말고! 기차 안에서 놔줘야지!"

블래키는 내 팔을 내 목 뒤로 비틀면서 내 몸을 흔든다.

"블래키, 그만 하라니까." 노인이 소리친다.

"말썽 일으킬 필요 없어. 놔 주자고!"

블래키는 나를 기차 바깥으로 던지는 척하더니, 갑자기 돌아서서 나를 천막 두루마리 뒤로 내동댕이친다. 그러고는 사람들이 앉아 있는 곳으로 돌아가 술단지를 낚아챈 후, 바로 내 옆을 지나서 천막 두루마리 더미 위로 기어올라간다. 가장 구석진 곳을 찾아 들어간 것이다. 나는 접질린 팔을 문지르며 그를 유심히 본다.

"기분 나빠 하지 마라, 꼬마야." 노인이 말한다.

"사람들을 기차에서 내던지는 것은 블래키의 직업적 특권 중 하나야. 그런데다가 기차에서 사람을 던져본 지도 너무 오래됐고. 이리 와라." 노인은 이렇게 말하며 손바닥으로 옆자리를 툭툭 친다. "이쪽으로 와라."

나는 블래키를 다시 한 번 쏘아본다.

"자, 자." 노인이 말한다. "부끄러워하지 말고. 블래키도 앞으로는 점잖아 질 거야. 안 그래, 블래키?"

블래키는 불만에 찬 목소리로 뭔가 중얼거리면서 술을 벌컥벌컥 들이켠다.

나는 몸을 일으켜 세운 후, 나머지 사람들 쪽으로 조심조심 움직인다.

노인이 내게 오른손을 내민다. 나는 잠시 망설이다가 그 손을 잡는다.

"나는 캐멀이야." 그가 말한다. "그리고 이쪽은 그레이디. 저쪽은 빌. 블래키와는 이미 인사를 나눴고." 그러고는 얼마 남지 않은 이를 드러내며 미소를 짓는다.

"안녕하세요." 나는 인사를 건넨다.

"그레이디, 저 술단지 좀 갖다줘." 캐멀이 말한다.

그레이디가 나에게 시선을 던진다. 나도 그를 마주본다. 잠시 후 그는 자리에서 일어나서 말없이 블래키 쪽으로 다가간다.

캐멀이 낑낑거리며 자리에서 일어난다. 보다 못한 나는 손을 뻗어 팔꿈치를 잡아준다. 자리에서 일어난 그는 등잔불을 들어올려 내 얼굴을 이리저리 뜯어본다. 그리고 내가 입은 옷을 살펴보고, 머리에서 발끝까지 훑어본다.

"블래키, 내가 뭐라고 했어?" 캐멀이 나에게서 눈을 떼지 않은 채로 소리친다. "여기 이 녀석은 부랑자가 아니야. 블래키, 와서 한번 봐. 부랑자랑은 생긴 것부터 달라."

블래키는 뭔가 중얼거리면서 한 모금 더 마시고는 그레이디에게 술 단지를 넘겨준다.

캐멀은 눈을 가늘게 뜨고 나를 본다.

"이름이 뭐라고 했었지?"

"제이콥, 얀콥스키라고 합니다."

"머리카락이 빨간색이네."

"그런 말 많이 들었어요."

"어디서 왔지?"

나는 잠시 망설인다. 내가 어디서 왔지? 노르위치? 이타카? 집을 떠나왔나? 학교를 떠나왔나?

"몰라요." 나는 말한다.

캐멀의 얼굴이 굳어진다. 그는 휘어진 다리로 약간 비틀거리면서, 이리저리 흔들리는 등잔불로 내 얼굴을 다시 한 번 비춰본다.

"이 자식, 무슨 짓이라도 저질렀어? 쫓기고 있는 거야?"

"아니에요." 나는 말한다. "그런 거 없어요."

그가 다시 눈을 가늘게 뜬다. 그리고 고개를 끄덕인다. "그럼 됐어. 어쨌든 내가 상관할 일도 아니고. 어디 가는 길이야?"

"정한 데는 없어요."

"일자리 필요해?"

"아, 네, 그런 것 같아요."

"부끄러워할 필요 없어." 그는 말한다.

"할 줄 아는 게 뭐 있어?"

"뭐든 하려고요." 나는 말한다.

그레이디가 나타나서 캐멀에게 술단지를 건네준다. 캐멀은 소매로 단지의 입구를 닦은 후 나에게 건네준다. "자, 마셔."

술을 마시는 것이 처음은 아니다. 그런데 밀주는 지금껏 내가 마셔본 술과는 비교할 수 없을 만큼 독하다. 가슴과 머리가 지옥불에 활활 타는 것만 같다. 나는 숨을 몰아쉬며 애써 눈물을 참는다. 폐가 터져 버릴 것 같지만, 캐멀의 눈을 똑바로 본다.

캐멀이 나를 지켜보며 천천히 고개를 끄덕인다. "아침이면 유티카에 도착하게 돼. 도착하면 엉클 앨에게 소개해 줄게."

"누구요? 뭐요?"

"있잖아. 앨런 분켈, 금세기 최고의 서커스 단장님. 우리의 세계의 지배자요, 미지의 세계의 정복자."

캐멀이 이도 없는 입을 크게 벌리면서 낄낄대는 것을 보니, 내가 어지간히 얼빠진 표정인가보다.

"꼬마야, 설마 몰랐다고 하는 것은 아니겠지."

"뭘 몰라요?" 나는 묻는다.

"쳇, 이것 봐라." 그는 다른 사람들을 돌아보며 소리친다.

"이 녀석이 정말 모르나 봐!"

그레이디와 빌이 이를 드러내고 씩 웃는다. 웃지 않는 것은 블래키

뿐이다. 블래키는 인상을 쓰면서 모자를 더 깊게 눌러 쓴다.

캐멀이 나를 돌아보며 목청을 가다듬는다. 그러고는 한 단어 한 단어 음미하듯 천천히 말한다.

"이 자식아, 네가 탄 기차는 그냥 기차가 아니야. 이게 바로 〈벤지니 형제 지상 최대의 서커스단〉 기차, 그중에서도 비행단 기차라고."

"벤, 뭐라고요?" 내가 말한다.

캐멀은 너무 웃다가 배를 움켜잡는다.

"하, 이럴 수가. 정말 대단한걸."

그는 이렇게 말하며 코를 훌쩍이고 손등으로 눈물을 훔친다.

"세상에. 네 녀석이 궁둥이를 떡 붙이고 앉아 있는 이 차가 바로 서커스 기차야."

나는 눈을 끔뻑이며 그를 바라본다.

"저게 바로 공연장 텐트다."

그는 이렇게 말하며 등잔불을 들어올리고는 뒤틀린 손가락으로 거대한 천막 두루마리들을 가리킨다.

"천막 마차 하나가 발판을 오르다가 그만 뒤집혔어. 보기 좋게 박살났지. 그래서 일단 여기 실은 거야. 잠잘 데를 찾아 봐라. 도착하려면 두세 시간 걸릴 거야. 아무데서나 자도 되지만, 문에서 너무 가까이는 자지 마라. 모퉁이를 돌 때, 굴러 떨어지는 수가 있으니까."

courtesy of the pfening archives, columbus, ohio
〈페닝 자료 보관소〉 전재 허락, 오하이오 주 콜럼버스

3

나는 귀청을 찢어놓을 듯이 길게 이어지는 브레이크 소리에 잠이 깬다. 천막 두루마리 사이에서 잠이 들었는데, 깨어보니 아예 천막 두루마리 속에 묻혀 있다. 여기가 어디지? 순식간에 기억이 돌아온다.

기차가 덜덜 떨며 멈추더니 수증기를 뿜어낸다. 블래키, 빌, 그레이디가 몸을 잔뜩 웅크리면서 일어나더니 아무 말 없이 기차에서 뛰어내린다. 그들이 나간 후에 캐멀이 절름절름 걸어오더니 고개를 숙이고 나를 쿡쿡 찌른다.

"꼬마야, 천막 일꾼들이 오기 전에 내려야지. 오늘 아침, 미치광이 조에게 말해서 일자리를 얻어주마."

"미치광이 조가 누군데요?" 나는 일어나 앉으며 묻는다. 정강이가 근지럽고 목덜미가 지랄같이 아프다.

"말 팀, 그러니까 짐말 십장이야. 오거스트가 버티고 있으니 공연마 곁에는 얼씬도 못하지만. 말레나가 워낙 공연마를 애지중지하니까 오거스트가 공연마를 챙기는 거야. 어찌됐든 얼씬 못하기는 마찬가지야. 너도 공연마 곁에는 얼씬거릴 생각도 하지 마라. 하지만 미치광이 조라면 너한테 일거리를 줄 거다. 그동안 계속 날씨가 나빠서 땅이 온통 진창인데 짐말 일꾼들을 중국인 부리듯 부렸으니, 그만두고 나간 놈이 한둘이 아냐. 그러니 일손이 딸릴밖에."

"왜 이름이 미치광이 조예요?"

"나도 잘 몰라." 캐멀이 후벼낸 귀지를 들여다보면서 대답한다. "잠시 '큰집'에 있었다고 하는데, 이유는 나도 몰라. 너도 모르는 게 좋아." 그는 손가락을 바지에 문질러 닦고는 느릿느릿 문으로 걸어간다.

"자, 빨리 와!" 그는 나를 돌아보며 말한다. "시간 없어!" 그러고는 기차 가장자리에 걸터앉아 자갈 위로 조심조심 미끄러져 내려온다.

나는 마지막으로 정강이를 열심히 한번 긁고, 신발끈을 묶고, 캐멀 뒤를 따라간다.

기차가 선 곳은 거대한 풀밭 공터 근처였다. 공터 너머에는 동 트기 직전의 희미한 새벽 빛을 배경으로 벽돌 건물들이 솟아 있다. 수염이 덥수룩하게 자란 꾀죄죄한 사내들 수백 명이 기차에서 쏟아져 나와 사탕에 개미가 꼬이듯 기차를 둘러싼다. 욕을 하고 기지개를 켜고 담뱃불을 붙인다. 덜커덕 소리가 나더니 기차에서 발판들이 내려온다. 그러더니 말들이 여섯 필씩 아니면 여덟 필씩 짝을 지어 기차에서 끝없이 내려온다. 콧김을 뿜으며 발판을 뚜벅뚜벅 내려오는 말들은 이미 마구를 쓰고 있다. 꼬리가 몽탕한 육중한 페르슈롱 종이다. 사내들은 기차 여닫이문을 발판의 좌우에 붙인다. 동물들이 발판에서 떨어지지 않게 하기 위해서다.

한 떼의 사내들이 고개를 숙이고 우리 쪽으로 걸어온다.

"어이, 캐멀." 선두에 선 사내가 캐멀에게 인사하며 우리 옆을 지나쳐 기차에 오른다. 나머지도 뒤따라 올라간다. 그러고는 끙끙대며 천막 두루마리를 문쪽으로 밀어낸다. 두루마리는 오십 센티미터 정도 구르다가 철로 바닥으로 떨어진다. 두루마리가 떨어진 자리에 먼지구름이 일어난다.

"어이, 월." 캐멀이 말한다. "담배 하나 있어?"

"그럼." 사내는 허리를 펴면서 셔츠 주머니를 여기저기 더듬는다. 그러다가 주머니에서 구부러진 담배 한 가치를 꺼낸다. "불더햄*인데." 그는 담배를 내밀며 말한다. "미안해."

"미안하긴, 말아 피우는 담배가 좋아." 캐멀이 말한다.

"고맙네, 월. 신세 많아."

월이 엄지손가락을 들어올리면서 나를 가리킨다. "누구야?"

"초짜야. 이름은 제이콥 얀콥스키."

월은 나를 한번 쳐다본 후 외면하며 기차 밖으로 침을 뱉는다. "얼마나 초짠데?" 그는 이번에도 캐멀에게 물어본다.

"완전히 초짜야."

"일은 정해졌고?"

"아니."

"흠, 행운을 빈다." 그는 나를 보며 모자를 살짝 기울인다. "잠잘 때도 정신 차리고 있어라. 무슨 뜻인지 알지?"

그는 차 안으로 들어간다.

"저게 무슨 뜻이지요?" 나는 캐멀에게 물어본다. 그러나 캐멀은 벌

---

* 말아 피우는 담배의 상표명. 옮긴이 주

써 한참 앞서 걸어가고 있다. 나는 그를 따라잡기 위해 걸음을 재촉한다.

수백 필을 헤아리는 말들이 지저분한 사내들과 엉켜 있다. 처음 보면 뭐가 뭔지 혼란스럽지만, 금세 질서가 잡힌다. 캐멀이 담배에 불을 붙일 때쯤에는 이미 그 많은 말이 열두 필씩 짝을 지어 마차를 끌고 있다. 말들은 무개차 차량들을 통과해 발판 앞으로 간다. 마차의 앞바퀴가 경사진 목재 발판에 닿으면, 말을 끄는 사내는 기차에서 훌쩍 뛰어내려 멀찌감치 뛰어간다. 겁이 나서 그런 것이 아니라, 그것이 작업의 정석이다. 짐을 잔뜩 실은 마차가 무서운 속도로 발판을 내려오면, 수십 미터 이상을 달려간 후에야 멈출 수 있기 때문이다.

아침 햇빛 덕분에 어젯밤에 보지 못했던 것이 보인다. 마차는 진홍색이고 가장자리는 금박이며 바퀴는 방사형이다. 모든 마차에는 〈벤지니 형제 지상 최대의 서커스단〉이라고 씌어 있다. 마차들이 연결되자마자 말들은 잠시 휘청거리더니 무거운 짐을 끌고 공터를 통과한다.

"조심해."

캐멀이 이렇게 말하며 내 팔을 잡아당긴다. 다른 손으로는 모자를 고정한다. 울퉁불퉁한 담배는 이로 물고 있다.

사내 세 명이 말을 달리면서 지나간다. 그들은 공터 중앙을 왔다 갔다 하다 공터 가장자리를 빙빙 돈다. 그리고 다시 말머리를 돌려 출발했던 곳으로 돌아온다. 선두에 선 사내가 공터를 이리저리 꼼꼼하게 살펴본다. 고삐를 한 손에 모아 쥐고 다른 손으로는 가죽 주머니에 담긴 낭창낭창한 다트들을 꺼내 바닥으로 내던진다.

"저 사람 뭐 하는 거죠?" 내가 묻는다.

"천막 칠 자리를 보는 거야." 캐멀이 말한다. 그러고는 가축용 차량 앞으로 간다. "조! 이봐, 조!"

차문 뒤로 누군가의 얼굴이 나타난다.

"초짜 하나 데려왔어. 싱싱한 놈이야. 일 좀 시켜 보지 그래?"

누군가의 몸통이 발판 위에 나타난다. 몸통의 주인은 모자챙을 올리면서 나를 유심히 살핀다. 모자챙을 올린 손은 손가락 세 개가 모자란다. 그는 흡연자의 진갈색 가래침을 찍 뱉고는 차 안으로 들어가 버린다.

캐멀은 다행이라는 듯 내 팔을 두드린다.

"됐다, 꼬마야."

"됐어요?"

"그렇다니까. 이제 가서 똥 좀 퍼라. 곧 뒤따라갈 테니."

가축용 차량은 이만저만 더러운 게 아니다. 나와 같이 일하는 아이의 이름은 찰리이고 얼굴은 계집아이처럼 반들반들하다. 목소리는 아직 변성기가 오지 않은 고운 목소리다.

문밖으로 퍼낸 똥이 족히 천 톤은 됐을 때쯤, 나는 잠시 숨을 고르면서 남아있는 오물들을 둘러본다.

"대체 여기 말을 몇 마리나 싣는 거야?"

"스물일곱 마리."

"세상에. 빽빽해서 움직일 수도 없겠네."

"그러니까." 찰리가 말한다. "쐐기 같지. 마지막 말까지 실으면, 차에서 떨어질 걱정은 없으니."

어젯밤에 보았던 말 궁둥이의 의미를 불현듯 깨닫는다.

조가 문 앞에 나타나서 고함친다.

"깃발 올라갔어."

찰리는 삽을 내려놓고 문쪽으로 간다.

"무슨 일이야? 어디 가는데?" 내가 묻는다.

"식당 깃발 올라갔어."

나는 고개를 젓는다. "글쎄, 그게 무슨 말인데?"

"밥." 그가 말한다.

이제 무슨 뜻인지 알겠다. 나도 삽을 내려놓는다.

천막들이 버섯처럼 순식간에 여기저기 솟아난다. 그러나 가장 큰 천막은 바닥에 깔려 있다(틀림없이 공연장 천막일 것이다). 일꾼들은 천막 위에 허리를 굽히고 천과 천 사이를 끈으로 잇고 있다. 공연장 천막을 지지하는 나무 기둥들이 높이 솟아있고, 성조기는 이미 휘날리고 있다. 기둥에 밧줄이 매여 있어 공연장 뼈대가 마치 범선의 갑판과 돛대처럼 보인다.

공연장 뼈대 주위에 여덟 명이 한 조인 말뚝 일꾼들이 위험천만한 속도로 말뚝을 박고 있다. 두 명은 말뚝을 잡고 여섯 명은 말뚝을 친다. 망치 한 개가 말뚝을 치는 순간, 나머지 다섯 개는 순서대로 말뚝으로 내려온다. 망치 소리는 기관총 소리처럼 규칙적으로 서커스장 전체의 굉음을 뚫는다.

거대한 기둥을 세우는 기둥 일꾼들도 여러 조가 있다. 찰리와 나는 열 명이 한 조인 기둥 일꾼들을 지나간다. 한 사람이 구호를 외치면, 나머지는 사력을 다하여 밧줄을 잡아당긴다.

"당겨, 올려, 세워! 이제 꽂아!"

식당의 위치는 가르쳐 주지 않아도 알겠다. 주황색과 파란색 깃발, 김을 뿜는 가마솥, 식당으로 밀려가는 사람들. 그러나 그보다 분명한 것이 있다. 음식 냄새가 대포알처럼 위장을 강타한다. 그저께부터 아무것도 못 먹었는데, 이렇게 음식 냄새 공격을 당하니, 배가 고파 위장이 뒤틀릴 지경이다.

식당 양쪽 천막은 통풍을 위해서 걷혀 있다. 그러나 식당 중앙에는 휘장이 쳐져 있어 식당 안은 두 부분으로 나누어져 있다. 한쪽 식탁에는 빨간색과 하얀색의 체크무늬 식탁보가 깔려 있고 꽃병으로 장식되어 있다. 하지만 스팀테이블 뒤로 꾸불꾸불 줄을 늘어서 있는 꾀죄죄한 사내들은 식탁과는 안 어울려도 너무 안 어울린다.

"세상에." 나는 줄에 끼어들며 찰리에게 탄성을 지른다.

"음식 좀 봐!"

으깬 감자구이, 소시지, 두툼한 빵이 수북이 쌓인 빵바구니, 두툼하게 썰린 햄, 온갖 달걀 요리, 단지에 담긴 잼들, 오렌지가 수북이 쌓인 그릇들.

"이건 아무것도 아니야." 그가 말한다.

"빅 베르타는 진수성찬에 웨이터까지 있어. 식탁에 가만히 앉아 있으면 웨이터가 바로 갖다줘."

"빅 베르타?"

"링글링 서커스단*." 그가 대답한다.

"거기서 일한 적 있어?"

"어…… 아니." 그는 수줍게 말한다.

---

* 1884년 링글링 형제들이 만든 서커스단. 규모가 커지면서 기차를 이동 수단으로 삼았고, 그 덕분에 가장 규모가 큰 서커스단이 되었다. 서커스가 엄청난 성공을 거두던 "광란의 20년대"에 링글링은 세계에서 가장 돈 많은 사람 중 하나였다. 1930년대 대공황으로 타격을 입었지만 56년 해체될 때까지 최고의 서커스단이라는 명성을 누렸다. 옮긴이 주

"하지만 아는 사람이 거기서 일한 적이 있어!"

나는 접시를 쥐고 감자, 달걀, 소시지를 산처럼 쌓아올린다. 배가 고파 죽겠다는 표정을 짓지 않기 위해 무진 애를 쓴다. 냄새가 죽인다. 입을 벌리고 숨을 깊이 들이마신다. 마치 천국의 만나 같다. 아니, 천국의 만나 바로 그것이다.

어디선가 캐멀이 나타난다. "받아. 그리고 저기 저놈한테 내. 줄 끝에 있는 저놈." 캐멀은 이렇게 말하며 식권을 쥐여준다. 나는 접시를 들지 않은 손으로 식권을 받는다.

캐멀이 말한 사내는 줄 끝에 놓인 접의자에 앉아 있다. 중절모를 구겨지도록 움푹하게 눌러쓰고 있지만, 모자 챙 아래로 감시의 시선을 늦추지 않는다. 나는 그에게 식권을 내민다. 그는 가슴 앞에서 팔짱을 낀 채 나를 올려다본다.

"어디 소속이야?" 그가 묻는다.

"뭐라고요?" 내가 되묻는다.

"일하는 데가 어디냐고."

"어…… 그건 잘 모르겠고." 내가 대답한다.

"아침 내내 가축차에서 똥을 치웠는데."

"그런 거 말고." 그는 식권에는 눈길도 주지 않고 질문을 계속한다.

"가축차는 공연용, 운반용, 동물원용이 있어. 어느 쪽이야?"

나는 우물쭈물한다. 캐멀이 분명히 뭐라고 했던 것 같은데, 기억이 안 난다.

"소속을 모르면 서커스단 사람이 아닌데." 사내가 말한다.

"정체가 뭐야?"

"별일 없지, 에즈라?"

캐멀이 이렇게 말하며 내 등 뒤로 다가온다.

"별일이 하나 있어. 촌뜨기 놈 하나가 서커스단에서 아침을 훔쳐 먹으려고 하는 것을 내가 붙잡았지."

에즈라가 바닥에 침을 뱉으며 말한다.

"촌뜨기 아니야." 캐멀이 말한다. "초짜야. 내가 데려왔어."

"그래?"

"그래."

에즈라라는 남자는 모자챙을 휙 들어올리더니 나를 머리부터 발끝까지 훑어본다.

이삼 초간 말이 없다. 그러다가 입을 연다. "좋아, 캐멀. 자네가 데려온 놈이라니 괜찮겠지." 그리고 손을 쑥 내밀어 내 식권을 낚아챈다. "일단 들여보내 주지. 하지만 놈한테 제대로 말하는 법부터 가르쳐. 안 그러면 똥 나오게 얻어맞아도 할 말 없어. 알아들어?"

"그럼, 제가 어디 소속인가요?" 나는 식탁으로 가면서 묻는다.

"아, 안 돼, 그쪽으로 가지 마." 캐멀이 내 팔꿈치를 붙잡는다. "저쪽 식탁들은 우리 같은 사람들 앉는 데가 아니야. 똥오줌 가리기 전까지는 나만 졸졸 따라다니라고."

나는 캐멀 뒤를 따라 식당의 중간에 쳐져 있는 커튼을 지나간다. 식당 반대쪽은 식탁들이 다다다닥 붙어 있다. 나무로 된 식탁 위엔 식탁보는커녕 소금통과 후추통만 덩그러니 놓여 있다. 당연히 꽃도 없다.

"저쪽은 누가 앉나요? 배우들이 앉나요?"

캐멀이 나를 날카롭게 쏘아본다. "이런, 꼬마야. 모르면 그냥 입 닥치고 있어. 여기서는 그런 말 안 써. 알아들어?"

캐멀은 자리에 앉자마자 빵 반 덩어리를 입속으로 우걱우걱 밀어 넣는다. 일 분 정도 빵을 우적우적 씹은 후에 나에게 시선을 돌린다. "아, 기분 풀어. 삐치지 마. 다 너를 위해 그런 거야. 말조심해야지. 에 즈라가 어떤지 봤잖아. 에즈라는 여기서는 호인 축에 들어. 자, 자, 그 러지 말고 앉아."

나는 잠시 캐멀을 쳐다본 후 장의자를 훌쩍 넘어 자리에 앉는다. 접시를 식탁 위에 내려놓고 똥 묻은 두 손을 힐끗 쳐다본다. 바지에 쓱쓱 문질러 닦는다. 여전히 더럽다. 하지만, 어쨌든 먹기 시작한다.

"그럼, 배우가 아니면 뭐예요?" 내가 결국 입을 연다.

"킹커라고 불러야지." 캐멀은 입 안에 음식을 가득 넣고 우물우물 대답한다.

"그리고 이제부터 네 소속은 운반 동물 담당이야."

"그럼 킹커들은 어딨어요?"

"이제 도착할 때가 됐어. 기차 두 대는 아직 도착 안 했어. 늦게 철 수하고 늦게 자고 늦게 도착하는 차들이야. 아침식사 시간에 맞춰서 도착하지. 말이 나왔으니까 하는 말인데, 놈들 앞에서는 절대로 '킹 커'라고 하면 안 돼."

"그럼 뭐라고 해요?"

"공연배우."

"그럼 왜 보통 때는 그렇게 부르면 안 돼요?" 나는 짜증 섞인 목소 리로 질문한다.

"놈들은 놈들이고 우리는 우리야. 너는 우리 편이잖아." 캐멀이 말 했다. "그만 하자. 곧 알게 될 거야." 멀리서 기차가 기적을 울린다. "호랑이도 제 말하면 온다더니."

"엉클 앨도 같이 와요?"

"그럼. 어쨌든 너는 당분간 엉클 앨 근처에 얼씬도 하지 마. 일하고 싶다 어쩐다 하며 설치고 다니지 말라고. 우리가 제때 일을 끝내지 않으면, 엉클 앨은 이빨 아픈 곰처럼 난폭해져. 무슨 짓을 할지 몰라. 그런데, 조가 시킨 일은 어때? 말똥은 이제 지긋지긋하지 않아?"

"할 만해요."

"하긴, 자네는 그런 일 할 사람은 아니야. 친구한테 자네 이야기를 해놓았어." 캐멀은 이렇게 말하며 다시 빵조각을 집어 손가락으로 주물럭거린 후 접시 바닥에 묻은 기름기를 닦아낸다. "오늘은 하루 종일 그 친구만 쫓아다녀. 그러면 나중에 그 친구가 일자리를 얻을 때 도와줄 테니까."

"저는 무슨 일을 하나요?"

"뭐든지 시키는 대로 해. 그게 뭐든, 시키는 대로."

캐멀이 자기 말에 힘을 주며 눈썹을 치켜세운다.

캐멀의 친구는 키가 작고 배가 나왔고 목소리가 쩌렁쩌렁하다. 이름은 세실이고, 사이드쇼 사회자다. 그는 나를 찬찬히 살펴본 후, 괜찮아 보인다고 했다. 내가 하는 일은 구경꾼들 뒤에 서 있다가, 세실의 신호를 받는 즉시 구경꾼들을 매표소 쪽으로 떠미는 일이다. 지미와 웨이드도 나와 같은 일을 한다. 마을 사람들과 구별되지 않을 만큼 행색이 멀쩡한 사람들을 골라서 이 일을 시키는 것 같다.

사이드쇼는 서커스장 한복판에서 펼쳐진다. 한편에서는 한 무리의 흑인들이 사이드쇼 깃발을 세우느라 진땀을 빼고 있다. 다른 한편에서는 하얀색 재킷을 차려입은 백인들이 빨간색과 하얀색 줄무늬의 매점 카운터 위에 레모네이드가 가득 담긴 잔을 차곡차곡 쌓아올리는 중이다. 잔을 깨뜨리고 소리를 지르고 난리를 피우는 가운데 레모네이드 피라미드가 완성되어 간다. 대기는 팝콘 튀기는 냄새, 땅콩 볶는 냄새로 가득하고, 어디선가 코를 자극하는 동물원 냄새가 은근하게 풍겨온다.

매표소를 지나 서커스장을 가로질러 가면 우뚝 솟은 거대한 텐트가 나온다. 온갖 짐승들이 이곳으로 실려 들어간다. 라마들, 낙타들, 얼룩말들, 원숭이들이 들어가고, 북극곰이 최소한 한 마리 들어가고, 맹수 우리가 줄지어 들어간다.

세실과 흑인 한 명이 어마어마하게 뚱뚱한 여자가 그려진 깃발을 세우느라 진땀을 빼고 있다. 세실이 흑인의 머리를 때린다. "정신 차려, 이놈아! 얼뜨기들이 금방이라도 들이닥칠 텐데. 루신다 깃발이 없으면, 놈들이 표를 살 것 같아?"

호각이 울리자, 모두가 하던 일을 멈춘다.

"관객 입장!"

쩌렁쩌렁한 남자의 목소리가 서커스장에 울려 퍼진다.

일순간 이 모든 소동이 잠잠해진다. 허둥지둥 카운터 뒤로 넘어간 매점 일꾼들은 마지막으로 물건들을 점검하고 재킷과 모자를 매만진다. 아직도 루신다의 깃발과 씨름하는 가엾은 사내를 제외하면, 흑인들도 모두 천막 뒤로 사라진다.

"망할 놈의 깃발! 얼른 세워 놓고 당장 꺼져!"

세실이 소리친다. 드디어 마지막 흑인까지 사라진다.

나는 뒤를 돌아본다. 인간의 바다가 우리를 향하여 밀려들어 온다. 재잘거리는 아이들이 앞장서서 부모들의 손을 잡아끈다.

웨이드가 팔꿈치로 내 허리를 쿡 찌른다.

"이봐, 동물원 구경하고 싶지 않아?"

"무슨 구경?"

웨이드는 우리와 공연장 텐트 사이에 위치한 텐트를 고개로 가리킨다.

"여기 와서부터 계속 목을 빼고 있었잖아. 구경 한번 할래?"

"그러다 들키면?" 나는 이렇게 말하며 눈으로 세실을 가리킨다.

"세실이 찾기 전에 오면 돼. 또, 세실이 신호를 보내기 전까지는 할 일도 없어."

웨이드가 나를 끌고 매표소로 간다. 매표소를 지키는 것은 노인들이다. 네 명의 노인이 네 개의 빨간색 카운터 뒤에 앉아 있다. 세 노인은 우리를 못 본 척하고, 한 노인은 웨이드에게 고개를 끄덕인다.

"어서, 구경해." 웨이드가 권유한다.

"내가 세실이 오는지 망보고 있을게."

나는 안을 들여다본다. 거대한 텐트가 하늘까지 솟아 있고 다양한 각도로 세워진 기둥들이 천막을 지탱하고 있다. 팽팽한 천막으로 비쳐드는 햇빛이 커다란 매점을 환하게 밝힌다. 천막을 투과해서 들어오는 빛도 있고 천막들 사이로 새어 들어오는 빛도 있다. 영롱한 햇빛을 받으며 동물원 한복판에 자리 잡은 매점 주위에는 사르사 주스, 크래커잭 과자, 커스터드 아이스크림을 선전하는 깃발들이 가득하다.

텐트 안은 사각형이다. 화려한 빨간색과 황금색으로 페인트칠한 우리들이 천막의 두 면에 쭉 놓여 있다. 우리는 덧문이 열려 있어 철창에 갇힌 동물들의 모습을 구경할 수 있다. 사자들, 호랑이들, 표범

들, 재규어들, 곰들, 침팬지들, 거미 원숭이들이 보이고, 오랑우탄 한 마리도 보인다. 낙타들, 라마들, 얼룩말들, 말들은 쇠말뚝에 묶어놓은 밧줄 뒤에 서 있다. 건초 속에 머리를 처박은 것이 식사가 한창인 것 같다. 기린 두 마리는 사슬을 둥글게 둘러친 공간 안에 있다.

코끼리는 없나? 코끼리를 찾던 내 시선이 일순간 한 여자에 고정된다. 캐서린과 똑같이 생겼다. 캐서린인 줄 알고 숨이 멎을 뻔했다. 이목구비와 머리모양도 똑같고, 날씬한 허벅지는 내가 항상 상상했던 캐서린의 단정한 치마 속의 그것과 똑같다. 그녀는 일렬로 늘어선 흑마들과 백마들을 마주보고 있다. 분홍색 시퀸, 타이츠, 새틴 슬리퍼 차림의 그녀는 신사모에 연미복을 차려입은 남자에게 뭔가 이야기를 하고 있다. 그러면서 앞에 있는 백마의 주둥이를 잡는다. 은색 갈기와 꼬리가 멋들어진 녀석이다. 그녀는 이마 위로 흘러내린 연갈색 머리카락을 쓸어 올리고는 머리장식을 매만진다. 그러고는 말에게 다가가 녀석의 갈기를 매만져주다가, 주먹으로 녀석의 귀를 쥐었다가 부드럽게 잡아당긴다.

커다랗게 쿵 하는 소리가 들린다. 급히 소리 나는 쪽을 보니, 바로 옆에 열어 놓았던 우리 덧문이 닫혔던 것이다. 덧문에 받쳐 놓은 고정대가 빠진 것 같다.

다시 캐서린을 닮은 여자 쪽을 본다. 그녀가 나를 보며 웃고 있다. 그리고 마치 내가 누구인지 안다는 듯 미간을 찌푸린다. 몇 초가 흘렀을까. 아뿔싸. 나도 미소를 짓든지 아니면 눈을 내리깔고 다른 곳을 보든지 해야 했다. 하지만 너무 늦었다. 신사모의 남자가 그녀의 어깨에 손을 올리자 그녀는 서 있던 방향을 바꾼다. 하지만 내키지 않는 듯 느릿느릿 움직인다. 잠시 후, 그녀는 다시 한 번 내 쪽을 슬쩍 쳐다본다.

"가자!" 웨이드가 와서 등을 툭 치며 재촉한다.

"이제는 쇼타임!"

"신사아아아 숙녀어어어 여러부우우운, 빅쇼까지 남은 시간은 이
십오오오오분! 이십오오오오분! 빅쇼에 앞서 사이드쇼에도 볼거리
가 잔뜩 준비되어 있습니다. 세계 방방곡곡의 불가사의가 여기 다 모
였습니다! 눈으로 확인하지 않으면 도저히 못 믿을 기적의 사이드쇼!
믿거나 말거나! 지금 바로 입장하세요! 사이드쇼를 알뜰히 구경하신
후에도 빅쇼에서 앞자리를 잡으실 수 있습니다! 괴물인간들을 확인
하십시오! 기적의 괴남, 괴녀! 놓치면 평생 후회! 우리 서커스단에는
세계 최고만을 엄선해 놓았습니다. 보시고 나면 과연 놀라 자빠집니
다, 신사숙녀 여러분! 세계 최고의 볼거리, 놓치지 마세요!"

세실은 사이드쇼 입구 옆에 세워진 단상 위에 올라갔다. 단상 위
를 왔다 갔다 하며 한껏 멋들어진 포즈를 취한다. 구경꾼 오십 명 정
도가 우왕좌왕 모여든다. 표를 살까 말까 아직 망설이고 있다.

"자 이쪽으로 오시면 됩니다. 아름다운 루신다가 여러분을 기다리
고 있습니다. 매력 만점의 거대 인간! 세상에서 가장 아름다운 뚱녀!
무려 사백 킬로그램, 뚱녀 계의 몸짱! 신사숙녀 여러분! 타조 인간 역
시 여러분을 목 빠지게 기다리고 있습니다. 손님들이 주시는 건 뭐
든 받아먹습니다. 먹은 것은 틀림없이 돌려드립니다. 직접 먹이를 주
세요! 지갑도 좋고, 시계도 좋습니다. 전구도 됩니다! 말씀만 하세요!
다 토해드립니다! 그리고 여러분, 프랭크 오토를 놓치지 마세요! 온몸
이 문신으로 뒤덮인 사나이! 세계 최고의 문신남! 보르네오 정글에서

인질로 잡힌 죄로 억울한 형벌에 시달린 사나이! 그는 무슨 벌을 받은 것일까요? 뭐라고요? 네, 맞습니다! 영원히 지워지지 않는 잉크로 온몸에 문신을 새기는 벌입니다!"

구경꾼이 점점 몰려들고, 사람들의 관심이 고조된다. 지미와 웨이드와 나는 구경꾼들 뒤쪽으로 섞여든다.

"다음은" 세실이 구경꾼을 한 바퀴 돌아보고 말을 이어간다. 그러면서 손가락 하나를 입술에 갖다대고, 꿈에 볼까 무서운 윙크를 날린다. 한쪽 입이 눈 밑에 닿을 듯한 과장된 윙크. 한쪽 팔을 들어올려 잠깐만 조용히 해달라고 한다. "다음에 소개해 올릴 쇼는…… 숙녀 여러분께는 정말 죄송한 말씀이지만, 신사 여러분을 위한 쇼입니다. 신사 여러분만 들으세요! 숙녀 여러분과 어린이도 있으니까, 삼가 말씀드립니다. 한 번만 말씀드리니까 잘 들어주세요. 여러분이 진짜 미국 사나이라면, 여러분의 혈관 속에 사나이의 피가 흐른다면, 이것만은 절대 놓치시면 안 됩니다. 저쪽에 있는 저 친구를 — 바로 저기 있네요 — 따라가 보시면 압니다. 진짜 입이 쩍 벌어지고…… 정말 쇼킹하고…… 장담컨대—"

그는 말을 하다말고 눈을 감으면서 한 손을 들어올린다. 그러고는 잘못 말했다는 듯이 고개를 젓는다. "아, 아닙니다. 이렇게 대놓고 할 말은 아니랍니다. 숙녀 여러분과 아이들 앞인데, 자세하게 말씀드릴 수는 없습니다. 신사 여러분, 여기까지만 소개해 올리겠습니다. 끝으로, 절대 놓치시면 안 됩니다! 이 친구한테 이십오 센트만 내시면 됩니다. 그러면 이 친구가 곧바로 모셔다 드려요. 오늘의 이십오 센트는 영원히 잊지 못할 이십오 센트가 될 겁니다. 오늘의 경험은 평생 잊지 못할 경험이 될 겁니다. 그걸 어떻게 잊겠습니까?"

세실은 몸을 곧게 펴고 양손으로 체크무늬 조끼를 아래로 잡아당겨 매무새를 정리한다. 그러고는 대단히 공손한 표정과 손짓으로 구경꾼들에게 중앙 매표소를 가리킨다. "숙녀 여러분은 이쪽입니다. 숙녀 여러분의 섬세한 감수성에 어울리는 진기한 볼거리가 가득하답니다. 신사분들은 곧 돌아오신답니다. 숙녀분들을 오랫동안 혼자 두실 리는 없습니다. 더구나 여러분처럼 아리따운 분들을 오래 기다리게 하실 리가 있겠어요?" 세실은 이렇게 말한 후 미소를 띠고 눈을 감는다. 남은 여자들은 남편들의 뒷모습을 초조하게 지켜본다.

어디선가 줄다리기가 벌어진다. 어떤 여자 하나가 남편의 소매를 붙잡고 다른 손으로 남편을 흠씬 팬다. 남편은 인상을 쓰면서 요리조리 주먹을 피한다. 아내의 손에서 풀려난 남편은 옷깃을 바로 세우며 아내를 노려본다. 아내는 단단히 골이 났다. 남편이 점잔을 빼면서 이십오 센트를 내러 가자, 누군가가 쯧쯧 혀를 찬다. 구경꾼들 사이에서 웃음이 터진다.

다른 여자들은 남편들의 뒷모습을 바라보며 매표소 앞에 줄을 선다. 남들의 구경거리가 되고 싶진 않으니까 가만히 있기는 하지만, 영 못마땅한 얼굴이다. 이를 본 세실이 단상에서 내려온다. 세실은 한 줄로 늘어선 여자들을 더없이 다정하고 더없이 친절하게 대하면서 여자들의 기분을 띄워준다.

세실이 왼쪽 귀를 만진다. 나는 눈에 띄지 않게 사람들을 앞쪽으로 민다. 여자들이 세실이 있는 쪽으로 움직인다. 나는 양치기 개가 된 느낌이다.

"이쪽입니다." 세실이 말을 잇는다. "숙녀 여러분, 제가 지금 보여드릴 것은 한 번도 본 적이 없으실 겁니다. 너무너무 이상하고, 너무너무 유별나서, 세상에 이런 것이 있는 줄도 까맣게 모르셨을 겁니다. 민망한 건 전혀 아니고요, 주일날 교회에 나가서 이야기할 수도 있고, 나이 드신 부모님께 들려 드릴 수도 있는 그런 거랍니다. 괜찮아요, 자녀분들도 데리고 오세요. 가족이 함께 즐기는 기적의 말쇼! 자, 이 말을 보세요. 꼬리가 있을 곳에 머리가 달렸어요! 거짓말이 아닙니다, 숙녀 여러분. 살아 있는 말입니다. 머리가 있을 곳에 꼬리가 달려 있는 말입니다. 눈으로 직접 확인하세요. 나중에 남편 분께 이야기하세요. 그러면 남편 분은 아름다운 아내 분 옆에 있을 걸 괜히 다른 데 갔었다며 후회가 이만저만이 아니실 겁니다. 아, 당연하죠, 사모님들, 후회막급일 겁니다.”

나는 이제 사람들에 둘러싸여 있다. 사내들은 거의 사라졌고, 남은 것은 교회에 다니는 사람들과 여자들, 아이들, 요컨대, 진짜 미국 사나이가 아닌 사람들뿐이다. 나는 그들 틈에 끼어 앞쪽으로 흘러간다.

머리가 있을 곳에 꼬리가 달려 있는 말이란 거꾸로 넣은 말, 그러니까, 머리가 벽을 향해 있고 말꼬리가 여물통에 빠져 있는 그냥 보통 말이다.

“어머나, 세상에.” 한 여자가 탄성을 지른다.

“이럴 수가.” 또 다른 여자도 말한다. 하지만 다른 여자들은 마음이 놓이는 듯 소리 내어 웃고 만다. 머리가 있을 곳에 꼬리가 달려 있는 말이 이 정도라면, 남편들이 보는 것도 나빠 봐야 얼마나 나쁠까 싶기 때문이다.

텐트 바깥에서 싸움이 벌어진다.

“개자식들! 피 같은 돈을 이십오 센트나 냈는데, 이게 뭐야? 빌어먹을, 스타킹밖에 본 게 없어! 진짜 미국 사나이는 꼭 봐야 한다고?

너 진짜 미국 사나이 맛 좀 볼래? 당장 내 돈 못 내놔?"

"실례합니다, 좀 비켜 주세요, 부인." 나는 이렇게 말하며 앞에 있는 두 여자 사이로 비집고 들어간다.

"참, 아저씨, 왜 그래요?"

"실례합니다. 죄송합니다."

나는 이렇게 말하며 사람들을 밀쳐내고 앞으로 나간다.

세실과 진짜 사나이가 권투라도 하듯 두 손을 올리고 서로를 노려본다. 진짜 사나이가 앞으로 돌진해 세실의 가슴팍을 양손으로 밀어낸다. 구경꾼들이 갈라지면서, 세실은 줄무늬가 그려진 단상 모서리에 부딪힌다. 매표소를 통과한 손님들이 까치발로 서서 싸움구경에 흠뻑 빠진다.

내가 사람들을 헤치고 싸움판에 거의 도착했을 바로 그때, 진짜 사나이의 주먹이 허공을 가른다. 사내의 주먹은 세실의 턱을 살짝 비켜가고, 나는 빗나간 주먹을 낚아채 사내의 등 뒤로 꺾는다. 팔로 놈의 목을 감고 뒤쪽으로 끌어낸다. 놈은 침을 튀기면서 내 팔뚝을 할퀸다. 나는 놈의 목을 더 세게 조인다. 내 팔뚝의 힘줄이 놈의 숨통을 파고드는 느낌이다. 나는 놈을 질질 끌다시피 해서 매표소 밖으로 끌어낸다. 그러고는 바닥에 매다 꽂는다. 놈의 널브러진 몸뚱이 위로 먼지구름이 피어오른다. 놈은 목을 부여잡고 씨근덕거린다.

바로 그때, 양복을 차려입은 남자 두 명이 쏜살같이 내 앞으로 지나간다. 놈의 팔을 자기네 어깨에 걸치고 놈과 함께 마을을 향해서 걸어간다. 두 남자는 놈의 등을 두드리고 나지막한 목소리로 기운을 내라고 말한다. 그리고 놈의 모자를 바로 씌워준다. 모자가 벗겨지지 않은 것이 기적이다.

"솜씨 좋아." 웨이드가 이렇게 말하며 어깨를 툭 친다. "잘 해치웠어. 이제 가자. 여기서부터는 저 사람들이 알아서 할 테니."

"저 사람들이 누구야?" 나는 놈이 할퀸 자국을 보면서 묻는다. 팔에 난 상처 위에 피가 송골송골 맺혀 있다.

"여기 담당이야. 저 사람들이 좀 쥐여주면 문제없어. 말썽이 생기지는 않을 거야." 웨이드가 뒤를 돌아보고 손뼉을 — 크게 — 한 번 친 후 양손을 비비면서 구경꾼들을 향하여 외친다. "자, 여러분. 아무 문제없습니다. 싸움구경 끝입니다."

사람들은 발길이 떨어지지 않는 눈치다. 진짜 사나이 한 명과 수행원 두 명이 매표소 너머 빨간 벽돌건물 뒤로 사라진 후에야 사람들은 자리를 떠난다. 자리를 뜨면서도 기대에 찬 눈빛으로 계속 뒤를 돌아본다. 재미있는 구경거리 하나라도 놓칠까봐 두려운 것이다.

지미가 뒤에 남은 사람들 사이를 헤치면서 다가온다.

그리고 나를 부른다. "어이, 세실이 좀 보재."

나는 지미를 따라서 뒷마당으로 간다. 세실은 접의자 끝에 걸터앉아 발을 쭉 뻗고 있다. 발에는 짧은 각반을 찼다. 벌겋게 상기된 얼굴로 땀을 흘리면서 프로그램으로 부채질을 하고 있다. 세실은 반대편 손으로 주머니를 여기저기 두드리다가 조끼 안에 손을 넣어 납작하고 네모난 술병을 꺼낸다. 그러고는 입술이 좌우로 늘어나게 힘을 준 후 이로 코르크를 딴다. 코르크를 한쪽으로 뱉어내고 술을 마시려 한다. 바로 그때 내가 오는 것을 본다.

세실은 술병을 입술에 댄 채 잠시 나를 쳐다본다. 그리고 볼록 튀어나온 배 위에 술병을 올려놓는다. 나를 요리조리 뜯어보며 손가락으로 배를 툭툭 친다.

마침내 입을 연다. "아까는 아주 잘했네."

"감사합니다."

"그런 건 어디서 배웠나?"

"글쎄요. 축구할 때…… 학교에서…… 동물들을 거세할 때 반항하는 놈들이 있으니까……"

그는 나를 다시 한참 쳐다본다. 여전히 손가락 몇 개로 배를 두드리고 있다. 입술에 힘을 주고 오므린 표정이다.

"캐멀이 여기 취직시켜 줬나?"

"아니오. 정식으로 취직한 건 아닙니다."

세실이 눈을 가늘게 뜬다. "입단속 할 줄 알지?"

"네."

그는 술병을 기울여 한 모금 쭉 들이켠 후 눈을 지그시 뜬다. 그러고는 천천히 고개를 끄덕이며 말한다. "좋아."

저녁이다. 킹커들이 공연장의 관객 앞에서 연기를 하는 동안, 나는 서커스장 한쪽 구석에 있는 훨씬 작은 천막 안에 있다. 천막 앞에는 짐마차들이 일렬로 늘어서 있어서 아는 사람만 알고 모르는 사람은 모르는 곳이다. 천막으로 들어가기 위해서는 입장료 오십 센트를 내야 한다. 천막 안은 어두침침하다. 붉은 백열등 한 줄이 불빛의 전부다. 백열등 불빛 아래에서 여자가 능숙하게 옷을 벗고 있다.

여기서 내가 하는 일은 천막 안의 질서유지 그리고 쇠파이프를 가지고 있다가 주기적으로 천막을 때리는 것이다. 엿보는 놈들을 쫓아내기 위해서다. 쫓겨난 놈들이 오십 센트를 내고 입장하면 금상첨화이고. 아까 프릭쇼에서처럼 시끄럽게 환불을 요구하는 놈들을 단속하는 것도 나에게 주어진 일이다. 아까 그 사내가 저 여자를 보았다면 환불해달라고 난리를 치지는 않았을 것 같지만.

천막에는 의자가 열두 줄 놓여 있다. 좌석은 꽉 찼다. 밀주 병이 차례대로 돌아간다. 관객들은 하나같이 술병 쪽은 보지도 않고 손을 휘저어서 술병을 잡는다. 한순간도 무대에서 눈을 떼고 싶지 않기 때문이다.

조각같이 아리따운 빨강머리 여자. 속눈썹이 너무 길어 마치 동화 속 공주 같다. 도톰한 입술 옆엔 애교점이 찍혀 있다. 다리는 늘씬하고 엉덩이는 풍만하고 가슴은 어안이 벙벙할 정도다. 지금 몸에 걸친 것은 끈팬티와 반짝반짝 빛나는 반투명 숄과 금방이라도 터질 듯한 브래지어뿐이다.

무대 왼쪽에서는 작은 밴드가 끈적끈적한 곡을 연주하고 있다. 여자는 밴드의 음악에 맞추어 요염한 포즈로 어깨를 흔든다.

깃털 샌들을 신은 그녀는 무대 위를 미끄러지듯 두세 걸음 걷는다. 작은북이 동동동동 울리자 그녀는 짐짓 놀란 듯 입을 벌리면서 걸음을 멈춘다. 고개를 뒤로 젖혀 목덜미를 드러내며 양손으로 브래지어를 둥글게 쓸어내린다. 그리고 상체를 숙이고 가슴을 쥐어짠다. 손가락 사이로 가슴이 비어져 나온다.

나는 천막을 한 바퀴 둘러본다. 천막 밑에 신발 한 켤레가 비죽 나와 있다. 나는 천막에 바짝 붙어 접근한다. 그리고 신발 바로 앞에 멈춰 서서 천막에 파이프를 휘두른다. 억 하는 소리가 들리고 신발이 사라진다. 한쪽 귀를 천막 사이 연결부에 갖다대고 잠시 귀를 기울인 후 제자리로 돌아온다.

빨강머리 여자가 음악에 맞추어 몸을 흔들면서 매니큐어를 칠한 손톱으로 숄을 쓸어내린다. 그녀가 숄을 앞뒤로 흔들 때마다, 금실과 은실이 섞여 있는 숄은 반짝반짝 불꽃을 튀긴다. 그녀는 갑자기 허리를 앞으로 꺾었다가 고개를 뒤로 젖힌다. 떨기 춤을 시작한다. 남자들이 고함을 지른다. 두세 명은 자리에서 일어나서 주먹을 돌리며 환호한다. 나는 힐끗 세실 쪽을 본다. 세실의 무표정한 시선은 일어난 놈들을 주시하라고 말하고 있다.

여자는 상체를 꼿꼿이 세우고 관객에게 등을 보이면서 무대 중앙으로 성큼성큼 걸어간다. 그리고 숄을 다리 사이에 끼고 앞뒤로 문지르면서 천천히 허리를 돌린다. 객석 여기저기에서 신음 소리가 들려온다. 그녀는 몸을 홱 돌려 우리를 마주 본다. 다시 아까처럼 숄을 앞뒤로 문지른다. 팽팽하게 당겨진 숄 때문에 오목한 음문이 드러난다.

"벗어라, 아가야! 다 벗어버려!"

객석이 점점 떠들썩해진다. 관객의 반 이상이 자리에서 일어났다. 세실이 나에게 앞으로 가라는 신호를 보낸다. 나는 객석으로 다가간다.

숄이 바닥으로 떨어지고, 여자가 다시 뒤를 보고 선다. 그녀가 머리를 흔들자 머리카락이 쇄골 부근에서 잔물결을 일으킨다. 그녀는 양손을 등 뒤로 올려 브래지어 죔쇠를 푼다. 객석에서 환성이 터진다. 그녀는 등을 보인 채 고개만 돌려서 우리에게 윙크한다. 그러면서 교태 어린 몸짓으로 어깨 끈을 살짝 내려뜨린다. 브라를 바닥에 떨어뜨리고 몸을 홱 돌린다. 양손으로 가슴을 쥐고 있다. 사내들 사이에 야유의 함성이 터진다.

"안 돼, 어서, 자기야, 보여줘! 손 치워!"

그녀는 고개를 내저으며 수줍은 듯 입을 비쭉거린다.

"안 돼, 그러지 마! 오십 센트 내고 왔어!"

그녀는 고개를 내젓는다. 새침한 표정으로 눈을 깜빡이며 바닥을 쳐다본다. 그러다가 갑자기 눈을 크게 뜨고 입을 크게 벌리면서 가슴에서 손을 뗀다.

위풍당당한 두 개의 가슴이 출렁 내려온다. 일순간 흔들림이 멈추는가 싶었는데, 다시 부드럽게 흔들리기 시작한다. 그녀는 꼼짝 않고 서 있지만, 흔들림은 멈추지 않는다.

객석 전체가 한꺼번에 숨이 멎은 것만 같다. 정신 나간 사내들은 일순간 할 말을 잃는다. 그리고 잠시 후 환호성이 터져 나온다.

"브라보, 아가씨!"

"세상에 하느님 맙소사!"

"환장하겠네!"

그녀는 양손으로 가슴을 들어올려 이리저리 주무른다. 그러면서 손가락으로 젖꼭지를 쥐고 빙글빙글 돌린다. 사내들을 음탕한 시선으로 내려다보면서 혀끝으로 윗입술을 핥는다.

팀파니 연타가 시작된다. 그녀는 단단해진 젖꼭지를 엄지와 검지로 누르면서 한쪽 가슴을 들어올려 젖꼭지가 천장을 향하도록 한다. 가슴의 무게중심이 이렇게 바뀌자, 가슴의 모양도 바뀐다. 그녀는 들어올렸던 가슴을 갑자기 떨어뜨린다. 너무 갑작스러워서 난폭하게 느껴질 정도다.

그녀는 손가락을 젖꼭지에 댄 채, 이번에는 반대쪽 가슴을 들어올린다. 오른쪽, 왼쪽, 오른쪽, 왼쪽, 속도가 붙는다. 끌어올리고, 떨어뜨리고, 끌어올리고, 떨어뜨리고— 팀파니 연타가 끊어지고 트롬본이 울리기 시작할 무렵에는 그녀의 손이 너무 빨라 가슴의 윤곽이 희미할 정도다. 가슴이 아니라 위아래로 넘실대는 파도 같다.

남자들이 꽥꽥 환성을 지른다.

"오, 예!"

"죽이는데! 죽여!"

"맙소사! 맙소사!"

또다시 팀파니 연타가 시작된다. 그녀가 상체를 숙이자 위풍당당한 가슴이 바닥에 닿을 듯 육중하게 흔들린다. 상하로는 적어도 삼십 센티미터, 좌우로는 그보다도 넓고 동그랗다. 자몽 두 알을 매단 것만 같다.

그녀는 천천히 어깨를 돌린다. 어깨를 한쪽씩 돌리는데, 가슴의 모양이 또 달라진다. 어깨를 돌리는 속도가 빨라짐에 따라, 가슴은 점점 넓은 원을 그리면서 흔들린다. 가속도가 붙으면서 가슴의 길이도 길어진다. 얼마 되지 않아, 두 개의 가슴이 찰싹찰싹 소리를 내면서 가슴 가운데서 부딪힌다.

미치겠다. 텐트에서 난동이 벌어져도 모를 지경이다. 머리에서 피가 몽땅 빠져나가는 것만 같다.

여자는 상체를 일으킨 후 정중하게 인사한다. 그녀는 고개를 들면서 양손으로 한쪽 가슴을 그러쥐고 얼굴로 가져가 혀끝으로 젖꼭지를 핥는다. 그러다가 젖꼭지를 입에 넣고 소리 내어 빤다. 그녀가 음탕한 자세로 자기 젖을 빠는 동안, 사내들은 모자를 흔들고 주먹을 흔들고 짐승처럼 포효한다. 가슴을 내려놓은 그녀는 마지막으로 그 매끄러운 젖꼭지를 한번 꼬집는다. 그러고는 사내들을 향해 키스를 날린다.

그녀는 허리를 굽히고 여유 있게 투명 숄을 집어들고 무대 뒤로 사라진다. 그녀의 등 뒤로 높이 휘날리는 숄은 반짝반짝 빛나는 깃발

같다.

"즐거운 관람이 되셨기를 바랍니다." 세실이 박수를 치면서 무대로 오른다. "우리 바바라에게 큰 박수 부탁해요!"

남자들은 환성을 터뜨리고 휘파람을 불고 양손을 머리 위로 올려 뜨거운 박수를 보낸다.

"그렇습니다. 대단하지 않습니까? 이 아가씨는 정말 보통내기가 아니랍니다. 그리고 우리끼리 얘기지만, 여기 계신 여러분은 오늘 행운의 주인공들이십니다. 이 아가씨께서 오늘 밤 딱 하루만 신사 여러분의 방문을 받겠다고 하시네요. 방문은 선착순으로 한정합니다. 가문의 영광이 아닐 수 없습니다. 우리 바바라는 최고 중의 최고랍니다. 정말 끝내줘요."

텐트를 나서는 사내들은 서로 등을 툭툭 치며 벌써부터 공연의 기억을 나눈다.

"그 젖 봤어?"

"거 참, 이런 고문이 있나. 그거 한번 만져 보면 소원이 없겠다."

별다른 사고가 없어서 얼마나 다행인지 모르겠다. 아무렇지 않은 척 하기만도 힘에 부치는 일이다. 발가벗은 여자를 본 것은 이번이 처음이다. 다시는 옛날의 나로 돌아가지 못할 것만 같다.

collection of the ringling circus museum, sarasota, florida
〈링글링 서커스 박물관〉 소장, 플로리다 주 사라소타

공연이 끝나고 바바라가 신사 손님들을 받는 사십오 분 동안 나는 바바라의 대기실 텐트 앞에서 보초 서는 일을 한다. 요금 이 달러를 내겠다는 손님은 다섯 명밖에 없다. 그 다섯 명은 험악한 얼굴로 텐트 앞에 줄을 선다. 첫 번째 손님이 텐트로 들어간 후 칠 분 동안 헉헉거리고 씩씩거리는 소리가 들린다. 들어갔던 손님이 지퍼도 채 올리지 못하고 텐트를 나오자, 두 번째 손님이 들어간다.

마지막 손님까지 텐트를 나온 후, 바바라가 모습을 나타낸다. 알몸 위에 동양풍 실크 가운만을 걸친 채다. 끈도 여미지 않았다. 머리는 온통 헝클어지고 입가에는 립스틱이 번져 있다. 한 손에서 담배가 타고 있다.

"이제 됐어, 자기." 그녀는 이렇게 말하며 가라는 신호를 보낸다. 숨결에서도 눈빛에서도 술기운이 느껴진다.

"오늘 밤은 팁이 없네."

나는 스트립쇼 텐트로 돌아와 의자를 쌓고 무대 걷는 일을 거든 다. 그동안 세실은 돈을 센다. 정리가 끝나고, 나에게 일 달러가 생긴 다. 온몸이 쑤신다.

공연장 텐트는 밴드가 연주하는 곡으로 들썩인다. 거대한 천막은 마치 지옥의 콜로세움처럼 붉은빛을 뿜어낸다. 나는 관객의 열렬한 반응에 홀린 듯 공연장 텐트를 멍청하게 바라본다. 관객은 웃음을 터 뜨리고, 박수로 환호하고, 휘파람을 불어댄다. 이따금 공연장 전체가 숨을 죽이기도 하고, 여기저기에서 불안한 비명도 들린다. 주머니 시 계를 꺼내보니 열 시 십오 분 전이다.

나도 들어가서 구경할까? 에이, 그만두자. 천막까지 가는 길에 혹 시 또 누가 일을 시킬지도 모르니까. 막일꾼들은 낮이면 이 구석 저 구석 처박혀서 새우잠을 청하다가 밤이면 천막을 걷는다(이 거대한 천막 도시는 아침에 세워졌다가 저녁에 허물어진다). 천막을 걷는 솜 씨도 천막을 치는 솜씨만큼 능숙하다. 천막들이 바닥으로 털썩 내려 앉고 기둥들이 쓰러진다. 짐말들, 마차들, 사람들이 서커스장 여기저 기에 쌓인 짐을 철로로 옮기는 중이다.

나는 바닥에 주저앉아 무릎 위에 고개를 처박고 한시름 돌린다.

"제이콥? 제이콥 맞아?"

나는 고개를 든다. 캐멀이 눈을 가늘게 뜨고 느릿느릿 걸어온다.
"이런, 정말이네. 이제 눈이 잘 안 보여."

캐멀은 내 옆에 자리를 잡으며 작은 녹색 병을 꺼낸다. 코르크를 열고 한 모금을 들이킨다.

"나는 이런 일을 하기에는 너무 늙었어, 제이콥. 하루 일이 끝나면 온몸이 쑤시고 아프지. 제길, 지금도 온몸이 쑤시네. 아직 하루 일이 끝나지도 않았는데. 비행단 기차가 출발하려면 아직 두 시간은 더 걸릴걸. 그리고 다섯 시간 후에는 이 빌어먹을 일을 전부 다시 시작해야 하고. 늙은이한테는 버거운 생활이야."

캐멀이 내게 병 하나를 건네준다. "대체 이게 뭐예요?" 나는 소금물 같은 액체를 쳐다보며 묻는다.

"생강술이야." 그는 술병을 다시 낚아채며 대답한다.

"밀주 아니에요?"

"그래, 왜?"

우리는 잠시 말이 없다.

"빌어먹을 금주령." 캐멀이 마침내 입을 연다.

"이것도 옛날에는 맛이 괜찮았어. 그런데 정부 때문에 맛을 버렸지. 아직도 생강술이 있긴 있지. 하지만 맛은 개떡 같아. 이건 정말 너무해. 그나마 이 늙은 몸뚱이를 끌고 다니려면 이거라도 있어야 하는데 말이야. 나는 거의 쓸모없는 인생이야. 표 파는 것 말고는 제대로 할 수 있는 것이 없는데, 너무 꼴이 흉해서 그런지 매표소에 앉혀주질 않는 거야."

그를 힐끗 쳐다보니, 그의 짐작이 틀림없다는 생각이 든다.

"다른 일을 하시면 안 돼요? 무대 정리 같은 것은 어때요?"

"매표소가 인생 막장이야."

"앞으로 일을 못하게 되면 어떻게 할 건데요?"

"블래키한테 부탁해봐야지. 이봐." 그는 기대에 찬 눈빛으로 나를 보며 묻는다. "담배 좀 있나?"

"없는데요. 죄송해요."

"없을 것 같았어." 그가 한숨을 쉬며 말한다.

우리는 말없이 자리에 앉아서 운반팀이 장비와 동물과 천막을 다시 기차에 싣는 것을 구경한다. 공연장 뒷문으로 빠져나온 배우들이 대기실 텐트로 들어가 평상복 차림으로 갈아입고 나타난다. 삼삼오오 짝을 지어 크게 웃고 떠든다. 아직 식지 않은 땀을 닦아내는 사람들도 있다. 배우들은 무대의상을 입고 있지 않을 때도 화려하다. 사방에는 꾀죄죄한 일꾼들이 이리 뛰고 저리 뛰며 일을 하고 있다. 배우들과 일꾼들은 같은 세상에 살되 다른 차원에 존재한다. 이 두 차원 사이에는 아무런 연결 고리도 없다.

캐멀이 나의 백일몽을 방해한다. "너 대학 다녔어?"

"네. 다녔어요."

"그런 것 같더라."

그는 다시 술병을 건네며 권하지만 나는 고개를 젓는다.

"졸업은 했어?"

"아니오." 내가 대답한다.

"왜 안 했어?"

나는 가만히 있다.

"나이는 몇이야, 제이콥?"

"스물세 살인데요."

"나도 너만한 아들이 있었지."

음악이 끝났다. 마을 사람들이 공연장을 나오기 시작한다. 동물원 텐트를 가로질러 입장했던 사람들은 눈앞에 펼쳐진 광경에 당황해서 흠칫 멈춰 선다. 관객은 앞문을 통해서 밖으로 나오는데, 일꾼들은 뒷문을 통해서 안으로 들어간다. 그리고 손수레에 짐을 잔뜩 싣고 나온다. 손수레에 실린 접의자, 장의자, 무대 등을 짐마차에 옮겨 싣는다. 관객이 모두 나오기도 전에 공연장 해체가 시작된다.

캐멀이 온몸으로 가래 기침을 한다. 내가 등을 두드려주려고 하자, 그가 손을 들어 못하게 막는다. 그는 코를 킁킁거리고 가래를 올리고 침을 뱉는다. 술병을 비운 후 손등으로 입을 쓱 닦고 나를 쳐다본다. 그냥 보는 것이 아니라 머리에서 발끝까지 훑어본다.

"내가 한마디만 할게." 그가 말을 시작한다. "자네 일에 끼어들고 싶어서 이러는 건 아니지만, 떠돌이 생활 시작한 지 얼마 안 됐지? 행색이 너무 멀쩡해. 옷도 너무 좋고. 짐도 하나도 없고. 떠돌이 생활을 하다 보면 이런저런 짐이 생기거든. 좋은 짐은 아니지만, 어쨌든 생기지. 내가 이런 말할 처지는 아니지만, 자네 같은 친구는 이렇게 함부로 살면 안 돼. 이건 사는 게 아니야." 그는 무릎을 모으고 앉아 그 위에 팔을 올려놓은 자세로 나를 돌아본다. "돌아갈 곳이 있으면, 돌아가."

말이 얼른 나오지 않는다. 입을 여니 목소리가 갈라진다.

"돌아갈 곳이 없어요."

그는 나를 한참 더 바라본 후 고개를 끄덕인다.

"그거 참 안 됐군."

공연장을 나온 관객들은 주차장을 지나 마을 쪽으로 사라진다. 공연장 뒤쪽으로 어렴풋이 풍선 같은 것이 떠오르고, 뒤이어 아이의 서러운 울음소리가 들려온다. 웃음소리, 자동차 엔진 소리, 한껏 들뜬 이야기 소리도 들려온다.

"그 여자가 몸이 그렇게 꺾이다니 거짓말 같지 않아?"

"그 어릿광대 바지 벗겨졌을 때, 나 진짜 죽는 줄 알았어."

"지미 어디 갔어? 행크, 지미 어디 있는지 알아?"

캐멀이 황급히 자리에서 일어난다.

"저런! 놈이 왔군. 저기 저놈이 바로 그 개자식이야."

"누구라고요?"

"엉클 앨이라고! 어서! 자네 빨리 서커스단 일자리를 얻어야지."

캐멀이 절뚝절뚝 걸어간다. 다리를 절지만, 내가 생각한 것보다 훨씬 빠르다.

나도 일어나서 따라간다.

엉클 앨은 한눈에 알아볼 수 있었다. 머리부터 발끝까지 서커스단 단장이라고 씌어 있다. 진홍색 외투, 하얀색 승마바지, 신사모, 윤기 나게 말아올린 콧수염…… 엉클 앨은 마칭밴드 대장처럼 서커스장을 종횡무진 한다. 거대한 배를 앞세우고 쩌렁쩌렁 울리는 목소리로 명령을 쏟아내는 엉클 앨. 그는 잠시 멈춰 서서 사자 우리가 지나갈 때까지 기다리다가 다시 속도를 낸다. 그가 지나가는 길에 천막 두루마리와 씨름 중인 사내들이 있다. 그는 속도를 늦추지 않고 걸어가다가 그 중 한 사내의 옆머리를 세게 때린다. 머리를 얻어맞은 사내는 귀를 감싸쥐고 고함을 지르며 뒤를 돌아본다. 그러나 엉클 앨은 이미 저만큼 가고 있다. 사내들 한 떼가 엉클 앨이 가는 길을 뒤따른다.

"명심해." 캐멀이 고개를 돌리며 말한다. "엉클 앨 앞에서는 링글링이라는 말은 절대 입에 올리지 마라."

"왜요?"

"그냥 하지 말라면 하지 마."

캐멀은 허둥지둥 엉클 앨을 쫓아가서 길을 가로막고 선다.

"아, 여기 계시네요." 캐멀의 목소리는 가식적이고 위선적이다. "드릴 말씀이 있는데, 여기서 말씀드려도 될까요, 단장님?"

"지금 바빠. 나중에 해." 엉클 앨은 쩌렁쩌렁 울리는 목소리로 대꾸한 후, 영화관의 질 나쁜 뉴스릴에 나오는 나치군인처럼 캐멀 곁을 뚜벅뚜벅 지나간다. 캐멀은 맥없이 절뚝절뚝 뒤를 쫓아간다. 이쪽을 봤다가 아래를 봤다가 저쪽을 봤다가 하면서 달려가는 캐멀의 모습은 주인에게 괄시받는 개새끼를 연상시킨다. "단장님, 잠깐이면 되는데요. 혹시 사람 필요한 데가 없나 해서. 어디든지 좋습니다."

"서커스단 단장 한번 해볼 텐가?"

캐멀이 엄청나게 큰소리로 대답한다. "아니, 무슨 그런 말씀을! 단장님도 참. 저는 지금 하는 일이 너무 좋습니다. 만족, 대만족입니다. 저한테 딱 맞아요." 그리고는 미친 사람처럼 킬킬댄다.

엉클 앨과 캐멀의 거리가 점점 멀어진다. 캐멀은 넘어질 뻔하다가 걸음을 멈춘다. "단장님!" 캐멀은 멀어지는 앨을 따라가며 소리친다. 다시 한 번 걸음을 멈춘다. "단장님!"

그러나 엉클 앨은 사람들, 말들, 마차들 너머로 사라진다.

"제길, 제길!" 캐멀이 모자를 홱 벗어 바닥으로 던지면서 분통을 터뜨린다.

"괜찮아요, 캐멀." 내가 위로한다. "애써 줘서 고마워요."

"이게 괜찮은 일이야?" 그가 고함친다.

"닥치고 가만히 있어. 다시 말해 봐야겠어. 저 뚱보 심술쟁이 놈은 시간이 없다고 하지만, 자네 같이 멀쩡한 친구가 부랑자처럼 헤매는 꼴을 그냥 두고 볼 순 없지. 그러니까 어른 말씀 듣고, 얌전히 기다려."

캐멀의 눈에는 분이 가득 담겨 있다.

나는 모자를 주워서 먼지를 떨어낸 후 그에게 내민다.

잠시 후 그가 모자를 받는다. "나한테 좋은 생각이 있어." 그가 퉁명스럽게 입을 연다. "그러면 될 것 같아."

캐멀은 나를 어떤 마차 앞으로 데려간다. 밖에서 기다리라고 한다. 나는 커다란 마차 바퀴에 기댄 채 손톱 때를 빼내다가 풀잎을 씹다가 하면서 하릴없이 시간을 보낸다. 어느 순간 머리가 앞으로 끄덕한다. 잠깐 졸았나 보다.

한 시간쯤 후에 캐멀이 휘청거리면서 밖으로 나온다. 한 손에는 휴대용 술병이 들려 있고, 다른 한쪽에는 말아 피우는 담배가 들려 있다. 캐멀의 눈꺼풀이 감길 듯 말 듯 떨린다.

"이쪽은 얼이야." 캐멀이 불분명한 발음으로 누군가를 소개하며 한 팔로 그의 허리를 감는다. "얼이 잘 보살펴 줄 거야."

마차에서 내려온 얼이라는 사내는 대머리다. 몸집이 엄청나게 크고 목이 머리보다 굵다. 다섯 손가락 마디 부분에서 털투성이 팔뚝까지 빛바랜 녹색 문신으로 덮여 있다. 그가 악수를 청한다.

"만나서 반갑네." 그가 인사한다.

"반갑습니다." 어쨌든 나도 인사를 한다. 하지만 상황이 어떻게 돌아가고 있는지는 모르겠다. 캐멀 쪽을 보니 바짝 마른 잔디를 밟으며 갈지자로 비행단 기차 방향으로 가고 있다. 노래도 부른다. 듣기가 괴롭다.

얼이 두 손을 말아 입에 대고 소리친다. "시끄러워, 캐멀! 기차에 꼭 붙어 있어. 기차 떠난 후에 후회하지 말고."

캐멀이 무릎으로 쓰러진다.

"이런 제길." 얼이 혼잣말처럼 중얼거린다.

"가만히 있어. 금방 갈 테니까."

얼은 캐멀에게 다가가서 캐멀의 늙은 몸을 마치 아기처럼 번쩍 들어올린다. 캐멀은 팔과 다리와 머리를 얼의 팔에 축 늘어뜨린다. 그러면서 킬킬거리다가 한숨을 쉬다가 한다. 얼은 캐멀의 몸을 기차에 싣고 기차 안에 있는 누군가와 이야기를 나눈 후 돌아온다.

"저 노인네는 저 몹쓸 것 때문에 큰 코 다칠 거야." 얼은 이렇게 중얼거리면서 내 앞으로 휙 지나간다. "창자가 썩어 문드러지든지 빌어먹을 기차에서 굴러 떨어지든지 둘 중 하나야. 저 몹쓸 것은 손도 대지 마라."

나는 얼의 등을 바라보며 가만히 서 있다.

얼은 왜 그러냐는 표정으로 돌아본다. "안 갈 거야?"

기차 세 대가 모두 출발했다. 나는 침대차 간이침대 밑에 몸을 잔뜩 웅크리고 누워 있다. 다른 사내 옆에 바짝 붙은 채다. 그는 이 침대 밑 공간의 합법적 소유자로, 한두 시간 누워 있게 해달라는 부탁을 들어준 것이다. 그에게 내 전 재산이었던 일 달러까지 바쳤지만, 어쨌든 그는 나와 같이 있는 것이 못마땅하다. 그래서 나는 무릎을 끌어안고 내 몸을 가능한 한 작게 만들려고 한다.

씻지 않은 몸뚱이와 옷가지에서 지독한 냄새가 풍긴다. 간이침대는 삼 층으로 포개져 있는데, 침대마다 최소한 한 명, 때로는 두 명이 누워 있다. 침대 밑 공간도 마찬가지다. 내 맞은편 침대 밑에 박혀 있는 사내는 얇은 회색 담요를 가지고 베개를 만들어 보려고 하지만 여의치가 않다.

각종 소음을 뚫고 어디선가 이런 말이 들려온다.

"오이체 나슈 크투리시 예스트 브 니에비에, 시비엔치 시에 이미에 트보예, 프쉬이츠 크룰레스트보 트보예—*"

"이런 제길."

내가 세든 공간의 소유주가 욕을 하며 머리를 복도로 내민다.

"영어로 해, 이 빌어먹을 폴란드 새끼야!"

그러고는 고개를 내저으며 침대 밑으로 기어들어온다.

"저런 염병할 놈들. 빌어먹을 기차에서 밀어버리든지."

"이 니에 부츠 나슈 나 포쿠셰니에 알레 나스 즈밥 오데 즈웨고 아 멘**."

나는 벽 쪽으로 바짝 다가가서 눈을 감고 작게 읊조린다.

"아멘."

기차가 덜컹하며 흔들린다. 불빛이 깜빡깜빡하다가 꺼진다. 기차 앞쪽 어딘가에서 날카로운 호각 소리가 들린다. 우리는 앞쪽으로 데 굴데굴 굴러가기 시작한다. 불이 들어온다. 나는 이루 말할 수 없이 피곤하다. 머리가 벽에 세차게 부딪친다.

잠시 후 정신을 차리니 눈앞에 거대한 작업용 장화 한 켤레가 보인다.

"준비됐어?"

나는 머리를 젓는다. 여기가 어디지?

여기저기서 힘줄이 우두둑 꺾이는 소리가 들린다. 그리고 눈앞에

---

* Ojcze nasz któryś jest w niebie, święć się imie Twoje, przyjdź królestwo Twoje—. 하늘에 계신 우리 아버지, 아버지의 이름이 거룩히 빛나시며 아버지의 나라가 오시며—

** I nie wódz nasź na pokuszenie ale nas zbaw ode złego. 저희를 유혹에 빠지지 않게 하시고 악 에서 구하소서, 아멘.

무릎 한쪽이 보인다. 잠시 후, 얼의 얼굴이 보인다.

"아, 네. 준비됐어요."

나는 진저리를 치며 몸을 일으킨다.

"할렐루야." 공간 소유권자가 팔다리를 뻗으며 내뱉는다.

나는 "피에르돌 시에*"라고 대꾸한다.

얼마 떨어지지 않은 간이침대에서 너털웃음 소리가 들린다.

"어서." 얼이 재촉한다. "엉클 앨이 방금 일어났어. 아직 잠이 덜 깼을 테니 심술부릴 정신은 없을 거야. 이때가 기회야."

얼은 나를 끌고 침대차 두 개를 더 지나간다. 승강구에 도착하니, 종류가 다른 차량이 연결되어 있다. 창문 너머 광택 나는 원목 자재와 정교한 조명 설비가 보인다.

얼이 나를 돌아본다. "준비됐어?"

"네, 준비됐어요." 내가 말한다.

그러나 준비된 것이 아니었다. 얼은 내 목덜미를 움켜쥐고는 내 얼굴을 문틀에 대고 짓누른다. 그리고 다른 손으로 미닫이문을 벌컥 열고 나를 앞차 안에 처넣는다. 나는 양손을 뻗으며 앞으로 고꾸라지다가 문틀을 붙잡고 간신히 중심을 잡는다. 경악한 얼굴로 얼을 돌아본다. 그제야 안에 있는 사람들이 눈에 들어온다.

"뭐야?" 엉클 앨이 팔걸이의자에 깊숙이 앉아서 말한다. 앨과 세 사내가 탁자에 앉아 있다. 앨은 엄지와 검지로 두꺼운 시가를 만지작거리고 다른 손으로는 다섯 장의 카드를 부채처럼 펼쳐들고 있다. 앨이 앉은 탁자에는 브랜디 잔이 놓여 있고, 술잔 바로 너머에는 포커

---

* Pierdol się, 엿 먹어라.

칩이 잔뜩 쌓여있다.

"기차에 올라탄 놈입니다, 단장님. 침대차에서 얼쩡거리기에 붙잡아 왔습니다."

"그게 사실이야?" 엉클 앨이 말한다. 여유 있게 시가를 한 모금 빨고는 스탠딩 재떨이 가장자리에 올려놓는다. 상체를 뒤로 젖혀 카드 패를 살피고는 한쪽으로 연기를 내뿜는다. "세 개 받고 다섯 개 더." 그는 이렇게 말하며 상체를 앞으로 기울이고 칩 한 무더기를 가운데로 내던진다.

"쫓아 버릴까요?" 얼은 이렇게 말하며 내게 다가와서 멱살을 잡는다. 발이 땅에서 들려 올라간다. 나는 몸에 잔뜩 힘을 주고 양손으로 얼의 양쪽 손목을 움켜쥔다. 얼이 다시 나를 내동댕이칠 수 없게 하려는 것이다. 나는 엉클 앨의 얼굴을 쳐다보다가 얼의 얼굴 아래쪽을 쳐다보다가 다시 엉클 앨의 얼굴을 쳐다본다(얼의 얼굴 위쪽은 보이지 않는다).

엉클 앨은 카드를 포개서 탁자 위에 놓는다. "잠깐만 기다려, 얼." 엉클 앨은 이렇게 말하며 시가를 집어들고 한 모금 빤다. "내려놔 봐."

얼은 나를 바닥에 내려놓는다. 나는 엉클 앨을 등지고 선다. 얼은 내키지 않는 듯 내 재킷을 매만진다.

"이리 와봐." 엉클 앨이 말한다.

나는 시키는 대로 한다. 얼의 손아귀를 빠져나온 것만 해도 다행이다.

"처음 뵙는 분 같은데." 그가 이렇게 말하며 연기로 도넛을 만든다. "이름이 어떻게 되시나?"

"제이콥 얀콥스키입니다, 단장님."

"그렇다면, 제이콥 얀콥스키 씨는 내 기차에서 무슨 짓을 하실 생각인가?"

"일거리를 찾을 생각입니다." 내가 대답한다.

엉클 앨은 연기로 천천히 도넛을 만들면서 계속 나를 주시한다. 그러면서 양손을 배 위에 올리고 조끼를 천천히 톡톡 두드린다.

"서커스단에서 일한 적이 있으신가, 제이콥?"

"없습니다. 단장님."

"서커스 구경해본 적은 있으시고?"

"그럼요, 단장님. 있습니다."

"무슨 서커스단이었나?"

"링글링 형제 서커스단입니다."

내가 이렇게 말하자 사람들이 갑자기 숨을 멈춘다. 얼을 돌아보니, 눈을 크게 뜨고 경고의 표정을 짓고 있다.

"하지만, 별로였습니다. 정말 못 봐주겠더라고요."

나는 다시 엉클 앨을 돌아보며 서둘러 덧붙인다.

"정말인가?" 엉클 앨이 말한다.

"정말입니다. 단장님."

"그러면 우리 서커스단 공연은 보셨나, 제이콥?"

"봤습니다. 단장님."

나는 이렇게 말하며 두 뺨이 화끈거리는 것을 느낀다.

"어떠셨나?" 그가 묻는다.

"그게…… 굉장했습니다."

"무슨 공연이 제일 마음에 드셨나?"

나는 숨을 헐떡이며 뭐든 생각해내려고 머리를 굴린다.

"흑마들이랑 백마들이랑 여자 한 명 나오는 공연이 제일 좋았습니다. 여자는 분홍색 옷을 입었고, 의상에는 시퀸 장식이 달려 있었고……"

"들었나, 오거스트? 이 꼬마가 말레나를 좋아한다는군."

엉클 앨의 맞은편에 앉아 있던 남자가 자리에서 일어나 돌아본다. 동물원 텐트에서 보았던 남자다. 신사모만 빼면 그때와 똑같다. 조각 같은 멋진 얼굴이다. 짙은 색 머리카락은 기름을 발라서 반들거린다. 이 남자도 콧수염을 길렀지만, 엉클 앨과는 달리 입술 길이 정도다.

"그럼, 정확히 무슨 일을 하고 싶나?" 엉클 앨이 묻는다.

그러면서 상체를 기울여 탁자 위에 있는 술잔을 들어올린다. 술잔을 빙글빙글 돌리다가 단번에 비운다. 어디선가 웨이터가 나타나서 잔을 채워준다.

"무슨 일이든지 시켜만 주세요. 하지만 가능하면 동물과 관련된 일을 하고 싶습니다."

"동물이라." 그가 말한다.

"들었나, 오거스트? 이 꼬마가 동물과 관련된 일을 하고 싶다는군. 그럼 코끼리 물당번 한번 해볼 텐가?"

얼이 미간을 찌푸린다.

"하지만 단장님, 우리는 코끼리가 없는데요."

"닥쳐." 엉클 앨이 고함을 지르며 벌떡 일어난다. 그러다가 소매로 술잔을 건드린다. 술잔이 카펫 위로 떨어진다. 엉클 앨은 쏟아진 술잔을 노려보며 주먹을 불끈 쥔다. 표정이 점점 험악해진다. 그러고는 이를 드러내며 인간의 것이라고 믿기 힘든 긴 비명을 지른다. 떨어진 술잔을 계속 발로 짓밟는다. 밟고 또 밟고 또 밟는다.

잠시 침묵이 흐른다. 침묵을 깨는 것은 기차 밑을 지나가는 침목이 리드미컬하게 덜컹거리는 소리뿐이다. 잠시 후 웨이터가 바닥에 엎드려 유리조각들을 치운다.

엉클 앨은 숨을 깊이 들이마시면서 창 쪽으로 돌아선다. 뒷짐을 지고 있다. 시간이 얼마나 지났을까, 엉클 앨이 우리를 돌아본다. 이번에는 기분 좋은 얼굴이다. 능글맞은 미소가 입가에 떠돈다.

"내가 알아맞혀 볼까, 제이콥 얀콥스키?" 그는 내 이름이 마치 맛없는 음식이라도 되는 듯이 씹어뱉는다. "너 같은 놈은 뻔한 족속이야. 아무리 재주를 부려도 내 손바닥 위라고. 무슨 문제 있어? 엄마랑 싸웠어? 방학을 이용해 모험여행이라도 떠난 거야?"

"아닙니다, 단장님. 그런 거 아닙니다."

"문제가 뭐든 마찬가지야. 내가 여기 일자리를 주더라도 너 같은 놈은 견디지 못하고 나가게 돼 있어. 일주일도 못 견딜걸. 서커스는 기계처럼 돌아가는 조직이야. 험한 일 아닌 것이 없어. 우리 대학생 샌님께서는 험한 일이 뭔지나 아시나?"

그는 어디 한번 대답해 보라는 듯 나를 노려본다. "자, 이제 꺼져." 그는 얼른 나가라고 손짓한다. "얼, 내보내. 빨간불이 보이기 전에는 기차에서 내던지지 말고. 아기가 다치면 엄마가 슬퍼하고, 엄마가 슬퍼하면 짭새들이 끼어들지."

"잠깐만요, 앨." 오거스트가 끼어든다. 재미있다는 듯이 싱글거리는 얼굴이다.

"정말이야? 너 대학 다녀?"

나는 고양이 두 마리 사이에 낀 생쥐 같은 느낌이다.

"다녔었어요."

"그럼 무슨 공부했어? 미술 공부 안 했어?" 그의 눈이 조롱하듯 반짝인다. "루마니아 민속무용? 아리스토텔레스 문학비평? 그것도 아니면, 얀콥스키 씨라니까, 아코디언 연주로 학위를 따셨나?"

"수의학을 공부했습니다."

그의 태도가 돌변한다.

"수의사 학교 나왔어? 자네 수의사야?"

"꼭 그렇지는 않습니다."

"꼭 그렇지는 않다고? 그게 무슨 말이야?"

"기말 시험을 안 봤어요."

"왜 안 봤어?"

"그냥 안 봤어요."

"그 기말 시험이 마지막 기말 시험이야?"

"네."

"무슨 대학이야?"

"코넬."

오거스트와 엉클 앨이 시선을 교환한다.

"실버스타가 병이 났다고 말레나가 그러네요." 오거스트가 말한다. "수의사를 좀 불러달라고 하더라고요. 달리는 기차에서 무슨 수로 수의사를 부른다고. 선발대한테 맡기라는데, 선발대는 먼저 출발했으니까 선발대 아닌가? 무슨 수로 선발대한테 맡기라는 건지, 나 원 참."

"그래서 어쩌자고?" 엉클 앨이 묻는다.

"아침에 이 꼬마한테 진찰 한번 시켜 보죠."

"오늘 밤은 어디서 재우고? 이미 초만원 상태야." 그는 시가를 재떨이에서 낚아채서 재떨이 가장자리에 재를 턴다.

"그냥 바닥에서 재우면 되겠군."

"가축차에 재우면 어떨까 싶은데요." 오거스트가 말한다.

"뭐? 말레나의 말들 실은 거기?"

"그래요."

"염소들 싣던 거기? 그 쬐그만 놈 자는 데가 거기 아냐? 그놈 이름이 뭐지?" 그는 이렇게 말하며 손가락 마디를 꺾는다. "스팅코? 킹코? 개새끼 한 마리 데리고 다니는 어릿광대 말이야."

"바로 거기 맞습니다." 오거스트가 미소를 짓는다.

오거스트는 나를 데리고 다시 남자용 침대차 차량들을 통과한다. 한참 가다 보니 작은 승강대가 나타난다. 바로 앞에 가축차가 있다.

"넘어지지 않고 걸을 수 있겠어?" 그가 친절하게 물어본다.

"네." 내가 대답한다.

"그럼 좋아." 그는 아무런 경고도 없이 차체 바깥으로 상체를 내밀고 가축차 옆에 달려 있는 무언가를 붙잡는다. 그리고 민첩하게 지붕으로 올라간다.

"하느님 맙소사!" 나는 깜짝 놀라 비명을 지른다. 오거스트가 사라진 자리를 올려다보고, 이어 승강대 바닥의 접합선 아래로 휙휙 지나가는 침목들을 내려다본다.

기차가 커브를 돌면서 크게 흔들린다. 나는 양손을 좌우로 펼치며 균형을 잡는다. 숨이 거칠어진다.

"올라와." 지붕에서 외치는 소리가 들린다.

"대체 어떻게 올라가요? 뭘 붙잡아요?"

"저기 사다리가 있어. 옆으로 돌아가. 상체를 내밀고 손을 뻗어. 잡힐 거야."

"못 잡으면요?"

"그럼 이제 우린 작별이지. 안 그래?"

나는 머뭇머뭇 차 끝으로 다가간다. 가느다란 사다리 끝 부분이 보일라 말라 한다. 나는 눈대중으로 사다리의 위치를 가늠한다. 그리고 양쪽 손바닥을 허벅지에 문지른 후, 상체를 차 밖으로 기울인다.

오른손이 사다리에 닿는다. 사다리가 손에 잡힐 때까지 필사적으로 왼손에 힘을 준다. 그러고는 양발을 사다리 가로대 사이에 단단히 끼우고 숨을 헐떡인다.

"자, 이제 올라와!"

나는 위를 올려다본다. 오거스트는 싱글벙글 웃으면서 나를 내려다보고 있다. 그의 머리카락이 바람에 날린다.

나는 지붕으로 올라간다. 그는 자기가 앉았던 자리를 내주고 옆자리로 옮겨간다. 내가 옆에 앉자 그는 내 어깨를 툭 친다.

"뒤에 볼 만한 게 있어."

그는 뒤에 붙은 차량들을 가리킨다. 기차가 커브를 도는 동안, 우리 뒤에 연결된 차량들은 덜컹덜컹 소리를 내면서 거대한 뱀처럼 휘어진다.

"멋지지, 안 그래, 제이콥?" 오거스트가 말한다. 나는 다시 한 번 그를 쳐다본다. 그는 이글거리는 눈빛으로 나를 노려보고 있다. "하긴, 멋지기로 따지자면, 우리 말레나가 더 멋지지. 안 그래?" 그는 혀를 차며 눈을 찡긋한다.

그는 내게 변명할 기회도 주지 않고 벌떡 일어나더니 탭댄스를 추면서 지붕 위를 지나간다. 나는 목을 길게 빼고 가축차의 개수를 세어본다. 적어도 여섯 개는 넘는다.

"오거스트?"

"왜?" 그가 펄쩍 뛰어올라 반 바퀴를 회전하며 묻는다.

"킹코가 어느 차에 있나요?"

그가 갑자기 다리를 굽히고 앉는다. "바로 이 차야. 다행이지?" 그는 지붕 환기구를 열고 그 속으로 사라진다. 나는 손과 무릎을 써서 겨우겨우 환기구로 나아간다.

"오거스트?"

"왜?" 어두운 환기구 밑에서 그가 대답한다.

"사다리 있어요?"

"없어. 그냥 내려와."

나는 환기구 구멍으로 몸을 들이밀고 손끝으로 대롱대롱 매달린다. 그러다가 풀썩 바닥으로 떨어진다. 킬킬거리는 웃음소리가 나를 반겨준다.

가축차 옆면의 이어 붙인 널빤지 사이로 가느다란 달빛이 새어든다. 가축차 한쪽에는 말들이 나란히 서 있고, 반대쪽은 문으로 막혀 있다. 직접 만든 것 같이 조잡한 문이다.

오거스트가 문을 미니, 뒷벽에 쿵 하며 문이 부딪힌다. 문이 열리자 그나마 방 같은 공간이 보인다. 등잔불이 뒤집힌 궤짝 위에 놓여 있고, 궤짝 옆에 아동용 침대가 놓여 있다. 침대에는 난쟁이 하나가 두꺼운 책을 펼쳐 놓고 배를 깔고 엎드려 있다. 내 또래인 것 같고, 머리카락도 나처럼 빨간색이다. 하지만, 그의 머리카락은 나랑은 다르게 밤송이처럼 **빳빳**하다. 숱이 많은 머리가 아무렇게나 **삐죽삐죽** 솟아 있다.

얼굴과 목과 팔과 손에는 온통 주근깨투성이다.

"킹코, 잘 있었나?" 오거스트가 역겨운 듯 인사한다.

"오거스트, 안녕하세요?" 난쟁이도 그에 못지않게 역겨운 듯 인사한다.

"이쪽은 제이콥이야." 오거스트는 나를 소개하면서 비좁은 공간을 한 바퀴 돈다. 지나가는 동안 허리를 굽히고 이것저것 만지작거린다. "당분간 여기서 자게 됐어."

나는 한발 앞으로 나서며 손을 내민다. "만나서 반가워."

킹코는 내가 내민 손을 차가운 시선으로 쳐다보더니 다시 오거스트에게 고개를 돌린다. "저놈은 뭐예요?"

"제이콥이야."

"이름 말고, 하는 일이 뭐냐고요."

"동물원에서 일할 거야."

킹코가 벌떡 일어난다. "동물원 일꾼이요? 왜 이러세요. 나는 배우예요. 일꾼이랑 한방에서 자라고요? 말도 안 돼."

킹코 뒤쪽에서 으르렁거리는 소리가 들린다. 잭 러셀 테리어 한 마리가 눈에 들어온다. 녀석은 침대 가에 털을 곤두세우고 서 있다.

"내가 누구인지 잊은 것은 아니겠지? 나는 동물공연 감독 겸 동물관리 감독이야." 오거스트가 느릿느릿 이야기한다. "자네가 여기서 잘 수 있는 것도 내가 사정을 봐준 덕분이고. 막일꾼들이 여기서 자지 못하는 것도 내가 그렇게 조치한 덕분이지. 물론 내가 한마디만 하면, 모두 여기서 잔다고 몰려오겠지만. 게다가 이분은 서커스단에 새로 부임하신 수의사 선생님이야. 대학도 나왔지. 그냥 대학도 아니고 코넬을 나왔어. 내가 보기에는 자네보다 훨씬 높으신 분이야. 내가 자네라면 침대도 양보하고 잘해 드릴 텐데." 오거스트의 눈동자 속에서 등잔불의 불꽃이 어른거린다. 흐릿한 불빛에 오거스트의 입술이 가늘게 떨리는 것이 보인다.

잠시 후, 오거스트가 나를 돌아본다. 구두의 뒤축을 바닥에 찍으며 허리를 숙여서 인사한다. "그럼 쉬시지요, 제이콥. 킹코가 편히 모실 테니 아무 걱정 마시고요. 그럼 수고해, 킹코."

킹코가 그를 노려본다.

오거스트는 양손으로 옆머리를 매만진다. 그러고는 문을 닫고 나간다. 조잡하게 만들어진 문을 바라보고 있노라니, 오거스트의 발걸음 소리가 기차 지붕 위를 지나간다. 나는 뒤를 돌아본다.

킹코와 개가 나를 바라보고 있다. 개는 주둥이를 까뒤집고 으르렁거린다.

나는 구깃구깃한 말담요를 깔고 밤을 난다. 가능한 한 침대에서 멀리 떨어지기 위해 벽에 바짝 달라붙는다. 말담요는 축축하다. 널빤지를 이어 붙여 비를 막으려고 한 듯한데, 누군지는 모르지만, 일솜씨가 영 형편없다. 말담요는 비에 젖어 눅눅하고 곰팡이가 피어있다.

나는 소스라치면서 일어난다. 팔과 목의 가려운 부분을 피가 나게 긁는다. 말담요 때문인지 다른 해충 때문인지 모르겠다. 알고 싶지도 않다. 덕지덕지 이어붙인 널빤지 사이로 하늘이 보인다. 기차는 아직 달리는 중이다.

잠이 깬 것은 꿈 때문이었다. 자세한 내용은 기억나지 않는다. 눈을 감고 머릿속을 구석구석 뒤져본다. 꿈이 숨어 있는 곳을 찾으려고.

어머니. 들국화 무늬의 파란색 원피스 차림으로 마당에서 빨래를 널고 있다. 나무로 된 빨래집게를 입에 물고 있다. 허리에 동여맨 앞치마 안에도 빨래집게가 들어있다. 나지막하게 폴란드 노래를 부르고 있다.

장면이동.

나는 바닥에 누워서 스트립댄서의 출렁이는 젖가슴을 보고 있다. 젖꼭지의 색은 갈색이고, 크기는 일 달러짜리 은화만 하고 모양은 핫케이크 같다. 그것이 원을 그리며 돈다. 왔다 갔다, 찰싹. 왔다 갔다, 찰싹. 사무치는 흥분이 일어나고, 곧이어 회한이 생기고, 곧이어 토할 것 같다.

그리고 나는……

나는……

나는 바보 늙은이처럼 훌쩍훌쩍 울고 있다. 바보 늙은이. 그게 나다.

잠이 들었었나 보다. 불과 몇 초 전에 나는 내가 스물세 살인 줄 알았다. 그런데 잠이 깨고 나니 낙엽처럼 말라비틀어진 몸뚱이에 갇힌 처량한 신세다.

나는 코를 훌쩍이며 바보 같은 눈물을 훔친다. 정신을 차리자. 그 처녀가 왔으니까, 분홍 옷을 입은 통통한 처녀가 왔으니까, 정신을 차리자. 저이가 어젯밤에 야간 근무였나? 아니면 내가 하루치 기억을 몽땅 잊은 건가? 도대체 어느 쪽일까? 답답해 죽겠다.

저이가 이름이 뭐더라? 기억이 났으면 좋겠는데, 도무지 기억이 안 난다. 아흔 살 늙은이한테는 으레 있는 일이다. 아흔세 살인가?

"얀콥스키 씨, 안녕히 주무셨어요?" 간호사가 인사를 건네며 형광등 스위치를 켜고, 창문 앞에 가서 블라인드 밝기를 조절한다. 블라인드 사이로 햇빛이 들어온다.

"기상 시간입니다. 꽃단장하셔야죠."

"내가 왜?" 나는 부루퉁한 목소리로 대답한다.

"주님께서 또 하루의 축복을 내려주셨으니까요." 간호사는 이렇게 말하며 내 옆으로 온다. 침대 옆에 붙어 있는 버튼을 누른다. 침대에서 작동음이 나기 시작한다. 잠시 후, 나는 침대에 똑바로 앉아 있다.

"내일은 꽃단장하시고 서커스 구경도 가셔야죠."

서커스! 그럼 내가 하루치 기억을 몽땅 잊은 것은 아니었군.

간호사는 체온계에 일회용 캡을 폭 씌운 후에 귀에 찔러 넣는다. 여기서는 매일 아침 이처럼 내 몸뚱이를 이곳저곳 찔러 본다. 냉장고 맨 뒤에서 끄집어낸 고기 조각 취급이다. 썩지 않았음을 확인하기 전까지는 안심할 수 없다는 뜻이다.

체온계에서 삑삑 소리가 나자, 간호사는 캡을 휴지통 속에 휙 던져 넣고 차트에 뭔가를 적는다. 그러고는 벽에 걸려 있던 혈압계 커프를 꺼낸다.

"그럼, 오늘 아침식사는 어디서 하고 싶으세요? 식당에서 드실래요? 아니면 여기로 가져다 드릴까요?"

간호사는 이렇게 물으며 커프로 팔뚝을 감고 바람을 넣는다.

"아침 안 먹어."

"아침을 왜 안 드세요, 얀콥스키 씨." 간호사는 이렇게 물으며 팔꿈치 안쪽에 청진기를 지그시 누르고 계기판을 바라본다. "식사를 하셔야 힘이 나시지요."

나는 그녀의 명찰을 보려고 목을 뺀다.

"내가 왜? 마라톤 나갈 일 있어?"

"힘이 있어야 서커스 구경도 가시지요." 간호사가 대꾸한다. 커프에서 바람이 빠지자, 그녀는 팔에서 커프를 풀어서 원래 있던 곳에 건다.

드디어! 그녀의 명찰이 보인다.

"그렇다면 아침밥은 여기서 먹을래, 로즈메리." 이로써 나는 내가 자기의 이름을 기억하고 있었음을 증명한다. 언제나 멀쩡한 정신을 자랑하기란 어려운 일이다. 그러나 그만큼 중요한 일이기도 하다. 어쨌든 나는 완전히 노망난 노인은 아니다. 그저 신경 써서 기억해야 하는 것이 남들보다 좀 많을 뿐이다.

"얀콥스키 씨는 정말 건강하시네요." 그녀는 이렇게 말하며 차트에 뭔가를 적은 후 차트를 휙 덮는다.

"체중만 줄지 않게 조심하시면, 앞으로 십 년은 거뜬히 넘기실 거예요. 제가 장담해요."

"듣던 중 반가운 소리야." 내가 대꾸한다.

로즈메리가 밀어주는 휠체어를 타고 복도로 나온다. 나는 공원이 보이는 창가로 가자고 한다.

화창한 날이다. 여기저기 떠있는 뭉게구름 사이로 햇살이 비친다. 다행이야. 날씨가 궂으면 서커스장에서 일하기가 이만저만 어려운 일이 아니거든. 그건 내가 잘 알지. 옛날에 비할 바는 아니지만. 아직도 서커스장에서 일하는 사람을 '막일꾼'이라고 하나? 숙소 시설이야 훨씬 나아졌겠지만. 저 아르브이RV만 봐도 그래. 차에 위성 접시가 달린 것도 있네.

점심을 먹자마자, 양로원 원생 하나가 거리로 나간다. 친척들이 휠체어를 밀고 있다. 그로부터 십 분 후, 그럴듯한 포장마차 행렬이 지나간다. 저기 루시가 있군. 넬리 콤튼도 있네. 하지만 나가면 뭐하나? 저 늙은이는 바보잖아. 아무것도 기억 못 할 텐데. 저이는 도리스네. 저놈은 도리스가 항상 얘기하는 랜달인가 보군. 저놈은 빌어먹을 맥긴티 자식이네. 그래, 혼자 실컷 잘난 척 해봐. 가족들에 둘러싸여 있냐? 체크무늬 무릎담요까지 덮고? 코끼리 이야기를 주절대고 있네. 척 보면 알지.

공연 천막 뒤쪽으로 눈부신 페르슈롱 백마들이 일렬로 서 있다. 하나같이 반들반들 윤이 난다. 빅쇼에 나오는 말이겠지? 빅쇼에는 백마만 출연한다. 곡예사가 말잔등에 올라서서 균형을 잡으려면 발바닥에 송진가루를 발라야 하는데, 백마가 아니면 송진가루 묻은 것이 보일 테니, 아무래도 빅쇼는 백마다.

백마의 공연이 아무리 멋졌어도, 말레나의 공연에 비하면 아무것도 아니었다. 그 누구도, 그 무엇도, 말레나에 비하면 아무것도 아니었다.

그런데 코끼리는 어디 있지? 나는 무서움과 실망감이 반씩 섞인 심정으로 코끼리가 어디 있나 두리번거린다.

오후 늦게 포장마차 행렬이 돌아온다. 의자에는 풍선을 매달고, 머리에는 바보 같은 모자를 쓰고, 무릎에는 솜사탕 봉지를 올려놓고. 봉지라니! 일주일은 더 됐겠네. 옛날에는 솜사탕이 얼마나 뽀송뽀송했는데. 몽실몽실 솜털을 모아서 콘 모양 종이에 담아주었는데.

정각 다섯 시가 되자, 비쩍 마른 간호사가 내 쪽으로 다가온다. 얼굴이 말처럼 생겼다. "저녁식사 하셔야죠, 얀콥스키 씨?" 간호사는 이렇게 말하며 휠체어 브레이크를 발로 차서 풀고 나를 빙글 돌린다.

"으흠." 나는 심술이 나서 헛기침을 한다. 내가 아무 말도 하기 전에 간호사가 제멋대로 식당으로 가고 있기 때문이다.

식당에 도착한 간호사는 휠체어를 내가 항상 앉는 식탁으로 밀고 간다.

"안 돼, 잠깐!" 나는 휠체어를 멈추라고 한다.

"오늘은 저기 앉기 싫어."

"괜찮아요, 얀콥스키 씨." 간호사는 나를 달래려고 한다.

"어제 일은 걱정하지 않으셔도 괜찮아요. 맥긴티 씨는 용서를 하셨을 거예요."

"그래서? 나는 놈을 용서한 적 없어. 나는 저기 앉고 싶어."

나는 이렇게 말하며 다른 식탁을 가리킨다.

"하지만 저 식탁에는 아무도 없는걸요."

"그러니까."

"아, 얀콥스키 씨. 그냥 여기 앉아서—"

"내가 여기 앉고 싶다는데, 무슨 잔말이 그렇게 많아? 제길."

휠체어가 멈춰 선다. 등 뒤에서 죽음 같은 침묵이 흐른다. 잠시 후, 간호사가 다시 휠체어를 밀기 시작한다. 그러고는 내가 말한 식탁 앞에 세워놓고 가버린다. 잠시 후. 접시를 가지고 돌아와 식탁 위에 집어던지듯 내려놓는다. 입술을 샐쭉하게 앙다물고 있다.

식당에서 혼자 밥을 먹을 때 가장 난처한 점은 남들이 하는 말이 자꾸 들린다는 거다. 엿듣는 게 아니다. 그냥 귀에 들어오는 거다. 대부분은 서커스 이야기를 하고 있다. 그건 오케이다. 내가 오케이 할 수 없는 것은, 방귀쟁이 늙은이 맥긴티가 내가 앉는 식탁에 앉아서 내가 친하게 지내는 여성들을 거느리고 아서왕처럼 거들먹거리고 있다는 점이다. 그게 다가 아니다. 보아하니, 놈은 서커스단 직원한테 옛날에 자기가 코끼리 물당번을 했다고 말했다. 그랬더니 직원은 놈의 자리를 바꾸어주었다. 무대 바로 앞 제일 좋은 자리로! 어머나 세상에! 놈의 지껄임이 계속된다. 자기가 얼마나 특별한 대접을 받았는지 지껄이고 또 지껄인다. 놈이 지껄이는 동안, 헤이즐과 도리스와 노마는 경애의 눈빛을 반짝이며 놈에게서 눈을 떼지 못한다.

더이상 못 참겠다. 접시를 내려다본다. 메뉴는 더 가관이다. 뭔지 모를 스튜, 그 위에 묽은 그레이비소스, 그 옆에 곰보 젤로.

"간호사!" 나는 고래고래 고함친다. "간호사!"

나를 쳐다보는 간호사와 눈이 마주친다.

위급한 상황이 아닌 것은 분명하니, 간호사는 느긋하기 그지없게 걸어온다.

"도와드릴까요, 얀콥스키 씨?"

"음식다운 음식 좀 가져와."

"네?"

"제대로 된 음식 말이야. 몰라? 바깥세상 사람들이 먹는 그런 음식 몰라?"

"하지만, 얀콥스키 씨—"

"나한테 한 번만 더 '하지만, 얀콥스키 씨'라고 했다간 혼날 줄 알아, 아가씨. 이건 아기들이 먹는 거야. 다섯 살 이후로는 이런 음식을 본 적이 없어. 아흔 살 먹을 때까지 본 적이 없어. 아흔세 살인가."

"이거 아기 음식 아니에요."

"그럼 뭐야. 걸리는 게 없잖아. 눈이 있으면 좀 봐—."

나는 이렇게 말하며 그레이비소스로 덮여 있는 알 수 없는 물체를 포크로 떠올린다. 묽은 덩어리가 뚝뚝 떨어지고, 포크에는 아무것도 걸리지 않는다.

"이게 음식이야? 나는 뭔가 좀 씹히는 음식을 먹고 싶어. 우적우적 씹히는 거 없어? 그리고 이건 대체 뭐라고 갖다놓은 거야?"

나는 이렇게 말하며 빨간색 젤로 덩어리를 포크로 쿡쿡 찌른다. 덩어리는 도발적으로 흔들린다. 내가 언젠가 보았던 유방처럼.

"샐러드예요."

"샐러드? 아가씨 눈에는 채소가 보이나? 나한테는 안 보이는데."

"과일 샐러드예요." 이렇게 말하는 간호사의 목소리는 침착하지만 부자연스럽다.

"아가씨 눈에는 과일이 보이나?"

"보이네요. 여기 과일 있네요." 간호사는 이렇게 말하며 젤로의 곰보 자국 하나를 가리킨다. "여기 있네요. 여기도 있고. 이건 바나나 조각이고, 이건 포도네. 드셔 보실래요?"

"아가씨가 먹어 볼래?"

간호사가 가슴 앞에서 팔짱을 낀다. 인내심의 한계에 다다랐다. "이건 원생용 특별식이라고요. 노인학을 전공한 영양사가 특별히—"

"나는 먹기 싫어. 음식다운 음식을 먹고 싶어."

식당에 죽은 듯한 정적이 흐른다. 나는 주위를 둘러본다. 모두의 시선이 나에게 꽂혔다. "뭘 봐?" 나는 크게 소리친다.

"내가 뭐 못할 말 했어? 제대로 된 음식 좀 먹자는 게 그렇게 이상해? 다들 지겹지도 않아? 이건 음식이 아니라…… 음식이 아니라…… 개죽이야!"

나는 접시 끝에 손을 대고 살짝 민다.

아주 살짝.

정말 살짝.

그런데 접시는 식탁에서 미끄러져 바닥으로 떨어진다. 그리고 산
산조각난다.

라시드 박사가 불려왔다. 박사는 침대 옆에 앉아서 이것저것 물어
본다. 나는 애써 공손하게 대답하려 해보지만, 괴팍하게 들릴 수도
있을 것 같다. 그렇다면 그건 치매 노인 취급 받는 것에 지쳐서 그런
거다.

반 시간 후, 박사는 간호사를 데리고 복도로 나간다. 나는 열심히
귀를 기울여 보지만, 들리는 부분은 많지 않다. "심각한, 심각한 우
울증" "공격성으로 발현되는" "노인병 환자에게서 흔히 볼 수 있는"
같은 말이 겨우 귀에 들어온다. 역겨울 정도로 커다란 귀지만, 청각
은 늙을 대로 늙었다.

"나 귀 안 먹었어!" 나는 침대에서 고함을 지른다.

"늙었다고 병신인 줄 알아?"

라시드 박사는 방 안을 빠끔히 들여다보더니 간호사의 팔을 잡아
끌어 복도 저쪽으로 간다. 이제 아무 말도 들리지 않는다.

그날 밤, 종이컵에 처음 보는 알약이 들어있다. 하마터면 모르고
먹을 뻔했다.

"이게 뭐야?" 나는 이렇게 물으며 문제의 알약을 손바닥 위에 놓
고 이리저리 돌려본다. 한번 던져 올렸다가 받은 후에 반대쪽을 살펴
본다.

"뭐요?" 간호사가 반문한다.

"이거." 나는 기분 나쁜 알약을 찌르면서 대답한다.

"여기 이거. 처음 보는 건데."

"엘라빌이에요."

"내가 이걸 왜 먹어?"

"드시면 기분이 한결 나으실 거예요."

"내가 이걸 왜 먹어?" 나는 다시 묻는다.

간호사는 아무 말이 없다. 나는 계속 쳐다본다. 간호사와 눈이 마주친다.

"우울증이세요." 간호사가 결국 입을 연다.

"안 먹어."

"얀콥스키 씨!"

"나 우울증 아니야."

"라시드 박사님이 처방하신 약이에요. 드시면 한결—"

"이런 걸 먹여서 중독자로 만들고 싶겠지. 젤로나 처먹는 순한 양으로 만들고 싶겠지. 나는 절대 안 먹어."

"저는 얀콥스키 씨 말고도 환자가 열두 명이 더 있어요. 이제 제발약 좀 드세요."

"우리가 환자였어? 원생인 줄 알았는데."

간호사의 옹색한 표정이 뻣뻣하게 굳어진다.

"다른 약은 먹지만, 이건 안 먹어." 나는 이렇게 말하며 문제의 알약을 손가락 밖으로 튀겨낸다. 알약은 허공을 가르며 비행하다 바닥으로 착륙한다. 나는 나머지 알약을 입속에 털어 넣는다. "물 어디 갔지?" 알약들을 혓바닥 중간에 모으고 있느라 발음이 이상하게 나온다.

간호사는 플라스틱 컵을 건네주고 바닥에 떨어진 알약을 주워든 후, 욕실로 들어간다. 변기 물 내리는 소리가 들리더니, 간호사가 욕실에서 나온다.

"얀콥스키 씨. 엘라빌을 다시 갖다 드립니다. 이번에도 안 드시면 라시드 박사님께 말씀드립니다. 그러면 박사님이 엘라빌 주사를 놓으라고 하시겠죠. 알약으로 드시든 주사로 맞으시든 알아서 하세요."

간호사가 알약을 가져오자, 나는 단숨에 삼킨다. 그로부터 십오 분 후, 주사도 맞는다. 엘라빌 주사는 아니고, 뭔가 다른 주사다. 그래도 이건 불공평하지 않아? 나는 벌써 그 빌어먹을 알약을 먹었는데.

잠시 후, 나는 젤로나 처먹는 순한 양이 된다. 순한지는 모르지만 어쨌든 양은 양이다. 내가 이토록 비참한 지경에 빠진 것은 젤로 때문이야, 젤로 때문이야, 계속 되뇌어 보지만, 누군가가 바로 지금 곰보 젤로를 갖다주며 먹으라고 하면, 나는 순순히 먹을 것이다. 놀랍지만 그게 사실이다.

나한테 무슨 짓을 한 거야?

나는 내 망가진 몸뚱이에 남아있는 마지막 인간의 존엄성에 의지하여 분노에 매달려 보지만, 아무 소용없다. 분노는 바다로 밀려가는 파도처럼 저 멀리 사라진다. 가슴 아픈 일이다. 나는 이 가슴 아픈 사실에 대해서 곰곰이 생각하는 중인데, 어느새 잠이라는 암흑이 머리를 맴돈다. 놀랍지만 그게 사실이다. 암흑은 머리를 맴돌며 서서히 아주 서서히 다가온다. 화내기도 싫증난다. 이제 나는 화를 참을 수 없어서 화를 내는 것이 아니라 화라도 내지 않으면 안 될 것 같아서 화를 낸다. 내일 아침에는 반드시 화를 내고 말테다. 당장은 될 대로 되라지. 달리 방법도 없는 걸.

기차가 신음 소리를 낸다. 점점 강해지는 브레이크의 저항에 맞서는 것이다. 몇 분 후, 기차는 거대한 짐승처럼 마지막 외마디 비명을 지르며 멈춰 선다. 정지하는 순간 부르르 몸을 떨고 계속 숨을 몰아쉰다.

킹코는 덮고 있던 담요를 젖히면서 일어났다. 그의 키는 백이십 센티미터 정도? 혹은 그보다 작다. 그는 기지개를 켜고 하품을 하고 입맛을 다시고 머리와 겨드랑이와 고환을 긁적거린다. 개가 그의 발밑에서 춤을 추듯 뛰어다니면서 몽탕한 꼬리를 미친 듯이 흔들어댄다.

"가자, 퀴니." 그는 이렇게 말하며 강아지를 안아 올린다. "밖에 나가고 싶지? 퀴니, 밖에 나가야지?" 그는 갈색과 흰색이 뒤섞인 강아지의 정수리 중간에 입을 맞추면서 작은방을 나간다.

나는 구석의 구겨진 말담요에 누워 그를 바라본다.

"킹코?" 내가 불러본다.

그가 문을 그토록 세게 닫지만 않았더라도, 내 말을 못 들은 것이라고 생각했을 텐데.

우리는 비행단 기차 뒤편 철로 위에 있다. 비행단 기차는 도착한지 몇 시간은 된 것 같다. 서커스장에는 이미 천막 도시가 세워져 있고, 주변에 몰려든 마을 사람들은 즐거운 듯 천막들을 바라본다. 기차 지붕 위에 한 줄로 올라앉은 아이들은 눈동자를 빛내면서 눈앞에 펼쳐진 온갖 놀라운 광경을 바라보고 더 어린 아이들의 손을 잡고 기차 옆에 서 있는 부모들은 아이들을 위해 이것저것 가리켜 보인다.

중간 기차의 침대차에 타고 있던 일꾼들이 차에서 내려와 담배에 불을 붙이고 서커스장을 가로질러 취사장을 향해 느릿느릿 걸어간다. 푸른색과 주황색의 취사장 깃발이 휘날리고, 증기를 내뿜는 취사장 옆 보일러는 아침식사가 준비되어 있음을 보여주는 신나는 증거다.

중간 기차에서 배우들의 침대차는 뒤쪽이고 쾌적해 보인다. 서열은 분명히 존재한다. 즉, 뒤쪽 침대차일수록 쾌적하다. 예를 들어, 엉클 앨이 묵는 차는 승무원차 바로 앞인데, 킹코와 나는 인간들 중에서 엔진과 가장 가까운 곳에 묵는다.

"제이콥."

뒤를 돌아보니, 오거스트가 나를 향해 성큼성큼 걸어온다. 셔츠는 빳빳하고, 턱은 깨끗하게 면도가 되어 있다. 매끌매끌한 머리카락은 방금 빗질한 듯하다.

"오늘 아침 어때, 꼬마?" 그가 묻는다.

"좋아요." 내가 말한다. "조금 피곤해요."

"그 땅꼬마 난쟁이가 귀찮게 굴지는 않았어?"

"아니오." 나는 말한다. "전혀요."

"좋아, 좋아." 그가 손뼉을 친다. "그럼 이제 말을 한번 볼까? 심각한 건 아닐 거야. 말레나는 말들이라면 껌뻑 죽어. 아, 저기 우리 공주님이 납시었군. 여보, 이리 와." 그가 즐거운 듯 말레나를 부른다. "제이콥을 소개할게. 당신 팬이야."

나는 얼굴이 잔뜩 빨개진다.

말레나가 그의 옆에 와서 나를 보며 미소를 짓는다. 오거스트는 가축차를 둘러본다. "만나서 반가워요." 말레나가 인사를 건네며 악수를 청한다. 가까이에서 봐도, 캐서린과 너무 비슷하다. 오목조목한 이목구비, 창백할 정도로 하얀 피부, 콧등에 난 주근깨, 반짝이는 파란 눈, 금발이라 해도 좋을 만큼 옅은 갈색 머리.

"반갑습니다." 나는 이틀 동안 면도를 못했다는 사실을 뼈저리게 의식하며 인사한다. 옷은 말라붙은 똥 때문에 뻣뻣하다. 내 몸에서 풍기는 고약한 냄새는 똥냄새가 전부는 아니다.

그녀가 머리를 살짝 들어올린다.

"저, 우리 어제 만난 적 있지요? 동물원 텐트에서."

"아닐걸요." 본능적으로 거짓말이 나온다.

"맞는 거 같은데. 공연 시작하기 직전에요. 침팬지 우리가 쾅 닫혔을 때."

나는 오거스트를 슬쩍 쳐다본다. 그는 아직 우리 반대편을 보고 있다. 그녀는 내 시선을 따라간다. 상황을 이해한 것 같다.

"보스턴에서 오지 않으셨나요?"

그녀는 목소리를 낮추고 말한다.

"아니오. 보스턴에는 가본 적도 없어요."

"그렇군요." 그녀가 말한다. "어디서 본 적이 있는 것 같아서. 아, 맞다." 그녀는 즐거운 듯 말을 계속한다. "수의사님이시라고 오기(오거스트의 애칭)가 그러던데." 자기의 이름이 들리자 오거스트가 뒤를 돌아본다.

"아니에요." 나는 말한다. "정확히 말해서 수의사는 아니에요."

"겸손하기는." 오거스트가 끼어든다. "페트! 이봐 페트!"

가축차 문 앞에 사람들이 웅기중기 서서 발판을 내리는 중이다. 검은색 머리카락의 키 큰 사내가 돌아본다.

"왜요, 감독님?" 그가 묻는다.

"일단 다른 놈들 내려놓고, 실버스타를 이리 데려와, 응?"

"옛."

말 열한 필(백마 다섯 필과 흑마 여섯 필)을 기차에서 내린 후, 페트는 다시 한 번 가축차로 들어간다. 잠시 후, 페트가 밖으로 나오며 말한다.

"실버스타가 내리기 싫은가 본데요, 감독님."

"끌어내려." 오거스트가 말한다.

"아, 안 돼, 그러지 말아요." 말레나가 이렇게 말하며 오거스트를 험상궂은 눈초리로 노려본다. 그러고는 발판을 올라가 가축차 안으로 사라진다.

오거스트와 나는 밖에서 기다린다. 간절하게 애원하는 소리와 아기를 어르는 것 같은 쯧쯧쯧 소리가 들리고 몇 분 만에, 말레나는 은색 아라비아 말을 끌고 가축차 문 앞에 나타난다.

말레나는 말을 아기처럼 어르고 달래며 기차에서 내려온다. 말은 머리를 쳐들고 뒷걸음질 치며 버티다가 결국 그녀 뒤를 따라 발판을 밟는다. 말은 한 걸음 한 걸음 옮길 때마다 머리가 심하게 오르락내리락한다. 발판에서 내려오지 않으려고 너무 세게 버티는 바람에 발판 위에서 엉덩방아를 찧을 뻔한다.

"세상에, 말레나! 녀석이 그저 약간 이상한 것 같다고 그러지 않았어?" 오거스트가 놀라며 말한다.

말레나의 안색이 잿빛이다.

"그랬어요. 어제는 이렇게 심하지는 않았어요. 며칠 동안 약간 다리를 절었지만, 이 정도까지는 아니었어요."

그녀는 말이 바닥에 내려설 때까지 어르고 달랜다. 말은 잔등을 둥글게 말고 뒷다리에 무게를 싣는다. 나는 가슴이 철렁 내려앉는다. 전형적인 달걀껍질 위로 걷기 자세다.

"왜 저러는지 알아?" 오거스트가 묻는다.

"좀 살펴봐야겠어요." 내가 대답한다. 하지만, 이미 구십구 퍼센트는 확실하다. "발굽 겸자 있어요?"

"없어. 대장간에 가면 있을 거야. 페트한테 가지고 오라고 해?"

"잠깐만요. 필요 없을 수도 있어요."

나는 말의 왼쪽 어깨 옆에 웅크려 앉아서 양손으로 녀석의 다리를 쭉 쓸어내려 발목까지 만져본다. 녀석은 겁을 내지 않는다. 이어서 나는 한 손을 굽 앞쪽에 갖다댄다. 굽이 불처럼 뜨겁다. 나는 엄지와 검지를 녀석의 발목 뒤쪽에 갖다댄다. 동맥이 뛰고 있다.

"이런." 나는 말한다.

"왜요?" 말레나가 말한다.

나는 몸을 일으켜 세우고 녀석의 발을 들어올리려고 한다. 녀석의 발은 땅바닥에 단단하게 고정되어 있다.

"착하지, 아가야."

나는 이렇게 말하며 녀석의 발굽을 잡아당긴다.

결국 녀석이 발굽을 들어올린다. 발굽 바닥이 검게 부었고 발굽 바닥 둘레에 붉은 선이 생겼다.

나는 녀석의 발굽을 서둘러 내려놓는다.

"이 말은 제엽염입니다." 내가 병명을 말한다.

"하느님 맙소사!" 말레나가 나직이 비명을 지르며 손으로 입을 막는다.

"뭐?" 오거스트가 되묻는다. "이 말이 뭐라고?"

"제엽염입니다." 내가 다시 말해준다. "발굽과 발굽 뼈를 연결하는 결체조직이 상해서 발굽 뼈가 발굽 바닥 방향으로 뒤틀리는 병입니다."

"쉽게 좀 말해줘. 심해?"

나는 말레나를 힐끗 본다. 아직도 손을 입에서 떼지 않고 있다. "심합니다." 내가 대답한다.

"고칠 수 있어?"

"일단 짚을 두껍게 깔아 발이 땅에 닿지 않게 하고, 건초만 먹이고, 낟알은 먹이면 안 됩니다. 아무 일도 시키면 안 됩니다."

"고칠 수 있느냐고!"

나는 대답을 못하고 망설이며 말레나를 힐끗 본다.

"고칠 수는 없습니다."

오거스트는 실버스타를 물끄러미 바라본다. 그러면서 볼을 부풀리고 숨을 토해낸다.

"이런, 이런, 이런!" 등 뒤에서 쩌렁쩌렁 울리는 목소리는 엉클 앨의 목소리가 틀림없다.

"우리 서커스단 전속 수의사 선생님이 아니신가!"

엉클 앨이 우리에게 훌쩍 다가온다. 검은색과 하얀색의 체크무늬 바지에 심홍색 조끼 차림이다. 걸음을 옮길 때마다, 은장식 지팡이를 요란하게 휘두른다. 사람들 몇몇이 엉클 앨 뒤를 어지럽게 따라온다.

"그럼, 의사양반, 한 말씀 하시지? 말은 고치셨나?"

엉클 앨이 내 앞을 막아서며 기분 좋게 묻는다.

"고치지는 못했어요." 내가 대답한다.

"왜 못 고쳐?"

"제엽염에 걸렸다는데요." 오거스트가 대답한다.

"뭐에 걸려?" 엉클 앨이 묻는다.

"발에 나는 병이래요."

엉클 앨이 허리를 굽히고 실버스타의 발을 들여다본다.

"내가 보기에는 괜찮은데."

"괜찮지 않아요." 내가 반박한다.

그가 나를 돌아본다. "그럼 이제 어떻게 하라고?"

"짚을 깔아주고 쉬게 하고 낟알을 못 먹게 하세요. 그런 것 말고는, 우리가 할 수 있는 일은 별로 없어요."

"쉬게 하는 것은 불가능해. 놈은 빅쇼 행렬 선두마야."

"쉬게 하지 않는다면, 발굽 뼈가 뒤틀려서 발바닥에 구멍이 날 겁니다. 그럼 말도 죽습니다." 나는 단호하게 설명한다.

엉클 앨의 눈꺼풀이 흔들린다. 그러면서 말레나가 있는 쪽을 바라본다.

"언제까지 쉬어야 하는데?"

나는 잠시 시간을 두고 어떻게 말해야 할까를 생각한다.

"아무래도 끝까지 쉬어야 할 겁니다."

"제에에길!" 그가 고함을 지르며 지팡이로 바닥을 쑤신다.

"한창 공연 시즌인데 대체 어디 가서 공연마를 구하란 말이야?" 그리고 뒤따르던 사람들을 둘러본다.

똘마니들은 어깨를 으쓱하고 뭔가 웅얼거리고 엉뚱한 곳으로 시선을 돌린다.

"아무 짝에 쓸데없는 개자식들. 당장 꺼져! 아, 너는 있어." 그가 지팡이로 나를 가리킨다. "너는 여기서 일해. 이 말 고쳐. 주급 구 달러. 오거스트 밑으로 들어가. 말이 죽으면 당장 해고야. 아니지, 병이 심해지면 당장 해고야." 그러고는 말레나에게 다가가서 그녀의 어깨를 다독인다. "자, 자, 우리 공주님. 걱정할 거 없어. 제이콥이 잘 보살펴 줄 거야. 오거스트, 우리 어린 공주님한테 아침 좀 먹여 줘, 응? 이제 출발할 때가 됐어."

오거스트가 뒤를 홱 돌아본다.

"이제 갈 때가 되다니, 그게 대체 무슨 뜻입니까?"

"천막을 걷자고." 엉클 앨이 이렇게 말하며 막연하게 뭔가를 가리킨다. "움직이자고."

"도대체 무슨 소리를 하는 겁니까? 방금 도착했잖아요. 천막을 다 치지도 못했다고요!"

"계획이 변경됐어, 오거스트. 계획 변경이야."

엉클 앨과 똘마니들이 저쪽으로 걸어간다. 오거스트는 입을 쩍 벌린 채 그들의 뒷모습을 쳐다본다.

식당에는 소문들이 무성하다.

으깬 감자튀김 앞에서:

"〈카손 형제 서커스단〉이 자릿세를 덜 내다가 걸렸대."

"허어." 또 다른 누군가가 대답한다. "우리도 잘 그러잖아."

스크램블 에그 앞에서:

"경찰이 술 냄새를 맡았어. 단속이 뜰 거야."

"단속이 뜨긴 뜨는데, 술 단속이 아니라 쿠치 텐트 단속이야."

오트밀 앞에서:

"작년에 엉클 앨이 서커스단 자릿세를 제대로 안 냈대. 보안관이 화가 난 거야. 경찰들이 와서 두 시간 줄 테니 당장 나가라고 했대. 그때까지 안 나가면 쫓아내겠다고."

에즈라가 어제와 똑같이 구부정한 자세로 앉아 있다. 가슴 앞에서 팔짱을 끼고, 턱을 가슴에 파묻은 자세. 나한테는 전혀 신경 쓰지 않는다.

"어이 거기, 아저씨." 내가 식당 중간에 처진 커튼 쪽으로 가는데, 오거스트가 뒤에서 부른다. "어디로 가려고?"

"저쪽이요."

"말도 안 돼." 그가 만류한다.

"서커스단 수의사 선생님이 그러면 안 되지. 이쪽으로 가지. 솔직히 말하면, 자네를 저쪽에 보내서 도대체 무슨 말이 떠도는지 알아오게 했으면 싶지만 말이야."

나는 오거스트와 말레나를 따라 고급 식탁 쪽에 앉는다. 킹코는 다른 난쟁이들과 함께 역시 고급 식탁 쪽에 앉아 있다. 나와는 좀 떨어진 곳이다. 퀴니는 킹코의 발치에서 혀를 한쪽으로 길게 빼고 기대에 찬 표정으로 킹코를 쳐다본다. 그러나 킹코의 눈에는 퀴니는 물론 같이 앉아 있는 사람들도 보이지 않는다. 그는 턱을 험악하게 좌우로 움직이며 나만 뚫어져라 쳐다본다.

"여보, 어서 들어." 오거스트는 이렇게 말하며 설탕 통을 말레나의 수프 접시 옆으로 밀어준다.

"걱정할 거 없어. 진짜 수의사 선생님이 오셨잖아."

나는 그게 아니라고 말하려다 그냥 입을 다물어버린다.

금발머리 소녀가 다가온다.

"말레나! 자기야! 내가 무슨 얘기를 듣고 왔는지 알아?"

"안녕, 로티." 말레나가 인사한다.

"뭔데? 무슨 얘기 들었어?"

로티는 말레나에게로 미끄러지듯 다가와서는 숨 쉴 새도 없이 재잘재잘 이야기를 시작한다. 공중곡예사인 그녀가 믿을 만한 소식통으로부터 직접 들은 이야기다. 스카우트 담당자가 엉클 앨과 서커스장 섭외자가 공연장 텐트 밖에서 언쟁하는 소리를 들었는데…… 우리가 앉아 있는 식탁으로 금세 사람들이 몰려든다. 로티의 이야기와 사람들의 추임새를 듣다 보니, 앨런 J. 분켈과 〈벤지니 형제 지상 최대의 서커스단〉의 역사과목 속성반을 수강하는 기분이다.

엉클 앨은 한 마리 배고픈 하이에나, 시체를 노리는 독수리다. 십오 년 전, 엉클 앨은 펠라그라 걸린 배우들을 아구창 걸린 말에 싣고 이 마을 저 마을 떠도는 싸구려 행사 매니저였다.

1928년 8월, 〈벤지니 형제 지상 최대의 서커스단〉이 파산했다. 월스트리트 때문이 아니라, 그저 돈이 바닥나서였다. 겨울 숙소까지 이동할 돈은커녕 다음번 마을로 갈 돈도 없었다. 단장은 기차를 잡아타고 도망쳤다. 그리고 사람들, 장비들, 동물들을 몽땅 뒤에 남겼다.

마침 근처를 지나던 엉클 앨은 숙소차 한 대와 무개차 두 대를 손에 넣을 수 있었다. 철로변의 차량들이 눈엣가시였던 철도 관리들은 차량들을 말도 안 되는 헐값에 넘겼던 것이다. 무개차에는 얼마 되지 않는 낡아빠진 마차들을 모두 실을 수 있었다. 앨런 분켈이 서커스단 이름을 바꾸지 않은 것은 차량들에 이미 〈벤지니 형제 지상 최대의 서커스단〉이라는 크고 화려한 글자들이 박혀 있었기 때문이다. 이로써 앨런 분켈은 공식적으로 기차 서커스 사업에 합류했다.

대공황이 닥치면서, 좀 큰 서커스단들이 줄줄이 망하기 시작했다. 엉클 앨은 자신의 행운을 믿을 수 없었다. 1929년, 〈젠트리 형제 서커스단〉과 〈벅 존스 서커스단〉이 망했다. 다음해인 1930년, 〈콜 형제 서커스단〉과 〈크리스티 형제 서커스단〉, 그리고 막강 〈존 로빈슨 서커스단〉이 망했다. 망하는 서커스단이 있으면, 그곳에는 언제나 엉클 앨이 있었다. 엉클 앨은 남은 것을 몽땅 챙겨왔다. 차량 두어 개도 좋았고, 갈 곳 없는 배우 두어 명도 좋았고, 호랑이 한 마리도 좋았고, 낙타 한 마리도 좋았다. 그는 전국에 스카우트 연락망을 만들었다. 어지간히 큰 서커스단에서 문제가 생겼다 싶으면, 누군가는 그에게 전보를 보내게 돼 있었다. 전보를 받은 그는 당장 그곳으로 달려갔다.

엉클 앨은 시체들을 주워 먹으면서 몸집을 불렸다. 미니어폴리스에서는 퍼레이드 마차 일곱 대와 이빨 빠진 사자 한 마리를 구했다. 오하이오에서는 칼 먹는 사나이와 무개차 한 대를 구했다. 데스모이네스에서는 대기실 텐트, 하마와 하마 마차, 그리고 아름다운 루신다를 구했다. 포틀랜드에서는 짐말 열여덟 필, 얼룩말 두 마리, 편자공 한 명을 구했다. 시애틀에서는 숙소차 두 개, 그리고 진짜 괴물인간을 구했다. 수염 난 아가씨였다. 엉클 앨은 이 괴물인간을 구하고는 매우 기분이 좋았다. 그가 무엇보다 갖고 싶어하는 것, 밤마다 그의 꿈에 나오는 것 — 그것은 바로 괴물인간이다. 그는 가짜 괴물인간에는 관심 없다. 머리부터 발끝까지 문신으로 뒤덮인 사나이, 지갑과 전구를 토하는 아가씨, 폭탄 머리 소녀, 몸에 뚫린 구멍 속으로 막대기를 쑤셔 넣는 사나이 — 이런 것은 그가 원하는 것이 아니다. 엉클 앨이 갖고 싶어하는 것은 진짜 괴물인간, 태어날 때부터 괴물인 인간이다. 지금 우리가 졸리엣Joliet으로 방향을 바꾼 것은 그 때문이다.

〈폭스 형제 서커스단〉이 얼마 전에 파산했다. 엉클 앨은 열광하고 있다. 그 서커스단에는 세계적으로 유명한 찰스 맨스필드 — 리빙스턴이 있기 때문이다. 잘 생기고 날렵한 이 사내는 가슴에다 쌍둥이 동생을 키우고 있다. 찰스는 그에게 차스라는 이름을 붙였다. 차스는 찰스의 갈비뼈에 머리를 처박은 아기와도 같은 모습이다. 찰스는 차스에게 아주 작은 양복을 만들어 입히고 검은 구두를 만들어 신긴다. 걸을 때는 차스의 작은 손을 꼭 잡고 간다. 차스의 조그만 페니스는 발기까지 한다는 소문이다.

엉클 앨은 제때 가지 못해 그를 다른 서커스단에 빼앗길까 봐 전전긍긍이다. 그래서 이 소동이 벌어진 것이다. 우리 서커스단 포스터가 사라고타 스프링스 전체에 빽빽이 나붙었는데, 이틀 동안 머물 예정으로 빵 이천이백 덩어리, 버터 오십삼 킬로그램, 열두 개 들이 달걀 삼백육십 개, 고기 칠백십이 킬로그램, 양배추 절임 열한 통, 설탕 사십팔 킬로그램, 오렌지 스물네 상자, 기름 이십사 킬로그램, 채소 오백사십 킬로그램, 커피 이백 열두 통을 쌓아놓았는데, 건초, 순무, 근대 등 각종 동물 사료 수 톤이 동물원 텐트 뒤에 쌓여 있는데, 수백 명의 마을 사람들이 이미 서커스장 입구에 모여들었는데, 천막을 걷고 떠나야 한다. 마을 사람들은 열광하다가 당황하다가 이제 급속도로 분노한다.

요리사는 화가 나서 제정신이 아니다. 서커스장 섭외자는 당장 그만두겠다고 위협하고 있다. 짐말 십장은 미친 듯이 화를 내며 비행단 일꾼들을 사정없이 채찍으로 내리친다. 일꾼들은 천막을 치다가 걷다가 우왕좌왕하고 있다.

모두 이런 일을 겪은 적이 있다. 사람들의 가장 큰 걱정은 졸리엣에 도착할 때까지 사흘 동안 음식이 바닥나지 않을까 하는 것이다. 식당 일꾼들은 이미 내린 음식 중에 기차에 다시 실을 만한 음식들을 열심히 뒤진다. 그리고 사람들에게는 가능한 한 빨리 더키 — 도시락의 일종 — 를 주겠다고 약속한다.

사흘 동안 기차로 이동해야 한다는 말을 들은 오거스트는 끝없이 욕설을 내뱉으며 동분서주한다. 엉클 앨에게는 빌어먹으라는 저주를 내리고 우리 일꾼들에게는 이것저것 명령을 내리느라 눈코 뜰 새 없이 바쁘다. 우리가 동물 사료들을 다시 기차에 싣는 동안, 오거스트는 급히 식당으로 간다. 조리장을 설득해서(필요하면 매수해서) 사람 먹는 음식을 동물에게 좀 나누어 달라고 하려는 것이다.

다이아몬드 조와 나는 고기 내장이 담겨있는 양동이들을 동물원 텐트 뒤편에서 기차까지 운반한다. 근처 도축장에서 가져온 것인데, 역겹기 이를 데가 없다. 악취가 풍기고, 피가 뚝뚝 떨어지고, 꺼멓게 색이 변했다. 우리가 양동이를 가축차 문 앞에 실으려고 하자, 승객들(낙타와 얼룩말을 비롯한 초식동물들)은 발길질을 하고 법석을 떨면서 저항한다. 그러나 고기를 실을 곳은 여기밖에 없다. 녀석들은 고기와 함께 여행을 해야 할 것이다. 맹수들은 퍼레이드용 우리에 갇힌 채 무개차에 탑승한다.

출발 준비를 끝낸 후, 나는 오거스트를 찾으러 간다. 그는 식당 뒤편에서 손수레에 음식물 찌꺼기를 싣고 있다. 식당 일꾼들에게서 얻어온 것이다.

"먹이를 꽤 많이 실었어요." 내가 보고한다.

"물은 어떻게 할까요?"

"일단 있는 것은 내버리고 양동이를 다시 채워. 물 마차를 채웠지만, 그것으로는 사흘도 못 버텨. 도중에 기차가 설 거야. 엉클 앨은 깜둥이처럼 지독한 놈이지만, 그래도 바보는 아니야. 동물이 죽으면 손해가 얼만데, 손해 보는 짓은 절대 안 하는 놈이지. 동물이 없으면, 서커스도 없어. 고기는 다 실었어?"

"실을 수 있는 데까지는 실었어요."

"고기가 우선이야. 자리가 부족하면, 건초를 던져버려. 맹수가 초식동물보다 비싸."

"더이상 자리가 없어요. 킹코와 내가 자는 자리 말고는 남은 공간이 전혀 없어요."

오거스트가 잠시 생각에 잠겨, 잔뜩 힘을 준 입술을 손가락으로 톡톡 친다. 한참 후에 입을 연다. "거긴 안 돼. 공연마들 옆에 고기를 실으면, 말레나가 가만있지 않을 거야."

이제 나의 위치를 알겠다. 맹수들도 나보다는 위에 있다.

말들이 마시는 물은 더럽고 귀리가 떠다닌다. 하지만 어쨌든 물은 물이다. 나는 물이 담긴 양동이를 기차에서 가지고 나온다. 셔츠를 벗은 후 남은 물을 팔과 머리와 가슴에 붓는다.

"그렇게 시원하진 않겠네, 의사 선생?" 오거스트가 말한다.

나는 허리를 굽힌 채다. 머리카락에서 물이 뚝뚝 떨어진다. 나는 눈에서 물기를 닦아내며 일어선다.

"죄송해요. 다른 물이 없어서요. 어차피 버릴 물이니까."

"아니야, 괜찮아, 괜찮아. 수의사 선생님더러 일꾼처럼 씻지 말고 살라고 할 수는 없지, 안 그래? 그럼 이렇게 하지, 제이콥. 좀 늦기는 했지만, 졸리엣에 도착하면, 자네가 물을 쓸 수 있게 내가 조치를 취해 놓을게. 배우들과 감독들은 양동이 두 통을 쓸 수 있어. 물 담당한테 좀 찔러주면, 더 쓸 수도 있고."

그는 이렇게 말하며 엄지로 나머지 손가락을 문지른다.

"월요일의 사나이*하고도 줄을 놓아 줄게. 옷 한 벌 더 얻을 수 없는지 보자고."

"월요일의 사나이요?"

"어머니가 빨래하시는 날이 언제였나, 제이콥?"

나는 그를 한참 쳐다본다. "설마…… 그건 아니지요?"

"그 많은 빨래가 빨랫줄에 걸려 있는데, 그냥 썩히면 아까운 노릇이지."

"그래도—"

"그럼 그건 그만두지, 제이콥. 대답이 듣고 싶지 않으면, 질문을 하지 마. 그리고 그 구정물은 쓰지 말고. 따라와."

---

* Monday man, 떠돌이 빨래 도둑을 뜻한다. 사람들은 보통 월요일에 빨래를 하므로, 도둑들도 주로 월요일에 빨래를 훔쳤다. 옮긴이 주

서커스장에 남아있는 천막은 세 개뿐이다. 그는 나를 끌고 서커스장 끝에 있는 천막으로 간다. 천막 안에 들어가니, 트렁크와 옷걸이 앞에 수백 개의 양동이가 나란히 두 개씩 포개어져 있다. 양동이 옆면에는 이름 또는 이니셜이 씌어 있다. 옷을 반쯤 벗은 사람에서 옷을 거의 다 벗은 사람까지 온갖 사람들이 양동이 앞에서 몸을 씻고 면도를 하고 있다.

"여기 있군." 그가 이렇게 말하며 양동이 한 쌍을 가리킨다.

"이걸 써."

"하지만, 월터는요?"

나는 양동이 옆면에 쓰인 이름을 읽으며 묻는다.

"아, 월터는 내가 알아. 이해심이 아주 많지. 면도기 갖고 있나?"

"없는데요."

"내 것을 써." 그가 이렇게 말하며 천막 반대쪽을 가리킨다.

"저쪽 끝에 있어. 내 이름이 붙어 있어. 하지만 서두르라고. 삼십 분 후면 출발해야 할 테니까."

"고맙습니다." 내가 인사한다.

"고맙긴." 그가 대답한다.

"가축차로 셔츠 한 벌 보낼 테니, 입어."

가축차로 돌아오니, 실버스타가 벽에 몸을 기대고 있다. 바닥에는 무릎이 빠질 만큼 깔짚이 수북하게 깔려 있다.

다른 말들은 아직 모두 밖에 있다. 덕분에 처음으로 차 안을 자세히 살펴볼 기회가 생겼다. 마방 열여섯 칸이 있고, 마방 사이에는 칸막이가 있다. 칸막이는 마방 좌우로 뚫려 있어, 가장 먼저 타는 말이 가장 나중에 내리는 구조다. 원래는 마방을 서른두 칸까지 만들 수 있었는데, 염소방을 만드느라 공간이 반으로 나뉘었다. 염소도 없는데 왜 이곳을 염소방이라고 하는 걸까? 알 수 없는 일이다.

킹코의 아동용 침대 끝에 깨끗한 하얀색 셔츠가 놓여 있다. 나는 입고 있던 셔츠를 벗어서 구석의 말담요 위로 던진다. 깨끗한 셔츠를 일단 코에 갖다댄다. 세탁비누 향기가 얼마나 고마운지 모르겠다.

단추를 채우는데, 킹코의 책들이 눈에 띈다. 등잔불과 함께 궤짝 위에 놓여 있다. 나는 셔츠를 바지 속에 집어넣고 아동용 침대에 걸터앉아 맨 위에 있는 책을 집어든다.

셰익스피어 전집이다. 그 밑에는 워즈워스 시선집, 성경, 오스카 와일드 희곡집이 있다. 셰익스피어 전집 안을 보니, 작은 만화책 몇 권이 끼어 있다. 만화책의 정체는 금방 알 수 있다. ≪티후아나 바이블즈≫다.

나는 만화책 한 권을 펼쳐본다. 조야한 드로잉의 올리브가 침대에서 다리를 벌리고 누워 있다. 벌거벗은 채 구두만 신었다. 올리브의 생각풍선 속에 들어있는 뽀빠이는 발기한 음경이 턱에 닿아 있다. 창밖에서 올리브를 엿보고 있는 것은 윔피다. 윔피의 신체 상태는 뽀빠이와 동일하다.

"도대체 뭐 하자는 수작이야?"

나는 깜짝 놀라 책을 떨어뜨린다. 그리고 허리를 굽혀 책을 줍는다.

"그냥 놔둬!" 킹코가 이렇게 말하며 무섭게 다가와 내 손에서 만화책을 낚아챈다. "내 침대에서 당장 내려오지 못해?"

나는 벌떡 일어난다.

"이봐, 친구." 그가 이렇게 말하며 고개를 쳐들고 손가락으로 내

가슴을 찌른다.

"나는 너랑 같은 방을 쓰게 된 것이 그닥 반갑지가 않아. 나로서는 선택의 여지가 없는 것 같지만 말이야. 하지만 방을 같이 쓰는 것이 물건까지 같이 쓰겠다는 얘기는 아니야."

그는 면도를 안 했다. 홍당무처럼 벌겋게 달아오른 얼굴에서 파란 눈이 이글이글 타오른다.

"잘못했어." 나는 더듬더듬 입을 연다.

"미안해. 앞으로는 네 물건에 손 안 댈게."

"잘 들어, 멍청아. 네놈이 오기 전까지는 여기도 괜찮은 곳이었어. 어쨌든 나는 지금 기분이 별로 좋지 않아. 어떤 머저리 자식이 내 물을 훔쳐 썼어. 그러니까 오늘은 나를 건드리지 않는 게 좋아. 내가 길이는 좀 짧지만, 그렇다고 너 같은 놈이 호락호락하게 볼 만한 상대는 아니야."

내가 깜짝 놀라 눈을 크게 뜨는 것을 킹코가 눈치 챘다. 내가 정신을 차렸을 때는 이미 늦었다.

그가 눈을 가늘게 뜨며 노려본다. 내 깨끗한 셔츠와 내 면도한 얼굴을 훑어본다. 그러고는 여덟 쪽 만화를 아동용 침대 위에 팽개친다. "하! 또 네놈 짓이군?"

"미안해. 네 물인 줄 몰랐어. 맹세해. 오거스트가 써도 된다고 해서……"

"오거스트가 내 물건도 만지라고 그랬어?"

나는 당황해서 멈칫한다. "아니, 그건 아니지만."

그는 자기 책들과 물건들을 궤짝 속에 쑤셔 넣는다.

"킹코— 월터— 미안해."

"이봐, 월터라고 부르지 마. 월터는 친구들만 부르는 이름이야."

나는 구석으로 가서 말담요 위에 털썩 주저앉는다. 킹코는 퀴니를 침대 위로 안아 올려 나란히 눕는다. 킹코는 천장의 한 점을 뚫어져라 노려본다. 천장에 불이 붙기 시작한다 해도 놀랍지 않을 것 같다.

잠시 후, 기차가 출발한다. 수십 명의 분노한 사내들이 건초용 갈퀴와 야구 방망이 따위를 내던지면서 따라온다. 그러나 사람들이 저렇게 화를 내는 것은 우리와 싸우고 싶어서라기보다는 오늘 밤 저녁 식탁에서 무용담을 들려주기 위해서다. 진짜로 한판 붙을 생각이었다면, 기차가 출발하기 전에도 시간은 충분히 있었다.

저 사람들이 저러는 것도 무리는 아니다. 여자들과 아이들은 지난 며칠 동안 서커스 날만을 손꼽아 기다렸다. 남자들도 오늘이 오기만을 기다렸을 것이다. 서커스장 뒷마당에서 뭔가 다른 쇼를 즐길 수 있다는 소문도 들었을 것이다. 매력덩어리 바바라를 차근차근 감상할 생각으로 오늘이 오기만을 기다렸을 테니 남자들이 화를 내는 것도 당연하다. 어쨌든 그들의 기대는 무너지고 말았으니, 오늘 밤은 여덟 쪽 만화로 만족할 수밖에 없으리라.

기차에 속도가 붙는다. 킹코와 나는 적대감으로 가득한 침묵 속에 이리저리 흔들린다. 킹코는 아동용 침대에 누운 채 책을 본다. 퀴니는 킹코의 양말에 머리를 올려놓고 엎드렸다. 퀴니는 대부분 잠들어 있지만, 잠이 깨면 항상 나를 쳐다본다. 나는 말담요에 앉아 있다. 뼛속까지 피곤한 상태지만, 눕고 싶지는 않다. 귀찮은 해충들과 눅눅한 곰팡이를 감수할 정도로 피곤하지는 않은 것이다.

저녁식사 시간쯤 된 것 같다. 나는 자리에서 일어나서 기지개를 켠다. 책 뒤에서 킹코의 시선이 나를 향해 번득인다. 그러고는 다시 책으로 향한다.

나는 염소방을 나와 말들에게 다가간다. 그리고 백마와 흑마의 희고 검은 잔등들을 굽어본다. 우리는 말들을 기차에 실을 때 말들의 위치를 약간 바꾸었다. 실버스타에게 마방 네 칸이 돌아갔고, 나머지 말들은 반대쪽 끝 마방부터 빈칸 없이 나란히 실려 있다. 하지만 말들의 순서는 바뀌지 않았다. 말들이 익숙하지 않은 마방에 들어간 후에도 별다른 동요 없이 얌전한 것은 그 때문일 것이다. 마방 기둥에 새겨진 말 이름과 마방에 들어 있는 말이 일치하지 않음에도, 말들의 이름을 짐작할 수 있는 것도 그 때문이다. 넷째 칸에 있는 말은 블래키다. 처음 기차에 기어올랐을 때 만났던 블래키가 생각난다. 흑마 블래키의 성격이 인간 블래키의 성격과 비슷할지 궁금하다.

실버스타가 보이지 않는다. 누워 있나 보다. 실버스타가 누워 있다는 것은 좋은 일이기도 하고 나쁜 일이기도 하다. 누우면 발에 무게가 실리지 않으니 좋은 일이지만, 누웠다는 것은 서 있을 수 없을 만큼 아프다는 뜻일 테니 좋지 않은 일이다. 마방의 구조상, 기차가 멈추고 다른 말들이 모두 내리기 전까지는 실버스타를 진찰할 수 없다.

나는 가축차의 열린 문을 마주보고 앉아 지나가는 풍경을 바라본다. 어느새 날이 저문다. 나는 옆으로 쓰러져 잠이 든다.

몇 분 지나지 않은 것 같은데, 귀청을 찢는 요란한 브레이크 소리가 들려오기 시작한다. 그와 거의 동시에, 염소방 문이 열리고 킹코와 퀴니가 껄껄한 마루로 나온다. 킹코는 한쪽 어깨를 벽에 대고, 양손을 주머니 깊숙이 찌른 자세로, 나를 애써 무시하고 있다. 마침내 기차가 멈추자, 킹코는 기차에서 폴짝 뛰어내린 후 뒤로 돌아서서 손

뺨을 두 번 친다. 퀴니가 킹코의 품으로 뛰어들고, 둘은 어디론가 사라진다.

나는 몸을 일으키고 문밖을 내다본다.

여기가 어딘지 모르겠다. 우리가 마지막 기차다. 다른 두 기차는 우리보다 먼저 철로 위에 서 있다. 기차와 기차 간의 간격은 팔백 미터 정도다.

사람들은 새벽빛 아래 차에서 내린다. 기지개를 켜며 차에서 내리는 배우들은 삼삼오오 모여 이야기를 하고 담배를 피운다. 일꾼들은 기차에 발판을 설치하고 동물들을 내리기 시작한다.

몇 분 후, 오거스트 일행이 도착한다.

"조, 원숭이들 맡아." 오거스트가 지시를 내린다. "페트, 오티스, 초식동물들은 차에서 내려서 물 좀 먹여. 물통은 건드리지 말고, 강가로 끌고 가서 먹이고 와. 물 아껴야 돼."

"실버스타는 그냥 둬요." 내가 말한다.

긴 침묵이 흐른다. 사람들은 나와 오거스트를 번갈아 쳐다본다. 오거스트는 날카로운 시선으로 나를 뚫어져라 바라본다.

"그래." 오거스트가 마침내 입을 연다.

"좋아. 실버스타는 그냥 놔둬."

오거스트는 돌아서서 저쪽으로 걸어간다. 다른 사람들은 놀란 토끼 눈으로 나를 돌아본다.

나는 허둥지둥 오거스트 뒤를 따라간다. "죄송합니다." 나는 그와 보조를 맞추어 걸으면서 사과한다.

"이래라저래라 하려고 그런 게 아니라……."

그는 낙타차 앞에 멈춰 서서 문을 드르륵 연다. 단봉낙타들의 불만스러운 울음소리가 쏟아져나온다.

"괜찮아, 친구." 오거스트가 유쾌하게 대답한다. 그러면서 내게 고기 양동이 하나를 휙 던진다. "맹수 먹이 주러 가는데, 도와줄래?" 나는 양동이 손잡이의 가느다란 철삿줄을 날렵하게 붙잡는다. 양동이 속에서 분노한 파리 떼가 끓어오른다.

"맙소사." 나는 이렇게 말하며 양동이를 내려놓고 고개를 돌린 후 구역질을 한다. 그리고 눈물을 훔친다. 아직 속이 메스껍다. "오거스트, 이런 것을 어떻게 먹여요?"

"왜 못 먹여?"

"상했어요."

말이 없다. 돌아보니 오거스트는 두 번째 양동이를 던져놓고 가버렸다. 지금 그는 양동이 두 개를 손수레에 싣고 철로 위를 걸어가고 있다. 나도 할 수 없이 양동이를 양손에 하나씩 들고 따라간다.

"썩었어요. 맹수들은 이런 거 안 먹어요."

나는 아까 하던 말을 계속한다.

"일단 먹여 보고. 안 먹으면, 우리 모두 어려운 결정을 내려야 해."

"네?"

"졸리엣까지 가려면 아직 멀었어. 게다가, 안타깝게도, 염소들이 바닥났어."

나는 깜짝 놀라 할 말을 잃는다.

중간 기차에 도착한 오거스트는 무개차 위로 뛰어올라 맹수 우리 두 개의 덧문을 올려 연다. 그러고는 철창 문 자물쇠를 풀고 열쇠를 그대로 꽂아 둔 뒤 바닥으로 뛰어내린다.

"자, 이제 들어가." 그가 내 등을 탁 치며 말한다.

"뭐라고요?"

"한 놈당 양동이 하나씩. 올라가." 그가 재촉한다.

나는 마지못해 무개차로 올라간다. 맹수들의 오줌 냄새가 진동한다. 오거스트가 고기 양동이를 하나씩 올려준다. 나는 비바람에 낡을 대로 낡은 무개차 바닥 위에 양동이를 내려놓는다. 애써 숨을 참아본다.

맹수 우리는 두 칸으로 나누어져 있다. 왼쪽 우리에는 사자 한 쌍이 들어있고, 오른쪽 우리에는 호랑이 한 마리와 표범 한 마리가 들어 있다. 네 마리 모두 덩치가 장난이 아니다. 녀석들은 머리를 쳐들고 코를 킁킁거린다. 수염이 씰룩씰룩 움직인다.

"자, 이제 해봐." 오거스트가 말한다.

"어떻게요? 그냥 문을 열고 던지라고요?"

"다른 좋은 방법 있어?"

호랑이가 뒷발로 일어선다. 검은색과 주황색과 하얀색이 뒤섞인 몸뚱이의 무게는 이백칠십 킬로그램에 육박한다. 녀석은 머리통이 엄청나게 크고 수염이 길게 났다. 문앞으로 다가왔다가 반대쪽으로 어슬렁어슬렁 걸어갔다가 다시 문앞으로 다가와서 으르렁거린다. 그러면서 빗장을 세게 친다. 자물쇠가 창살에 부딪혀 덜거덕거린다.

"렉스부터 해 봐." 오거스트가 이렇게 말하며 사자들을 가리킨다. 사자들도 초조하게 왔다 갔다 하고 있다.

"왼쪽 녀석이야."

렉스는 호랑이보다는 몸집이 훨씬 작다. 갈기가 엉켜 있고 연한 색 가죽 아래 갈비뼈가 드러나 보인다. 나는 마음을 가다듬고 양동이를 집어든다.

"잠깐." 오거스트가 이렇게 말하며 옆에 있는 양동이를 가리킨다. "그거 말고. 이거."

무슨 차이가 있는지는 모르겠다. 하지만 오거스트에게 말대꾸해 봤자 좋을 것이 없음을 그간의 경험으로 깨달은 나는 잠자코 시키는 대로 한다.

사자는 내가 다가오는 것을 보고 문앞으로 돌진한다. 나는 몸이 얼어붙는다.

"왜 그래, 제이콥."

돌아보니, 오거스트의 얼굴이 흥분으로 이글이글 타오른다.

"렉스가 무서운 건 아니겠지?" 그가 말을 잇는다.

"녀석은 그냥 귀여운 아기 고양이야."

렉스가 문옆 창살에다 옴투성이 털가죽을 문지른다.

나는 서툰 손놀림으로 자물쇠를 풀어 발치에 내려놓는다. 양동이를 들고 기회를 노린다. 그러다가 렉스가 반대쪽으로 돌아서는 틈을 타서 창살 문을 연다.

고기를 채 쏟아 붓기 전에, 녀석의 거대한 턱이 내 팔을 깨문다. 나는 비명을 지른다. 양동이가 요란한 소리를 내면서 바닥으로 떨어지고, 내장 조각들이 사방에 튀긴다. 고기를 본 사자는 물었던 팔을 놓고 고기에게 달려든다.

나는 문을 쾅 닫고 무릎으로 고정한 후, 팔을 확인한다. 팔은 아직 몸에 붙어 있다. 그러나 침이 흥건하게 묻어 있고, 끓는 물에 덴 것처럼 벌겋게 변했다. 다행히 피부는 상하지 않았다. 잠시 후, 나는 오거스트가 등 뒤에서 껄껄 웃고 있는 것을 알게 된다.

나는 그를 돌아본다. "미쳤어요? 이게 재밌어요?"

"재밌어, 아주 재밌어." 오거스트가 말한다. 기쁨을 감추려는 노력 따위는 전혀 하지 않고 있다.

"단단히 미쳤어, 정말 미쳤다고!" 나는 무개차에서 뛰어내려 다시 한 번 팔이 무사한지 확인하고 성큼성큼 오거스트의 반대쪽으로 걸어간다.

"제이콥, 기다려." 오거스트가 웃으면서 따라온다. "화내지 마. 장난 좀 친 걸 가지고."

"장난? 나는 팔이 잘릴 뻔했는데!"

"녀석은 이빨이 없는걸."

나는 걸음을 멈추고 발밑의 자갈을 내려다보면서 놈의 말을 되새긴다. 이빨이 없다고! 잠시 후, 나는 다시 걷기 시작한다. 오거스트는 더이상 따라오지 않는다.

나는 화를 삭이면서 시냇가로 걸어간다. 사내 두 명이 얼룩말에게 물을 먹이고 있다. 나는 그들 옆에 무릎을 꿇고 앉는다. 얼룩말 한 마리가 줄무늬 주둥이를 하늘로 쳐들고 큰 소리로 울부짖으며 부들부들 떤다. 고삐를 쥔 사내가 얼룩말이 날뛰지 못하게 막으면서 나를 힐끗힐끗 쳐다본다.

"제길!" 그가 소리친다. "그게 뭐야? 피야?"

나는 내 몸을 살펴본다. 고기 피가 온몸에 튀었다.

"아, 피 맞아요. 맹수들한테 먹이를 주다가."

"너 미쳤어? 죽고 싶어 환장했어?"

나는 뒤를 돌아보며 시냇가를 따라 내려간다. 얼룩말이 진정할 때까지 걸음을 멈추지 못한다. 마침내 시냇가에 쭈그리고 앉아 양팔에 묻어 있는 고기 피와 맹수 침을 닦아낸다.

나는 몸을 씻은 후에 중간 기차로 돌아온다. 다이아몬드 조가 무개차에 올라앉아 있다. 접어 올린 회색 셔츠 소매 밑으로 털투성이의 근육질 팔뚝이 드러난다. 옆에는 침팬지 우리가 놓여 있다. 침팬지는 바닥에 주저앉아 시리얼과 과일을 버무린 먹이를 한 줌씩 입에 쑤셔 넣는다. 그러면서 검은 눈을 반짝이며 다이아몬드 조와 나를 쳐다본다.

"도와줘요?" 내가 묻는다.

"됐어. 거의 다 했어. 오거스트가 너한테 장난 좀 쳤다며? 늙은이 렉스였지?"

나는 화를 내야겠다고 마음먹고 고개를 쳐든다. 그러나 조의 얼굴에서 웃음기는 찾아볼 수 없다.

"조심해." 그가 말한다. "렉스 같은 퇴물이야 네 팔을 물어뜯지 못하지만, 레오라면 충분히 물어뜯을 거야. 물어뜯고도 남지. 오거스트가 왜 너한테 그런 일을 시켰을까. 누가 알아? 맹수는 클리브 담당인데. 오거스트가 너한테 경고를 보내는 것일 수도 있지." 그는 말을 끊고 침팬지 우리로 들어간다. 침팬지와 손가락 인사를 나누고 우리 문을 닫는다. 그리고 무개차를 내려온다. "잘 들어. 이런 말 하는 건 이게 마지막이야. 오거스트는 웃기는 놈이야. 하하하 웃기는 놈이란 뜻이 아니야. 몸조심하는 게 좋아. 오거스트는 자기한테 대드는 놈은 절대 그냥 두지 않아. 기회만 있으면…… 무슨 말인지 알아?"

"알 것 같아요."

"아니, 너는 아직 모를 거야. 하지만 곧 알게 돼. 그런데, 밥은 먹은 거야?"

"아니오."

그는 비행단 기차로 가는 길을 가리킨다. 철로 옆에 식탁들이 차려졌다.

"식당 일꾼들이 아침밥을 나눠주고 있어. 도시락도 있으니까, 하나 챙겨. 도시락까지 주는 것을 보면, 밤늦게까지 계속 달릴지도 몰라. 챙길 수 있을 때 챙겨라, 내가 항상 하는 말이지."

"고마워요, 조"

"고맙긴."

나는 도시락을 챙겨들고 가축차로 돌아온다. 도시락 안에는 햄 샌드위치, 사과, 사르사 음료수 두 병이 들어 있다. 가축차 안에 말레나가 앉아 있다. 실버스타 때문이다. 나는 도시락 상자를 내려놓고 천천히 그녀에게 다가간다.

실버스타는 모로 누워 있다. 옆구리가 부풀어오른다. 호흡은 가늘고 가쁘다. 말레나는 무릎 꿇은 자세로 녀석의 머리맡에 앉아 있다.

"차도가 없지요?" 그녀가 나를 올려다보면서 말한다.

나는 고개를 젓는다.

"어떻게 이렇게 갑자기 병에 걸렸을까요?"

그녀의 목소리는 작고 힘이 없다. 문득 그녀가 울음을 터뜨릴 것만 같다는 생각이 든다.

나는 그녀 옆에 웅크려 앉는다. "그런 경우가 가끔 있어요. 하지만, 말레나 잘못이 아니에요."

그녀는 녀석의 얼굴을 어루만진다. 그녀의 손가락이 녀석의 움푹 들어간 뺨을 쓰다듬고 녀석의 턱밑으로 내려간다. 녀석의 눈빛이 깜빡인다.

"우리가 해줄 수 있는 것이 없을까요?" 그녀가 묻는다.

"기차에 태우는 것부터가 무리예요. 하지만, 상황이 달랐다고 하더라도, 우리가 할 수 있는 일은 별로 없었을 거예요. 발에 무게가 실리지 않게 하고, 기도하는 것밖에는."

그녀는 나를 힐끗 쳐다본다. 뒤늦게 내 팔을 보고 깜짝 놀란다. "맙소사, 무슨 일이 있었어요?"

나는 고개를 숙인다. "아, 이거. 별거 아니에요."

"별거 아니라니, 말도 안 돼요." 그녀가 이렇게 말하며 내 팔을 뚫어지게 쳐다본다. 양손으로 내 팔뚝을 들어올려 널빤지 사이로 들어오는 햇빛에 비춰본다.

"얼마 안 된 상처 같은데요. 멍이 심하게 생기겠네요. 아프지 않아요?" 그녀는 한 손으로는 내 팔뚝 뒤를 잡고 다른 손으로는 퍼렇게 멍드는 살갗을 쓰다듬어준다. 그녀의 손바닥은 차갑고 부드럽다. 나는 머리카락이 곤두선다.

나는 눈을 감고 침을 삼킨다. "아니, 별로 안 아파요, 그저—"

호각이 울리고, 그녀가 가축차 문을 바라본다. 나는 기회를 틈타서 팔을 빼고 일어난다.

"이십 분!" 기차 앞쪽에서 누군가 쩌렁쩌렁 울리는 목소리로 소리친다. "이십 분 후 출발!"

조가 열려 있는 문으로 고개를 들이민다. "어서! 말들 얼른 실어야지. 아, 죄송합니다, 사모님." 그는 말레나를 보고 모자에 손을 대며 사과한다. "여기 계신 줄 몰랐네요."

"괜찮아요, 조."

조는 어색한 자세로 말레나가 나오기를 기다린다.

"지금 빨리 실어야 하는데." 그가 다급하게 재촉한다.

"실으세요." 말레나가 대답한다.

"나는 실버스타 옆에 타고 갈 테니까."

"그건 안 돼요." 내가 급하게 말린다.

그녀는 고개를 들고 나를 본다. 그녀의 목은 길고 희다.

"도대체 왜 안 돼요?"

"일단 다른 말을 실으면, 거기서 나올 수가 없어요."

"상관없어요."

"무슨 일이라도 생기면요?"

"아무 일도 안 생겨요. 혹시 무슨 일이 생기면, 말에 올라타면 돼요." 그녀는 무릎 꿇은 자세로 깔짚 위에 자리를 잡는다.

"글세—" 나는 주저하며 말끝을 흐린다. 실버스타를 바라보는 말레나의 눈빛은 꼼짝하지 않겠다는 결연한 의지를 분명하게 보여준다.

나는 조를 돌아본다. 조는 어쩔 수 없다는 듯 양손을 들어올린다. 나는 말레나를 마지막으로 한번 본 후, 실버스트의 마방 칸막이를 닫고 조와 함께 말들을 싣는다.

다이아몬드 조는 기차가 오랫동안 멈추지 않을지도 모른다고 말했었다. 그리고 그 예상은 적중했다. 기차는 사라고타 스프링스를 출발한 후 저녁이 될 때까지 한 번도 멈추지 않는다.

킹코와 나는 기차가 출발하고부터 아무 말도 없다. 그가 나를 미워하는 것은 분명하다. 그를 비난할 생각은 없다. 우리가 이렇게 된 것은 오거스트 때문이다. 킹코에게 시시콜콜 설명해보았자 상황이 달라질 것 같지는 않지만 말이다.

나는 염소방 바깥에 나와 있다. 킹코를 방해하고 싶지 않기 때문이기도 하고, 말레나가 걱정되기 때문이기도 하다. 몸무게 사백오십 킬로그램짜리 말들이 줄지어 늘어선 가축차 구석에 그녀 혼자 갇혀 있을 것을 생각하면 걱정을 안 할 수가 없다.

기차가 멈추자, 말레나는 날렵하게 말들의 잔등을 밟으며 바닥으로 폴짝 내려온다. 염소방을 나오던 킹코는 순간 깜짝 놀랐는지 눈을 찡그린다. 그러고는 말레나에게서 시선을 거두고 애써 관심 없는 척하면서 열려 있는 가축차 문을 바라본다.

페트와 오티스와 나는 공연용 동물들과 낙타들과 라마들을 기차에서 내리고 물을 준다. 다이아몬드 조와 클리브 등 맹수 담당 일꾼들은 중간 기차로 가서 동물 우리들을 살펴본다. 오거스트는 어디에도 보이지 않는다.

동물들을 다시 차에 실은 후에, 나는 가축차로 돌아와서 염소방을 살짝 들여다본다.

킹코는 침대 위에 다리를 꼬고 앉아 있다. 구석에는 벌레가 들끓는 말담요 대신 침낭이 놓여 있고, 퀴니는 침낭에 코를 대고 킁킁대고 있다. 침낭 위에는 깔끔하게 개켜진 담요와 베개가 놓여 있다. 담요는 빨간색 체크무늬이고, 베개는 부드러운 하얀색 베갯잇에 싸여 있다. 베개 위에는 딱딱한 사각형 종이가 놓여 있다. 내가 카드에 손을 대자, 퀴니가 발길질이라도 당한 듯이 펄쩍 뛴다.

오거스트 로젠블룻 부부가 사십팔 호 차량 삼 번 특실로 초대합니다. 지금 곧 칵테일파티와 만찬에 참석해 주시기 바랍니다.

나는 깜짝 놀라 고개를 쳐든다. 킹코가 칼날 같은 시선으로 나를 노려보고 있다.

"아양 떠는 실력이 보통이 아닌데?" 그가 비꼬듯 말한다.

차량의 번호가 아무렇게나 매겨져 있어서 사십팔 호 차를 찾는 것이 쉽지 않다. 아, 저것이 사십팔 호 차다! 진한 포도주색 바탕에 〈벤지니 형제 지상 최대의 서커스단〉이라는 삼십 센티미터 정도 크기의 황금색 글자가 대문짝만하게 박혀 있다. 그런데 반짝반짝하게 새로 칠한 〈벤지니 형제 지상 최대의 서커스단〉 밑으로 〈크리스티 형제 서커스단〉이라는 희미한 글자가 비친다. 겹쳐진 글자들이 사십팔 호 차의 역사를 말해준다.

"제이콥!" 창문에서 말레나의 목소리가 들려온다. 잠시 후, 사십팔 호 차 승강단에서 그녀의 모습이 나타난다. 그녀가 상체를 내밀고 난간에 매달리자, 그녀의 치마가 바람에 살며시 날린다. "제이콥! 아, 와주어서 고마워요. 어서 들어와요!"

"감사합니다." 나는 이렇게 말하며 주변을 살피고는 차에 올라탄다. 그녀는 나를 이끌고 복도를 따라 내려가다가 복도와 연결된 특실로 들어간다.

특실 삼 호는 화려하고 널찍하다. 넓이가 사십팔 호 차 절반에 이르고 별실이 최소한 한 개인 것을 고려하면, 그냥 특실이라고 하기도 어렵다. 별실의 공간을 분리하는 것은 두꺼운 벨벳 커튼이다. 벽은 호두나무 원목이고, 담홍색 가구 세트, 식탁 세트, 호화차량 전용 부엌 세트가 갖추어져 있다.

"앉으세요." 말레나는 이렇게 말하며 의자를 가리킨다.

"오거스트는 곧 올 거예요."

"감사합니다." 내가 인사를 차린다.

그녀는 내 맞은편 자리에 앉는다.

"이런." 그녀는 자리에서 벌떡 일어난다.

"어머, 내 정신 좀 봐! 손님 모셔놓고…… 맥주 드시겠어요?"

"감사합니다." 내가 대답한다. "맥주 좋습니다."

그녀는 팔랑팔랑 내 앞을 지나서 아이스박스로 간다.

"로젠블룻 부인, 뭐 하나 여쭤 봐도 될까요?"

"아, 말레나라고 부르시면 좋겠어요."

그녀는 이렇게 말하며 병뚜껑을 딴다. 커다란 잔을 옆으로 기울이며 거품이 생기지 않도록 천천히 따른다.

"그럼요. 뭐든 물어보세요."

그녀는 내게 잔을 건네주고는 다른 잔을 가지러 간다.

"이 기차에는 어떻게 이렇게 술이 많은 거죠?"

"공연 시즌이 시작될 무렵에, 항상 캐나다로 가요." 그녀가 자리에 앉으며 말한다. "캐나다 법은 미국 법보다는 인간적이니까요. 건배해요." 그녀는 잔을 들며 말한다.

나는 그녀와 잔을 부딪치고 한 모금을 홀짝인다. 차갑고 깨끗한 라거다. 굉장하다. "국경수비대에 걸리지 않나요?"

"술은 낙타 속에 넣어서 운반하면 돼요." 그녀가 말한다.

"죄송하지만, 이해가 안 가는데요." 내가 말한다.

"낙타는 되새김질하잖아요."

나는 맥주를 코로 뿜어낼 뻔한다.

그녀는 킥킥 웃으면서 새침하게 한 손으로 입을 가린다. 그러고는 한숨을 내쉬며 맥주잔을 내려놓는다. "제이콥?"

"네?"

"오거스트한테 오늘 아침 있었던 일에 대해 들었어요."

나는 팔에 난 상처를 힐끗 쳐다본다.

"오거스트가 정말로 미안해하고 있어요. 오기는 제이콥을 좋아해요. 정말 좋아해요. 아까 일은 그저…… 음, 설명하기 좀 어렵지만……." 그녀는 무릎을 내려다보면서 얼굴을 붉힌다.

"에이, 신경 쓰지 마세요." 내가 입을 연다. "괜찮아요."

"제이콥!" 오거스트가 등 뒤에서 소리친다.

"우리 친구 왔군! 우리 부부 파티에 와줘서 고맙네. 말레나가 벌써 한 잔 안겨줬군. 말레나가 옷방도 구경시켜줬나?"

"옷방이오?"

"말레나." 그는 말레나를 돌아보며 딱하다는 듯이 고개를 젓는다. 꾸짖듯이 손가락을 좌우로 흔든다. "쯧쯧, 여보."

"이런!" 그녀는 이렇게 말하며 자리에서 벌떡 일어난다.

"까맣게 잊어버렸어요!"

오거스트는 별실 앞에 가서 벨벳 커튼을 한쪽으로 걷어낸다.

"기대하시라!"

정장 세 벌이 침대 위에 나란히 놓여 있다. 두 벌은 턱시도와 구두까지 갖춰진 양복이고, 한 벌은 아름다운 장미색 실크 드레스다. 목둘레와 단은 구슬장식이다.

말레나는 탄성을 지르며 기쁨에 겨워 손뼉을 친다. 침대로 뛰어가 드레스를 움켜쥔다. 몸 위에 대고 빙빙 돈다.

나는 오거스트를 돌아본다.

"월요일의 사나이한테 빌린 것은 아니겠죠?"

"턱시도를 빨랫줄에? 그럴 리는 없지, 제이콥. 동물연기 감독에겐 이상한 특권이 있거든. 저기 들어가서 준비하게."

그는 이렇게 말하며 윤기 나는 원목 문을 가리킨다.

"말레나랑 나는 여기서 갈아입을 테니. 우린 정말 친한 사이니까, 안 그래, 자기?"

말레나는 장미색 비단 구두 뒤축을 쥐고는 그를 향해 약하게 던진다.

화장실 문을 닫기 전에 마지막으로 눈에 들어오는 것은 뒤엉킨 발들이 침대 위로 쓰러지는 모습이다.

화장실에서 나와 보니, 말레나와 오거스트는 한껏 점잔을 빼고 뒤로 물러나 있다. 앞에서는 흰 장갑을 낀 세 명의 웨이터가 바퀴 달린 작은 테이블과 은접시들 사이에서 바삐 움직이고 있다.

말레나의 드레스는 목선이 깊이 파여 어깨가 드러나 보인다. 쇄골뼈와 가는 브라 끈도 보인다. 그녀는 내 시선을 따라가다가 브라 끈을 드레스 안으로 넣는다. 그러면서 다시 한 번 얼굴을 붉힌다.

만찬은 과연 성대하다. 굴 비스크가 나오더니, 갈비, 삶은 감자, 아스파라거스 크림수프가 이어진다. 샐러드는 랍스터다. 디저트가 나오는데, 너무 배가 불러 도저히 못 먹겠다. 디저트는 브랜디소스 베이스의 플럼 푸딩이다. 그리고 얼마 후, 정신을 차려보니, 내가 스푼으로 접시 바닥을 긁고 있다.

"제이콥은 식사가 기대에 미치지 못했나 봐."

오거스트가 점잔빼는 목소리로 천천히 말한다.

나는 스푼을 손에 든 채 멈칫한다.

그러자 오거스트와 말레나가 한바탕 웃음을 터뜨린다. 나는 스푼을 내려놓는다. 망신당한 기분이다.

"아니, 아니, 이 친구야, 농담이야. 당연히 농담이지, 그럼."

그는 킥킥 웃으면서 내 손등을 툭툭 친다.

"들어. 마음껏 들라고. 이거 좀더 들지." 그가 계속 권한다.

"아닙니다. 실컷 먹었어요."

"자, 그럼 포도주 좀더 들어."

그는 이렇게 말하며 내가 대답도 하기 전에 잔을 채운다. 오거스트는 너그럽고, 매력이 넘치고, 장난기로 가득하다. 밤이 깊어간다. 어느새 아침의 사건에 대한 내 생각도 달라진다. 렉스 건은 그가 무슨 악의가 있어서 그런 것이 아니라 그냥 장난을 치려다가 일이 꼬인 것뿐이라고 생각된다. 그의 얼굴이 붉게 타오른다. 와인에 취하고 감상에 젖었기 때문이다. 지금 그는 내게 자기가 말레나를 처음 만났을 때의 이야기를 들려주고 있다. 그가 그녀를 처음 만난 것은 삼 년 전이었다. 그녀가 동물원 텐트로 들어오는 모습을 본 순간, 그는 그녀가 말을 다루는 데 탁월한 재능이 있음을 간파했다. 말이 그녀를 어떻게 대하는지를 보면 알 수 있었다. 그는 그녀와 결혼하기로 마음먹었고, 그녀와 결혼하기 전까지는 마을에서 한 발짝도 움직이지 않겠다고 선포했다. 엉클 앨은 시름에 잠겼다.

"꽤 힘들었어." 오거스트는 이렇게 말하며 병에 남은 샴페인을 내 잔에 따른다. 그러고는 새 샴페인을 개봉하려 한다.

"말레나는 만만한 상대가 아니었지. 그런 데다, 그때 말레나는 사실상 약혼자가 있었어. 하지만, 재미없는 은행가의 마누라로 사는 것보다야 지금이 훨씬 낫지, 안 그래, 여보? 어쨌든 말레나는 이 일을 타고났어. 공연마를 다룰 줄 아는 사람은 따로 있어. 그건 타고나는 재능이야. 말하자면 육감이지. 우리 공주님은 말들이랑 말이 통해. 정말이야."

네 시간 동안 포도주 여섯 병을 비우면서 밤은 점점 깊어간다. 오거스트와 말레나가 〈아마도 그것은 달빛〉*에 맞추어 춤을 추는 동안, 나는 팔걸이의자에 파묻힌다. 오른쪽 다리는 팔걸이에 걸쳐 놓은 방만한 자세로. 오거스트가 말레나를 빙글빙글 돌리다가 멈춰 서서 팔을 쭉 펴면, 말레나는 오거스트의 손끝에 매달려 온몸을 한껏 펼친다. 그의 몸이 갑자기 비틀거린다. 머리카락은 헝클어졌다. 나비넥타이가 느슨하게 풀려 있고, 셔츠 단추도 위에서부터 몇 개가 풀렸다. 비틀거리던 그가 말레나를 뚫어져라 바라본다. 시선이 너무 강하다. 다른 사람 같다.

"왜 그래요?" 말레나가 그에게 묻는다. "오기? 괜찮아요?"

그는 계속 그녀의 얼굴을 뚫어지게 쳐다본다. 그러면서 그녀의 가치를 저울질이라도 하듯 머리를 옆으로 비스듬히 기울인다.

---

* Maybe It's the Moon, 대중가요 작곡가 리처드 A. 파이팅(1891~1938)의 1931년 곡. 화이팅은 할리우드 영화와 브로드웨이 연극에서 음악을 담당하며 무수한 히트곡을 냈으며, 1970년 작곡가 명예의 전당Songwriters Hall of Fame에 들어갔다. 옮긴이 주

말레나가 눈을 크게 뜬다. 그를 피해 뒷걸음질 친다. 그러나 그에게 턱을 잡혀 몸을 빼지 못한다.

나는 소파에 앉은 채로 몸을 곧추세우고 정신을 바짝 차린다.

오거스트는 번득이는 눈동자로 그녀를 조금 더 바라본다. 형형하고 매서운 눈빛이다. 그러다가 표정이 변한다. 이번에는 지나치게 감상적인 표정이다. 당장 울음을 터뜨릴 것만 같다. 그는 그녀의 턱을 당겨 그녀의 입술에 진하게 키스한다. 그러고는 침실로 들어가서 침대 위에 정면으로 엎어진다.

"잠깐 실례해요." 말레나가 말한다.

그녀는 침실로 들어가 오거스트를 똑바로 누인다. 이제 오거스트는 침대 한복판에 큰대자로 뻗어 있다. 그녀는 커튼을 쳤다가 마음을 고쳐먹고 커튼을 걷는다. 라디오를 끄고 내 맞은편 의자에 앉는다.

침실에서 코고는 소리가 흘러나온다. 왕에게나 어울릴 법한 엄청나게 큰 소리다.

머리가 윙윙거린다. 나는 완전히 취했다.

"대체 왜 그랬대요?" 내가 묻는다.

"뭐가요?" 구두를 벗어버린 말레나는 다리를 꼬고 앉아 고개를 숙이고 발바닥을 문지른다.

"아까 말입니다." 나는 침을 튀기며 말한다.

"방금 전에. 춤추다가."

그녀가 급히 고개를 든다. 그녀의 표정이 일그러진다. 당장 울어버릴 것만 같은 표정이다. 잠시 후, 그녀는 창문 쪽을 돌아보며 손가락 하나를 입술에 갖다댄다. 거의 삼십 초 동안 말이 없다.

"오기에 대해서 알아두셔야 할 게 있어요." 그녀가 말한다.

"어떻게 설명해야 할지는 잘 모르겠지만."

나는 상체를 앞으로 기울인다. "일단 설명해 보세요."

"오기는…… 변덕이 심해요. 오기는 마음만 내키면 세상에서 가장 멋진 사람이 될 수도 있어요. 오늘 밤처럼."

그녀의 말에 꼭 동의하는 것은 아니지만, 일단 그녀의 설명을 계속 듣고 싶다. "그런데요?"

그녀는 등받이에 기대고 앉는다. "그런데, 그러니까, 그 사람은…… 가끔 이상할 때가 있어요. 오늘 아침처럼."

"오늘 아침 뭐요?"

"오기 때문에 사자 밥이 될 뻔했잖아요."

"아, 그거요. 스릴 있었다고 하면 거짓말이지만, 알고 보면 그렇게 위험하지는 않았어요. 렉스는 이빨이 없어요."

"이빨은 없지만, 몸무게 백팔십 킬로그램에 발톱이 있어요."

그녀가 차분히 말한다.

나는 포도주 잔을 식탁 위에 올려놓는다. 상황파악에 시간이 걸린다. 말레나는 잠시 말없이 눈을 내리깔았다가 나를 올려다보면서 나와 눈을 맞춘다. "얀콥스키는 폴란드 성이지요?"

"네, 맞습니다."

"폴란드 사람들은 일반적으로 유태인을 좋아하지 않죠."

"오거스트가 유태인인 줄 몰랐어요."

"성이 로젠블룻인데 모르기는 어렵지요." 그녀는 이렇게 말하며 자기 손을 바라보다가 손가락을 무릎 위에 올려놓고 비비 꼰다. "나는 가톨릭 집안이에요. 오거스트가 유태인인 것을 알고, 가족들은 나랑 연을 끊었어요."

"안타까운 일이네요. 놀랄 일은 아니지만."

그녀가 급히 고개를 든다.

"제 말은 그런 뜻이 아니라……" 내가 말을 더듬는다.

"제 말은…… 그러니까…… 그런 뜻이 아닌데……."

한참 동안 불편한 침묵이 흐른다.

"그런데 왜 저를 이리로 오라고 하셨나요?" 내가 결국 입을 연다. 내 술 취한 머리로는 이 모든 상황이 벅차기만 하다.

"제 생각으로는 이렇게라도 사과를 해야 할 것 같았어요."

"말레나 생각이었어요? 오거스트 생각이 아니었나요?"

"물론 그 사람 생각이기도 해요. 그 사람도 제이콥에게 뭔가 해주고 싶어했어요. 하지만 그 사람으로서는 쉽지 않은 일이에요. 나중에 후회하면서도 그 순간에는 자기도 어쩔 수 없으니까 말이지요. 그래서 얼마나 난처해하는지 몰라요. 그 사람으로서는 아무 일도 없었던 척하는 것이 가장 좋은 방법이죠." 그녀는 코를 훌쩍이며 나를 돌아본다. 얼굴에 어색한 미소가 떠 있다. "오늘 즐거웠어요."

"저도 즐거웠어요. 식사도 근사했고요. 초대해 주셔서 감사합니다."

우리는 또 다시 침묵 속으로 가라앉는다. 그런데 가만있어 보자. 이렇게 술이 취했는데, 캄캄한 밤중에 기차 지붕 위를 뛰어넘어가지 않으려면, 그냥 여기에서 자야 하나?

"잘 부탁해요, 제이콥." 말레나가 말한다. "서로 불편하지 않게 지냈으면 정말 좋겠어요. 오거스트는 당신이 서커스단에 들어왔다고 얼마나 좋아하는지 몰라요. 엉클 앨도 마찬가지고요."

"엉클 앨이 왜요?"

"엉클 앨은 서커스단에 전속 수의사가 없다는 것이 자신의 약점이라고 생각하고 있었어요. 그런데 난데없이 당신이 나타난 거지요. 그것도 아이비리그 출신의 수의사가."

나는 그녀를 멀뚱멀뚱 쳐다본다. 무슨 말을 하는 거지?

"링글링에는 전속 수의사가 있거든요." 말레나의 설명이 계속된다. "링글링에 있는 것이라면 자기도 가져야 한다는 얘기지요."

"엉클 앨은 링글링을 싫어하는 줄 알았는데요."

"말도 안 돼요. 링글링처럼 되는 것이 엉클 앨의 소원인걸요."

나는 고개를 젖히고 눈을 감아본다. 세상이 빙글빙글 도는 것만 같다. 나는 할 수 없이 다시 눈을 뜨고 침대 바깥으로 흘러나온 두 개의 발에 애써 집중한다.

잠이 깨니, 기차가 멈춰 있다. 브레이크의 요란한 비명에도 잠이 깨지 않았다니! 창문으로 들어오는 햇빛이 내 얼굴 위로 떨어진다. 머리가 깨질 것만 같다. 눈이 쓰라리고 입에서 하수구 맛이 난다.

나는 비척비척 자리에서 일어나서 침실 안을 슬쩍 들여다본다. 오거스트가 말레나를 감싸는 자세로 자고 있다. 그의 팔은 그녀의 몸 위에 얹혀 있다. 둘 다 어제 입은 옷 그대로다. 나는 어젯밤에 갈아입은 옷가지는 둘둘 말아 옆구리에 끼고, 턱시도 차림으로 사십팔 호차를 빠져나온다. 차에서 내리자 몇몇 사람들이 나를 이상한 눈빛으로 쳐다본다. 특실과 가까운 차량을 지날 때는 배우들이 쳐다본다. 냉랭하지만 재미있다는 표정이다. 하지만 일꾼용 숙소차량을 지나갈 때 사람들은 좀더 딱딱하고 의심 어린 눈초리로 쳐다본다.

나는 영 내키지 않는 마음으로 가축차에 뛰어올라 염소방 문을 연다. 킹코는 아동용 침대 끝에 걸터앉아 있다. 한 손은 여덟 쪽 만화, 다른 손은 페니스를 쥐고 있다. 그는 열심히 흔들던 손을 갑자기 멈춘다. 미끌미끌한 자주색 머리가 주먹 바깥으로 삐죽 나와 있다. 쥐 죽은 듯한 정적이 흐른 후, 빈 콜라병이 쉭 날아온다. 나는 얼른 고개를 숙이고 피한다.

"나가!" 킹코가 고함을 지른다. 콜라병은 등 뒤 문틀에 부딪혀 산산조각난다. 그가 벌떡 일어나자, 발기한 음경이 격렬하게 흔들린다. "꺼져버려!" 그는 다시 한 번 콜라병을 내던진다.

나는 머리를 감싸며 방에서 나가다가 가져온 옷들을 떨어뜨린다. 장화 한 짝이 날아오고, 잠시 후에 셰익스피어 전집이 한꺼번에 날아온다.

"알았어, 알았어!" 내가 소리를 지른다. "나가고 있다고!"

나는 문밖으로 나와 벽에 기대선다. 염소방 안에서는 끊임없이 욕설이 쏟아져 나온다.

오티스가 가축차 문 앞에 나타난다. 그는 좀 놀란 듯이 닫혀 있는 염소방을 힐끗 보며, 어깨를 으쓱한다. "이봐, 멋쟁이 총각, 일이 잔뜩 쌓여 있어. 할 거야? 말 거야?"

"해요. 나갑니다." 나는 기차에서 펄쩍 뛰어내린다.

오티스가 나를 물끄러미 쳐다본다.

"왜 그래요?" 내가 묻는다.

"일단 그 바보 같은 양복 좀 벗지그래?"

나는 닫힌 염소방 문을 힐끗 돌아본다. 뭔가 묵직한 것이 문에 부딪히는 소리가 들린다.

"아니, 지금은 좀 곤란해요. 일하는 데는 지장 없어요."

"그러던지. 맹수들 우리는 클리브가 다 치웠어. 우리가 할 일은 고기 운반이야."

오늘 아침에는 낙타차가 다른 날보다 더 시끄럽다.

"초식동물들은 고기 옆에 있는 것을 싫어하지." 오티스가 설명한다. "그래도 이제 그만 얌전히 굴었으면 좋으련만. 아직 갈 길도 먼데 말이야."

나는 낙타차 문을 드르륵 연다. 파리들이 쏟아져 나온다. 악취가 코를 찌른 순간, 구더기가 눈에 들어온다. 나는 겨우 두어 걸음 뒤로 걸어가서 내 뱃속의 내용물을 게워낸다. 오티스도 허리를 꺾고 창자를 움켜쥐며 구토에 동참한다.

속을 다 게워 낸 오티스는 두어 번 심호흡을 한 후, 주머니에서 꼬질꼬질한 손수건을 꺼낸다. 그것으로 입과 코를 틀어막고 낙타차로 돌아간다. 그러고는 양동이를 움켜쥐고 숲으로 달려가 양동이를 쏟아버린 후, 한참 동안 숨을 참고 달려온다. 중간쯤 와서야 비로소 멈춰 서서 허리를 숙이고 양손으로 무릎을 짚으며 숨을 헐떡인다.

가서 도와주고 싶다. 하지만, 낙타차로 접근하려 할 때마다 횡격막이 발작적인 경련을 일으킨다.

"미안해요." 나는 양동이를 쏟아버리고 오는 오티스에게 사과한다. 아직 숨쉬기가 쉽지 않다. "도저히 안 돼요. 못 하겠어요."

오티스가 험상궂은 눈초리로 쏘아본다.

"위장이 뒤집혔나 봐요." 뭔가 설명을 해야 할 것만 같다.

"어젯밤에 너무 많이 마셨어요."

"그래, 어련하시겠어." 그가 비아냥거린다.

"그냥 앉아서 쉬어, 멋쟁이 총각. 일은 내가 할 테니까."

오티스가 나머지 고기를 전부 숲에 쏟아버린다. 버려진 고기 더미 위로 파리 떼가 우글우글 모여든다.

낙타차 문을 활짝 열어젖혔지만, 통풍으로 해결될 문제가 아닌 것은 분명하다.

우리는 낙타들과 라마들을 끌고 한참을 걸어가 기차 옆에 묶어둔다. 낙타차 바닥을 물로 청소하고, 막대걸레를 이용해서 쓰레기를 차량에서 밀어낸다. 악취는 여전히 코를 찌르지만 우리가 할 수 있는 것은 다 했다.

사람들과 함께 동물들을 한 바퀴 돌아본 후, 가축차로 돌아온다. 실버스타는 모로 누워 있고, 말레나는 실버스타 옆에 무릎을 꿇고 있다. 아직도 어젯밤 입었던 장미색 드레스 차림이다. 나는 마방들을 지나 그녀에게 다가간다.

실버스타는 눈을 거의 뜨지 못한다. 뭔가 우리가 모르는 자극을 느끼는 듯 몸을 움찔하며 신음한다.

"상태가 더 나빠요."

말레나가 말에게서 시선을 떼지 않고 말한다.

잠시 후 내가 대답한다. "그래요."

"회복될 가망이 없을까요? 전혀?"

나는 대답을 못하고 망설인다. 혀끝에서 거짓말이 맴도는데, 차마 거짓말은 못하겠다.

"사실대로 말해줘요." 그녀가 말한다. "알아야겠어요."

"회복될 가능성은 없어요. 전혀 없습니다."

그녀는 녀석의 목에 손을 올린 자세로 동작을 멈춘다.

"그렇다면, 금방 끝내겠다고 약속해주세요. 실버스타를 아프게 하고 싶지 않아요."

무슨 말인지 알겠다. 나는 두 눈을 감는다. "약속할게요."

그녀는 자리에서 일어나서 실버스타를 물끄러미 굽어본다. 그녀의 용기가 감탄스러우면서도 적잖이 기가 질린다. 그런데 그녀의 울대에서 이상한 소리가 들린다. 잠시 후, 울먹이는가 싶었는데, 어느새 대성통곡을 터뜨린다. 그녀는 양팔로 가슴을 부둥켜안은 채 울고 있다. 눈물이 하염없이 흐르는데 닦을 생각도 없는 것 같다. 어깨를 들썩이고, 숨을 몰아쉰다. 그냥 두면 금방이라도 기절할 것만 같다.

그런데 나는 황망히 쳐다볼 뿐이다. 나는 누이도 없고, 여자들을 위로해본 경험도 별로 없다. 더구나 이렇게 곤혹스러운 경우는 한 번도 없었다. 한참을 망설인 끝에, 그녀의 어깨에 손을 올려놓는다. 그녀는 나를 향해 돌아서서 내 가슴에 기댄다. 그녀의 젖은 뺨이 내 턱시도 셔츠에 닿는다(정확히 말하면 내 셔츠가 아니라 오거스트의 셔츠다). 나는 그녀의 등을 어루만지면서 아기를 어르듯 달래본다. 이윽고 그녀의 울음은 딸꾹질로 잦아든다. 그제야 그녀는 내 품에서 떨어진다.

그녀의 눈과 코가 빨갛게 부었고, 얼굴은 눈물 콧물 범벅이다. 그녀는 코를 훌쩍이며 손등으로 아래쪽 속눈썹을 열심히도 닦아낸다. 그리고는 어깨를 펴고 뒤도 돌아보지 않고 걸어간다. 가축차에서 멀어지는 하이힐 소리가 또각또각 들려온다.

"오거스트." 나는 이렇게 말하며 특실 침대 위에 뻗어있는 그의 어깨를 흔들어 깨운다. 그의 몸은 시체처럼 힘이 없다.

나는 고개를 숙이고 그의 귀에 대고 소리친다. "오거스트!"

그는 짜증스러운 듯 끙끙거린다.

"오거스트! 일어나요!"

결국 그가 몸을 뒤척이며 한 손을 눈에 갖다댄다.

"제길." 그가 툴툴댄다.

"제길. 머리가 깨질 것 같아. 커튼 좀 닫지그래?"

"총 가진 거 있어요?"

눈을 가린 손이 내려온다. 그러고는 침대에 일어나 앉는다.

"뭐?"

"이제 그만 실버스타를 보내야겠어요."

"안 돼."

"방법이 없어요."

"엉클 앨이 한 말 못 들었어? 그 말이 잘못되면, 자네는 당장 빨간불 감이야."

"빨간불이요? 그게 뭔데요?"

"기차에서 굴러 떨어지게 된다는 말이지. 그것도 달리는 기차에서. 운이 좋아 기차역의 빨간불 근처로 떨어지면 다행이야. 인가를 찾기도 수월하고. 하지만, 운이 나빠 교각 위를 지날 때 당한다면…… 그런 일은 없어야지."

아! 캐멀이 블래키에게 부탁해보겠다는 게 바로 이거였군! 엉클 앨과 처음 대면할 때 옆에 있던 사람들이 했던 말도 이제야 이해할 수 있겠다.

"그러면, 기차를 안 타면 되지요. 서커스와는 여기서 안녕이네요. 아무튼 저 말은 보내줘야 해요."

오거스트는 퀭한 눈빛으로 나를 쳐다본다.

"제길." 그가 결국 입을 연다. 두 다리를 번쩍 들어올려 침대 끝에 걸터앉는다. 수염이 까칠한 두 뺨을 문지른다.

"말레나도 알아?" 그는 이렇게 물으며 고개를 숙이고 검은색 양말의 발가락 부분을 긁는다.

"알아요."

"젠장."

그가 자리에서 일어난다. 그리고 한 손을 머리에 올린다.

"앨이 법석을 치겠군. 좋아. 조금 있다 가축차 앞에서 만나자고. 내가 총을 가져갈 테니까."

나는 돌아서서 나가려고 한다.

"아, 제이콥?"

"왜요?" 내가 말한다.

"그전에 내 턱시도 벗어놔, 알았지?"

가축차로 돌아가니, 염소방 문이 열려 있다. 나는 살짝 두려움을 느끼면서 머리를 문틈으로 들이민다. 그러나 킹코의 모습은 보이지 않는다. 나는 안으로 들어가 평상복으로 갈아입는다. 조금 후에, 오거스트가 라이플총을 들고 나타난다.

"자, 받아."

오거스트가 이렇게 말하며 발판으로 올라온다. 한 손에는 총을 들려주고, 다른 쪽 손바닥에 총알 두 개를 떨어뜨려 준다.

나는 한 개만 주머니에 넣고 한 개는 돌려준다.

"하나면 충분해요."

"실수할 수도 있잖아?"

"실수 안 해요. 바로 옆에 붙어서 할 테니까."

그는 나를 한참 바라본 후 내가 내민 총알을 받는다.

"그럼, 좋아. 기차에서 멀찍이 데려가서 처리해."

"그럴 수는 없어요. 걷지도 못하는데 어디로 데려가요."

"여기서는 안 돼." 그가 말한다. "말들이 바로 옆에 있어."

나는 말없이 그를 쳐다볼 뿐이다.

"제길." 그가 결국 입을 연다. 차에 기대 널빤지를 툭툭 친다. "좋아. 알았다고."

그는 차문 앞에 서서 소리친다. "오티스! 조! 말들을 멀리 데려 가. 중간 기차 있는 데까지는 가야 해."

누군가가 중얼중얼 불평한다.

"그래. 나도 알아." 오거스트가 말한다.

"좀 기다리라고 해야지 어떡해. 그래, 그것도 알아. 엉클 앨한테는 내가 말할 거야. 약간……. 곤란한 일이 생겼다고, 다른 수가 없다고 해야지."

그가 나를 돌아본다. "나는 앨을 찾아볼게."

"말레나도 찾아봐요."

"말레나도 안다고 자네가 그러지 않았어?"

"알고는 있지만. 그래도 총소리가 날 때, 말레나가 혼자 있는 것은 좋지 않을 것 같아요. 안 그래요?"

오거스트는 나를 오랫동안 노려본다. 그러고는 화가 난 듯 쿵쿵대며 발판을 내려간다. 발판의 목재가 흔들린다.

나는 넉넉하게 십오 분을 기다린다. 이 정도면 오거스트가 엉클 앨과 말레나를 찾았을 것이고, 일꾼들도 동물들을 멀찌감치 끌고 갔을 것이다.

십오 분 후, 나는 라이플총을 집어들고, 약실 안에 총알을 장전하고, 안전장치를 푼다. 실버스타가 주둥이를 벽에 대고 문지른다. 녀석의 두 귀가 움찔움찔 움직인다. 나는 고개를 숙이고 녀석의 목을 쓸어내린다. 그리고 녀석의 왼쪽 귀에 총구를 들이밀고 방아쇠를 당긴다.

총성 직후, 라이플총 개머리판이 내 어깨에 와서 부딪힌다. 실버스타의 몸뚱이가 일순 긴장한다. 녀석의 근육들이 마지막 신경의 경련에 반응한다. 마침내 바닥에 푹 쓰러져 움직이지 않는다. 멀리서 구슬픈 말 울음소리가 들린다.

가축차에서 내려오는데, 귀가 먹먹하다. 그러면서도 세상이 괴이할 정도로 고요하게 느껴진다. 몇몇 사람들이 모여 있다. 굳은 표정으로 움직이지 않고 있다. 누군가 모자를 벗어 가슴에 댄다.

나는 기차에서 수십 미터 떨어진 강둑 풀밭으로 올라간다. 자리에 주저앉아 어깨를 문지른다.

오티스, 페트, 얼이 가축차로 들어간다. 죽은 말의 뒷발에 밧줄을 묶어 발판 위에서 끌어내린다. 하늘을 향한 배가 거대하면서도 취약해 보인다. 눈처럼 하얀 배에 검은색 생식기가 선명하다. 밧줄을 당길 때마다, 죽은 말의 축 늘어진 머리가 동의를 표하듯 위아래로 흔들린다.

나는 한 시간 가까이 멍하니 앉아서 발밑의 잔디를 바라본다. 잔디 몇 개를 잡아 뜯어 손가락에 돌돌 만다. 빌어먹을. 말 한 마리 끌어내리는데, 왜 이렇게 오래 걸려?

한참 후에, 오거스트가 다가온다. 그는 나를 물끄러미 바라본 후, 라이플총을 집어든다. 나는 내가 여기까지 총을 가지고 온 줄도 몰랐다.

"가자, 친구." 그는 말한다. "기차가 곧 떠나."

"안 탈래요."

"내가 아까 했던 말은 신경 쓰지 마. 앨한테도 말해놨어. 빨간불 당할 일은 없어. 괜찮아."

나는 뚱한 표정으로 바닥만 내려다본다. 잠시 후, 오거스트가 내 옆에 앉는다.

"그런데 자네 정말 괜찮아?" 그가 물어본다.

"말레나는 괜찮아요?" 내가 대답한다.

오거스트는 잠시 나를 쳐다본 후, 셔츠 주머니를 뒤져 카멜 한 갑을 꺼낸다. 그가 담뱃갑을 흔들자 담배 한 개비가 집기 좋게 올라온다. 그가 내게 담배를 권한다.

"괜찮아요." 나는 말한다.

"말 쏜 적 없었어?" 그는 이렇게 물으며 이로 담배를 뺀다.

"있었어요. 그렇지만 좋아하는 일은 아니에요."

"수의사라면 해야 하는 일이잖아, 안 그래, 친구?"

"정확히 말하면, 나는 수의사가 아니에요."

"시험 못 친 것 때문에? 그게 뭐 대수로운 일이야?"

"대수로운 일이에요."

"아니, 그렇지 않아. 그건 그냥 종잇조각이야. 여기서는 아무도 그런 일 따위에 신경 쓰지 않아. 여기는 쇼를 하는 데야. 쇼에는 쇼의 법칙이 있어."

"그게 뭔데요?"

그는 기차를 가리킨다. "솔직히 말해봐. 자네 눈엔 이게 지상 최대의 서커스단으로 보이나?"

나는 대답을 못한다.

"그래 보여?" 그는 자기 어깨로 내 어깨를 툭 치며 묻는다.

"글쎄요."

"전혀 아냐. 최상 최대? 웃기지 말라고 해. 최고는커녕 다섯째에도 못 껴. 우리 같은 서커스단이 세 개쯤 모여야 링글링 하나가 될까말까라고. 너도 알겠지만, 말레나는 루마니아 공주가 아니야. 루신다? 사백 킬로그램이라는 것도 순 뻥이지. 기껏해야 백팔십 킬로그램 정도가 고작이지. 프랑크 오토가 보르네오에서 성난 야만인들한테 붙잡혀서 온몸에 문신을 당했다고? 그 말을 믿어? 말도 안 되는 소리. 놈은 비행단 기차의 천막치기였어. 문신을 하는 데는 구 년이 걸렸어. 하마가 죽었을 때 엉클 앨이 어떻게 한 줄 알아? 수조에 물 대신 포름알데히드를 채워 넣고 계속 동물원에 세워놨어. 우리는 이 주 동안 하마 피클을 기차에 싣고 다녔지. 이 모든 게 다 눈속임이야, 제이콥. 그리고 그건 나쁜 게 아냐. 사람들이 우리한테 원하는 게 바로 그거니까. 사람들은 우리한테 눈속임을 원해. 그게 눈속임이라는 것도 이미 알고 있고."

그가 일어서서 한 손을 내민다. 잠시 후, 나는 그가 내민 손을 잡고 자리에서 일어난다.

우리는 기차로 걸어간다.

"제길, 오거스트." 내가 말한다. "잊어버릴 뻔했어요. 맹수들한테 먹이를 못 줬어요. 실었던 고기는 다 버렸어요."

"괜찮아, 친구." 그가 말한다. "먹이는 벌써 줬어."

"먹이를 주다니, 그게 무슨 말이에요?"

나는 선로 위에 멈춰 선다.

"오거스트? 먹이가 없는데 어떻게 줬어요? 먹이가 어디서 났어요?"

오거스트는 걸음을 늦추지 않는다. 총을 둘러멘 모습이 너무 자연스러워 보인다.

"일어나세요, 얀콥스키 씨. 악몽을 꾸셨어요."

나는 눈을 번쩍 뜬다. 여기가 어딜까.

이런 빌어먹을.

"꿈을 꾼 게 아니야." 내가 반박한다.

"그래도 주무시면서 말을 하셨는걸요. 제가 들었어요."

간호사가 대꾸한다. 얼마 전에 본 적이 있는 마음 착한 흑인 소녀 간호사다. 그런데 왜 이름이 생각 안 나지?

"고양이들한테 별을 먹이자, 그런 말을 하시던데. 고양이들이 배고 플까 봐 걱정되세요? 이제 걱정 마세요. 지금쯤은 별을 잔뜩 먹고 배가 불렀을 거예요. 잠이 깨셨으니 확인하실 수는 없겠지만. 그런데 왜 손목에다 이런 것을 감으셨을까?"

간호사는 내 손목에 감겨 있는 벨크로 테이프를 찢어낸다.

"탈출하다 잡히신 건 아니지요?"

"아니야. 패블럼 이유식이 싫다고 했더니 놈들이 이 꼴로 만들었어." 나는 간호사를 힐끗 쳐다본다.

"그러다가 접시가 식탁에서 떨어졌어."

간호사는 일손을 멈추고 나를 쳐다본다. 그리고 웃음을 터뜨린다. "이런, 기운이 넘치시나 봐요." 그녀는 따뜻한 두 손으로 내 팔목을 비벼주며 탄성을 지른다. "맙소사."

순식간에 이름이 생각난다. 그래, 로즈메리! 맞아. 이런 걸 보면 내가 그리 늙은 것은 아닌가 봐.

로즈메리, 로즈메리, 로즈메리.

그녀의 이름을 기억 속에 붙잡아둘 방법이 없을까. 노래를 만들어 불러볼까. 오늘 아침에는 기억이 났지만, 앞으로 다시 잊지 말란 법도 없다. 내일이면 잊어버릴 수도 있고, 오늘 내로 잊어버릴 수도 있다.

로즈메리는 창가로 가서 블라인드를 올린다.

"안 하면 안 되나?"

"뭘요?"

"내가 잘못 생각하는 것일지도 모르지만, 여기는 내 방 아냐? 내가 블라인드 올리는 것을 싫어할 수도 있잖아? 내가 원하는 게 뭔지 나보다 더 잘 아는 사람이 누가 있어? 그런데 여기 있는 사람들은 다들 나보다 내 마음을 더 잘 안다고 생각해. 정말 지긋지긋하다고."

로즈메리는 나를 한참 쳐다본다. 그러고는 블라인드를 내리고 방을 나가며 문을 닫는다. 그녀의 이상한 행동에 놀란 나는 입을 쩍 벌리고 문을 바라본다.

잠시 후, 문밖에서 똑똑똑 노크하는 소리가 들린다. 그리고 문이 조금 열린다.

"안녕하세요, 얀콥스키 씨, 들어가도 될까요?"

대체 무슨 수작이야?

"들어가도 되느냐고요." 그녀가 다시 말한다.

"당연하지." 나는 퉁명스레 대꾸한다.

그녀는 "고맙다"고 인사하며 방으로 들어와 침대 발치에 선다. "저는 블라인드를 열고 하느님이 내려주신 햇빛을 받으면 좋을 것 같은데, 얀콥스키 씨 생각은 어떠세요? 온종일 칠흑같이 어두운 방 안에서 웅크리고 계시는 게 좋으세요?"

"그래, 알았으니 열어. 그리고 이제 그 헛소리는 집어치워."

"헛소리가 아니에요, 얀콥스키 씨." 간호사는 이렇게 말하며 창문으로 가서 블라인드를 올린다. "절대 헛소리가 아니에요. 전에는 한번도 그런 식으로 생각해 본 적이 없었어요. 덕분에 중요한 것을 배웠어요. 고맙습니다."

나를 놀리나? 나는 눈을 가늘게 뜨고 간호사의 얼굴을 찬찬히 살핀다.

"아침식사를 방으로 가져다 드릴까요? 아니면 식당에서 드실래요? 얀콥스키 씨는 어느 쪽이 좋으세요?"

나는 대답하지 않는다. 이 질문에 딴죽을 걸까 말까 아직 망설이고 있다. 내가 밥을 어디서 먹는지 정도는 차트에 적혀 있을 텐데, 사람들은 매일 아침 이 거지 같은 질문을 반복한다. 물론 나는 식당에서 먹는 편이 좋다. 침대에 앉아서 먹으면 병자가 된 것 같은 기분이 들기 때문이다. 그러나 아침식사 시간은 기저귀를 갈고 난 직후라, 복도에는 배설물 냄새가 진동한다. 이곳에는 기저귀가 필요한 원생들도 적지 않다. 그들이 목욕과 식사를 마친 후 두 시간 동안은 문밖으로 고개를 내밀지 않는 것이 낫다.

"자, 얀콥스키 씨, 그렇게 아무 말도 안 하시면, 뭘 원하시는지 알수가 없는걸요. 힌트라도 좀 주시겠어요?"

"알았어. 그럼 방으로 가져다주면 고맙겠는데."

나는 예의를 차리며 말한다.

"네, 방으로 가져다 드릴게요. 샤워는 식사 전에 하실래요? 아니면 식사하신 후에 하실래요?"

"왜 샤워를 하라는 거야?"

내가 샤워가 필요한 상황인지 아닌지는 분명치 않지만, 샤워를 하라는 말을 들으니 기분이 몹시 상한다.

"오늘은 가족분들을 만나시는 날이니까요." 그녀는 이렇게 말하며 그 크고 환한 미소를 짓는다. "오후에 외출하는 날인데, 상쾌하게 외출하고 싶으실 줄 알았지요."

외출? 아, 그래! 서커스. 어제에 이어 오늘도, 아침에 일어나자마자 서커스에 대한 기대로 마음이 부푼다. 기분 좋다.

"샤워는 아침 먹기 전에 했으면 싶은데."

나는 흔쾌하게 대답한다.

늙어서 겪는 가장 큰 치욕 중 하나는 씻으러 갈 때나 화장실 갈 때 사람들이 자꾸 도와주겠다고 나서는 것이다.

사실 나는 혼자 목욕도 할 수 있고 화장실도 갈 수 있다. 그러나 내가 바닥에서 미끄러져 엉덩이를 깨기라도 할까 봐서 그러는지, 어딜 가나 내 의사와는 상관없이 보호자가 따라 들어온다. 나는 혼자 가겠다고 고집을 부리지만, 만약을 대비해 항상 누군가가 따라 들어온다. 웬일인지 보호자는 항상 여자다. 나는 바지를 내릴 때는 뒤로 돌아서라고 하고, 변기에 앉으면 밖에 나가 있으라고 하고, 용무가 끝난 후에 다시 들어오라고 한다. 누가 따라 들어오든 마찬가지다.

목욕은 더 거북하다. 간호사 앞에서 옷을 홀랑 벗는 일은 아무래도 익숙해지지가 않는다. 세상에는 죽지 않는 것이 있다. 나이가 아흔이 넘었지만, 정력이 살아날 때가 있다. 나도 어쩔 수 없다. 간호사들은 항상 못 본 척한다. 못 본 척하라고 배운 것 같다. 못 본 척하는 것은 아는 척하는 것보다 더 기분이 나쁘다. 대체 나를 어떻게 생각할까? 누구에게도 해를 끼칠 수 없는 영감탱이가 누구에게도 해를 끼칠 수 없는 페니스를 아직 가끔 갖고 노나 보네, 그렇게 생각하겠지. 물론 누군가가 못 본 척하는 대신 신경을 써주고 무슨 조치라도 취하려 했다면, 나는 충격을 이기지 못하고 죽어버렸을 테지만 말이다.

로즈메리는 나를 부축해서 샤워실로 들어온다.

"자, 저기 저 봉을 잡으세요."

"알아, 알아. 전에도 샤워해봤어."

나는 이렇게 말하며 봉을 잡고 샤워 의자에 걸터앉는다. 로즈메리는 샤워꼭지를 손이 닿는 위치까지 내려준다.

"온도는 어떠세요, 얀콥스키 씨?"

그녀는 이렇게 말하며 물살에 손을 대본다. 시선은 다른 곳을 보고 있다. 나를 배려하는 것이리라.

"적당해. 샴푸만 좀 집어주고 밖에서 기다려 주겠어?"

"이런, 얀콥스키 씨, 오늘은 기분이 별로 안 좋으신가 봐요?"

그녀는 샴푸 뚜껑을 열고 내 손바닥 위에 몇 방울을 짜준다. 머리카락이 몇 오라기 남지 않았으니 이것으로 충분하다. "필요할 때 부르세요." 그녀는 이렇게 말하며 커튼을 걷고 나간다.

"바로 여기 있을게요."

"흠." 나는 헛기침으로 대답을 대신한다.

그녀가 나간 후부터 샤워가 무척 즐겁다. 나는 샤워꼭지를 빼서 물줄기를 좀더 가깝게 느낀다. 물줄기가 어깨 위로 떨어져 등판과 앙상한 사지를 타고 흘러내린다. 눈을 감은 채 머리를 쳐든다. 물줄기가 얼굴 정면으로 떨어진다. 열대성 소나기가 내린다고 상상하며 머리를 좌우로 흔들어보기까지 한다. 물줄기가 거기에 닿을 때도 기분 좋은 느낌이다. 오래전 나를 다섯 아이의 아버지로 만들어준 쭈글쭈글한 분홍 뱀 말이다.

가끔, 침대에 누워 있을 때, 나는 눈을 감고 여자의 벗은 몸을 떠올린다. 그 이미지도 떠올려 보고 특히 그때의 느낌을 떠올려 본다. 상상 속의 주인공은 대부분 아내지만, 다른 여자일 때도 있다. 나는 아내에게 완벽하게 성실했다. 육십 년이 넘는 결혼생활 동안 한번도 바람피운 적이 없다. 바람피우는 상상을 해본 적은 있지만, 아내도 그것은 개의치 않았을 것이라고 생각한다. 아내는 놀라울 정도로 이해심이 많은 여자였다.

맙소사, 그녀가 보고 싶다. 그녀가 살아 있었다면, 내가 여기 이러고 있지도 않았을 것이다. 하지만, 그녀가 보고 싶은 것이 그 때문만은 아니다. 그녀가 살아 있었다면, 우리는 지금도 서로 의지하며 살아가고 있었을 것이다. 나이 먹고 늙었어도, 평생 그래 온 것처럼 서로 위로가 되었을 것이다. 그러나 그녀가 세상을 떠난 후, 나는 자식들에 반대할 여력이 없었다. 내가 처음 넘어져서 다쳤을 때, 자식들은 눈 깜빡할 사이에 나를 처리할 방법을 생각해냈다.

자식들은 이렇게 말했다. 하지만 아버지, 엉덩이뼈를 다치셨잖아요. 그걸 누가 모르냐? 나는 자식들에게 노발대발했다. 자꾸 그런 소리하면, 돈 한 푼 없이 쫓겨나는 수가 있어! 그러다가 문득 돈은 이미 자식들이 관리하고 있다는 사실이 떠올랐다. 나쁜 놈들! 자식놈들은 돈이 벌써 자기네 수중에 있다는 말은 하지도 않고, 내가 화를 내는 것을 보고만 있었다. 노망난 늙은이처럼 화를 내고 소리를 지르다가 제풀에 지치게 내버려두었다. 내가 더 화가 난 것은 그 때문이었다. 자식놈들에게는 나를 존중하는 마음이 털끝만큼도 없었다. 내가 잘못된 말을 하는데도 아무도 바로잡아 주려 하지 않았다는 것이 그 증거였다. 아기가 떼쓰고 보챌 때 잠시 그냥 내버려 두는 것처럼, 놈들은 내가 떼쓰고 보채게 내버려 두었던 것이다.

나는 이제 도저히 어찌해볼 도리가 없다는 사실을 깨달았다. 그와 함께 내가 서 있는 위치도 무너지기 시작했다.

나는 양보했다. 그래, 너희 말이 맞다. 약간의 도움을 받는 것도 나쁘진 않겠지. 주간 도우미를 부르도록 하지. 그러면 요리나 빨래는 안 해도 되니까. 뭐? 그걸로는 안 돼? 그럼 입주 도우미는 어떠냐? 그래, 나도 안다. 너희 어머니가 죽은 뒤로, 내가 정신을 잠깐씩 놓을 때가 있지…… 그렇지만 아까 네가 한 이야기는 뭐냐? 그래 좋다, 그럼 너희 중에 누구든지 이 집에 들어와 살려무나…… 그러면 어쩌란 말이냐……? 그러면, 사이먼, 너희 집은 넓으니까 괜찮겠지. 내가 너희 집에 들어가서……?

사이먼은 안 된다고 했다.

마지막으로 내 집을 떠나던 날이 생각난다. 동물병원에 가는 고양이처럼 담요에 싸였다. 차가 출발할 때는 눈물이 흘러내려 뒤를 돌아볼 수 없었다.

자식놈들은 말했다. 거기는 양로원이 아니라, 개호介護 시설이에요. 진보적인 시설, 아시잖아요? 도움이 필요한 일에만 도우미가 배치되는 곳이에요. 그러다가 나이가 더 드시면…….

자식놈들은 언제나 그 대목에서 말끝을 흐렸다. 말끝을 흐리면 내가 다음에 나올 말을 모를까 봐?

다섯 자식 중에 단 한 명도 나더러 함께 살자고 하지 않았고, 나는 그 때문에 오랫동안 배신당한 느낌에 시달렸다. 그러나 곰곰이 생각하면, 이해하지 못할 것도 없다. 다들 자기네 문제로 벅차다. 나까지 문제를 보태서 좋을 것이 없다.

사이먼은 일흔 살 정도 됐고, 심장발작을 일으킨 적이 있다. 내가 아는 것만 한 번이다. 루스는 당뇨가 있고, 피터는 전립선에 문제가 있다. 조지프는 아내가 도망갔다. 부부 동반으로 그리스 여행을 갔었는데, 아내가 탈의실 일꾼과 눈이 맞았던 것이다. 다이나는 유방암에 걸렸다가 (다행히도!) 회복기에 접어든 것 같은데, 지금은 손녀딸과 함께 살고 있다. 손녀딸은 사생아 두 명을 낳았고 가게에서 물건을 훔치다가 체포된 적도 있는 아이인데, 다이나가 데리고 살면서 가르치느라 애를 먹고 있다.

물론 내가 아는 문제들만 이 정도다. 자식들이 말해주지 않는 것도 엄청나게 많다. 나에게 걱정을 시키고 싶지 않기 때문이다. 소문으로 들은 것도 여러 개가 있었지만, 내가 물어보면, 녀석들은 입을 다물어버린다. 할아버지 걱정시켜드리면 안 된다며 쉬쉬하는 것을 내가 다 알고 있다.

그런데 나는 걱정 좀 하면 안 되나? 나는 그 이유가 알고 싶다. 나는 이 기괴한 보호배제 정책이 싫다. 그들은 이런 방식으로 나를 완전히 따돌린다. 나는 그들의 인생이 어떻게 펼쳐지고 있는지 모른다. 그런데 나더러 어떻게 그들의 대화에 끼라는 말인가?

나는 그들이 나를 따돌리는 이유를 생각해 보았다. 그리고 그것이 나를 위해서가 아니라는 결론에 도달했다. 나를 따돌리는 보호배제 정책은 알고 보면 자기들을 보호하기 위한 완충장치이다. 나를 자기네 삶에서 젖혀 놔야 장차 내게 죽음이 닥쳐도 충격받지 않을 수 있으니 말이다. 십대들이 집을 떠나기 전에 부모와 거리를 두는 것과 마찬가지이다. 사이먼은 열여섯 살이 되면서 반항적인 아이가 되었다. 그때 나는 사이먼에게 문제가 있다고 생각했다.

그러나 다이나까지 똑같은 전철을 밟게 되자, 나는 그것이 다이나의 잘못이 아니라는 것을 깨달았다. 그것은 모두에게 똑같이 예정된 순서일 뿐이었다.

가족들은 꼬박꼬박 찾아온다. 대화의 내용은 철저한 검열을 거친 것들뿐이지만, 어쨌든 방문을 거르는 일은 한 번도 없었다. 매주 일요일이 되면, 누군가 한 명은 찾아온다. 세상없는 일이 생겼어도 찾아온다. 찾아온 사람은 끊임없이 말을 하고 또 말을 하고 또 말을 한다. 날씨가 좋다 나쁘다 그저 그렇다는 말, 휴가 때 뭘 했다는 말, 점심에 뭘 먹었다는 말…… 그리고 정확히 다섯 시가 되면 고맙다는 표정으로 시계를 쳐다보고 떠나갔다.

가끔 휴게실에서는 기한이 지난 빙고게임 같은 것을 하기도 하는데, 가족들은 집에 가는 길에 나를 거기에 데려다 앉히고 싶어한다. 그들은 묻는다. 같이 하고 싶지 않으세요? 나가는 길에 휴게실에 데려다 드릴게요. 재밌을 것 같지 않으세요?

나는 대답했다. 머저리한테야 재밌겠지. 그러자 그들은 웃음을 터뜨렸다. 웃으라고 했던 말은 아니지만, 그들이 웃으니 기분이 좋았다. 내 나이가 되면, 그게 뭐가 됐든 해냈다는 것이 중요하다. 그때도 내가 웃겼다는 것이 중요했다. 그냥 웃어준 것뿐인지도 모르지만, 어쨌든 그들이 웃었다는 것은 중요했다. 최소한 내 말을 듣고 있었다는 뜻이니까.

사실 이제 내 진부한 이야기를 가지고는 그들의 관심을 끌 수 없다. 그것을 그들의 잘못으로 돌릴 수도 없다. 내가 겪은 이야기는 모두 다 유행이 지났다. 나는 스페인 독감, 자동차의 첫 등장, 일이차 세계대전, 냉전, 게릴라전, 스푸트닉을 직접 경험했고, 그에 대한 경험담을 들려줄 수도 있다. 그러나 그래봤자 이 모든 것은 이제 오래전 이야기에 불과하다. 그러나 나한테는 오래전 이야기 말고는 아무것도 없다. 나는 이제 더이상 새로운 경험을 할 가능성이 없다. 그게 바로 늙는다는 것의 실상이다. 그게 바로 문제의 핵심이다. 나는 아직 늙고 싶지 않다.

그러나 불평할 때가 아니다. 오늘은 서커스 구경하는 날이다. 생각해보면 불평할 문제도 아니다.

로즈메리가 아침식사 쟁반을 들고 온다. 그녀가 죽이 담긴 갈색 플라스틱 용기의 뚜껑을 열어준다. 그런데 죽 위에 크림과 갈색 설탕이 뿌려져 있다.

"라시드 박사님한테는 제가 크림 드렸다고 이르지 마세요."

그녀가 주의를 준다.

"왜? 나는 크림 먹으면 안 되는 사람인가?"

"그런 게 아니라, 우리 시설 특별 식단에는 크림을 안 넣거든요. 원생들 중에는 지방이 들어간 음식을 소화시킬 수 없는 분도 계시니까요."

"그럼 버터도 안 써?" 나는 화가 난다. 내가 마지막으로 크림과 버터를 구경했던 때가 언제였지? 지난 몇 주, 몇 달, 몇 년 동안 내 인생에는 크림도 버터도 없었다. 지방을 안 쓴다는 그녀 말은 거짓이 아니다. 왜 그걸 몰랐지? 물론 모른 것은 아니었다. 내가 이곳의 음식을 이토록 싫어하는 것도 바로 그 때문이다. 하긴, 당연한 일이다. 소금도 덜 넣겠지.

"좀더 오래 좀더 건강하게 사시라고 그러는 거예요." 그녀는 이렇게 말하며 고개를 젓는다. "하지만 건강하신 분들한테까지 버터를 못 드시게 하는 건 이해가 안 가네요."

그녀가 갑자기 고개를 쳐든다. "혹시 담낭제거 수술하셨어요?"

"아니, 나 쓸개 있어."

그녀의 인상이 풀어진다.

"음, 그렇다면 크림을 드셔도 좋아요, 얀콥스키 씨. 텔레비전 틀어드릴까요? 식사하시면서 보시게요."

"싫어. 요새는 볼 것도 없어. 다 쓰레기야." 내가 대꾸한다.

"동감이에요." 그녀는 이렇게 말하며 담요를 개켜 침대 발치에 놓는다. "또 필요한 것 있으시면 버저를 누르세요."

그녀가 나간 후, 나는 좀더 상냥해지기로 결심한다. 결심을 잊지 않으려면 어떻게 해야 하지? 손가락에 냅킨을 감는 것도 한 가지 방법이다. 끈으로 묶는 것도 좋지만, 끈이 없으니까. 내가 어렸을 때, 영화에 나오는 사람들은 항상 그런 방법을 썼다. 기억해야 할 일이 있으면 손가락에 끈을 묶었다.

냅킨을 집으려다가 손을 보게 된다. 울퉁불퉁하고 뒤틀렸고 앙상하다. 그리고 내 쭈글쭈글한 얼굴과 똑같이, 검버섯에 덮여 있다.

내 얼굴. 나는 죽 그릇을 한쪽으로 치워놓고 거울을 펼친다. 내 나이쯤 되면 거울 같은 것은 안 보는 것이 좋다. 나는 아직 거울에 비치는 사람이 나이기를 기대한다. 그러나 거울 속에 있는 것은 애팔래치아 사과인형이다. 쭈글쭈글하고 검버섯투성이에, 늘어진 군턱, 늘어진 눈 밑, 곧 떨어질 것만 같은 기다란 물렁 귀. 검버섯 난 대머리 위로 흰머리 몇 가닥이 우스꽝스럽게 솟아 있다.

머리카락을 손으로 쓸어 넘기려다가 내 늙은 손이 내 늙은 머리 위에 놓인 것을 보고 동작을 멈춘다. 나는 거울로 몸을 숙이고 눈을 크게 뜬다. 축 늘어진 살덩어리에 감춰져 있을지도 모르는 뭔가를 찾으려는 것이다.

아무것도 없다. 희미한 푸른 눈을 아무리 똑바로 쳐다봐도 더이상 나는 없다. 나는 언제부터 내가 아니게 되어버렸을까?

밥맛이 떨어진다. 죽 그릇 뚜껑을 덮고 나서, 침대를 조정하는 손잡이가 있는 곳을 찾아낸다. 찾느라고 한참 고생했다. 나는 조정버튼으로 침대의 위쪽을 평평하게 한다. 그랬더니 식탁이 머리 바로 위로 온다. 머리 위에서 흔들거리는 식탁은 시체를 찾아 헤매는 까마귀 같다. 아, 잠깐. 침대의 높이를 통째로 낮추는 단추가 여기 있네. 됐군. 이제 옆으로 눕다가 저 빌어먹을 식탁을 건드려서 죽이 쏟아지거나 하는 일은 없을 것이다. 그런 짓은 다시는 하고 싶지 않다. 노인네가 성질을 부린다며 라시드 박사를 부를지도 모르니까.

침대를 끝까지 내린 후에, 옆으로 누워서 블라인드 사이로 푸른

하늘을 바라본다. 몇 분만에 그런대로 평화롭게 잠이 든다.

하늘, 하늘, 언제나 똑같은 하늘.

collection of the ringling circus museum, sarasota, florida
〈링글링 서커스 박물관〉 소장, 플로리다 주 사라소타

9

나는 백일몽에 빠져 있다. 열려 있는 문밖으로 하늘이 보이고…… 그
때 갑자기 기차가 멈춘다. 브레이크가 귀청을 찢을 듯 비명을 지르기
시작하고, 가축차 안에 있는 모든 것이 앞으로 쏠린다. 나는 넘어지
지 않기 위해 몸에 힘을 준다. 그렇게 간신히 균형을 잡은 후, 엉클어
진 머리를 손으로 대충 만지고 신발끈을 묶는다. 마침내 졸리엣에 도
착한 모양이다.

　나는 어설픈 솜씨로 막아놓은 염소방 문앞에 앉아 있다. 방문이
삐걱삐걱하더니 킹코가 밖으로 나온다. 그는 가축차 벽에 기대서서
창밖으로 지나가는 풍경을 열심히 쳐다본다. 그의 발치에는 어김없이
퀴니가 앉아 있다. 어제 그 일이 있은 후 킹코는 나를 쳐다보려고 하
지 않는다. 솔직히 말하면, 나 역시 그를 쳐다보지 못하겠다. 한편으
로는 그가 느꼈을 굴욕에 안쓰러운 마음이 생기지만, 다른 한편으로
는 터지는 웃음을 참기가 어렵다. 드디어 기차가 멈추고 칙칙폭폭 소

리가 쉭쉭 하는 소리로 바뀐다. 기차가 멈추는 동시에 킹코가 기차에서 폴짝 뛰어내린다. 그리고 언제나 그렇듯 손뼉을 짝짝 쳐서 퀴니를 품에 안는다.

기차 밖은 이상하게 조용하다. 비행단 기차는 우리보다 적어도 삼십 분은 먼저 도착했을 텐데, 비행단 일꾼들은 그저 기차 옆에 우두커니 서 있다. 평상시와는 사뭇 다르다. 혼란 속의 질서도 없고, 발판을 내리는 덜컹덜컹 소리도 없고, 고함과 욕설도 없고, 밧줄 끝을 잡고 빙글빙글 돌려 고리를 만드는 사람도 없고, 마차에 말을 매는 사람도 없다. 방금 잠이 깬 부스스한 수백 명의 사내가 당황한 듯 뭔가를 바라볼 뿐이다. 그들이 보고 있는 것은 다른 서커스단 천막들이다.

마치 유령 마을 같다. 공연장 천막은 있는데, 구경꾼은 한 사람도 없다. 식당 천막은 세워져 있는데, 깃발은 보이지 않는다. 마차들과 대기실 천막들은 제 자리에 있는데, 사람들은 이리저리 어슬렁거리거나 아무 일도 하지 않고 그늘에 앉아 있을 뿐이다.

내가 가축차에서 뛰어내린 순간, 검은색과 베이지색이 섞인 플리머스 무개차가 주차장에 들어선다. 양복 입은 사내 두 명이 주위를 둘러보면서 차에서 내린다. 두 사람 다 서류가방을 들고 있고 홈부르크 중절모를 쓰고 있다.

엉클 앨이 신사모를 쓰고 은장식 지팡이를 휘두르며 그들에게 다가간다. 이번에는 똘마니 집단이 뒤를 따르지 않는다. 엉클 앨은 유쾌한 표정, 친절한 태도로 두 사람과 악수를 한다. 그러고는 뭐라고 하면서 서커스장 전체를 가리킨다. 두 사업가는 고개를 끄덕이며 가슴 앞에서 팔짱을 낀다. 머리를 굴리는 것이다.

등 뒤에서 자갈 밟는 소리가 들린다. 오거스트다. 그는 내 옆으로 다가와 말을 건다. "역시 우리 앨은 대단하군. 철도에서 공무원이 떴다 하면, 이십 미터 밖에서도 냄새를 맡을 수 있지. 두고 봐. 오전 중에 시장까지 구워삶을 테니. 쥐여주는 데는 장사 없지." 그리고 내 어깨를 툭 친다. "가자."

"어딜 가요?" 내가 묻는다.

"마을로 가. 아침 먹어야지." 그가 말한다. "여기는 먹을 거 없어. 내일까지는 없을 거야."

"세상에! 정말요?"

"글쎄, 음식을 구해보겠지만, 알다시피 선발대를 보낼 수가 없었잖아."

"그럼 저 사람들은 어떡해요?"

"누구?"

나는 천막 주변을 서성대는 사람들을 가리킨다. 〈폭스 형제 서커스단〉이 파산한 후, 오도 가도 못하는 사람들이다.

"저 사람들? 배가 고파지면 떠나겠지. 사실, 그게 모두에게 제일 좋아."

"우리 사람들은요?"

"아, 그 사람들? 굶어 죽진 않을 거야. 내일이면 음식이 올 테니까. 걱정 마. 앨이 사람들을 굶겨죽일 리는 없으니까."

우리는 큰길을 조금 내려가다가 가장 먼저 눈에 띄는 식당으로 들어간다. 한쪽 벽면에는 칸막이 좌석들이 있고, 반대쪽 벽면에는 합판으로 된 카운터가 있다. 카운터 앞에 의자들이 놓여 있다. 의자들은 앉는 부분이 빨간색이다. 카운터 좌석의 사내들이 담배를 피우며 카운터 뒤의 아가씨와 이야기를 하고 있다.

나는 말레나가 들어올 때 문을 잡아준다. 그녀는 식당에 들어서자마자 칸막이 좌석으로 성큼성큼 걸어간다. 그리고 장의자에 앉은 후 벽 쪽으로 미끄러져 들어간다. 오거스트는 말레나의 맞은편 장의자에 털썩 주저앉는다. 나는 할 수 없이 말레나의 옆자리에 앉는다. 그녀는 가슴 앞에서 팔짱을 끼고 벽만 쳐다본다.

"어서 오세요. 뭐 드릴까요?" 아가씨는 카운터 뒤에 선 채 주문을 받는다.

"기본으로." 오거스트가 말한다. "배고파 죽겠어."

"계란은 어떻게 할까요?"

"노른자는 안 익게."

"부인은요?"

"커피만 주세요." 말레나는 이렇게 말하며 다리를 꼬고 앉아 한쪽 발을 앞뒤로 흔든다. 그녀의 태도는 호전적이라고 해도 과언이 아니다. 화가 많이 난 것 같다. 주문할 때 웨이트리스를 쳐다보지도 않았다. 오거스트를 보지도 않는다. 하긴, 나를 보지도 않는다.

"아저씨는요?" 웨이트리스가 묻는다.

"어, 기본으로 똑같이 주세요." 나는 대답한다.

오거스트는 칸막이에 기대앉아 카멜 갑을 꺼낸다. 담뱃갑 바닥을 살짝 친다. 담배 한 개비가 공중으로 날아올랐다가 원을 그리면서 떨어진다. 그는 떨어지는 담배를 입으로 받은 후, 다시 등을 기대고 앉는다. 그러고는 성공의 기쁨에 겨운 듯, 눈동자를 반짝이며 양손을 펼친다.

말레나가 고개를 돌리고 그를 본다. 느릿느릿 손바닥을 부딪쳐 박수 소리를 낸다. 그러나 표정은 돌처럼 굳어 있다.

"이제 그만 해, 여보. 바보 같이 그러지 마." 오거스트가 말한다. "당신도 알잖아. 고기가 바닥났었다고."

"잠깐만요." 그녀가 이렇게 말하며 장의자를 미끄러져 내려온다. 나는 벌떡 일어나 자리를 비켜준다. 그녀는 빨간색 플레어스커트를 펄럭이며 식당 문을 향해 간다. 또각또각 구두 소리와 실룩거리는 엉덩이의 잔상만을 남겨둔 채 그녀는 그렇게 식당을 나간다.

"여자들이란." 오거스트는 이렇게 말하며 한 손으로 라이터를 둥글게 감싸며 담배에 불을 붙인다. 손목의 스냅을 이용해 라이터 뚜껑을 닫는다. "아, 깜빡했네. 한 대 줄까?"

"아니, 괜찮아요. 담배 안 피워요."

"안 피워?" 그는 생각에 잠긴 듯 담배를 깊이 들이마신다. "이제부터 피워. 건강을 위해서." 그는 담뱃갑을 주머니에 집어넣고, 손가락을 튀겨 카운터 뒤에 있는 웨이트리스에게 신호를 보낸다. 그녀는 뒤지개를 들고 프라이팬 앞에 서 있다.

"빨리 줘, 응? 우리 바빠. 언제까지 기다려야 해?"

그녀가 주걱을 든 채 동작을 멈춘다. 카운터 좌석의 사내 둘이 천천히 우리 쪽을 돌아본다. 눈을 부릅뜨고 있다.

"어떡해요?" 내가 걱정스럽게 말한다.

"뭘 어떡해?" 그는 정말 내가 왜 그러는지 모른다는 표정이다.

"음식이 익어야 드리지요." 웨이트리스가 쌀쌀맞게 대답한다.

오거스트가 말한다. "그래. 내 말이 그거야. 익는 대로 달라고." 내쪽으로 몸을 기울이고 소리를 낮춰서 말한다. "내가 말했잖아. 여자들은 다 저렇다니까. 생리중인가 봐."

서커스장으로 돌아오니, 〈벤지니 형제 지상 최대의 서커스단〉 천막들 가운데 몇 개가 서 있다. 동물원 텐트, 마구간 텐트, 식당 텐트 이렇게 셋이다. 깃발이 나부끼고 있고, 시큼한 기름 냄새가 공기 중에 가득하다.

"먹을 게 없어." 한 사내가 식당에서 나오면서 한마디 한다. "튀긴 밀가루 덩어리랑 치커리뿐이야."

"아, 그런가요?"

그는 침을 뱉고 식당 앞을 떠난다.

남아있던 〈폭스 형제 서커스단〉 단원들이 단장전용차 앞에 줄을 선다.

사람들 사이에 절박한 희망이 감돈다. 미소를 짓기도 하고 농담을 하기도 한다. 그러나 웃음소리에서 긴장감이 느껴진다. 몇몇은 가슴 앞에서 팔짱을 끼고 정면을 보고 있고, 몇몇은 고개를 숙이고 이리저리 왔다 갔다 한다. 엉클 앨의 오디션을 받기 위해 한 명씩 단장전용차로 들어간다.

대부분은 실패하고 내려온다. 몇몇은 눈물을 닦으며 오디션을 기다리는 사람들과 나직이 이야기를 나눈다. 몇몇은 애써 눈물을 삼키며 마을 쪽으로 걸어간다.

난쟁이 두 명이 함께 차 안으로 들어간다. 그리고 이삼 분만에 심각한 얼굴로 차를 나와, 사람들과 뭔가 이야기를 한다. 그러고는 기찻길을 따라 터덜터덜 걸어간다. 고개를 높이 들고, 속이 꽉 찬 베갯잇을 둘러메고, 두 난쟁이는 나란히 어디론가 걸어간다.

나는 모여 있는 사람들을 둘러본다. 그 유명한 괴물인간은 어디에 있나? 괴물인간들이 있긴 있다. 난쟁이들도 있고, 소인들도 있고, 거인들도 있고, 턱수염 난 아가씨도 있고(앨에게는 이미 턱수염 난 아가씨가 있으니, 그녀가 채용될 가능성은 없다), 엄청난 뚱남도 있다(앨이 뚱남뚱녀 커플을 원한다면, 그에게도 승산이 있다). 보기에도 안쓰러운 각종 인간들과 개들이 모여 있다. 그러나 가슴에 아기가 달려 있는 남자는 보이지 않는다.

엉클 앨이 단원들을 다 고른 후, 우리 일꾼들은 〈폭스 형제 서커스단〉 천막들 가운데 마구간과 동물원만 남기고는 모두 걷어낸다. 〈폭스 형제 서커스단〉 사람들 중에서 일자리를 찾지 못한 사람들은 여기저기 앉아 담배를 피우며 천막 걷는 사람들을 구경한다. 그러면서 길게 자란 야생당근이나 엉겅퀴 무더기 사이에 담배 찌꺼기를 뱉어낸다.

엉클 앨은 철도 관리들이 〈폭스 형제 서커스단〉 짐말의 목록을 아직 완성하지 못했음을 알아내고, 특징 없는 말들을 바꿔치기한다. 이른바 〈벤지니 형제 지상 최대의 서커스단〉 마구간과 〈폭스 형제 서커스단〉 마구간 사이의 합병이다. 합병을 노리는 것은 엉클 앨뿐이 아니다. 몇몇 농부들이 말을 끌고 서커스장 주변을 서성대는 것을 보면 알 수 있다.

"저렇게 끌고 가게 내버려두나요?" 나는 페트에게 물어본다.

"그냥 놔둬." 페트가 대답한다. "우리 말만 건드리지 않으면 돼. 하지만, 정신 똑바로 차려. 하루 이틀 지나면, 동네 사람들이 다 몰려올 테고, 그러면 우리 말도 섞이는 수가 있으니."

우리 짐말들은 이중으로 일을 했다. 커다란 말들은 게거품을 물고 숨을 몰아쉰다. 나는 시청 관리에게 급수밸브를 열게 해서 겨우 말들에게 물을 준다. 하지만, 건초와 귀리는 아직 도착하지 않고 있다.

우리가 마지막 물통을 채우고 있는데, 오거스트가 돌아온다.

"대체 뭣들 하는 거야? 말들은 기차에 사흘 동안 처박혀 있었잖아. 이리저리 끌고 다니면서 운동 좀 시켜."

"운동이요?" 페트가 대답한다. "눈이 있으면 보슈. 녀석들이 지금까지 장장 네 시간 동안 뭘 했는지."

"우리 말들한테 일 시켰어?"

"그럼 누구한테 시킵니까?"

"저쪽 짐말들한테 시켰어야지!"

"저쪽 짐말? 빌어먹을!" 페트가 소리친다. "일은 저쪽 짐말 시키고, 우리 말은 이리저리 끌고 다니면서 운동시키고! 그게 뭐가 다르다고?"

오거스트가 무슨 말을 하기 위해 입을 벌렸다가 이상하게도 그냥 입을 다물고 자리를 뜬다.

얼마 지나지 않아, 트럭들이 공터로 모여든다. 트럭들은 한 대씩 후진해 취사장 앞에 멈춘다. 믿을 수 없을 만큼 많은 음식이 취사장 안으로 옮겨진다. 취사장 일꾼들은 곧장 일을 시작한다. 순식간에 보일러가 돌아가고, 서커스장 전체에 식욕을 돋우는 음식 냄새 — 진짜 음식 냄새 — 가 퍼진다.

잠시 후에, 동물들을 위한 먹이와 깔짚이 도착한다. 이번에는 트럭이 아니라 마차에 실려 온다. 건초가 담긴 수레가 마구간 텐트로 들어오자, 말들은 힝힝거리고 끙끙거리고 목을 길게 뺀다. 건초가 채 바닥에 닿기도 전에 주둥이로 낚아챈다.

동물원 텐트 안의 동물들도 우리를 열렬히 반긴다. 침팬지들은 끽끽거리면서 우리 안에 있는 철봉들을 빙글빙글 타고 내려온다. 번쩍이는 이빨을 드러내며 씩 웃는다. 맹수들은 초조한 듯 어슬렁거린다. 흥분한 말들은 머리를 흔들며 힝힝거리고 씨근거리고 컹컹 짖는 소리까지 낸다.

나는 과일, 채소, 견과를 담은 접시를 오랑우탄 우리 안에 놓는다. 내가 우리 문을 닫자 오랑우탄이 우리 바깥으로 긴 팔을 뻗는다. 오렌지 접시를 가리킨다.

"저거? 저거 먹고 싶어?"

녀석은 한데 몰린 눈을 껌뻑껌뻑하며 계속 오렌지를 가리킨다. 녀석의 얼굴은 커다란 접시같이 오목하다. 접시 둘레, 그러니까 얼굴 가장자리에는 붉은 털이 술처럼 달려 있다. 내가 태어나서 본 오랑우탄 중에 제일 멋진 녀석이다.

"옜다." 나는 녀석에게 오렌지를 건네준다. "먹어."

녀석은 오렌지를 집어 바닥에 놓는다. 그리고 다시 팔을 뻗는다. 몇 초간의 심각한 고민 끝에 나는 손을 내밀어 본다. 녀석은 긴 손가락으로 내 손을 감싸 쥐었다가 놓아준다. 그러고는 바닥에 앉아 오렌지 껍질을 깐다. 나는 깜짝 놀란 표정으로 녀석을 멍하니 바라본다. 녀석이 내게 고맙다고 인사한 것이다!

"수고했어." 우리가 동물원 텐트에서 나오는데, 오거스트가 말을 걸며 내 어깨를 철썩 친다. "같이 한 잔 하지, 친구. 말레나의 대기실 텐트에 레몬주스가 있어. 주스 가판대에서 파는 싸구려 주스가 아니야. 위스키도 한 방울 넣어줄게. 어때?"

"금방 따라갈게요." 내가 말한다. "먼저 저쪽 동물원 텐트 좀 둘러봐야 해요." 〈폭스 형제 서커스단〉 짐말들은 불확실한 처지에 빠졌기 때문에(짐말들의 수는 오후 내내 점점 줄고 있다), 내가 녀석들에게 물과 건초를 넣어주었다. 하지만 동물원 텐트는 아직 챙기지 못했다.

"안 돼." 오거스트가 단호히 말한다. "지금 같이 가."

나는 단호한 어조에 깜짝 놀라 그를 쳐다본다. "알았어요. 가요." 내가 대답한다. "그런데 저쪽 동물원 텐트에 물이랑 먹이가 들어갔을까요?"

"들여보낼 거야. 나중에."

"뭐라고요?" 내가 묻는다.

"들여보낸다고. 나중에."

"오거스트, 지금 거의 삼십 도까지 올라갔어요. 먹이가 없으면 물이라도 줘야 해요. 저렇게 내버려두면 큰일 나요."

"큰일 안 나. 내버려 둬. 엉클 앨이 일하는 방식이 원래 그래. 엉클 앨과 철도 관리 놈들은 당분간 버티기로 나갈 거야. 시장 놈은 기린들, 얼룩말들, 사자들을 어떻게 해야 하나 걱정이 되겠지. 시간이 가면 가격은 점점 내려가. 가격이 충분히 떨어지면, 그때 가서 사겠다고 하는 거지."

"미안하지만, 그렇게는 못 하겠어요."

나는 이렇게 말하며 돌아선다.

그가 내 팔을 거세게 움켜쥐며 앞을 막아선다. 그의 얼굴이 바로 내 얼굴 앞에 있다. 그는 손가락 한 개를 펼쳐서 내 뺨을 쓸어내린다. "그렇게 할 수 있어. 먹이와 물을 안 주겠다는 게 아니야. 당장은 못 주겠다, 그거지. 사업은 그렇게 하는 거야."

"말도 안 돼요."

"엉클 앨이 사업하는 것을 보면, 거의 예술이야. 앨이 그렇게 사업을 일으킨 덕분에 지금의 우리가 있는 거야. 내가 충고하는데, 저 천막에 일단 신경 끄고 있어. 저 천막에는 앨이 갖고 싶어하는 것이 들어있어. 그것만 아니면, 먹이를 주든 물을 주든 누가 뭐라겠어? 하지만, 자네가 섣불리 행동해서 앨의 계획에 차질이 생기면? 앨이 동물들을 사기 위해 예상보다 비싼 값을 치러야 한다면? 엉클 앨이 가만있을 거 같아? 내 말 알아들어?" 그는 이를 악물고 말한다. 그러고는 자기가 했던 말을 한마디씩 끊어가며 다시 한 번 경고한다.

"내…… 말…… 알아들어?"

나는 그의 부릅뜬 눈을 정면으로 쳐다본다. 그리고 대답한다. "알았어요."

"좋아." 그가 내 뺨에서 손가락을 치우며 한발 물러난다. "좋아." 그는 했던 말을 다시 한 번 반복하며 고개를 끄덕이고 표정을 누그러뜨린다. 억지로 웃음을 짓는다. "그건 그렇고, 내가 아까 말한 위스키 있잖아? 그거 정말 괜찮은 술이야."

"별로 생각 없어요."

그는 나를 잠시 쳐다본 후 어깨를 으쓱한다. 그리고 말한다.

"그러든지."

나는 문제의 텐트에서 좀 떨어진 곳에 자리를 잡는다. 그러고는 버림받은 동물들이 들어있을 그곳을 바라본다. 점점 초조해진다. 갑자기 불어온 돌풍에 천막 자락 한쪽이 오목하게 들어간다. 텐트 안으로는 바람도 들어가지 못한다. 머리 위로 내리쬐는 열기가 이렇게 뜨겁게 느껴진 적은 없다. 갈증이 이렇게 고통스럽게 느껴진 적도 없다.

나는 모자를 벗고, 모래투성이 팔로 이마에 흐르는 땀을 닦는다.

취사장 위로 주황색과 파란색의 깃발이 올라간다. 저녁식사 시간이다. 〈벤지니 형제 서커스단〉에 새 얼굴들이 합류한다. 으레 그렇듯이 빨간색 식권을 움켜진 자들이 새로 온 사람들이다. 뚱남이 새로 들어왔고, 턱수염 아가씨와 난쟁이 몇 명도 새로 들어왔다. 엉클 앨은 배우들만 고용했다. 고용되고 나서 불과 몇 분만에 해고당한 운수 나쁜 사내도 있었다. 오디션에 합격하고 차에서 나오던 이 사내의 눈에 말레나의 모습이 들어왔다. 말레나를 바라보던 사내의 그윽한 눈길이 마침 오거스트에게 발각되고 말았던 것이다.

두세 명이 식당 줄에 몰래 끼어들었다가 에즈라에게 발각된다. 에즈라가 하는 일은 서커스단 사람들의 얼굴을 알아두는 것이 전부다. 그리고 그 일을 매우 잘 해낸다. 그가 엄지로 누군가를 가리키면, 남은 일은 블래키가 해결한다. 이번에 발각당한 사람들은 그냥 도망치지 않고, 차려진 음식을 날쌔게 한 줌씩 집는 데 성공한다.

꾀죄죄한 행색의 사람들이 배고픈 눈으로 서커스장 주변을 말없이 서성댄다. 말레나가 접시에 음식을 담아 들고 식탁으로 가려는데, 서성거리던 사내가 그녀에게 말을 건다. 키가 크고, 말랐고, 두 뺨에 깊은 주름이 파여 있다. 배고픔에 시달리는 상황이 아니었다면, 잘생긴 청년이었을 것 같다.

"사모님— 저기, 사모님! 음식 좀 남는 거 없나요? 빵 한 조각도 좋은데요?"

말레나가 걸음을 멈추고 그를 바라본다. 움푹 꺼진 얼굴에, 절박한 눈빛이다. 말레나는 자기가 들고 있는 접시를 내려다본다.

"그러지 마시고, 사모님. 조금만 나누어주세요. 이틀 동안 아무것도 못 먹었어요." 그는 혀끝으로 부르튼 입술을 적신다.

"얼른 앉아." 오거스트가 이렇게 말하며 말레나의 팔을 잡고 식당 중앙에 있는 식탁으로 끌고 가다시피 한다. 우리가 원래 앉는 자리는 아니지만, 오거스트에게 뭐라고 하는 사람은 없다. 말레나는 말없이 자리에 앉아서 이따금 천막 밖에 있는 사람들을 바라본다.

"아, 도저히 안 되겠어요." 그녀가 이렇게 말하며 포크를 놓는다. "가엾어요. 음식이 넘어가지 않아요." 그녀는 접시를 집어들며 자리에서 일어난다.

"어딜 가겠다고?" 오거스트의 목소리가 날카롭다.

말레나는 그를 물끄러미 내려다본다.

"저 사람들은 이틀 동안 아무것도 못 먹었다는데, 어떻게 여기 앉아 음식을 먹어요? 못할 짓이에요."

"저놈에게 주려는 건 아니겠지?" 오거스트가 말한다.

"어서, 앉아."

다른 식탁에 앉아 있던 사람들이 우리 쪽을 돌아본다. 오거스트는 그들에게 신경질적인 미소를 지어보이고는 말레나에게 상체를 기울인다. "여보." 그의 말은 명령조다. "당신 마음이 어떤지 나도 잘 알아. 하지만 저놈에게 음식을 주면 어떻게 될 것 같아? 녀석은 계속 여기 들러붙어 있을 거야. 그럼 언제까지 음식을 줄 거야? 엉클 앨은 이미 일할 사람들을 다 뽑았어. 녀석은 안 뽑혔고. 그러니 딴 데 가서 알아봐야겠지. 빨리 떠날수록 좋아. 녀석에게도 그게 나아. 친절이란 그런 거야."

말레나가 눈을 가늘게 뜨더니 접시를 내려놓고 폭찹을 포크로 푹 찍어 빵조각 위에 올린다. 오거스트의 빵도 집어 폭찹 위에 올린다. 그리고 쿵쿵거리며 걸어나간다.

"대체 무슨 짓이야?" 오거스트가 소리를 지른다.

말레나는 곧장 그 비쩍 마른 남자에게 걸어가서 그의 손바닥 위에 샌드위치를 올려놓는다. 그러고는 돌아서서 자리를 떠난다. 일꾼들이 앉아 있는 자리에서 박수소리와 휘파람소리가 들린다.

오거스트는 분노로 부들부들 떤다. 관자놀이에서 힘줄이 뛰는 것이 보인다. 잠시 후 그는 접시를 집어들고 자리에서 일어난다. 접시에 남은 음식을 휴지통에 쏟아버린 후, 식당을 나간다.

나는 내 접시를 물끄러미 바라본다. 폭찹, 양배추, 으깬 감자, 구운 사과 등이 산 같이 싸여 있다. 나는 종일 개처럼 일했다. 그런데 음식이 목구멍으로 넘어가지를 않는다.

거의 일곱 시인데, 해는 아직 높고 공기는 무겁다. 우리가 떠나온 북동부와는 토질부터가 다르다. 이곳 흙은 해골처럼 메마르다. 서커스장에는 잔디가 길게 자라 있다. 그러나 온통 짓밟힌 채 누렇게 바랬고 건초처럼 바삭바삭하다. 철로와 서커스장 사이에는 키 큰 잡초들이 가득하다. 이 끈질긴 식물들은 억센 줄기, 자잘한 잎, 촘촘한 꽃으로 되어 있다. 꽃을 피우는 데 에너지를 집중하기 위해서다.

마구간 텐트 옆을 지나는데, 킹코가 텐트 그늘에 멀뚱히 서 있다. 킹코의 발치에는 퀴니가 쭈그리고 앉아 똥을 싸고 있다. 물똥을 발사하고 몇 걸음 걸어가 또 다시 발사하고 또 다시 몇 걸음 걸어간다.

"무슨 일이야?" 나는 이렇게 물으며 그의 옆에 멈춰 선다.

킹코는 나를 노려본다. "보면 몰라? 설사병이야."

"뭘 먹었는데?"

"낸들 알아?"

나는 퀴니가 뒤에 남긴 작은 물웅덩이 하나를 자세히 들여다보면서 기생충의 흔적이 없는지 살핀다. 기생충은 아닌 것 같다. "식당에 꿀이 있나 찾아봐."

"어?" 킹코는 이렇게 말하며 허리를 펴고 서서 나를 곁눈질한다.

"꿀 말이야. 느릅나무 껍질가루가 있으면 그것도 가져와. 꿀 한 스푼만 먹여도 차도는 있을 거야." 내가 대답한다.

그는 잠시 나를 보며 얼굴을 찌푸린다. 가슴 앞에서 팔짱을 낀 채다. "알았어." 그는 미덥지 않은 목소리로 대답하며 개를 돌아본다.

나는 〈폭스 형제 서커스단〉 동물원 텐트 근처 잔디 위에 앉는다. 텐트에는 아무도 접근하지 않는다. 사방에 지뢰라도 묻혀 있는 듯 불길한 분위기가 풍긴다. 이십 미터 안으로는 아무도 접근하지 않는다. 천막 안의 상황은 끔찍할 것이다. 그러나 엉클 앨과 오거스트를 꽁꽁 묶어놓고 물 마차를 탈취하지 않는 한, 내가 할 수 있는 일은 아무것도 없다. 점점 초조해진 나는 더이상 가만히 앉아 있을 수가 없다. 자리에서 일어난다. 우리 서커스단 동물원 텐트로 들어간다.

물통이 가득 차 있고 바람도 통하고 있지만, 동물들은 더위를 먹어서 멍청한 상태다. 얼룩말이나 기린 같은 초식동물들은 네 발로 서 있다. 그러나 목은 길게 빠져 있고, 눈은 반쯤 감겨 있다. 야크도 꼼짝 않고 있다. 파리들이 귓가와 눈가에서 무자비하게 윙윙거린다. 나는 파리들을 쫓으려고 해보지만, 파리들은 금세 다시 내려온다. 절망적인 상황이다.

북극곰은 머리와 주둥이를 앞으로 내민 채 배를 깔고 누워 있다.

이렇게 누워 있으니 착해 보인다. 껴안고 싶을 정도다. 녀석의 몸무게는 바닥 쪽 삼분의 일에 몰려 있다. 들이쉬는 숨은 깊고 불규칙하며, 내쉬는 숨은 길고 신음이 섞여 있다. 가엾은 녀석. 시원한 북극에 살다가 이게 무슨 고생이니.

오랑우탄은 큰대자로 누워 있다가 내가 다가가니 고개를 돌려서 나를 바라본다. 더이상은 움직일 수 없어서 미안하다는 듯 슬픈 표정으로 눈을 끔뻑거린다.

괜찮아. 나는 눈으로 말한다. 다 이해해.

녀석은 다시 한 번 눈을 끔뻑거리고는 고개를 돌린다. 아무래도 천장을 보는 자세가 편한 것이다.

말레나의 말들에게 다가가자, 나를 알아보는 녀석들은 코를 킁킁대며 내 손을 훑는다. 손에서는 아직 구운 사과 냄새가 풍긴다. 잠시 후, 나에게서 얻을 것이 없음을 깨달은 녀석들은 이내 흥미를 잃고 몽롱한 상태로 돌아간다.

맹수들은 옆으로 누워 있다. 미동도 없지만, 눈은 살짝 뜨고 있다. 갈비뼈 근처가 규칙적으로 오르내리지만 않았다면, 죽었다고 해도 믿었을 것이다. 나는 우리 창살에 이마를 대고 오랫동안 녀석들을 바라본다. 우리에서 돌아서서 삼 미터쯤 가다가 다시 한 번 우리 안을 돌아본다. 갑자기 이상한 생각이 들었기 때문이다. 우리 바닥이 방금 치운 것처럼 깨끗하다.

말레나와 오거스트가 소리를 지르며 싸운다. 이십 미터 밖에서도 들린다. 나는 말레나의 대기실 텐트 앞에서 걸음을 멈춘다. 끼어들고 싶은 건지 아닌 건지 내 마음을 나도 모르겠다. 그러나 엿듣고 싶은 것은 아니다. 결국 나는 마음을 가다듬고 천막 문 앞에서 소리친다.

"오거스트! 저 좀 봐요, 오거스트!"

싸우는 소리가 멈춘다. 뭔가를 후다닥 치우는 소리. 쉿 하는 소리.

"무슨 일이야?" 오거스트가 소리친다.

"클리브가 맹수들한테 먹이를 줬어요?"

천막 자락 틈으로 오거스트의 얼굴이 나타난다. "아. 맞아. 그러니까, 문제가 좀 있었거든. 하지만 이제 해결됐어."

"뭐라고요?"

"먹이는 내일 아침이면 도착할 거야. 걱정 마. 별일 없을 테니. 이런, 맙소사." 그는 이렇게 말하며 목을 길게 빼고 내 뒤쪽을 본다. "또 뭐야?"

엉클 앨이 빨간색 조끼에 신사모를 쓰고 성큼성큼 다가온다. 다리는 격자무늬 양말에 싸여 있다. 똘마니들이 앨과 보조를 맞추기 위해서 종종걸음친다.

오거스트는 한숨을 쉬고는 천막 자락을 들어올려 나를 들어오게 한다. "들어와서 앉아. 자네가 사업을 배울 첫 번째 기회가 되겠군."

나는 고개를 숙이고 들어간다. 말레나는 화장대 앞에 앉아 있다. 팔짱을 끼고 다리를 꼰 채다. 화가 난 듯 한쪽 발을 까딱까딱 움직인다.

"여보." 오거스트가 말한다. "진정해."

"말레나?" 엉클 앨이 천막 문 앞에서 부른다. "말레나? 들어가도 괜찮겠습니까, 아가씨? 오거스트랑 할 말이 있습니다요."

말레나는 입맛을 다시며 눈알을 굴린다. "그럼요, 엉클 앨. 물론이죠, 엉클 앨. 들어오세요, 엉클 앨." 그녀가 억양 없이 말한다.

천막 문이 열리고, 엉클 앨이 들어온다. 땀을 삐질삐질 흘리면서 입이 찢어져라 웃고 있다.

"성공했어." 그가 이렇게 말하며 오거스트 앞에 선다.

"드디어 놈을 샀군요." 오거스트가 말한다.

"어? 뭐?" 엉클 앨이 이렇게 말하며 깜짝 놀란 듯 눈을 끔뻑끔뻑한다.

"괴물인간 말이에요." 오거스트가 말한다. "찰스 뭐라던가?"

"아니, 아니, 아니, 그놈은 신경 꺼."

"그놈은 신경 꺼, 라니, 그게 무슨 말이에요?" 오거스트가 묻는다. "그놈 때문에 우리가 여기까지 온 거 아닙니까? 대체 무슨 일 있었어요?"

"뭐?" 엉클 앨이 애매하게 대답한다. 똘마니들이 그의 등 뒤에서 세차게 고개를 젓는다. 그중 한 사내는 자기 목을 긋는 시늉을 해 보인다.

오거스트는 그들을 바라보며 한숨을 내쉰다.

"아. 링글링한테 빼앗겼군요."

"그놈은 신경 쓰지 마." 엉클 앨이 말한다. "빅뉴스가 있어! 슈퍼 울트라빅뉴스야!" 그가 뒤를 돌아보자, 똘마니들은 웃겨 죽겠다는 듯이 박장대소한다. 엉클 앨은 다시 오거스트를 보며 말한다. "맞춰 봐."

"모르겠는데요, 앨." 오거스트가 대답한다.

앨은 기대에 찬 얼굴로 말레나를 쳐다본다.

"몰라요." 그녀는 뾰로통하게 말한다.

"코끼리를 샀어!" 엉클 앨은 이렇게 외치며, 기쁨을 이기지 못하고 양팔을 쫙 벌린다. 그러고는 지팡이로 똘마니 하나를 때린다. 얻어맞은 사내가 황급히 뒤로 물러선다.

오거스트의 얼굴이 굳어진다. "뭐요?"

"코끼리! 코끼리 말이야!"

"코끼리를 샀다고요?"

"그래, 오거스트— 이제 자네 코끼리야. 이름은 로지. 쉰세 살이고, 얼마나 똑똑한지 몰라. 최고의 수확이야. 자네가 어떻게 조련을 시킬지 빨리 보고 싶어 미치겠군." 그는 코끼리가 연기하는 모습을 떠올리는 듯 눈을 지그시 감는다. 양손을 들어올려 손가락을 꿈틀꿈틀 움직인다. 눈을 감은 채 환희에 찬 표정으로 미소를 짓는다. "말레나도 함께 공연하면 좋을 거야. 퍼레이드에서, 입장행렬에서, 말레나가 코끼리에 올라타면 얼마나 근사할지 생각해봐! 코끼리 공연에는 자네가 함께 나오는 게 좋겠지? 아, 여기!" 그는 고개를 돌리며 손가락으로 딱 소리를 낸다. "그거 어디 있어? 어서, 어서, 느려터진 놈들!"

누군가가 샴페인 병을 가져온다. 엉클 앨은 말레나에게 허리를 굽히고 정중하게 인사하며 샴페인 병을 내민다. 얼마나 좋은 샴페인인지 확인해 보라는 것이다. 잠시 후, 엉클 앨은 철삿줄을 풀고 코르크를 딴다.

엉클 앨의 등 뒤에 서 있던 누군가가 세로 홈이 파인 술잔들을 꺼내서 말레나의 화장대에 놓는다.

엉클 앨은 샴페인을 잔 네 개에 조금씩 따르고, 말레나와 오거스트와 나에게 건네준다. 그러고는 마지막 잔을 높이 든다. 그의 눈이 촉촉이 젖는다. 그는 깊이 한숨을 내쉬며 주먹 쥔 손을 가슴으로 가져간다.

"이 역사적인 사건에 즈음하여 여러분과 함께 축하의 잔을 들게 되니 감개무량하기 이를 데가 없습니다. 이 세상에서 가장 소중한 친구 여러분!" 그는 각반 찬 발의 뒤꿈치를 떼며 상체를 앞으로 흔들흔들 움직인다. 그러고는 진짜 눈물을 짜낸다. 그의 살찐 볼 위로 눈물 한 방울이 흘러내린다. "우리에겐 수의사가 있습니다. 그것도 코넬대를 졸업하신 분입니다. 그런데, 그것뿐이 아닙니다. 우리에겐 코끼리, 코끼리도 있습니다!" 그는 기쁨으로 코를 훌쩍이며, 감격에 겨워 말을 잇지 못한다. "지난 몇 년 동안 나는 이날을 손꼽아 기다려 왔습니다. 이것은 시작일 뿐입니다. 친구 여러분. 우리는 이제 명실상부한 대형 서커스단, 세상 사람들이 다 알아보는 서커스단이 되었습니다!"

앨의 등 뒤에서 산만하게 박수치는 소리가 들린다. 말레나는 술잔을 무릎 위에 조심스럽게 올려놓는다. 오거스트는 술잔을 얼굴 앞에 들고 있다. 술잔을 손에 쥔 채, 눈썹 하나 까딱하지 않는다.

엉클 앨은 팔을 쭉 펴고 잔을 들어올리면서 소리친다.

"〈벤지니 형제 지상 최대의 서커스단〉을 위하여!"

"위하여! 위하여!" 그의 등 뒤 여기저기에서 건배를 외치는 소리가 들린다. 말레나와 오거스트는 아무 말도 없다.

앨은 술잔을 비운 후, 옆에 있는 똘마니의 손에 건네준다. 사내는 술잔을 받아 겉옷 주머니에 집어넣고 앨을 따라 천막을 나간다. 천막 문이 닫히고 다시 우리 셋만 남는다.

잠시 동안, 쥐죽은 듯 고요하다. 오거스트는 갑자기 잠이 깬 듯 머리를 움찔한다.

"그 짐승을 한번 보는 것이 좋겠는 걸."

그는 이렇게 말하며 술잔을 단번에 비운다.

"제이콥, 이제 그 빌어먹을 동물들을 마음껏 보살펴보라고. 이제 만족하지?"

나는 눈을 크게 뜨고 그를 쳐다본다. 그리고 술잔을 비운다. 말레나를 힐끗 보니, 그녀도 술잔을 비우는 중이다.

〈폭스 형제 서커스단〉 동물원 텐트는 이제 〈벤지니 형제 서커스단〉 일꾼들로 가득하다. 일꾼들은 이리 뛰고 저리 뛰며 물통을 채우고 건초를 던지고 똥을 치운다. 바람이 통하게 천막 양쪽을 걷어 올려놓았다. 나는 오거스트와 말레나와 함께 천막으로 들어가, 병에 걸린 동물이 없는지 이리저리 훑어본다. 다행히도, 모두 활기차 보인다.

코끼리가 천막 바로 옆에 있다. 멀리 있어 형체를 분명히 알아볼 수 없지만, 엄청나게 거대하다. 폭풍우의 먹구름 같은 색깔이다.

우리는 일꾼들 사이를 헤치고 코끼리 앞으로 다가간다. 과연 거대하다. 어깨 높이가 적어도 십 미터는 될 것 같다. 기다란 코끝에서 펑퍼짐한 발등까지 몸통 전체가 가뭄 때 논바닥처럼 얼룩덜룩하고 금이 가 있다. 부드러운 곳은 녀석의 두 귀뿐이다. 녀석의 두 눈은 으스스할 정도로 사람 눈을 닮았다. 눈이 움푹 들어갔고 눈동자는 황갈색이다. 속눈썹은 터무니없이 길다. 그렇게 녀석은 우리를 내려다보고 있다.

"세상에." 오거스트가 말한다.

녀석의 코가 우리에게 접근한다. 코가 하나의 독립된 생명체로 느껴진다. 코는 오거스트 앞에서 흔들거리다가 말레나 앞에서, 그리고 끝으로 내 앞에서 흔들거린다. 코끝에는 손가락 같은 돌기가 나 있다. 돌기가 꼬물꼬물 움직이며 물건을 집는 것이다. 콧구멍이 열렸다 닫혔다 하는 것은 숨을 쉬는 것이다. 내 눈앞에 있던 코가 뒤로 물러난다. 그러고는 코끼리의 얼굴 앞에서 추처럼, 거대한 근육질의 벌레처럼 좌우로 흔들린다. 코에 달린 손가락이 바닥에 흩어진 건초들을 집어올렸다가 다시 떨어뜨린다. 나는 흔들흔들 움직이는 코를 바라본다. 다시 내게 와주길 바라며 손을 내민다. 하지만 코는 이제 내게로 돌아오지 않는다.

오거스트는 경악스럽다는 표정이고, 말레나는 무표정하다. 이게 뭔가 싶다. 이토록 거대한 동물은 태어나서 처음 본다. 내 키보다 거의 사 미터는 더 크다.

"당신이 코끼리 조련사요?"

사내 하나가 이렇게 물으며 다가온다. 더러운 셔츠가 멜빵에서 삐져나와 있다.

"나는 공연마 감독 겸 동물 총감독인데."

오거스트가 이렇게 말하며 허리를 세운다. 키가 커 보이게 하려는 것이다.

"코끼리 조련사는 어디 있소?"

사내는 이렇게 물으며 담배 찌꺼기를 찍 뱉는다.

코끼리가 코를 뻗어 그의 어깨를 친다. 그는 코끼리를 찰싹 친 후, 코를 피해 달아난다. 코끼리는 삽처럼 생긴 입을 벌리고 코와 몸통을 좌우로 흔든다. 벌린 입은 웃는 것으로밖에는 보이지 않는다.

"그건 왜?" 오거스트가 묻는다.

"그냥 할 말이 있소."

"무슨 할 말?"

"앞으로 무슨 일을 당할지 미리 말해줘야 할 것 같아서."

사내가 말한다.

"그게 뭔데?"

"코끼리 조련사를 만나게 해주면, 그때 말하겠소."

오거스트가 내 팔을 붙잡고 자기 앞에 세운다.

"여기 있소. 코끼리 조련사. 자, 우리가 당할 일이 뭐야?"

사내는 씹고 있던 담배를 입 안 깊이 밀어넣고 말을 시작한다. 나를 한 번 쳐다본 후, 말은 오거스트에게 한다.

"이놈은 이 세상에서 가장 머리 나쁜 짐승이오."

오거스트는 어안이 벙벙한 것 같다.

"최고의 코끼리라던데. 앨이 최고라고 했어."

사내는 콧방귀를 뀌며 거대한 동물을 향하여 갈색 침을 찍찍 분사한다.

"이 코끼리가 최고였다면, 왜 다른 짐승은 다 팔리고 이 코끼리만 안 팔렸겠소? 온갖 서커스단에서 뭐 주워 먹을 거 없나 하고 달려들었다가, 이놈만 남았지. 알고 보면 당신네는 사흘이나 늦게 왔소. 그럼, 행운을 빌어요."

그가 돌아선다.

"잠깐만." 오거스트가 급히 사내를 불러 세운다. "그렇게 가면 안 되지. 왜? 녀석이 말을 안 듣나? 말썽을 피우나?"

"그런 게 아니라, 그냥 멍청한 거요."

"어디 출신인데?"

"코끼리를 데리고 다니던 떠돌이가 있었는데, 꾀죄죄한 폴란드 놈이었지. 그런데 리버티빌에서 갑자기 죽어버린 거야. 시청에서는 코끼리를 공짜로 주다시피 했고. 하지만 서커스단으로서는 이득을 본 것도 아니지. 이 코끼리가 서커스단에 들어와서 한 일은 처먹은 것밖에 없으니까."

오거스트는 창백한 얼굴로 나를 쳐다본다.

"거기다가, 서커스가 처음이야?"

사내는 밧줄을 타넘어 코끼리 뒤로 간다. 그러고는 삼 미터 길이의 막대기를 들고 나타난다. 손잡이는 나무로 되어 있고 손잡이 끝에는 십 센티미터 정도 길이의 갈고리가 달려 있다. 갈고리는 쇠로 되어 있다. 코끼리 조련용 갈고리가 틀림없다.

"이걸 줄 테니 가져요. 필요할 테니까. 행운을 빌어요."

그는 다시 침을 뱉고 어딘가로 사라진다.

오거스트와 말레나는 그의 뒷모습을 바라본다. 나는 코끼리를 돌아본다. 녀석은 마침 코를 물통에서 담갔다 꺼내는 중이었다. 그러고는 걸어가는 사내의 뒤통수를 겨냥해 물총을 발사한다. 콧김이 얼마나 강한지, 사내의 모자가 물살에 벗겨져 나간다.

사내는 걸음을 멈춘다. 머리카락과 옷에서 물이 뚝뚝 떨어진다. 사내는 잠시 걸음을 멈춘다. 얼굴을 닦고 모자를 집어든다. 그리고 이 놀라운 장면을 목격한 동물원 일꾼들을 향해 허리 굽혀 인사한 후 가던 길을 간다.

오거스트는 잔뜩 흥분해서 숨을 몰아쉰다. 얼굴색은 붉어지다 못해 거의 보랏빛이 된다. 그러다가 밖으로 나간다. 엉클 앨과 담판을 지으려나 보다.

나는 말레나의 눈치를 살핀다. 말레나도 나를 쳐다본다. 우리는 암묵적인 동의하에 뒤따라 나가지 않는다.

동물원 일꾼들이 하나둘씩 텐트를 나간다. 동물들은 하루 일을 마치고 기분 좋게 먹고 마셨으니, 이제 잠잘 일만 남았다. 힘겹게 달려온 하루의 끝은 평화다.

텐트에는 말레나와 나뿐이다. 우리는 로지에게 이것저것 먹이들을 주어본다. 녀석은 우리가 내미는 먹이들을 코끝으로 이리저리 살펴본다. 로지가 미끌미끌하고 이상하게 생긴 코로 내가 쥐고 있던 건초 한 줌을 낚아채자, 말레나가 웃음을 터뜨린다. 로지는 고개를 젖히고 입을 벌린다. 녀석도 웃는 것이다.

뒤를 돌아보니, 말레나가 나를 바라보고 있다. 동물원 안에서 들리는 소리라곤 어슬렁거리는 소리, 숨 쉬는 소리, 우적우적 씹는 소리뿐이다. 저 멀리 동물원 밖에서 누군가가 하모니카를 불고 있다. 어디서 들어본 듯한 삼박자의 노래인데, 무슨 곡인지는 모르겠다.

그런데 어쩌다가 그랬는지(내가 그녀에게 다가갔나? 그녀가 내게 다가왔나?) 정신을 차려보니, 그녀는 내 품 안에 있고, 우리는 왈츠를 추고 있다. 낮게 드리워진 밧줄 앞에서 스텝을 밟으며, 무릎을 굽히기도 하고 펄쩍 뛰어오르기도 한다. 나는 말레나를 품에 안고 빙글빙글 돌아가며, 슬쩍 로지 쪽을 바라본다. 녀석은 코를 들어올리고 웃고 있다.

말레나가 갑자기 몸을 뺀다.

나는 제자리에 멈춰 선다. 두 팔을 약간 들어올린 채다. 이제 어쩌면 좋지?

"어머나." 말레나는 이렇게 말하며 얼굴을 심하게 붉힌다. 나와 눈을 마주치지 않으려고 한다.

"저, 이제, 특실에 가서 오거스트를 기다릴까요?"

나는 한참 그녀의 얼굴을 쳐다본다. 그녀에게 입맞추고 싶다. 그녀에게 입맞추고 싶다. 태어나서 지금까지 이토록 뭔가를 간절히 바란 적은 한 번도 없었다.

"그래요." 나는 결국 입을 연다. "그래요. 가서 기다리지요."

한 시간 후, 오거스트가 온다. 특실 문을 난폭하게 열고, 닫을 때도 쾅 닫는다. 말레나는 즉시 찬장으로 간다.

"그 멍청한 개자식이 그 멍청한 코끼리를 사겠다고 이천을 날렸어." 그는 이렇게 말하며 모자를 구석으로 내던지고 재킷을 벗는다. "이천 달러라니, 제길!" 그러고는 옆에 있는 의자에 털썩 주저앉으면서 머리를 양손에 파묻는다.

말레나는 블렌딩위스키 병뚜껑을 열고 잠시 멈춰 서서 오거스트를 바라보다가 뚜껑을 도로 닫는다. 대신 싱글몰트위스키를 꺼낸다.

"그건 아무것도 아니야. 게다가 놈은—" 오거스트는 이렇게 말하며 넥타이를 느슨하게 풀고 셔츠 깃을 잡아당긴다.

"놈이 무슨 짓을 했을 거 같아? 음? 자, 한번 알아 맞춰봐."

오거스트의 부담스러운 시선에도 불구하고, 말레나는 침착하기 그지없다.

그녀는 술병을 기울여 텀블러 세 개에 콸콸콸 따른다.

"알아 맞춰보라니까!" 오거스트가 고함을 지른다.

"모르겠는데요."

말레나는 침착하게 대답하며 술병을 도로 닫는다.

"놈이 빌어먹을 코끼리차를 사는 바람에, 남은 돈이 전부 바닥났어."

말레나가 그를 돌아본다. 갑자기 그의 말에 관심이 생긴 것 같다. "배우는 하나도 안 데려왔어요?"

"물론 데려왔지."

"하지만—"

"그래. 내 말이 그 말이야."

오거스트가 이렇게 말하며 그녀의 말을 가로막는다.

말레나는 그에게 술잔을 건네주고, 나에게는 술잔을 가리키며 마시라고 한다. 그러고는 자기도 자리에 앉는다. 나는 위스키를 한 모금

홀짝인 후, 누가 입을 열기를 기다리고 또 기다린다. 이제 못 참겠다.

"죄송하지만, 대체 무슨 말씀을 하시는지 저는 전혀 모르겠는데요. 괜찮으시면 좀 알려 주세요."

오거스트는 볼을 부풀려 숨을 내쉬고, 이마 위로 흘러내린 머리카락을 쓸어 올린다. 상체를 내밀고 팔꿈치를 무릎 위에 댄 후, 턱을 들어올려 나와 눈을 마주친다.

"무슨 말이냐 하면 제이콥, 앨이 배우들을 데려왔는데, 잘 데가 없다는 말이야. 무슨 말이냐 하면, 제이콥, 엉클 앨이 일꾼들 침대차 하나를 곡예사 침대차로 바꿨단 말이야. 여자도 두 명이 있으니, 침대차에 칸막이를 해야겠지. 무슨 말이냐 하면, 제이콥, 앞으로는 열 명도 안 되는 배우 때문에 일꾼 예순네 명이 무개차에서 자게 생겼다는 말이야. 그것도 무개차에 실려 있는 마차 바퀴 아래서."

"말도 안 돼요." 내가 말한다. "배우들이 잘 곳이 없으면, 일꾼들 침대차에서 같이 자면 되잖아요."

"엉클 앨 생각은 다를걸요." 말레나가 말한다.

"왜요?"

"일꾼과 배우가 같이 잘 수는 없으니까."

"킹코와 나도 같이 자는걸요?"

"하!" 오거스트가 콧방귀를 뀌며 상체를 일으켜 세운다. 입술 옆을 실룩이며 능글맞은 미소를 짓는다.

"정말이지 궁금해 죽겠군. 두 사람, 잘 지내고 있는 거야?"

그는 머리를 한쪽으로 기울이며 미소를 짓는다.

말레나는 숨을 깊게 들이마시고 한쪽 다리를 꼰다. 잠시 후, 그녀가 신은 빨간 가죽 구두가 위아래로 까딱까딱 움직이기 시작한다.

나는 남은 위스키를 단숨에 비우고 자리를 떠난다.

독한 위스키였다. 특실 쪽에서 일반실 쪽으로 오는 길에 술기운이 돌기 시작한다. 술에 취한 사람은 나뿐이 아니다. '거래'가 성사된 후이기 때문에, 〈벤지니 형제 지상 최대의 서커스단〉 사람들은 모두 긴장을 내려놓고 즐기는 중이다. 온갖 종류의 파티가 벌어진다. 윗분들의 야회에서는 라디오에서 흐르는 재즈와 기분 좋은 웃음소리가 흘러나오고, 기차에서 좀 떨어진 곳에서는 꾀죄죄한 사내들이 웅기중기 모여 앉아 각종 싸구려 술을 돌려 마신다. 캐멀의 모습도 보인다. 캐멀은 내게 손을 흔들고는 연료로 쓰이는 스터노*를 돌려 마신다.

풀이 길게 자란 풀밭에서 방아 찧는 소리가 들린다. 나는 가던 길을 멈추고 소리 나는 곳을 살펴본다. 여자의 맨다리가 좌우로 벌어져 있고 남자가 그 사이에 있다. 남자는 발정난 숫염소처럼 끙끙거린다. 바지가 무릎께까지 내려와 있고, 털투성이 궁둥이가 위아래로 방아를 찧는다. 여자는 남자의 셔츠를 움켜쥐고 숨을 헐떡인다. 남자의 궁둥이가 내려올 때마다 여자의 신음 소리가 흘러나온다. 잠시 후, 나는 눈앞에 벌어진 광경의 의미를 깨닫는다. 즉시 고개를 돌리고 비틀비틀 자리를 떠난다.

가축차 쪽으로 다가가니, 사람들로 북적북적 거린다. 차문에 걸터앉은 사람들도 있고 안으로 밀고 들어가는 사람들도 있다.

가축차 안에는 사람이 더 많다. 킹코가 파티의 주인이다. 위스키 병을 손에 든 그의 얼굴에는 친절함이 가득하다. 나를 발견한 그는

---

* 캔에 든 젤리형 연료의 상표. 알코올을 공업용으로 변성시킨 것으로, 야외에서 조리할 때 주로 사용된다. 옮긴이 주

비틀비틀 걸음을 옮기다 넘어질 뻔한다. 사람들이 급히 손을 뻗어 그를 부축한다.

"제이콥! 어이, 친구!" 나를 부르는 그의 시선은 사납게 빛난다. 그는 친구들의 손을 뿌리치며 몸을 바로 세운다. "여러분— 친구 여러분!" 그는 이렇게 말하며 좌중을 둘러본다. 지금 사람들이 서 있는 곳은 원래 말레나의 말들이 있었던 곳이다. 사람들은 서른 명쯤 된다. 킹코가 다가와 팔로 내 허리를 감싼다. "내 소중한, 소중한 친구 제이콥이 왔습니다!" 그러고는 말을 끊고 병나발을 분다. 그리고 말한다. "다 같이 환영합시다. 모두들 제이콥을 환영해 주시기 바랍니다!"

킹코의 손님들이 휘파람을 불고 웃음을 터뜨린다. 킹코는 웃다 못해 기침까지 한다. 얼굴은 시뻘겋고 사방으로 침이 튄다. 그는 내 허리를 감쌌던 손을 풀어 얼굴 앞에 올린다. 기침이 멎을 때까지 손사래를 친다. 기침이 멎은 그는 옆에 있는 남자의 허리를 감싼다. 그리고 그와 함께 비틀비틀 걸어간다.

염소방은 사람들로 미어터질 것만 같다. 나는 염소방에 들어가는 대신, 실버스타가 있었던 자리로 가본다. 슬레이트 벽에 등을 대고 미끄러져 내리다가 결국 쭈그려 앉는다.

내 옆에 있는 짚더미가 부스럭거린다. 나는 들쥐가 아니기를 바라며 짚더미 안에 손을 넣고 휘젓는다. 퀴니의 희고 짧은 꼬리가 아주 잠시 나타났다 사라진다. 퀴니는 마치 게가 모래를 파고들듯 짚더미 속으로 깊이 파고든다.

언제부터인가 정신이 오락가락한다. 사람들이 내게 술병을 건네준다. 나는 주는 대로 받아 마시는 것 같다. 얼마 되지 않아 세상이 빙글빙글 돌아가고, 나는 세상 모든 사람들과 세상 모든 만물에게 한껏 따뜻한 사랑의 감정을 느낀다. 사람들은 내 어깨에 팔을 두르고 나는 사람들 어깨에 팔을 두른다. 우리는 큰 소리로 웃는다. 왜 웃는지는 모르겠다. 그러나 세상에는 웃을 일뿐이다.

게임을 하고 있다. 뭔가를 던져서 목표를 맞추지 못하면 벌칙으로 술을 마셔야 한다. 나는 계속 목표를 못 맞춘다. 그러다가 토할 것 같다는 생각이 들어 자리를 빠져나온다. 사람들은 그런 나를 보고 또 한바탕 크게 웃는다.

나는 으슥한 곳에 앉아 있다. 어떻게 여기까지 왔는지 모르겠다. 어쨌든 나는 벽에 등을 대고 머리를 무릎에 박은 자세로 앉아 있다. 세상이 제발 그만 돌았으면 좋겠는데, 계속 빙글빙글 돌아간다. 뒤통수를 벽에 대면 괜찮아질까?

"야아, 이게 뭐지?"

어딘가 아주 가까운 곳에서 관능적인 목소리가 들려온다.

눈이 번쩍 뜨인다. 팽팽하게 조여 있는 가슴이 족히 삼십 센티미터는 파여 있다. 그것이 바로 코앞에 있다. 나는 얼굴이 보일 때까지 시선을 위쪽으로 옮긴다. 바바라의 얼굴이다. 나는 그녀를 한 개로 보려고 애쓰며 눈을 껌뻑거린다. 세상에, 계속 여러 개로 보인다. 그런데 잠깐만. 그렇군. 바바라가 여러 개로 보인 것이 아니라 여자가 여러 명이 있다.

"안녕, 자기." 바바라가 이렇게 말하며 내 얼굴을 어루만진다. "괜찮아?"

"음." 나는 고개를 끄덕여 보려고 애쓰며 대답한다.

그녀는 손끝으로 내 턱 밑을 어루만지면서 그녀 옆에 웅크리고 앉아 있는 금발에게 고개를 돌린다.

"정말 어리잖아. 아, 귀여워. 안 그래, 넬?"

넬은 담배를 한 모금 마시고 연기를 한쪽으로 뿜어낸다.

"정말 귀엽네. 나는 처음 보는 것 같은데."

"며칠 전에 쿠치 텐트에서 일을 도와주던 사람이야." 바바라는 이렇게 말하며 나를 돌아본다. "이름이 뭐야, 자기?" 그녀는 부드러운 목소리로 이렇게 말하며 손등으로 내 뺨을 문지른다.

"제이콥," 대답을 하는데 딸꾹질이 난다.

"제이콥. 아, 그래, 당신이 누군지 알겠어. 월터가 말했던 사람이네." 그녀가 넬에게 말한다.

"새로 왔어. 초짜야. 쿠치 텐트에서 일 참 잘했는데."

그녀는 내 턱을 붙잡아 올리고 내 눈을 지그시 바라본다. 나도 그녀의 눈을 지그시 마주보고 싶다. 그런데 초점을 맞추기가 쉽지 않다. "아, 정말 귀엽게 생겼어. 자, 말해봐, 제이콥— 여자랑 자 봤어?"

"나는…… 그러니까……" 나는 말한다. "그러니까……"

넬이 킥킥 웃는다. 바바라가 내 쪽으로 기울였던 상체를 세우며 허리에 손을 얹는다. 그리고 넬에게 묻는다.

"무슨 생각해? 환영식이라도 해주려고?"

"해줘야 하지 않겠어?" 넬이 말한다. "초짜라며. 거기에다 총각인데!" 그녀의 손이 내 다리 사이를 지나 가랑이 사이로 미끄러져 들어온다. 목에 대롱대롱 매달린 듯 흔들리던 내 머리가 순식간에 곤두선다. "거기 털도 빨간색일까?" 그녀는 이렇게 말하며 손을 둥글게 쥐고 내 가랑이 사이를 압박한다.

바바라가 다시 내 쪽으로 상체를 기울이고, 내 손의 깍지를 푼다. 그리고 내 손 하나를 자기 입에 댄다. 그러고는 내 손바닥을 펼쳐놓고 길게 기른 손톱으로 일자를 그린다. 내 눈을 바라보며 이번에는 혀로 똑같은 일자를 그린다. 다시 내 손을 자기 왼쪽 가슴으로 가져간다. 젖꼭지가 있는 바로 그곳이다.

오 하느님. 오 하느님. 가슴이 닿는다. 직접 손에 닿은 것은 옷이지만, 그래도—

바바라가 잠시 자리에서 일어난다. 치마를 매만지며 슬그머니 좌우를 살피다가 다시 웅크려 앉는다. 내가 그녀의 움직임을 물끄러미 바라보는 동안, 그녀는 또 다시 내 손을 잡고 치마 속에 넣는다. 그리고 내 손가락으로 뜨겁고 축축한 실크를 지그시 누른다.

나는 숨이 멎을 것만 같다. 위스키, 달빛, 진, 그리고— 이 모든 것이 순식간에 눈앞에서 사라진다. 그녀는 내 손을 그녀의 기이하고도 근사한 골짜기 위에 대고 위아래로 움직인다.

제길. 당장 나올 것 같다.

"으흠?" 그녀는 기분 좋은 신음 소리를 내며 내 손을 인도한다. 이번에는 내 가운뎃손가락이 몸속 깊이 들어간다. 그녀는 내 손을 치마에서 빼서 내 무릎에 놓는다. 그러고는 내 가랑이를 지그시 쥐어본다.

"으음." 그녀는 눈을 반쯤 감으며 말한다.

"얘는 곧 나올 거야, 넬. 제길. 이런 나이가 좋아."

그 다음부터는 간질 환자처럼 기억이 뚝뚝 끊긴다. 두 여자 사이에 끼어 있는 느낌이다. 그러다가 차에서 떨어진 것 같다. 뺨이 땅바닥에 닿은 느낌이다. 그러다가 일으켜 세워지고, 어둠 속에 어딘가로 끌려간다. 이제 나는 침대 가장자리에 앉아 있다.

이제는 확실히 바바라가 두 개로 보인다. 다른 여자도 두 개로 보인다. 넬인가?

바바라가 한 발 뒤로 물러서서 두 팔을 들어올린다. 고개를 뒤로 젖히고 두 손으로 자기 몸을 쓸어내린다. 촛불 아래에서 춤을 추고 있다. 흥미롭다. 흥미롭긴 한데, 똑바로 앉아 있을 수가 없다. 나는 뒤로 넘어진다.

누군가 내 바지를 잡아 내린다. 나는 뭔가 알아듣기 힘든 말을 웅얼댄다. 계속하라는 말은 아닌데…….

오 하느님. 그녀가 나를―그것을―여러 가지 방법으로 문지른다. 나는 팔꿈치로 상체를 일으키고 그녀의 손이 닿는 곳을 내려다본다. 자그마한 분홍색 거북이가 등딱지에 숨어 있는 것 같다. 다리에 달라붙어 있는 것 같기도 하다. 그녀는 내 허벅지 사이에 양손을 집어넣고 다리를 벌린다. 거북이의 축 늘어진 속살이 드러난다. 그녀는 한 손을 더 뻗어 내 불알을 잡고는 한 손으로 저글링 하듯이 주물럭거린다. 그러면서 페니스의 변화를 주시한다. 그러나 그녀의 현란한 손길에도 불구하고 페니스는 절망적으로 픽 쓰러진다. 나는 수치심에 휩싸인 채 이 모든 과정을 지켜본다.

나는 침대에 누워 있고, 내 옆에 여자가 누워 있다. 내가 좀 정신이 든 것인지, 한 명으로 보인다. 그러나, 제길, 언제 또 필름이 끊길지 알 수 없다. 내 옆에 누워 있는 여자는 빈약한 가슴을 옷 밖으로 꺼내더니 내 입에 갖다댄다. 그러고는 내 얼굴 위에 문지른다. 이제 그녀의 입이 다가오고 있다. 립스틱을 짙게 바른 입술, 쩍 벌어진 입, 길게 내민 혀. 나는 반대쪽으로 고개를 돌린다. 고개를 돌린 쪽은 비어 있다. 페니스 끝이 누군가의 입속으로 들어가는 느낌이다.

숨이 턱 막힌다. 여자들이 킬킬 웃는 소리가 들린다. 하지만 비웃는 소리가 아니라, 고양이가 가르랑거리는 듯한 소리, 힘 좀 내라는 소리다. 여자들은 계속해서 반응을 이끌어내려고 애쓰는 중이다.

오 하느님, 오 하느님, 그녀가 그것을 빨고 있다. 세상에, 빨고 있다!

그래도 어려울 것 같은데—

오 이러면 안 되는데—

나는 고개를 돌린다. 그러고는 내 속에 들어있던 끔찍하게 다양한 내용물을 넬에게 쏟는다.

뭔가 긁히는 듯한 끔찍한 소음이 들린다. 캄캄한 어둠을 뚫고, 한 줄기 빛이 새어 들어온다.

킹코가 나를 들여다본다.

"일어나, 검둥아. 주인님이 찾으신다."

그의 손에 뚜껑이 들려 있다. 나는 내가 처해 있는 상황을 이해하기 시작한다. 나는 통속에 처박혀 있다. 온몸이 구겨져 있는 것은 그 때문이다.

킹코가 뚜껑을 열어 놓고 자리를 떠난다. 나는 꺾인 목을 똑바로 세우고 팔다리를 펴기 위해 무진 애를 쓴다. 온몸이 쑤시고 결린다. 통에서 나오니 처음 보는 천막 안이다. 천막을 가득 채운 선반에는 화려한 색깔의 의상들, 소도구들, 경대들로 꽉 차 있다.

"여기가 어디야?" 목소리가 잔뜩 쉬었다. 헛기침으로 바짝 마른 목을 가다듬는다.

"어릿광대 텐트." 킹코가 화장대 위에 놓인 물감통들을 만지작거리며 대답한다.

눈이 부셔 팔을 들어올리다가, 내가 실크 옷을 입고 있는 것을 알게 된다. 정확히 말하면, 실크로 된 붉은색 실내복이다. 앞섶이 활짝 열려 있다. 내려다보니, 누군가가 털을 밀어버렸다.

나는 실내복 자락을 움켜쥔다. 킹코가 봤을까?

하느님 맙소사, 어젯밤에 내가 무슨 짓을 한 거지? 모르겠다. 기억들은 조각조각 잘려 있다. 생각 좀 해보자—

오 하느님. 내가 여자한테 토했구나!

나는 실내복 허리띠를 동여맨다. 그리고 어렵사리 앉아 있던 자리에서 일어난다. 이마의 땀을 닦는데, 이마가 이상하게 미끌미끌하다. 땀을 닦은 손은 하얗게 변했다.

"도대체—?" 나는 이렇게 말하며 손을 쳐다본다.

킹코가 돌아보며 거울을 건네준다. 나는 불안한 마음으로 거울을 받는다. 거울 속에서 광대 한 놈이 나를 쳐다보고 있다.

나는 머리를 천막 밖으로 살짝 내밀고 좌우를 살핀다. 그러고는 가축차로 번개처럼 뛰어간다. 등 뒤에서 크게 웃는 소리와 휘파람 소리가 들린다.

"와우, 뜨거운 아가씨!"

"이봐, 프레드— 새로 온 쿠치걸이야!"

"이봐, 자기— 오늘 밤 시간 있어?"

나는 염소방으로 뛰어들어와 문을 쾅 닫는다. 닫힌 문에 기대 숨을 몰아쉰다. 문밖에서는 아직 웃음소리가 끊이지 않는다. 나는 웃음소리가 가라앉기를 기다리며, 걸레를 집어 다시 한 번 얼굴을 닦는다. 어릿광대 천막에서 얼굴에 피가 나게 닦았지만, 아직 깨끗해진 것 같지 않다. 영원히 깨끗해질 것 같지 않다. 얼굴뿐 아니라 몸 전체가 다시는 깨끗해질 것 같지 않다. 가장 끔찍한 일은 내가 무슨 짓을 했는지 모르겠다는 것이다. 떠오르는 기억은 파편들뿐인데, 떠오르는 파편마다 끔찍하기 그지없다. 그러나 그보다 더 끔찍한 일은 조각난 기억들 사이에 무슨 일이 있었는지 알 수가 없다는 것이다.

혁. 끔찍한 의문이 생긴다. 나는 아직 총각일까?

실내복 안으로 손을 넣어, 털이 밀려버린 불알을 긁어본다.

잠시 후, 킹코가 들어온다. 나는 팔을 베고 침낭 위에 누워 있다.

"당장 일어나는 게 신상에 좋을 거야." 그가 말한다.

"주인님이 아직 너를 찾고 있어."

뭔가가 내 귀 옆에서 킁킁거린다. 나는 고개를 들다가 축축한 코에 부딪친다. 퀴니가 새총으로 발사된 듯 뒤로 점프한다. 일 미터쯤 떨어진 곳에서 조심스럽게 킁킁거리며 나를 주시한다.

제길, 오늘 아침, 나한테서 온갖 지독한 냄새가 풍길 테지. 나는 다시 자리에 눕는다.

"잘리고 싶어? 그래?" 킹코가 말한다.

"그러거나 말거나." 나는 중얼거린다.

"뭐?"

"어쨌든 그만둘 거야."

"대체 무슨 소릴 하는 거야?"

뭐라고 설명해야 할지 모르겠다. 너무너무 창피해서 고개를 들 수가 없다, 난생 처음 섹스할 기회가 생겼는데, 놓치고 말았다, 지난 팔

년 동안 바라고 또 바라던 일인데 실패했다, 이렇게 말할 수는 없는 노릇이다. 게다가 몸을 주겠다는 여자들이 있었는데, 그중 한 명한테 토했다, 그리고 정신을 잃었다, 그리고 누군가 내 불알 털을 밀어버리고 내 얼굴에 낙서를 하고 내 몸을 통 속에 거꾸로 처박았다, 이렇게 말할 수는 없는 노릇이다. 하긴, 킹코는 오늘 아침 내가 있는 곳을 알고 있었다. 그러니 내가 겪은 일들 중에 최소한 일부는 알고 있을 것이다. 어쩌면 이 장난에 가담했을지도 모른다.

"정신 차려." 그가 말한다. "저 밖에 있는 부랑자들처럼 인생 종치고 싶어? 잘리기 전에 당장 나와."

나는 꼼짝도 안 한다.

"일어나라니까!"

"상관 마!" 나는 중얼거린다. "소리 좀 그만 질러. 머리 아파."

"당장 일어나지 못해? 온몸이 아프게 만들어 줘?"

"알았어! 이제 소리 좀 그만 질러!"

나는 간신히 몸을 일으켜 세우고 그에게 험악한 표정을 짓는다. 머리가 깨질 듯 아프고 온몸에 납덩이를 매단 것만 같다. 그가 나를 계속 바라보고 있다. 나는 벽을 향해 돌아서서 붉은색 실내복을 걸친 채로 바지를 추어올린다. 털이 깎인 것을 보여주고 싶지 않기 때문이다. 그래도 얼굴이 화끈거린다.

"이봐, 내가 충고 하나 해주지." 킹코가 말한다. "바바라에게 꽃을 보내. 다른 여자는 그냥 창녀지만 바바라는 친구잖아."

너무 망신스러워서 기절할 것만 같다. 현기증이 사라진 후, 나는 바닥을 내려다본다. 다시는 다른 사람과 눈을 마주치지 못할 것만 같다.

〈폭스 형제 서커스단〉기차가 철로 옆에 서 있다. 말도 많고 탈도 많은 코끼리차는 우리 차에 바로 연결되어 있다. 흔들림이 가장 덜한 위치이다. 코끼리차는 널빤지 대신 쇠로 되어 있고, 환기창이 뚫려 있다. 비행단 일꾼들이 천막들을 걷느라 바쁘다. 큰 천막들은 대부분 이미 걷혀 있어, 서커스장 너머로 졸리엣의 건물들이 보인다. 마을 사람들이 웅기중기 모여 천막 걷는 사람들을 구경하고 있다.

나는 오거스트를 찾아다닌다. 오거스트는 동물원 텐트 안에 있었다.

"걸어!" 그는 코끼리 앞에서 갈고리를 흔들며 고함을 지른다.

코끼리는 코를 흔들흔들하며 눈을 끔뻑인다.

"걸으라고!" 그는 코끼리 뒤로 가서 다리 뒤를 친다.

"걸어, 이 새끼야!" 코끼리는 눈을 가늘게 뜨며 거대한 귀를 머리에 납작 붙인다.

오거스트는 나를 보고 동작을 멈춘다. 갈고리를 옆으로 내린다. "광란의 밤이었지?" 그가 비아냥거린다.

수치심이 등줄기를 타고 올라 머리로 퍼진다.

"신경 쓸 거 없어. 막대기 하나 가져와. 이 미련한 짐승에게 따끔한 맛 좀 보여주자."

페트가 오거스트의 등 뒤로 다가와 모자를 만지작거린다.

"오거스트?"

오거스트가 돌아보며 불같이 화를 낸다.

"뭐야? 대체 왜 그래, 페트? 바쁜 거 안 보여?"

"맹수 먹이가 도착했어요."

"알았어. 그럼 나눠 줘. 시간 없어."

"그런데, 정확히 어떻게 하라는 말씀인가요?"

"빌어먹을, 정확히 어떻게 하라는 말인 것 같아?"

"하지만, 감독님—"

페트가 말한다. 괴로워하는 것이 눈에 보인다.

"제길!"

오거스트가 말한다. 관자놀이 핏줄이 위험스럽게 튀어나온다.

"빌어먹을! 알아서 하는 놈이 없어! 자 받아."

그는 이렇게 말하며 나에게 갈고리를 내민다.

"이 녀석에게 뭐라도 좀 가르쳐봐. 뭐든 좋아. 보아하니, 이 미련한 짐승이 할 줄 아는 게 없어. 싸고 처먹는 게 다야."

나는 갈고리를 받아든 채, 그가 씩씩거리면서 천막을 나가는 뒷모습을 물끄러미 바라본다. 바로 그때, 코끼리의 코가 내 얼굴 앞을 휙 지나간다. 귀가 따뜻하다. 내 귀에 대고 콧바람을 분 것이다. 나는 깜짝 놀라 급히 뒤를 돌아본다. 그리고 나도 모르게 녀석의 황갈색 눈동자에 시선을 고정한다. 녀석의 눈이 나를 보고 껌뻑인다. 나는 손에 쥐고 있는 갈고리로 시선을 돌린다.

다시 녀석의 눈으로 시선을 옮긴다. 코끼리는 나를 보며 다시 눈을 껌뻑인다. 나는 고개를 숙이고 갈고리를 바닥에 놓는다.

녀석은 바닥을 좌우로 쓸듯이 코를 흔든다. 그러면서 두 귀를 거대한 나뭇잎처럼 펄럭거린다. 녀석의 입가에 미소가 번진다.

"안녕." 내가 입을 연다. "안녕, 로지. 나는 제이콥이야."

나는 잠시 망설이다가 손을 아주 조금 뻗어본다.

녀석은 콧바람을 불면서 다시 한 번 코를 휙 흔든다. 용기가 생긴 나는 녀석의 어깨 위에 손을 대 본다. 가죽은 거칠거칠하고, 놀라울 정도로 따뜻하다. 짧고 억센 털이 나 있다.

"안녕."

나는 이렇게 말하며 코끼리를 조심조심 토닥토닥 두드린다.

두 귀는 풍차 날개처럼 앞뒤로 움직이고, 코는 제자리로 돌아온다. 나는 조심조심 코를 만져보고 살살 쓰다듬어 본다. 녀석은 나를 완전히 사로잡아 버렸다. 녀석에게 마음을 뺏긴 나는 오거스트가 오는 것도 몰랐다. 오거스트가 갑자기 내 앞에 나타난다.

"오늘 아침, 다들 왜 이래? 빌어먹을, 모조리 잘리고 싶어? 페트 놈은 일을 시키는데 하기 싫다고 하질 않나, 네놈은 아무리 찾아도 없다가, 이제는 코끼리랑 연애질이냐? 도대체 갈고리는 어쨌어?"

나는 바닥에서 갈고리를 주워든다. 오거스트는 내 손에서 갈고리를 낚아챈다. 코끼리의 두 귀가 다시 머리에 납작 붙는다.

"이봐요, 공주님." 오거스트가 나에게 말한다. "공주님께서도 충분히 하실 수 있는 일을 드리지요. 썩 나가서 말레나를 찾아. 찾으면 동물원 텐트 근처에는 얼씬도 못하게 해."

"왜요?"

오거스트가 숨을 깊이 들이쉬고 갈고리를 움켜쥔다. 얼마나 세게 쥐었는지 손가락 마디가 하얘진다. "왜냐고? 내가 그러라고 했으니까. 알아들어?" 그가 이를 악물고 말한다.

나는 당연히 동물원 뒤로 가본다. 말레나가 보아서는 안 되는 게 뭘까 궁금하다. 모퉁이를 도는 순간, 페트가 늙은 회색 말의 목을 따는 모습이 보인다. 말은 비명을 지르고, 칼에 찔린 목 위로 피가 솟구친다. 피가 뿜어져 나오는 길이가 이 미터는 될 것 같다.

"하느님 맙소사!" 나는 비명을 지르며 한 걸음 물러선다.

핏줄기가 점점 약해진다. 심장의 박동도 점점 늦어진다. 결국 무릎이 꺾이고 앞으로 고꾸라진다. 그러면서도 일어나려고 앞발로 바닥을 긁는다. 그러고는 털썩 쓰러진다. 눈을 크게 뜨고 있다. 바닥에는 검붉은 피가 흥건하게 고여 있다.

말의 몸이 경련한다. 페트는 말 위로 상체를 숙인 채 나를 올려다본다.

옆에는 비쩍 마른 밤색 말이 말뚝에 밧줄로 묶여 있다. 콧구멍이 벌름거려 붉은색 콧속이 드러난다. 주둥이는 위로 들려있다. 말을 묶은 밧줄이 당장 끊어질 것처럼 팽팽하다. 페트는 죽은 말을 타고 넘어 밤색 말에게 간다. 밧줄을 붙잡고 목을 딴다. 다시 피가 튀고, 다시 단말마의 비명이 들리고, 다시 말의 몸뚱이가 바닥으로 털썩 쓰러진다.

페트는 잠시 양팔을 축 늘어뜨린다. 소매를 팔꿈치 위까지 걷었다. 한 손에는 아직 피가 뚝뚝 떨어지는 칼을 들고 있다. 그는 말의 숨이 완전히 끊어질 때까지 지켜본다. 그러고는 고개를 들고 나를 쳐다본다. 그리고 콧등의 땀을 닦고, 침을 뱉고, 맡은 일을 하기 시작한다.

"말레나? 안에 있어요?" 나는 특실 문을 두드린다.

"제이콥?" 문 안에서 모기만한 소리가 들린다.

"네, 제이콥이에요." 내가 말한다.

"들어와요."

그녀는 창문 앞에 서서 기차 쪽을 보고 있다. 내가 문을 열고 들어가자 그녀가 돌아본다. 뭔가에 놀란 듯 눈을 크게 떴고, 얼굴에는 핏기가 전혀 없다.

"오, 제이콥……" 그녀의 목소리가 떨린다. 당장에라도 울음을 터뜨릴 것만 같다.

"왜 그래요? 무슨 일 있어요?"

나는 이렇게 물으며 그녀에게 다가간다.

그녀가 손으로 입을 가리며 창밖으로 시선을 옮긴다.

오거스트와 로지가 소란스럽게 기차로 가고 있다. 가슴이 아파서 지켜보고 있을 수가 없다. 서커스장에 있는 사람들은 모두 하던 일을 중단하고 그들을 바라본다.

오거스트가 로지의 엉덩이를 철썩 치자, 로지는 허둥지둥 두세 발자국을 걸어간다. 오거스트는 로지 뒤를 따라가 다시 한 번 철썩 친다. 이번에는 얼마나 아팠는지 로지는 코를 들어올리고 큰 소리로 포효하며 옆으로 뒤뚱뒤뚱 피한다. 오거스트는 욕설을 퍼부으며 로지에게 달려간다. 날카로운 갈고리를 흔들다가 로지의 어깨를 찌른다. 로지는 낮고 슬픈 울음소리를 내더니 서 있는 자리에서 한걸음도 움직이지 않는다. 내가 있는 곳에서도 로지가 떨고 있는 것을 알 수 있다.

말레나는 애써 울음을 참는다. 나는 충동적으로 그녀의 손을 잡는다. 그러자 그녀의 손은 내 손을 아프도록 꽉 쥔다.

그렇게 몇 대 더 얻어맞은 로지는 기차에 연결된 코끼리차를 발견한다. 코를 들어올리고 나팔소리를 내더니 그 육중한 코를 말아올린 채로 쿵쿵대며 달려가기 시작한다. 로지가 떠나간 자리에 먼지구름이 피어오르고, 오거스트의 모습은 먼지구름에 가려 보이지 않는다. 서커스장 일꾼들이 허둥지둥 길을 피해준다. 코끼리차에 올라탄 로지는 안도의 빛이 역력하다.

먼지구름이 가라앉으면서, 오거스트의 모습이 드러난다. 그는 뭔가 소리를 지르며 양팔을 흔들고 있다. 다이아몬드 조와 오티스는 코끼리차로 터벅터벅 걸어가 차문을 닫는다. 무표정한 얼굴이다.

기차는 시카고를 향해 달리다가 두어 시간 정차한다. 그동안 킹코는 육포를 이용해 퀴니에게 뒷발로 서기를 가르친다. 퀴니의 설사는 다 나은 것 같다.

"서! 서, 퀴니, 서! 잘한다. 잘했다, 아가야. 우리 아가 착하다."

나는 침낭에 누워 벽을 쳐다본다. 온몸이 멀쩡한 곳 하나 없이 엉망이다. 머릿속은 진짜 엉망진창이다. 온갖 과거들이 엉클어진 실타래처럼 머릿속에 쑤셔 박혀 있다. 부모님의 모습이 보인다. 살아계신 부모님은 나를 코넬 앞에 내려준다. 돌아가신 부모님은 초록색과 하얀색 타일이 깔린 방에 누워 있다. 말레나의 모습도 보인다. 나와 함께 동물원 천막에서 왈츠를 춘다. 오늘 아침의 말레나는 창가에서 눈물을 삼킨다. 키가 삼 미터에 이르고 산처럼 단단한 로지도 보인다. 콧바람을 뿜으며 여기저기 코끝을 대보는 로지. 오거스트의 매질 앞에 울먹이는 로지. 오거스트. 달리는 기차 지붕 위를 탭댄스를

233

추면서 걸어가는 오거스트. 갈고리를 휘두르는 미친놈 오거스트. 바바라, 무대에서 멜론 두 알을 흔드는 바바라. 바바라와 넬, 전문적인 손놀림을 자랑하는 그녀들.

어젯밤 기억이 포탄처럼 떠오른다. 나는 눈을 질끈 감고, 아무것도 생각하지 않으려고 안간힘을 쓴다. 그러나 기억은 좀처럼 지워지지 않는다. 괴로운 기억일수록 오래 남는다.

신나게 짖어대던 퀴니가 조용해진다. 잠시 후, 킹코의 아동용 침대가 삐걱댄다. 그리고 적막이 흐른다. 킹코가 나를 보고 있다. 보이지는 않지만 분명히 느껴진다. 나는 돌아누워 그를 마주본다.

그는 침대 끝에 앉아 있다. 맨발에 붉은 머리카락은 부스스하다. 발목을 교차시킨 자세다. 퀴니가 그의 무릎으로 기어올라간다. 뒷발을 쫙 편 것이 개구리 같다.

"자, 네 이야기 좀 해봐." 킹코가 말한다.

그의 등 뒤 널빤지 사이로 햇빛이 칼날처럼 새어 들어온다. 나는 눈을 가리면서 인상을 찌푸린다.

"아니, 정말 궁금해서 그래. 고향이 어디야?"

"그런 거 없어." 나는 이렇게 말하며 벽을 향해 돌아눕는다. 베개로 머리를 감싼다.

"왜 그렇게 화가 났어? 어젯밤 일 때문에?"

어젯밤이라는 소리만 들어도 울화가 치민다.

"말하기 난처해? 그래서 그런 거야?"

"아, 제발 나 좀 내버려 둬."

나는 날카로운 목소리로 대답한다.

그는 입을 다문다. 잠시 후, 나는 다시 돌아눕는다. 그는 아직 나를 쳐다보고 있다. 그러면서 한 손으로 퀴니의 귓불을 만지작거린다. 퀴니는 킹코의 다른 손을 핥으면서 몽탕한 꼬리를 흔든다.

"미안해." 내가 사과하며 말을 이었다.

"처음이라 그래. 전에는 한 번도 그런 적 없었어."

"음, 그랬구나. 그럴 줄 알았어."

나는 지끈거리는 머리를 양손으로 움켜잡는다. 목이 탄다. 물 좀 마셨으면—

그는 말을 계속한다. "이봐, 그거 별거 아냐. 술은 마실수록 늘어. 그런데 다른 거 있잖아— 그건 내가 지난번 일도 있고 해서 장난 좀 친 거야. 이제 너랑 나랑 서로 빚 갚은 걸로 하자. 하긴, 이제 내가 빚을 졌지. 그 꿀 덕에 퀴니 녀석 똥구멍이 꽉 막혔으니. 근데, 글은 읽을 줄 아냐?"

나는 눈을 몇 번 끔뻑끔뻑한다. 그리고 묻는다. "뭐?"

"속 끓이면서 뭉개느니 차라리 책이라도 읽으라고."

"그냥 속 끓이면서 뭉갤 거야." 나는 질끈 감은 눈을 손으로 덮는다. 뇌가 머리를 깨고 터져 나올 것만 같고, 눈이 쓰라리고, 토악질이 난다. 게다가 불알이 가렵다.

"그러시든지." 그가 말한다.

"책은 나중에 볼게." 내가 말한다.

"그래. 그러라고."

침묵.

"킹코."

"왜?"

"책, 고마워."

"그래."

긴 침묵.

"제이콥?"

"왜?"

"앞으로는 월터라고 불러."

손에 덮여 있는 두 눈이 번쩍 뜨인다.

침대가 삐걱삐걱하는 것을 보니, 자세를 바꾸는 모양이다. 나는 손가락 사이를 살짝 벌리고 킹코를 훔쳐본다. 그는 베개를 접어 그 위에 기대고, 궤짝에서 책을 한 권 집어든다. 퀴니는 킹코의 발치에 자리 잡고 앉아 나를 쳐다본다. 걱정스러운 듯 눈썹을 씰룩씰룩 움직인다.

늦은 오후, 기차가 시카고에 도착하고 있다. 머리는 깨질 듯이 아프고 온몸은 쑤시고 결리지만, 가축차의 열린 문 앞에 서서 목을 길게 빼고 밖을 내다본다. 성 밸런타인데이 대학살의 도시, 재즈와 갱스터와 밀주의 도시를 조금이라도 더 보려는 것이다.

저 멀리 고층 빌딩 몇 채가 눈에 띈다. 그 이름도 유명한 앨러튼 호텔은 어디일까? 기차는 어느새 번화가를 지나고, 지금은 도살장을 지나는 중이다. 수 마일을 달렸는데 도살장은 끝이 없이 이어진다. 겨우 도살장을 지날 무렵, 기차가 속도를 줄이고 서서히 멈춘다. 건물들은 금방이라도 쓰러질 듯 볼품없고, 가축우리들은 소 떼와 돼지 떼로 터질 것만 같다. 돼지들의 엉덩이가 지나가는 기차에 부딪힐 정도다. 겁에 질린 소들은 울부짖고 더러운 돼지들은 킁킁댄다. 아비규환이다. 하지만 가축우리들의 사정은 건물들로부터 흘러나오는 소음과 악취에 비하면 아무것도 아니다. 역겨운 피 냄새와 귀청이 찢어질 듯한 비명소리 때문에 나는 불과 몇 분만에 염소차로 뛰어들어 곰팡이 핀 말담요에 코를 처박는다. 죽음의 냄새만 아니라면 무엇이든 환영이다.

서커스장은 도살장과 한참 떨어져 있지만, 비위가 약한 나는 천막들이 다 세워질 때까지 가축차 안에서 나오지 못한다. 한참 후에, 나는 문득 동물들과 함께 있고 싶어진다. 그 길로 동물원 텐트로 들어가 한 바퀴 쭉 둘러본다.

불현듯 녀석들에 대한 애정이 솟구친다. 이것을 어떻게 설명해야 할까? 하이에나들도, 낙타들도 다 사랑스럽다. 바닥에 털썩 주저앉아 십 센티미터의 이빨로 십 센티미터 발톱을 물어뜯는 북극곰마저 사랑스럽다. 홍수처럼 갑자기 샘솟은 이 사랑은 탑처럼 견고하고 물처럼 부드럽다.

아버지는 오랫동안 마을 사람들로부터 치료비를 받지 못했지만, 그래도 치료를 멈추지 않았다. 동물들을 돌보는 것을 천직으로 생각했기 때문이다. 말이 배가 아파 괴로워하거나 소가 송아지를 거꾸로 낳는 것을 보면 절대 그냥 지나치지 못했다. 그 때문에 무일푼이 되는 것도 개의치 않았다. 오거스트와 엉클 앨의 잔인한 장삿속에서 이 동물들을 지켜줄 사람은 나뿐이다. 아버지라면 어떻게 했을까? 내가 어떻게 하기를 바랄까? 아버지는 내가 녀석들을 돌보기를 바랄 것이 틀림없다. 그것만은 확신할 수 있다. 내가 어젯밤에 무슨 짓을 했든 간에, 녀석들을 두고 떠날 수는 없다. 나는 녀석들의 목자, 녀석들의 보호자다. 이것은 수의사의 의무일 뿐 아니라 아버지와의 맹세다.

침팬지 한 마리가 안아달라고 보채면서 엉덩이에 매달린다. 나는 녀석을 엉덩이에 매단 채로 텐트 안을 한 바퀴 돈다. 비어 있는 공간이 보인다. 코끼리 자리군! 오거스트가 로지를 코끼리차에서 끌어내느라 고생하고 있는 것이 분명하다. 그에게 악감정이 없었다면, 가서 도와줬겠지만, 나는 그에게 악감정이 있다.

"어이, 의사 양반." 페트가 말한다. "오티스가 그러던데, 기린 한 놈이 감기에 걸렸대. 한번 봐주겠어?"

"물론이죠." 내가 대답한다.

"가자, 보보." 페트가 침팬지에게 손을 내밀며 말한다.

그러나 침팬지의 털투성이 팔다리는 내 몸을 더 세게 부둥켜안는다.

"이제 내려." 나는 이렇게 말하며 녀석의 양팔을 떼어내려 한다. "금방 갔다 올게." 그러나 보보는 내 몸에 달라붙어 꼼짝도 안 한다.

"어서 내려." 나는 말한다.

묵묵부답.

"좋아. 마지막 인사야." 나는 이렇게 말하며 내 얼굴을 녀석의 짙은 색 털투성이 얼굴에 지그시 누른다.

녀석은 번쩍이는 이를 드러내며 미소를 짓더니 내 볼에 뽀뽀한다. 그러고는 내 몸을 타고 내려와서 슬쩍 페트의 손을 잡는다. 그리고 뒤뚱뒤뚱 걸어간다.

기린의 긴 콧구멍으로 고름이 조금씩 흘러나온다. 말이라면 사소한 감기라고 했겠지만, 기린에 대해서는 아는 바가 없다. 혹시 모르니까 목에 습포를 대주자고 생각한다. 그런데 그것이 간단치가 않다. 나는 접사다리를 타고 기린의 목까지 올라가고, 오티스는 사다리 아래서 필요한 물건들을 건네준다.

기린은 겁이 많고 아름답다. 내가 지금까지 본 동물 중에 제일 기이하다. 다리와 목은 섬세하고, 비스듬히 경사진 몸통은 퍼즐 조각 같은 무늬들로 덮여 있다. 삼각형의 머리 위로 이상한 혹이 솟아 있다. 귀보다 높이 솟은 혹은 부드러운 털로 덮여 있다. 눈은 엄청나게 크고 눈동자 색깔은 진하고, 입술은 벨벳처럼 부드럽다. 말의 입술과도 흡사하다. 녀석의 목에는 고삐가 달려 있다. 나는 사다리에 올라가 있는 동안 계속 고삐를 잡는다. 그러나 내가 콧구멍을 닦아내고 목에 플란넬 습포를 감는 내내, 녀석은 꼼짝 않고 있다. 나는 일을 끝마치고 내려온다.

"나 대신 여기 잠깐만 있어 줄래요?"

나는 걸레에 손을 닦으며 오티스에게 부탁한다.

"그러지 뭐, 그런데 왜?"

"갈 데가 있어요." 나는 말한다.

오티스가 눈을 가늘게 뜬다.

"떠나는 건 아니겠지?"

"뭐요? 아니에요. 안 떠나요."

"떠날 거면, 그렇다고 말해. 아주 가는 거면, 굳이 내가 지키고 있을 필요가 없지."

"아주 가는 거 아니에요. 내가 왜 아주 가요?"

"왜냐하면…… 그게, 그러니까…… 그런 일도 있었으니 …….."

"아니에요! 안 떠나요. 그런 쓸데없는 소리, 다시는 하지 말아요. 알았어요?"

여기서는 모두 내 창피한 과거를 속속들이 알고 있다!

삼 킬로미터 정도를 걸어가니 주택가가 나타난다. 집들은 버려진 상태고, 창문에 널빤지를 덧댄 곳도 많다. 빵 배급 줄이 보인다. 행색이 남루하고 병약해 보이는 사람들이 선교회 문 앞에 한 줄로 서 있다. 구두 닦는 흑인 사내아이가 나를 붙잡는다. 닦게 하고 싶지만, 돈이 한 푼도 없다.

마침내 성당이 눈에 띈다. 나는 오랫동안 뒤쪽 신도석에 앉아, 제단 뒤에 있는 스테인드글라스를 물끄러미 바라본다. 죄를 용서받고 싶은 마음은 간절하지만, 고해할 자신이 없다. 한참을 망설인 끝에, 나는 결국 신도석을 빠져나와 제단 앞에 서서 부모님을 위해 봉헌초를 켠다.

돌아서서 성당을 나오는데, 성당 안에 말레나의 모습이 보인다. 내가 제단 앞에 있을 때 들어왔나 보다. 뒷모습밖에는 보이지 않지만, 그녀가 틀림없다. 그녀는 앞쪽 신도석에 앉아 있다. 미색 옷을 입었고 옷과 잘 어울리는 모자를 썼다. 목선이 섬세하고, 어깨가 반듯하다. 밝은 갈색 곱슬머리 몇 가닥이 모자 챙 밑으로 살짝 빠져나와 있다. 그녀는 방석 위에 무릎을 꿇고 기도를 시작한다. 가슴이 답답해서 미칠 것만 같다.

나는 얼른 교회를 빠져나온다. 그녀와 가까이 있으면 내 영혼이 더 망가질 것만 같다.

서커스장으로 돌아오니, 로지가 동물원 텐트에 들어왔다. 어떻게 들어왔는지는 알 수 없다. 알고 싶지도 않다.

로지는 내가 다가오는 것을 보고 미소를 짓는다. 코끝을 주먹처럼 말아 쥐고 한쪽 눈을 비빈다. 나는 녀석을 이 분 동안 지켜본 후 밧줄 위로 넘어간다. 녀석은 귀를 얼굴에 납작 붙이고, 눈을 가늘게 뜬다. 가슴이 철렁 내려앉는다. 나를 싫어하는 건가? 그때, 등 뒤에서 오거스트의 목소리가 들린다.

"제이콥?"

나는 잠시 로지를 보다가, 돌아서서 그와 마주본다.

"이봐." 오거스트가 이렇게 말하며 구두를 세우고 앞축을 바닥에 문지른다. "지난 며칠 동안, 나 때문에 힘들었지?"

그는 내가 상황에 적절한 대꾸를 해주기를 기다린다. 그러나 나는 아무 말도 해주지 않는다. 별로 화해하고 싶은 기분이 아니다.

"그러니까 내 말은, 내가 너무 심했었어. 모두 스트레스 때문이야. 알지? 스트레스에는 장사 없지."

그가 악수를 청한다. "자, 화해하는 거지?"

나는 잠시 가만히 있다가 그가 내민 손을 잡는다. 어쨌든 그는 내 위에 있는 사람이다. 떠나지 않겠다고 결심해 놓고 해고당할 짓을 하는 것처럼 어리석은 일도 없다.

"그래야지." 그는 이렇게 말하며 내 손을 힘껏 잡고, 다른 손을 뻗어 내 어깨를 두드린다.

"오늘 밤에 말레나와 셋이 함께 외출하자. 말레나와 자네에게 사과하는 뜻으로 내가 한턱 쏠게. 꽤 괜찮은 곳을 알고 있어."

"공연은 어쩌고요?"

"여기에서는 공연해봤자 아무도 안 와. 선전을 안 했으니 사람들은 공연을 하는 줄도 모를 거야. 일정을 바꿔서 아무 데나 휘젓고 다니니 당연한 일이지." 그는 한숨을 내쉰다. "하지만 그거야 엉클 앨이 알아서 할 거야. 알아서 한다고 했으니 알아서 하겠지."

"글쎄요." 나는 말한다.

"어젯밤도…… 그러니까…… 과음을 ……."

"술은 술로 풀어야지, 제이콥! 해장술 몰라? 아홉 시까지 와." 그는 환하게 미소를 지으며 자리를 떠난다.

나는 그의 뒷모습을 바라본다. 그와는 일분일초라도 같이 있고 싶지 않다. 그런데 말레나와는 일분일초라도 떨어져 있고 싶지 않다. 내가 오거스트를 이렇게 싫어했나? 내가 말레나를 이렇게 좋아했나? 나도 미처 몰랐었다.

특실 문이 열리고 말레나의 모습이 나타난다. 빨간색 새틴 드레스를 입은 그녀의 모습은 눈부시게 아름답다.

"왜요?" 그녀가 이렇게 물으며 자기 옷을 내려다본다.

"옷에 뭐가 묻었나요?"

그녀는 허리를 비틀어 다리까지 살펴본다.

"아니에요." 내가 말한다. "멋지세요."

그녀가 고개를 들고 나와 눈을 맞춘다.

오거스트가 초록색 커튼을 걷으며 나온다. 하얀색 넥타이를 매고 있다.

그는 나를 한번 훑어보더니 이렇게 말한다.

"그런 차림은 안 돼."

"다른 옷은 없는데요."

"그럼 빌려줄게. 갈아입어. 하지만, 서둘러. 택시가 기다리고 있으니까."

택시는 주차장과 뒷골목이 미로처럼 이어지는 음침한 동네를 쏜살같이 달리다가 어느 공장 지대 모퉁이에서 급정차한다. 오거스트가 차에서 내리며 운전사에게 돌돌 말린 지폐를 건넨다.

"어서." 그는 이렇게 말하며 말레나를 뒷좌석에서 끌어내다시피 한다. 나는 두 사람 뒤를 따라간다.

우리는 어느 뒷골목을 지나간다. 사방에는 붉은색 벽돌로 지어진 거대한 창고들이 서 있다. 가로등 아래로 울퉁불퉁한 아스팔트가 내려다보인다. 한쪽에서는 쓰레기 한 조각이 바람에 날리다가 벽에 부딪혀 떨어진다. 반대쪽에는 자동차들이 늘어서 있다. 오픈카, 쿠페형 자동차, 세단, 리무진까지 있다. 하나같이 번지르르하고, 하나같이 최신형이다.

오거스트가 목재 문 앞에 멈춰 선다. 문은 벽 속으로 움푹하게 꺼져 있다. 오거스트는 신경질적으로 문을 두드린 후, 탭댄스 스텝을 밟으며 문이 열리기를 기다린다. 사각형 옹이구멍이 드르륵 열리고 웬 사내의 두 눈이 나타난다. 눈썹은 하나밖에 없다. 숱이 많은 눈썹이다. 옹이구멍 뒤쪽에서 시끄러운 소리가 들려온다. 파티가 한창인 것이 틀림없다.

"무슨 일로?"

"공연 보러 왔어." 오거스트가 말한다.

"무슨 공연?"

"그게, 물론 프랭키의 공연이지."

옹이구멍이 닫힌다. 쩽그랑 소리와 절거덕 소리가 들리더니 철컥 소리까지 들린다. 자물쇠를 여는 소리가 분명하다. 드디어 문이 열린다.

아까 그 남자가 우리를 재빨리 위아래로 훑어본 후 들여보낸다. 그리고 문을 쾅 닫는다. 우리는 타일이 깔린 화려한 로비를 지나고, 유니폼 차림의 직원들이 근무하는 코트 보관소를 지난 후, 계단 두어 개를 내려간다. 그제야 비로소 대리석 바닥의 댄스홀에 도착한다. 까마득히 높은 천장에는 휘황찬란한 크리스털 샹들리에가 달려 있다. 플로어보다 약간 높은 무대에서는 밴드가 음악을 연주하고 있다. 플로어는 커플들로 발 디딜 틈이 없다. 탁자들과 유자형 칸막이 좌석들이 플로어를 둘러싸고 있다. 계단 두어 개를 올라가서 뒤쪽 벽을 따라가면, 원목으로 장식된 바가 있다. 바에는 턱시도를 차려입은 바텐더들이 손님들을 기다린다. 바의 선반에는 수백 개의 술병이 가지런히 놓여 있고, 선반 뒤는 반투명 거울로 장식되어 있다.

오거스트는 마실 것을 가지러 간다. 말레나와 나는 가죽으로 된 칸막이 좌석에서 오거스트를 기다린다. 말레나는 밴드를 바라보며 발을 꼰다. 한쪽 발이 다시 까딱까딱한다. 음악에 맞추어 발목을 돌리는 것이다.

술잔이 내 앞에 탁 떨어진다. 잠시 후, 오거스트는 말레나 옆에 털썩 주저앉는다. 내 술잔에는 얼음과 스카치위스키가 들어 있다.

"괜찮겠어요?" 말레나가 말을 건다.

"괜찮아요." 내가 대꾸한다.

"창백해 보여요." 말레나와 대화가 이어진다.

"우리의 제이콥 선생님이 숙취로 고생하고 계십니다." 오거스트가 끼어든다. "우리는 해장술을 마십니다."

"내가 방해가 되면, 언제든 비켜 달라고 해요."

말레나가 모호한 말을 하며 밴드로 고개를 돌린다.

오거스트가 잔을 든다. "우정을 위하여!"

그녀는 잠시 고개를 돌려 잔을 든 후, 다시 밴드를 돌아본다. 우리가 잔을 부딪치는 동안, 잔을 들고 있어 준다. 그녀는 거품이 있는 음료수를 빨대로 조금씩 마시며, 매니큐어를 칠한 손톱으로 빨대를 만지작거린다. 오거스트는 고개를 젖히고 스카치를 단번에 비운다. 나는 그럴 수가 없다. 스카치가 입술에 닿는 순간, 혀가 본능적으로 액체의 진로를 막는다. 그런데 오거스트가 보고 있다. 나는 술을 마신 척하고 술잔을 내려놓는다.

"그럼, 그래야지, 친구. 몇 잔 더 마시면 금방 괜찮아질 거야."

글쎄, 술을 마신다고 좋아질까? 하지만 말레나는 브랜디 알렉산더 두 잔을 마신 후 확실히 활기가 도는 것 같다. 그녀는 오거스트를 끌고 플로어로 나간다. 오거스트가 그녀를 빙글빙글 돌리는 사이에, 나는 고개를 숙이고 스카치위스키를 손바닥에 쏟는다.

말레나와 오거스트가 자리로 돌아온다. 춤을 춘 뒤라, 둘 다 얼굴이 상기되어 있다. 말레나는 한숨을 내쉬며 메뉴판으로 부채질을 한다. 오거스트는 담배에 불을 붙인다.

그가 내 빈 잔을 발견하고 말한다. "이런, 미처 몰랐군." 그러고는 자리에서 일어난다. "같은 걸로?"

"다 좋아요." 나는 무심하게 대답한다. 말레나는 무심하게 고개를 끄덕인다. 그리고 다시 플로어에 정신을 빼앗긴다. 오거스트가 자리를 뜨고 나서 삼십 초쯤 지났을까. 그녀가 벌떡 일어나며 내 손을 잡는다.

"왜 그러세요?" 나는 이렇게 말하며 내 팔을 잡아끄는 그녀를 향해 허허 웃는다.

"가요! 춤춰요!"

"네?"

"이거, 내가 좋아하는 노래예요."

"안 돼요— 저는—"

그러나 저항하려 해도 소용없다. 나는 벌써 자리에서 일어났다. 그녀는 나를 끌고 흥겨운 재즈가 흐르는 플로어로 달려간다. 음악에 맞추어 몸을 흔들고 손가락을 튀겨 소리를 낸다. 우리가 다른 커플들 틈에 둘러싸인 순간, 그녀가 나를 향해 돌아선다. 나는 숨을 한번 크게 들이마시고는 그녀를 품에 안는다. 우리는 두 박자를 기다렸다가 춤을 추기 시작한다. 빙글빙글 돌아가는 사람들의 바다가 우리를 에워싼다.

그녀는 공기처럼 가볍게 움직인다, 스텝 하나하나가 완벽하다. 내 스텝이 엉망으로 꼬이고 있음을 생각하면, 정말이지 놀라운 실력이다. 그렇다고 내가 춤을 못 추는 사람이라는 얘기는 아니다. 나도 춤이라면 좀 출 줄 안다. 그런데 오늘은 춤이 되지 않는다. 술이 취해서 그런 게 아니다.

그녀는 빙글빙글 돌아 나에게서 멀어지고, 다시 빙글빙글 돌아 내 팔 밑을 통과한다. 그녀의 등이 내 몸에 밀착된다. 나의 팔이 그녀의 쇄골에 닿는다. 살과 살이 부딪힌다. 그녀의 머리는 내 턱 아래 있고, 그녀의 머리카락은 향기롭고, 그녀의 몸은 현란한 스텝으로 뜨겁게 달아올랐다. 그녀는 리본처럼 빙글빙글 돌아가며 다시 한 번 내 몸에서 멀어진다.

음악이 끝나자, 춤을 추던 사람들이 환호성을 터뜨린다. 휘파람을 불고 머리 위로 손뼉을 친다. 가장 열렬히 환호하는 사람은 말레나다. 나는 우리가 앉았던 테이블을 힐끗 쳐다본다. 오거스트가 가슴 앞에서 팔짱을 끼고 우리를 보고 있다. 부아가 치미는 표정이다. 나는 깜짝 놀라 말레나에게서 한발 물러선다.

"단속이다!"

일순간 정적이 흐른다. 두 번째 외침이 정적을 가른다.

"단속이다! 모두 피해!"

나는 사람들 틈에 휩쓸린다. 사람들은 비명을 지르고 서로 밀치면서 미친 듯이 출구로 달려나간다. 말레나는 어디 있지? 말레나와 만나려면 두세 사람 틈을 비집고 가야 한다. 말레나는 이리저리 돌아가는 머리들과 필사적인 얼굴들 너머로 나를 돌아본다.

"제이콥!" 그녀가 외친다. "제이콥!"

나는 사람들을 밀쳐내고 그녀 곁으로 간다.

나는 살들의 바다 속에서 손 하나를 붙잡는다. 말레나의 표정에서 그것이 그녀의 손임을 확인한다. 나는 그 손을 꽉 잡고, 오거스트를 찾기 위해 사방을 둘러본다. 그러나 보이는 것은 모르는 사람들뿐이다.

입구에서 말레나의 손을 놓친다. 불과 몇 초 만에, 나는 골목길로 밀려난다. 사람들은 비명을 지르며 우르르 자동차에 올라탄다. 시동이 걸리는 소리, 경적 소리, 급출발하는 타이어 소리.

"어서! 어서! 빨리 여길 빠져나가야 해!"

"어서 출발해!"

말레나가 어디선가 나타나서 내 손을 붙잡는다. 우리는 사이렌 소리와 호각 소리를 들으며 계속 도망친다. 총성이 울린다. 나는 말레나의 손을 잡고 비좁은 샛길로 피한다.

"잠깐만요." 그녀가 숨을 헐떡이며 한쪽 발로 서서 구두를 벗는다. 그리고 내 팔을 붙잡고 반대쪽 구두도 벗는다. "됐어요." 그녀는 구두 두 짝을 한 손에 모아 쥐며 말한다.

우리는 뒷골목을 꼬불꼬불 누빈다. 사이렌 소리, 사람들 소리, 날카로운 타이어 소리가 더이상 들리지 않을 때까지 달린다.

"세상에." 말레나가 말한다. "하느님 맙소사. 정말 아슬아슬했어요. 오거스트가 잘 피했는지 모르겠네요."

"잘 피했을 거예요." 나는 이렇게 말하며 그녀처럼 숨을 헐떡인다. 그리고는 양손을 허벅지에 대고 고개를 숙인다.

잠시 숨을 돌린 후, 나는 말레나를 쳐다본다. 그녀는 숨을 몰아쉬며 나를 쳐다보고 있다. 그리고 히스테릭한 웃음을 터뜨린다.

"왜요?" 내가 묻는다.

"아, 아무것도 아니에요." 그녀가 말한다. "아무것도." 그러나 웃음을 그치지 않는다. 그러나 자칫하면 통곡으로 바뀔 것만 같은 그런 웃음이다.

"왜 그래요?" 내가 묻는다.

"아아." 그녀는 코를 훌쩍이며 손가락으로 눈가를 훔친다.

"이렇게 사는 거, 미친 짓 같아서, 그래서 그래요. 별거 아니에요. 손수건 있어요?"

나는 주머니를 이리저리 더듬다가 손수건을 찾아낸다. 그녀는 손수건을 받아들고 이마와 얼굴을 닦는다. "아, 엉망이네. 스타킹 좀 봐!" 그녀는 발을 보며 비명을 지른다. 맨발에, 찢어진 스타킹 사이로 발가락이 튀어나와 있다. "이런, 실크인데!" 그녀의 목소리는 높고 부자연스럽다.

"말레나?" 나는 부드러운 목소리로 그녀를 불러본다.

"정말 괜찮은 거예요?"

그녀는 입을 주먹으로 막고 신음한다. 내가 그녀의 팔을 잡으려 하자, 그녀는 몸을 돌려 피한다. 그러고는 벽을 보고 선다. 나는 그녀가 계속 그렇게 서 있을 줄 알았다. 그런데 마치 춤을 추는 사람처럼 제자리에서 빙글빙글 돌기 시작한다. 그녀가 세 번째 바퀴를 도는 순간, 나는 그녀의 어깨를 붙잡고 내 입술을 그녀의 입술에 대고 누른다. 그녀는 몸을 잔뜩 움츠리고 숨을 헐떡인다. 숨이 찬 듯, 내 입 안의 숨을 빨아들인다. 잠시 후, 그녀의 몸에서 긴장이 풀린다. 그녀의 손가락이 내 얼굴로 다가온다. 그러다 갑자기 그녀는 몸을 빼고 몇 발자국 뒤로 물러선다. 겁에 질린 눈으로 나를 쳐다본다.

"제이콥." 그녀의 목소리가 갈라진다.

"이런, 세상에— 제이콥."

"말레나." 나는 한 발 다가가다 멈춰 선다.

"미안해요. 내 잘못이에요."

그녀가 손으로 입을 막은 채로 나를 쳐다본다. 그녀의 두 눈은 바닥없는 심연 같다. 그녀는 벽에 기대 구두를 신으며 아스팔트를 내려다본다.

"말레나, 정말 미안해요." 나는 난감하게 양손을 펼친다.

그녀는 구두를 다 신은 후, 어디론가 달려간다. 그러다가 발을 헛디뎌 앞으로 고꾸라질 뻔한다.

"말레나!" 나는 그녀를 부르며 몇 발자국 달려간다.

그녀의 걸음도 빨라진다. 한 손으로 얼굴을 가린 채다.

나는 멈춰 선다.

그녀의 구두 소리가 또각또각 들려온다. 여전히 걸음을 재촉하며 골목길을 내려간다.

"말레나! 제발 거기 서요!"

나는 그녀가 모퉁이를 돌 때까지 지켜본다. 그녀는 끝까지 얼굴에서 손을 떼지 않는다. 내가 쫓아오는 줄 알고 그랬을 것이다.

서커스장으로 가는 길을 찾는 데 몇 시간이 걸린다.

문밖으로 삐죽 나온 다리들을 지나고, 빵 배급을 알리는 공고들을 지난다. "폐점"이라고 씌어 있는 창문들도 지난다. 개점 계획은 전혀 없어 보인다. "일자리 없음"이라는 공고들을 지나고, "계급투쟁 훈련"이라는 공고가 나붙은 이층 창문들을 지난다. 식료품점에 나붙은 종이에는 이런 말이 씌어 있다.

돈이 아니라도 가능!

물건 받음!

모든 물건 받음!

신문 가판대를 지난다. 〈꽃미남 플로이드 또 은행 털다 — 군중의 환호 속에 사천 달러 챙겨 도주〉가 헤드라인이다.

서커스장에서 채 이 킬로미터도 떨어지지 않은 곳에 부랑자 소굴이 있었다. 중간에는 모닥불이 있고, 모닥불 주위로 사람들이 모여 있다. 깨어있는 사람들은 허리를 구부리고 앉아서 불꽃을 들여다보고 있다. 자고 있는 사람들은 옷가지를 베고 누워 있다. 나는 좀더 가까이 다가간다. 사람들의 얼굴들을 살펴보니, 대부분 젊은 사람들이다(나보다 어린 사람들이다). 여자아이들도 있고, 한 쌍의 남녀는 한창 교미 중에 있다. 교미의 장소는 수풀 속도 아니고, 그저 모닥불에서 좀 떨어진 곳이다. 사내아이 한두 명이 그 모습을 무심하게 바라본다. 자고 있는 사람들은 신발을 벗어서 발목에 묶어 놓았다.

비교적 나이가 지긋한 사내가 모닥불 앞에 앉아 있다. 그의 턱을 덮고 있는 것이 짧게 자란 수염인지 흉터인지 알 수 없다. 둘 다일 수도 있다. 그의 뺨은 이가 다 빠진 노인처럼 움푹 패어있다. 우리 눈이 마주친다. 그리고 오랫동안 서로 쳐다본다. 그의 눈은 적의로 가득하다. 왜 나를 저런 눈으로 보는 거지? 이상하군. 아하! 이제 알겠다. 내가 야회복을 입고 있기 때문이다. 야회복을 걸치고 있을 뿐, 내 신세도 자기 신세와 다를 바 없다는 사실을 그가 알 턱이 없다. 나는 그에게 내가 처해 있는 상황을 설명해주고 싶은 터무니없는 충동을 억누르며 서커스장으로 돌아온다.

서커스장에 도착한 나는 잠시 멈춰 서서 동물원 텐트를 쳐다본다. 텐트는 밤하늘을 배경으로 거대하게 우뚝 솟아 있다. 몇 분 후, 정신을 차려보니 내가 코끼리 앞에 서 있다. 하지만 코끼리의 모습은 어두워서 잘 보이지 않는다. 눈이 어둠에 익숙해지면서 코끼리의 실루엣이 어렴풋이 드러난다. 녀석은 자고 있다. 느릿느릿 숨 쉬는 것만 빼면 녀석의 거대한 몸은 전혀 움직이지 않고 있다. 녀석을 만져보고 싶다. 녀석의 거칠고 따뜻한 살갗에 손을 대고 싶다. 하지만 참는다. 녀석이 잠이 깨면 안 되니까.

보보는 우리 한쪽 구석에 누워 있다. 한쪽 팔은 머리 위로 뻗었고 다른 팔은 가슴 위에 올려놓았다. 깊은 한숨을 내쉬고, 혀로 입술을 핥고, 몸을 돌려 모로 눕는다. 하는 짓이 사람과 똑같다.

결국 나는 가축차로 돌아와서 침낭에 자리를 잡는다. 퀴니와 월터는 세상모르고 자고 있다.

나는 새벽까지 잠을 이루지 못한다. 퀴니의 코고는 소리를 들으며, 나는 비참한 기분에 빠진다. 불과 한 달 전, 내 앞날에는 아이비리그 졸업장과 아버지와 함께 일할 병원이 있었다. 그런데 며칠 만에 모든 것이 사라졌다. 그리고 나는 지금 부랑자나 다름없는 신세이다. 서커스단 일꾼이 되다니. 게다가 불과 이틀 동안, 개망신을, 한 번도 아니고, 두 번이나 당하다니.

어제까지 나는 넬에게 토하는 것보다 망신스러운 일은 세상에 없을 줄 알았다. 그런데 어젯밤, 나는 바로 그런 일을 저지른 것이다. 대체 무슨 생각으로 그런 짓을 했는지 모르겠다.

그녀가 오거스트에게 말할까? 나는 잠시 갈고리가 머리 위로 날아오는 장면을 상상한다. 바로 지금 자리를 박차고 일어나 부랑자 소굴을 찾아가는 장면도 상상한다. 그러나 그럴 수는 없다. 로지, 보보 그리고 또 다른 가엾은 녀석들을 버리고 떠난다는 것은 생각할 수도 없다. 이제부터는 정신 똑바로 차리고 살 것이다. 술도 끊을 것이다. 다시는 말레나와 단둘이 남지 않게 조심할 것이다. 성당에 가서 신부에게 고해할 것이다.

나는 베갯잇으로 눈물을 훔친다. 눈을 질끈 감고 어머니의 얼굴을 떠올린다. 어머니의 얼굴에 의지해 말레나의 얼굴을 지우려 애쓴다. 그런데 어머니 대신 말레나가 떠오른다. 차갑게 거리를 두는 말레나 — 밴드에 정신이 팔린 채 발로 까딱까딱 박자를 맞춘다. 뜨겁게 달아오른 말레나 — 내 손을 잡고 플로어를 빙글빙글 돌아간다. 히스테릭한 말레나, 겁에 질린 말레나 — 골목길이다.

그러나 내 마지막 기억들은 손에 잡힐 듯이 생생하다. 내 팔뚝이 그녀의 봉긋 솟은 가슴에 닿는 기억. 그녀의 입술이 내 입술에 닿는 기억, 부드럽고 도톰한 입술의 기억. 끝으로, 그녀의 손끝이 내 얼굴을 쓸어내리는 기억. 그녀가 왜 그랬을까? 나는 알 수 없다. 그러나 머릿속에 맴도는 그녀의 손끝의 느낌은 도무지 떨쳐버릴 수가 없다.

나는 하릴없이 그녀의 손끝을 느끼며 잠이 든다.

몇 시간 후, 킹코 ― 월터 ― 가 나를 깨운다.

"이봐, 잠자는 공주님." 그가 내 어깨를 흔들며 말한다.

"깃발 올라갔어."

"알았어. 고마워." 나는 움직이지 않으면서 대답한다.

"안 일어나게?"

"딩동댕. 정답입니다."

월터의 목소리가 한 옥타브 올라간다.

"자, 퀴니― 여기! 여기! 어서, 퀴니. 핥아. 어서!"

퀴니가 내 머리를 핥는다.

"거 참, 하지 마!"

나는 이렇게 말하며 팔을 올려 퀴니의 공격을 막는다.

그러나 퀴니의 혀는 내 귀 속을 파고들고, 퀴니의 네 발은 내 얼굴에서 스텝을 밟는다.

"하지 마! 이제 그만!"

그러나 퀴니를 막을 수는 없다. 나는 할 수 없이 벌떡 일어난다. 그 바람에 퀴니가 붕 날아올라 바닥으로 떨어진다. 월터가 나를 보며 크게 웃는다.

퀴니가 내 무릎 위로 기어올라와 뒷발로 선 자세로 내 턱과 목을 핥는다.

"잘했어, 퀴니. 잘 했다." 월터가 말한다. "그러니까, 제이콥 ……어젯밤도 …… 뭐랄까 …… 즐거운 시간을 보냈어?"

"전혀 즐겁지 않았어."

나는 대답한다. 퀴니가 무릎에 올라와 있으니, 쓰다듬어 줄 수밖에. 퀴니는 내가 만지는데도 피하지 않고 가만히 있다. 처음이다. 퀴니의 몸은 따뜻하다. 퀴니의 털은 뻣뻣하다.

"술은 마실수록 늘어. 아침 먹으러 가자. 뭘 좀 먹으면 속이 풀릴 거야."

"술 안 마셨어."

그는 잠시 나를 쳐다본다. 그러고는 다 알았다는 듯 고개를 끄덕이며 말한다. "아하!"

"뭐가 '아하'야?" 내가 묻는다.

"여자구나." 그가 말한다.

"아니야."

"아니긴."

"아니라니까."

"바바라가 벌써 용서해주다니 놀라운걸. 그런데 왜 그래? 용서 못 받았어?" 이삼 초 동안 내 얼굴을 쳐다본 후, 그는 다시 한 번 고개를 끄덕인다. "이런, 이제야 알겠군. 바바라한테 꽃 안 갖다줬지? 맞지? 이제 내 충고를 좀 듣는 게 어때?"

"남 일에 신경 꺼." 나는 날카롭게 쏘아붙인 후, 퀴니를 내려놓고 일어난다.

"쳇, 세상에 너 같이 뚱한 놈도 없을 거야. 어쨌든 가자. 가서 뭘 좀 먹자."

접시 가득 음식을 담은 후에, 나는 월터의 식탁으로 따라간다.

"뭐 하는 짓이야?" 그가 걸음을 멈추며 말한다.

"같이 앉으려고."

"안 돼. 지정석에 앉아야지. 게다가, 계층하락이 그렇게 하고 싶어?"

나는 쭈뼛쭈뼛 망설인다.

"그런데, 무슨 일 있어?" 그가 이렇게 물으며 내가 원래 앉는 식탁 쪽을 본다. 오거스트와 말레나가 각자의 접시를 내려다보면서 말없이 밥을 먹고 있다. 월터의 눈가가 가늘게 떨린다.

"맙소사. 나는 이 일에서 손 떼겠어."

"아무 일도 없었다고!" 내가 짜증을 낸다.

"알만 하군. 이봐, 꼬마. 저놈들 곁에는 얼씬도 하지 마. 알아들어? 저놈들과 엮이지 말라고. 어쨌든 일단은 저리 가서 앉아. 아무 일 없는 척, 알지?"

나는 다시 한 번 오거스트와 말레나를 힐끗 쳐다본다. 둘이 싸운 것이 틀림없다.

"제이콥. 내 말 들어." 월터가 말한다.

"놈은 내가 본 개자식 중에 가장 야비한 개자식이야. 무슨 일이 있었는지 모르지만—."

"아무 일도 없어. 절대 아무—"

"여기서 당장 끝내. 안 그러면 쥐도 새도 모르게 당하는 수가 있어. 운이 좋으면 빨간불로 끝나겠지. 하지만, 운이 나쁘면 교각이야. 그럼 그냥 골로 가는 거야. 그냥 하는 소리가 아니야. 자 이제 저리 가서 앉아."

나는 험상궂은 표정으로 그를 내려다본다.

"휘이!" 그는 이렇게 말하며 식탁 쪽으로 손을 젓는다.

내가 식탁으로 다가가자, 오거스트가 올려다본다.

"제이콥!" 그가 크게 외친다.

"잘 잤나? 어젯밤에 길 잃어버린 건 아닌가 걱정했어. 무사해서 다행이군. 잡혔으면 꼴사납지. 내가 보석금 내고 꺼내주긴 했겠지만. 알지? 경찰이랑 엮여서 좋을 거 하나 없어."

"저도 걱정했어요. 두 분이 잘 피하셨나."

"오, 그랬어?" 그는 의외라는 듯 되묻는다.

나는 그를 쳐다본다. 그의 눈동자가 번득이다. 그의 웃음에는 기묘한 날이 서 있다.

"아, 잘 왔지. 안 그래, 여보?"

그는 이렇게 말하며 말레나를 노려본다.

"그런데 말이야, 제이콥— 말레나와는 어쩌다가 헤어졌나? 플로어에서는 그렇게 찰싹 붙어 있더니만."

말레나가 급히 고개를 든다. 그녀의 두 뺨이 붉어진다.

"어젯밤에 말했는데 잊었어요?" 그녀가 말한다.

"사람들에 떠밀려서 놓쳤어요."

"나는 제이콥한테 물은 거야, 여보. 하지만 알려주니 고맙군."

오거스트는 토스트를 높이 들어올리면서 미소를 짓는다. 입은 다문 채다.

"엎치락뒤치락 정신없었어요."

나는 포크로 달걀을 뜨면서 말한다.

"말레나를 따라가 보려고 했지만, 결국 놓쳤어요. 두 분을 찾겠다고 근처에서 우왕좌왕했었는데, 생각해보니 일단 빠져나오는 게 낫겠더라고요."

"잘 생각했어, 친구."

"그럼, 두 분은 만나서 같이 오셨어요?"

나는 이렇게 물으며 포크를 입으로 가져간다. 무심한 듯 보이기 위해 안간힘을 쓴다.

"아니, 따로 택시 타고 왔지. 그래서 택시비가 두 배로 들었지 뭔가. 하지만 사랑하는 아내만 무사하다면, 택시비 따위가 대순가? 택시비야 백배라도 내지. 내고말고. 안 그래, 여보?"

말레나는 말없이 접시를 내려다본다.

"내 말 못 들었어, 여보?"

"당신 말이 맞아요. 당신은 백배라도 낼 사람이에요."

그녀가 무미건조한 목소리로 대답한다.

"아내가 위험에 처하면, 나는 못할 짓이 없어."

내가 고개를 든다. 오거스트가 나를 노려보고 있다.

collection of the ringling circus museum, sarasota, florida
〈링글링 서커스 박물관〉 소장, 플로리다 주 사라소타

나는 기회를 엿보다 동물원 텐트로 몸을 피한다. 먼저, 기린과 낙타를 살핀다. 기린은 목의 습포를 갈아주고 낙타는 발굽의 종기를 얼음으로 마사지해준다. 그리고 난생처음 맹수 환자를 치료한다. 환자는 렉스인데, 발톱이 발가락을 파고드는 증상을 보인다. 내가 발톱을 살펴보는 동안, 클리브가 녀석의 머리를 쓰다듬어준다. 치료는 무사히 끝난다. 나는 보보를 매단 채 나머지 동물들을 살핀다. 이제 내 손이 닿지 않은 동물은 짐말들뿐이다. 짐말들은 계속 일을 하고 있기 때문이다. 어쨌든 짐말에게 문제가 생기면 나도 즉시 알게 될 것이다.

오전 중에 나는 동물원 텐트 일꾼들과 똑같이 우리를 청소하고, 먹이를 토막 내고, 똥을 치운다. 셔츠가 흠뻑 젖고 목이 탄다. 마침내 깃발이 올라간다. 다이아몬드 조와 오티스와 나는 거대한 동물원 텐트를 터덜터덜 걸어 나와 식당으로 간다.

클리브가 다가와 같이 걷는다.

"오거스트 근처에는 얼씬도 하지 마." 그가 말한다.

"잔뜩 곤두섰어."

"왜? 이번에는 뭐 때문에?" 조가 묻는다.

"완전히 꼭지가 돌았어. 엉클 앨이 오늘 퍼레이드에 코끼리를 내보낸다는데, 그것 때문이겠지. 오늘 오거스트한테 걸리는 놈은 죽은 목숨이야. 저기 저 불쌍한 놈도 오거스트에게 걸렸지." 클리브는 이렇게 말하며 서커스장 한복판을 걸어가는 세 사람을 가리킨다.

빌과 그레이디가 캐멀을 부축해서 서커스장에서 비행단 기차로 걸어가고 있다. 캐멀은 두 사람 사이에서 질질 끌려가고 있다.

나는 급히 클리브를 돌아본다. "맞은 건 아니지?"

"그건 아니지만." 클리브가 대답한다.

"된통 욕을 먹고 혼이 났지. 아직 오전인데, 놈은 벌써 곤드레만드레 취했잖아? 하지만 말레나를 쳐다봤던 녀석이 있었는데— 우후, 녀석은 당분간 말레나 근처에는 얼씬도 하지 않을 거야." 클리브가 고개를 내젓는다.

"그 빌어먹을 코끼리를 어떻게 퍼레이드에 내보낸다는 거야?" 오티스가 말한다.

"코끼리차에서 동물원 텐트까지 똑바로 걷지도 못하는데."

"그거야 나도 알고, 너도 알지. 하지만 엉클 앨은 모르잖아."

클리브가 대답한다.

"왜 앨은 코끼리를 퍼레이드에 내보내려고 그렇게 고집을 부리는 걸까요?" 내가 묻는다.

"'말 떼는 비켜라. 코끼리 떼 나가신다!' 이 멘트 한번 해보는 게 꿈에도 소원이라니까."

"꿈에도 소원 좋아하네." 조가 말한다.

"요새는 비켜줄 말 떼도 없잖아. 게다가 코끼리 떼도 없고. 달랑 코끼리 한 마리뿐인데."

"왜 앨은 그 멘트가 그렇게 하고 싶을까요?" 내가 묻는다.

순간, 같이 걸어가던 사람들이 모두 나를 본다.

"좋은 질문이야." 오티스가 결국 입을 연다. 대답을 하기는 하지만, 나를 모자란 놈이라고 생각하는 기색이 역력하다.

"링글링의 멘트니까. 링글링엔 코끼리 떼가 있으니까."

나는 먼발치에서 오거스트를 지켜본다. 그는 로지를 퍼레이드 마차들 사이에 세우려고 하고 있다. 말들은 고삐에 묶인 채 초조하게 옆쪽으로 펄쩍펄쩍 뛴다. 마부들은 고삐를 바짝 쥐고 말들에게 소리를 지른다. 대열은 삽시간에 혼란에 빠진다. 곧이어, 얼룩말들과 라마들을 모는 사내들은 날뛰는 동물들 때문에 진땀을 뺀다.

몇 분간의 혼란 끝에, 엉클 앨이 등장한다. 엉클 앨은 화가 난 듯 로지에게 크게 팔을 휘두르며 끊임없이 고함을 지른다. 엉클 앨이 입을 다물자, 이번에는 오거스트가 입을 연다. 오거스트 역시 로지에게 고함을 지른다. 그러면서 갈고리를 휘둘러 어깨를 세게 찍는다. 엉클 앨이 똘마니들을 돌아보자, 그중 두 명이 부리나케 돌아서서 서커스장을 가로질러 뛰어간다.

잠시 후, 하마용 마차가 로지 옆에 멈춰 선다. 페르슈롱 짐말 여섯 마리가 마차를 끌고 있다. 짐말들은 미심쩍은 듯 머뭇거린다. 오거스트는 마차 문을 열고, 로지가 마차로 들어갈 때까지 뒤에서 때린다.

잠시 후, 증기 오르간 소리가 울려 퍼지고 퍼레이드가 시작된다.

한 시간 후, 퍼레이드 행렬이 돌아온다. 꽤 많은 구경꾼이 행렬 뒤를 따라온다. 행렬을 따라온 사람들은 서커스장 주변을 맴돈다. 소문이 퍼질수록 사람도 늘어난다.

로지를 태운 마차가 공연장 텐트 뒤에 멈춰 선다. 공연장 텐트는 이미 동물원 텐트와 연결되어 있다. 오거스트는 로지를 동물원 텐트로 몰고 가서 로지의 자리에 넣는다. 로지의 자리 앞에는 밧줄이 쳐져 있다. 끝으로 오거스트는 로지의 한쪽 발을 말뚝에 묶는다. 그와 함께, 동물원 텐트가 개장한다.

로지의 모습은 경이롭다. 아이 어른 할 것 없이 로지에게 몰려든다. 로지는 사람들의 인기를 쉽게 독차지한다. 큰 귀를 앞뒤로 펄럭펄럭 움직이며, 사탕과 팝콘과 껌을 받아먹는다. 사람들은 로지를 보며 즐거워한다. 용감한 사내 하나가 크래커잭 한 통을 로지의 입 안에 와르르 쏟아 넣는다. 답례로 로지는 사내의 모자를 벗겨서 자기 머리에 쓰고 코를 높이 말아올려 근사한 포즈를 취한다. 사내는 즐거워하고, 구경꾼들은 환성을 지른다. 로지는 사내에게 모자를 돌려준다. 오거스트는 갈고리를 손에 들고 로지 옆에 선다. 아들을 자랑하는 아버지 같은 표정이다.

뭔가 이상하다. 이 동물은 전혀 멍청하지 않다.

구경꾼들은 마지막 한 명까지 공연장 텐트로 들어가고, 배우들은 무대인사 행렬 순서대로 정렬한다. 바로 그때, 엉클 앨이 오거스트를 한쪽으로 불러낸다. 동물원 텐트 안에 있던 내게 오거스트가 입을 쩍 벌리는 모습이 보인다. 처음에는 깜짝 놀라고, 다음에는 몹시 화를 내고, 나중에는 큰 소리로 안 된다고 한다. 그러다가 험악해진 표정으로 신사모와 갈고리를 휘두른다. 엉클 앨은 눈썹 하나 까딱 않고 그저 지켜볼 뿐이다. 그러다가 한 손을 올리고 고개를 젓더니 자리를 떠난다. 오거스트는 질렸다는 표정으로 엉클 앨의 뒷모습을 바라본다.

"도대체 무슨 일일까요?" 나는 페트에게 물어본다.

"내가 아나." 페트가 대답한다.

"하지만 금방 알게 될 것 같은데."

페트의 예언은 맞았다. 엉클 앨은 동물원 텐트에서 로지의 인기가 높은 것을 보고 몹시 고무된 나머지, 오거스트에게 로지를 공연에 내보내라고 지시한 것이다. 그런데, 입장행렬에 내보내라는 것이 다가 아니었고, 본공연의 첫 번째 순서로 로지에게 코끼리 묘기를 시키라는 것이었다. 이미 무대 뒤에서는 로지가 성공할지 못할지를 놓고 한창 내기가 벌어지고 있다.

내 머릿속에서는 말레나 걱정뿐이다.

나는 배우들과 동물들이 무대인사 대형으로 정렬한 곳으로 부리나케 뛰어간다. 로지가 맨 앞에 있다. 로지의 머리에 걸터앉은 말레나는 분홍색 시퀀 의상을 입고 로지의 머리 위에 걸터앉아 로지가 쓰고 있는 보기 흉한 가죽 안장을 잡고 있다. 오거스트는 어두운 얼굴로 로지의 왼쪽 어깨 옆에 서서 갈고리를 쥐었다 놓았다 하고 있다.

음악이 멎는다. 배우들은 마지막으로 의상을 매만지고, 조련사들은 마지막으로 각자 맡은 동물들을 점검한다. 이윽고 무대인사 음악이 시작된다.

오거스트가 로지의 귀에 대고 뭐라고 외친다. 코끼리가 주저하자, 오거스트는 갈고리로 세게 친다. 얻어맞은 코끼리는 쏜살같이 돌진하며 공연장 텐트로 들어간다. 말레나는 민첩하게 코끼리 머리 위에 납작 엎드려 공연장 가로대를 피한다.

숨이 멎을 듯 놀란 나는 천막 옆에 붙어 정신없이 달려간다.

로지는 무대인사 트랙을 육 미터 정도 달리다가 멈춰 선다. 말레나의 몸가짐이 순식간에 바뀌었다. 조금 전만 해도 로지의 머리 위에 납작 엎드려 있던 말레나가 지금은 상체를 곧게 펴고 미소를 지으며 한 팔을 머리 위로 들어올린다. 허리는 오목하게 뒤로 젖히고 발가락은 위로 치켜든다. 관중은 열광한다. 객석 위에 올라서서 손뼉을 치고 휘파람을 불고 무대인사 트랙으로 땅콩을 던진다.

오거스트가 뒤따라오다가 갈고리를 높이 든 채 멈춰 선다. 그리고 객석을 돌아본다. 앞머리가 바람에 날린다. 그는 갈고리를 내리며 싱긋 미소를 짓는다. 신사모를 벗고, 허리를 깊이 숙여 인사한다. 세 번, 각각 다른 방향이다. 그러나 로지에게 고개를 돌리며, 표정이 굳는다.

오거스트는 갈고리로 로지의 겨드랑이와 다리를 여기저기 쿡쿡 찔러댄다. 로지를 데리고 트랙을 한 바퀴 돌려는 것이다.

그러나 로지가 자꾸만 걸음을 멈추자, 나머지 무대인사 행렬은 어쩔 수 없이 로지와 오거스트를 추월한다. 행렬은 바위를 만난 시냇물처럼 로지와 오거스트를 지나간다.

관객들이 좋아한다. 로지는 오거스트를 피해 허둥지둥 달아나다 멈춰 서고, 그때마다 관객들은 폭소를 터뜨린다. 오거스트는 화가 난 얼굴로 갈고리를 휘두르며 로지에게 달려들고, 그때마다 관객들은 좋아서 어쩔 줄 모른다. 트랙을 사분의 삼 정도 돌았을 때, 로지는 결국 코를 하늘로 말아올리고 질주하기 시작한다. 우레 같은 방귀를 뿡뿡 뿡 뀌면서 무대 뒤쪽으로 폭주한다. 나는 입구 바로 앞 뒷좌석과 천막 사이에 끼어 있다. 말레나가 양손으로 고삐를 움켜쥔다. 말레나와 로지가 입구를 향해서 달려온다. 나는 숨이 멎을 것만 같다. 말레나! 여기서 내려야 하는데! 내리지 못하고 밖으로 나가면 정말 위험한데!

입구에서 불과 일 미터 정도 떨어진 곳에서 말레나는 고삐를 놓고 상체를 왼쪽으로 깊이 숙인다. 로지는 공연장 밖으로 사라지고, 말레나는 공연장 기둥에 매달려 목숨을 건진다. 관객들 사이에 정적이 흐른다. 이런 것도 연기야? 아니면 진짜 죽을 뻔했던 거야? 뭐가 어떻게 된 거야?

당황한 관객들 앞에서, 말레나는 기둥에 매달려 숨을 몰아쉰다. 눈을 감고 고개를 숙인 채다. 나와는 불과 삼 미터 거리다. 나는 그녀를 내려주기 위해 기둥으로 다가간다. 그런데 바로 그때, 말레나가 눈을 번쩍 뜨고, 기둥을 잡았던 왼손을 놓는다. 한 손으로 기둥에 매달린 채 우아한 동작으로 빙글 돌아 객석을 마주본다.

말레나는 환한 표정으로 발끝에 힘을 준다. 무대에서 상황을 지켜보던 밴드 리더는 미친 듯이 팀파니 연타를 지휘한다. 말레나는 기둥에서 회전하기 시작한다.

회전에 가속도가 붙으면서, 팀파니 연타도 점점 빨라진다. 잠시 후, 그녀는 바닥과 평행으로 돌고 있다! 이대로 얼마나 버틸 수 있을까? 아! 그녀가 갑자기 기둥을 놓는다! 대체 어쩌려고? 그녀는 허공으로 날아올라 몸을 공처럼 둥글게 말고 공중이회전을 선보인다. 그러고는 몸을 쭉 펴고 지상에서 옆구르기 일회전을 선보인다. 그리고 안정되게 착지한다. 그녀가 착지한 자리에 톱밥 구름이 피어오른다. 그녀는 발을 한번 내려다보고는 몸을 꼿꼿이 펴고 양팔을 앞으로 내민다. 밴드의 음악은 승리의 노래로 바뀌고, 관객은 열광한다. 순식간에, 무대인사 트랙 위로 동전들이 비처럼 쏟아져 내린다.

그녀가 인사를 마치고 돌아서는 순간, 나는 그녀가 다쳤음을 직감한다. 그녀는 공연장 텐트를 나오면서부터 다리를 절룩거린다. 나는 그녀를 따라 뛰어나온다.

"말레나" 내가 부른다.

그녀는 뒤를 돌아보고 내게 쓰러진다. 나는 그녀의 허리를 붙잡아 세운다.

오거스트가 뛰어나온다. "아가, 우리 아가! 굉장했어. 정말 근사했어! 태어나서 처음—"

오거스트는 그녀가 내 팔에 안겨 있는 것을 보고 멈칫한다.

그때, 말레나가 고개를 들고 울기 시작한다.

오거스트의 눈과 나의 눈이 마주친다. 잠시 후, 우리는 힘을 합해 말레나를 운반할 자세를 잡는다. 말레나는 울먹이며 오거스트의 어깨에 기댄다. 샌들 신은 두 발을 들어올리면서 고통스러운 듯 잔뜩 몸을 움츠린다.

오거스트는 그녀의 머리카락에 입술을 지그시 누른다.

"괜찮아, 여보. 나 여기 있어. 쉬…… 괜찮아. 나 여기 있어."

"어디로 갈까요? 대기실 텐트로 갈까요?" 내가 묻는다.

"거기는 누울 데가 없어."

"기차로 갈까요?"

"너무 멀어. 쿠치 텐트로 가자."

"바바라 텐트요?"

오거스트는 말레나의 머리 위로 나를 쏘아본다.

우리는 무턱대고 바바라의 텐트로 들어간다. 바바라는 의자에 앉아서 화장대 거울을 보고 있다. 암청색 네글리제 차림으로 권태롭고 경멸 어린 표정으로 담배를 피우던 그녀는 우리를 보더니 순식간에 표정이 바뀐다.

"오, 하느님 맙소사. 대체 무슨 일이야?" 그녀는 담배를 놓으며 자리에서 벌떡 일어난다. "이쪽으로. 이 침대에 눕혀. 이쪽, 여기." 그녀가 이렇게 말하며 달려온다.

자리에 누운 말레나는 두 발을 감싸며 옆으로 구른다. 얼굴을 일그러뜨리고 이를 꽉 문다.

"발이 아파!"

"쉬, 걱정 마." 바바라가 말한다.

"괜찮아 질 거야. 다 괜찮아 질 거야." 바바라는 고개를 숙이고 말레나의 샌들 리본을 끌러준다.

"아아, 아아, 너무 아파……."

"맨 위 서랍에서 가위 좀 꺼내와."

바바라가 나를 돌아보며 지시한다.

내가 가위를 찾아오자, 그녀는 말레나의 타이즈에서 발가락 부분을 잘라내고, 윗부분은 다리 위로 말아올린다. 말레나의 맨발을 자기의 무릎 위로 들어올린다.

"식당에 가서 얼음 좀 가져와." 바바라가 지시한다.

내가 잠시 멈칫하는 동안, 바바라와 오거스트가 동시에 나를 돌아본다.

"지금 가요." 나는 대답한다.

식당으로 황급히 달려가고 있는데, 등 뒤에서 엉클 앨이 부르는 소리가 들린다. "제이콥! 기다려!"

나는 걸음을 멈추고 기다린다.

"다들 어디 있어? 어디로 간 거야?" 그가 묻는다.

"바바라 텐트로 갔어요." 나는 숨을 몰아쉬며 대답한다.

"어디?"

"쿠치걸 텐트요."

"왜?"

"말레나가 다쳤어요. 얼음을 가져가야 해요."

그는 돌아서서 똘마니 하나에게 소리친다.

"너, 얼음 좀 가져 와. 그리고 쿠치걸 텐트에 갔다줘. 어서!" 그리고는 나를 돌아본다. "그리고, 너, 너는 빌어먹을 코끼리 녀석 좀 잡아와. 안 그러면 마을에서 쫓겨날 판이야."

"어디 있는데요?"

"남의 뒷마당에 들어가서 양배추를 작살내고 있는 모양이야. 그집 여편네는 코끼리가 싫은가 봐. 서커스장 왼쪽이야. 경찰이 오기 전에 데려와."

채소밭이 엉망이다. 로지는 엉망이 된 채소밭 한가운데에 버티고서서, 코끝으로 채소들을 이것저것 건드리고 있다. 내가 다가가자, 로지는 내 눈을 똑바로 보면서 자주색 양배추를 잡아 뜯어 입속에 넣는다. 그리고 오이를 향해 코를 뻗는다.

안주인은 문을 아주 조금 열고 소리를 지른다.

"그것 좀 얼른 끌고 가! 얼른 데려 가!"

"미안해요. 아주머니." 나는 사과한다. "최선을 다하겠습니다!"

나는 로지의 어깨 옆에 서서 얼러본다. "가자, 로지, 착하지?"

로지의 귀가 위쪽으로 펄럭인다. 잠시 가만있다가 토마토를 향해 코를 뻗는다.

"안 돼!" 나는 말한다. "그런 짓을 하면 나쁜 코끼리야!"

로지는 둥근 토마토를 입에 넣고 우적우적 씹으면서 미소를 짓는다. 나를 비웃고 있는 것이 틀림없다.

"이런, 제길." 속수무책이다.

로지는 코로 순무 잎을 잡아 뜯는다. 계속 나를 쳐다보며 날름 입속에 넣고 우적우적 씹기 시작한다. 뒤를 돌아보니, 안주인이 아직 엿보고 있다. 나는 그녀에게 난감한 미소를 짓는다.

서커스장 방향에서 두 명의 사내가 오고 있다. 한 명은 양복과 중절모 차림에 미소를 짓고 있다. 서커스단 브로커 가운데 하나다. 그를 보니 한시름 놓인다. 또 한 명은 더러운 멜빵바지 차림으로 양동이를 들고 있다.

"안녕하세요, 사모님." 브로커가 모자챙을 기울이며 인사한다. 그리고 코끼리에 짓밟힌 채소밭을 조심조심 지나간다. 채소밭은 탱크가 지나간 듯한 형국이다. 브로커는 시멘트 계단을 올라가 뒷문 앞에 서서 안주인에게 이야기를 늘어놓기 시작한다. "로지랑은 벌써 인사하셨지요? 세상에서 가장 크고 가장 멋진 코끼리랍니다. 정말 운이 좋으세요. 로지가 남의 집을 방문하는 일은 좀처럼 없는데 말입니다."

살짝 열린 문틈으로 안주인의 얼굴이 보인다. "뭐라고요?" 그녀는 어이없는 표정으로 되묻는다.

브로커는 환한 미소를 짓는다.

"아, 아무렴요. 영광이고말고요. 코끼리가 우리 집 뒷마당에 왔었다, 이렇게 자랑할 사람이 이 동네에 (아니 이 도시에) 사모님 말고 또 누가 있겠습니까? 당연히 아무도 없지요. 여기 우리 일꾼들이 코끼리를 데려갈 겁니다. 당연히 채소밭도 원래대로 해드리고 채소값도 물어드리고요. 그런데, 사모님, 사모님이랑 로지랑 사진 한 방 찍으시지 않겠어요? 가족분들께, 친구분들께 두고두고 자랑거리가 될 겁니다."

"나랑…… 나랑…… 뭐랑이요?" 그녀가 더듬더듬 묻는다.

"제가 이렇게 수줍은 사람만 아니라면."

브로커가 보일 듯 말 듯 고개를 숙이며 말한다.

"안에 들어가서 상의를 좀 드리면 좋을 텐데 말입니다."

안주인은 망설이고 망설이다 문을 연다. 브로커는 집 안으로 사라진다. 나는 로지를 돌아본다.

브로커와 같이 온 사내는 양동이를 들고 로지 바로 앞에 서 있다.

로지는 좋아서 어쩔 줄 모른다. 로지의 코가 양동이 위에서 떠나지 않는다. 쿵쿵 냄새를 맡고 사내의 팔을 휘감고 양동이 속으로 들어가려 한다. 양동이 속에는 투명한 액체가 들어있다.

"프셰스탄!*" 그가 코를 치우며 말한다. "니에!**"

나는 눈이 휘둥그레진다.

"뭐가 잘못됐어?" 그가 신경질적으로 묻는다.

"잘못된 게 아니라." 내가 얼른 대답한다.

---

* Przestań, 저리 가!

** Nie, 안돼!

"저도 폴란드 사람입니다."

"아, 그랬군. 미안해."

그는 밀어내고 밀어내도 다시 다가오는 코를 다시 밀어내고, 오른손을 허벅지에 문지른 후 악수를 청한다.

"내 이름은 그제고슈 그라봅스키Grzegorz Grabowski." 그가 인사한다. "그렉이라고 불러."

"제이콥 얀콥스키라고 해요."

나도 그의 손을 잡으며 인사한다.

그렉은 악수하던 손을 빼고 양동이의 내용물을 사수한다.

"니에, 테라스 니에!*" 그는 계속해서 다가오는 코를 짜증이 나는 듯이 밀어낸다.

"제이콥 얀콥스키? 그래. 캐멀한테 들은 적이 있어."

"그런데 그게 뭐예요?" 내가 물어본다.

"진과 진저에일." 그가 대답한다.

"설마."

"코끼리는 술을 좋아하지. 볼래? 이거 한 모금 마시면 양배추는 거들떠보지도 않을 테니. 이게 정말!"

그는 이렇게 말하며 다시 한 번 코를 밀어낸다.

"포비에지아웸 프셰스탄! 뿌즈니에이!**"

"대체 그런 걸 어떻게 알았어요?"

"내가 일하던 서커스단에는 코끼리가 열두 마리 있었어. 그런데 한

---

* Nie, Teraz nie, 안 돼, 지금은 안 돼!

** Powiedziałem przestań! Pózniej!, 그만 하라고 말했잖아! 나중에 해!

놈이 밤마다 배가 아프다고 꾀병을 부렸지. 약으로 위스키를 줬거든. 자, 이제 갈고리를 좀 가져와. 녀석이 서커스장까지 따라올 테니 두고 봐. 마시고 싶어서 안달이 났는데, 따라오지 않을 수가 없지. 안 그러냐, 무이 말루트키 폰츄젝*? 하지만 혹시 모르니까, 갈고리도 챙기는 게 낫지."

나는 모자를 벗고 머리를 긁적거린다.

"오거스트도 알고 있어요?"

"뭘 알아?"

"아저씨가 코끼리에 대해 많이 아시는 거 말이에요. 조련사로 일자리를 얻을 수도—"

그렉이 한 손을 번쩍 든다.

"아니, 나는 그럴 생각 없어. 제이콥, 기분 나쁘게 들릴지도 모르지만, 나는 죽어도 그런 놈 밑에서는 일 못해. 절대 못해. 게다가 나는 코끼리 전문도 아니야. 그냥 덩치 큰 짐승들을 좋아하는 거지. 자, 이제 빨리 뛰어가서 갈고리를 좀 가져와. 응?"

갈고리를 가지고 왔는데 그렉과 로지는 사라지고 없다. 나는 서커스장 쪽을 돌아본다.

그렉이 한참 앞에서 동물원 텐트로 가고 있다. 로지는 몇 미터 뒤에서 터벅터벅 걸어간다. 그렉은 이따금 멈춰 서서 로지가 양동이에 코를 넣게 해준다. 그러고는 코를 양동이 밖으로 빼내고는 계속 걸어간다. 로지는 강아지처럼 얌전하게 따라간다.

---

* mój małutki paczuszek, 귀여운 우리 아가?

로지를 무사히 동물원 텐트로 들여보낸 후, 나는 바바라의 텐트로 돌아간다. 아직 갈고리를 손에 들고 있다.

천막은 닫혀 있다. "저, 바바라?" 내가 문 앞에서 부른다.

"들어가도 돼요?"

"들어와." 그녀가 말한다.

바바라 말고는 아무도 없다. 바바라는 의자에 다리를 꼬고 앉아 있다. 다리는 맨살이다.

"다들 기차로 돌아갔어. 의사도 불렀어." 바바라는 담배를 들이마시면서 말한다. "다른 볼 일 있어?"

나도 모르게 얼굴이 빨개진다. 나는 텐트 벽을 보았다가 천장을 보았다가 결국 내 발을 쳐다본다.

"이런 젠장, 너무 귀엽잖아." 그녀는 담뱃재를 유리 재떨이에 떨면서 말한다. 다시 담배를 입에 물고 길게 들이마신다.

"얼굴이 빨개지네."

그녀는 한참 동안 나를 빤히 쳐다본다. 재미있어 하는 것이 분명하다.

"이봐." 그녀가 마침내 입을 연다. 비스듬히 연기를 뿜어내며 이렇게 말한다.

"이봐. 이제 가 봐. 내가 또 너한테 무슨 짓 하기 전에."

바바라의 텐트에서 허겁지겁 나오다가 오거스트와 정면으로 마주친다. 오거스트의 얼굴은 폭풍 전야 같다.

"말레나는 좀 어때요?" 내가 물어본다.

"의사를 기다리는 중이야." 그가 대답한다.

"코끼리는 잡았어?"

"동물원 텐트에 넣었어요." 내가 대답한다.

"수고했어."

그는 이렇게 말하며 내 손에서 갈고리를 낚아챈다.

"오거스트, 잠깐만요! 어디 가요?"

"녀석은 정신 좀 차려야 해. 따끔한 맛을 보여줘야지."

그는 동물원 텐트로 걸어가며 대꾸한다.

"하지만, 오거스트!" 나는 그의 뒤에 대고 소리친다.

"잠깐만요! 착하게 따라왔어요. 자기 발로 돌아왔다고요. 그리고 지금은 안 돼요. 아직 공연 중인걸요!"

그가 갑자기 걸음을 멈추자, 발치에서 먼지구름이 피어오른다. 그는 꼼짝 않고 서서 바닥을 내려다본다.

잠시 후, 그가 입을 연다.

"괜찮아. 음악이 있으니, 공연장까지는 들리지 않을 거야."

나는 그의 뒷모습을 바라본다. 경악스럽다.

나는 가축차로 돌아와 침낭에 눕는다. 동물원 텐트에서 벌어질 사건을 생각하니 구역질이 치밀어 오른다. 그것을 막기 위해 할 수 있는 일이 아무것도 없다고 생각하니 속이 더욱 메스껍다.

몇 분 후, 월터와 퀴니가 돌아온다. 월터는 공연 의상을 입은 채로 염소방에 들어온다. 잔뜩 부풀린 옷은 하얀색 바탕에 다양한 색깔의 물방울무늬이고, 모자는 삼각형, 칼라는 엘리자베스 시대의 러프 장식이다. 월터는 수건으로 얼굴을 문지르고 있다.

"도대체 어떻게 된 거야?" 월터가 묻는다. 월터가 서 있는 통에 내 눈에는 빨간색 특대 구두밖에 보이지 않는다.

"뭐가?" 내가 되묻는다.

"입장 행렬 말이야. 그것도 연기였어?"

"아니." 나는 말한다.

"이럴 수가." 그가 탄성을 지른다.

"이럴 수가. 사고였구나. 그래도 천만다행이네. 말레나는 정말 대단한 여자야. 하지만, 그거야 너도 이미 알고 있었겠지?"

월터는 혀를 쯧쯧 찬 후, 허리를 굽히고 내 어깨를 쿡쿡 찌른다.

"그만 좀 해."

"내가 뭘 어쨌다고?" 그는 이렇게 말하며 아무것도 모른다는 듯이 양손을 펼친다.

"재미 하나도 없어. 말레나가 다쳤다고."

그의 얼굴에서 금세 얼빠진 미소가 사라진다.

"아, 그랬군. 미안해. 몰랐어. 많이 다친 건 아니지?"

"아직 몰라. 의사를 불렀어."

"이런. 미안해, 제이콥. 정말 미안해." 그는 염소방을 나가려다 말고, 숨을 깊이 들이마신다. "하지만 미안해해야 하는 것은 코끼리 녀석 아니야? 하긴, 그런 짓을 저질러놨으니, 그 딱한 짐승이 이제 오거스트 놈한테 얼마나 당할지……."

"벌써 당하고 있어, 월터."

그는 문밖을 내다본다. "이런, 제길." 그가 탄성을 지른다. 양손을 엉덩이에 올리고 서커스장 저편을 바라본다.

"이런 제길. 정말이네."

나는 가축차를 떠나지 않고 있다. 저녁식사도 거르고, 밤 공연 중에도 나가지 않는다. 오거스트와 마주치지 않기 위해서다. 놈이 눈에 띄면 내 손으로 죽여 버릴 것만 같다.

나는 놈을 증오하고, 놈의 잔인함을 증오한다. 놈 밑에서 일해야 하는 나를 증오한다. 놈의 아내를 사랑하는 나를 증오한다. 로지를, 그래, 제길, 로지를 사랑하는 나를 증오한다. 무엇보다도, 말레나와 로지를 지켜주지 못한 나를 증오한다. 로지는 자기가 매를 맞은 것과 나 사이에 관계가 있다고 생각할 만한 지능이 있을까? 내가 말려주지 않아서 자기가 매를 맞았다고 생각할 만한 지능이 있을까? 코끼리는 어떤지 모르겠다. 그러나 나는 지능이 있다. 로지가 매를 맞은 것이 나 때문이라고 생각할 만한 지능이 있다.

"발꿈치를 다쳤대." 월터가 가축차로 들어오며 알려준다.

"어서, 퀴니, 일어서! 일어서!"

"뭐라고 그랬어?" 나는 웅얼웅얼 물어본다. 나는 월터가 나가 있는 동안, 꼼짝도 하지 않았다.

"말레나가 발목을 다쳤다고. 이 주 후면, 걸을 수 있대. 궁금해 할 줄 알았는데."

"아, 고마워." 내가 대답한다.

그는 침대에 걸터앉아 오랫동안 나를 쳐다본다.

"오거스트랑 대체 무슨 일이 있는 거야?"

"일은 무슨 일?"

"싸우거나, 뭐 그런 거야?"

나는 벌떡 일어나 앉아 벽에 기댄다.

"나는 그 개자식이 싫어." 나는 결국 실토한다.

"으흠!" 월터가 콧방귀를 뀐다.

"그래. 그러니까 너도 완전히 바보는 아니군. 그런데 왜 그렇게 온 종일 오거스트 부부하고 붙어다녀?"

나는 대답하지 않는다.

"아, 미안해, 깜빡했군."

"그런 거 아니야." 나는 몸을 일으켜 세우며 말한다.

"그럼?"

"놈이 동물 총감독이니까 어쩔 수가 없잖아."

"그건 그렇지. 하지만 여자도 관계가 없진 않지. 안 그래?"

나는 고개를 들고 그를 노려본다.

"알았어, 입 다물게." 그는 이렇게 말하며 양손을 올려 항복하는 시늉을 한다. "나 아무 말 안 했어. 까칠하긴." 그러고는 고개를 돌리고 궤짝을 뒤진다. "받아." 나에게 빨간색 만화책을 던진다. 책은 바닥을 미끄러지다가 내 앞에 멈춘다.

"말레나에 비할 수야 없겠지만, 없는 것보다는 낫지."

그가 등을 돌린 후, 나는 만화책을 주워들고 훑어본다. 노골적이고 과장된 그림들로 가득하다. 한 페이지를 펼쳐보니, 거물급 영화감독님이 얼굴이 말처럼 생긴 말라깽이 여배우 지망생과 한창 성교 중이다. 그러나 아무리 애써도 도무지 흥미가 생기지 않는다.

나는 눈을 껌뻑껌뻑하며 정신을 차린다. 여기가 어디지? 얼굴이 말처럼 생겨먹은 간호사가 복도에서 식판을 떨어뜨리는 바람에, 잠이 깨버렸다. 깜빡 잠이 들었던 것이다. 요새는 내가 이렇다. 여기가 어딘지, 지금이 언젠지 헷갈린다. 시간과 공간을 넘나드는 느낌이다. 드디어 노망이 들었나? 아니면, 정신이 너무 멀쩡해서 그런 건가? 현재 속에서는 멀쩡한 정신을 쓸 일이 없으니, 정신이 과거로 돌아가려 하는 것은 당연한 일 아닌가?

간호사가 웅크리고 앉아 떨어진 음식을 줍는다. 내가 싫어하는 간호사다. 나도 일어나서 걸어보고 싶을 때가 있는데, 이 간호사는 항상 못하게 말린다. 내 아슬아슬한 걸음걸이를 조마조마하게 지켜보느니 차라리 아예 못 걷게 하려는 것이다. 하지만 라시드 박사도 걸으라고 했다. 무리하거나 너무 멀리 가지만 않으면, 걷는 것이 건강에 좋다고 분명히 그랬다.

나는 문을 열고 방에서 나온다. 가족이 오려면 아직 몇 시간 남았다. 창밖을 내다보고 싶은데.

간호사를 부르면 간단하지만, 그래서야 밖에 나오는 의미가 없다. 나는 휠체어 끝에 엉덩이를 걸쳐놓고 보행기 쪽으로 손을 뻗어본다.

하나, 둘, 셋—

갑자기 간호사가 창백한 얼굴을 코앞에 들이댄다.

"도와드릴까요, 얀콥스키 씨?"

그럼 그렇지. 너무 쉽다 했다.

"아, 잠시 창밖을 보려고." 나는 놀란 척하면서 말한다.

"휠체어에 똑바로 앉으세요. 밀어 드릴게요."

간호사가 휠체어 팔걸이를 단단히 잡으며 말한다.

"아, 그래. 좋지, 고마워." 나는 휠체어에 똑바로 앉아, 발을 발판에 올리고, 양손을 얌전히 무릎 위에 포갠다.

간호사는 어리둥절한 표정이다. 세상에, 윗니가 이렇게 튀어나온 사람은 처음 본다! 간호사는 몸을 일으키고 잠시 기다린다. 내가 도망치나 보려는 것이다. 나는 상냥한 미소를 지으며 복도 끝 창문으로 시선을 돌린다. 이윽고 간호사가 등 뒤로 돌아가 휠체어 손잡이를 잡는다.

"아, 솔직히 말해서, 얀콥스키 씨, 좀 놀랍네요. 보통 때는 …… 그러니까…… 걷는 것에 대해서는 고집 같은 게 있으신데."

"아, 걸을 수도 있어. 하지만 지금은 창문 앞에 휠체어가 하나도 없잖아. 그래서 밀라고 하는 거야. 그런데, 왜 아무도 없는 거지?"

"당연하죠. 구경할 만한 게 아무것도 없는걸요, 얀콥스키 씨."

"서커스장이 있잖아."

"아, 서커스장은 주말이나 돼야 세워질 거예요. 보통 때는 그냥 주차장이에요."

"주차장이 보고 싶다면 어쩔래?"

"보고 싶으면 보셔야죠, 얀콥스키 씨."

간호사는 이렇게 말하며 휠체어를 밀고 창문으로 간다.

나는 눈살을 찌푸린다. 주차장에서 뭘 보겠다고 그러냐고 대꾸할 줄 알았는데, 왜 순순히 말을 듣는 거지? 아하, 알겠다. 나를 노망난 늙은이로 취급하고 있군. 비위를 맞춰주자, 그런 얘기겠지. 특히 얀콥스키 같은 늙은이는 절대 건드리지 말자, 그런 얘기겠지. 곰보 젤로를 집어던지고는 일부러 그런 게 아니라고 발뺌하는, 도대체 말이 안 통하는 놈이다, 그런 얘기지.

간호사가 자리를 뜨려고 한다.

"이봐!" 나는 간호사를 불러 세운다.

"보행기를 안 가져 왔어!"

"구경 다 하시면 부르세요. 다시 밀어 드릴게요."

"싫어. 보행기가 있어야 해! 나는 보행기가 없으면 안 돼. 보행기 갖다줘!"

"얀콥스키 씨—" 간호사가 가슴 앞에서 팔짱을 끼고 한숨을 내쉬며, 뭔가 이야기하려고 한다.

바로 그때, 로즈메리가 복도에 나타난다. 하늘에서 내려온 천사 같다.

"무슨 일이에요?" 로즈메리는 이렇게 말하며, 나와 얼굴이 말처럼 생긴 여자를 번갈아 쳐다본다.

"보행기를 갖다달라고 했는데, 못 갖다주겠대."

"언제 못 갖다드린다고 했어요? 나는 그냥—"

로즈메리가 한 손을 들어올린다. "얀콥스키 씨가 보행기를 갖다달라고 하시잖아. 얀콥스키 씨는 보행기를 옆에 두고 있는 것을 좋아하셔. 가져다달라고 하시면, 가져다 드려."

"하지만—"

"됐어. 보행기 가져와."

얼굴이 말처럼 생긴 간호사의 얼굴에 분노가 번득인다. 그러나 곧 증오를 억누른 체념의 표정으로 바뀐다. 그녀는 살기 어린 눈빛으로 나를 흘낏 노려본 후, 보행기를 가져온다. 보란 듯이 보행기를 치켜들고 복도를 내달려와서는 보행기를 내 앞에 던지다시피 내려놓는다. 보행기 다리 끝에 고무가 달려 있지 않았다면, 떨어지는 소리가 훨씬 크게 났을 텐데. 고무 받침 때문에 보행기는 쾅하는 대신 삐걱하며 착지한다.

웃음이 터지는 것을 간신히 참는다.

얼굴이 말처럼 생긴 간호사는 가슴 앞에서 팔짱을 끼고 나를 쳐다보고 있다. 내가 고맙다고 할 줄 알고? 천만에. 나는 그녀를 외면하며 이집트의 파라오처럼 거만하게 턱을 쳐들고 천천히 창밖을 내다본다. 심홍색과 하얀색 줄무늬의 공연장 천막이 보인다.

줄무늬가 거슬린다. 내가 서커스단에 있을 때는 매점에만 줄무늬를 넣었었다. 공연장 천막은 하얀색이었다. 공연 시즌이 끝나면 진흙과 잔디로 더러워졌지만, 어쨌든 줄무늬는 아니었다. 옛날과 달라진 점은 그뿐이 아니다. 이 서커스단은 매표소와 공연장을 잇는 큰길도 없다. 매표소는 공연장 천막 입구에 있다. 공연장 텐트 외에 설치물은 매점과 기념품 판매대가 전부다. 매점에서 파는 것은 옛날과 똑같은 것 같다. 팝콘, 사탕, 풍선…… 그러나 옛날과는 달리 아이들은 장난감을 하나씩 들고 간다. 장난감은 하나같이 자동으로 움직이고, 번쩍번쩍한다. 내가 있는 곳에서는 광선검 말고는 무슨 장난감인지는 알아보기가 어렵다. 부모들은 애들에게 저런 것을 사주려고 허리가 휠 것이다. 그것은 예나 지금이나 마찬가지다. 관객들이 촌뜨기인 것도 예나 지금이나 마찬가지다. 배우와 막일꾼이 서로 다른 세계 사람들이라는 것도 예나 지금이나 마찬가지다.

"얀콥스키 씨?"

로즈메리가 내게 허리를 굽히고, 내 시선을 잡으려고 하고 있다.

"응?"

"점심 드실래요, 얀콥스키 씨?" 그녀가 묻는다.

"벌써 점심시간이야? 방에 들어온 지도 얼마 안 됐는데."

로즈메리가 시계를 본다. 바늘이 있는 진짜 시계다. 디지털시계는 한때 유행하다 사라졌다. 천만다행이다. 뭔가를 만들 줄 안다고 해서 반드시 그것을 만들어야 하는 것은 아니라는 사실을 사람들은 언제나 깨달을까?

"열두 시 삼 분 전이에요." 그녀가 말한다.

"이런, 정말 점심시간이군. 그런데 오늘이 무슨 요일이지?"

"일요일이에요, 얀콥스키 씨. 주일날이지요. 가족 분들이 오시겠네요."

"알아. 일요일 메뉴가 뭐냐고."

"좋아하시는 음식은 없을걸요."

나는 화낼 준비를 하면서 고개를 쳐든다.

"이런, 얀콥스키 씨." 로즈메리가 웃으며 말한다. "농담이에요."

"알아." 내가 대꾸한다. "왜, 내가 유머 감각도 없는 줄 알아?"

그러나 기분이 언짢다. 이제 정말 유머 감각도 없어진 모양이다. 야단맞는 것에 익숙해지고, 이리저리 끌려다니는 데 익숙해지고, 시키는 대로 하는 것에 익숙해 하다 보니, 누가 나를 인간 대 인간으로 대해주면 어떻게 대응해야 할지 모르겠다.

로즈메리는 나를 내가 늘 앉던 식탁에 앉힐 생각이다. 그러나 그렇게는 안 된다. 방귀쟁이 늙은이 맥긴티가 식탁에 떡 하니 앉아 있는데, 그럴 수는 없다. 또 그 광대 모자를 쓰고 있다. 빌어먹을 바보 녀석. 아침에 일어나자마자 간호사들에게 모자를 쓰겠다고 호들갑을 떨었겠지. 아니면 아예 모자를 쓰고 잤나? 녀석의 휠체어에는 아직 헬륨 풍선들이 매여 있다. 하지만 풍선들은 이제 탱탱하지 않다. 바람이 빠지는 풍선들은 느슨해진 줄 끝에서 이리저리 흔들린다.

로즈메리가 내가 앉은 휠체어를 놈이 앉은 식탁을 향해서 돌린 순간, 나는 꽥 소리를 지른다. "아, 안 돼. 저기, 저쪽으로 가!" 나는 비어 있는 구석 자리 식탁을 가리킨다. 내가 평소 앉던 식탁에서 가장 멀리 떨어진 곳이다. 이야기 소리가 안 들리는 곳으로 가고 싶을 뿐이다.

"얀콥스키 씨," 로즈메리는 휠체어를 세워놓고 나를 마주본다. "언제까지 이러실 거예요?"

"계속 이럴 거야. 이럴 날이 일주일이라도 남았으면 다행이지."

그녀는 양손을 허리에 갖다댄다.

"화가 나신 이유는 기억이 나세요?"

"당연히 기억나지. 놈이 거짓말하잖아."

"또 코끼리 말이세요?"

나는 대답 대신 입술을 앙다문다.

"맥긴티 씨가 정말이라고 믿으신다면, 거짓말은 아니지요."

"헛소리 집어치워. 정말이면 정말이고, 거짓말이면 거짓말이지. 정말이라고 믿으면, 거짓말이 정말이 돼?"

"맥긴티 씨는 노인이세요." 그녀가 말한다.

"나보다 몇십 년은 어린놈이야."

나는 화를 내며 몸을 곧추세운다.

"아, 얀콥스키 씨," 로즈메리는 이렇게 말하며 한숨을 내쉰다. 도움을 구하는 듯 하늘을 올려다본다. 그리고 휠체어 앞에 쭈그리고 앉아 내 손 위에 자기 손을 올려놓는다.

"얀콥스키 씨와는 이야기가 통하는 줄 알았는데."

나는 인상을 찌푸린다. 간호사 대 제이콥의 결투에는 이런 내용이 없는데.

"맥긴티 씨가 착각하신 것일 수는 있겠지만, 그렇다고 거짓말은 아니에요." 그녀가 말한다. "맥긴티 씨는 자기가 정말로 코끼리 물당번을 했다고 믿고 계신걸요."

나는 대답하지 않는다.

"나이를 먹다 보면— 얀콥스키 씨 이야기가 아니라 일반적인 사람들 얘기에요. 물론 안 그런 사람도 있지요. 아무튼, 나이를 먹다 보면, 오랫동안 생각해온 것, 오랫동안 소망해온 것이 진짜처럼 느껴질 때가 있잖아요. 그러면 그것을 진짜라고 믿게 되고, 그러다 보면 자기도 모르게 그것이 정말로 인생의 일부가 되잖아요. 그런데, 남들이 거짓말 말라고 다그치면— 나는 상처를 받겠지요. 내가 무슨 말을 했는지는 다 잊어버려도, 누가 나더러 거짓말쟁이라고 하면 절대 잊을 수가 없겠지요. 얀콥스키 씨의 말대로 맥긴티 씨의 말이 사실이 아니라고 하더라도 맥긴티 씨가 왜 화가 나셨는지 이해할 수 있으시겠지요?"

나는 내 무릎을 노려본다.

"얀콥스키 씨?" 그녀는 부드러운 목소리로 말을 이어간다.

"항상 앉으시는 식탁까지 밀어 드릴게요. 제 부탁이라고 생각하시고 들어주세요, 네?"

거 참, 이를 어째. 몇 년 만에 처음으로 여자한테 부탁을 받았다. 아, 적응 안 돼.

"얀콥스키 씨?"

나는 그녀를 올려다본다. 그녀의 다정한 얼굴이 바로 코앞에 있다. 그녀는 내 눈을 바라보며 내 대답을 기다린다.

"아, 알았어. 하지만, 아무하고도 말 안 할 거야."

나는 이렇게 말하며 역겨운 듯 손사래를 친다.

나는 정말 아무하고도 말하지 않는다. 거짓말쟁이 늙은이 맥긴티가 서커스의 신비에 대해서 떠들고, 자기가 어렸을 때 서커스단에서 겪은 일이라며 계속 뭔가 지껄인다. 머리를 염색한 노부인들은 놈에게 상체를 기울이고, 존경심 가득한 눈동자를 희미하게 빛내면서 놈의 말을 열심히 듣고 있다. 이걸 보니, 미쳐버릴 것만 같다.

막 입을 열고 뭔가 말하려는 찰나, 로즈메리의 모습이 보인다. 그녀는 식당 반대편에서 한 할머니의 목깃에 냅킨을 끼워주고 있다. 그러나 눈으로는 나를 예의 주시하고 있다.

나는 열었던 입을 다문다. 내가 얼마나 힘겹게 참고 있는지를 그녀가 안다면…… 알까?

안다! 그녀는 다 알고 있다! 누군가 식용기름 토핑을 한 황갈색 푸딩을 잠시 식탁 위에 놓았다가 치워간 후, 그녀는 내게로 다가와 휠체어 손잡이를 잡는다. 그러면서 나에게 고개를 숙이고 속삭인다. "잘 하셨어요, 얀콥스키 씨. 해내실 줄 알았어요."

"아무렴, 해냈지. 하지만 쉽지는 않았어."

"하지만, 아무도 없는 식탁에 혼자 앉는 것보다는 낫지요?"

"글쎄."

그녀는 다시 하늘을 올려다본다.

"그래. 맞아." 나는 인색하게 대답한다.

"혼자 앉는 것보다는 나은 것 같아."

courtesy of the pfening archives, columbus, ohio
〈페닝 자료 보관실〉 전재 허락, 오하이오 주 콜럼버스

말레나가 부상을 당한 지 육 일이 지났다. 그녀는 아직 밖에 나오지 않고 있고, 오거스트도 식당에서 밥을 먹지 않는다. 그래서 나는 매번 식탁에 혼자 앉아 밥을 먹는다. 동물들을 살피다가 오거스트와 마주칠 때가 있는데, 그럴 때 그는 내게 정중하지만 냉담한 태도를 보인다.

한편, 로지는 새로운 마을에 도착할 때마다 하마 마차에 실려 퍼레이드에 끌려다니다가, 퍼레이드가 끝나면 동물원 텐트로 끌려간다. 이제 오거스트를 따라 코끼리차에서 동물원 텐트까지 가는 법을 배웠고, 그 덕분에 오거스트가 로지를 죽도록 두들겨 패는 일도 없어졌다. 로지와 오거스트는 나란히 걸어다니는데, 그럴 때 오거스트는 로지의 앞다리 뒤쪽 살에 갈고리를 단단히 박곤 한다. 로지가 가장 행복해 하는 곳은 동물원 텐트다. 밧줄 뒤에 서서 사탕을 받아먹는 로지의 모습에 관객들은 매료된다. 엉클 앨의 심중을 알 수는 없지만, 당분간 로지에게 코끼리 연기를 시킨다는 계획은 없는 것 같다.

시간이 갈수록, 말레나가 걱정된다. 식당에 들어갈 때마다 그녀를 찾는다. 그녀가 없음을 확인할 때마다, 마음이 철렁 내려앉는다.

여기는 이름도 알 수 없는 어떤 빌어먹을 도시이다. (철로에서 바라본 도시는 어디나 똑같다.) 오늘도 기나긴 하루가 지나가고 있다. 비행단 기차가 출발 준비를 하고 있다. 나는 침낭에서 《오셀로》를 읽고 있고, 월터는 아동용 침대에서 워즈워스를 읽고 있다. 퀴니는 월터 곁에 바짝 달라붙어 있다.

갑자기 퀴니가 고개를 쳐들고 으르렁거린다. 월터와 나는 동시에 긴장한다.

염소문이 아주 조금 열리고, 얼의 거대한 대머리가 들어온다. "의사 선생!" 얼이 나를 보며 말한다. "이봐! 의사 선생!"

"아, 얼! 웬일이에요?"

"도움이 필요해."

"알았어요. 무슨 일인데요?" 나는 이렇게 물으며 책을 내려놓는다. 그러면서 월터를 힐끗 노려본다. 월터는 꿈틀대는 퀴니를 움직이지 못하도록 잡고 있다. 퀴니는 계속 으르렁거린다.

"캐멀 때문이야." 얼이 소리를 낮추며 말한다.

"문제가 생겼어."

"무슨 문제?"

"발이 이상해. 힘이 빠졌어. 축 늘어져서 움직이지를 못해. 팔도 시원치 않고."

"술 취했어요?"

"지금은 술 안 먹었어. 그런데도 팔다리는 만취 상태라고."

"이런. 얼." 내가 말한다. "의사를 불러야겠어요."

얼이 이마를 찡그린다. "그래, 맞아. 그래서 부르러 왔잖아."

"얼, 나는 의사가 아니에요."

"수의사잖아."

"의사랑은 달라요."

나는 월터를 힐끗 본다. 월터는 책을 읽는 척하고 있다.

얼은 눈을 끔뻑이며 나를 기다린다.

"있잖아요." 나는 결국 입을 연다.

"캐멀이 병이 났으면, 내가 오거스트나 엉클 앨한테 의사를 불러 달라고 할게요. 두부크에 도착하는 대로 진찰을 받을 수 있도록 조치해 달라고 할게요."

"그렇게는 안 될걸."

"왜요?"

얼은 화가 난 듯 몸을 곧추세운다. 화를 내는 것도 당연하다. "제길. 어리석긴. 너는 아무것도 몰라."

"캐멀이 정말로 병이 심하다면, 엉클 앨이—"

"기차에서 밀어버리겠지. 그걸 몰라?" 얼이 내 말을 끝맺는다. "이봐. 만약에 캐멀이 동물이었다면……"

나는 잠시 생각에 잠긴다. 그렇다. 얼의 말이 맞다.

"알았어요. 내가 의사를 부를게요."

"어떻게? 그럴 돈 있어?"

"어, 음, 아니오." 내가 당황하며 대답한다.

"캐멀은 돈 없어요?"

"돈이 있었으면, 술을 먹지 생강주나 액상 연료를 마셨겠냐? 자, 그러지 말고, 한 번만 가서 봐줘. 응? 그 늙은이가 애써서 도와줬었잖아?"

"알아요, 얼. 안다고요." 나는 급히 대답한다.

"하지만 내가 어떻게 해주길 바라요?"

"너는 의사잖아. 그냥 한번 봐줘."

멀리서, 호각소리가 들린다.

"어서." 얼이 재촉한다.

"출발 오 분 전이야. 이제 곧 떠나야 한다고."

나는 얼을 따라 공연장 천막을 운반하는 화물차로 간다. 이미 쐐기 말이 촘촘하게 박혀 있고, 비행단 기차의 일꾼들은 발판을 걷고 차에 올라타고 미닫이문을 닫느라 바쁘다.

"어이, 캐멀." 얼이 화물차 앞에서 소리친다. 문은 열려 있다.

"의사 데려왔어."

"제이콥?" 차 안에서 잔뜩 쉰 목소리가 흘러나온다.

나는 펄쩍 뛰어 차에 올라간다. 차 안은 칠흑같이 캄캄하다. 잠시 후, 어둠에 익숙해지면서, 캐멀의 모습이 보인다. 캐멀은 한쪽 구석 사료 부대 더미 위에 쑤셔박혀 있다. 나는 그에게 다가가 무릎을 꿇고 앉는다. "왜 그래요, 캐멀?"

"잘 모르겠어, 제이콥. 며칠 전에 아침에 일어나보니까, 발이 말을 안 들어. 발에 아무 느낌이 없다고."

"걸을 수 있어요?"

"조금. 하지만 무릎을 아주 높이 올려야 걸을 수 있어. 발에 힘이 너무 없어서 말이야." 그가 소리를 낮춘다.

"그게 다가 아니야. 또 이상한 데가 있어."

"어디가요?"

그의 눈이 겁에 질린 듯 커진다.

"남자 그거 있잖아. 아무 느낌이 없어…… 앞에 그거."

기차가 앞으로 천천히 덜컹하며 움직인다. 차량연결부가 팽팽하게 당겨지는 동안, 기차의 흔들림도 심해진다.

"출발했네. 이제 내려야 해." 얼이 이렇게 말하며 내 어깨를 툭툭 친다. 차문 앞에 가서 빨리 오라고 손을 흔든다.

"다음에 정차할 때까지 여기 있을래요." 내가 말한다.

"안 돼."

"왜요?"

"자네가 막일꾼들과 친하게 지낸다는 소문이 누군가의 귀에 들어가면, 자네를 여기서 내던져버릴 테니까. 자네보다는 이 친구들이 더 위험하겠지만." 그가 대답한다.

"제길, 얼. 얼은 경비 아닌가요. 누가 그런 짓을 하겠다고 달려들면, 그냥 꺼지라고 하면 되잖아요?"

"나는 중앙 기차 담당이야. 비행단 기차는 블래키의 구역이고." 그는 이렇게 말하며 점점 급히 손짓한다.

나는 캐멀의 눈을 들여다본다. 겁에 질린 눈, 애원하는 눈이다. "이제 가야겠어요." 나는 말한다. "두부크에 도착하면 다시 올게요. 괜찮을 거예요. 내가 의사를 데려올게요."

"나 돈 없어."

"괜찮아요. 방법이 있을 거예요."

"서둘러!" 얼이 소리친다.

나는 노인의 어깨 위에 손을 올려놓는다.

"방법을 찾아보자고요. 알았죠?"

물기 어린 캐멀의 눈에 초점이 없어진다.

"괜찮아요?"

캐멀이 고개를 끄덕인다. 겨우 한 번.

나는 자리에서 일어나서 차문으로 간다. "제길." 나는 이렇게 말하며 순식간에 지나가는 기차 밖 풍경을 내다본다.

"생각보다 속도가 빨라졌네."

"느려지진 않을 거야." 얼은 이렇게 말하며 내 등짝에 손바닥을 올려놓고 나를 기차에서 밀어낸다.

"으아!" 나는 양팔을 풍차처럼 휘저으며 소리를 지른다. 그러고는 자갈밭에 떨어져 옆으로 구른다. 잠시 후, 얼의 몸이 바닥으로 떨어지며 쿵 소리를 낸다.

"봤지?" 얼은 몸을 일으키고 엉덩이에 묻은 흙을 털어내며 말한다. "증세가 심하다고 했잖아."

나는 할 말을 잃고 그를 쳐다본다.

"왜 그래?" 그는 당황한 듯 묻는다.

"아무것도 아니에요." 나는 대답한다. 몸을 일으켜 세우고 몸에 묻은 먼지와 자갈을 털어낸다.

"서둘러. 빨리 돌아가는 게 좋을 거야. 여기 있다 들키면 위험해."

"누가 뭐라고 하면, 짐말들 상태가 어떤지 확인하러 왔다고 하지요, 뭐."

"아, 그러면 되겠군. 그래. 잔머리가 잘 돌아가. 그러니까 의사가 됐겠지만."

나는 고개를 휙 돌린다. 그러나 그는 아무것도 모른다는 듯 순진한 표정을 짓는다. 나는 그냥 입을 다물고 중앙 기차로 간다.

"왜 그래?" 얼이 뒤에서 부른다.

"뭐 할 말 있어? 머리는 왜 흔들고 난리야, 의사양반?"

"이게 웬 난리야?"

내가 염소문을 열고 들어오자 월터가 묻는다.

"아무것도 아니야." 내가 대답한다.

"그래, 좋아. 대충은 알겠어. 사실대로 말씀해 주세요, '의사양반.'"

나는 잠시 망설인다.

"비행단 사람 하나가 문제가 생겼어. 병이 났어."

"그래, 그건 이미 알고 있어. 지금은 어때?"

"겁에 질려 있어. 솔직히 말하면, 겁이 나는 것도 당연하지. 의사를 부르고 싶은데, 나는 완전히 빈털터리야. 그 사람도 마찬가지고."

"돈은 금방 생길 거야. 내일이 봉급날이니까. 그런데, 증세가 어떤데?"

"팔다리에 감각이 없어지고…… 그리고, 거기도 감각이 없어지는 증세야."

"거기 어디?"

나는 바닥을 내려다본다. "있잖아 거기……."

"이런, 제길." 월터가 말하며 똑바로 일어나 앉는다.

"내가 생각한 대로였어. 의사 부를 필요 없어. 그 사람, 생강술 마비증이야."

"무슨 마비증?"

"생강술 마비증. 제이크 마비증. 이름이야 어쨌든지 간에 증세는 똑같아."

"그런 병은 처음 들었는데."

"누군가가 저질 생강술을 엄청 많이 만들었어. 그리고는 거기다가 가소제라던가 뭐 그런 것을 집어넣은 거야. 그 술이 전국에 퍼졌지. 그런 걸 한 병만 마시면, 끝장이야."

"'끝장'이라니 무슨 뜻이야?"

"마비증. 마시면 두 주 안에 마비가 시작돼."

나는 경악한다. "대체 어떻게 알았어?"

그는 어깨를 으쓱한다. "신문에 났거든. 병에 걸린 사람들은 많았는데, 이게 대체 무슨 병인지가 밝혀진 건 얼마 전 일이야. 환자가 수만 명은 될걸. 환자는 대부분 남부에서 생겼다고 하고. 지난번에 캐나다로 가는 길에 남부를 지나갔었는데, 비행단 사람은 필시 그때 생강술을 샀을 거야."

나는 잠시 숨을 가다듬고 다음 질문을 한다.

"고칠 수는 있대?"

"아니."

"치료법이 전혀 없대?"

"아까 말했잖아. 그 사람은 이제 끝장이야. 그러니 의사를 불러도 소용없어. 의사도 나랑 똑같이 말할 테니. 그래도 굳이 의사에게 돈을 허비하고 싶다면야 어쩔 수 없지만."

검은색과 하얀색 불꽃들이 눈앞에서 폭발한다. 이리저리 흔들리는 빛 무늬 때문에 아무것도 보이지 않는다. 나는 침낭 위에 털썩 주저앉는다.

"이봐, 괜찮겠어?" 월터가 묻는다.

"이런, 친구. 얼굴이 좀 노래졌어. 토하려는 것은 아니겠지?"

"아니야." 나는 대답하다. 심장이 쿵쾅쿵쾅 뛴다. 피가 혈관 속을 흘러가는 소리가 들린다. 서커스단에 처음 온 날, 캐멀에게 정체를 알 수 없는 술을 받아 마신 기억이 떠올랐기 때문이다. 작은 병에 담긴 찝찔한 액체였다.

"나는 문제없어. 십년감수했네."

다음날 아침, 아침밥을 먹고, 월터와 나는 곧바로 빨간색 매표마차 앞에 줄을 선다. 모두 줄을 서서 기다리고 있다. 아홉 시 정각이 되자, 마차에 탄 사내가 맨 앞에 서 있는 사내를 부른다. 막일꾼이다. 잠시 후, 사내는 마차에서 나와 욕을 하고 침을 뱉으면서 자리를 떠난다. 뒷사람(역시 막일꾼)도 똑같이 화를 내며 자리를 떠난다.

줄을 서 있는 사람들이 서로 얼굴을 마주보며, 손으로 입을 가리고 불만스럽게 웅얼거린다.

"이럴 수가." 월터가 말한다.

"무슨 일이야?"

"엉클 앨 스타일로 밀어붙이겠다 그거지."

"그게 뭔데?"

"서커스단은 공연 시즌이 끝나기 전까지 대부분 봉급을 일부만 지급해. 일부는 단장이 쥐고 있는 거지. 하지만, 엉클 앨이 돈이 떨어지면, 봉급의 전부를 쥐고 있어."

"제길!" 내가 이렇게 말하는 순간, 세 번째 사내가 씩씩대며 마차를 나온다.

일꾼 두 사람이 줄을 빠져나간다. 험악한 얼굴로 말아 피우는 담배를 물고 있던 사내들이다.

"왜 그러지? 우리를 기분 나쁘게 쳐다보는 것 같은데."

"엉클 앨 스타일은 일꾼들한테만 해당되는 말이니까." 월터가 말한다. "배우들과 십장들은 항상 돈을 받으니까."

"나는 배우도 아니고 십장도 아닌데."

월터는 나를 잠시 쳐다본다. "그래, 너는 배우도 아니고 십장도 아니지. 솔직히 말하면, 나는 네가 뭔지 모르겠어. 하지만 동물 연기 감독이랑 한 식탁에서 밥을 먹는다면, 일꾼이 아닌 것은 확실하지. 그것은 확실해."

"그럼, 이런 일이 자주 있어?"

"꽤." 월터가 대답한다. 지루한 듯 발로 바닥을 문지른다.

"나중에 밀린 봉급을 주긴 주나?"

"진짜 주나 안 주나 시험해본 사람이 없었겠어? 그러고는 깨달았지. 뭘? 봉급이 사 주 이상 밀렸으면, 봉급날 나타나지 않는 것이 좋다는 사실을."

"왜?" 내가 이렇게 묻는 순간, 또 한 명의 꾀죄죄한 사내가 저주를 퍼부으며 마차에서 나온다. 우리 앞에 서 있던 일꾼들 세 명도 줄을 빠져나간다. 어깨를 축 늘어뜨리고 기차로 발길을 돌린다.

"엉클 앨한테 받을 돈이 쌓인다고 생각해봐. 그럼 엉클 앨이 보기에 나는 빚쟁이야. 엉클 앨이 나를 빚쟁이로 보기 시작하면, 나는 어두운 밤기차에서 쥐도 새도 모르게 사라져 버리지."

"뭐? 그럼 빨간불 당해?"

"바로 그거야."

"그래도 그건 좀 극단적인 방법인데. 그러니까 내 말은, 그냥 기차에 태우지 않을 수도 있잖아?"

"그렇다고 빚진 돈이 없어지는 것은 아니니까."

드디어 내 앞에 한 사람 남았다. 내 앞에 있는 것은 로티다. 단정하고 귀엽게 곱슬곱슬 말린 그녀의 금발머리가 햇빛에 반짝인다. 빨간 마차 안에 있는 계원이 창문에서 그녀에게 오라고 손짓한다. 계원은 돈다발에서 지폐 몇 장을 세면서, 로티와 기분 좋게 대화를 나눈다. 로티는 돈을 받은 후, 집게손가락에 침을 발라 센다. 그러고는 지폐들을 돌돌 말아 상의 위로 집어넣는다.

"다음!"

나는 한발 나선다.

"이름?" 돈을 주는 사내는 고개도 들지 않고 묻는다. 몸집이 작고 머리가 벗겨진 사내다. 남은 머리카락이라고는 옆머리 몇 올이 전부다. 철테 안경을 썼다. 사내는 지금 장부를 내려다보고 있다.

"제이콥 얀콥스키." 나는 이렇게 말하며 사내 뒤를 넘겨다본다. 마차 안을 보니, 벽에 나무판자를 댔고, 천장에 색을 칠했다. 뒷벽에는 책상과 금고가 있고, 옆벽에는 싱크대가 있다. 싱크대 맞은편 벽에는 미국 지도가 걸려 있고, 지도 위에 핀들이 꽂혀 있다. 우리 서커스단의 행선지를 표시한 것 같다.

사내는 장부에 손가락을 대고 쭉 내린다. 손가락을 멈추고 오른쪽 끝에 있는 칸을 본다. "없어요." 그가 말한다.

"'없다'니 그게 무슨 뜻인가요?"

"서커스 시즌이 끝났는데, 돈이 한 푼도 없으면 큰일이잖아요. 엉클 앨의 배려라고 생각해요. 엉클 앨은 언제나 사 주치 봉급을 묵혀

놓고 있습니다. 시즌이 끝날 때, 한꺼번에 줄 겁니다. 다음!"

"하지만, 지금 돈이 필요해요."

그는 나를 노려본다. 전혀 누그러질 것 같지 않은 표정이다.

"시즌이 끝날 때, 한꺼번에 줄 겁니다. 다음!"

월터가 마차 창문으로 다가오는 동안, 나는 자리를 떠난다. 가는 길에 잠시 멈춰 서서 바닥에 침을 뱉는다.

오랑우탄에게 먹일 과일을 썰다가 문득 묘안이 떠오른다. 머릿속에 섬광이 번쩍하는 느낌이다. 종이에는 이런 말이 써있었다.

돈이 아니라도 가능!

물건 받음!

모든 물건 받음!

나는 사십팔 호 차 앞을 최소한 다섯 번은 왔다 갔다 한다. 마침내 안으로 들어가 삼 호실 문을 두드린다.

"누구야?" 오거스트의 목소리가 들린다.

"저예요. 제이콥."

오거스트는 잠깐 망설인 후 대답한다. "들어와."

나는 문을 열고 안으로 들어간다.

오거스트는 창문 앞에 서 있고, 말레나는 고급 의자 위에 앉아 있다. 맨발을 장의자 위에 올려놓았다.

"안녕하세요." 그녀가 인사하며 얼굴을 붉힌다. 그리고는 치마를 무릎 위로 당기고 허벅지 위에 잡힌 주름을 정리한다.

"안녕하세요, 말레나." 나는 그녀의 안부를 묻는다.

"좀 어떠세요?"

"좋아졌어요. 이제 조금씩 걸어요. 조만간 다시 안장에 올라탈 수 있을 거예요."

"그런데 무슨 일로 왔어?" 오거스트가 끼어든다. "아, 참, 오랜만이네. 어떻게 지내나 궁금했어. 안 그래, 여보?"

"어…… 그래요." 말레나가 대답한다. 눈을 들어 내 눈을 본다. 나는 얼굴을 붉힌다.

"이런, 내 정신 좀 봐. 마실 것 좀 줄까?" 오거스트가 말한다.

그러나 그의 눈은 이상할 정도로 매섭고, 그의 입가에는 웃음기가 전혀 없다.

"아니에요. 괜찮아요." 나는 그의 친절한 말에 긴장을 좀 푼다. "금방 가야 해요. 부탁이 있어서 왔어요."

"무슨 부탁?"

"의사를 불렀으면 해서요."

"왜?"

나는 잠시 망설인다. "꼭 말해야 하나요?"

"아!" 그가 이렇게 말하며 내게 윙크를 보낸다.

"무슨 얘기인지 알겠네."

"네?" 나는 깜짝 놀라며 묻는다.

"아니에요. 그런 게 아니라." 힐끗 말레나를 본다. 그녀는 급히 창 쪽으로 고개를 돌린다. "친구 때문에요."

"알아. 물론 친구 때문이겠지."

오거스트는 이렇게 말하며 미소를 짓는다.

"아니에요. 진짜 친구 때문에…… 그리고 그런 게 아니라 …… 혹시 아는 의사가 있으면 소개해 달라고요. 아니, 신경 쓰지 마세요. 마을에 가서 직접 찾아볼게요."

나는 나가려고 돌아선다.

"제이콥!" 말레나가 나를 불러 세운다.

나는 문간에서 걸음을 멈추고 좁은 복도 끝에 있는 창문으로 밖을 내다본다. 그리고 두어 번 심호흡을 한 후, 말레나를 향해 돌아선다.

"내일 데이븐포트에 도착하면 의사가 올 거예요."

그녀가 조용히 말한다.

"나를 진찰하러 오는 건데, 그 의사한테 말해놓을까요?"

"그렇게 해 주시면 고맙지요." 나는 이렇게 말하며 모자를 살짝 기울여 보이고 자리를 떠난다.

다음 날 아침, 식당 앞에 줄을 서 있는 사람들이 웅성웅성한다.

"이게 다 그 빌어먹을 코끼리 때문이야." 내 앞에 서 있는 사내가 말한다. "할 줄 아는 것도 아무것도 없고."

"불쌍한 자식들." 그의 옆에 있는 사내가 말한다.

"인간이 짐승만한 값어치도 없으니, 빌어먹을 세상이지."

내가 끼어든다.

"죄송한데요, 그게 다 코끼리 때문이라니, 그게 무슨 뜻인가요?"

처음 코끼리를 탓한 사내가 나를 뚫어져라 바라본다. 어깨는 넓고, 더러운 갈색 웃옷을 입고 있다. 주름이 깊이 팬 얼굴은 건포도처럼 쭈글쭈글한 갈색이다. "코끼리한테 떼돈이 들어갔잖아. 게다가 그 코끼리차까지 사버렸고."

"그런데, 왜 그게 다 코끼리 때문인가요?"

"간밤에 일꾼들 한 떼가 사라졌어. 최소한 여섯 명. 더 될 수도 있고."

"뭐요? 기차에서 없어졌어요?"

"그렇다니까."

나는 음식이 반쯤 담긴 접시를 배식대에 내려놓고 비행단 기차로 향한다. 몇 걸음 걸어가다가 뛰기 시작한다.

"이봐, 친구!" 나와 이야기하던 사내가 등 뒤에서 소리친다.

"밥 안 먹어?"

"내버려둬, 조크." 그의 옆에 있던 사내가 말린다.

"찾아야 할 사람이 있나 보지."

"캐멀, 캐멀, 안에 있어요?" 나는 기차 앞에 서서 컴컴한 차 안으로 고개를 밀어넣는다. "캐멀! 안에 있어요?"

대답이 없다.

"캐멀!"

아무 대답이 없다.

나는 서커스장을 향해 돌아선다. "제길!" 나는 자갈을 발로 차고 또 찬다. "제길!"

바로 그때, 차 안에서 가냘픈 신음 소리가 들린다.

"캐멀? 캐멀이에요?"

컴컴한 구석 어디에선가 나지막한 신음 소리가 들려온다. 나는 차에 훌쩍 올라탄다. 캐멀은 벽에 몸을 바짝 붙인 채 누워 있다.

캐멀은 마치 죽은 듯이 기절해 있다. 손에는 빈 병을 들고 있다. 나는 고개를 숙이고 병을 뺏는다. 레몬이 들어간 밀주다.

"도대체 거기 누구야? 지금 무슨 짓을 하는 거야?" 등 뒤에서 누군가의 목소리가 들려온다. 나는 뒤를 돌아본다. 그레이디다. 그는 차문 앞에 서서 궐련을 피우고 있다.

"아, 미안해. 제이콥이었군. 뒷모습만 보여서, 못 알아봤어."

"그레이디였군." 나는 말한다. "캐멀은 좀 어때?"

"글쎄, 아프긴 아픈데." 그가 대답한다.

"어젯밤부터 취해서 정신을 못 차려."

캐멀은 코로 신음 소리를 내며 돌아누우려고 한다. 그러나 왼쪽 팔이 가슴 위에 축 늘어져 있어서 자세를 바꾸기가 쉽지 않다. 잠시 후, 캐멀은 혀로 입술을 핥으며 코를 골기 시작한다.

"오늘 의사를 데려올게." 내가 말한다.

"그동안 잘 지켜줘. 알겠지?"

"당연하지." 그레이디가 기분이 상한 듯 대답한다.

"대체 나를 뭐로 보고 그런 소릴 하는 거야? 내가 블래키인 줄 알아? 간밤에 캐멀이 누구 덕에 무사했게?"

"그럼. 나도 알 건 알아. 한쪽에는 너 같은 친구도 있지만— 어, 그러니까, 아니, 아무것도 아니야. 어쨌든, 캐멀이 정신을 차리면 다시는 취하지 못하게 지켜줘. 알겠지? 나중에 의사를 데리고 올게."

코안경을 쓴 의사는 우리 아버지의 주머니 시계를 살찐 손에 쥐고 이리저리 꼼꼼하게 살펴본다. 뚜껑을 열고 숫자판까지 확인한다.

"좋아요. 이거면 됩니다. 그럼 어디 아픈 곳을 볼까요?" 의사는 이렇게 말하며 시계를 조끼 주머니에 슬쩍 집어넣는다.

의사와 나는 지금 오거스트와 말레나의 특실 바로 앞 복도에 서 있다. 문은 아직 열려 있다.

"여기서는 곤란해요." 내가 소리를 낮추어 말한다.

의사가 어깨를 으쓱한다. "좋아요. 갑시다."

의사는 밖으로 나오자마자, 나를 돌아본다.

"그러면 진찰은 어디서 할까요?"

"진찰받을 사람은 내가 아니에요. 친구예요. 손발에 문제가 있어요. 다른 데도 문제가 있고요. 일단 가서 환자한테 직접 들으세요."

"어." 의사가 말한다.

"로젠블룻 씨 말은 그게 아니던데. 당신이 병이 났는데…… 그러니까…… 은밀한 부위에 병이 났다고……."

의사는 나와 함께 철로를 따라 걷는 동안, 표정이 계속 바뀐다. 반짝반짝 칠해진 차량들을 뒤로 하고 허름한 차량들을 지나갈 때는 깜짝 놀란 표정으로 바뀌고, 비행단 기차의 찌그러진 차량들에 다가갈 때는 혐오감에 잔뜩 굳은 표정으로 바뀐다.

"다 왔어요."

나는 이렇게 말하며 차 안으로 펄쩍 뛰어올라간다.

"그런데 말이죠, 차에 어떻게 올라갑니까?" 그가 묻는다.

얼이 컴컴한 차 안에서 나무 궤짝 하나를 들고 나타난다. 그리고는 차에서 뛰어내려 궤짝을 문 앞에 놓는다. 궤짝을 크게 한번 친다. 의사는 잠시 궤짝을 물끄러미 바라본 후, 검은 가방을 가슴 앞에 꼭 끌어안고 궤짝 위로 올라간다.

"환자는 어디 있습니까?" 그는 이렇게 물으며 찡그린 표정으로 차 안을 두리번거린다.

"저쪽에." 얼이 대답한다. 캐멀은 구석에 박혀 있다. 그레이디와 빌이 캐멀 곁에 서 있다.

의사가 구석으로 다가간다.

"보호자는 자리를 좀 비켜 주십시오." 의사가 말한다.

사람들이 자리를 옮기며 웅얼웅얼 놀라움을 드러낸다. 멀찌감치 떨어져서 목을 길게 빼고 쳐다본다.

의사는 캐멀 옆에 웅크려 앉는다. 양복에 때가 타지 않게 무릎을 바짝 세웠다.

몇 분 후에 그는 몸을 일으켜 세우며 말한다.

"자메이카 생강술 마비증입니다. 틀림없습니다."

나는 이를 악물고 숨을 들이쉰다.

"뭐래? 뭐야?" 캐멀이 잔뜩 쉰 소리로 묻는다.

"자메이카 생강 추출물을 마셨을 때 걸리는 병입니다." 의사는 첫 세 단어에 특히 힘을 준다. "흔히들 생강술이라고 하지요."

"하지만…… 어째서? 대체 왜?" 캐멀이 말한다. 그의 눈이 절박하게 의사의 얼굴을 더듬는다.

"그럴 리가 없어요. 몇 년 동안 계속 마셨는데."

"아하, 그랬었군. 그럴 만도 하네." 의사가 말한다.

분노가 쓴 물처럼 목구멍에서 차올라온다. 나는 의사 바로 옆으로 다가간다. "질문을 받았으면 대답을 하셔야지." 나는 흥분을 최대한 가라앉히면서 말한다.

의사는 나를 돌아보고 코안경 너머로 위아래를 훑어본다. 아주 잠시 후, 그가 입을 연다.

"병인은 공장에서 사용하는 크레졸 화합물입니다."

"세상에." 내가 말한다.

"그러게요."

"왜 그런 걸 넣었을까요?"

"자메이카 생강 추출물에서 감칠맛을 제거하는 규제들을 피하려는 것이지요." 캐멀을 돌아보며 큰 소리로 말한다.

"크레졸 화합물이 첨가된 생강 추출물은 알코올음료로 사용될 위험이 없으니, 감칠맛을 제거할 필요도 없지요."

"나을까요?" 공포에 질린 캐멀의 목소리는 높고 갈라졌다.

"낫는 병이 아닙니다." 의사가 말한다.

등 뒤에서 사람들의 혁 소리가 들린다. 멀찍이 서 있던 그레이디가 바로 내 옆까지 걸어 나온다.

"잠깐— 그러니까 의사도 소용이 없다는 뜻이오?"

의사는 몸을 일으켜 세우고 양쪽 엄지를 주머니에 걸쳐놓는다. "의사라고 해도 손 쓸 길이 없습니다. 방법이 없어요."

이렇게 말하는 의사의 표정은 불도그처럼 구겨진다. 얼굴 근육만을 움직여서 콧구멍을 막으려고 하는 것 같다. 의사는 가방을 챙겨들고 문쪽으로 걸음을 옮긴다.

"잠깐만 좀 기다려요." 그레이디가 말한다.

"의사도 소용이 없다면, 누구를 찾아가란 말입니까?"

의사는 나를 돌아보며 대답한다. 치료비를 낸 것이 나이기 때문인 것 같다. "돈만 내면, 치료해 준다고 나서는 사람들이야 쌔고 쌨죠. 기름 마사지도 있고, 전기충격요법도 있고…… 하지만, 아무 소용없어요. 시간이 지나면, 일부 감각이 돌아올 수도 있지만, 기껏해야 미미한 정도일 겁니다. 애초에 그런 걸 마신 게 잘못이죠. 아시다시피, 음주는 불법이잖아요."

세상에. 할 말이 없다. 입이 쩍 벌어진다.

"다른 환자는 없습니까?" 그가 묻는다.

"뭐라고요?"

"다른…… 환자…… 말입니다."

그는 바보와 이야기하듯이 천천히 묻는다.

"없어요." 내가 대답한다.

"그럼 안녕히 계시오."

그는 살짝 모자를 건드려 인사한 후 조심조심 궤짝을 밟고 바닥으로 내려선다. 이십 미터 정도 걸어가서 가방을 바닥에 내려놓고 주머니에서 손수건을 꺼낸다. 그리고 양손을 정성스럽게 닦는다. 손가락 사이사이 열심히 닦고 있다. 다시 가방을 집어들고, 숨을 크게 내쉬고, 자리를 떠난다. 그와 함께, 캐멀의 마지막 한 조각 희망과 우리 아버지의 주머니 시계도 사라진다.

캐멀이 있는 차로 돌아오니, 얼과 그레이디와 빌이 캐멀 옆에 무릎을 꿇고 있다. 노인의 얼굴 위로 눈물이 흐르고 있다.

"월터, 할 말이 있어." 나는 이렇게 말하며 염소방으로 뛰어들어간다. 퀴니가 고개를 쳐들고 나인 것을 확인한 후, 머리를 다시 앞발 위에 올린다. 월터가 책을 내려놓는다.

"왜? 무슨 일 있어?"

"부탁이 있어."

"음, 말해봐. 무슨 부탁인데?"

"친구가 아주 아파."

"생강술 마비증 환자?"

나는 잠시 망설인 후 대답한다. "그래."

그러고는 침낭으로 걸어간다. 너무 초조해서 앉아 있을 수가 없다.

"자, 얼른 털어놔." 월터가 조급하게 말한다.

"이리 데려오면 안 될까?"

"뭐?"

"비행단 기차에 있다가는 빨간불 당하고 말거야. 간밤에는 친구들이 천막 두루마리 뒤에 숨겨줘서 겨우 살아났대."

월터가 경악스럽다는 듯이 나를 쳐다본다. "농담이지?"

"나도 알아. 내가 처음 왔을 때도 그렇게 반가워하지는 않았지. 게다가 그 친구는 일꾼이라 더 달갑지 않을 거야. 하지만 나이도 많고 병도 심해. 도와줘야 해."

"그 친구를 데려다가 어떻게 하려고?"

"블래키가 건드리지 못하게 해야지."

"언제까지? 영원토록?"

나는 침낭 끝에 털썩 주저앉는다. 물론 월터 말이 맞다. 캐멀을 영원히 숨겨줄 수는 없다. "제길." 나는 이렇게 말하며 손바닥으로 내 이마를 때린다. 그리고 또 때린다. 그리고 또 때린다.

"이봐, 좀 그만 해."

월터가 말하며 책을 덮고 상체를 똑바로 세운다.

"이건 중요한 문제야. 나중에 그 친구를 어떻게 할 거야?"

"모르겠어."

"가족은 있어?"

나는 순간 고개를 쳐든다.

"언젠가 아들이 있다는 말을 했어."

"좋아. 이제 좀 해결의 기미가 보이네. 아들이 있는 곳은 알아?"

"몰라. 연락을 끊은 것 같아."

월터가 나를 바라보며 손가락으로 다리를 톡톡 친다. 침묵 끝에, 그가 입을 연다. "할 수 없군. 이리 데려와. 아무도 모르게 데려와. 누가 보면 우리 둘 다 재미없어."

나는 깜짝 놀라 그를 쳐다본다.

"뭘 봐?"

그는 이렇게 말하며 이마에 내려앉은 파리를 쫓아낸다.

"아무것도 아니야. 아니, 그게 아니라. 고맙다고. 정말 고마워."

"이봐, 나도 사람이야." 그는 이렇게 말하며 침대에 누워 책을 집어든다. "엉클 앨이나 오거스트 같은 놈들과는 달라."

낮 공연과 밤 공연 사이에 월터와 내가 염소방에서 쉬고 있는 동안, 문 두드리는 소리가 들린다. 월터는 벌떡 일어나다가 나무궤짝을 쳐서 넘어뜨린다. 바닥으로 떨어지는 등잔불을 간신히 잡으며 욕을 한다. 나는 문을 열러 가면서 초조하게 뒷벽을 바라본다. 벽에는 트렁크 여러 개를 빈틈없이 촘촘하게 세워놓았다.

월터는 등잔불을 궤짝에 놓으며 나를 향해 보일 듯 말 듯 고개를 끄덕인다.

나는 문을 연다.

"말레나!" 나는 이렇게 말하며 문을 연다. 조금만 열려고 했는데, 많이 열려 버린다.

"대체 여기서 뭐해요? 그러니까 내 말은, 무슨 일 있어요? 좀 앉을 래요?"

"아니에요." 그녀가 말한다. 내 얼굴에서 불과 몇 센티미터 앞에 그녀의 얼굴이 있다.

"괜찮아요. 잠깐 할 말이 있어서 왔어요. 지금 혼자 있어요?"

"아, 아니요. 그러니까." 나는 이렇게 말하며 월터를 힐끗 돌아본다. 월터는 미친 듯이 고개와 양팔을 내젓는다.

"특실로 올래요?" 말레나가 말한다. "오래 안 걸릴 거예요."

"그럼요. 갈게요."

그녀는 돌아서서 조심조심 가축차 문으로 걸어간다. 구두 대신 샌들을 신고 있다. 그녀는 차문 끝에 앉았다가 가뿐하게 내려간다. 나는 잠시 그녀를 바라보고 마음이 놓인다. 많이 나았는지, 조심해서 걸으면 다리를 저는 것이 표가 나지 않는다.

"휴, 십년감수 했네." 월터가 이렇게 말하며 고개를 내젓는다. "심장마비 걸리는 줄 알았어. 제길. 대체 우리 지금 무슨 짓을 하고 있는 거야?"

"이봐요, 캐멀!" 내가 말한다. "거기 있기 괜찮아요?"

"괜찮아." 트렁크 뒤에서 희미한 목소리가 들려온다.

"말레나가 눈치 채지 않았겠지?"

"아무것도 못 봤어요. 아무 일 없어요. 당장은 안전해요. 하지만, 앞으로는 아주 조심해야 해요."

말레나는 고급의자에 다리를 꼬고 앉아 있다. 상체를 세우고 발바닥을 긁고 있던 그녀는 내가 들어가자 자세를 고쳐서 의자에 기대어 앉는다.

"제이콥. 와줘서 고마워요."

"뭘요." 나는 이렇게 말한 후, 모자를 벗어 어색하게 가슴 앞에 들고 있다.

"앉으세요."

"고맙습니다." 나는 이렇게 말하며 옆에 있는 의자 끝에 걸터앉는다. 주위를 둘러본다. "오거스트는 없나요?"

"엉클 앨과 함께 철도 책임자를 만나고 있어요."

"그렇군요." 나는 말한다. "무슨 문제라도?"

"별일은 아니고, 그냥 소문 때문에요. 우리 서커스단이 사람들을 빨간불 시킨다고 누가 신고를 했대요. 누가 잘못 알고 그랬겠죠. 금방 사실이 밝혀질 거예요."

"소문이요…… 그렇지요." 나는 이렇게 말하며 모자를 무릎 위에 올려놓고 모자 끝을 만지작거린다. 그러면서 말레나가 말을 꺼내기를 기다린다.

"그러니까…… 음…… 걱정이 돼서요." 그녀가 입을 연다.

"걱정이요?"

"몸은 괜찮아요?" 그녀가 나직하게 물어본다.

"그럼요, 괜찮고말고요." 나는 대답한다. 이게 무슨 소리람? 아! 지난번에 의사를 부른 것 때문에!

"아, 맙소사. 그게 아니에요. 내가 아픈 게 아니에요. 친구가 병이 났어요. 무슨 병이었느냐 하면…… 그런 병이 아니에요."

"아." 그녀는 이렇게 말하며 긴장한 듯 소리 내어 웃는다.

"다행이에요. 미안해요, 제이콥. 난처하게 하려던 게 아닌데. 그냥 걱정이 되어서."

"저는 괜찮아요. 정말 아무 이상 없어요."

"친구는요?"

나는 잠시 숨을 가다듬고 대답한다. "별로 좋지 않아요."

"그래도 곧 낫겠지요, 그 여자 친구는?"

"여자 친구요?" 나는 깜짝 놀라 말레나를 쳐다본다.

말레나는 바닥을 내려다보면서 무릎 위에 놓인 손가락을 비비 꼰다. "바바라가 여자 친구일 거라고 생각했어요."

나는 갑자기 기침이 난다. 숨을 쉬기도 어렵다.

"아, 제이콥─ 아, 맙소사. 내가 괜한 말을 했어요. 내가 상관할 일이 아닌데. 정말 미안해요. 용서해요."

"아니에요. 저는 바바라를 잘 알지도 못해요."

나는 얼굴이 새빨개진다. 머리가죽까지 근질근질하다.

"괜찮아요. 물론 바바라가 하는 일이……" 말레나는 어색하게 손가락을 비비 꼬며 말끝을 흐린다.

"그렇긴 하지만, 알고 보면, 괜찮은 여자예요. 성실하고……"

"말레나!" 나의 말에 너무 힘이 들어갔는지, 그녀가 멈칫한다. 나는 목을 가다듬고 말을 이어간다.

"나랑 바바라는 아무 사이도 아니에요. 잘 알지도 못해요. 말을 해 본 것도 몇 번 안 돼요."

"어," 그녀가 말한다. "오기가 그러던데……"

우리는 거의 삼십 초 동안 괴로운 침묵을 견딘다.

"그런데, 발은 이제 괜찮아요?" 내가 묻는다.

"네, 덕분에요." 그녀의 두 손에 힘이 잔뜩 들어갔다. 깍지 낀 손가락 마디가 핏기 없이 창백하다.

"그것 말고도 할 말이 또 있었어요. 지난주에 골목에서 있었던 일 말인데요."

"다 제 잘못이었어요." 내가 급히 끼어든다.

"대체 무슨 생각으로 그랬는지. 잠깐 미쳤었나 봐요. 정말 미안해요. 앞으로 다시는 그런 일 없도록 할게요."

"어." 그녀가 나직이 말한다.

나는 깜짝 놀라 그녀를 올려다본다. 내가 착각하는 것이 아니라면, 그녀는 내 말에 상처받은 것 같다.

"내 말은 그런 뜻이 아니라…… 말레나는 물론 여자로서…… 나는 그저……"

"나한테 키스하고 싶었던 게 아니다, 그건가요?"

나는 모자를 떨어뜨리고 양손을 들어올린다.

"말레나, 저도 괴로워요. 나한테 무슨 말을 듣고 싶으세요?"

"당신이 그렇다면, 나도 편하게 생각할게요."

"내가 그렇다면, 이라니요?"

"나한테 키스하고 싶었던 게 아니라면요."

그녀가 나직이 말한다.

입이 움찔움찔 움직인다. 그러나 좀처럼 말이 나오지 않는다. 몇 초 후, 내가 입을 연다.

"말레나, 무슨 말을 하려는 거예요?"

"그러니까 제 말은…… 나도 잘 모르겠어요." 그녀가 말한다.

"아무것도 아니었다고 생각하고 싶은데…… 그때부터 줄곧 당신 생각이 머릿속을 떠나지 않아요. 이러면 안 되는 줄 알지만, 나도…… 그래서 생각했어요. 혹시 당신도……"

그녀를 쳐다보니, 그녀의 얼굴이 홍당무처럼 빨갛다. 그녀는 양손을 쥐었다 풀었다 하면서 무릎만 쳐다보고 있다.

"말레나."

나는 이렇게 말하며 의자에서 일어나 그녀에게 한 걸음 다가간다.

"이제 가보세요." 그녀가 말한다.

나는 몇 초 동안 그녀를 하염없이 바라본다.

"제발 가주세요." 그녀는 고개를 숙인 채 말한다.

그래서 나는 그녀 곁을 떠난다. 내 몸의 뼈마디 하나하나가 그녀 곁에 있으라고 외치고 있는데.

courtesy of the pfening archives, columbus, ohio
〈페닝 자료 보관실〉 전재 허락, 오하이오 주 콜럼버스

캐멀은 몇날며칠을 트렁크 더미 뒤에 숨어서 지낸다. 월터와 내가 담
요들을 깔아놓은 덕분에 캐멀의 망가진 육신은 그나마 맨바닥 신세
를 면했다. 캐멀은 마비가 너무 심해, 트렁크 더미 뒤에서 기어 나오
기도 어려울 것 같다. 어쨌든 캐멀은 잔뜩 겁을 먹은 상태라, 기어 나
올 생각 같은 것은 하지도 않는다. 매일 밤, 기차가 움직이기 시작하
면, 월터와 나는 트렁크 더미를 치우고 캐멀을 꺼낸다. 캐멀이 앉아
있겠다고 하면 벽에 기대게 해주고, 계속 누워 있겠다고 하면 침대에
눕게 해준다. 월터는 캐멀에게 부득부득 침대를 양보했다. 나도 월터
에게 부득부득 침낭을 양보했다. 결국 나는 처음처럼 한쪽 구석에서
말담요를 깔고 잔다.

　캐멀을 우리 차로 옮긴 지 이틀째, 캐멀은 떨림증이 악화되어 말
도 제대로 못한다. 월터는 정오에 캐멀에게 음식을 갖다주기 위해 가
축차에 들렀다가, 캐멀의 상태가 심상치 않음을 발견하고, 내가 있는

동물원 텐트로 찾아온다. 그러나 오거스트가 지켜보고 있으니, 가볼 수가 없다.

이제 거의 자정이다. 월터와 나는 침대 위에 나란히 앉아서 기차가 움직이기만 기다리고 있다. 기차의 출발과 동시에, 월터와 나는 벌떡 일어나서 트렁크 더미를 치운다.

월터는 무릎을 꿇고 앉아 캐멀의 겨드랑이에 손을 넣어 일어나 앉힌다. 그러고는 주머니에서 휴대용 술병을 꺼낸다.

술병을 본 캐멀은 즉시 월터의 얼굴로 시선을 옮긴다. 캐멀의 두 눈에 눈물이 고인다.

"대체 그게 뭐야?" 내가 다급하게 묻는다.

"나를 뭐로 보고?" 월터가 말한다.

"술이야. 진짜 술. 좋은 거야."

캐멀은 손을 덜덜 떨며 병으로 손을 뻗는다. 월터는 한 손으로는 캐멀을 부축하고 다른 한 손으로는 술병을 캐멀의 입으로 가져간다.

또 한 주가 지나간다. 말레나는 특실에 틀어박혀 나오지 않는다. 그녀가 보고 싶다. 아주 잠깐만이라도 보고 싶다. 나는 어떻게 하면 잡히지 않고 그녀를 훔쳐볼 수 있을까를 궁리하고 또 궁리한다. 그러면 안 되는 줄 알지만, 머릿속은 그녀 생각뿐이다. 다행히도, 아직 미치지는 않았다.

매일 밤, 나는 냄새 나는 말담요에 누워 말레나와 나눴던 이야기를 한마디 또 한마디 소중하게 떠올린다. 그리고 그때마다 똑같은 괴로움을 경험한다. 믿을 수 없을 만큼 엄청난 기쁨이 순식간에 물거품이 되어 사라지는 경험이다. 그녀는 나더러 떠나라고 말하지 않을 수 없었다. 그건 나도 알고 있다. 하지만 그래도 견디기 어렵다. 그때 일을 생각하는 것만으로도 엄청난 흥분이 밀려온다. 그녀 생각에 잠 못 들고 몸부림치다 보면, 월터가 잠 좀 자게 그만 좀 하라고 야단이다.

우리는 끝없이 북쪽으로 달려간다. 대부분 한 곳에 하루씩 머물고, 일요일이 끼어있는 날은 이틀을 머문다. 벌링턴과 케쿡 사이에서 잠깐 정차하는 동안, 월터는 (위스키 상당량의 도움으로) 캐멀의 아들 이름과 그가 마지막으로 살았던 곳을 알아내는 데 성공한다. 그때부터 월터는 정차할 때마다 아침 먹고 바로 마을로 달려갔다가 공연 시간이 다 되어서야 돌아온다. 스프링필드에 도착할 즈음, 월터는 드디어 캐멀의 가족과 연락하는 데 성공한다.

처음에 캐멀의 아들은 캐멀과의 관계를 부인한다. 그러나 월터는 끈질기다. 날마다 마을로 달려가 전보로 협상을 추진한 결과, 금요일에 아들은 프로비던스에서 우리를 만나서 노인을 데리고 가는 데 동의한다. 다시 말해, 우리는 지금 같은 생활을 몇 주 더 해야 한다. 그러나 적어도 결말이 보이는 생활이다. 지금까지에 비하면 훨씬 진전된 성과다.

테러호트Terre Haute에서 아름다운 루신다가 죽어버렸다. 엉클 앨은 격렬한 슬픔에 빠졌다가 금세 정신을 차린다. 그러고는 "사랑하는 우리 루신다"에게 어울리는 고별 의식을 준비한다.

사망증명서가 나오고 불과 한 시간 만에, 일꾼들은 루신다를 하마 마차 속에 집어넣고 포르말린을 부었다. 마차를 끄는 스물네 필의 검은 페르슈롱은 머리띠를 깃털로 장식했다.

엉클 앨은 마부와 함께 운전석에 올라탄다. 너무 슬퍼한 나머지 정말 졸도까지 한다. 잠시 후, 정신을 차린 앨은 손가락으로 신호를 보낸다. 이와 함께, 루신다를 위한 고별 의식이 시작된다. 말들은 천천히 루신다를 끌고 마을 곳곳을 행진한다. 〈벤지니 형제 지상 최대의 서커스단〉에서 일하는 모든 감독들과 배우들과 일꾼들이 (너무 꾀죄죄한 일꾼만 아니면) 루신다의 뒤를 따라 걸어간다. 엉클 앨은 비탄에 잠겼다. 눈물을 흘리며 빨간색 손수건에 코를 힝힝 푼다. 행렬의 속도가 구경꾼을 최대한 모을 만한 속도인지 점검하기 위해 이따금 주위를 살피지만, 그것은 그야말로 이따금 뿐이다.

하마 마차 바로 뒤를 따라가는 것은 여자들이다. 모두 검은 옷을 입었고 우아한 검은색 레이스 손수건으로 눈가를 눌러 닦는다. 나는 그보다 훨씬 뒤쪽에서 따라간다. 사방에는 오열하는 남자들로 가득하다. 모두 눈물로 번들거리는 얼굴이다. 엉클 앨은 최고의 오열을 선보이는 사람에게 삼 달러와 캐나다 위스키 한 병을 주겠다고 약속했다. 사람들이 이토록 슬퍼하는 모습은 태어나서 처음 본다. 개들까지 슬피 운다.

행렬 뒤를 따라 서커스장까지 들어오는 마을 사람들은 거의 천 명을 헤아린다. 엉클 앨이 마차에서 일어나자, 모두 잠잠해진다.

엉클 앨은 모자를 벗어 가슴에 꼭 갖다댄다. 손수건을 꺼내 눈가를 두드린다. 그리고 가슴을 쥐어뜯는 애달픈 연설을 시작한다. 북받치는 슬픔에 어쩔 줄 모르는 모습이다. 연설은 어느새 막바지에 접어든다. 엉클 앨은 말한다. 루신다를 애도하는 의미에서 오늘 밤 공연을 취소하려 했습니다. 그럴 수만 있었다면 당연히 그랬을 겁니다. 하지만 그럴 수가 없습니다. 저로서도 어쩔 수 없는 일입니다. 저는 약속을 함부로 저버리는 사람이 아닙니다. 루신다는 임종의 순간에 내손을 꼭 잡고 말했습니다. 약속해 달라고, 아니 맹세해 달라고 했습니다. 자기가 죽어도 계획대로 공연을 하겠다고 맹세해 달라고 했습니다. 서커스 날이 오기만을 손꼽아 기다렸을 수천 명의 관객 여러분을 실망시켜서는 안 된다고 했습니다.

"사랑하는 우리 루신다는……" 엉클 앨은 더이상 말을 잇지 못한다. 한 손을 가슴에 올리고 울음을 삼킬 뿐이다. 하늘을 올려다보는 그의 얼굴 위로 눈물이 비처럼 쏟아진다.

구경꾼들 가운데 여자들과 아이들이 울음을 터뜨린다. 앞에 서있던 한 여자가 한 팔을 이마로 가져가더니 픽 쓰러지고 옆에 있던 남자들이 그녀를 부축하기 위해 허둥지둥 달려온다.

아랫입술을 떨며 힘겹게 울음을 참고 있던 엉클 앨은 천천히 고개를 끄덕이고 말을 이어간다.

"사랑하는 우리 루신다는 알고 있었습니다. 쇼는 계속돼야 한다는 것을 루신다는 너무도 잘 알고 있었던 것입니다."

밤 공연에 엄청난 관객이 몰려든다. 대단한 "짚단 무대"다. 좌석이 만원일 때 일꾼들은 입장행렬 트랙에 짚단을 깔아 나머지 관객을 앉히는데 이를 짚단 무대라고 한다.

엉클 앨은 공연을 시작하기 전에 묵념의 시간을 갖는다. 고개를 숙이고, 눈물을 줄줄 흘린다. 그리고 연설을 시작한다. 오늘의 공연을 루신다에게 바칩니다. 루신다의 고귀한 자기희생이 아니었다면, 오늘의 공연은 있을 수 없었을 겁니다. 루신다를 잃은 슬픔에 아무것도 할 수 없었을 겁니다. 우리는 루신다가 오늘의 공연을 자랑스러워할 수 있도록 최선을 다할 겁니다. 루신다에 대한 우리의 사랑은 각별했습니다. 우리의 가슴은 슬픔으로 찢어질 듯하지만, 우리는 오늘 밤 그녀의 마지막 소원을 저버리지 않을 것입니다. 루신다는 우리의 공연을 자랑스러워할 것입니다. 신사숙녀 여러분, 오늘 공연에는 정말 깜짝 놀랄 신기한 것들이 준비되어 있습니다. 전 세계 최고 수준의 곡예사들이 한데 모여 놀라운 묘기와 화려한 공중제비 그리고 손에 땀을 쥐는 공중그네를 선보입니다……

공연이 사분의 일 정도 진행될 무렵, 그녀가 동물원 텐트로 들어온다. 천막 안의 동물들 사이에 동요의 기미가 느껴진다. 그러나 내가 그녀의 존재를 감지한 것은 동물들보다 먼저다.

나는 보보를 우리 바닥에 내려놓고 뒤를 돌아본다. 예상대로, 그녀가 보인다. 그녀는 분홍색 시퀸 의상에 깃털 달린 화려한 모자를 쓰고, 말들의 고삐를 풀어주고 있다. 그녀가 푼 고삐들은 바닥으로 떨어진다. 고삐에 매여 있는 말은 한 마리뿐이다. 보아즈라는 이름의 이 말은 아라비아 흑마다. 백마 실버스타의 짝이었던 흑마인데, 혼자만 묶여 있는 것이 영 못마땅한 표정이다.

나는 최면에 걸린 듯 보보의 우리에 기댄다.

이 말들은 밤마다 나와 같은 가축차를 타고 이 마을 저 마을 떠돌아다니는 바로 그 녀석들이다. 보통 때는 여느 말과 다름없다. 그런데 지금 녀석들은 완전히 다른 존재처럼 느껴진다. 콧김을 씩씩 내뿜고 목청 높여 말울음 소리를 내는가 하면, 목을 치켜들고 꼬리를 말아올린 우아한 자태를 뽐낸다. 말들은 두 무리로 나뉜다. 한 무리는 흑마, 한 무리는 백마다. 말레나는 양손에 긴 채찍을 하나씩 들고 말들 앞에 선다. 채찍 하나를 들어올려 머리 위로 빙글빙글 돌린다. 그러면서 서서히 뒷걸음질 친다. 말들은 말레나를 따라 동물원 텐트를 빠져나간다. 말들을 구속하는 것은 아무것도 없다. 고삐에 매여 있는 것도 아니고 뱃대끈에 묶여 있는 것도 아니다. 말들은 마음만 먹으면 어디로든 갈 수 있다. 그런데도 이렇게 얌전할 수가 없다. 머리를 흔들며 마치 새들브레드*처럼 늠름한 자태로 걷는다.

나는 한 번도 그녀가 공연하는 것을 본 적이 없다. 무대 뒤에서 일하는 우리 같은 사람들은 한가하게 공연이나 보고 있을 시간이 없다. 그러나 이번에는 무슨 일이 있어도 꼭 봐야겠다. 나는 보보의 우리 문을 잠근 후, 공연장으로 연결된 통로로 살짝 빠져나간다. 공연장 텐트와 동물원 텐트를 연결하는 통로는 위는 뚫리고 좌우는 막힌 일종의 천막 터널이다. 예약석 매표원은 나를 흘낏 쳐다본다. 경찰이 아님을 확인한 후, 자기가 하던 일을 계속한다. 매표원의 불룩한 주머니에서 동전들이 짤랑거린다. 나는 매표원 옆에 서서 공연장을 둘러본다.

엉클 앨이 그녀를 소개하자, 그녀가 무대 위로 올라온다. 그리고 양손에 하나씩 들고 있는 채찍을 공중에 들어올린 자세로 한바퀴 빙글 돈다. 채찍을 한 번 휘두르고 몇 걸음 뒤로 물러선다. 두 무리의 말들이 서둘러 그녀 뒤를 따른다.

말레나는 무대 중앙으로 미끄러지듯 나아가고, 말들은 껑충껑충 그녀 뒤를 따라간다. 속도를 높인 말들은 하얀색과 검은색의 구름처럼 윤곽마저 희미하다.

---

* 승마에 알맞고 자세가 좋고 힘이 센 말들을 선발, 교배한 개량종 말. 말 품평회에서 인기가 높으며, 경기용, 사냥용 등으로 많이 쓰인다. 옮긴이 주

말레나가 무대 중앙에서 가볍게 채찍을 휘두르자, 말들은 구보로 무대를 빙 돈다. 백마 다섯 필이 앞서 가고 흑마 다섯 필이 뒤따른다. 말들에게 무대 위를 두 바퀴 돌게 한 후, 말레나는 채찍을 살짝 흔든다. 흑마들이 속도를 내는가 싶더니 각각의 흑마가 저마다 백마 옆에 가서 선다. 말레나가 다시 한 번 채찍을 흔들자, 흑마들은 백마 줄 사이로 끼어든다. 흑마와 백마가 교차하는 대형이다.

말레나의 미세한 움직임에 따라, 그녀의 분홍색 시퀸이 밝은 조명 아래 반짝반짝 빛을 낸다. 그녀는 무대 중앙에서 작은 원을 그리면서 돈다. 그러면서 채찍을 가지고 말들에게 이런저런 신호를 보낸다.

말들은 계속 원을 그리며 무대를 돈다. 한번은 백마들이 흑마들을 추월하고 다음번은 흑마들이 백마들을 추월한다. 그러나 끝에는 언제나 흑마와 백마가 교차한다.

그녀가 뭔가 소리를 내자 말들이 멈춰 선다. 다시 다른 말을 하자, 말들은 말레나에게 꼬리 쪽을 돌리고 관객들을 바라보며 무대 끝 돌출부에 앞굽을 걸친다. 그러고는 옆걸음질 치기 시작한다. 말들이 무대를 옆으로 한 바퀴 돈 후, 말레나는 말들에게 뭔가 신호를 보낸다. 말들은 앞굽을 내리고 말레나를 향해 돌아선다. 말레나는 미드나잇을 부른다.

미드나잇은 근사한 아라비아 흑마다. 불꽃처럼 빛나는 검은색 이마에 순백의 다이아몬드가 박혀 있다. 말레나는 채찍을 한 손에 모아 쥐고 다른 손을 녀석에게 내밀며 뭔가 말을 한다. 녀석은 말레나의 손바닥에 주둥이를 문지른다. 목선이 아치를 그리고, 콧구멍이 벌름거린다.

말레나가 한발 물러서며 채찍 하나를 높이 들어올린다. 다른 말들은 말레나를 바라보며 제자리에서 춤을 춘다. 말레나는 다른 채찍을 들어올려 앞뒤로 흔든다. 미드나잇이 앞발을 둥글게 말면서 뒷발로 일어선다. 말레나가 성큼성큼 뒷걸음질 치며 뭔가를 외친다(말레나가 소리를 높인 것은 처음이다). 미드나잇이 앞발을 허공에 흔들며 뒷발만으로 그녀를 따라 걷는다. 말레나는 미드나잇이 뒷발만으로 무대를 한 바퀴 돌게 한다. 그러고는 앞발을 내리라는 신호를 보낸다. 말레나가 채찍으로 다시 한 번 알 수 없는 신호를 보내자, 미드나잇은 한쪽 앞발을 바닥에 대고 다른 쪽 앞발을 쭉 뻗어 객석에 절을 한다. 말레나도 허리를 깊이 숙인다. 관객은 열광한다. 미드나잇이 절을 하는 동안, 말레나는 채찍 두 개를 높이 휘두른다. 나머지 말들이 제자리에서 원을 그리면서 돌기 시작한다.

관객은 다시 한 번 환호와 탄성을 보낸다. 말레나는 양팔을 공중으로 쭉 뻗고 서서 방향을 약간씩 바꾼다. 모든 객석 사람들에게 환호할 기회를 주려는 것이다. 잠시 후 말레나는 미드나잇을 돌아본다. 미드나잇이 몸통을 내리자, 말레나는 우아하게 말 등에 올라탄다. 미드나잇은 말레나를 태우고 똑바로 서서 목을 아치형으로 세운다. 그러고는 공연장 텐트에서 퇴장한다. 나머지 말들이 이번에도 색깔별로 나뉘어서 말레나의 뒤를 따라간다. 퇴장하는 흑마들과 백마들은 말레나와 좀더 가까이 있기 위해 경쟁하는 모습이다.

가슴이 두근두근 뛴다. 관객들이 큰소리로 환호성을 올리지만, 귓가에서 피가 도는 소리가 들린다. 사랑에 빠져버렸다. 가슴이 사랑으로 넘친다. 터질 것만 같다.

같은 날 밤. 캐멀은 위스키 때문에 세상모르고 자고 있고, 월터는 침낭 위에서 코를 골고 있다. 나는 염소방을 나와 말들의 주위를 어슬렁거린다.

나는 이 말들을 보살핀다. 마방에서 똥을 치워주고 물통을 채워주고 여물을 넣어주고 공연 시작 전에는 빗질을 해준다. 이빨을 검사하고 갈기를 정리하고 다리에 열이 없는지 진찰한다. 간식을 주고 목을 쓰다듬어준다. 이 말들은 이제 내 생활의 일부로서 퀴니처럼 익숙한 존재가 되었다. 그러나 말레나의 공연을 본 후, 녀석들에 대한 내 마음은 완전히 변했다. 이 말들은 말레나의 분신이다. 말레나의 일부가 바로 지금 여기 나와 함께 있다.

나는 마방 칸막이로 가서 부드러운 검은색 엉덩이에 가만히 손을 올려놓는다. 잠들어 있던 미드나잇은 깜짝 놀란 듯 끙끙대며 돌아본다. 나라는 것을 확인하고 다시 고개를 돌린다. 귀를 늘어뜨리고 눈을 감는다. 그러고는 뒷발 하나에 몸무게를 싣는다.

나는 염소방으로 돌아와 캐멀이 아직 숨을 쉬고 있나 살펴본다. 그리고 말담요에 누워 말레나에 대한 꿈속으로 빠져든다. 내 영혼이 그녀로 인해 파멸한다 해도.

다음날 아침, 배식대 앞.

"저것 좀 봐." 월터가 이렇게 말하며 한쪽 팔을 높이 들어올려 옆구리를 쿡쿡 찌른다.

"뭘?"

월터가 식탁을 가리킨다.

오거스트와 말레나가 우리 식탁에 앉아 있다. 그녀가 사고를 당한 이후, 식당에 나타난 것은 처음이다.

월터가 내 안색을 살핀다. "괜찮겠어?"

"그럼, 괜찮고말고." 대답에 짜증이 섞인다.

"그럼 됐고. 그냥 물어본 거야." 그가 말한다. 우리는 변함없는 에즈라의 감시망을 지나 각자의 식탁으로 향한다.

"어이, 제이콥!" 내가 접시를 놓고 자리에 앉을 때, 오거스트가 인사를 건넨다.

"오거스트, 말레나, 안녕하세요?"

나는 이렇게 말하며 두 사람에게 차례로 고개를 숙인다.

말레나는 급히 고개를 들었다가 다시 눈을 내리깐다.

"어떻게 지냈어?" 오거스트가 이렇게 물으며 수북이 쌓여 있는 스크램블 에그를 파헤친다.

"잘 지냈어요. 오거스트는요?"

"아주 잘 지냈지." 그가 말한다.

"말레나는 다친 곳은 좀 어때요?" 내가 묻는다.

"걱정해준 덕분에 훨씬 좋아졌어요." 그녀가 말한다.

"어젯밤에 공연 잘 봤어요." 내가 말한다.

"그래요?"

"네." 나는 이렇게 말하며 냅킨을 흔들어 펼치고 무릎 위에 깐다. "공연은…… 뭐랄까…… 기가 막힌 공연이었어요. 태어나서 그런 연기는 처음 봤어요."

"그래?" 오거스트가 이렇게 물으며 한쪽 눈썹을 치켜세운다. "처음 봤어?"

"네. 난생처음 봤어요."

"그랬었나."

그는 눈도 깜빡이지 않고 나를 뚫어져라 쳐다본다.

"자네가 이 서커스단에 들어오기로 마음먹은 것이 말레나의 공연 때문 아니었나, 제이콥? 내가 잘못 알고 있는 건가?"

가슴이 철렁 내려앉는다. 나는 포크와 나이프를 집어든다. 왼손으로는 포크를, 오른손으로는 나이프를 집었다. 유러피언 스타일이다. 어머니도 이렇게 집으셨다.

"거짓말이었어요." 내가 말한다.

나는 포크로 소시지를 찌르고 나이프로 썰기 시작한다. 그러고는 오거스트의 반응을 기다린다.

"뭐라고?" 그가 묻는다.

"거짓말이었어요. 거짓말이었다고요!" 나는 포크와 나이프를 내던지듯 내려놓는다. 포크 끝에 소시지 덩이가 찍혀 있다.

"당신네 기차에 올라타기 전까지는 〈벤지니 형제 서커스단〉이라는 데가 있는 줄도 몰랐어요. 당연하죠. 그때까지 내가 구경했던 서커스단은 〈링글링 형제 서커스단〉밖에 없었어요. 공연도 대단했어요. 대단했다고요! 그래서 어쩌라고요?"

기이한 정적이 흐른다. 나는 겁에 질려 주위를 살핀다. 텐트 안에 있는 사람들이 모두 나를 보고 있다. 월터는 입이 쩍 벌어졌다. 퀴니는 두 귀를 머리에 납작 붙였다. 어디선가 낙타 울음소리가 들려온다.

결국 나는 오거스트를 돌아본다. 오거스트 역시 나를 보고 있다. 콧수염 한쪽 끝이 가늘게 떨린다. 나는 냅킨을 접시 밑에 밀어넣고 기다린다. 오거스트가 식탁에 앉은 채로 나에게 주먹을 날릴까? 안 날릴까?

오거스트의 눈이 점점 커진다. 나는 식탁 밑에서 주먹을 불끈 쥔다. 바로 그때, 오거스트가 웃음을 터뜨린다. 얼굴이 시뻘게질 정도로 심하게 웃으며, 숨이 가쁜 듯 횡경막을 붙잡는다. 웃음소리가 점점 커지다가 눈물까지 줄줄 흘러내린다. 나중에는 입술이 경련을 일으킨다.

"아, 제이콥." 그가 눈물을 닦아내며 말한다. "아, 제이콥. 내가 자네를 잘못 봤나 봐. 정말, 그랬나 봐. 내가 자네를 잘못 봤어." 그는 기분 나쁘게 낄낄 웃다가 코를 훌쩍거린다. 그리고 냅킨으로 얼굴을 훔친다. "휴우, 이런." 그가 한숨을 내쉰다.

"휴우, 이런." 그는 헛기침을 한 번 하고 포크와 나이프를 집어든다. 포크로 달걀을 잔뜩 퍼 올린다. 도저히 웃음을 참을 수 없다는 듯 포크를 도로 내려놓는다.

다른 사람들이 다시 밥을 먹기 시작한다. 못내 아쉬운 표정들이다. 내가 첫날 말썽꾼 사내를 서커스장에서 내쫓을 때 구경하던 사람들의 표정도 이것과 비슷했다. 그러나 완전히 똑같지는 않다. 밥을 먹기 시작하는 사람들의 얼굴에는 뭔가 우려스럽다는 표정이 어려 있다.

루신다의 죽음으로 프릭쇼 라인업에 심각한 공백이 생겼다. 얼른 사람을 구해야 한다. 모든 대형 서커스단에는 뚱녀가 있다. 그러니 우리한테도 뚱녀가 있어야 하는 것은 당연하다. 엉클 앨과 오거스트는 뚱녀를 뽑기 위해 빌보드를 샅샅이 뒤지고, 기차가 멈출 때마다 전화와 전보를 돌린다. 그러나 다들 현재 상태에 만족하는지, 아니면 엉클 앨에 대한 소문을 듣고 꺼리는 것인지, 뚱녀 구하기가 만만치가 않다. 그렇게 이 주가 흐르고 기차가 열 번 멈췄지만, 아직 뚱녀는 없다. 엉클 앨은 조급한 마음에 관객들 가운데 몸집이 넉넉한 여인에게 접근한다. 불행히도 그녀는 알고 보니 총경 사모님이었고, 엉클 앨은 뚱녀 대신 눈덩이에 보기 좋은 멍 자국 하나를 얻었다. 게다가 즉시 마을을 떠나라는 명령까지 떨어졌다.

두 시간 내로 떠나야 한다. 배우들은 즉시 숙소차에 올라탄다. 막 쉴 참이었던 막일꾼들은 모가지 잘린 닭들처럼 정신없이 움직인다. 엉클 앨은 시뻘게진 얼굴로 숨을 헐떡이며 동분서주한다. 지팡이를 휘두르며 돌아다니다가 신속하게 움직이지 않는다고 생각되는 사람들이 발견되면 지팡이를 마구 휘둘러 두들겨 팬다. 텐트를 너무 급히 걷다가 천막에 말리는 사람이 생기면, 빨리 와서 꺼내줘야 한다. 서둘지 않으면 거대한 천막 밑에서 버둥거리다가 질식할 위험이 있기 때문이다. 물론 엉클 앨이 보기에 진정한 위험은 누군가가 질식사하는 것이 아니라 질식하지 않기 위해 천막을 칼로 찢는 것이다.

기차에 짐이 전부 실린 후, 나는 가축차로 돌아간다. 서커스장 주변을 어슬렁거리는 마을 사람들의 표정이 영 심상치가 않다. 무기가 될 만한 물건을 들고 있는 사람들도 많다. 그걸 보니, 명치끝에서부터 아찔한 기운이 올라온다.

월터는 아직 보이지 않는다. 나는 차문 앞을 왔다 갔다 하며 서커스장을 둘러본다. 흑인들은 비행단 기차로 몸을 숨긴지 이미 오래다. 폭도로 변한 마을 사람들이 흑인 대신 빨간 머리 난쟁이를 잡아다가 족치지 않는다는 보장이 없는데.

철수 명령이 떨어진 지 한 시간 오십 분만에, 월터의 얼굴이 차문 앞에 나타난다.

"대체 어디 갔었어?" 내가 소리친다.

"누구야? 월터야?"

캐멀이 트렁크 더미 뒤에서 잔뜩 쉰 목소리로 속삭인다.

"그래요. 월터예요. 어서 들어와." 나는 이렇게 말하며 월터에게 손짓한다. "마을 사람들이 심상치가 않아."

월터는 움직이지 않는다. 상기된 얼굴로 숨을 몰아쉬고 있다. "퀴니가 어디 갔지? 퀴니 못 봤어?"

"아니. 왜?"

월터는 대답을 듣자마자 어디론가 달려간다.

"월터!" 나는 벌떡 일어나서 문 앞까지 따라간다.

"월터! 대체 어디 가게? 호각이 울렸어! 오 분도 안 남았어!"

월터는 기차를 따라 달리면서 고개를 숙이고 바퀴들 사이를 살펴본다. "가자, 퀴니! 이리 와, 아가야!" 월터는 가축차 칸마다 멈춰 서서 발끝을 세우고 널빤지 사이로 고함을 지른다. "퀴니! 이리 와, 아가야!" 월터의 목소리는 점점 필사적이 된다.

호각이 울린다. 출발을 알리는 마지막 경고의 호각이다. 잠시 후, 기차의 엔진이 움직이기 시작한다.

월터의 목소리가 갈라진다. 목이 쉬게 고함을 질렀으니 당연하다. "퀴니! 대체 어디 있니? 퀴니! 가자!"

저 앞을 보니, 마지막에 남아있던 일꾼들이 헐레벌떡 무개차에 올라탄다.

"월터, 어서 타!" 나는 소리친다.

"그만 해. 지금 안 타면 못 타!"

내 말이 귀에 들어올 리가 없다. 월터는 무개차까지 달려가 마차 바퀴 밑을 살펴보며 소리친다. "퀴니! 돌아와!" 그러다가 갑자기 멈춰 서서 몸을 똑바로 세운다. 제정신이 아닌 것 같다. "퀴니?" 그가 허공에 대고 외친다.

"이런 제길." 내가 말한다.

"오고 있어?" 캐멀이 묻는다.

"안 올 것 같아요." 내가 대답한다.

"어서 가서 데려와!" 그가 소리친다.

차가 앞으로 쏠린다. 느슨했던 차량 연결부가 팽팽하게 당겨지자, 차량들은 크게 흔들린다.

나는 차에서 뛰어내려 무개차 쪽으로 달려간다. 월터가 엔진 앞에 서 있다.

나는 그의 어깨를 친다. "월터, 갈 시간이야."

나를 돌아보는 그의 눈에 간절한 애원이 담겨 있다.

"얘가 어디 갔지? 퀴니 못 봤어?"

"못 봤어. 어서 가자, 월터." 내가 말한다. "이제 타야 해."

"나는 못 가." 그가 무표정한 얼굴로 말한다.

"퀴니를 두고 갈 순 없어. 나는 못 가."

기차가 우리를 향해 달려온다. 점점 속도가 붙는다.

나는 흘낏 뒤를 돌아본다. 라이플총, 야구방망이, 막대기로 무장한 마을 사람들이 몰려오고 있다. 나는 달려오는 기차를 바라보며 속도를 가늠한 후, 계산이 틀리지 않기를 기도하며 수를 센다. 하나, 둘, 셋, 넷.

나는 월터의 몸을 밀가루 부대처럼 번쩍 들어올려 차 안으로 집어던진다. 월터가 바닥으로 떨어지는 순간, 쿵 소리와 아야 소리가 들린다. 나는 기차 옆을 열심히 달려서 문 옆에 달린 쇠가로대를 붙잡는다. 기차에 매달려 두세 걸음 달린 후, 기차의 속도를 이용해 몸을 붕 띄워 차 안으로 날아 들어간다.

덜컹거리는 바닥 위로 얼굴이 쭉 미끄러진다. 일단 안심이다. 그러나 월터가 가만있지 않을 텐데. 나는 싸울 태세를 갖추고 월터가 어디 있나 둘러본다.

월터는 구석에 처박혀 엉엉 울고 있다.

월터를 위로하는 것은 불가능하다. 내가 트렁크 더미를 치우고 캐멀을 꺼내는 동안에도 월터는 구석에 처박힌 채 나오지 않는다. 나는 간신히 캐멀의 수염을 깎은 후(보통 때는 셋이 힘을 합해야 겨우 할 수 있는 일이다), 캐멀을 마방 앞에 끌어다 놓는다.

"허어, 힘내, 월터." 캐멀이 말한다. 나는 양손을 그의 겨드랑이 밑에 넣고, 그의 벗은 엉덩이를 양동이에 넣었다 뺐다 하고 있다. 월터가 꿀단지라고 부르는 양동이다. "자네는 해야 할 일을 한 거야." 캐멀은 이렇게 말하며 어깨너머로 나를 돌아본다. "어이, 좀더 아래로 내려, 응? 물이 안 닿아."

나는 다리를 좀더 넓게 벌리고 캐멀의 엉덩이를 내리려고 안간힘을 쓴다. 그러면서 등을 곧게 펴기란 결코 쉬운 일이 아니다. 보통 때는 월터가 맡았던 일이다. 월터의 키는 이 일에 안성맞춤이다.

"월터, 좀 도와줄래?"

나는 등줄기에 쥐가 나는 것을 느끼며 말한다.

"닥쳐." 그가 말한다.

캐멀이 나를 다시 돌아본다. 걱정스럽게 한쪽 눈썹을 치켜세운 표정이다.

"괜찮을 거예요." 내가 말한다.

"아니, 괜찮지 않아." 월터가 구석에서 고함친다.

"전혀 괜찮지 않아! 퀴니는 내 전부였어. 알아?" 그의 고함소리가 흐느낌으로 바뀐다. "녀석은 내 전부였어."

캐멀이 내게 손짓을 한다. 이제 그만하라는 신호다. 나는 비틀거리면서 겨우 두어 걸음 옮긴 후에 캐멀을 옆으로 눕힌다.

"말도 안 되는 소리." 내가 물기를 닦는 동안, 캐멀이 말한다. "부모는 있을 거 아니야. 자네 같은 젊은 친구가."

"모르는 소리 말아요."

"어머니는 돌아가셨어?" 캐멀이 집요하게 묻는다.

"죽은 거나 마찬가지예요."

"어허, 그렇게 말하면 안 돼지." 캐멀이 말한다.

"대체 왜 안 돼? 어머니라는 사람은 내가 열네 살 때 나를 서커스단에 팔아먹었는데." 월터는 이렇게 말하며 우리를 노려본다. "그렇게 불쌍하다는 얼굴로 쳐다보지 마." 그가 사납게 말한다. "어쨌든 고약한 할망구였어. 죽었든 살았든 나랑 상관없어."

"팔아먹었다니, 그게 무슨 말이야?" 캐멀이 묻는다.

"보다시피 나는 농사일하기는 부적합한 체형이야. 안 그래? 빌어먹을, 나 좀 가만 내버려 둬! 응?"

그는 이렇게 말하며 우리를 등지고 앉는다.

나는 캐멀의 앞섶을 채워 주고, 양손을 캐멀의 겨드랑이 밑에 넣어 끌고 가다시피 해서 염소방에 데려다 놓는다. 캐멀은 다리는 바닥에 끌리고, 발꿈치는 바닥에 긁혔다.

"세상에. 그럴 수가." 내가 침대에 눕혀주는 동안, 캐멀이 말한다. "세상에 그런 일도 있네!"

"이제 뭐 좀 먹을래요?" 나는 화제를 돌리려 애쓰며 말한다.

"아냐, 지금은 생각 없어. 하지만 위스키 한 모금 정도라면 마실 수도 있을 텐데." 캐멀은 슬픈 듯 고개를 젓는다.

"세상에 그렇게 잔인한 여자가 또 있을까?"

"그만 해. 다 들려." 월터가 고함친다. "그리고, 그렇게 남의 말 할 처지가 아닐 텐데. 노인네. 아들 언제 봤어?"

캐멀의 안색이 하얗게 질린다.

"언제? 대답 못하겠지?" 월터가 염소방 밖에서 계속 지껄인다. "당신이 한 짓이나 우리 어머니가 한 짓이나 뭐가 달라?"

"달라. 아주 달라." 캐멀이 고함친다. "완전히 다른 문제야. 그런데, 내가 무슨 짓을 했는지 네놈이 그걸 어떻게 알아?"

"어젯밤에 취했을 때 아드님 이야기를 하셨어요."

내가 조용히 말한다.

캐멀이 잠시 나를 멀뚱하니 쳐다본다. 그러고는 얼굴을 일그러뜨리며, 축 늘어진 한쪽 손을 겨우 이마로 들어올린다. 내게서 고개를 돌린다. "이런 제길." 그가 탄식한다. "이런 제길. 자네들이 알고 있는 줄은 꿈에도 몰랐어." 그가 한탄한다.

"진작 말을 했어야지."

"기억하고 계시는 줄 알았지요." 내가 말한다.

"어쨌든 아드님은 별말 안 했어요. 아버지가 집을 나갔다는 말밖에 안 했어요."

"아드님은 별말 안 했다고?" 캐멀이 머리를 획 쳐든다.

"아드님은 별말 안 했다고? 대체 그게 무슨 소리야? 그 애하고 연락했어?"

나는 바닥에 주저앉아 머리를 무릎에 파묻는다. 오늘 밤 잠자기는 다 틀렸다.

"아드님은 별말 안 했다니, 그게 무슨 소리냐고?"

캐멀이 꽥 소리를 지른다. "내가 묻고 있잖아!"

나는 한숨을 내쉰다. "그래요. 우리가 아드님과 연락했어요."

"언제?"

"얼마 전에요."

그는 멍한 표정으로 나를 쳐다본다. "도대체 왜 그랬어?"

"프로비던스에서 만나기로 했어요. 아드님이 집으로 모셔 갈 거예요."

"으, 그건 아냐." 캐멀이 고개를 세차게 내젓는다.

"아냐. 그놈이 그럴 리가 없어."

"캐멀—"

"왜 그랬어? 대체 무슨 권리로 그랬어?"

"어쩔 수 없었어요!" 내가 소리친다. 그러고는 눈을 질끈 감고, 심호흡을 한다. "어쩔 수 없었어요." 나는 다시 한 번 말한다. "그냥 있을 수는 없잖아요."

"나는 집에 못 가! 자네들은 몰라. 집에 나를 반겨줄 사람은 아무도 없어."

그는 입술을 떨며 입을 앙다문다. 고개를 돌린다. 잠시 후 그의 어깨가 들썩이기 시작한다.

"이런, 제길." 나는 나직이 욕설을 내뱉은 후, 열린 방문에 대고 큰소리로 고함친다. "어이, 고마워, 월터! 오늘 밤 정말 수고 많았어! 덕분에 오늘 밤 푹 자겠군!"

"시끄러워!" 월터가 대답한다.

나는 등잔불을 끄고 따끔따끔한 말담요 위에서 뒤척이다 똑바로 누웠다가 너무 따가워서 다시 일어나 앉는다.

"월터!" 내가 소리친다.

"이봐, 월터! 안 들어오면, 내가 침낭 쓴다."

대답이 없다.

"내 말 들었어? 내가 침낭 쓰겠다고."

나는 일이 분 기다려보다가 침낭으로 기어간다.

월터와 캐멀의 자리에서 밤새도록 이상한 소리가 들린다. 남자들이 울음을 참을 때 나는 소리다. 나는 밤새도록 베개로 귀를 막고 잠을 청하지만 도저히 잠을 잘 수가 없다.

말레나의 목소리에 벌떡 일어난다.

"똑똑, 들어가도 돼요?"

눈이 번쩍 뜨인다. 기차가 멈췄는데, 그것도 모르고 잤나 보다. 세상에, 말레나가 오다니. 꿈에도 말레나가 나왔는데! 그렇다면, 아직 내가 꿈을 꾸고 있나?

"여보세요? 아무도 없어요?"

나는 부리나케 팔꿈치로 상체를 세우고 캐멀을 바라본다. 캐멀은 꼼짝 못하고 침대에 누워 있다. 두 눈이 겁에 질려 휘둥그레졌다. 염소방 문은 밤새 열려 있었다. 나는 벌떡 일어선다.

"어, 금방 나갈게요!" 나는 황급히 달려나가 방문을 닫는다.

그녀는 이미 차에 타고 있다. "아, 잘 잤어요?" 그녀가 월터를 바라보며 인사한다. 월터는 여전히 구석에 쑤셔 박혀 있다.

"월터를 보러 왔어요. 월터가 이 개 주인 아닌가요?"

월터가 고개를 휙 돌린다. "퀴니!"

말레나가 퀴니를 내려놓으려고 고개를 숙인다. 퀴니는 바닥에 발이 닿기도 전에 말레나의 손을 빠져나와 바닥에 툭 떨어진다. 그리고 허둥지둥 달려가서 월터의 품에 안긴다. 월터의 얼굴을 핥고 미친 듯이 꼬리를 흔든다. 꼬리를 너무 세게 흔들다가 뒤로 넘어진다.

"오, 퀴니! 어디 갔다 이제 왔니, 이 못된 것아? 아빠가 얼마나 걱정했는지 알아? 못된 것 같으니!"

월터는 얼굴을 퀴니의 혀에 맡긴다. 기쁨에 겨운 퀴니는 월터의 얼굴을 정신없이 핥는다.

"어디서 찾았어요?" 나는 말레나를 돌아보며 묻는다.

"어제 기차가 막 출발하는데, 이 개가 기차를 따라서 달려오고 있었어요." 그녀는 월터와 퀴니에게서 시선을 떼지 않고 대답한다. "내가 창문으로 보고, 오기를 보냈어요. 오기가 탑승구에 배를 깔고 엎드려서 이 개를 집어 올렸어요."

"오거스트가요?" 내가 묻는다. "정말요?"

"그래요. 그랬는데 이 개는 자기를 구해준 오기를 물어버렸어요."

월터는 개를 양팔로 끌어안고 개의 몸에 얼굴을 파묻는다.

말레나는 월터와 퀴니를 잠시 바라본 후, 문쪽으로 돌아선다.

"자, 이제 가 봐야겠네요." 그녀가 말한다.

"말레나." 내가 그녀의 팔을 잡으며 말한다.

그녀가 발길을 멈춘다.

"고마워요." 나는 이렇게 말하며 급히 그녀의 팔을 놓는다.

"퀴니를 찾게 돼서 월터한테 얼마나 다행인지, 아니, 우리한테 얼마나 다행인지, 말레나는 상상도 못할 거예요."

그녀는 내게 아주 잠시 눈길을 주면서 희미한 미소를 짓는다. 그러고는 자기의 말들의 잔등을 돌아본다.

"아니에요. 저도 알 것 같아요."

그녀가 차에서 내려설 때, 나는 눈시울이 붉어진다.

"사람이란 알 수 없어." 캐멀이 말한다.

"그놈도 인간적인 데가 있는 건가?"

"누가? 오거스트가?" 월터가 말한다. 그러고는 고개를 숙이고 트렁크 손잡이를 잡고 끌고 간다. 공간을 주간 대형으로 배치하기 위해서다. 그러나 월터가 일하는 속도는 평상시의 절반이다. 퀴니를 한쪽 팔에 끼고 내려놓지 않겠다고 하기 때문이다. "절대 못 내려놔."

"이제 내려놔도 되잖아." 내가 말한다. "문도 닫혔는데."

"그놈이 자네 개를 구했어." 캐멀이 지적한다.

"내 개인 줄 알았다면 구해주지 않았을걸. 그런 것은 퀴니도 알고 있답니다. 그래서 놈을 꽉 물었지요. 그랬군요! 우리 아가도 알고 있었군요! 똑똑한 아가 같으니!" 그는 이렇게 말하며 퀴니의 코를 잡고 자기의 얼굴로 당긴다. 그러면서 아기 말투로 계속 얘기한다. "그렇군요! 퀴니는 똑똑한 아가군요!"

"왜 오거스트가 몰랐다고 생각해?" 내가 묻는다.

"말레나는 알고 있었는데."

"그냥 아는 수가 있어. 그런 유태인 새끼는 쓸만한 구석이 하나도 없다고."

"입 조심해!" 내가 소리친다.

월터가 말을 멈추고 나를 쳐다본다. "대체 왜 그래? 이봐, 너는 유태인도 아니잖아? 유태인이야? 이런, 내 말은 그런 뜻이 아니라……
그냥 다들 하는 욕이잖아." 그가 말한다.

"그래. 그냥 다들 하는 욕이야." 나는 고함을 지른다. "다들 하는
욕인데, 나는 다들 하는 욕에 아주 질렸다고. 배우는 일꾼에게 욕을
하고, 일꾼은 폴란드 사람에게 욕을 하고, 폴란드 사람은 유태인에게
욕을 하고. 난쟁이는— 자, 말해 봐, 월터. 그냥 유태인과 일꾼이 싫
은 거야? 아니면 폴란드 사람이 싫은 거야?"

월터가 얼굴을 붉히며 바닥을 내려다본다.

"싫어하지 않아. 싫어하는 사람 없어." 잠시 후에 덧붙인다.

"있긴 있어. 나는 오거스트가 정말 싫어. 하지만 그건 놈이 정신
나간 개자식이라서 싫은 거야."

"두말하면 잔소리지." 캐멀이 잔뜩 쉰 목소리로 끼어든다.

나는 캐멀과 월터를 번갈아 쳐다본다. "그건 그래." 나는 한숨을
내쉬며 말한다. "놈은 정신 나간 개자식이지."

해밀턴Hamilton에 도착하니, 기온이 서서히 삼십도를 넘어서기 시
작한다. 서커스장 위로 햇볕이 무자비하게 내리쬔다. 레모네이드가
자꾸 없어진다.

막일꾼들의 짓이라고 확신하는 주스 매점 판매원은 화를 내며 엉
클 앨을 찾아간다. 그가 거대한 혼합 용기 곁을 비운 것은 불과 이삼
분이었다.

엉클 앨은 막일꾼들을 잡아들인다. 마구간 텐트와 동물원 텐트에
서 자고 있던 사내들이 지푸라기를 머리에 붙인 채 부스스한 얼굴로
나타난다. 멀찌감치 떨어져서 지켜보는 나에게도 그들의 소행이 아닌

것은 분명해 보인다.

그러나 엉클 앨의 생각은 다른 것 같다. 그는 군인들을 시찰하는 칭기즈칸처럼 고함을 지르며 사람들 앞을 왔다 갔다 한다. 사람들 코앞에 얼굴을 들이밀고, 도둑맞은 레모네이드 값(구입 가격과 판매 가격)을 일일이 설명한다. 이런 일이 다시 한 번 발생하면 너희 모두의 봉급에서 제한다고 위협한다. 그러면서 몇몇 사람들의 머리를 때리고는 해산시킨다. 사람들은 머리를 문지르며 서로에게 의심의 눈초리를 보내면서 저마다의 휴식처로 기어들어간다.

관객이 입장하기 불과 십 분 전에, 주스 매점 점원들은 동물용 물통에 담긴 물을 섞어 레모네이드를 다시 한 통 제조한다. 우선, 어릿광대 하나가 기부한 스타킹을 이용해 귀리, 지푸라기, 동물 털 등을 걸러내고, 이어, 주스가 레몬과 관련이 있다는 인상을 주기 위해 '덩어리'(왁스 레몬 조각)를 던져 넣는다. 레모네이드 제조가 채 끝나기도 전에, 촌뜨기들이 서커스장으로 밀려 들어온다. 스타킹이 깨끗했는지는 알 수 없다. 다만, 이날 서커스단 사람들은 아무도 레모네이드를 마시지 않으리라는 것은 알 수 있다.

데이튼Dayton에서 레모네이드가 또 없어진다. 이번에도 동물용 물통의 물로 주스가 제조되고, 촌뜨기들이 입장하기 직전에 제조가 끝난다.

이번에 엉클 앨은 용의자 전원을 소환한다. 그리고 이번에는 봉급에서 제한다는 의미 없는 위협 대신 각자 목에 걸고 있는 가죽 가방에서 오십 센트씩 걷어간다(일꾼들에게는 팔 주 이상 봉급이 나오지 않았는데). 돈을 뺏긴 사람들은 부글부글 끓고 있다.

레모네이드 도둑은 막일꾼들의 신경을 건드려놓았다. 일꾼들은 도둑을 잡겠다고 나선다. 콜럼버스에 도착하자, 일꾼들 두세 명이 혼합용기 근처에 숨어서 기다린다.

공연 시간 바로 전에 오거스트가 나를 말레나의 대기실 텐트로 호출한다. 공연에 쓸 백마를 사야 하니, 광고를 같이 보자는 것이었다. 말레나가 말을 사려는 것은 열 필보다 열두 필이 스펙터클하기 때문이고, 공연은 뭐니뭐니 해도 스펙터클이기 때문이다. 또한, 보아즈가 우울증에 빠졌는데, 말레나가 보기에는 공연을 못 해서 그런 것 같다. 다른 말들이 공연하는 동안, 보아즈는 혼자 동물원 텐트에 남아 있어야 하기 때문이다. 오거스트는 말을 사기 위해 나를 불렀다고 말하지만, 내 생각은 다르다. 아무래도 내가 식당에서 폭발한 이후에, 오거스트는 나를 다시 예뻐해 주기로 결정한 것 같다. 아니면 적과의 동침을 결심한 것일까?

나는 접이 의자에 앉아 사르사 음료수를 손에 들고 빌보드를 쳐다보고 있다. 말레나는 거울 앞에 앉아 의상을 매만진다. 나는 그녀를 보지 않기 위해 안간힘을 쓴다. 거울 속에서 그녀와 시선이 마주친다. 나는 숨이 막히고, 그녀는 얼굴을 붉힌다. 그리고 나와 그녀 모두 시선을 돌린다.

아무것도 모르는 오거스트는 조끼 단추를 채우며 즐거운 듯 나와 말레나와 이야기를 나눈다. 바로 그때, 엉클 앨이 갑자기 천막을 들추며 들어온다.

말레나가 화를 내며 돌아본다. "이봐요. 숙녀의 대기실 텐트에 처들어오려면 먼저 노크를 해야 한다는 말 못 들어봤어요?"

엉클 앨은 그녀의 말을 완전히 무시한다. 곧바로 오거스트 앞으로 걸어가 손가락으로 오거스트의 가슴을 꾹꾹 누른다.

"자네의 빌어먹을 코끼리가 한 짓이야!"

엉클 앨이 고함을 지른다.

오거스트는 자기의 가슴을 찌르는 엉클 앨의 손가락을 잠시 내려 다보다가 엄지와 검지로 살짝 뗀다. 엉클 앨의 손을 한쪽으로 치우더 니 주머니에서 손수건을 꺼내 얼굴에 튄 침을 닦는다.

"뭐라고요?" 오거스트는 침을 꼼꼼하게 닦아낸 후 묻는다.

"빌어먹을 코끼리가 도둑놈이라고!" 엉클 앨이 소리를 지르며 다시 한 번 오거스트에게 침 세례를 퍼붓는다.

"코끼리가 말뚝을 뽑아내고 빠져나가 빌어먹을 레모네이드를 훔쳐 먹고, 동물원 텐트로 돌아와 말뚝을 제자리에 박았다고!"

말레나가 웃음을 참기 위해 손을 입에 가져간다. 그러나 너무 늦 었다.

화가 머리끝까지 치민 엉클 앨은 고개를 휙 돌린다.

"너는 이게 재미있냐? 이게 재미있어?"

말레나의 얼굴에서 핏기가 가신다.

나는 의자에서 일어나서 엉클 앨에게 한발 다가선다.

"사실이 그렇잖아요. 코끼리가 영리하게—"

엉클 앨이 나를 돌아보고 내 가슴을 세게 떠민다. 너무 세게 떼밀 렸는지, 트렁크 위로 나동그라진다.

엉클 앨은 오거스트를 돌아본다.

"저 빌어먹을 코끼리 때문에 완전히 망했어! 코끼리 때문에 일꾼 들 봉급도 못 주고, 그래서 그런 일까지 하게 됐고, 그 때문에 빌어먹 을 철도 공무원 놈들한테 조사받고! 그게 다 뭐 때문이게? 빌어먹을

343

코끼리가 공연은 안 하고 빌어먹을 레모네이드나 훔쳐 먹고 있으니까 그럴 수밖에!"

"앨!" 오거스트가 날카롭게 경고한다.

"입 조심해요. 숙녀 분 안 보여요?"

엉클 앨이 고개를 돌리고 말레나를 쳐다본다. 그러나 후회하는 빛은 전혀 없다. 엉클 앨은 다시 오거스트에게 고개를 돌린다.

"우디가 손해를 벌충해야 하니, 네 봉급에서 제하겠어."

"벌써 막일꾼들 봉급에서 제했잖아요." 말레나가 조용하게 끼어든다. "그 사람들 돈은 돌려줄 건가요?"

엉클 앨이 그녀를 빤히 쳐다본다. 표정이 심상치가 않다. 나는 말레나와 엉클 앨 사이로 한발 나선다. 분노에 휩싸인 엉클 앨은 나를 돌아보며 이를 간다. 그러고는 고개를 돌리고 밖으로 나간다.

"변태 자식." 말레나가 이렇게 말하며 화장대로 돌아간다.

"옷 갈아입는 중일 수도 있었는데."

오거스트는 제자리에서 꼼짝하지 않는다. 그러다가 신사모와 갈고리를 집어든다.

말레나가 이 모습을 거울로 지켜본다.

"어디 가요?" 그녀가 급히 묻는다. "오거스트, 뭘 하려고요?"

오거스트가 문으로 걸어간다.

말레나가 오거스트의 팔을 붙잡는다.

"오기! 어디 가려고요?"

"레모네이드 값을 물어낼 녀석은 따로 있지."

그는 이렇게 말하며 그녀의 팔을 뿌리친다.

"오거스트, 그러지 말아요!" 그녀가 다시 그의 팔을 잡는다. 이번에는 오거스트가 움직이지 못하도록 온 힘을 다해서 붙잡는다. "오거스트, 기다려요! 제발 부탁이에요. 로지는 모르고 그랬어요. 앞으로 못 나가게 하면 돼요—"

오거스트가 말레나를 뿌리치자, 말레나는 바닥으로 나동그라진다. 오거스트는 그녀를 더없이 혐오스럽다는 표정으로 바라본다. 그러고는 모자를 푹 눌러쓰고 밖으로 나간다.

"오거스트!" 그녀가 소리친다. "그러지 말아요!"

오거스트는 천막 자락을 젖히고 나가버린다. 말레나는 충격을 받은 듯 넘어진 자리에 그대로 앉아 있다. 나는 그녀와 천막 자락을 번갈아 바라본다.

"내가 따라가 볼게요." 내가 이렇게 말하며 문으로 향한다.

"안 돼요! 기다려요!"

나는 그 자리에 얼어붙는다.

"소용없어요." 그녀의 목소리는 작고 힘이 없다.

"그 사람은 못 말려요."

"그래도 하는 데까지는 해볼 거예요. 지난번에 내가 말리지 못한 일 두고두고 생각나요. 내가 용서가 안 돼요."

"당신은 아무것도 몰라요. 당신이 끼어들면 상황은 더 나빠져요! 제이콥, 제발! 당신은 아무것도 몰라요!"

나는 몸을 휙 돌려 그녀를 마주본다.

"그래요! 나는 아무것도 몰라요! 이제 더는 아무것도 모르겠어요. 그러니까 내가 알아듣게 설명 좀 해 달라고요!"

그녀의 눈이 커진다. 그녀의 입이 동그래진다. 잠시 후, 그녀는 양손에 얼굴을 파묻고 울음을 터뜨린다.

나는 두려움에 휩싸인 채 그녀를 바라볼 뿐이다. 그러다가 무릎을 꿇고 앉아 그녀를 감싸 안는다.

"이런, 말레나, 말레나—"

"제이콥."

그녀가 내 셔츠에 대고 속삭인다. 나를 놓치면 소용돌이에 빨려들기라도 할 것처럼 내게 바싹 매달린다.

"제 이름은 로지가 아니에요. 저는 로즈메리예요, 얀콥스키 씨."

나는 깜짝 놀라 정신을 차린다. 눈을 끔뻑끔뻑한다. 이렇게 사정없이 밝은 빛은 형광등이 틀림없다.

"응? 뭐라고?" 내 목소리는 몹시 가늘고 약하다. 흑인 여자가 내 몸 위로 상체를 숙이고 다리에 뭔가를 덮어준다. 그녀의 머리카락은 향기롭고 부드럽다.

"방금 전에 저를 로지라고 하셨어요. 제 이름은 로즈메리예요." 그녀가 상체를 세우며 말한다. "됐어요. 이제 좀 낫지요?"

나는 그녀를 쳐다본다. 하느님 맙소사. 맞아. 나는 늙은이야. 여기는 침대야. 근데 잠깐. 내가 자기를 로지라고 불렀다고?

"내가 말을 했어? 내 말이 들렸어?" 그녀가 소리 내어 웃는다. "세상에, 모르셨어요? 계속 말씀하셨어요, 얀콥스키 씨. 식당에서 나오면서부터 계속이오. 소리가 얼마나 컸는지 귀가 떨어져 나가는 줄 알

앉어요."

나는 얼굴을 붉힌다. 그러면서 무릎 위에 놓여 있는 노인의 굽은 손을 바라본다. 대체 내가 무슨 말을 했는지를 모르겠다. 내가 무슨 생각을 했는지는 알겠지만, 그것도 되짚어 보아야 겨우 알 수 있다. 조금 전까지는 내가 여기 있는 줄도 몰랐다. 나는 내가 거기 있는 줄만 알았다.

"왜요, 어디 불편하세요?" 로즈메리가 묻는다.

"내가 한 말 중에…… 그러니까…… 듣기 거북한 말은 없었어?"

"전혀 없었어요! 왜 다른 분들한테 이런 재밌는 얘기를 안 해 주셨어요? 모두들 서커스 보러 가실 텐데. 하지만, 서커스단에서 일하신 얘기는 다른 사람들한테 한 번도 하신 적 없지요?"

로즈메리가 기대에 찬 얼굴로 나를 바라본다. 그러다가 눈살을 찌푸린다. 의자를 당겨와 침대 옆에 앉는다.

"저한테 무슨 얘기 하셨는지 생각 안 나세요? 기억 안 나세요?" 그녀가 상냥하게 묻는다.

나는 고개를 젓는다.

그녀가 자기의 두 손으로 내 두 손을 잡아준다. 그녀의 손은 따뜻하고 포동포동하다.

"거북한 이야기는 전혀 없었어요. 얀콥스키 씨는 훌륭한 신사분이세요. 얀콥스키 씨를 알게 되어 기쁜걸요."

내 눈가에 눈물이 고인다. 나는 그녀가 눈치 채지 못하게 고개를 숙인다.

"얀콥스키 씨."

"그 이야기는 하고 싶지 않아."

"서커스 이야기 말이세요?"

"아니, 그것 말고. 그러니까…… 이런 제길. 모르겠어? 나는 내가 말을 하고 있는지도 몰랐다고. 노망의 시작이야. 이제부터 내리막길이야. 금방 끝이 나겠지만. 그래도 끝까지 정신만은 온전하길 바랐는데. 정말 바랐는데."

"아직 정신도 맑으세요, 얀콥스키 씨. 얼마나 명민하신데요."

잠시 침묵이 흐른다.

"나 무서워, 로즈메리."

"라시드 박사님께 말씀드릴까요?" 그녀가 묻는다.

나는 고개를 끄덕인다. 눈물 한 방울이 흘러내려 무릎으로 떨어진다. 나는 눈을 최대한 크게 뜨고, 나머지 눈물이 떨어져 내리지 않기를 바란다.

"외출하시기 전까지 한 시간은 남았어요. 잠시 눈 좀 붙이시겠어요?"

나는 다시 고개를 끄덕인다. 그녀는 내 손등을 가볍게 두드려주고 침대 머리를 낮춰준 후 밖으로 나간다. 나는 윙윙대는 형광등 소리를 들으면서 천장의 사각형 타일을 물끄러미 쳐다본다. 타일들은 납작해진 팝콘처럼, 맛없는 쌀떡처럼 연결되어 있다.

정말로 솔직히 말하면, 나는 이미 노망이 시작되는 조짐을 느꼈다.

지난주에 가족들이 찾아왔을 때, 나는 사람들을 못 알아봤다. 그래도 내색을 하지는 않았다. 그들이 나를 향해 다가올 때, 나는 그들이 나를 보러 온 사람들이라는 것을 알아챘다. 그래서 미소를 지으며 사람들이 안심할 수 있도록 평소대로 행동했다. 다시 말해, 뭔가 말을 해야 할 때마다. "아, 그랬군"이나 "어, 그랬어?" 같은 허튼소리를 내뱉었다. 그래서 그들의 방문이 별다른 문제없이 끝나나 싶었다. 그런데 갑자기 어떤 나이 지긋한 여자의 얼굴에 이상한 표정이 떠올랐다. 그녀는 황당한 표정으로 미간을 찌푸리고 입을 약간 벌렸다. 나는 그때까지 몇 분 동안 오갔던 대화의 내용을 떠올리며, 내가 뭔가 해서는 안 될 말을 했음을 알았다. 내가 해야 하는 말이 아닌, 완전히 엉뚱한 말을 한 것이 분명했다. 창피했다. 나는 이자벨이 싫지 않다. 그저 모르는 사람일 뿐이다. 이자벨이 댄스 리사이틀을 망쳤던 얘기를 자세하게 들려줄 때, 이야기에 집중하기 어려웠던 것도 그 때문이다.

그러나 이자벨이 이야기 도중에 뒤를 돌아보며 웃는 순간 나는 아내의 모습을 보았다. 그 순간 내 눈에서 눈물이 흘렀다. 그러자 이 낯모르는 사람들은 내가 알아채지 못하도록 슬그머니 시선을 교환했고, 잠시 후에 이제 그만 가는 것이 좋겠다고 했다. 할아버지가 좀 쉬셔야 한다는 것이었다. 그들은 내 손등을 만져주고 무릎을 담요로 싸주고는 떠나갔다. 나를 여기 남겨 두고 자기들의 세상으로 돌아갔다. 지금도 나는 그들이 누군지 모른다.

그러나 오해하지 마시라. 내가 내 자식들도 못 알아볼 만큼 정신을 놓았다는 말은 아니다. 그들은 내 자식들이 아니다. 그들은 내 자식들의 자식들, 아니면 내 자식들의 자식들의 자식들이다. 어쩌면 내 자식들의 자식들의 자식들의 자식들일지도 모른다. 그들이 아기였을 때 내가 어르고 달래주었던가? 그들이 아이였을 때 내가 무릎에 앉히고 놀아주었던가? 나는 아들 셋에 딸 둘을 두었다. 집안 가득 아이들이었다. 자식들도 다들 나 못지않았다. 다섯에 넷을 곱하고, 다시 다섯을 곱하면, 내가 못 알아보는 아이들이 있는 것은 당연한 일이다. 그 애들이 나를 번갈아 보러 오는 것도 문제다. 힘들게 몇 명을 기억해놓아도, 한번 왔던 사람들은 팔구 개월 동안 다시는 안 올 수도 있다. 시간이 그렇게 지나면, 알았던 사람도 생각나지 않게 된다.

그러나 오늘 일은 그것과는 완전히 달랐다. 훨씬 더 무섭고 훨씬 더 끔찍한 일이었다.

내가 대체 무슨 말을 한 것일까?

나는 눈을 감고 머릿속 가장 깊은 곳을 구석구석 살펴본다. 그런데 머릿속 깊은 곳은 더이상 분명하게 알아볼 수 없다. 나의 뇌는 구석으로 갈수록 점점 공기가 희박해지는 우주와도 같다. 그러나 공기가 전혀 없는 것은 아니다. 나는 머릿속 깊은 곳에 뭔가가 있음을 느낀다. 그게 뭔지 알 수 없을 뿐이다. 알 수 없는 그것은 이리저리 맴돌며 나를 기다리고 있다. 하느님이 보우하사 나는 다시 그곳으로 미끄러져 들어간다. 놀란 듯 입을 벌린 채로.

collection of the ringling circus museum, sarasota, florida
〈링글링 서커스 박물관〉 소장, 플로리다 주 사라소타

오거스트가 로지에게 무슨 나쁜 짓을 하러 갔는지는 아무도 모른다. 그가 나가 있는 동안 말레나와 나는 그녀의 대기실 텐트 바닥 풀밭 위에 잔뜩 웅크리고 앉아 있다. 한 쌍의 거미원숭이처럼 서로를 바짝 끌어안고. 그녀가 속삭이는 목소리로 자기의 이야기를 끊임없이 쏟아놓는 동안, 나는 아무 말도 하지 않고 그저 그녀의 머리를 가슴에 안는다.

그녀가 오거스트를 처음 만났던 이야기를 들려준다. 그녀가 열일곱 살 때였다. 부모님이 독신남을 만찬에 초대하는 일이 부쩍 잦아졌다. 그러던 어느 날 그녀는 불현듯 그들이 신랑감 후보임을 깨달았다. 중년의 은행가도 그중 하나였다. 턱에 비해 입이 너무 튀어나와 있고, 머리숱이 별로 없고, 손가락이 가늘었다. 그가 저녁식사 자리에 다른 후보보다 자주 나타날 때, 그녀는 자신의 미래의 문들이 여기저기에서 쾅쾅쾅 닫히는 소리를 들었다.

그녀가 은행가의 역겨운 고백에 하얗게 질린 채 자기 앞에 놓여 있는 대합탕 그릇만 물끄러미 바라보던 그때, 마을의 벽이란 벽에는 온통 포스터가 나붙고 있었다. 운명의 수레바퀴가 돌아가기 시작했다. 〈벤지니 형제 지상 최대의 서커스〉가 마을을 향하여 칙칙폭폭 다가왔다. 기차는 마을에 그야말로 진짜 같은 판타지를 가져왔고, 말레나에게는 탈출구를 가져왔다. 그것이 얼마나 두렵고도 낭만적인 탈출구인지는 나중에 알게 된다.

이틀 후, 씻은 듯이 맑은 날, 라슈 가家 사람들이 서커스를 보러 갔다. 말레나는 일렬로 늘어선 눈부신 아라비아 흑마들과 백마들 앞에서 있었다. 오거스트가 그녀에게 처음 다가온 것은 그때였다. 그녀의 부모가 맹수들을 구경하러 다른쪽으로 간 후였다. 그녀의 부모는 바야흐로 어떤 막강한 힘이 자기네 인생에 끼어들지 전혀 모르고 있었다.

오거스트는 정말이지 막강했다. 매력이 넘쳤고, 친근했고, 그렇게 미남일 수 없었다. 눈이 부시도록 하얀 승마바지에 신사모와 연미복을 완벽하게 차려입은 그에게선 권위와 불가항력의 카리스마가 뿜어져 나왔다. 그는 불과 몇 분만에 밀회의 약속을 받아냈고, 라슈 가 어르신들이 딸이 있는 곳에 돌아오기 전에 자리를 피했다.

그녀는 미술관에서 그를 다시 만났다. 거기서 그는 그녀에게 진지하게 구애하기 시작했다. 그는 그녀보다 열두 살 많았고 마술馬術감독이 아니고는 보여줄 수 없는 그만의 매력을 마음껏 발산했다. 그는 그날 바로 그녀에게 청혼했다.

그는 매력이 넘쳤고 저돌적이었다. 그는 그녀가 자기와 결혼해줄 때까지 아무 데도 가지 않겠다고 했다. 엉클 앨은 노발대발했다. 오거스트는 분개한 엉클 앨의 이야기로 말레나를 즐겁게 해주었다. 엉클 앨 자신도 말레나를 찾아와 오거스트와 결혼해달라고 애원했다. 우린 벌써 공연을 두 번이나 놓쳤어요. 서커스가 일정을 지키지 못하면 파산할 도리밖에 없지요. 결혼이란 중대한 결정이죠, 맞습니다. 하지만, 아가씨가 거절하면, 우리가 얼마나 피해를 입을지 아시는지? 아가씨가 올바른 결정을 내리느냐 못 내리느냐에 얼마나 많은 목숨이 달려 있는지 아시는지?

열일곱 살이었던 말레나는 그로부터 사흘 동안 보스턴에서 살아갈 미래에 대해서 곰곰이 생각했고, 나흘째 되는 날 밤에 짐을 쌌다.

여기서 갑자기 말레나가 이야기를 하다 말고 눈물을 터뜨린다. 나는 아직 그녀를 안고 있다. 그녀는 아직 내 품에서 위로받고 있다. 드디어 그녀가 몸을 빼고 양손으로 눈물을 훔친다.

"이제 가시는 게 좋겠어요." 그녀가 말한다.

"싫은데요."

그녀가 울먹이며 손을 뻗어 손등으로 내 뺨을 다독인다.

"당신을 또 보고 싶어요." 내가 말한다.

"날마다 보잖아요."

"그런 말이 아니잖아요."

한참 동안 침묵이 흐른다. 그녀는 시선을 바닥으로 떨어뜨린다. 그녀는 두어 차례 입을 달싹이다 결국 입을 연다. "안 돼요."

"말레나, 제발—."

"그럴 순 없어요. 나는 남편이 있어요. 내 선택이니까, 내 책임이에요."

나는 그녀 앞에 무릎을 꿇는다. 그녀의 표정에서 그대로 있어도 좋다는 신호를 읽으려 애쓴다. 쓰라린 심정으로 한참을 기다려도, 그녀의 표정은 변하지 않는다.

나는 그녀의 이마에 입맞추고 텐트를 나온다.

채 사십 미터도 가기 전에, 로지가 레모네이드 때문에 어떤 벌을 받았는지 얘기를 들었다. 알고 싶지 않은 얘기였다.

들은 바에 따르면, 오거스트는 동물원 텐트로 쳐들어와 안에 있던 사람들을 모두 내쫓았다. 영문도 모르고 내쫓긴 동물원 일꾼들을 비롯해서 몇몇 사람들이 천막자락 틈새에 귀를 바짝 대고 상황을 살폈고, 그때부터 분노에 찬 고함이 쏟아지기 시작했다. 그 때문에, 동물원 안에 있던 다른 동물들이 겁을 먹고 흥분했다. 침팬지들은 꽥꽥거리고, 맹수들은 으르렁거리고, 얼룩말들이 힝힝거렸다. 그럼에도 불구하고, 텐트 밖에 서 있던 사람들은 갈고리가 살갗을 때릴 때 나는 텅텅텅 소리를 알아들을 수 있었다. 갈고리의 텅텅텅 소리는 끊임없이 계속, 계속, 계속 들려왔다.

로지는 처음에는 으르렁거리며 구슬피 울었다. 그러다가 로지의 울음이 고통과 공포의 비명으로 바뀌었고, 거기 있던 많은 사람이 자리를 떠났다. 차마 더 들을 수 없었던 것이다. 한 일꾼이 얼에게 알렸고, 얼은 동물원 텐트로 들어와 뒤에서 오거스트의 겨드랑이를 붙잡고 끌어냈다. 오거스트는 끌려가면서 미친 사람처럼 발길질을 하고 몸부림을 쳤다. 어쨌든 얼은 오거스트를 질질 끌고 서커스장을 가로질러 호화 차량 계단을 올랐다.

남아있던 사람들은 로지가 모로 누워 부들부들 떨고 있는 것을 발견했다. 발은 말뚝에 사슬로 묶인 채였다.

"나는 그놈 싫어." 내가 가축차로 올라올 때 월터가 말한다. 월터는 아동용 침대 위에 앉아 퀴니의 귀를 쓰다듬어 주고 있다. "나는 그놈이 정말, 정말 싫어."

"대체 무슨 일인지 누가 말 좀 해줘." 줄지어 늘어선 트렁크 뒤에서 캐멀이 외친다. "무슨 일 있지? 제이콥? 나 좀 여기서 꺼내 줘. 월터는 말을 안 해."

나는 아무 말도 하지 않는다.

"그렇게 잔인할 필요는 없었어. 전혀 그럴 필요 없어." 월터가 말을 잇는다. "그러다가 동물원 대탈출이라도 벌어졌다면 어떻게 됐겠어? 그랬으면 우리도 많이 죽었겠지. 너도 거기 있었어? 그런 소리 못 들었어?"

내 눈이 월터의 눈과 마주친다.

"못 들었어." 내가 대답한다.

"그래, 네놈들이 대체 무슨 얘길 하는지 좀 알고 싶다." 캐멀이 말한다. "하지만, 나란 놈은 완전히 찬밥인 것 같군. 야, 저녁 먹을 때 안 됐어?"

"나는 배 안 고픈데." 내가 대답한다.

"나도 안 고파." 월터가 말한다.

"나는 배 고파." 캐멀이 기분이 상한 듯 말한다. "하지만 너희 두 놈은 내가 배고픈지 어떤지는 관심도 없겠지. 이 늙은이를 위해서 빵한 조각이라도 집어올 놈은 아무도 없겠지."

월터와 내가 서로 쳐다본다. "나는 거기 있었어." 월터가 입을 연다. 그의 눈이 비난으로 가득하다.

"내가 무슨 소릴 들었는 줄 알아?" 그가 묻는다.

"몰라." 나는 이렇게 말하며 퀴니를 물끄러미 쳐다본다. 녀석은 나와 눈이 마주치자 몽탕한 꼬리로 담요를 철썩철썩 친다.

"진짜 몰라?"

"그래, 진짜 몰라."

"알고 싶어 할 줄 알았는데. 수의사에다가……"

"알고 싶어." 나는 큰 소리로 말한다.

"하지만, 알았다간 내가 무슨 짓을 할지 몰라."

월터가 나를 한참 바라본다. "그럼, 누가 저 멍청한 늙은이한테 먹을 것을 갖다주지? 너? 아니면 나?"

"야! 입 조심해!" 멍청한 늙은이가 소리친다.

"내가 갖다 올게." 내가 대답한다.

몸을 돌려 가축차를 나온다. 식당으로 가는 길에 문득 정신을 차려보니, 내가 이를 갈고 있다.

캐멀에게 줄 음식을 가지고 돌아오니, 월터가 없어졌다. 몇 분 후에, 월터는 커다란 위스키 두 병을 한 손에 하나씩 들고 들어온다.

"음, 자네 복 받을 게야." 캐멀이 킬킬 웃는다. 벌써 구석에서 몸을 일으키고 앉아 있다. 그러면서 축 늘어진 손으로 월터를 가리킨다. "그런 건 대체 어디서 구한 거야?"

"식당 칸에 있는 친구 하나가 나한테 신세진 게 있어. 오늘 밤은 우리 모두 옛일을 잊어보는 것도 좋을 것 같아서."

"그래, 그럼 그러든지." 캐멀이 재촉한다.

"그만 주절거리고 술 줘."

월터와 내가 하나가 되어 캐멀을 노려본다.

캐멀의 허옇게 센 얼굴에서 주름이 더 깊어진다.

"뭐야? 쌍으로 인상 쓰고 앉아 있으면 어쩔 건데? 대체 왜 그래? 누가 네놈들 수프에 침이라도 뱉은 거야?"

"받아. 저쪽은 신경 쓰지 말고."

월터가 이렇게 말하며 술병을 내 가슴에 대고 누른다.

"저쪽은 신경 쓰지 말라니, 무슨 말버릇이 그래? 내가 젊을 때는 어른 공경할 줄 알았다고."

월터는 대답 대신 남은 술병을 가지고 가서 캐멀 옆에 쭈그려 앉는다. 캐멀이 술병에 손을 대려 하자 월터가 손을 쳐서 못하게 막는다.

"안 돼, 늙은이. 그러다 흘리면, 우리 셋이 세 쌍으로 인상 쓰고 앉아 있게 될걸."

그는 술병을 캐멀의 입에 갖다대고, 캐멀이 대여섯 모금을 삼키는 동안 술병을 계속 들어준다. 캐멀은 병을 쥔 아기처럼 보인다. 월터는 몸을 빙글 돌려 벽에 기댄다. 그리고 자기도 길게 한 모금 마신다.

"왜 그래? 위스키 싫어해?" 그가 입을 쓱 닦으며 묻는다. 그러면서 내가 들고 있는 술병을 가리킨다. 나는 아직 뚜껑도 열지 않았다.

"좋아하긴 하지만. 이봐, 나 지금 돈이 하나도 없어. 이런 거 받아도, 언제 갚을 수 있을지 모르겠고, 갚을 수 있기나 한지도 모르겠어. 정말 내가 이걸 가져도 괜찮겠어?"

"벌써 줬잖아."

"그게 아니라, 내 말은…… 이걸 누구 줘도 될까?"

월터가 잠시 나를 쳐다본다. 눈가에 주름이 잡힌다.

"여자야?"

"아니야."

"거짓말 마."

"거짓말 아니야."

"여자한테 준다는 데 오 달러 걸겠어."

그는 이렇게 말하며 또 한 모금을 들이킨다. 그의 목젖이 오르락내리락하고, 그 갈색 액체가 거의 삼 센티미터씩 줄어든다. 월터와 캐멀이 어떻게 독주를 이렇게 빠르게 식도로 넘길 수 있는지 놀라울 따름이다.

"암컷이긴 암컷이야." 내가 말한다.

"하!" 월터가 콧방귀를 뀐다. "그 여자가 지금 네가 하는 말을 들었으면 뭐라고 했을까? 뭐 하는 여자인지는 모르지만, 네가 전에 좋아했던 여자보다는 너랑 훨씬 어울리겠다."

"잘못한 게 있어서 그래." 내가 말한다.

"내가 오늘 그 녀석을 배신했어."

월터가 나를 올려다본다. 갑자기 내가 무슨 말을 하는지 이해한 것이다.

"저것도 좀 주면 안 돼?" 캐멀이 안타까워하며 묻는다.

"쟤는 먹기 싫은가 본데, 나는 먹고 싶어. 저 녀석 잘못이라는 얘기는 아니야. 자기도 사내라고, 뭔가 보여주고 싶겠지. 젊은 것도 잠깐이야. 젊을 때 실컷 즐겨야지. 맞아. 즐길 수 있을 때 즐기라. 그러다가 술 한 병이 날아가는 한이 있더라도."

월터가 미소를 짓는다. 그리고 다시 한 번 술병을 캐멀의 입에 대고 서너 모금 길게 삼키게 해준다. 그러고는 뚜껑을 닫고 주저앉은 채 몸을 뻗어 나에게 술병을 건넨다.

"녀석한테 이것도 갖다줘. 나도 미안해한다고 전해줘. 정말 미안해한다고."

"이봐!" 캐멀이 소리친다. "이 세상에 위스키를 두 병씩 바칠 만큼 비싼 여잔 없어! 정신 차려!"

나는 자리에서 일어나서 재킷 주머니 양쪽에 술병을 하나씩 넣는다.

"야, 정신 차려!" 캐멀이 애원한다.

"야, 이건 너무 불공평해."

차에서 내리고 나서도 한참 동안 캐멀의 애원과 불평이 들려온다.

사방에 어스름이 깔린다. 배우 쪽 차량에서는 이곳저곳에서 파티가 열린다. 말레나와 오거스트의 별실에서도 파티가 벌어진다(눈에 띄는 것은 어쩔 수가 없다). 나에게는 오라고 하지 않았다. 오라고 했어도 안 갔겠지만, 오라고 하지 않은 데는 뭔가 의미가 있다. 오거스트와 내가 또 사이가 틀어진 것 같다. 정확히 말하면, 오거스트가 나를 따돌리는 것 같다. 나로 말하자면, 이미 놈을 증오하고 있다. 태어나서 지금까지 누군가를 이토록 증오해본 적은 없을 만큼 증오하고 있다.

로지는 동물원 맨 끝에 있다. 눈이 어둠 속에 적응해가면서 로지 옆에 서 있는 사람이 눈에 들어온다. 그렉이다. 양배추밭에서 마주쳤던 사내.

"안녕하세요." 나는 인사를 건네며 다가간다.

그가 고개를 돌린다. 아연 연고 튜브를 들고서 로지의 찍힌 상처에 약을 발라주고 있다.

이쪽에만 하얀 점이 수십 개가 찍혀 있다.

"이럴 수가." 나는 이렇게 말하며 로지의 상처를 살핀다. 연고 바른 자리 밑에 핏방울과 히스타민이 배어나온다.

로지의 호박색 눈동자가 나와 눈을 맞추려고 두리번거린다. 로지는 터무니없이 긴 속눈썹을 끔뻑거리며 한숨을 내쉰다. 긴 코를 통해 거대한 날숨이 뿜어져 나온다.

나는 죄의식에 휩싸인다.

"여긴 왜 왔어?"

그렉이 로지에게 연고를 발라주며 으르렁거린다.

"그냥 로지가 어떤지 보려고."

"그래? 이제 봤지? 그럼 가봐." 그는 나를 쫓아내려 한다. 그러고는 로지에게 돌아선다.

"노게." 그가 말한다. "노, 다이 노게!*"

잠시 후, 코끼리가 발을 번쩍 든다. 그렉은 무릎을 꿇고 앉아 코끼리 다리 안쪽에 연고를 바른다. 다리와 몸통이 만나는 곳에 이상한 회색의 가슴이 마치 여자의 유방처럼 달려 있다.

"예스테시 도브롱 지에프친콩.**" 그는 이렇게 말하며 자리에서 일어서서 연고 뚜껑을 닫는다. "포우슈 노게.***"

로지가 발을 바닥에 내려놓는다. "마슈, 모용 피엥크나.****" 그렉은 이렇게 말하며 주머니를 뒤진다. 로지가 코를 흔들며 무엇이 나오나 살핀다. 그렉은 민트를 꺼내들고 린트 천을 벗긴 후 로지에게 건네준

---

* No, daj nogę!, 그래, 다리를 줘!

** Jesteś dobrą dziewczynką, 넌 좋은 여자애야.

*** Połóź nogę, 다리를 놓아.

**** Masz, moja piękna, 여기 있어, 이쁜아.

다. 로지는 민트를 날렵하게 낚아채 입속에 넣는다.

나는 충격에 휩싸여 로지를 멍하니 쳐다본다. 입도 쩍 벌린 것 같다. 아주 잠시 동안, 온갖 장면이 머릿속을 스쳐간다. 로지가 좀처럼 말을 듣지 않는 것, 서커스단에 들어오기 전 이야기, 레모네이드를 훔쳤던 것, 그리고 양배추밭에서의 일까지.

"하느님 맙소사." 내가 중얼거린다.

"왜 그래?" 그렉이 로지의 몸통을 어루만지면서 묻는다.

"아저씨 말을 알아듣네요."

"그래, 알아들어. 그게 뭐?"

"'그게 뭐'라니요. 세상에. 코끼리가 사람 말을 알아듣는다는데, 그게 보통 일이에요?"

"잠깐 거기 서." 그렉은 내가 로지에게 다가가는 것을 막아선다. 표정이 예사롭지 않다.

"한 번만 해 볼게요." 내가 부탁한다.

"제발요. 이 녀석을 해칠 일은 죽어도 안 해요."

그는 말없이 나를 쳐다볼 뿐이다. 그가 등 뒤에서 내려치지 않는다는 확신이 들지는 않는다. 그래도 어쨌든 로지를 향해 몸을 돌린다. 로지는 나를 보고 눈을 끔뻑끔뻑한다.

"로지, 노게!" 내가 말한다.

로지가 다시 눈을 끔뻑이면서 입을 벌리고 웃는다.

"노게. 로지!"

로지는 귀를 펄럭이며 한숨을 내쉰다.

"프로셰?*" 내가 말한다.

로지는 다시 한숨을 내쉰다. 그리고 무게중심을 옮기고 한쪽 발을 들어올린다.

"하느님 맙소사." 내가 말하고 있는데, 목소리는 내 몸 바깥에서 들리는 것만 같다.

심장이 쿵쾅거리고 머리가 빙빙 돈다. "로지." 내가 로지의 어깨에 손을 올리며 말한다. "하나만 더하자." 나는 로지의 눈을 똑바로 보며 부탁한다.

로지는 이것이 얼마나 중요한 일인지 알고 있는 것이 분명하다.

제발, 하느님, 제발, 하느님, 제발 하느님.

"도 띄우, 로지, 도 띄우!**"

로지는 다시 한 번 깊게 한숨을 내쉬고, 다시 한 번 살짝 무게중심을 옮긴다. 그러고는 두 걸음 뒤로 간다.

나는 기쁨에 겨워 비명을 지른다. 그러면서 깜짝 놀란 그렉을 돌아본다. 나는 펄쩍 튀어 그렉의 어깨를 붙잡고 그의 입에 대고 키스한다.

"대체 뭐 하는 짓이야!"

나는 문을 향해 달려간다. 그러다가 입구에서 오 미터 정도 떨어진 곳에 멈춰 서서 뒤를 돌아본다. 그렉은 아직도 역겨운 듯 침을 뱉으면서 입을 닦고 있다.

나는 주머니에 들어있던 술병을 꺼낸다. 그렉의 얼굴이 역겹다는

---

* Proszę?, 뭐라고?

** Do tyłu, Rosie! Do tyłu!, 뒤로, 로지, 뒤로!

표정에서 관심이 생긴다는 표정으로 바뀐다. 하지만 손등을 입에서 떼지는 않는다.

"이거, 받으세요!" 나는 이렇게 말하며 그에게 술병을 날려 보낸다. 그는 술병을 공중에서 낚아채고 라벨을 보더니 기대에 찬 얼굴로 또 하나의 술병으로 시선을 던진다. 나는 그것도 마저 던져준다.

"우리 새 스타에게 주세요, 알겠죠?"

그렉은 생각에 잠겨 고개를 갸우뚱한다. 그러고는 로지를 돌아본다. 녀석은 이미 미소를 지으며 술병으로 코를 뻗고 있다.

그로부터 열흘 동안, 나는 오거스트의 폴란드어 개인교사 일을 한다. 그는 마을에 도착할 때마다 뒷마당에 연습용 무대를 설치한다. 우리 넷(오거스트, 말레나, 로지, 나)은 날마다 마을에 도착하는 시각부터 낮공연이 시작하는 때까지 몇 시간씩 로지의 연기에 매달린다. 이미 로지는 매일 있는 마을 퍼레이드에 동참하기도 하고 동물원 텐트에서 재롱을 부리기도 하지만, 공연을 해본 적은 아직 없다. 기다리는 엉클 앨은 가슴이 까맣게 타들어가지만, 오거스트는 아랑곳하지 않는다. 로지의 연기가 완벽해질 때까지는 공개하고 싶지 않다는 것이다.

나는 무대 바로 옆에 놓인 의자에 앉아서 시간을 보낸다. 한 손에는 칼을 들고 다리 사이에는 양동이를 놓고 영장류들에게 먹일 과일과 채소를 썰면서, 필요할 때마다 폴란드어 단어를 외친다. 오거스트는 내가 외친 단어를 로지에게 그대로 외친다. 오거스트의 폴란드어억양은 듣기에 심히 민망하지만, 로지는 제대로 알아듣고 따라한다 (오거스트가 외치는 단어를 알아듣는 것이라기보다 내가 외쳤던 단어를 기억하는 것이리라). 코끼리와의 언어 장벽을 알아챈 후로, 오거 스트는 한 번도 로지에게 갈고리를 사용하지 않았다. 그냥 로지 옆을 걸어가며 로지의 배 밑이나 다리 뒤로 갈고리를 흔들긴 하지만, 갈고 리가 로지의 몸에 닿는 일은 전혀 없다.

이런 오거스트와 다른 오거스트를 동일인이라고 생각하는 것은 쉽지 않다. 솔직히 말해서, 나는 이런 오거스트가 겉모습일 뿐이라고 생각한다. 전에도 이따금 이런 오거스트를 본 적이 있다. 활기차고, 흥겹고, 너그러운 오거스트…… 하지만 나는 이제 놈이 무슨 짓을 했 는지를 알고 있고, 결코 잊지 못할 것이다. 남들이 어떻게 생각할지 모르지만, 나는 이런 오거스트가 진짜 오거스트이고 다른 오거스트 가 예외적인 일탈의 결과라고 생각지 않는다. 한순간도 놈의 본모습 을 잊을 수가 없다. 하지만 놈에게 속는 것도 무리는 아니다.

놈은 사람을 기분 좋게 한다. 놈은 매력이 넘친다. 놈은 해처럼 빛 난다. 놈은 거대한 태풍 빛 코끼리와 코끼리를 타는 조그마한 여인에 게 애정을 퍼붓는다. 아침에 만나는 순간부터 퍼레이드를 나서는 순 간까지 계속. 말레나에게는 아주 사소한 것 하나까지 신경을 써주는 다정한 남편이고, 로지에게는 친절한 아버지이다.

놈은 나와의 사이에 아무런 악감정도 없는 듯이 행동한다. 내가 아무리 무뚝뚝하게 나가도 별로 신경 쓰지 않는다. 놈은 내게 환한 미소를 보내고, 등을 툭툭 친다. 놈이 내가 추레한 옷을 입은 것을 보면, 바로 그날 오후 월요일의 사나이는 평소보다 많은 옷을 들고 나타난다. 놈은 서커스단 수의사 선생님에게 차가운 양동이 물을 쓰 라고 할 수는 없다면서, 별실에서 샤워를 하라고 부른다. 놈은 로지 가 세상에서 (수박 빼고) 진과 진저에일을 가장 좋아한다는 것을 알고는, 로지에게 하루도 빠짐없이 진과 진저에일 둘 다를 갖다주게 한다. 놈은 로지의 환심을 사고 싶어한다. 놈은 로지에게 말을 할 때 귀에 대고 속삭인다. 놈의 사랑을 받는 로지는 행복하다. 놈이 눈에 띄면 로지는 즐거운 듯 나팔소리를 낸다.

로지야, 기억 안 나?

나는 놈을 예의 주시하며 빈틈을 찾는다. 그러나 다른 오거스트가 나타날 기미는 보이지 않는다. 얼마 지나지 않아, 놈의 낙관적 태도가 서커스장 전체에 퍼진다. 엉클 앨까지도 전염된다. 엉클 앨은 날마다 연습용 무대에 찾아와 연습 과정을 지켜보더니, 이틀 만에 새 포스터를 주문한다. 말레나가 로지의 머리 위에 걸터앉은 모습이 그려진 포스터다. 엉클 앨은 사람들을 때리지 않게 되고, 그로부터 얼마 되지 않아, 사람들은 허둥지둥 피하지 않게 된다. 엉클 앨은 분명 기분이 좋다. 봉급날 돈이 나올지도 모른다는 소문이 떠돌고, 일꾼들의 입가에도 미소가 맴돌기 시작한다.

로지가 오거스트의 다정한 손길 아래 고양이처럼 가르랑거리는 장면을 내 눈으로 목격한 후에야 비로소 놈에 대한 내 생각이 흔들리기 시작한다. 놈에 대한 생각이 흔들리는 동시에 나에게는 끔찍한 생각이 떠오른다.

내가 문제였을지도 모른다는 생각. 그의 아내를 사모하기 때문에 그를 미워하고 싶어했던 것일지도 모른다는 생각. 만약 그렇다면, 나는 대체 얼마나 빌어먹을 인간인가?

피츠버그Pittsburgh에서 나는 결국 고해하러 간다. 고해실에 들어가서 아기처럼 울음을 터뜨린다. 신부에게 부모님 이야기를 하고, 주색에 빠졌던 그날 밤 이야기를 하고, 다른 사람의 아내를 사랑하고 있다는 이야기를 한다. 약간 놀란 듯한 신부는 몇 번 진정해라, 진정해라, 하고는 묵주 기도를 할 것과 말레나를 잊을 것을 명한다. 나는 차마 묵주가 없다는 말은 하지 못하고, 가축차로 돌아와 월터와 캐멀에게 혹시 묵주 없느냐고 묻는다. 월터는 나를 이상하게 쳐다보고, 캐멀은 초록색 엘크 이빨 목걸이를 주겠다고 한다.

나는 월터가 오거스트를 어떻게 생각하는지 잘 안다. 월터는 지금도 오거스트를 말도 못하게 싫어한다. 월터는 내가 오거스트에 대한 생각을 바꾼 것에 대해 뭐라고 하지는 않지만, 그가 나를 어떻게 생각하고 있을지는 짐작이 가고도 남는다. 월터와 나는 여전히 함께 캐멀을 돌보고 있지만, 우리 셋이 철로에 앉아서 긴긴 밤을 이야기로 지새우는 일은 이제 없다. 대신, 월터는 셰익스피어를 읽고, 캐멀은 술에 취해 심술을 부린다. 요구도 점점 많아진다.

미드빌Meadville에서 오거스트는 오늘 밤이 그날이라고 공표한다.

오거스트는 엉클 앨에게 자신의 결정을 통보했고, 엉클 앨은 너무 기쁜 나머지 입이 붙어버렸다. 엉클 앨은 주먹 쥔 손을 가슴으로 가져간다. 그러면서 눈물 젖은 시선으로 별이 빛나는 밤하늘을 올려다본다. 똘마니 집단이 몸을 숙여 가려준 사이에 손을 뻗어 오거스트의 어깨를 잡는다. 그리고 사나이 대 사나이로 어깨를 흔든다. 너무 감격해서 아무 말도 나오지 않는 듯 다시 한 번 어깨를 흔든다.

나는 편자공 텐트에서 금이 간 발굽을 살펴보고 있다. 오거스트가 나를 찾는다고 한다. "오거스트?" 나는 말레나의 대기실 텐트 앞에 서서 놈의 이름을 부른다. 문으로 쓰이는 천막 자락이 바람에 살짝 날린다. "찾으셨어요?"

"제이콥!" 놈이 쩌렁쩌렁한 목소리로 대답한다.

"드디어 왔구나! 잘 왔어! 들어와, 친구!"

말레나는 공연 의상을 입고 있다. 말레나는 화장대 앞에 앉아 한쪽 발을 화장대에 걸쳐 놓고 슬리퍼의 긴 분홍색 리본을 발목에 감고 있다. 오거스트가 바로 옆에 앉아 있다. 신사모와 연미복 차림이다. 그는 은지팡이를 빙글빙글 돌린다. 지팡이 손잡이가 갈고리처럼 굽어 있다.

"편히 앉아." 그가 이렇게 말하며 앉아 있던 의자에서 일어나 앉는 부분을 손으로 톡톡 친다.

나는 아주 잠시 망설이다 텐트를 가로질러 다가간다. 내가 자리에 앉자, 오거스트가 우리 앞에 선다. 나는 말레나를 힐끗 쳐다본다.

"말레나, 제이콥— 내 사랑하는 아내, 내 사랑하는 친구."

오거스트는 이렇게 말하며 모자를 벗고 촉촉한 눈으로 우리를 그윽하게 바라본다.

"지난주는 여러모로 놀라운 한 주였습니다. 지난주를 영혼의 여행이라고 불러도 과언이 아닐 것 같습니다. 불과 두 주 전만 해도 우리 서커스단은 파산 일보 직전이었지요. 서커스단 사람들 모두의 생계가 위험했습니다. 이런 재정적 상황을 감안하면, 서커스단 사람들 모두의 목숨이 — 그래요, 목숨이! — 위험했다 말할 수도 있습니다. 왜였을까요?"

그가 눈을 빛내면서 나와 말레나를 번갈아 쳐다본다.

"왜였는데요?"

말레나가 자상하게도 그가 원하는 질문을 해준다.

"동물 한 마리를 사기 위해 우리가 가진 전부를 쏟아 붓고, 이 동물이 우리 서커스단을 구원해 주리라 믿었기 때문입니다. 또, 이 동물을 운반하기 위해 차량 한 대를 사야했기 때문입니다. 그런데, 이 동물이 알고 보니 바보에 먹보였기 때문입니다. 이 동물을 먹이려면 우리 단원들을 먹일 수 없었고, 그래서 단원들 몇몇을 보내야했기 때문입니다." 놈이 이렇게 아무렇지도 않게 빨간불을 암시하는 말을 듣자, 정신이 번쩍 든다. 그러나 오거스트는 내 머리 너머 벽을 바라본다. 그러면서 불안할 정도로 오랫동안 침묵을 지킨다. 우리가 여기 있는 것을 잊은 것만 같다. 그러다가 불현듯 정신이 돌아온 듯 말을 계속한다. "그러나 우리는 구원 받았습니다." 그는 이렇게 말하며 사랑이 가득한 눈으로 나를 내려다본다. "우리가 구원 받은 이유는 우리가 이중의 축복을 받았기 때문입니다. 유월의 그날, 운명의 여신은 제이콥을 우리의 기차로 보내주었습니다. 운명의 여신은 우리 편이었습니다. 운명의 여신이 우리에게 보내준 수의사는 아이비리그 학위가 있는 분이었습니다 — 우리 같은 대형 서커스단에 딱 맞는 분이었습니다 — 그러나 그뿐이 아닙니다. 운명의 여신이 우리에게 보내준 수의사는 맡은 바 임무에 혼신의 힘을 다하는 분이었습니다. 그분이 놀라운 사실을 발견했습니다. 그분의 발견이 우리 서커스단을 구원했습니다."

"아니, 사실, 내가 한 일은— "

"아무 말도 하지 마, 제이콥. 아니라고 말하지 마. 나는 자네를 처음 본 순간 감이 왔어. 예사로운 사람이 아니라고 생각했지. 안 그래, 여보?" 오거스트는 말레나를 돌아보며 손가락을 좌우로 까딱까딱한다.

그녀는 고개를 끄덕인다. 다른 한쪽 슬리퍼 끈을 마저 묶은 그녀는 화장대에 올려놓은 발을 내리고 다리를 꼬고 앉는다. 그녀의 발가락이 까딱까딱 움직이기 시작한다.

오거스트는 그녀를 바라본다. "그러나, 제이콥 혼자서 한 일은 아닙니다." 그의 연설이 계속된다. "아름답고 재능있는 내 아내, 당신도 근사했어. 그리고 로지. 로지도 빼놓을 수 없지. 그렇게 참을성 많고, 그렇게 착하고―" 그는 잠시 말을 끊고 숨을 깊이 들이마신다. 콧구멍이 벌렁거릴 만큼. 그가 다시 말을 잇자, 목소리가 갈라진다. "로지는 아름답고 근사한 동물입니다. 마음속에 용서가 가득하고 오해를 풀 줄 아는 능력이 넘칩니다. 제이콥, 말레나, 로지― 여러분 셋 덕분에 〈벤지니 형제 지상 최대의 서커스〉는 바야흐로 한 차원 높은 세계로 오르려 합니다. 우리는 진정한 빅쇼의 대열에 합류하고 있습니다. 여러분이 없었다면 불가능한 일이었을 것입니다." 그는 우리에게 환한 미소를 보낸다. 지나치게 상기된 얼굴이다. 저러다가 울음을 터뜨릴 수도 있을 것 같다.

"아! 깜빡 잊을 뻔했군."

그는 손뼉을 치면서 소리친다. 트렁크 앞으로 달려가 가방 안을 뒤진다. 그리고 작은 상자 두 개를 꺼낸다. 하나는 정사각형이고, 하나는 납작한 직사각형이다. 둘 다 선물이다.

"이건 당신 거야, 여보."

그는 이렇게 말하며 납작한 상자를 말레나에게 건네준다.

"아, 오기! 어쩌자고 이런 걸……!"

"뭔지도 모르면서." 그는 미소를 지으며 말한다.

"만년필 세트일지도 몰라."

말레나가 포장을 뜯는다. 파란색 벨벳 보석함이 나온다. 그녀는 열어도 되는지 모르겠다는 듯 오거스트를 올려다본 후 뚜껑을 열어본다. 붉은색 새틴 안감 위에 다이아몬드 목걸이가 광채를 뿜어낸다.

"아, 오기." 그녀가 말한다. 목걸이와 오거스트를 번갈아 쳐다본다. 그녀의 이마가 걱정으로 주름진다.

"오기, 너무 근사해요. 하지만 우리한테 이럴 돈이—"

"쉿." 그는 이렇게 말하며 허리를 굽히고 그녀의 손을 잡는다. 그녀의 손 위에 키스한다.

"오늘은 새 시대의 개막을 축하하는 날이야. 오늘 밤을 축하하기 위해서는 그것도 성에 차지 않아."

그녀는 목걸이를 집어든다. 목걸이가 그녀의 손가락 사이에서 흔들린다. 그녀가 깜짝 놀란 것이 분명하다.

오거스트가 나를 돌아보며 정사각형 상자를 건네준다.

나는 리본을 풀고 조심스럽게 종이를 벗긴다. 종이 안에 든 상자도 파란 벨벳이다. 목에 뭐가 걸린 것만 같다.

"어서." 오거스트가 조급하게 재촉한다.

"열어 봐! 수줍어하지 말고!"

뚜껑이 탁 소리를 내면서 열린다. 순금 주머니 시계다.

"오거스트— " 내가 입을 연다.

"맘에 들어?"

"멋지네요. 하지만 받을 순 없어요."

"받을 수 없긴. 왜 못 받아. 받아!"

그는 이렇게 말하며 말레나의 손을 움켜잡고 자리에서 일으킨다. 그리고 그녀가 들고 있던 목걸이를 잡아챈다.

"안 돼요. 받을 수 없어요." 내가 사양한다.

"정말 고맙지만 저한테는 너무 과분해요."

"왜 못 받아. 받으라면 받아." 그가 단호하게 못 박는다.

"나는 자네 상관이야. 이건 상관의 명령이야. 어쨌든, 왜 이걸 못 받는다는 거야? 내가 알기로는, 얼마 전에 친구 도와준다면서 하나 잃었잖아."

나는 눈을 질끈 감는다. 눈을 뜨니, 말레나가 일어서서 머리카락을 들어올리고 있고, 오거스트가 그녀 뒤에 서서 목걸이를 걸어주고 있다.

"됐어." 그가 말한다.

그녀가 빙글 돌아서서 화장대 거울로 상체를 숙인다. 손끝으로 목에 걸린 다이아몬드들을 주저하듯 만져본다.

"맘에 들어?" 그가 묻는다.

"뭐라고 하면 좋을지 모르겠어요. 이렇게 예쁜 건 처음 봐요— 아아!" 그녀가 비명을 지른다.

"깜빡 잊을 뻔했네! 나도 깜짝 선물이 있어요."

그녀는 화장대 셋째 서랍을 열고 안을 뒤지면서 얇게 비치는 화려한 의상들을 한쪽으로 내던진다. 그리고는 반짝반짝 빛나는 커다란 분홍색 물건을 꺼낸다. 그녀가 분홍색 물건의 끝을 잡고 살짝 흔들자 수천 개의 별이 빛나는 것만 같다.

"자, 어때요? 마음에 들어요?"

그녀는 이렇게 물으며 환하게 웃는다.

"그건…… 그건…… 그게 뭐야?" 오거스트가 묻는다.

"로지의 머리장식이에요." 말레나는 이렇게 말하며 머리장식 한쪽을 턱으로 받치고 가슴에 대본다. 반대쪽은 그녀의 발치까지 내려온다. "어때요? 이 부분은 고삐 뒤에 연결되고, 이 두 부분은 옆으로 내려가고, 이 부분은 이마 위로 내려가고. 내가 지난 두 주 동안 만들었어요. 내 의상과도 잘 어울려요." 그녀가 고개를 든다. 그녀의 두 뺨에 자그마한 홍조가 피어난다.

오거스트가 그녀를 바라본다. 그의 아래턱이 약간 움직이나 싶었는데 입에서는 아무 말도 나오지 않는다. 그는 그녀에게 다가가 그녀를 품에 안는다.

나는 고개를 돌릴 수밖에.

엉클 앨의 탁월한 마케팅 전략 덕에, 공연장 텐트는 만석이다. 티켓이 너무 많이 팔렸다. 엉클 앨이 관객에게 좀더 바짝 붙어 앉으라고 부탁하는 것도 벌써 네 번째다. 다른 수를 내야한다.

막일꾼들이 투입되어 무대 가장자리 앞에 짚단을 놓는다. 그동안 관객의 주의를 돌리기 위해서 밴드는 음악을 연주하고 어릿광대들은 (월터도 끼어있다) 스탠드 사이를 돌면서 사탕을 나눠주고 꼬마들의 턱을 쓰다듬어 준다.

배우들과 동물들이 무대 뒤에 정렬한다. 공연 준비 완료. 이미 이십 분째 안절부절 기다린다.

엉클 앨이 갑자기 무대 뒤로 들어온다.

"좋아, 제군들, 잘 들어라." 그가 짖어댄다.

"오늘 밤은 바닥에 보조석이 깔렸다. 무대 트랙 안쪽에서 움직이고, 동물들과 촌뜨기들 사이의 거리를 일 미터 오십 센티미터 이상 유지해라. 동물에 다치는 아이가 하나라도 있으면, 그 동물 책임자는 내가 직접 껍데기를 벗길 테다. 알아들어?"

고개를 끄덕이는 사람, 웅얼대는 사람, 준비상태를 점검하는 사람들.

엉클 앨이 공연장 텐트로 고개를 들이밀고 밴드마스터에게 손으로 신호를 보낸다.

"좋아. 가자! 죽여 버려! 진짜로 죽이지는 마! 무슨 뜻인지 알아듣지?"

다친 아이는 아무도 없다. 모두가 근사하지만, 제일 근사한 것은 로지다. 공연에서 로지는 말레나를 분홍색 시퀸 머리장식 위에 태운 채, 코를 말아올려 관객에게 인사한다. 어릿광대 하나가 로지 앞을 알짱거리면서 이리저리 재주를 넘는다. 홀쭉한 사내다. 로지가 그에게 다가가 코로 바지를 잡고 잡아당긴다. 사내는 로지의 코 힘을 이기지 못하고 바닥으로 꽈당 넘어진다. 그는 화가 잔뜩 나서 뒤를 돌아보고, 로지는 미소를 짓는다. 관객은 휘파람을 불고 탄성을 지른다. 그러나 그 후로 어릿광대는 로지 곁에 얼씬거리지 않는다.

로지의 순서가 왔을 때, 나는 슬쩍 공연장 텐트로 들어가 의자 객석 부분으로 끼어든다. 곡예사가 관객의 환호에 답례하는 동안, 막일꾼들은 서둘러 중앙 무대까지 공 두 개를 밀고 간다. 하나는 작고 하나는 큰데, 둘 다 빨간 별무늬와 파란 줄무늬가 있다. 엉클 앨은 양팔을 들어올리고 무대 뒤를 본다. 그의 시선은 나를 지나 오거스트에게 간다. 오거스트와 눈이 마주치자 살짝 고개를 끄덕이며 한 손을 획 들어올려 밴드마스터에게 신호를 보낸다. 밴드의 음악이 구노의 왈츠로 바뀐다.

로지가 공연장 텐트로 입장한다. 오거스트도 함께 입장한다. 로지는 말레나를 머리에 태운 채 코를 말아올려 관객에게 인사하고 입을 벌려 미소를 짓는다. 셋이 모두 무대 위로 올라온 후, 로지는 말레나를 머리에서 바닥으로 내려놓는다.

말레나는 춤을 추듯 무대 위를 빙글빙글 돈다. 반짝반짝 빛나는 분홍색이 바람처럼 지나간다. 그녀는 빙글빙글 도는 동안 미소를 지으며 양팔을 벌리고 관객에게 키스를 날린다. 로지도 빠르고 육중한 걸음으로 말레나를 뒤따른다. 코는 높이 말아올린 채다. 오거스트는 로지 옆을 따라가며 갈고리 대신 은장식 지팡이를 휘두른다. 그의 입술을 보니, 달달 외운 폴란드 단어를 되뇌고 있다.

말레나는 다시 한 번 춤을 추며 무대를 한 바퀴 돌고는 작은 공 옆에 멈춰 선다. 오거스트가 로지를 무대 가운데로 끌고 온다. 말레나는 로지를 보다가 객석을 향해서 돌아선다. 너무 지쳤다는 듯이 양볼을 부풀려 숨을 내쉬고 손등으로 이마의 땀을 닦는 시늉을 한다. 그러고는 공 위에 올라앉는다. 그녀는 다리를 꼬고 앉아 팔꿈치를 다리에 올리고 양손으로 턱을 받친다. 발로 바닥을 톡톡 치며 시선을 하늘로 옮긴다. 로지가 코를 높이 들어올린 채로 미소를 지으며 그 모습을 바라본다. 코를 높이 말아올린 채다. 잠시 후, 로지는 천천히 방향을 바꾸더니 거대한 회색의 엉덩이를 큰 공 위에 내려놓는다. 객석에 웃음이 퍼진다. 말레나는 깜짝 놀란 시늉을 하면서 자리에서 일어나 화가 난 것처럼 입을 쩍 벌린다. 그리고 로지에게 등을 돌린다. 코끼리도 자리에서 일어나서 말레나 쪽으로 비틀비틀 걸어간다. 말레나에게 꼬리를 들이댄다. 관객들은 웃음을 터뜨린다.

말레나는 뒤를 돌아보며 얼굴을 찡그린다. 그러고는 훌륭한 연기력을 발휘하며 한쪽 발을 번쩍 들어올렸다가 공에 내리꽂는다. 가슴 앞에 팔짱을 끼고 고개를 크게 한 번 끄덕인다. 코끼리야, 이거 한번 해 봐, 라고 말하는 것 같다.

로지는 코를 말아올린 후, 오른쪽 앞발을 들어올렸다가 공에 살짝 내려놓는다. 말레나는 약이 올라 참을 수 없다는 듯 로지를 노려본다. 양팔을 옆으로 벌리고 반대쪽 발을 바닥에서 뗀다. 그리고 천천히 무릎을 곧게 편다. 반대쪽 다리는 옆을 가리키고 있다. 발끝은 발레리나처럼 꼿꼿하다. 말레나는 일단 공에 놓인 다리를 곧게 편 후, 반대쪽 발을 공에 내려놓는다. 이제 공 위에 올라섰다. 그녀는 이번에야말로 코끼리를 이겼음을 확신하며 활짝 웃는다. 관객들도 말레나의 승리를 확신하며 손뼉을 치고 휘파람을 분다. 말레나는 위치를 살짝 바꿔 로지를 등진 채 양팔을 들어올려 승리를 자축한다.

로지는 잠깐 시간을 끌다가 반대쪽 앞발을 큰 공에 올려놓는다. 관객들은 환성을 지른다. 말레나는 등 뒤를 돌아보며 깜짝 놀란 척한다. 다시 한 번 위치를 살짝 바꿔 아까처럼 로지를 마주본다. 양손을 엉덩이에 갖다댄다. 그녀는 화가 난 듯 인상을 쓰면서 어쩔 수 없다는 듯 고개를 좌우로 젓는다. 그리고 손가락을 들어올려 로지 앞에 대고 좌우로 흔든다. 그러나 바로 다음 순간, 그녀가 움직임을 멈춘다. 그녀의 얼굴이 환해진다. 그래! 바로 이거야! 그녀는 손가락을 높이 들어올린 채로 관객들을 향해 몸을 돌린다. 그녀가 이번에야말로 코끼리의 코를 납작하게 해줄 참이라는 것을 관객들 모두 알 수 있다.

말레나는 잠시 정신을 집중해 자기의 새틴 샌들을 내려다본다. 그리고 점점 빨라지는 팀파니 연타에 맞추어, 발로 공을 굴려 앞으로 나아가기 시작한다. 공이 굴러가는 속도가 점점 빨라지고, 그녀의 두 발은 보이지 않을 만큼 빠르게 움직인다. 그녀가 공을 굴려 무대를 한 바퀴 도는 동안, 관객들은 손뼉을 치고 휘파람을 분다. 바로 그때, 흥에 겨운 환호가 거대하게 폭발한다.

말레나는 공굴리기를 멈추고 고개를 든다. 공에 너무 집중하고 있던 탓에 등 뒤에서 벌어지는 우스운 장면을 눈치 채지 못했던 것이다. 코끼리는 마치 한 마리 새처럼 네 발을 모으고 등을 잔뜩 웅크린 채 큰 공에 올라타고 있다. 팀파니 연타가 다시 한 번 시작된다. 처음에는 아무 움직임이 없다. 그러다가, 천천히, 천천히, 로지의 발밑에서 공이 굴러가기 시작한다.

밴드마스터의 지휘 아래 빠른 템포의 곡이 연주되고, 로지는 공을 굴려 삼사 미터 나아간다. 말레나가 기쁨의 미소를 지으며 손뼉을 치고는 로지를 향해 양손을 뻗으면서 관객의 환호를 유도한다. 그러고는 공 위에서 폴짝 뛰어내려 로지에게 깡충깡충 뛰어간다. 로지는 말레나에 비하면 좀 조심스럽게 공에서 내려온다. 로지가 코를 내려뜨리자, 말레나가 둥글게 말린 부분에 올라앉아 한쪽 팔을 코에 걸고 새침하게 자기의 발가락 부분을 가리킨다. 로지는 코를 들어올려 말레나를 높이 띄워준다. 그리고 말레나를 머리 위에 올린 채 공연장 텐트에서 퇴장한다. 관객들은 열광하며 환호한다.

돈이 쏟아지기 시작한다. 달콤하기 그지없는 돈벼락. 엉클 앨은 무아지경이다. 무대 중앙에서 양팔과 머리를 한껏 들어올린 채 우박처럼 쏟아지는 동전들을 맞고 있다. 동전들이 뺨과 코와 이마를 때리지만, 들어올린 얼굴을 치우지 않는다. 정말로 울고 있는 것 같다.

말레나가 로지의 머리에서 미끄러져 내려온다. 나는 때맞춰 그리로 간다.

"굉장했어! 정말 굉장했어!" 오거스트는 말레나의 뺨에 입을 맞추면서 탄성을 지른다.

"자네도 봤지, 제이콥? 둘 다 굉장했지?"

"굉장했습니다."

"로지 좀 데려가. 알았지? 나는 들어가야 해서." 그가 내게 은장식 지팡이를 건네준다. 그러고는 말레나를 바라보며 깊게 한숨을 내쉰다. 손바닥으로 가슴을 친다. "굉장했어. 다른 말이 필요 없어. 그리고 잊지 마." 그는 가던 길을 멈추고 뒤로 돌아 몇 걸음 걸어온다. "당신 마상馬上 곡예는 로티 다음이야."

"지금 데리러 갈게요." 말레나가 대답한다.

오거스트가 다시 뒤로 돌아 공연장으로 향한다.

"장관이었어요." 내가 말한다.

"그래요, 로지의 모습이 정말 장관이었지요?"

말레나는 로지의 어깨에 쪽 하며 입을 맞춰준다. 회색 가죽 위에 선명한 키스 마크가 찍힌다. 그녀는 엄지손가락으로 립스틱 자국을 지운다.

"당신 말이에요." 내가 말한다.

그녀가 얼굴을 붉힌다. 그녀의 엄지는 아직 로지의 어깨에 있다.

나는 곧 후회한다. 말하지 말 걸 그랬다. 잘못된 말은 아니었다. 그녀의 모습은 정말 장관이었다. 그러나 내 말 뜻은 그것만이 아니었다. 그녀도 그것을 알고 있다. 하지만 괜히 그런 말을 해서 그녀를 불편하게 만들고 말았다. 내가 빨리 자리를 떠야겠다.

"호츠, 로지.*" 나는 로지에게 손짓하며 말한다.

"호츠, 무이 말루트키 폰츄젝.**"

"제이콥, 잠깐만."

말레나가 내 팔꿈치 안쪽에 손가락을 갖다댄다.

저쪽 천막극장 입구에서 오거스트가 갑자기 걸음을 멈춘다. 마치 우리 몸이 닿은 것을 감지한 것 같다. 그가 천천히 뒤로 돈다. 얼굴 표정이 심상치 않다. 그와 나의 눈이 마주친다.

"부탁이 있어요." 말레나가 입을 연다.

"뭐든지 말씀만 하세요."

나는 불안스럽게 오거스트를 힐끗 보며 대답한다. 말레나는 그가

---

* Chodź, rosie. 가자, 로지.

** Chodź, mój malutki pączuszek. 가자, 우리 귀염둥이

보고 있는 줄 모른다. 나는 얼른 손을 빼서 엉덩이에 갖다댄다. 자연스럽게 그녀의 손가락이 내 몸에서 떨어진다.

"로지를 내 대기실로 데려가 줄래요? 깜짝 파티할 거예요."

"아, 알겠어요, 그럴게요." 내가 대답한다.

"언제 데려가면 좋을까요?"

"지금 당장 데려가요. 나도 금방 갈게요. 아, 그리고 옷은 좋은 걸로 입고 와요. 정식으로 파티를 할 거니까."

"저요?"

"그래요. 이제 내 차례라 들어가야 해요. 오래 안 걸려요. 아직 오거스트한테 말하지 말아요, 알았죠?"

나는 고개를 끄덕인다. 공연장 텐트 쪽을 돌아보니, 오거스트는 이미 안으로 사라진 후다.

익숙하지 않은 길이지만, 로지는 아주 얌전하게 따라온다. 말레나의 대기실 앞까지 내 뒤를 잘 따라왔고, 그레이디와 빌이 말뚝에서 천막 자락 끝을 푸는 동안에도 느긋하게 기다린다.

"그래, 캐멀은 좀 어때?" 그레이디가 밧줄을 풀면서 묻는다. 로지는 코를 뻗어 이것저것 살펴본다.

"그저 그래." 내가 대답한다.

"자기는 괜찮아진다고 하는데, 내가 보기에는 모르겠어. 아무 일도 안 하니까 몸 상태를 잘 모르는 것 같아. 그것도 그렇고, 취해 있을 때가 많으니까 더 모르겠지."

"거참 캐멀답군." 빌이 대꾸한다. "그런데 술은 어디서 구해? 설마 그 생강술 마시고 있는 건 아니지?"

"생강술은 안 마셔요. 룸메이트가 주는 술이 있어요. 룸메이트가 캐멀을 좋아하게 됐어요."

"누구? 킹코라는 그놈?" 그레이디가 묻는다.

"맞아."

"그놈은 일꾼들을 싫어하는 줄 알았는데."

로지가 코를 뻗어 그레이디의 모자를 낚아챈다. 그레이디는 고개를 돌리고 모자를 뺏으려 하지만, 로지가 코를 높이 들어 돌린다. "이봐, 코끼리 좀 얌전히 시킬 수 없어?"

나는 로지의 눈을 들여다본다. 로지도 눈을 반짝이며 나를 쳐다본다. "포우슈*! 이리 내!" 나는 엄하게 말하고 있지만, 웃음을 참기가 어렵다. 거대한 귀가 앞으로 펄럭하나 싶더니 모자가 바닥으로 떨어진다. 내가 모자를 주워든다.

"월터 — 킹코 — 도 성질을 부릴 때가 있지만."

나는 그레이디에게 모자를 건네주며 말한다.

"캐멀한테는 정말 잘해주고 있어. 침대도 캐멀한테 양보하고. 캐멀의 아들까지 찾아주고. 아들이 월터 말을 듣고 캐멀을 데려가기로 했어. 프로비던스에서 만나기로 한 걸."

"설마?" 그레이디가 깜짝 놀라 하던 일을 멈추고 나를 쳐다본다. "캐멀도 알고 있어?"

"그게…… 알고는 있어."

"그래서, 아들한테 가겠대?"

나는 얼굴을 찌푸리며, 윗니와 아랫니 사이로 숨을 들이마신다.

---

* Połóź!, 이리 내

"안 간대지?"

"하지만 우리한테는 다른 방법이 없어."

"하긴 그래. 달리 방법이 없겠지." 그레이디가 잠시 말을 끊는다. "그때 일은 사실 캐멀의 잘못도 아니었어. 지금쯤은 가족들도 알고 있을 거야. 전쟁에 나갔던 남자들이 많이들 미쳤어. 캐멀은 포병이었잖아."

"그런 말은 못 들었는데."

"그런 그렇고. 캐멀이 일어설 수 있을까? 어떨 것 같아?"

"힘들 텐데." 내가 대답한다. "그건 왜?"

"드디어 돈을 준다는 소문을 들었어. 일꾼들한테도 준다는 소문이야. 지금까지는 주지 않았었는데, 공연장 상황을 보아하니, 그럴 수도 있겠다 싶어서. 아닐 수도 있지만."

이제 천막이 풀렸다. 빌과 그레이디가 천막 자락을 들어올리자, 말레나의 대기실 내부가 드러난다. 지난번과 바뀌었다. 한쪽 끝에 있는 탁자에는 묵직한 리넨 식탁보가 깔려 있고, 좌석 세 개가 세팅되어 있다. 반대쪽은 아무것도 없이 깨끗하게 치워져 있다.

"말뚝은 어디 칠까? 저기?"

그레이디가 비어있는 공간을 가리키며 말한다.

"어, 부탁해." 내가 대답한다.

"금방 올게." 그는 이렇게 말하며 어디론가 사라진다. 잠시 후에 칠킬로그램은 너끈히 나갈 망치를 한 손에 하나씩 들고 나타난다. 하나를 빌에게 휙 던진다. 빌은 눈곱만큼도 놀란 기색 없이 손잡이를 잡아챈다. 그러고는 그레이디를 따라 천막으로 들어간다. 완벽한 호흡을 자랑하는 그레이디와 빌은 번갈아 망치질을 하면서 말뚝을 박는다.

나는 로지를 끌고 들어가 바닥에 주저앉는다. 로지의 다리에 사슬을 묶는다. 사슬에 묶인 다리는 바닥을 단단히 디디고 있지만, 몸무게는 나머지 세 개의 다리에 쏠려 있다. 일어나서 살펴보니 로지는 구석에 놓여 있는 거대한 수박 더미 쪽으로 몸을 기울이고 있다.

"천막 자락 다시 매 놓을까?"

그레이디가 펄럭이는 천막을 가리키며 묻는다.

"그렇게 해주면 좋지. 말레나는 오거스트가 들어오다가 로지를 발견하고 깜짝 놀라기를 바랄 테니까."

그레이디가 어깨를 으쓱한다. "그거야 내 알 바 아니고."

"그런데, 그레이디? 잠깐만 로지 좀 봐줄래? 옷을 갈아입고 오라고 해서."

"글쎄." 그는 가늘게 뜬 눈으로 로지를 쳐다보며 말한다.

"말뚝을 뽑거나 하지는 않겠지?"

"그러지는 않을 거야. 하지만 이렇게 해놓으면."

나는 수박 더미 앞으로 가면서 말한다. 로지가 코를 말아올리고 입을 벌리면서 커다란 미소를 짓는다. 나는 수박 한 통을 가져와서 로지 앞쪽 바닥에 떨어뜨려 깨뜨린다. 로지의 코는 곧장 수박의 빨간 속살로 직행한다. 수박 조각들을 껍질째 입에 넣는다. "절대 말썽 안 부려."

나는 천막 자락 밑으로 빠져나와 옷을 갈아입으러 간다.

대기실로 돌아오니, 말레나가 구슬로 장식된 실크 드레스를 입고 있다. 특실에서 만찬을 먹던 날 밤 오거스트가 그녀에게 선물했던 드레스다. 그녀의 목에서 다이아몬드 목걸이가 반짝인다.

로지는 만족스러운 표정으로 수박을 우적우적 씹고 있다. 이미 내가 준 것은 먹어치운 후다. 그러나 아직 여섯 개가 남아있다. 말레나는 로즈의 머리장식을 벗겨서 화장대 앞 의자에 걸쳐 놓았다. 식탁에는 은접시들과 포도주 병들이 놓여 있다. 쇠고기 굽는 냄새가 난다. 위장이 허기로 뒤틀린다.

말레나는 상기된 얼굴로 화장대 서랍을 뒤진다. "오, 제이콥!" 그녀가 돌아보며 말한다. "왔군요. 걱정했어요. 그 사람이 언제 올지 몰라요. 하느님 맙소사. 그게 어디 갔지?" 그녀는 서랍을 열어둔 채 갑자기 상체를 세운다. 서랍 바깥으로 실크 스카프 자락이 나와 있다. "부탁이 있는데."

"말씀만 하세요." 내가 대답한다.

그녀가 다리 세 개 달린 은제 냉각기에서 샴페인 병을 꺼낸다. 냉각기 안에 있는 얼음들이 움직이며 부딪힌다. 그녀가 건네주는 샴페인 병 바닥에서 물이 뚝뚝 떨어진다.

"그 사람이 들어올 때 터뜨려 주세요. 그리고 '서프라이즈'라고 소리쳐 주세요."

"알았어요."

나는 병을 받으며 대답한다. 그러고는 철사를 제거한 후 엄지로 코르크를 누른 채 기다린다. 로지가 내 손과 병 사이에 자꾸 코를 들이민다. 말레나는 아직 서랍을 뒤지는 중이다.

"이게 다 뭐야?"

내가 고개를 든다. 오거스트가 우리 앞에 서 있다.

"아!" 말레나가 몸을 돌려세우며 외친다. "서프라이즈!"

"서프라이즈!"

나는 로지의 코를 밀치며 코르크에서 손을 뗀다.

코르크는 천막 자락에 맞고 바닥으로 떨어진다. 샴페인 거품이 손가락 사이로 흐른다. 나는 소리 내어 웃는다. 말레나가 즉시 샴페인 잔 두 개를 들고 와서, 흐르는 샴페인을 잔에 담으려 한다. 나중에 보니, 병의 삼분의 일이나 흘렸다. 로지는 아직 나한테서 병을 뺏으려고 한다.

나는 바닥을 본다. 말레나의 장밋빛 비단 구두가 샴페인에 젖어 짙은 색으로 변했다. "아, 정말 미안해요." 내가 웃는다.

"미안할 것 없어요! 바보 같이." 그녀가 말한다.

"또 한 병 있어요."

"이게 다 뭐냐고 묻잖아."

말레나와 나는 그 자리에 얼어붙는다. 우리 손은 아직 엉켜있다. 그녀가 고개를 든다. 갑자기 걱정스러운 눈빛으로 바뀐다. 그녀는 거의 비어 있는 샴페인 잔을 한 손에 한 개씩 들고 있다. "깜짝 파티예요. 자축 파티……."

오거스트가 앞을 바라본다. 넥타이는 풀려 있고, 재킷은 열려 있다. 얼굴에 아무 표정이 없다.

"깜짝 파티. 그렇군." 그가 이렇게 말하며 모자를 벗어들고 이리저리 돌려본다. 머리카락이 이마 위에 헝클어져 있다. 그는 갑자기 고개를 들고 한쪽 눈썹을 치켜세운다.

"깜짝 파티 좋아하네."

"뭐라고요?" 말레나가 텅 빈 목소리로 묻는다.

그는 손목을 홱 꺾어 모자를 구석으로 날린다. 그리고 천천히, 생각에 잠긴 채, 재킷을 벗는다. 화장대로 가서 의자 등받이에 재킷을 걸쳐 놓으려는 자세를 취한다. 그러다가 로지의 머리장식을 발견하고는 동작을 멈춘다. 다시 재킷을 잘 개서 의자 바닥 위에 깔끔하게 올려놓는다. 그의 시선이 열린 서랍으로 옮겨갔다 서랍 바깥으로 삐져나온 실크스카프로 옮겨간다.

"내가 방해가 됐나?" 그가 우리를 쳐다보며 묻는다. 마치 소금 좀 건네달라는 말처럼 아무렇지도 않다.

"여보, 도대체 무슨 말이에요?"

말레나가 부드러운 목소리로 말한다.

오거스트가 서랍에서 긴 주황색 반투명 스카프를 끄집어낸다. 손가락에 감아본다. "스카프 가지고 놀고들 있었나?" 그는 스카프 끝을 잡아당긴다. 스카프는 다시 한 번 그의 손가락 사이로 흘러내린다. "못된 것 같으니. 하지만 알고 있었어."

말레나가 할 말을 잃고 멍하니 앞을 바라본다.

"그러니까." 그가 말을 잇는다. "섹스 기념 파티인가? 충분히 즐겼나? 아니면 나갔다가 다시 올까? 코끼리는 또 무슨 취향이야? 생각만 해도 무시무시해."

"도대체 무슨 말을 하는 거예요?" 말레나가 묻는다.

"샴페인 잔 두 개." 그가 그녀의 손을 보며 고개를 끄덕인다.

"뭐라고요?" 그녀는 잔을 급히 들어올리다가 내용물을 잔디 위에 쏟고 만다. "이거 말이에요? 잔 또 하나는 바로 여기—"

"내가 바보인 줄 알아?"

"오거스트—" 내가 말한다.

"닥쳐! 입 닥치고 가만있어!"

그의 얼굴이 잿빛으로 변한다. 눈알이 튀어나올 것만 같다. 분노로 부들부들 떨고 있다.

말레나와 나는 꼼짝도 못한다. 너무 놀라 할 말을 잃었다. 오거스트의 표정이 다시 한 번 변한다. 이번에는 의기양양한 표정이다. 그는 계속 스카프를 만지작거리고, 미소를 짓기까지 한다. 그러다가 잘 접어서 서랍에 도로 넣는다. 상체를 일으켜 세우며 천천히 고개를 젓는다.

"당신…… 당신…… 당신……" 그는 손을 들어올려 허공에 손짓을 하다가는 말끝을 흐린다. 은장식 지팡이에 시선을 빼앗긴 것이다. 지팡이는 식탁 옆 천막에 기대어 세워져 있다. 내가 거기 놓아둔 것이다. 그는 그쪽으로 가서 지팡이를 집어든다.

등 뒤에서 액체가 바닥으로 쏟아지는 소리가 들린다. 나는 급히 뒤를 돌아본다. 로지가 잔디에다 쉬를 하고 있다. 두 귀는 머리에 바짝 붙이고 코는 얼굴 아래로 말아 넣었다.

오거스트가 지팡이를 들어올려 은손잡이 부분으로 손바닥을 계속 친다. "나한테 언제까지 숨길 수 있다고 생각했어?" 그는 잠시 멈춰 서서 내 눈을 똑바로 바라본다. "말해 봐!"

"오거스트." 내가 대답한다. "대체 무슨 말을—"

"내가 닥치라고 했지!" 그는 몸을 빙글 돌려 지팡이로 식탁을 크게 휘둘러 친다. 접시, 식기, 술병들이 바닥으로 떨어진다. 이어서 그는 발을 들어올려 식탁을 찬다. 식탁은 옆으로 쓰러지며, 도자기와 유리컵과 음식들이 날아간다.

오거스트는 잠시 동안 난장판을 내려다보다가 고개를 쳐든다. "내가 모를 줄 알아?" 그러고는 말레나를 쏘아본다. 그의 관자놀이가 움찔움찔한다. "아, 죽여, 자기야." 그는 손가락을 꾸물꾸물 움직이며 그녀 쪽을 가리킨다. 그러면서 미소를 짓는다. "내 거 맛봐. 당신 죽이는데."

그는 다시 화장대로 와서 지팡이를 화장대에 세운다. 상체를 숙이고 거울을 들여다본다. 이마로 흘러내린 머리카락을 제자리로 밀어 올리고는 손바닥으로 매만진다. 그리고 그 자리에서 꼼짝하지 않는다. 한쪽 손이 아직 이마 위에 있다. "깍꼭." 그가 거울에 비친 우리를 보며 말한다. "다 보여."

겁에 질린 말레나의 얼굴이 거울 속에서 나를 보고 있다.

오거스트는 몸을 돌려 로지의 분홍색 시퀸 머리장식을 들어올린다. "그게 문제야, 안 그래? 나는 다 보여. 내가 못 보는 줄 알지? 하지만 그게 그렇지가 않아. 계획은 나쁘지 않았어. 그건 나도 인정하지." 그는 반짝반짝 빛나는 머리장식을 만지작거리면서 말한다. "정숙한 아내가 골방에 숨어서 차근차근 거사를 준비하는 거지. 골방이었나? 바로 여기였을 수도 있지. 아니면 그 창녀 텐트에 갔을 수도 있고. 창녀들은 서로 도와주지, 안 그래?" 그가 나를 쳐다본다. "그럼, 제이콥, 어디서 그 짓을 했어, 응? 정확히 어디서 내 아내랑 잔 거야?"

나는 말레나의 팔을 잡고 말한다. "어서, 여기서 나가요."

"아하! 그럼, 잡아떼지도 않으시겠다!" 그가 고함을 지른다. 계속 이를 갈고 고함을 지르며 머리장식을 잡아당긴다. 주먹을 얼마나 세게 움켜쥐었는지 손가락 마디에 핏기가 전혀 없다. 머리장식은 그의 손아귀에서 제트자형으로 찢어진다.

말레나가 비명을 지른다. 그러면서 샴페인 잔을 떨어뜨리고 손으로 입을 가린다.

"창녀 같은 년!" 오거스트가 고함을 지른다.

"걸레 같은 년. 더러운 개 같은 년!"

욕설이 나올 때마다 머리장식이 더 깊이 찢어진다.

"오거스트!" 말레나가 비명을 지르며 앞으로 나선다.

"그만해요! 그만해요!"

그녀의 비명에 놀랐는지, 그가 잠시 멈춘다. 그녀를 바라보며 눈을 끔뻑끔뻑한다. 그러고는 머리장식을 바라본다. 당황한 듯 다시 그녀를 바라본다.

몇 초간의 침묵이 흐른 후, 말레나가 앞으로 나선다. "오기?" 그녀가 망설이며 불러본다. 애원의 눈길로 그를 바라본다. "이제 괜찮아요?"

오거스트는 당황한 듯 그녀를 바라본다. 지금 막 잠에서 깨어난 듯이 어리둥절한 모습이다. 말레나가 그를 향해 천천히 다가간다. "여보?" 그녀가 말한다.

그의 아래턱이 움직인다. 그의 이마가 주름진다. 머리장식이 바닥으로 떨어진다.

나는 그제야 기억난 듯 숨을 쉬기 시작한다.

말레나가 그의 바로 앞에 다가선다. "오기?"

그가 그녀를 내려다본다. 그의 코가 씰룩인다. 그러더니 그가 그녀를 세게 밀쳐낸다. 그녀는 깨진 접시 파편들과 쏟아진 음식들 위로 나동그라진다. 그는 그녀 앞에 성큼 다가와서 고개를 숙이고 목걸이를 잡아뜯으려 한다. 걸쇠가 빠지지 않는다. 그러자 목걸이를 움켜쥐고 그녀를 질질 끈다. 그녀는 비명을 지른다.

나는 오거스트를 향해 몸을 날린다. 오거스트와 내가 깨진 접시들과 쏟아진 그레이비 위로 나뒹굴자, 로지가 등 뒤에서 포효한다. 처음에는 내가 놈의 위에 올라타고 놈의 얼굴을 내리친다. 나중에는 그가 내 위에 올라타고 내 눈을 내리친다. 나는 놈을 머리로 들이받고 홱 잡아당겨 일으켜 세운다.

"오기! 제이콥!" 말레나가 비명을 지른다. "그만해요!"

나는 그를 뒤로 떼민다. 그러나 그가 내 깃을 붙잡는다. 우리는 함께 화장대에 부딪힌다. 거울이 사방으로 흩어질 때 어렴풋이 쨍그랑 소리가 들리는 것 같다. 오거스트가 나를 뒤로 밀어내고, 우리는 텐트 중앙에서 맞붙는다.

우리는 씩씩대며 이리저리 나뒹군다. 놈이 바로 앞에 있어 놈의 숨이 얼굴에 끼친다. 이제 내가 그의 위에 올라타고, 주먹질을 한다. 이제 그가 내 위에 올라타고 내 머리를 바닥에 찧는다. 말레나가 우리 옆을 서성거리면서 그만하라고 소리를 치지만 우리는 그만둘 수 없다. 아니, 적어도 나는 그만둘 수 없다. 지난 몇 달 동안 쌓였던 분노와 고통과 절망이 내 주먹으로 흘러들어온다.

지금 눈앞에 있는 것은 뒤집힌 탁자다. 지금 눈앞에 있는 것은 로지다. 로지는 다리로 사슬을 당기며 포효한다. 지금 놈과 나는 다시 일어서서 상대방의 멱살과 옷깃을 잡고 있다. 상대방의 주먹을 막으면서 내 주먹을 휘두른다. 결국 우리는 대기실 입구로 쓰이는 천막 자락 위로 넘어져서 천막 바깥으로 나뒹군다. 우리가 쓰러진 곳이 바로 구경꾼들 한복판이다.

순식간에 그레이디와 빌이 내 팔을 잡고 끌어낸다. 오거스트의 얼굴을 보니, 나를 덮치려는 듯한 표정이 스친다. 그러나 바로 다음 순간, 놈의 으깨진 얼굴에 전혀 다른 표정이 나타난다. 놈은 몸을 일으켜 세우며 태연하게 몸에 묻은 먼지를 털어낸다.

"제정신이 아니야. 미쳤어!" 내가 고함을 지른다.

놈은 나를 차분하게 응시하며 옷소매를 매만진 후 대기실 텐트로 들어간다.

"나 좀 놔줘." 나는 그레이디 쪽을 보았다가 빌 쪽을 보았다가 하며 애원한다. "제발, 가게 해 줘! 놈은 미쳤어! 말레나를 죽일 거야!"

내가 어찌나 심하게 발버둥쳤는지, 그레이디와 빌이 두어 걸음 끌려온다. 대기실 천막 안에서 접시 깨는 소리가 들린다. 곧이어 말레나가 비명을 지른다.

그레이디와 빌이 둘 다 씩씩대며 내가 빠져나갈 수 없도록 다리에 힘을 준다. "아니 못 죽여." 그레이디가 말한다.

"그런 걱정 안 해도 돼."

얼이 사람들 틈에서 튀어나와 천막 자락 밑으로 쑥 들어간다. 뭔가가 깨지는 소리가 멈춘다. 두 번 둔탁한 타격 소리가 들리고, 이어 좀더 큰 타격 소리가 들린다. 그러고는 모든 것이 쥐죽은 듯 고요하다.

나는 모든 것을 가리는 천막을 뚫어져라 바라보며 그 자리에 얼어붙어 있다.

"자. 봤지?" 그레이디가 여전히 내 팔을 단단히 붙잡고 말한다. "괜찮아? 놔줘도 되겠어?"

나는 계속 천막만 뚫어져라 쳐다보며 고개를 끄덕인다.

그레이디와 빌은 단계별로 나를 놓아준다. 일 단계, 팔을 느슨하게 한다. 이 단계, 팔을 푼다. 하지만 바로 옆에 서서 내게서 눈을 떼지 않는다.

누군가 내 허리에 손을 올린다. 월터가 내 옆에 서 있다.

"어서, 제이콥!" 그가 말한다. "저리 비켜."

"못 비켜." 내가 말한다.

"못 비키긴 왜 못 비켜. 어서. 비켜."

나는 침묵이 흐르는 대기실 텐트를 뚫어져라 바라본다. 그리고 얼마 후, 흔들리는 천막 자락에서 눈길을 거두고 저쪽으로 비켜난다.

월터와 나는 가축차에 올라간다. 퀴니가 트렁크 더미 뒤에서 나온다. 뒤에서는 캐멀이 코를 골고 있다. 퀴니는 몽탕한 꼬리를 흔들다가 멈춰 서서 허공에 대고 킁킁거린다.

"앉아." 월터가 아동용 침대를 가리키며 말한다.

퀴니는 바닥 한복판에 앉는다. 나는 침대 가장자리에 앉는다. 아드레날린이 잦아들면서, 내가 얼마나 심하게 다쳤는지 느껴지기 시작한다. 두 손은 너덜너덜하고, 방독면을 쓴 것처럼 호흡이 가쁘고, 오른쪽 눈꺼풀이 엄청나게 부어올라 눈을 뜰 수 없을 정도다. 얼굴을 만져보니, 손에 피가 묻어난다.

월터가 열린 트렁크 위로 고개를 숙인다. 밀주 병과 손수건을 꺼내온다. 내 앞에 서서 코르크 마개를 연다.

"어? 월터? 월터 맞아?"

캐멀이 트렁크 더미 뒤에서 소리친다.

코르크 마개 열리는 소리가 들리면, 캐멀은 자다가도 벌떡 일어난다.

"볼만하군." 월터가 캐멀의 말을 못 들은 척하면서 말한다. 그는 손수건을 병목에 갖다대고 병을 뒤집는다. 그리고 젖은 천을 내 얼굴에 갖다댄다. "조금만 참아. 따끔할 거야."

따끔한 정도가 아니다. 알코올이 얼굴이 닿는 순간, 나는 고함을 지르며 뒤로 물러선다.

월터는 손수건을 들고 기다린다. "이거 물고 있어." 그는 허리를 굽히고 코르크를 주워 나에게 내민다. "자."

"됐어." 나는 이를 악물며 말한다. "잠깐만." 나는 양팔로 가슴을 끌어안고 상체를 앞뒤로 흔든다.

"좋은 생각이 있어." 월터가 이렇게 말하며 내게 병을 내민다. "마셔. 식도가 무척 뜨거울 거야. 하지만 몇 모금 삼켜주면 별로 뜨겁지 않아. 그런데 어쩌다가 이 지경이 된 거야."

병을 받은 나는 망가진 양손을 이용해 병을 얼굴까지 들어올린다. 권투 글러브를 끼고 있는 것처럼 손이 말을 듣지 않는다. 월터가 병을 잡아 준다. 알코올이 들어가자, 상처 난 입술이 타는 것만 같고, 목이 찢어지는 것만 같고 위장이 폭발하는 것만 같다. 나는 숨을 헐떡이며 병을 밀어낸다. 너무 급히 밀쳤는지 병이 기울지도 않았는데 술이 출렁거리며 흘러나온다.

"그래. 그렇게 약한 술은 아니야." 월터가 말한다.

"나도 나갈까? 같이 마실까?" 캐멀이 소리친다.

"조용히 해, 캐멀." 월터가 말한다.

"이것 봐! 아픈 노인한테 말하는 것 좀 보게."

"조용히 하라니까, 캐멀! 지금 그럴 상황이 아니야. 자." 그가 술병을 내밀며 말한다. "더 마셔."

"지금 어떤 상황인데?" 캐멀이 묻는다.

"제이콥이 다쳤어."

"뭐? 어쩌다가? '헤이 루브'라도 일어났어?"

"아니야." 월터가 엄하게 말한다. "그럼 다행이게."

"'헤이 루브'가 뭐야?"

나는 부풀어 오른 입술 사이로 웅얼거린다.

"마셔." 그는 다시 술병을 내밀며 말한다.

"우리랑 놈들이랑 싸움이 나는 거야. 서커스단 사람들하고 촌뜨기 관객들하고. 준비됐어?"

나는 밀주 한 모금을 더 마신다. 월터가 괜찮다고 하지만, 식도를 타고 내려가는 밀주는 여전히 겨자가스처럼 느껴진다. 나는 술병을 바닥에 내려놓고 눈을 질끈 감는다. "준비됐어."

월터는 한 손으로 내 턱을 잡고 좌우로 돌려보며 얼마나 다쳤나 살펴본다. "맙소사, 제이콥. 대체 무슨 일을 당한 거야?" 그가 뒤통수 머리카락을 쓸면서 말한다. 뭔가 새로운 상처를 발견했나 보다.

"놈이 말레나를 밀어냈어."

"마음에서 밀어냈다는 건 아니겠지?"

"손으로 밀쳤어."

"왜?"

"정신이 나갔으니까. 그게 아니라면 왜 그랬겠어."

"머리카락이 깨진 유리 투성이야. 가만히 있어 봐."

그는 손가락으로 내 머리가죽을 살펴보면서 머리카락 사이에서 유리 조각들을 골라낸다. "그러니까, 놈이 왜 정신이 나갔어?" 그가 이렇게 말하며 바로 옆에 있는 책 위에 유리 조각을 올려놓는다.

"내가 어떻게 알아?"

"당연히 모르겠지. 말레나와 엮인 거야?"

"아니야. 절대 그런 게 아니야." 나는 강력하게 부인한다. 그러나 내 얼굴이 이렇게 엉망이 되지만 않았다면 얼굴을 붉혔을 것이다.

"아니면 다행이고." 월터가 말한다.

"너를 위해, 정말이지 아니길 바란다."

오른쪽에서 시끄러운 소리가 들린다. 나는 돌아보려 한다. 그러나 월터가 내 턱을 세게 쥐고 있다.

"캐멀, 도대체 뭘 하려고?" 월터가 꽥 소리를 지른다. 그의 뜨거운 숨결이 얼굴에 끼친다.

"제이콥이 괜찮은지 보려고."

"맙소사." 월터가 말한다.

"그냥 가만히 있어. 알겠어? 언제 누가 나타날지 모른다고! 제이콥을 노리고 오겠지만, 당신도 그냥 두진 않을 거야."

월터가 상처 소독을 끝내고 머리에서 유리 파편들을 골라낸 후, 나는 침낭으로 기어올라 가서 누울 만한 편한 곳을 찾아본다. 머리는 이마와 뒤통수가 모두 박살났다. 오른쪽 눈은 너무 부어올라 완전히 감겼다. 퀴니가 내 쪽으로 와서 조심스럽게 킁킁거리며 상황을 살핀다. 몇 걸음 물러나 배를 깔고 누워 나만 보고 있다.

월터는 병을 다시 트렁크에 넣고 트렁크 속에서 뭔가를 찾는다. 깊숙하게 숨긴 것을 찾는 것 같다. 그가 몸을 일으켰을 때는 그의 손에 커다란 칼이 들려 있다.

그는 염소방 문을 닫고 나무토막을 쐐기처럼 끼워 넣어 열리지 않게 고정한다. 그리고는 벽에 기대고 앉는다. 옆에는 칼이 있다.

잠시 후, 발판에서 타가닥타가닥 말발굽 소리가 들린다. 페트와 다이아몬드 조가 염소방 밖에서 소리를 낮추고 뭔가 이야기를 한다. 그러나 방문을 두드리지도 열려고 하지도 않는다. 잠시 후, 두 사람이 발판을 내려가 차문을 닫는 소리가 들린다.

기차가 드디어 칙칙폭폭 출발하고, 월터는 휴 한숨을 내쉰다. 월터를 돌아보니, 무릎을 세우고 고개를 숙인 채 잠시 그대로 움직이지 않는다. 그러더니 자리에서 일어서서 커다란 칼을 트렁크 뒤로 밀어 넣는다.

"너는 운이 좋은 놈이야." 그가 이렇게 말하며 나무토막을 뺀다. 방문을 열고 캐멀이 숨어 있는 트렁크 더미로 걸어간다.

"내가?" 나는 밀주에 취해서 몽롱한 상태로 반문한다.

"그래, 너 말이야. 지금까지는."

월터는 트렁크 더미를 치우고 캐멀을 꺼낸다. 캐멀을 끌고 염소방 안으로 들어가 혼자 캐멀의 밤 목욕을 준비한다.

나는 꾸벅꾸벅 존다. 상처와 밀주로 녹초가 되었다.

어렴풋이 월터와 캐멀의 대화가 들린다. 월터가 캐멀의 식사를 도와주고 있나 보다. 간신이 몸을 일으켜 물을 받아 마신 후 침낭 위로 쓰러졌던 것이 어렴풋이 기억난다. 다시 한 번 의식이 돌아온다. 캐멀은 아동용 침대 위에 대자로 뻗어 코를 골고 있고 월터는 저쪽 구석 말담요에 앉아 있다. 옆에 등잔을 놓고 무릎에 책을 놓은 채다.

지붕에서 발걸음 소리가 들린다. 잠시 후, 염소방 밖에서 뭔가 툭 떨어지는 소리가 들린다. 정신이 번쩍 든다.

월터가 황급히 옆으로 기어가 트렁크 뒤에 놓인 칼을 움켜쥔다. 방문 옆에 몸을 바짝 붙이고는 칼 손잡이를 부여잡는다. 나에게 등잔을 집으라고 손짓한다. 나는 등잔을 향해서 돌진하다 그 앞에서 넘어진다. 부어오른 한쪽 눈이 떠지지 않아서 공간지각이 불가능하기 때문이다.

문이 삐걱 소리를 내면서 안으로 열린다. 월터의 손가락이 칼 손잡이를 잡았다가 놓았다가 한다.

"제이콥?"

"말레나!" 나는 소리친다.

"하느님 맙소사, 아가씨!" 월터가 소리를 지르며 칼을 떨어뜨린다. "하마터면 죽일 뻔했다고요." 그는 방문 가장자리를 붙잡는다. 머리를 이리저리 움직이며 그녀의 주위를 살펴본다.

"혼자 왔나요?"

"혼자예요." 그녀가 말한다.

"미안해요. 제이콥에게 할 말이 있어서요."

월터가 문을 좀더 연다. 난감한 듯 고개를 숙이며 말한다.

"이런 제길. 차라리 들어오시지요."

그녀가 들어오는 때에 맞춰 나는 등잔불을 집어든다. 그녀의 왼쪽 눈이 시퍼렇게 멍이 들었고 부풀어 올랐다.

"하느님 맙소사!" 나는 나직하게 소리친다.

"놈이 당신한테 무슨 짓을 한 거예요?"

"이럴 수가. 엉망이 됐네요." 그녀가 손을 뻗으며 말한다. 그녀의 손끝이 얼굴 앞을 스친다. "의사를 불러야겠어요."

"나는 괜찮아요." 나는 안심시키려 한다.

"도대체 누구야?" 캐멀이 끼어든다. "여자야? 하나도 안 보여. 누가 내 몸 좀 돌려줘."

"아, 죄송합니다." 말레나가 사과한다. 아동용 침대 위에 누워 있는 병자의 모습에 말레나는 그만 깜짝 놀라고 말았다.

"여기에는 그쪽 두 분만 있는 줄 알았어요…… 아, 미안해요. 이제 그만 돌아가 볼게요."

"아니, 돌아가면 안 돼요." 내가 붙잡는다.

"그런 뜻이 아니에요……. 그 사람한테는 안 돌아가요."

"당신한테 달리는 기차 지붕 위로 걸어가게 할 수는 없어요. 더구나 차량들 사이를 뛰어 넘게 할 수는 없어요."

"제이콥 말이 맞아요." 월터가 말한다.

"우리는 말들 있는 데로 옮길 테니, 이쪽 방을 써요."

"아니에요. 그럴 수는 없어요." 말레나가 대답한다.

"그게 싫으시면 밖에 침낭을 깔아 드릴게요." 내가 말한다.

"아니에요. 그렇게 폐를 끼칠 수는……" 그녀는 머리를 흔든다. "이게 아니에요. 여기 온 게 잘못이었어요." 그녀는 두 손으로 얼굴을 가린다. 잠시 후 울기 시작한다.

나는 월터에게 등잔을 건네고 그녀를 팔로 감싼다. 그녀는 내게 몸을 맡기고 흐느낀다. 그녀의 얼굴이 내 셔츠에 닿는다.

"맙소사." 월터가 다시 입을 연다.

"이러다가 나까지 공범이 되겠군."

그녀는 코를 훌쩍이며 일어나 말들이 있는 쪽으로 걸어간다. 나도 뒤를 따라간다. 그리고 염소방 문을 닫는다.

말레나를 알아보는 나지막한 말 울음소리가 들린다. 말레나는 미드나잇에게 다가가서 옆구리를 쓰다듬어준다.

나는 등을 벽에 대고 주저앉아 그녀가 오기를 기다린다. 얼마 후 그녀가 내 옆으로 온다. 기차가 모퉁이를 도는 순간, 바닥 판자들이 들썩들썩한다. 그 바람에 그녀와 내가 같은 쪽으로 밀려가고, 우리의 어깨가 닿는다.

내가 먼저 입을 연다.

"전에도 놈이 당신에게 손을 댄 적 있어요?"

"없어요."

"또 그러면, 맹세코 놈을 죽여 버리고 말 거예요."

"죽일 필요 없어요." 그녀가 나직하게 대답한다.

나는 그녀가 있는 곳을 본다. 달빛이 그녀 뒤 널빤지 틈으로 새어 들어온다. 보이는 것은 그녀의 실루엣뿐이다.

"그 사람과 헤어질 거예요."

그녀는 이렇게 말하며 고개를 숙인다.

나는 본능적으로 그녀의 손을 더듬는다. 반지가 없다.

"놈에게 말했어요?" 내가 묻는다.

"분명하게 말했어요."

"그랬더니 뭐래요?"

"보시다시피." 그녀가 말한다.

우리는 밑에서 들리는 침목의 덜컹덜컹 소리에 귀를 기울이며 앉아 있다. 나는 잠든 말들의 잔등 쪽을 쳐다보다가 널빤지 사이로 보이는 밤 풍경을 내다보다가 한다.

"앞으로 어떻게 할 건가요?" 나는 묻는다.

"이리Erie에 도착하면 엉클 앨에게 말하겠어요. 여배우 숙소차에서 잘 수 있게 해달라고 할 거예요."

"그동안은 어떡해요?"

"그동안은 호텔에 있을 거예요."

"부모님 집으로 돌아가고 싶지는 않으세요?"

잠시 침묵. "돌아가고 싶지 않아요. 어쨌든 부모님도 나를 받아주지 않을 테고."

　우리는 말없이 벽에 몸을 기댄다. 아직 잡은 손을 놓지 않고 있다. 그렇게 한 시간쯤 흘렀을까. 그녀가 잠이 든다. 그녀의 고개가 옆으로 기울다가 내 어깨 위에 얹힌다.

"얀콥스키 씨? 일어나서 준비해야지요."

바로 귀 옆에서 들려오는 목소리에 나는 눈을 뜬다. 로즈메리가 나를 내려다본다. 천장 타일들이 로즈메리의 얼굴을 액자처럼 둘러싸고 있다.

"어? 아, 알았어."

나는 이렇게 말하며, 팔꿈치를 짚고 애써 일어나려 한다. 기쁨이 용솟음친다. 여기가 어딘지도 기억나고, 그녀가 누군지도 기억나기 때문이다. 게다가 오늘은 서커스 보러 가는 날이 아닌가. 조금 전 일은 뭐지? 뇌가 잠깐 트림이라도 한 것일까?

"그냥 누워 계세요. 침대를 올려 드릴게요." 그녀가 말한다.

"씻으시겠어요?"

"목욕은 관두지. 하지만, 셔츠는 좋은 걸로 입겠어. 나비넥타이도 매고."

"나비넥타이를 매시겠다고요!"

그녀는 야유를 보내며 고개를 젖히고 큰소리로 웃는다.

"그래, 나비넥타이."

"이런, 이런. 재미있는 분이세요." 그녀는 이렇게 말하며 옷장으로 간다. 셔츠 단추 세 개를 겨우 풀었을 때, 그녀가 옷장에서 돌아온다. 이 정도면 나도 아직 쓸 만하다. 머리도 몸도 그런대로 돌아간다.

로즈메리가 셔츠 벗는 것을 도와준다. 나는 그동안 내 비쩍 마른 몸통을 내려다본다. 갈비뼈는 앙상하고, 아직 남아있는 가슴 털 두어 가닥은 하얗게 셌다. 내 몸을 보니, 힘줄과 흉곽만 남아있는 그레이하운드가 생각난다. 로즈메리가 내 팔을 올렸다 내렸다 하면서 셔츠를 입혀준다. 내 가장 좋은 셔츠다.

그녀는 몇 분 후에 나에게 허리를 숙이고 나비넥타이 끝을 매만져 준다. 그러고는 뒤로 한발 물러서서 고개를 갸우뚱하고는 마지막 정리를 해준다.

"그러네요. 인정해요. 나비넥타이가 잘 어울리시네요."

그녀가 고개를 끄덕끄덕하며 말한다. 그녀의 목소리는 풍부하고 달콤하고 음악적이다. 그녀의 목소리라면 온종일 들어도 좋을 텐데. "한번 보실래요?"

"타이 똑바로 맸어?" 내가 묻는다.

"그럼요!"

"그럼 거울은 안 볼래. 요새는 거울 보기가 싫어."

나는 퉁명스레 대답한다.

"그러시든지요. 어쨌든 아주 멋져 보이세요." 그녀는 이렇게 말하며 양손으로 엉덩이를 짚고 나를 위아래로 훑어본다.

"아, 쳇. 그만둬."

나는 앙상한 손으로 손사래를 치면서 말한다.

그녀는 다시 소리 내어 웃는다. 그녀의 웃음소리를 들으면 와인을 마신 것처럼 혈관이 따뜻해진다.

"그럼, 가족 분들 오실 때까지 여기서 기다리실래요? 아니면 로비로 데려다 드릴까요?"

"서커스 공연이 몇 시에 시작하지?"

"세 시에 시작해요." 그녀가 말한다. "지금 두 시고요."

"로비에서 기다릴래. 가족들이 오면 바로 출발해야 할 테니까."

나는 삐걱삐걱하는 몸뚱이와 씨름하며 내 힘으로 휠체어에 탄다. 그동안 로즈메리는 참을성을 잃지 않고 기다린다. 그녀가 휠체어를 밀고 로비로 가는 동안, 나는 양손을 모아 무릎 위에 올려놓고 초조하게 손가락을 문지른다.

로비는 휠체어를 타고 있는 노인들로 가득하다. 줄을 지어 늘어선 휠체어 맞은편엔 방문객용 접의자가 놓여 있다. 로즈메리는 나를 맨 뒤에 세운다. 이피 베일리의 옆자리다.

꼬부랑 할머니 이피는 굽은 등 때문에 고개를 숙이고 있을 수밖에 없다. 이피의 머리는 머리숱이 별로 없는 백발이다. 정성스러운 빗질 덕분에 대머리 부분이 가려진다. (분명 이피의 솜씨는 아니다.) 이피가 갑자기 나를 돌아본다. 그녀의 얼굴이 환해진다.

"모티!" 그녀가 외친다. 그러면서 뼈만 앙상한 손을 뻗어 내 손목을 움켜쥔다. "오, 모티, 드디어 왔군요!"

나는 팔을 잡아 뺀다. 그러나 그녀의 손이 내 팔에 딸려온다. 그녀는 나를 끌어당기려고 하고 나는 몸을 빼려 한다.

"간호사!" 나는 소리를 지르며 그녀의 손을 뿌리치기 위해 안간힘을 쓴다. "간호사!" 잠시 후에, 누군가가 이피를 떼어낸다. 이피는 내가 죽은 남편인 줄 알고 있다. 그뿐이 아니다. 이피는 내가 더이상 자기를 사랑하지 않는 줄 알고 있다. 이피는 엉엉 울며 휠체어 팔걸이 너머로 상체를 내민다. 나를 잡기 위해 필사적으로 허우적거린다. 얼굴이 말을 닮은 간호사가 내 휠체어를 밀어준다. 이피와 나 사이에 공간이 생긴다. 간호사는 이렇게 확보된 공간에 보행기를 밀어 넣어 이피의 접근을 막는다.

"오, 모티, 모티! 그러지 말아요!" 이피가 울먹인다.

"그건 아무것도 아니에요. 그냥 끔찍한 실수였어요. 오, 모티! 이제 나를 사랑하지 않나요?"

나는 자리에 앉아서 팔목을 문지른다. 화가 난다. 저런 사람들은 격리 수용 시설에 넣어야 하는 거 아니야? 저 늙은이는 제정신이 아니라고. 내가 다칠 수도 있었어. 격리 수용 시설이 생기면, 언젠가는 나도 거기 들어가야겠지. 오늘 아침 일을 생각하면, 나도 당장 그런 곳에 들어가야 할 거야. 자세를 바꾸고 똑바로 앉으려 하는데 문득 떠오르는 생각. 새 약 때문에 머리가 이상해진 거 아니야? 아, 로즈메리에게 물어봐야겠군. 그게 아닐 수도 있지만. 어쨌든 그렇게 생각하니 기분이 좋아졌다. 계속 그렇게 생각하고 싶다. 내 얼마 되지 않는 행복들을 잘 간수해야 하니까 말이다.

시간이 흐르고, 노인들이 사라진다. 이윽고, 휠체어가 있던 줄은 이가 거의 빠져버린 멍청한 노인의 미소 같이 된다. 가족들이 연이어 도착해서, 자기의 조상을 찾아내고 늙어빠진 조상님께 시끄러운 인사를 건넨다. 강한 자가 약한 자에게 고개를 숙이고, 뺨에 입을 맞춘다. 휠체어 브레이크가 풀린다. 가족들에 둘러싸인 노인들은 하나씩 하나씩 미닫이문을 통해 밖으로 나간다.

이피의 가족이 도착한다. 반갑다며 기쁜 척을 한다. 이피는 눈을 크게 뜨고 입을 벌린 채로 그들의 얼굴을 멍하니 바라본다. 뭐가 뭔지 모르지만 즐거운 것 같다.

이제 남은 것은 여섯뿐이다. 남은 우리들은 서로 흘끔흘끔 쳐다본다. 유리문이 드르륵 열릴 때마다 고개가 일제히 한쪽으로 돌아간다. 그때마다 누군가의 얼굴이 환하게 밝아진다. 그러다가 어느새 로비에는 나 혼자 남게 된다.

나는 벽걸이 시계를 힐끗 쳐다본다. 두 시 사십오 분이다. 제길! 가족들이 빨리 나타나지 않는다면 본공연을 놓칠 것이 분명하다. 나는 휠체어에 앉아 안절부절못한다. 내가 심통 사나운 늙은이가 된 것 같다. 제길, 나는 심통 사나운 늙은이다. 하지만 가족들이 도착하면, 심통을 부리지 말아야지. 가족들이 도착하면 일단 문밖으로 몰고 가야겠다. 한가하게 이야기나 나누고 있을 시간이 없다는 걸 확실히 해야지. 누가 승진을 했던, 휴가를 어떻게 보냈건, 그런 말은 공연이 끝난 뒤에 하면 된다.

로즈메리가 복도에 머리를 내민다. 복도를 좌우로 살펴보며 내가 로비에 홀로 남아있다는 사실을 확인한다. 그녀는 간호사 차트를 카운터에 내려놓는다. 그리고 내게 다가와서 옆자리에 앉는다.

"가족 분들 아직 안 오셨어요, 얀콥스키 씨?"

"아무 연락 없어!" 나는 꽥 소리를 지른다. "놈들이 당장 안 나타나면 가봤자 별 소용없어. 명당자리는 벌써 다 찼을 테고 조금만 있으면 본공연도 끝날 텐데." 나는 고개를 돌리고 시계를 쳐다본다. 초라

하다. 징징거리기나 하고. "대체 왜들 안 오는 거야? 지금까지 이렇게 늦은 적은 없었는데."

로즈메리는 시계를 쳐다본다. 금시계다. 탄성 있는 시곗줄이라서 그녀의 피부가 시곗줄에 꼬집힌 것 같다.

"오늘 어느 분이 오시는지 알고 있으세요?" 그녀가 묻는다.

"아니. 그런 거 몰라. 제시간에 오기만 한다면, 그런 거야 상관없어."

"그럼, 제가 한번 알아볼게요."

그녀는 자리에서 일어나서 간호사 데스크 뒤로 들어간다.

나는 미닫이문 바깥쪽 보도로 지나가는 사람들을 하나하나 뜯어보며, 낯익은 얼굴을 찾는다. 그러나 모두들 무의미한 점들일 뿐이다. 나는 로즈메리를 바라본다. 그녀는 데스크 뒤에 서서 전화기에 대고 이야기를 하고 있다. 그러면서 나를 힐끗 바라본다. 그러고는 전화를 끊는다. 다시 전화를 건다.

시계가 두 시 오십삼 분을 가리킨다. 공연 시작 칠 분 전이다. 혈압이 너무 높다. 머리 위에 있는 형광등처럼 온몸에서 웅웅 소리가 난다. 화를 내지 않겠다는 생각은 아예 포기했다. 누구든 나타나기만 해봐라. 잔뜩 퍼부어 줄 테다. 정말이다. 나만 빼고 다른 늙은이들은 서커스를 다 볼 텐데. 본공연을 처음부터 끝까지 볼 텐데. 불공평해! 이곳 사람 중에 서커스를 봐야 하는 사람이 있다면 그건 바로 나란 말이야. 아, 누구든 오기만 해봐라. 들어오는 놈이 내 자식이면, 당장 묵사발을 만들 테다. 들어오는 놈이 다른 놈의 자식이면, 일단 참았다가—

"이를 어쩌면 좋지요, 얀콥스키 씨."

"뭐?" 나는 급히 고개를 쳐든다. 로즈메리가 옆에 앉아 있다. 흥분해서 그녀가 온 것도 몰랐다.

"이번이 누구 차례인지 까맣게 모르셨대요."

"그래? 그럼 누구로 정했대? 얼마나 더 기다리래?"

로즈메리는 잠시 말이 없다. 입술을 가늘게 늘이며 양손으로 내 손을 모아 쥔다. 사람들이 나쁜 소식을 전해줄 때 보이는 모습이다. 대체 무슨 말을 하려고? 아드레날린 수치가 높아진다. "오실 수 없대요." 그녀가 말한다. "오늘은 아드님 사이먼이 오시는 날이에요. 전화를 드려보니, 깜빡 잊고 다른 약속을 하셨대요. 다른 가족분들은 전화를 안 받으세요."

"다른 약속?" 내가 침울하게 묻는다.

"네. 선생님."

"서커스 이야기도 했어?"

"네. 선생님. 아드님이 정말 미안하시대요. 하지만 정말 어쩔 수 없으셨다고."

내 얼굴이 일그러진다. 나도 모르는 사이, 나는 아이처럼 울먹이고 있다.

"정말 죄송해요, 얀콥스키 씨. 서커스에 꼭 가셔야 하는데. 저라도 데려다 드리고 싶지만, 오늘 열두 시간 근무라서."

나는 두 손으로 얼굴을 가리고 노인네의 눈물을 감추려 애쓴다. 잠시 후, 눈앞에 화장지가 왔다 갔다 한다.

"고마워, 로즈메리." 나는 화장지를 받아 코를 세게 푼다.

"자네도 알지? 자네가 없었으면 어떻게 살았을지 모르겠어."

그녀는 오랫동안 나를 바라본다. 너무 오래 바라본다. 마침내 그녀가 입을 연다.

"얀콥스키 씨, 저 내일부터 못 나오는 거 아시죠?"

내 머리가 곤추선다. "뭐? 얼마나?" 이런 제길. 올게 왔군. 그녀가 휴가 갔다 돌아오면, 그녀의 이름도 기억나지 않을 텐데.

"남편이랑 리치몬드로 이사 가요. 어머니가 거기에 사세요. 건강이 나빠지셔서요."

나는 어안이 벙벙하다. 아래턱이 흔들흔들 열리지만 말이 나오지 않는다.

"자네 결혼했어?"

"이십육 년 됐어요, 얀콥스키 씨."

"이십육 년? 말도 안 돼. 믿을 수 없어. 자네는 아직 어린데."

그녀가 소리 내어 웃는다.

"손자도 있는걸요, 얀콥스키 씨. 마흔일곱이에요."

나는 잠시 할 말을 잃고 앉아 있다. 그녀는 연분홍 주머니를 뒤져 화장지를 찾아낸다. 그리고 내 흠뻑 젖은 화장지와 바꿔준다. 나는 눈두덩에서 눈물을 꾹꾹 찍어낸다.

"운이 좋은 남자야, 자네 남편." 나는 코를 훌쩍인다.

"저도 그렇고요. 둘 다 축복 받았지요."

"자네 어머니도 축복 받은 거지. 나는 나랑 함께 살겠다는 자식이 하나도 없는데."

"음…… 상황이 어려운 경우가 많으니까요."

"상황이 쉽다는 얘기가 아니잖아."

그녀가 내 손을 잡는다.

"무슨 말씀인지 알아요, 얀콥스키 씨. 저도 알아요."

이럴 수는 없다. 이렇게 불공평할 수는 없다. 나는 눈을 감고 침을 질질 흘리는 할망구 이피 베일리가 공연장에 앉아 있는 모습을 그려본다. 그녀는 서커스에서 본 것을 하나도 기억하지 못할 것이다. 지금 자기가 어디에 있는지도 모를 것이다.

잠시 후, 로즈메리가 입을 연다.

"제가 뭐든 도와드릴 일 없을까요?"

"없어." 내가 대답한다. 그녀가 '도와드릴 일'은 없다. 나를 서커스에 데려다 주거나 서커스를 나한테 데려오거나 그런 것이 아니라면.

"그러네요." 그녀가 다정하게 대답한다.

"방으로 데려다 드릴까요?"

"싫어. 여기 앉아 있을 거야."

그녀는 내 앞에 서서 고개를 숙이고 오랫동안 이마 위에 입을 맞춰준다. 그러고는 복도로 사라진다. 그녀가 신은 구두의 고무 밑창이 타일 바닥 위를 삐걱삐걱하며 미끄러져 간다.

collection of the ringling circus museum, sarasota, florida
〈링글링 서커스 박물관〉 소장, 플로리다 주 사라소타

자고 일어나니 말레나가 사라졌다. 나는 바로 말레나를 찾아다닌다. 한참 찾아 헤맨 끝에 그녀가 얼과 함께 엉클 앨의 객차에서 나오는 모습을 발견한다. 얼은 그녀와 함께 사십팔 호 객차로 간다. 오거스트를 객차에서 내보내고 말레나를 들어가게 한다.

오거스트 꼴이 내 꼴과 비슷한 것을 보니 기분 좋다. 놈이나 나나 썩어 문드러진 토마토 꼴이다. 말레나가 객차로 올라가자 오거스트는 그녀의 이름을 부르며 뒤쫓아 들어가려 해보지만 얼에게 제지를 당한다. 오거스트는 절망적인 표정으로 객실 창문 앞을 이리저리 왔다 갔다 한다. 손가락 끝으로 창틀에 매달려 눈물을 흘리며 후회의 말들을 쏟아낸다.

다시는 안 그런다고 한다. 자기는 그녀를 목숨보다 사랑하며, 그녀도 그것을 알지 않느냐고 한다. 도대체 자기가 왜 그랬는지 모르겠다고 한다. 죗값을 치를 수만 있다면 무슨 짓이라도 — 무슨 짓이라도!—하겠다고 한다. 당신은 여신이야, 당신은 나의 여왕이야, 나는 정말 불쌍한 놈이야, 이렇게 후회하고 있는데. 내가 얼마나 미안해하는지 모르겠어? 나를 괴롭히려는 거야? 불쌍히 봐줄 수 없겠어?

말레나는 여행 가방을 들고 차에서 내린다. 눈길 한번 주지 않고 그의 옆을 지나간다. 그녀는 밀짚모자를 쓰고 나긋나긋한 챙으로 얼굴을 가렸다. 멍든 눈이 보이지 않도록.

"말레나." 그가 그녀를 부르며 손을 뻗어 그녀의 팔을 잡는다.

"그 손 놔." 얼이 경고한다.

"제발. 이렇게 빌게." 오거스트가 애원한다. 흙바닥에 무릎을 꿇는다. 그의 손이 그녀의 팔을 스쳐 내려온다. 그러고는 그녀의 왼손을 붙잡는다. 그는 그녀의 손을 자기의 얼굴에 갖다대고 눈물 세례와 키스 세례를 퍼붓는다. 그녀는 돌처럼 딱딱한 얼굴로 먼 곳을 응시한다.

"말레나. 여보. 날 좀 봐. 무릎도 꿇었어. 이렇게 빌고 있고. 더이상 어떻게 하길 바라? 사랑하는 여보, 우리 예쁜 아기— 제발 나랑 같이 들어가자. 들어가서 얘기하자. 같이 얘기하면 방법을 찾을 수 있을 거야." 그녀는 손을 비틀어 빼고 걷기 시작한다.

"말레나! 말레나!" 그는 계속 고함을 지른다. 그의 얼굴에서 멍이 들지 않은 부분까지 파랗게 질린다. 머리칼이 흘러내려 이마를 덮는다. "당신, 이럴 수는 없어! 이렇게 끝낼 수는 없어! 듣고 있어? 당신은 내 아내야, 말레나! 죽음이 우리를 갈라놓을 때까지, 기억나?" 그는 무릎을 펴고 일어나서 주먹을 꽉 쥔 채 그 자리에 못 박힌 듯 서 있다. "죽음이 우리를 갈라놓을 때까지!" 그가 소리친다.

말레나는 자기의 여행 가방을 내게 떠안기고 계속 걸어간다. 나는 그녀 뒤를 따라간다. 그녀가 황갈색 잔디밭을 가로질러 걸어가는 동안, 나는 그녀의 가는 허리만을 바라보며 허겁지겁 쫓아간다. 서커스장 가장자리에 와서야 그녀는 걸음을 늦춘다. 나는 겨우 그녀와 나란히 걸을 수 있게 된다.

"어서 오세요."

호텔 직원이 우리에게 인사한다. 우리가 문을 열고 들어갈 때 출입문 위에 달린 종이 딸랑딸랑 신호를 보냈다. 그의 표정은 손님을 맞이하는 종업원의 표정에서 놀람의 표정으로 바뀌었다 다시 경멸의 표정으로 바뀐다. 우리가 여기까지 오는 동안 마주쳤던 사람들도 다들 놀람과 경멸이 뒤섞인 표정을 지었다. 정문 옆 벤치에 앉아 있는 중년의 부부는 염치없이 대놓고 쳐다본다.

우리 둘의 모습은 그야말로 가관이다. 말레나의 멍 자국은 시퍼렇게 변했다. 그러나 어쨌든 얼굴 형태는 변하지 않았다. 그러나 내 얼굴은 으깨졌다. 상처에서 피가 흐른다.

"방 하나 주세요." 말레나가 말한다.

직원이 경멸 어린 표정으로 그녀를 힐끗 쳐다본다.

"지금 방이 없는데요." 직원은 손가락 하나로 안경을 올리며 대답한다. 그러고는 숙박부로 고개를 돌린다.

나는 그녀의 여행 가방을 바닥에 내려놓고 그녀 옆에 선다.

"'빈방 있음'이라는 표시는 뭐요?"

그는 입을 다물고 거만한 표정을 짓는다. "잘못 걸었어요."

말레나가 내 팔을 살짝 친다. "그러지 말아요, 제이콥."

"아니요. 이 숙녀분이 방을 달라고 하시잖아요. 호텔에는 빈방이

417

있잖아요."

그는 그녀의 왼쪽 손을 보고, 눈썹을 치켜뜬다.

"부부가 아닌 커플에게는 방을 빌려드리지 않습니다."

"같이 묵는 게 아니야. 이 숙녀분 혼자 계실 거라고."

"으음." 그가 말한다.

"이봐, 조심하는 게 좋을 거야." 내가 경고한다.

"우리가 불륜 관계라도 된다는 거야?"

"그만해요, 제이콥." 말레나가 다시 말린다. 그녀는 전보다 더 창백해진 얼굴로 바닥을 내려다보고 있다.

"그런 말씀 드린 적 없는데요." 종업원이 대답한다.

"제이콥, 제발." 말레나가 애원한다. "그냥 다른 데로 가요."

나는 종업원을 마지막으로 한번 무섭게 노려보며, 말레나가 말리지 않았다면 무슨 일이 일어날지 몰랐다는 것을 알려주려 한다. 그녀의 여행 가방을 집어든다. 그녀는 문으로 걸어간다.

"아, 어쩜, 누군지 알겠어!" 벤치에 앉아 있던 남녀 중에 여자가 말한다. "포스터에 나오는 아가씨야! 맞아! 틀림없어!" 여자가 옆에 앉은 남자에게 고개를 돌린다. "로버트, 포스터에 나오는 아가씨야! 맞지? 아가씨, 서커스 스타 맞지요?"

말레나가 문을 밀고 모자챙을 눌러쓰며 밖으로 나온다. 나는 그녀 뒤를 따라간다.

"잠깐만요." 직원이 부른다. "이제 보니 방이 하나 있ㅡ"

나는 나오면서 문을 쾅 닫는다.

호텔에서 세 집 내려오니 다른 호텔이 있다. 이 호텔은 아까 호텔

같이 까다롭게 굴지는 않지만, 이곳 종업원도 아까 종업원 못지않게 짜증스럽다. 종업원은 무슨 일이 있었는지 알고 싶어 죽겠다는 표정이다. 종업원의 시선이 우리를 머리부터 발끝까지 훑어본다. 추잡스럽게 번들거리는 시선이다. 말레나의 눈만 멍들었으면 그가 무슨 상상을 했을지는 알 만하다. 하지만 내 상처가 훨씬 더 심하니, 상황을 짐작하기가 쉽지 않을 것이다.

"2B호실입니다." 그는 이렇게 말하며 열쇠를 대롱대롱 흔든다. 여전히 우리를 열심히 보고 있다.

"계단 올라가서 오른쪽입니다. 복도 끝 방이에요."

나는 말레나 뒤를 따라간다. 그녀가 계단을 올라가는 동안 나의 시선은 그녀의 조각 같은 허벅지에 머문다.

그녀는 한참 동안 열쇠와 실랑이를 벌이다가 열쇠를 꽂아둔 채 한쪽으로 물러선다. "안 되네요. 해볼래요?"

나는 열쇠를 구멍 속에 밀어넣고 가볍게 돌린다. 금방 문이 스르르 열린다. 나는 문을 밀어 열고 한쪽으로 비켜서서 말레나를 먼저 들어가게 한다. 그녀는 모자를 침대 위에 던져 놓고 창문으로 걸어간다. 창문은 열려 있다. 한 줄기 바람이 불어와 커튼이 부풀어 오른다. 커튼이 바람 부는 대로 방 쪽으로 밀려왔다 창 쪽으로 밀려간다.

방은 수수하고 깨끗하다. 벽지와 커튼은 꽃무늬다. 침대 커버는 셔닐이다. 욕실 문이 열려 있다. 욕실 안은 크고 이동식 욕조가 있다.

나는 여행 가방을 내려놓고 어색하게 멀뚱히 서 있다. 말레나는 내게 등을 돌린 채다. 그녀의 목에 상처가 있다. 목걸이 죔쇠가 파고든 자리다.

"다른 것은 필요한 거 없어요?"

내가 모자를 만지작거리며 묻는다.

"아니오. 없어요. 고마워요." 그녀가 대답한다.

나는 그녀를 한참 더 바라본다. 그녀에게 다가가고 싶다. 그녀를 품에 안고 싶다. 그러나 나는 문을 살며시 닫고 방을 나온다.

동물원 텐트로 가서 하던 일을 계속한다. 달리 할 수 있는 일이 없다. 먹이를 자르고, 휘젓고, 나눈다. 야크의 잇몸에 난 종기를 살핀다. 보보의 손을 잡고 텐트 안을 한바퀴 돌면서 나머지 동물들을 쭉 둘러본다.

배설물을 치우는 일까지 마쳤을 때, 다이아몬드 조가 등 뒤로 다가온다. "엉클 앨이 좀 보재."

나는 잠시 그를 바라보다가 짚더미 위에 삽을 내려놓는다.

엉클 앨은 식당차에 타고 있다. 식탁 위에 스테이크와 감자튀김 접시가 놓여 있다. 엉클 앨은 한 쪽 손에 시가를 들고서 담배연기 도넛을 만들고 있다. 심상치 않은 표정의 똘마니들이 그의 뒤에 포진하고 있다.

나는 모자를 벗는다. "부르셨습니까?"

"왔구나, 제이콥." 그가 상체를 내밀며 말한다.

"잘 왔어. 말레나 문제는 해결했나?"

"방을 잡았어요. 그게 문제를 해결한 건지는 모르지만."

"그것도 해결의 일부지, 그럼."

"그게 무슨 말씀이신지."

그는 잠시 말이 없다. 그러다가 시가를 내려놓고 두 손을 모아 검지로 뾰족탑 모양을 만든다. "어려운 말이 아니야. 두 사람 다 나한테는 없어서는 안 될 사람이야."

"말레나는 서커스단을 그만둘 생각이 없는 걸로 알고 있는데요."

"오거스트도 그만두겠다고 하는 건 아니야. 하지만 생각 좀 해 봐. 두 사람이 여기에서 같이 일하면서 남남처럼 지낸다면 어떻게 되겠나. 오거스트는 상심해서 제정신이 아니라고."

"말레나가 오거스트에게 돌아가야 한다는 말씀은 아니겠죠?"

엉클 앨은 미소를 지으며 고개를 쳐든다.

"오거스트는 폭력을 썼어요, 앨. 말레나에게 폭력을 썼다고요."

엉클 앨이 턱을 문지르며 생각에 잠긴다.

"그래, 맞아. 그건 별로 심각하게 생각 안 해 봤어. 인정하지." 그가 맞은편 의자를 가리킨다. "앉아."

나는 경계태세를 취하며 의자 끝에 걸터앉는다.

엉클 앨이 머리를 한쪽으로 기울이며 나의 표정을 살핀다.

"그렇다면, 그 말이 사실인가?"

"뭐가요?"

그는 손가락 끝으로 탁자를 두드리며 입술에 힘을 준다.

"자네와 말레나가…… 흠…… 뭐라고 해야 하나……."

"아니에요."

"음." 그는 계속 머리를 굴린다. "좋아. 그럴 리가 없지. 됐어. 그렇다면, 자네가 나를 좀 도와줘."

"뭐라고요?" 내가 묻는다.

"내가 오거스트를 맡을 테니, 자네는 말레나를 맡아."

"싫어요."

"그래, 자네가 난처한 입장인 것은 알아. 말레나의 친구면서 오거스트의 친구기도 하니."

"나는 오거스트 친구 아니에요." 그는 한숨을 내쉬며 자기가 지금 엄청난 참을성을 발휘하고 있다는 표정을 짓는다.

"오거스트를 이해해 줘야 해. 가끔 그럴 때가 있어. 그의 잘못이 아니야." 그가 상체를 내밀며 내 얼굴을 유심히 살핀다.

"세상에. 상처가 장난이 아니군. 내가 의사를 불러줄게."

"의사 필요 없어요. 그리고 그게 그의 잘못이 아니라니요?"

그는 나를 물끄러미 바라보다 의자 뒤에 기댄다.

"그는 아파, 제이콥."

나는 아무 말도 하지 않는다.

"그는 편지성 부녀증에 걸렸어."

"그가 뭐에 걸렸다고요?!"

"편지성 부녀증 환자라고." 엉클 앨이 했던 말을 반복한다.

"편집성 분열증 환자요?"

"맞아. 그거. 쉽게 말해 미친놈이야. 그래도 멋있는 놈이지. 그래서 우리 모두 참는 거 아니겠어. 물론 말레나가 다른 사람보다 훨씬 힘들 거야. 그러니까 우리가 그녀를 도와줘야 하는 거 아니겠어."

나는 깜짝 놀라 고개를 젓는다.

"대체 무슨 말씀 하시는 거예요?"

"나한테는 둘 다 없으면 안 되는 사람들이야. 둘이 합치지 않으면 오거스트는 도저히 감당할 수 없게 돼."

"그는 폭력을 썼어요." 나는 했던 말을 반복한다.

"그래, 알아. 그거 참 난처한 일이지. 하지만 그는 그녀의 남편이야, 안 그래?"

나는 모자를 쓰고 일어난다.

"어디 가려고?"

"일하러 갑니다." 내가 대답한다. "오거스트는 말레나 남편이기 때문에 말레나를 때려도 된다니. 오거스트가 제정신이 아니기 때문에 잘못이 없다니. 여기 앉아 그런 말도 안 되는 이야기나 듣고 있을 시간이 없습니다. 오거스트가 제정신이 아니라면, 말레나를 그의 곁에 있게 해선 더더욱 안 됩니다."

"가서 일하고 싶으면, 다시 앉아."

"모르시나본데, 저는 이런 일 하고 싶은 생각 전혀 없습니다." 나는 문으로 가면서 말한다. "그만두겠습니다. 아쉽지만 그동안 감사했다는 말은 못 하겠습니다."

"그 쬐그만 친구는 어쩌고?"

나는 그 자리에 멈춰 선다. 문손잡이를 돌리려던 손이 순간 얼어붙은 것만 같다.

"개새끼 데리고 다니는 멍청이 말이야." 그는 생각에 잠긴 듯 말한다. "또 다른 놈도 있지. 거, 이름이 뭐지?" 그는 손가락 꺾는 소리를 내면서 이름을 생각해 내려고 애쓴다.

나는 천천히 돌아선다. 놈이 무슨 짓을 하려는지 알 것 같다.

"내가 무슨 말 하는지 알지? 그 아무 짝에도 쓸모없는 병신이 몇 주 동안 내 밥을 훔쳐 먹고 내 기차 칸을 몰래 차지하고 있어. 물론 일은 하나도 안 하고. 그놈은 잘 있나?"

나는 놈을 노려본다. 얼굴이 분노로 이글이글 타오른다.

"나 몰래 무임승차가 가능할 줄 알았어? 결국 내가 알게 되어 있어."

놈이 험악한 얼굴로 말한다. 놈의 눈이 번득인다. 그러다가 놈이 갑자기 표정을 바꾸어 따뜻한 미소를 짓는다. 그러고는 양손을 펼치며 변명한다.

"뭔가 오해하고 있는 것 같은데. 그런 뜻이 아니야. 이 서커스단 사람들은 다 내 가족이나 다름없어. 한 명 한 명 마음을 쓰고 있어. 하지만 자네가 알아야 할 게 있어. 전체를 위해서 개인의 희생을 감수해야 할 때가 있는 거야. 우리 서커스단 가족들이 살려면, 오거스트와 말레나가 화해를 해야 해. 자, 내 말 알겠지?"

나는 이글이글 타오르는 그의 눈을 바라본다. 그의 두 눈 사이를 도끼로 찍을 수만 있다면 얼마나 좋을까.

"네, 단장님." 나는 결국 대답한다. "알 것 같습니다."

로지가 한쪽 발을 욕조 속에 집어넣은 자세로 서 있다. 나는 그녀의 발톱을 다듬는 중이다. 로지는 사람처럼 발톱이 다섯 개다. 녀석의 앞발톱 하나를 다듬다가 문득 이상한 기분이 든다. 분주하게 일하던 동물원 텐트가 일순간 일손을 멈추었다. 일꾼들은 제자리에 얼어붙어 휘둥그런 눈으로 입구 쪽을 바라보고 있다.

고개를 들어보니, 오거스트가 나에게 오고 있다. 그리고 내 앞에 선다. 놈은 흘러내리는 머리카락을 쓸어 올린다. 손이 퉁퉁 부어 있다. 아랫입술은 시퍼렇게 멍이 들고, 석쇠에 구운 소시지처럼 갈라졌다. 코는 납작하게 주저앉았고 한쪽 코는 아예 뭉개져 피가 뭉쳐 있다. 놈은 불붙은 담배를 들고 있다.

"이것 참." 그가 입을 연다. 미소를 지으려 애쓴다. 그러나 갈라진 입술로는 불가능하다. 놈은 담배를 한 모금 빤다.

"누가 더 심하게 당했는지 모르겠군. 안 그래, 친구?"

"무슨 일인데요?"

나는 고개를 숙이고 거대한 발톱을 줄로 갈아내며 묻는다.

"아직 화가 안 풀렸어?"

나는 대답하지 않는다.

그는 잠시 내가 일하는 모습을 보고 있다. "이봐, 내가 심했어. 나도 알아. 가끔 나는 상상력이 지나치게 풍부한 게 문제야."

"아, 상상력이 풍부해서 그랬군요?"

"이봐." 놈이 연기를 내뿜으며 말한다.

"지나간 일은 잊어버리자고. 어때, 친구— 없던 일로 하는 거지?" 놈이 악수를 청한다.

나는 똑바로 서서 양손을 허리에 올린다.

"감독님은 말레나한테도 폭력을 썼어요."

사람들이 입을 쩍 벌리고 우리 쪽을 바라본다. 오거스트는 충격을 받은 듯한 얼굴이다. 놈이 입을 달싹인다. 내밀었던 손을 거두면서 담배를 옮겨 든다. 양손이 멍투성이에, 손톱이 다 으깨졌다. "그래. 나도 알아."

나는 한발 뒤로 물러서서 로지의 발톱을 점검한다.

"포우슈 노게. 포우슈 노게, 로지.[*]"

그녀는 물통에 담갔던 거대한 앞발을 들어올렸다가 다시 바닥에 내린다. 나는 물통을 발로 밀어 반대쪽 앞발 앞에 놓는다. "노게! 노게!" 로지는 무게중심을 옮기고 앞발을 물통 중앙에 담근다. "테라스

---

[*] Połóż nogę. Połóż nogę, rosie, 다리를 놓아, 다리를 놓아, 로지!

도 프쇼두.*" 나는 로지의 다리 뒤를 손가락으로 찌르고, 로지는 발의 위치를 바꾸어 발톱이 물통 가장자리 밖으로 나오게 자세를 잡는다. "잘했어, 아가야." 나는 이렇게 말하며 그녀의 어깨를 두드려준다. 그녀는 코를 들어올리고 입을 벌리며 미소를 짓는다. 나는 로지의 입에 손을 넣어 혀를 쓰다듬어준다.

"말레나 있는 곳 알아?" 오거스트가 묻는다.

나는 허리를 굽히고 양손으로 로지의 발바닥을 쓸어보며 로지의 발톱이 제대로 갈렸는지 확인한다.

"그녀를 봐야겠어." 그가 말을 잇는다.

나는 다시 발톱 갈기에 열중한다. 미세한 발톱 가루가 공중으로 솟아오른다.

"좋아. 계속 그런 식으로 하겠다 그거지?" 그의 목소리가 날카롭다.

"하지만 말레나는 내 아내라고. 내가 찾을 거야. 호텔을 하나씩 하나씩 모조리 뒤지는 한이 있어도 찾아내고 말테니까."

내가 고개를 드는 순간, 그가 담배꽁초를 휙 집어던진다. 담배는 원을 그리며 공중으로 날아올라 로지의 입 안으로 들어간다. 그리고 지글지글 소리를 내면서 로지의 혓바닥을 지진다. 로지는 겁에 질려 포효하며 머리를 뒤로 젖히고 코를 입에 넣어 입 안을 뒤진다.

오거스트가 천막을 나간다. 로지를 돌아보니, 나를 쳐다보고 있다. 그녀의 표정에는 이루 형언할 수 없는 슬픔이 어려 있다. 그녀의 황갈색 눈동자엔 눈물이 고여 있다.

---

* Teraz do przodu, 이제 앞으로.

놈이 호텔을 모조리 뒤진다는 생각은 미처 하지 못 했다. 그녀는 이곳에서 두 번째로 가까운 호텔에 묵고 있다. 이렇게 찾기 쉬운 곳도 없다.

나는 감시당하는 중이다. 그 정도는 나도 알고 있다. 나는 자리를 지키며 기회를 엿본다. 그러다가 기회가 왔을 때 서커스장을 빠져나가 호텔로 달려간다. 모퉁이를 돈 후에는 일분 정도 멈춰 서서 기다리며 뒤를 밟는 사람이 없는지 살핀다. 잠시 숨을 돌린 후에, 모자를 벗어 이마의 땀을 닦고 나서 호텔 건물 안으로 들어간다.

종업원이 고개를 들고 쳐다본다. 처음 보는 종업원이다. 나를 본 그의 눈빛이 흐릿해진다.

"무슨 일로 오셨나요?" 종업원은 나를 처음 보는 것이 아니라는 태도, 썩어 문드러진 토마토가 날마다 호텔 문을 지나다닌다는 태도이다.

"라슈 양을 만나러 왔는데요." 말레나는 체크인할 때 처녀 때 성을 썼다. "말레나 라슈."

"그런 분은 없는데요." 그가 대답한다.

"그럴 리가 없어요." 내가 반박한다. "오늘 아침 체크인 할 때 같이 있었다고요."

"죄송하지만, 그런 분은 없습니다."

나는 잠시 그를 쳐다보다가 계단으로 뛰어올라간다.

"이봐! 당장 내려와!"

나는 계단을 두 개씩 뛰어올라간다.

"당장 안 내려오면, 경찰을 부를 거야!" 그가 소리친다.

"맘대로 해!"

"지금 부를 거야! 당장 부를 거야!"

"어서 불러!"

나는 그녀의 방문을 두드린다. 상처가 가장 덜한 손가락 관절을 사용한다. "말레나?"

바로 다음 순간, 종업원이 나를 붙잡고 벽에 돌려 세운다. 멱살을 잡으며 얼굴을 들이댄다.

"내가 말했잖아. 그런 사람 없다고."

"괜찮아요, 앨버트. 이 사람은 친구예요."

어느새 말레나가 복도로 나와 우리 뒤에 서 있다.

그는 얼어붙은 듯이 그 자리에 멈춰 서서 내 얼굴에 대고 뜨거운 입김을 뿜는다. 당황한 그의 눈이 휘둥그레진다. "뭐라고요?" 그가 되묻는다.

"앨버트?" 나 역시 똑같이 당황해서 되묻는다. "앨버트?"

"하지만 아까는요?" 앨버트가 다급히 묻는다.

"이 사람이 아니었어요. 이번에는 다른 사람이에요."

"오거스트가 왔었어요?" 비로소 어떻게 된 일인지 감이 잡힌다. "당신, 괜찮아요?"

앨버트가 나와 말레나를 번갈아 쳐다본다.

"이 사람은 친구예요. 이 사람이 그 사람과 싸웠던 사람이에요." 말레나가 설명한다.

앨버트가 멱살을 풀어준다. 내 윗옷을 어색하게 만져주며 악수를 청한다.

"미안해, 친구. 아까 그놈이랑 너무 비슷하게 생겼기에."

"어, 괜찮아." 나는 그가 내민 손을 잡으며 말한다. 그가 손을 꽉 쥔다. 나는 움찔한다.

"그가 당신을 찾고 있어요." 내가 말레나에게 말한다.

"숙소를 옮기는 게 좋겠어요."

"바보 같은 소리 말아요." 말레나가 대답한다.

"놈은 벌써 왔다 갔어." 앨버트가 말한다.

"내가 그런 사람 없다고 하니까 믿는 것 같았어."

아래층에서 현관 위에 매단 종이 딸랑딸랑 울린다. 앨버트와 나는 서로 마주본다. 나는 말레나를 방 안으로 밀어넣고, 앨버트는 서둘러 계단을 내려간다.

"어서 오세요." 내가 문을 닫는 순간, 앨버트의 목소리가 들려온다. 오거스트는 아닌 것이 분명하다.

나는 문에 기대 땅이 꺼질 듯이 안도의 한숨을 내쉰다.

"서커스장과 이렇게 가깝지 않은 곳에 방을 구하면 마음이 훨씬 편할 것 같아요. 다른 곳을 찾아보면 안 될까요?"

"그냥 여기 있고 싶어요."

"대체 왜요?"

"그 사람이 벌써 왔다 갔으니까, 내가 다른 데 있는 줄 알 거예요. 또, 영원히 그 사람을 피해다닐 수도 없고. 내일쯤은 돌아가야 할 거예요."

이럴 수가. 돌아간다니.

그녀가 작은 탁자를 한 손으로 문지르며 방 저쪽으로 걸어간다. 의자에 털썩 주저앉아 등받이에 머리를 기댄다.

"그가 나한테 사과했어요." 내가 말한다.

"그래서 당신은 사과를 받았어요?"

"물론 안 받았죠." 나는 매우 섭섭하다는 듯 대답한다.

그녀가 어깨를 으쓱한다.

"사과를 받아주지 그랬어요. 그럼 편해졌을 텐데. 사과를 받아주지 않았으니, 아마 해고당할 거예요."

"놈은 폭력을 썼어요, 말레나!"

그녀가 눈을 감는다.

"설마— 항상 이런 식이에요?"

"그래요. 아니 그게, 지금까지 나한테 폭력을 쓴 적은 없었어요. 하지만, 불 같은 성미는 옛날부터 그랬어요. 언제 어떻게 돌변할지 모르는 사람이에요."

"엉클 앨 말로는 편집성 분열증이라던데."

그녀가 고개를 떨어뜨린다.

"지금까지 어떻게 견뎠어요?"

"달리 방법이 없었어요. 안 그래요? 나는 내가 뭘 하는지도 모르면서 그 사람과 결혼을 했어요. 당신도 봤잖아요. 그 사람은 기분이 좋을 때는 세상에서 가장 매력적인 사람이에요. 하지만, 뭔가에 화가 나면……" 그녀는 한숨을 내쉰다. 그리고 오랫동안 말이 없다. 그녀의 이야기는 여기서 끝일까? 그렇지는 않다.

"첫 번째는 결혼하고 삼 주 만이었어요.. 나는 겁이 나서 죽을 것만 같았어요. 동물원 일꾼을 때렸는데, 너무 심하게 때려서 맞은 사람이 한쪽 눈을 잃었어요. 나는 그 사람이 때리는 모습을 봤어요. 그걸 보고 부모님께 전화를 걸었어요. 집으로 돌아가도 되냐고 물었어요. 하지만 부모님은 나와 말도 섞지 않으려 했어요. 유태인과 결혼한 것으로도 모자라서 이젠 이혼을 하겠다는 것이냐며. 어머니가 아버지의 말을 전했어요. 당신 눈에 흙이 들어가기 전엔 나를 보지 않겠다고. 나를 죽은 자식이라고 생각한다고."

나는 그녀 옆에 다가가서 무릎을 꿇는다. 손을 들어올려 그녀의 머리카락을 쓰다듬는다. 그러나 몇 초 만에 손을 내려 의자 팔걸이 위에 놓는다.

"그로부터 삼 주 후에 또 다른 동물원 일꾼이 팔이 잘렸어요. 오거스트와 함께 맹수한테 먹이를 주다가요. 과다출혈로 목숨을 잃었어요. 아무도 자세한 사정을 알아볼 경황이 없었어요. 첫 시즌이 끝날 무렵, 오거스트는 공연 말 열두 필을 선물로 줬어요. 하지만 곧 알게 되었지요. 이전 조련사(여자였어요)가 오거스트의 특실에서 함께 밤을 보낸 후에 달리는 기차에서 뛰어내렸더라고요. 그 사람이 말을 선물한 것은 그 때문이었어요. 비슷한 사건은 수도 없이 많았어요. 나한테 폭력을 쓴 것은 처음이지만."

그녀는 침대에 쓰러진다. 잠시 후 그녀의 어깨가 들썩이기 시작한다.

"아, 저기요." 나는 어찌할 바를 모른다. "저기 있잖아요. 저기 있잖아요. 말레나— 고개 좀 들어봐요. 제발."

그녀가 몸을 일으키고 눈물을 닦는다. 그리고 내 눈을 쳐다본다. "나랑 같이 있어주겠어요, 제이콥?"

"말레나."

"쉿." 그녀는 자세를 고쳐서 의자 끝에 걸터앉아 내 입술 위에 손가락을 갖다댄다. 그러고는 바닥으로 미끄러져 내려온다. 그녀는 내 앞에 무릎을 꿇고 있다. 바로 몇 센티미터 앞이다. 그녀의 손가락이 내 입술 위에서 떨고 있다.

"제발." 그녀가 부탁한다. "당신이 필요해요." 아주 잠깐 침묵이 흐른 후, 그녀는 내 얼굴을 조심스럽게 어루만진다. 그녀의 손가락이 살

갖에 닿을 듯 말 듯 스쳐 지나간다.

"말레나."

"아무 말도 하지 말아요." 그녀가 부드럽게 속삭인다. 그녀의 손길이 내 귀를 지나 뒷목을 쓸어내린다. 온몸이 부르르 떨린다. 온몸의 털이란 털이 모두 곤두선다.

그녀의 두 손이 내 셔츠로 내려올 때, 나는 눈을 뜬다. 그녀는 천천히 능숙한 솜씨로 단추를 풀고 있다. 나는 그녀를 지켜본다. 그만하게 해야 한다. 나도 알고 있다. 그러나 그럴 수가 없다. 나에게는 그럴 힘이 없다.

그녀는 내 셔츠 단추를 모두 풀고 셔츠 자락을 바지에서 꺼낸다. 내 눈을 바라보며 상체를 숙인다. 그녀의 입술이 내 입술에 닿을락말락 한다. 키스라기보다는 그저 입술이 스치는 것 같다. 그녀는 아주 잠시 그렇게 가만히 있다. 그녀의 입술이 바로 앞에 있다. 얼굴에서 그녀의 숨결이 느껴진다. 이윽고 그녀가 상체를 좀더 숙여 내게 키스한다. 부드러운 키스. 입술을 뗄까 말까 망설이는 키스. 다음번 키스는 그보다 강렬하다. 그 다음은 좀더 강렬하다. 정신을 차리니 어느새 나도 그녀에게 키스하고 있다. 양손으로 그녀의 얼굴을 붙잡고 키스하는 동안, 그녀의 손끝은 내 가슴을 쓰다듬으면서 아래로 또 아래로 내려간다. 그녀의 손가락이 내 바지까지 내려오자, 나는 숨이 멎을 것만 같다. 발기한 윤곽이 드러난다. 그녀는 잠시 내 바지 위를 어루만진다.

그녀가 움직임을 멈춘다. 나는 정신이 멍하고 무릎이 후들거린다. 그녀는 내 눈 속을 바라보며 내 두 손을 자신의 입술로 가져간다. 그러고는 오른손 손바닥과 왼손 손바닥 위에 힘껏 입을 맞추고는 이번에는 내 두 손을 자신의 가슴으로 가져간다.

"안아줘요, 제이콥."

이제 나는 죽은 목숨이다. 끝장이다.

그녀의 가슴은 작고 동그랗다. 마치 레몬 같다. 나는 양손으로 그녀의 가슴을 모아 쥐고 엄지손가락으로 문지른다. 코튼 드레스에 덮인 그녀의 젖꼭지가 단단해지는 것이 느껴진다. 나는 내 상처 입은 입술로 그녀의 입술을 짓누르며, 그녀의 갈비뼈와 허리와 엉덩이와 허벅지를 양손으로 쓸어내린다.

그녀는 내 바지를 벗기고 한 손으로 나의 일부를 잡는다. 기절할 것만 같다.

"제발." 나는 숨을 헐떡인다. 목소리가 갈라진다.

"제발. 당신 안에 들어가고 싶어."

어찌어찌해서 침대로 가는 데 성공한다. 나는 마침내 그녀의 몸속으로 침몰하며, 비명을 지른다.

이윽고, 나는 그녀 옆에서 스푼처럼 몸을 웅크린다. 우리는 어둠이 내릴 때까지 말없이 누워 있다. 이윽고, 그녀가 띄엄띄엄 이야기를 시작한다. 그러면서 양발을 내 발목 사이로 밀어넣고 내 손가락을 만지작거린다. 얼마 지나지 않아 이야기가 밀물처럼 쏟아지기 시작한다. 나는 굳이 대답할 필요도 없고, 사실은 대답할 틈도 없다. 그래서 나는 그냥 그녀의 손을 잡고 그녀의 머리카락을 쓰다듬는다. 그녀는 지난 사 년 동안 겪었던 아픔과 슬픔과 공포의 이야기를 들려준다. 폭력적이고 변덕스러운 남자의 아내로 사는 법을 배웠다고 한다. 그렇지만 남편의 손길이 닿을 때마다 소름이 끼친다고 한다. 얼마 전까지는 그런 남편과 사는 법을 배웠는 줄 알았다고 한다. 그런데 나를 만난 후에, 자기가 잘못 생각했음을 깨달았다고 한다.

이윽고 그녀가 이야기를 멈춘다. 나는 그녀의 머리칼과 어깨와 팔과 엉덩이를 쓰다듬는 손길을 멈추지 않는다. 그러면서 그녀에게 내 어린 시절 이야기를 들려준다. 어머니가 살구 루갈라*를 만들어주던 이야기도 들려준다. 어렸을 때부터 아버지와 함께 진찰 다닌 이야기, 코넬에 합격한 후 아버지가 나를 얼마나 자랑스러워했는지 모른다는 이야기도 들려준다. 코넬 생활 이야기, 캐서린 이야기, 캐서린을 사랑했다고 생각했었던 이야기도 들려준다. 맥퍼슨이라는 노인이 부모님을 다리 난간으로 밀어버린 이야기, 살던 집을 은행에 빼앗긴 이야기, 무일푼 신세가 된 이야기, 사람들의 얼굴에서 눈, 코, 입이 없어지는 것을 보고 시험을 보다 말고 도망친 이야기를 들려준다.

우리는 아침에 다시 한 번 사랑을 나눈다. 이번에는 그녀가 내 손을 잡아 자기 몸에 올려놓고 손가락의 움직임을 인도한다. 처음에는 그녀가 무엇을 하는지 이해하지 못하다가, 그녀가 내 손끝에 전율하고 흥분하자, 비로소 그녀의 의도를 깨닫는다. 그녀가 내게 알려 주는 것이 무엇인지 알게 되자, 나는 소리치고 싶을 만큼 행복하다.

잠시 후에 그녀가 내 품 속에 파고든다. 그녀의 머리카락이 내 얼굴을 간질인다. 나는 그녀의 몸을 기억에 새기며 살며시 쓰다듬는다. 그녀가 내 몸속에 녹아들었으면. 토스트에 바른 버터처럼 녹아들었으면. 그녀를 빨아들였으면. 죽을 때까지 그녀와 살을 맞대고 걸었으면.

그랬으면.

나는 내게 달라붙은 그녀의 몸을 한껏 맛보며 꼼짝 않고 누워 있

---

* 페이스트리의 일종으로, 유태민족의 전통음식 중 하나. 옮긴이 주

다. 숨을 쉬기도 두렵다. 잘못하면 마법이 깨질지도 모른다.

말레나가 갑자기 움직인다. 그러더니 벌떡 일어나서 내가 침대탁자 위에 올려놓은 시계를 움켜쥔다.

"아, 이런." 그녀는 외마디 탄식을 지르며 시계를 떨어뜨린다. 두 다리를 빙글 돌려 침대에서 일어나려 한다.

"왜요? 무슨 일이에요?" 나는 묻는다.

"벌써 낮 열두 시예요. 돌아가야 해요." 그녀가 말한다.

그녀는 욕실로 뛰어들어가 문을 잠근다. 잠시 후 변기 내리는 소리가 들리고 물이 흐르는 소리도 들린다. 그녀는 욕실 문을 벌컥 열고 나오더니, 바닥 여기저기 흩어졌던 옷가지를 챙겨든다.

"말레나, 잠깐만요." 나는 자리에서 일어나며 애원한다.

"안 돼요. 공연해야지요." 그녀는 스타킹과 씨름하며 이렇게 말한다.

나는 그녀의 등 뒤로 다가가 두 손으로 그녀의 어깨를 감싼다. "말레나, 제발요."

그녀는 스타킹을 신다 말고 천천히 몸을 돌려 나를 바라본다. 그녀의 시선이 내 가슴에 머물다가 바닥으로 떨어진다.

나는 그녀를 물끄러미 바라본다. 혀가 굳은 듯 갑자기 아무 말도 나오지 않았다. "어젯밤에 당신이 그랬어요. '내가 필요하다'고 그랬어요. 하긴, 나를 '사랑한다'고 한 적은 한 번도 없군요. 내가 아는 건 내 감정뿐이에요." 나는 침을 삼키며 고개 숙인 그녀의 머리칼을 바라본다. 눈물이 나올 것만 같다. "사랑해요, 말레나. 내 마음과 내 영혼을 다 해서 당신을 사랑해요. 당신과 함께 있고 싶어요."

그녀는 그대로 바닥만 내려다본다.

"말레나?"

그녀가 고개를 든다. 두 눈에 눈물이 고여 있다.

"나도 당신을 사랑해요." 그녀가 속삭인다. "당신을 처음 보았을 때부터 사랑한 것 같아요. 하지만, 그렇다고 어떡해요? 나는 오거스트의 아내인걸."

"그 문제는 우리가 해결할 수 있어요."

"하지만—"

"하지만은 없어요. 나는 당신과 함께 있고 싶어요. 당신도 나와 함께 있고 싶은 마음이 있다면, 우리 함께 방법을 찾아요."

긴 침묵이 이어진다. "나도 당신과 함께 있고 싶은 마음뿐이에요." 그녀가 마침내 입을 연다.

나는 두 손으로 그녀의 얼굴을 감싸고 그녀에게 입맞춘다.

"우리 함께 서커스단에서 나가요." 나는 이렇게 말하며 내 두 엄지손가락으로 그녀의 눈물을 닦는다.

그녀는 코를 훌쩍이며 고개를 끄덕인다.

"하지만, 프로비던스에 도착하기 전에는 안 돼요."

"왜요?"

"거기서 캐멀의 아들을 만나기로 했어요. 아들이 캐멀을 집으로 데려갈 거예요."

"캐멀은 월터에게 맡기면 되잖아요?"

나는 눈을 감고 내 이마를 그녀의 이마에 지그시 누른다.

"그렇게 간단한 문제가 아닌걸요."

"어째서요?"

"엉클 앨이 어제 나를 불렀어요. 당신을 설득해서 오거스트에게 돌아가게 하라는 거였어요. 안 그러면 재미없을 거라고 했어요."

"그랬겠죠. 으름장 놓는 거야 엉클 앨 특기잖아요."

"이번엔 달라요. 엉클 앨이 그랬어요. 당신이 돌아가지 않으면 월터와 캐멀을 빨간불 시킬 거라고."

"그건 그냥 말 뿐에요." 그녀가 말한다. "신경 쓰지 말아요. 그 사람은 지금껏 아무도 빨간불 시킨 적 없어요."

"누가요? 오거스트가요? 엉클 앨이요?"

그녀가 깜짝 놀라 나를 쳐다본다.

"다벤포트에 있을 때 철도청 당국에서 사람들이 나왔던 일 생각나요?" 내가 물어본다. "그 전날 밤에 비행단 일꾼 여섯 명이 실종된 사건 때문이었어요."

그녀는 미간을 찡그린다. "누군가가 엉클 앨을 골탕먹이려고 철도청 사람들을 불렀는 줄 알았어요."

"그게 아니에요. 그때 여섯 명이 빨간불 당했어요. 사람들은 캐멀도 그때 함께 당했다고 생각했고."

그녀는 잠시 나를 쳐다보다 두 손으로 얼굴을 가린다.

"하느님 맙소사. 그것도 모르고. 나는 바보였어."

"바보였던 게 아니에요. 절대로 그렇지 않아요. 그런 나쁜 짓은 상상하는 것도 쉽지 않죠."

나는 이렇게 말하며 양팔로 그녀의 어깨를 감싼다.

그녀는 내 가슴에 얼굴을 묻는다.

"아, 제이콥— 우리 이제 어떡해요?"

"모르겠어요." 나는 이렇게 말하며 그녀의 머리카락을 쓰다듬는다. "좋은 수가 생각날 거예요. 하지만 아주, 아주 조심해야 해요."

말레나와 나는 몰래 따로따로 서커스장으로 돌아온다. 나는 서커스장에서 한 블록 떨어진 곳까지 그녀의 여행 가방을 들어준다. 그녀는 서커스장을 가로질러 그녀의 대기실 천막으로 들어가고, 나는 그녀가 안으로 들어갈 때까지 지켜보다가 이삼 분 정도 주변을 어슬렁거린다. 오거스트가 안에 있을지도 모를 일이니까. 별다른 문제가 없어 보인다. 그제야 나는 가축차로 돌아간다.

"그러니까, 수고양이님이 이제서 납시었군." 월터가 말한다. 월터는 캐멀을 숨기기 위해서 트렁크 더미를 벽 쪽으로 미는 중이었다. 캐멀 노인은 눈을 감고 입을 벌린 채 코를 골며 잔다. 월터에게 술을 얻어 마신 것이 분명하다.

"이제 그만 해도 돼." 내가 말한다.

월터가 긴장한다. "뭘?"

"캐멀 숨겨주는 일 말이야."

그가 나를 뚫어져라 쳐다본다. "대체 무슨 소릴 하는 거야?"

나는 침낭 위에 주저앉는다. 퀴니가 꼬리를 흔들며 내게 다가온다. 나는 녀석의 머리를 긁어준다. 녀석은 내 몸 여기저기 코를 대고 킁킁댄다.

"제이콥, 대체 무슨 일이야?"

내가 모든 상황을 설명하는 동안 월터의 표정은 충격에서 경악으로, 경악에서 설마 하는 표정으로 바뀐다.

"나쁜 자식." 그가 마침내 입을 연다.

"월터, 그게 그런 게 아니라—"

"그러니까, 프로비던스에 도착하면 떠나겠다 그 말 아냐? 그때까지 참겠다니 참 고맙군."

"캐멀이 있으니까—"

"그래, 캐멀이 있으니까. 나도 알아." 그가 소리치며 주먹으로 가슴을 내리친다. "그럼 나는 어쩌라고?"

나는 뭔가 말을 하기 위해 입을 연다. 그러나 아무 말도 나오지 않는다.

"그래, 그럴 줄 알았어." 그가 비꼬는 말투로 말끝을 내린다.

"우리랑 같이 가." 내가 불쑥 말한다.

"아, 그래. 그러면 되겠군. 우리 셋이 단출하게. 대체 갈 데는 있는 거야?"

"빌보드를 뒤져보면 우리가 일할 만한 데가 있지 않을까?"

"그런 데는 없어. 이 빌어먹을 나라에서 서커스는 사양 산업이야. 굶어 죽는 사람들이 있어. 굶어 죽는다고! 위대한 미국에서!"

"찾아보면 뭔가 있을 거야."

"뭔가 있어? 웃기시네." 그가 고개를 저으며 말한다. "제길, 제이콥. 그 여자가 이럴 만한 가치가 있을까? 그랬으면 좋겠지만."

나는 동물원 쪽으로 가는 내내 오거스트가 어디에 있는지 두리번거린다. 동물원엔 없다. 하지만 동물원 일꾼들 사이에 무거운 긴장이 감돈다.

오후의 햇볕이 한창일 때, 단장 전용차에서 나를 호출한다.

"앉아." 내가 들어가자 엉클 앨이 맞은편 의자를 가리킨다.

나는 의자에 앉는다.

그는 의자 등받이에 기대 콧수염을 만지작거린다. 실눈을 뜨고 있다. "보고할 거 없어?" 그가 묻는다.

"아직은요." 내가 말한다. "하지만 그녀가 돌아올 거 같아요."

그가 눈을 크게 뜬다. 콧수염을 비틀던 동작을 멈춘다.

"그래?"

"물론 당장은 아니지만요. 아직 화가 안 풀렸어요."

"그래, 그래, 그야 그렇겠지."

그는 상체를 똑바로 세우며 우리의 대화에 열중한다.

"자네가 보기에는 어때?" 그가 애매한 질문을 던진다. 그의 두 눈이 희망으로 번뜩인다.

나는 깊은 한숨을 내쉰다. 그러고는 등받이에 기대어 앉으며 발을 꼰다.

"천생연분이라면, 헤어지면 못 살지요. 그게 운명이니까."

그는 내 눈을 들여다보면서 희미한 미소를 흘린다. 손을 들어올리고 손가락으로 딱 소리를 낸다. "제이콥에게 브랜디 한 잔." 그가 똘마니 중 하나에게 지시를 내린다. "내 것도 가져와."

잠시 후, 우리는 커다란 브랜디 잔을 하나씩 들고 있다.

"자, 그럼 이제 말해 봐. 얼마나 걸릴까?"

그는 이렇게 물으며 손으로 부채질을 한다.

"그녀는 기선을 잡으려고 할 거예요."

"그래, 그래, 그야 그렇겠지." 그가 대답한다. 그러면서 상체를 앞으로 내밀며 눈을 번득인다. "그래. 알 것 같군."

"그리고, 말레나에게 우리가 자기편이라는 인상을 주는 것이 중요해요. 오거스트 편이 아니라는 인상 말이지요. 여자라는 게 원래 그렇잖아요. 우리가 자기편이 아니라고 생각하면 상황은 원점으로 돌아가고 말 거예요."

"그렇겠지." 그는 머리를 끄덕이면서 또 젓는다. 그러니 머리가 원을 그린다.

"당연해. 그럼 우리가 어떻게 했으면 좋겠나?"

"글쎄요, 일단은 오거스트가 말레나에게 거리를 두는 것이 중요해요. 그래야 말레나가 오거스트를 그리워할 시간이 생길 테니. 관심이 없는 척하면 효과가 나타날 거예요. 그래서 여자들이란 괴상한 종족이라고 하잖아요. 말레나한테는 우리가 오거스트와 자기를 엮으려고 한다는 인상을 주어선 안 돼요. 자기가 제 발로 돌아왔다고 생각하게 하는 것이 중요해요."

"흠, 그렇군." 그는 생각에 잠긴 듯 고개를 끄덕이며 말한다. "좋은 지적이야. 그렇다면 자네가 보기엔 말레나가 언제쯤……"

"늦어도 이삼 주 안에는 돌아올 거예요."

그가 끄덕이던 고개를 멈춘다. 눈알이 튀어나올 듯 커진다.

"그렇게나 오래?"

"서둘러볼 수도 있겠지만, 잘못하면 계획이 수포로 돌아갈 위험이 있어요. 여자가 원래 그렇잖아요." 나는 어깨를 으쓱해 보인다. "이 주후가 될 수도 있고, 내일이 될 수도 있겠지요. 하지만 말레나가 주위의 압력을 느낀다면, 오히려 돌아오지 않고 버틸 수도 있다고요. 자기는 그런 데에 휘둘리는 사람이 아니라는 것을 보여준답시고 말이지요."

"그래, 그럴 듯해."

엉클 앨은 이렇게 말하며 조용히 하라는 듯 손가락을 입에 댄다. 꽤 오래라고 느껴지는 시간 동안 나를 유심히 살핀다.

"그럼 이제 말해 보게." 그가 입을 연다.

"왜 어제랑 말이 달라?"

나는 술잔을 들어올리고 빙글빙글 돌리면서 잔과 손잡이가 만나는 지점을 응시한다.

"갑자기 상황이 똑바로 보이게 됐다고 해두죠."

"오거스트와 말레나를 위하여." 나는 잔을 높이 들며 건배를 청한다. 잔에 담긴 브랜디가 출렁한다.

그가 천천히 잔을 든다.

나는 남은 브랜디를 입 안에 털어 넣고 미소를 짓는다.

그는 잔에 입을 대지 않고 그냥 내려놓는다. 나는 고개를 옆으로 기울이며 미소를 잃지 않는다. 그래, 볼 테면 봐라. 오늘 나는 천하무적이다.

그는 만족한 듯 고개를 끄덕이기 시작한다. 그리고 술잔을 입으로 가져간다. "그래. 됐어. 솔직히 말하면, 어제부터 자네가 썩 미덥지는 않았어. 자네가 협조를 하기로 했다니 기분이 좋네 그려. 후회하지 않을 거야, 제이콥. 이게 모두에게 최선의 길이야. 특히 자네에게 최선의 길이지." 그는 이렇게 말하며 술잔으로 나를 가리키곤 남은 술을 단숨에 들이킨다. "나는 신세를 지면 갚는 사람이야. 빚지고는 못 사는 사람이지." 그러고는 입술을 쓱 닦고 나를 한참 바라본 후 이렇게 덧붙인다. "은혜든 원수든 꼭 갚고야 마는 사람이야."

그날 밤, 말레나는 멍든 눈을 팬케이크 화장으로 감추고 공연을 해낸다. 그러나 오거스트의 만신창이 얼굴은 화장으로 감출 수도 없으니, 놈이 다시 사람 꼴이 될 때까지 코끼리 공연은 당분간 무대에 올릴 수 없을 것이다. 공연이 끝난 후 마을 사람들은 극도의 불만을 표한다. 지난 두 주 동안 사람들은 로지가 공 위에 올라가 재주를 부리는 포스터를 지겹도록 보았었다. 그런데, 동물원에서 사탕과 팝콘과 땅콩을 신나게 받아먹던 거대한 코끼리가 정작 공연 때는 코빼기도 비치지 않다니. 몇몇 사내들이 환불을 요구하자 어릿광대들이 온갖 슬랩스틱 연기로 혼을 빼놓는다.

며칠 만에, 로지의 머리 위에 시퀸 덮개가 다시 나타난다. 분홍실로 꿰매어 감쪽같다. 시퀸으로 머리를 치장한 로지가 동물원에서 관객을 사로잡는 모습은 그야말로 장관이다. 그러나 아직 코끼리 공연은 하고 있지 않다. 공연이 끝날 때마다 불평들이 쏟아진다.

아슬아슬한 일상이 계속된다. 나는 아침에는 동물원 안에서 내가 맡은 일을 하다가, 구경꾼이 입장하면 뒤쪽으로 빠져나간다. 썩어 문드러진 토마토는 동물원 안에서 얼쩡거리지 말라는 것이 얼의 지시다. 그럴 만도 하다. 나는 상처가 나으면서 몰골이 훨씬 더 흉해진다. 붓기가 가라앉은 후에야 비로소 코뼈가 아예 주저앉은 것으로 밝혀진다.

식사 시간을 제외하면, 오거스트의 모습을 전혀 볼 수 없다. 엉클 앨이 오거스트에게 얼과 같은 식탁에 앉으라고 명령한 후부터, 오거스트가 식당에서 하는 일이라곤 자리에 앉아서 험악한 얼굴로 말레나를 쳐다보는 것뿐이다. 아무튼 그래서 말레나와 나는 하루 세 번 식탁에 마주앉을 기회가 생긴다. 가장 사람이 붐비는 곳인데, 이상하게 둘만 있는 느낌이다.

오거스트를 맡겠다고 했던 엉클 앨은 최선을 다한다. 그것만은 인정해 줘야 한다. 그러나 오거스트는 이미 통제할 수 있는 상태가 아니다. 오거스트가 식당에서 끌려나간 다음날, 말레나는 오거스트가 몰래 자기 뒤를 따라오다 천막 자락 뒤에 숨는 것을 목격한다. 한 시간 후, 오거스트는 중앙로에서 말레나를 불러세워 놓고 무릎을 꿇고 양팔을 벌려 그녀의 다리를 끌어안는다. 그녀가 몸부림치면서 몸을 빼려 하자, 그는 그녀를 풀밭 위에 쓰러뜨려 놓고 간곡한 애원과 무서운 위협을 번갈아 시도한다.

월터가 나를 데리러 동물원으로 부리나케 달려온다. 그러나 내가 현장에 도착했을 때는 이미 얼이 오거스트를 떼어낸 후였다. 나는 게거품을 물고 단장 전용차로 향한다.

나는 엉클 앨에게 화를 내며 오거스트 때문에 모든 것이 원점으로 돌아가고 말았다고 불평한다. 그러자 엉클 앨은 포도주병을 벽에 집어던져 박살내는 것으로 자신의 낙담한 마음을 표현한다.

오거스트가 삼 일 내내 자취를 감춘다. 엉클 앨은 다시 벽에 머리 찧기를 시작한다.

말레나 생각에 피가 마르는 사람은 오거스트뿐이 아니다. 나 역시 밤마다 말담요에 누워 말레나를 생각한다. 그녀를 원하는 마음이 아프도록 강렬하다. 한편으로는 그녀가 나를 찾아오길 갈망한다. 그러나 한편으로는 그러지 말기를 바란다. 너무나 위험한 일이니까. 나 역시 그녀를 찾아갈 수 없다. 그녀는 여성 전용 숙소차에서 최악의 매춘부 하나와 한 침대를 쓰고 있다.

우리는 엿새 동안 두 번 사랑을 나누는 데 성공한다. 측벽 뒤에 숨어 미친 듯이 서로의 몸을 부둥켜안는다. 옷을 벗을 시간이 없으니 적당히 해야 한다. 두 번의 밀회 후 나는 완전히 지쳐버린 동시에 새 힘이 솟아났고, 채울 수 없는 욕망에 시달리는 동시에 완전한 만족을 느꼈다. 다른 시간에는 식당에서 엄격한 격식을 갖추고 인사를 나눈다. 우리의 마음을 들키지 않기 위해 최선을 다한다. 다른 식탁에선 우리가 하는 말이 들리지도 않을 텐데, 우리는 우리 식탁에 다른 사람이 앉아 있는 것처럼 완벽하게 처신한다. 그렇지만, 우리의 사랑이 빤히 보이지 않을까? 나에게는 그녀와 나를 잇는 끈이 이토록 선명하게 보이는데.

세 번째 밀회는 갑작스럽고도 격정적이었다. 그녀와 헤어지고 돌아와서, 그녀에게 입맞추던 느낌이 아직 입술 위에 생생할 때, 나는 꿈을 꾼다. 마치 진짜 같이 생생한 꿈이다. 기차가 숲 속에 멈춰 선다. 왜인지는 알 수 없다. 한밤중이고 모두 깊은 잠에 빠져 있다. 기차 밖에서는 개 짖는 소리가 들린다. 곤경에 처한 듯 끈질기게 들려온다. 나는 가축차를 빠져나와 개 짖는 소리를 따라서 가파른 강둑 끝까지 간다. 퀴니가 계곡 맨 밑에서 몸부림을 치고 있다. 오소리 한 마리가 녀석의 다리에 매달려 있다. 나는 내려갈 길이 없나 하고 미친 듯이 강둑을 살피며 녀석을 부른다. 그러다가 밧줄 같은 나뭇가지 하나를 붙잡고 가파른 강둑을 내려간다. 그러나 발이 진흙에 미끄러진다. 나는 가까스로 강둑을 도로 기어올라온다.

그사이에 퀴니는 오소리를 털어내고 언덕을 엉금엉금 기어올라온다. 나는 퀴니를 안아 올려 다친 데가 없나 살펴본다. 놀랍게도 아무 이상 없다. 나는 퀴니를 팔에 끼고 가축차로 돌아온다. 그런데 이 미터가 넘는 길이의 악어가 입구를 막고 있다. 내가 다음 차량 쪽으로 움직이면, 악어도 기차 옆에 붙어 어슬렁어슬렁 기어온다. 이빨을 드러내고 기분 나쁜 미소를 지으면서. 나는 공포에 휩싸여 방향을 바꾼다. 반대 방향에서 또 다른 악어가 다가온다.

뒤쪽에서 시끄러운 소리가 들린다. 나뭇잎이 바스락거리고 잔가지가 꺾이는 소리다. 급히 뒤를 돌아보니, 오소리가 강둑을 기어올라오고 있다. 오소리 숫자는 점점 불어난다.

등 뒤에는 오소리가 벽을 쌓고 있다. 앞에서는 악어 여섯 마리가 막고 있다.

나는 식은땀을 흘리며 잠이 깬다.

최악의 상황이다. 나도 알고 있다.

폽킵시Poughkeepsie에서 경찰의 단속에 걸린다. 이때만은 사회적 지위가 사라진다. 일꾼들, 배우들, 십장들이 다같이 흐느끼고 울먹인다. 얼굴을 잔뜩 찌푸린 사람들이 팔꿈치를 펴고 스카치를 모조리, 포도주를 모조리, 최상품 캐나다 위스키를 모조리, 맥주를 모조리, 심지어 밀주까지 모조리 철로변에 쏟아버린다. 아까운 술 줄기가 자갈들 사이로 흘러들어 거품을 일으키며 땅속으로 스며든다.

그런 후에 서커스단은 마을에서 쫓겨난다.

하트포드에서 몇몇 관객들이 로지가 나오지 않는 것에 심하게 화를 낸다. 아름다운 루신다가 불행한 죽음을 당한 후에도 아름다운 루신다 사이드쇼 깃발이 계속 걸려 있는 것도 그들의 화를 돋운다. 어릿광대들이 타이밍을 놓친다. 우리가 미처 손 쓸 새도 없이 성난 사내들이 매표소로 몰려들어 환불을 요구한다. 한쪽에서 경찰이 들어오고 다른 한쪽에서 마을 사람들이 몰려들자, 엉클 앨은 하루치 표값을 물어주지 않을 수 없다.

그런 후에 서커스단은 마을에서 쫓겨난다.

다음날 아침이 봉급날이다. 〈벤지니 형제 지상 최대의 서커스단〉 단원들은 빨간색 매표 마차 앞에 한 줄로 늘어선다. 일꾼들은 인상이 험악하다 — 상황이 어떻게 돌아갈지 알고 있기 때문이다. 빨간색 마차에 들어가는 일 번 타자는 막일꾼이다. 그가 빈손으로 마차를 나오자, 늘어선 사람들 사이에서 나지막한 분노의 욕설이 쏟아져 나온다. 일꾼들은 침을 뱉고 욕을 하며 줄에서 빠져나온다. 줄에는 배우들과 십장들만 남아있다. 몇 분 후에 늘어선 사람들 사이에서 다시 한 번 나지막한 분노가 표출된다. 이번의 분노는 놀라움이 뒤섞인 분노다. 서커스단 역사상 최초로 배우들에게도 봉급이 나오지 않는다. 십장들만 봉급을 받아간다.

월터는 불같이 화를 낸다.

"제기랄 뭐 하자는 거야?"

그는 가축차로 들어오며 고함을 지른다. 모자를 한쪽 구석으로 내던지며 침낭 위에 털썩 주저앉는다.

침대에 누워 있던 캐멀이 훌쩍훌쩍 흐느낀다. 경찰이 급습한 날부터, 캐멀은 멍하니 벽을 보거나 울면서 시간을 보낸다. 그가 말을 하는 때는 우리가 먹을 것을 가져다주거나 씻겨주려 할 때밖에 없다. 그럴 때도 그가 하는 말은 제발 자기를 아들에게 보내지 말라는 것뿐이다. 월터와 나는 그에게 번갈아 가면서 가족이 어쩌고 용서가 어쩌고 위로의 말을 던지지만, 우리 둘 다 불안한 예감을 떨치지 못한다. 캐멀이 가족을 버리고 떠났을 때 상태가 어땠을지 모르지만, 지금 그의 상태는 이제 돌이킬 수 없을 만큼 나빠졌다. 처음처럼 회복될 수 없을 뿐 아니라 알아볼 수도 없을 지경이다. 만약 가족들이 용서할 마음이 아니라면, 그들의 손에 맡겨질 캐멀의 운명은 어떻게 될 것인가?

"진정해, 월터."

이번에는 월터를 위로할 차례다. 나는 구석 자리 말담요에 주저앉아 파리를 쫓고 있다. 아침 내내 파리 떼가 얼굴에 꼬인다. 상처가 난 곳을 노리는 것이다. 귀찮아서 죽을 지경이다.

"아니, 진정 못해. 나는 배우야! 배우라고! 배우한테 봉급을 안 줘?" 월터는 가슴을 치면서 고함을 지른다. 구두를 벗어 벽에 내던진다. 잠시 구두가 떨어진 곳을 바라보던 그는 다른 쪽 구두를 마저 벗어 구석으로 내던진다. 이번에 구두는 그의 모자 위로 떨어진다. 월터는 자기가 깔고 앉은 담요를 주먹으로 내리친다. 그러자 퀴니는 캐멀의 은신처로 사용되는 트렁크 더미 뒤로 숨는다.

"얼마 안 남았어." 내가 말한다. "이삼 일만 더 버티면 돼."

"그래? 어째서?"

"이삼 일 후면 캐멀이 내릴 테니 (침대에서 울부짖는 소리가 들린다) 그러면 우리도 이 지겨운 곳을 떠날 수 있잖아."

"그래?" 월터가 말한다.

"여기서 나가면 대체 뭘 할 건대? 무슨 생각이라도 있어?"

나는 그의 눈을 마주보며 이삼 초간 버틴다. 그리고 고개를 돌린다.

"그래. 내 그럴 줄 알았지. 그래서 봉급을 받았어야 했다는 말이야. 우리는 빌어먹을 부랑자로 떠돌다가 비참한 최후를 맞겠지." 그가 말한다.

"아니, 그럴 리 없어." 나는 자신 없는 목소리로 반박한다.

"머리를 좀 써봐, 제이콥. 너 때문에 우리가 이 지경이 된 거야. 나 때문이 아니라고. 너랑 네 애인이야 정처없이 떠돌면서 먹고살 수 있을지 몰라도, 나는 그렇게는 못해. 너한테는 이게 흥미진진한 모험일지 모르지만—"

"그렇지 않아!"

"— 하지만 나는 여기에 목숨이 달렸어. 적어도 너는 기차에서 뛰어내려 어디든 갈 수도 있겠지. 하지만 나는 아냐."

그리고 말이 없다. 나는 그의 짤막한 팔다리를 쳐다본다. 그는 씁쓸하게 고개를 끄덕인다. "그래, 맞아. 내가 전에도 말했지. 나는 농장 일에 썩 맞지 않아."

식사 줄을 기다리는 동안 머릿속이 복잡하다. 월터 말이 백번 옳다. 우리가 이런 곤경에 빠진 것은 나 때문이다. 곤경에서 빠져나갈 방법은 내가 찾아야 한다. 하지만, 제길, 방법이 없잖아. 우리는 갈 곳이 없다. 월터가 기차에서 뛰어내릴 수 있건 없건 그게 중요한 게 아니다. 월터가 얼어 죽느냐 마느냐는 일단 나중의 문제다. 내게 가장 중요한 것은 말레나가 부랑자 틈에서 자게 하지 않는 일이다. 나는 생각에 골몰한 나머지 식탁 앞에 갈 때까지 땅바닥만 내려다본다. 문득 고개를 드니, 말레나가 먼저 식탁 앞에 앉아 있다.

"잘 잤어요?" 나는 자리에 앉으며 인사를 건넨다.

"네, 제이콥도 잘 잤어요?" 그녀는 잠시 사이를 두고 인사한다. 순간 나는 뭔가 잘못되었음을 직감한다.

"왜 그래요? 무슨 일 있어요?"

"아무것도 아니에요."

"괜찮은 거예요? 놈이 때렸어요?"

"아니에요. 나는 괜찮아요."

그녀가 접시를 내려다보면서 속삭인다.

"아니, 당신 괜찮지 않아요. 왜 그래요? 놈이 무슨 짓을 한 거예요?" 내가 말한다. 식사하던 사람들이 쳐다보기 시작한다.

"아무것도 아니라니까요." 그녀의 속삭임이 날카롭게 변한다. "목소리 좀 낮춰요."

나는 엄청난 자제심을 발휘하며 허리를 세우고 바로 앉아 냅킨을 무릎 위에 깐다. 포크와 나이프를 집어들고 정성들여 폭찹을 자른다. "말레나, 제발 말 좀 해요." 나는 나직하게 애원한다. 그러면서 마치 우리가 날씨 이야기를 나누고 있는 듯한 표정을 짓기 위해 필사적인 노력을 기울인다.

"너무 늦어요." 그녀가 말한다.

"뭐라고요?"

"늦는다고요."

"뭐가 늦어요?"

그녀가 고개를 든다. 그녀의 얼굴이 홍당무처럼 빨개진다.

"아기가 생길 것 같아요."

얼이 나를 데리러 왔을 때도 나는 놀라지 않는다. 오늘은 무슨 일이 생겨도 놀라지 않을 것 같다.

엉클 앨이 의자에 앉아 있다. 잔뜩 찌푸린 얼굴이다. 오늘은 브랜디 대접도 없나 보다. 그는 시가 끝을 깨물면서 지팡이 끝으로 카펫 찌르기를 계속한다.

"벌써 삼 주가 다 돼 가, 제이콥."

"그렇네요." 내가 대답한다. 목소리가 흔들린다. 나는 아직 말레나의 말뜻을 이해하려 애쓰는 중이다.

"자네에게 실망했네. 나는 우리가 같은 생각을 하는 줄 알았는데."

"맞아요. 우리는 생각이 같아요." 좌불안석이다. "단장님, 저는 최선을 다하고 있어요. 그런데 오거스트가 도와주질 않잖아요. 오거스트가 말레나를 조금만 더 기다려줬으면, 말레나는 오래전에 오거스트에게 돌아갔을 거라고요."

"나도 할 수 있는 데까지 했어." 엉클 앨이 이렇게 말하며, 물고 있던 시가를 빼들고 시가 끝을 쳐다본다. 혀에서 담배 조각을 집어낸다. 그리고 벽 쪽을 겨냥하며 손가락으로 튕겨낸다. 담배 조각이 벽에 척 달라붙는다.

"아니에요. 오거스트를 좀더 말려야 해요." 내가 반박한다.

"오거스트가 말레나 꽁무니를 쫓아다녀요. 말레나 뒤에서 소리를 질러요. 말레나가 안에 들어가면, 창밖에서 고함을 질러요. 말레나는 겁을 먹었어요. 얼이 감시를 맡기는 하지만, 오거스트 뒤에 감시를 붙여 놓고, 문제를 일으킬 때마다 말리는 방법을 가지고는 부족해요. 단장님이 말레나라면 돌아가고 싶겠어요?"

엉클 앨이 나를 물끄러미 쳐다본다. 내가 어느새 악을 쓰고 있다.

"죄송해요." 나는 정신을 차린다. "제가 그녀를 설득해 볼게요. 이번에는 확실해요. 며칠만 더 오거스트를 막아주시면—"

"안 돼." 그가 조용하게 입을 연다. "이제 내 식대로 해야겠어."

"네?"

"내 식대로 하겠다고. 너는 이제 빠져." 엉클 앨이 손가락 끝으로 문을 가리킨다. "나가 봐."

나는 바보처럼 눈을 끔뻑이며 그를 쳐다본다.

"단장님 식대로 하겠다니, 그게 무슨 뜻인가요?"

정신을 차려보니, 얼이 쇳덩이 같은 양팔로 나를 붙잡는다. 나를 의자에서 들어올려 문으로 끌고 간다. "그게 무슨 말이에요, 앨?" 나는 얼에게 끌려가며 그의 어깨 뒤로 소리친다.

"대답해요! 어떻게 하려는 거예요?"

일단 문밖으로 나온 후엔 얼의 손아귀가 훨씬 부드러워진다. 얼은 나를 기찻길에 내려놓고 재킷을 털어준다.

"미안해, 친구." 그가 말한다. "나는 정말 하는 데까지 했어."

"얼!"

그가 걸음을 멈추고 나를 돌아본다. 얼굴이 심상치 않다.

"엉클 앨이 무슨 짓을 꾸미고 있어요?"

얼은 나를 쳐다보며 아무 말도 하지 않는다.

"얼, 제발. 이렇게 부탁할게요. 엉클 앨이 무슨 짓을 하려는 거예요?"

"미안해, 제이콥."

그는 이 말을 남기며 다시 기차에 올라타 버린다.

여섯 시 사십오 분. 공연 시간까지 십오 분 남았다. 구경꾼이 동물원 천막에 밀려든다. 공연장 천막으로 가는 길에 동물들을 구경하기 위해서다. 로지가 구경꾼들로부터 사탕, 껌 그리고 레모네이드까지 받아먹는 동안, 나는 로지 옆에 서서 동물원 텐트를 감시한다. 곁눈질로 보니 키 큰 남자 하나가 내 쪽으로 다가온다. 다이아몬드 조다.

"자리 좀 비켜." 그가 이렇게 말하며 로프를 넘어온다.

"왜? 무슨 일이에요?"

"오거스트가 오고 있어. 오늘 밤 코끼리 공연이 있을 거야."

"뭐? 놈이 말레나랑 공연을 한다고요?"

"그래. 자네가 있으면 싫어할걸. 너도 알지? 지금 상태가 좋지 않아. 어서, 비켜."

나는 동물원 천막 안을 둘러본다. 말레나가 어디 있지? 아, 그녀의 말들 앞에 서 있다. 단란한 오 인 가족과 이야기를 나누는 중이다.

그녀가 내가 있는 쪽으로 시선을 돌린다. 내 표정을 읽은 후에, 가족 관객에게 급히 시선을 돌린다.

나는 요새 갈고리 대신 사용하는 은장식 지팡이를 다이아몬드 조에게 넘겨주고 로프를 넘는다. 왼쪽으로 오거스트의 신사모가 다가오자, 나는 오른쪽으로 이동해서 얼룩말 줄을 지나 말레나 옆에 선다.

"오늘 밤 로지와 공연할 거라는 거 알고 있었어요?"

내가 묻는다.

"잠깐 실례해요." 말레나는 단란한 가족에게 이렇게 말하며 미소를 보낸다. 그러고는 내 쪽으로 고개를 돌린다. "알고 있었어요. 엉클 앨이 부르더니, 서커스단이 파산 위기라고 했어요."

"하지만 괜찮겠어요? 그러니까, 지금 상태가…… 그게……"

"괜찮아요. 아주 힘든 묘기는 안 하기로 했어요."

"그러다가 떨어지면 어떡해요?"

"그럴 리 없어요. 그리고, 나에겐 선택의 여지가 없어요. 또, 엉클 앨이 말하길— 아, 맙소사, 오거스트에요. 당신은 여기서 나가는 게 좋겠어요."

"싫어요."

"내 걱정 말아요. 사방에 구경하는 사람들이 있는데 나한테 무슨 짓을 하겠어요? 나가세요. 제발요."

나는 뒤를 돌아본다. 오거스트가 오고 있다. 고개를 숙이고 눈을 치켜 뜬 모습이 마치 성난 황소 같다.

"제발요." 말레나가 애원한다.

나는 공연장 텐트로 들어가 무대 가장자리를 따라 공연장 뒤쪽 입구 쪽으로 간다. 잠깐 걸음을 멈추고 서 있다가 공연장 좌석들 밑으로 슬쩍 숨어들어 간다.

내 눈앞에 남자의 작업용 신발 한 켤레가 놓여 있다. 나는 이 신발 사이로 입장행렬의 무대인사를 지켜본다. 무대인사가 반쯤 지났을 때, 나는 내가 혼자가 아님을 알게 된다. 늙은 막일꾼 하나가 나처럼 좌석 사이를 엿보고 있다. 그러나 그가 보고 있는 것은 무대가 아니라 여자의 치마 속이다.

"이봐!" 내가 소리친다. "이봐, 저리 비켜!"

거대한 회색의 덩어리가 객석 앞을 지나가자 환성이 터져 나온다. 로지다. 나는 막일꾼을 돌아본다. 놈은 까치발로 서서 손가락 끝으로 좌석 가장자리를 잡고 위를 올려다본다. 그러면서 입맛을 다신다.

그대로 둘 수 없다. 물론 나도 끔찍한 짓을 많이 저질렀다. 그 때문에 내 영혼이 지옥불에 떨어진다 해도 할 말 없을 만큼. 그러나 모르는 여자가 이렇게 추행을 당한다고 생각하니 참을 수가 없다. 말레나와 로지가 무대 중앙으로 나아가는 중이지만 나는 막일꾼의 웃옷을 붙잡고 좌석들 밑에서 끌어낸다.

"이거 놔!" 그가 꽥꽥 비명을 지른다. "너랑 무슨 상관이야?"

나는 놈을 붙잡은 채로 무대 중앙으로 시선을 모은다.

말레나는 용감하게 공 위로 올라가 균형을 잡는다. 그러나 로지는 바닥에 꼼짝 않고 버티고 서 있다. 네 발이 바닥에 뿌리를 내린 것만 같다. 오거스트는 양팔을 올렸다 내렸다 한다. 지팡이를 휘두른다. 주먹을 흔들며 위협한다. 입을 열었다 닫았다 한다. 로지의 귀는 머리에 납작하게 달라붙어 있다. 나는 상체를 앞으로 내밀며 좀더 자세히 살핀다. 로지의 표정은 분명 험악하다. 무슨 짓을 저지를 것만 같다.

아, 맙소사, 로지. 지금은 안 돼. 그러지 마, 로지.

"으, 놔!" 내게 멱살을 잡힌 지저분한 땅꼬마가 비명을 지른다. "이게 무슨 주일학교 발표회도 아니잖아. 그냥 재미 좀 본 거야. 이봐! 이거 놔!"

나는 놈을 내려다본다. 놈은 입을 벌리고 숨을 헐떡이고 있다. 숨결에서는 악취가 풍기고 아래턱에는 길고 누런 이가 듬성듬성 꽂혀있다. 혐오감을 느낀 나는 놈을 밀어낸다. 놈은 재빨리 좌우를 둘러본다. 아무도 상황을 눈치 채지 못했음을 알아채고, 부당한 대접을 받은 듯 화를 내며 옷깃을 세우고는 거들먹거리며 뒷문으로 걸어간다. 밖으로 나가기 직전, 놈은 나를 더러운 눈빛으로 쏘아본다. 그러나 나를 노려보던 놈의 눈이 나에게서 다른 무언가로 급히 옮겨간다. 그러고는 공포에 얼어붙은 얼굴로 허공을 허우적거리며 도망친다.

나는 급히 고개를 돌린다. 로지가 나를 향해 돌진하고 있다. 코를 들어올리고 입을 벌린 채다. 나는 몸을 던져 무대와 객석 사이에 쳐놓은 벽에 몸을 바짝 붙인다. 로지는 내 바로 앞을 지나가며 나팔 같은 큰 소리와 함께 톱밥 위를 쿵쿵쿵 달려간다. 톱밥은 일 미터 높이의 먼지구름을 일으키며 로지 뒤를 따라간다. 오거스트가 지팡이를 휘두르며 쫓아온다.

관객들이 폭소를 터뜨리며 환호한다. 이것도 공연의 일부라고 생각한 것이다. 엉클 앨은 무대 중앙에 멍하니 서 있다. 그러면서 입을 벌린 채로 잠시 공연장 뒷문을 쳐다보다가 급히 정신을 차리고 로티에게 입장하라는 신호를 보낸다.

나는 몸을 일으켜 세우며 말레나를 찾아 두리번거린다. 분홍색 물체가 내 앞을 지나간다. 그녀다.

"말레나!"

저쪽에서 오거스트가 로지에게 매질을 하고 있다. 로지는 고통스럽게 울부짖으며 고개를 들어올리고 뒷걸음질 친다. 그러나 오거스트는 매질을 멈추지 않는다. 그 빌어먹을 지팡이를 높이 들어올려 손잡이 부분으로 가격한다. 매질이 끝없이 이어진다. 말레나가 다가가자, 오거스트가 그녀를 돌아본다. 지팡이가 바닥으로 떨어진다. 오거스트는 불타는 눈빛으로 그녀를 뚫어져라 쳐다본다. 로지에 대해서는 까맣게 잊었다.

나는 저 표정이 뭔지 안다.

나는 앞으로 돌진한다. 채 열 걸음도 걷기 전에, 누군가 나를 번쩍 들어올린다. 나는 바닥에 고꾸라진다. 한쪽 뺨이 무릎에 눌리고, 한쪽 팔이 등 뒤로 꺾인다.

"제길 좀 놔!" 나는 고함을 지르며 빠져나오려고 안간힘을 쓴다. "제길 대체 왜 이래? 이거 놔!"

"입 닥쳐." 머리 위쪽에서 블래키의 목소리가 들려온다.

"너는 아무 데도 못 가."

오거스트가 허리를 숙였다가 말레나를 들쳐업고 일어선다. 말레나는 발버둥치고 비명을 지르면서 주먹으로 그의 등을 마구 때린다. 한순간 그녀가 그의 어깨에서 흘러내리는가 싶었는데, 놈이 다시 그녀를 등에 둘러메고 가버린다.

"말레나! 말레나!" 나는 다시 안간힘을 쓰며 포효한다.

블래키의 무릎 밑에 깔려 있다 몸을 뒤틀어서 빠져나오는데, 반쯤 몸을 일으켰을 때쯤 무언가가 뒤통수를 내리친다. 뇌수와 눈알이 빙글빙글 도는 것만 같다. 눈앞에서 검은색과 하얀색 불꽃이 튄다. 눈도 보이지 않고 귀도 들리지 않는 것 같다. 잠시 후 눈앞이 보이기 시작한다. 좌우에 있는 것이 먼저 보이고 바로 앞에 있는 것이 가장 나중에 보인다. 얼굴들이 나타나고 입들이 움직인다. 그러나 들리는 것이라곤 귀청을 찢는 듯한 윙윙 소리뿐이다. 나는 무릎으로 서서 몸을 가누려고 안간힘을 쓴다. 누구지? 뭐지? 여기가 어디지? 그러나 아무 생각도 할 수 없다. 바닥이 나를 향해 비명을 지르며 다가오는 것만 같다. 나에게는 바닥을 막을 힘이 없다. 나는 이를 악물고 기다린다. 그러나 그럴 필요는 없다. 바닥이 나를 치기 전에 암흑이 나를 집어삼키니까.

collection of the ringling circus museum, sarasota, florida
〈링글링 서커스 박물관〉 소장, 플로리다 주 사라소타

"쉬, 움직이지 말고 가만있어."

나는 움직이지 않고 있다. 그래도 머리는 이리저리 흔들린다. 기차가 달리고 있으니 할 수 없다. 기차 경적 소리가 구슬프게 들린다. 먼 곳에서 들려오는 이 소리는 귓가에서 끊임없이 울려대는 윙윙 소리를 뚫고 들려온다. 온몸이 납덩이처럼 무겁다.

뭔가 차갑고 축축한 것이 이마를 때린다. 눈을 뜨니 세상이 온통 요지경 속이다. 온갖 색깔과 모양의 사물들이 눈앞으로 왔다 갔다 한다. 팔 네 개가 얼굴 앞을 왔다 갔다 하는가 싶더니 어느새 하나로 합쳐져 다리로 변한다. 구역질이 나고 나도 모르게 입이 둥글게 말린다. 고개를 옆으로 돌렸는데, 입에서는 아무것도 나오지 않는다.

"눈 뜨지 마." 월터가 말한다. "그냥 가만히 누워 있어."

"음." 내가 웅얼거린다. 그러면서 머리를 한쪽으로 돌렸더니 수건이 머리에서 떨어진다. 잠시 후 수건이 머리 위에 다시 올라온다.

"너 엄청 세게 얻어맞았어. 안 죽은 게 다행이야."

"정신이 들었어?" 캐멀이 묻는다.

"이봐, 제이콥. 아직 안 죽었어?"

깊은 땅굴에서 지상으로 기어올라오는 느낌이다. 여기가 어디지? 내가 침낭 위에 누워 있나? 기차는 이미 움직이고 있다. 그런데 내가 어떻게 여기까지 왔지? 왜 내가 잠을 자고 있었지?

말레나!

나는 눈을 번쩍 뜬다. 그리고 몸을 일으키기 위해 안간힘을 쓴다.

"가만히 누워 있으라고 했잖아!" 월터가 야단친다.

"말레나! 말레나 어디 있어?" 나는 숨을 헐떡이다 다시 베개 위로 쓰러진다. 뇌수가 해골 속에서 빙빙 도는 것만 같다. 너무 세게 얻어맞았는지 뇌수가 해골에서 떨어져 나온 것만 같다. 눈을 뜨면 더 어지럽다. 눈을 감고 있는 것이 낫다. 눈을 감고 모든 시각 자극들을 차단하니 어둠이 내 머리보다 더 크게 느껴진다. 해골 속이 뒤집힌 것만 같다.

월터가 머리맡에 무릎을 꿇고 있다. 이마 위에 있던 수건을 가져다가 물에 적셔 꽉 짠다. 물방울이 대야에 떨어지며 짤랑짤랑 맑고 깨끗한 소리를 낸다. 익숙한 소리다. 귓가에 윙윙 울리던 소리가 잦아들기 시작하자, 머리 뒤쪽 전체에서 세게 얻어맞는 듯한 통증이 느껴진다.

월터가 다시 수건을 이마에 올린다. 이마와 두 뺨과 턱을 닦아준다. 얼굴이 물기에 젖는다. 젖은 곳이 시원하게 따끔거리면서 현실감이 느껴진다. 이제 겨우 머리 바깥에서 일어나는 일에 집중할 수 있게 된다.

"말레나 어디 있어? 그놈한테 맞았어?"

"몰라."

나는 다시 눈을 뜬다. 세상이 급하게 위아래로 흔들린다. 나는 팔꿈치로 몸을 일으키기 위해 안간힘을 쓴다. 이번에는 월터도 말리지 않는다. 그 대신 허리를 굽히고 내 눈 속을 바라본다. "제길. 눈동자 크기가 다르잖아. 뭘 좀 마시겠어?" 그가 묻는다.

"어…… 어." 허걱. 이럴 수가. 단어를 생각해내기가 어렵다. 무슨 말을 하고 싶은지는 알겠는데, 입과 뇌 사이의 통로가 솜으로 막혀 있는 것만 같다.

월터가 방 반대쪽으로 간다. 병뚜껑이 바닥으로 떨어지는 소리가 들린다. 월터는 내 옆에 와서 병을 내 입술에 갖다댄다. 사르사파릴라 맛이다.

"내가 제일 아끼는 거야." 그가 아쉬운 듯 말한다.

"빌어먹을 경찰놈들." 캐멀이 투덜거린다.

"괜찮아, 제이콥?"

대답해 주고 싶지만, 앉아 있는 것 말고는 다른 아무 생각도 할 수 없다.

"월터, 괜찮은 거야?"

이번에는 캐멀이 훨씬 더 걱정 어린 목소리로 물어본다.

"괜찮아 보여." 월터가 대신 말한다. 그러면서 병을 바닥에 놓는다. "앉아 볼래? 아니면 몇 분 더 기다려 보겠어?"

"말레나를 데려와야 해."

"잊어버려, 제이콥. 지금 네가 할 수 있는 일은 아무것도 없어."

"데려와야 해. 만약 놈이……?" 목소리가 갈라진다. 제대로 말도 못하면서 뭘 하겠다는 건가. 월터가 앉혀 준다.

"지금 네가 할 수 있는 것은 아무것도 없어."

"그렇지 않아."

월터가 화를 낸다. "야, 한 번만이라도 내 말 좀 들어."

그가 화를 내는 것에 놀라 입을 다문다. 무릎을 올리고 상체를 숙여서 머리를 두 팔 위에 내려놓는다. 머리가 무겁다. 머리가 너무 크게 느껴진다. 머리가 몸보다 큰 것 같다.

"우리는 지금 달리는 차 안에 있고, 너는 머리를 얻어맞고 기절했다 깨어났어. 그래도 이건 아무것도 아니야. 우리 큰일났어. 정말 큰일났어. 지금 네가 뭘 하려고 해봤자 상황은 악화될 뿐이야. 제길. 네 놈이 얻어맞고 뻗어있지 않았다면, 캐멀이 아직도 여기 숨어 있지 않았다면, 나는 오늘 밤 기차로 돌아오지 않았을 거야."

나는 약간 벌어진 무릎 사이로 침낭을 쳐다본다. 사물이 아까만큼 왔다갔다 흔들리지는 않는다. 시간이 가면서 뇌수가 조금씩조금씩 차오르는 느낌이다.

"이봐." 월터의 말이 계속된다. 목소리가 아까보다 부드럽다. "캐멀을 처리할 때까지 삼 일 남았어. 그동안 정신 바짝 차려야 될 거야. 꺼진 불도 다시 보고, 바보짓은 하면 안 돼."

"뭐? 처리?" 캐멀이 항의한다. "내가 짐짝인 줄 알아?"

"짐짝이나 다름없지!" 월터가 으르렁거린다.

"우리가 짐짝을 지키고 있는 것을 고맙게 생각해. 우리가 여기서 도망치면 당신이 어떻게 될 것 같아?"

침대에서는 아무 말도 없다.

월터는 잠시 말을 끊었다가 한숨을 내쉰다.

"이봐. 말레나 일은 정말 안 됐어. 하지만, 제발 흥분하지 마! 우리가 프로비던스에 가기 전에 이곳을 떠나면, 캐멀은 끝장이야. 말레나는 앞으로 사흘간만 버티면 될 거야. 제길, 지금까지 사 년 동안 그럭저럭 지냈잖아. 사흘 더 못 참겠어?"

"말레나가 임신했어, 월터."

"뭐라고?"

긴 침묵이 흐른다. 나는 고개를 들고 월터를 처다본다.

월터의 이마에 주름이 생긴다. "확실해?"

"말레나가 그랬어."

월터는 한참 동안 내 눈을 처다본다. 나는 그의 눈을 피하지 않으려 애쓰지만, 눈동자가 자꾸만 옆으로 쏠린다.

"그러니까 더 조심해야지. 제이콥, 날 똑바로 봐!"

"애쓰고 있어!" 내가 대답한다.

"우리는 곧 여기에서 떠날 거야. 하지만, 모두 잘 빠져나가려면 허튼짓하면 안 돼. 캐멀을 처리할 때까지는 아무것도 — 아무것도! — 할 수 없어. 빨리 받아들이는 게 좋을 거야."

침대에서 흐느끼는 소리가 들린다. 월터가 고개를 돌린다.

"조용히 좀 해, 캐멀! 가족들이 받아준다고 했을 때는 용서했다는 뜻이야. 집으로 돌아가지 않으면, 빨간불 당하는 게 좋아?"

"그럴지도 몰라." 캐멀이 울먹인다.

월터는 다시 나를 돌아본다. "날 똑바로 봐, 제이콥. 날 봐."

내가 그의 눈을 바라보자, 그가 말을 계속한다.

"말레나가 오거스트를 요리할 거야. 그럴 거야. 말레나밖에는 할 사람이 없어. 말레나는 그게 얼마나 중요한 일인지 알고 있어. 이제 사흘밖에 안 남았어."

"그 다음에는? 너도 전에 말했잖아. 우리는 갈 데가 없어."

월터는 화를 내며 고개를 돌린다. 다시 급히 내 쪽으로 고개를 돌린다. "너 정말 상황이 어떻게 돌아가는지 몰라서 그래? 아무래도 모르는 거 같아."

"물론 잘 알고 있어! 하지만 여기서 나가도 막막할 뿐이야."

"나도 그래. 하지만 말했잖아. 그건 나중 문제라고. 당장은 살아서 여기를 나가는 데 집중하자."

캐멀은 계속 흐느낀다. 가족들이 두 팔 벌려 환영해 줄 거라고 월터가 아무리 위로를 해줘도 소용없다.

이윽고 캐멀은 훌쩍훌쩍 울다가 잠이 든다. 월터는 다시 한 번 캐멀의 상태를 살펴보고 등잔불을 끈다. 월터와 퀴니는 말담요가 있는 구석으로 간다. 몇 분 후 월터는 코를 골기 시작한다.

나는 조심조심 자리에서 일어난다. 극도로 천천히 일어나며 균형을 잃지 않게 조심한다. 이윽고 두 발로 서는 데 성공한 후 조심조심 발걸음을 디뎌본다. 현기증이 나기는 하지만, 걸을 수 있을 것 같다. 두세 걸음 걸어본다. 한꺼번에 두세 걸음 내디디는 데 성공한 후, 트렁크 쪽으로 쭉 걸어간다.

그로부터 육 분 후, 나는 네 발로 가축차 위를 기어가고 있다. 입에는 월터의 칼을 물고 있다.

기차 안에서는 덜컹덜컹 부드러운 소리인 줄 알았는데, 여기 올라오니 쿵쾅쿵쾅 시끄러운 소리였다. 모퉁이를 도는 순간 차량들이 이리저리 흔들리며 요동한다. 나는 가던 길을 멈추고 지붕 가로대에 매달려 기차가 다시 똑바로 달리기를 기다린다.

차량 끝에 이른 나는 잠시 멈춰 서서 앞으로 어떻게 할까를 생각한다. 이론상으로는 사다리를 타고 내려가 기차 바닥으로 들어가는 방법도 있다. 그렇게 여러 개의 차량을 지나가면, 문제의 차량까지 갈 수 있다. 하지만 그러다가 누가 보기라도 하면.

그럼 모두 끝장이다.

나는 입에 칼을 문 채 자리에서 일어선다. 두 발을 벌리고 무릎을 구부리고 외줄타기 곡예사처럼 양팔을 들어올려 흔들흔들 움직인다.

내가 있는 차량과 다음 차량 사이가 엄청나게 먼 것 같다. 저기로 가려면 영원의 시간을 건너야 할 것 같다. 나는 심호흡을 하고 혀끝을 쇠맛 나는 칼날에 대본다. 그러고는 펄쩍 뛴다. 내 모든 근육을 긴장시켜 공중으로 날아오른다. 팔다리를 크게 휘두르며 무엇이든 붙잡을 준비를 한다. 발을 헛디디면 무엇이든 붙잡아야 한다.

지붕 위에 착지한다. 지붕 가로대에 매달려 칼날에 입이 닿지 않게 조심하며 개처럼 헐떡거린다. 입가에서 뭔가 따뜻한 것이 뚝뚝 떨어진다. 가로대 위에 무릎을 꿇은 채로 물고 있던 칼을 빼고 입술에 묻은 피를 핥는다. 다시 칼을 물고 입술이 칼에 닿지 않게 힘을 준다.

이런 방법으로 숙소차 다섯 개를 뛰어넘어간다. 실력이 점점 좋아진다. 매번 좀더 깨끗하게, 좀더 멋지게 착지한다. 여섯 번째 착지 때는 조심하는 것을 깜박 잊을 뻔한다.

특실 객차에 도착한 나는 지붕 위에 앉아 몸 상태를 점검한다. 근육이 아프고 머리가 빙글빙글 돌고 숨이 가쁘다.

기차가 다시 모퉁이를 돌고, 나는 다시 가로대를 붙잡는다. 그러면서 엔진 쪽을 본다. 기차는 나무가 우거진 산자락을 끼고 달려간다.

앞쪽에 교각이 보인다. 사방이 어두워 분명치 않지만, 교각 밑은 이십 미터 아래 바위투성이 강둑인 것 같다. 기차가 다시 요동한다. 사십팔 호 객차까지 살아서 가려면 이제 그만 차 안으로 들어가야겠다.

나는 칼을 입에 문 채 지붕 가장자리에서 미끄러져 내려온다. 배우들과 십장들을 태운 차량들은 철판으로 연결되어 있으므로, 그냥 철판 위로 뛰어내리기만 하면 된다. 손끝으로 중심을 잡는데, 기차가 다시 한 번 요동하고, 두 다리가 옆으로 쏠린다. 나는 필사적으로 중심을 잡는다. 땀에 젖은 손가락이 철판 위를 미끄러진다.

기차가 다시 똑바로 달린다. 나는 철판 위로 펄쩍 뛰어들어온다. 승강단을 보니 가로대가 있다. 나는 가로대에 잠시 기대 정신을 차린다. 들이쑤시고 덜덜 떨리는 손가락으로 주머니를 뒤져 시계를 꺼낸다. 새벽 세 시가 다 됐다. 누군가와 마주칠 가능성은 별로 없다. 하지만 혹시 모르니까.

칼이 문제다. 주머니에 넣기에는 너무 길고, 허리춤에 넣기는 너무 날카롭다. 결국 나는 재킷을 벗어 칼에 둘둘 말고 한쪽 팔에 낀다. 헝클어진 머리칼을 매만지고 입가의 핏자국을 닦아낸 후 차량 문을 연다.

복도에는 아무도 없다. 차량 창문으로 달빛이 비친다. 나는 잠깐 멈춰 서서 창밖을 내다본다. 기차는 교각 위를 지나가고 있다. 교각의 높이는 생각보다 훨씬 높다. 바위로 된 강둑에서 높이를 잰다면 사십 미터는 족히 될 것이다. 교각과 강물 사이는 광활한 허공이다. 기차가 또 다시 요동한다. 지금 내가 기차 지붕 위에 있지 않은 것이 얼마나 다행인지 모르겠다.

바야흐로 나는 특실 객차 삼 호실 문고리를 응시하고 있다. 나는 재킷으로 말아놓은 칼을 꺼내 바닥 위에 내려놓고 재킷을 입는다. 칼을 집어들고 잠깐 더 문고리를 바라본다.

손잡이를 돌리는데 짤깍하는 소리가 크게 난다. 나는 돌아간 손잡이를 그대로 붙잡고 꼼짝도 안 한다. 그러면서 기척이 있는지 기다린다. 그렇게 몇 초 동안 기다린 후, 손잡이를 끝까지 돌리고 문을 민다.

문을 열어 둔다. 문을 닫는 소리에 놈이 깰지 모르니까.

놈이 똑바로 누워 있다면, 신속하게 한번 숨통을 찌를 거야. 엎드려 있거나 모로 누워 있다면, 칼날이 숨통을 끊어버릴 때까지 깊숙이 찌를 거야. 놈이 어떤 자세로 자고 있든, 나는 목을 찌를 거야. 망설임은 금물이야. 아주 깊이 찔러야 하니까. 그래야 놈이 소리도 못 지르고 피를 철철 흘릴 테니.

나는 칼을 움켜쥐고 침실을 향해서 살금살금 기어간다. 벨벳 커튼이 내려져 있다. 나는 커튼 끝을 잡아당겨 안쪽을 엿본다. 놈이 혼자 있다. 나는 안도의 한숨을 내쉰다. 놈이 혼자라면, 그녀는 무사한 것이다. 그녀는 지금쯤 여배우들 숙소차에 있겠지. 어쩌면 내가 기어서 지나갔던 차량 중 하나에 그녀가 있었을 수도 있다.

나는 날렵하게 침대로 다가간다. 놈은 벽과 떨어진 쪽에서 자고 있다. 말레나를 위해 자리를 비워둔 것이다. 밤인데도 창문 커튼들이 줄에 매여 있어, 달빛이 나무들 사이로 비쳐든다. 나무들 때문에 그의 얼굴이 보였다 안 보였다 한다.

나는 그를 내려다본다. 줄무늬 파자마를 입은 그는 평화로운 모습이다. 소년 같은 느낌도 풍긴다. 짙은 색 머리칼은 아무렇게나 헝클어져 있고 입 꼬리는 미소를 짓는 듯 올라갔다 내려갔다 한다. 그는 꿈을 꾸고 있다. 갑자기 몸을 뒤척이고 입맛을 다신다. 똑바로 누운 자세가 모로 눕는 자세로 바뀐다. 말레나 쪽 자리로 손을 뻗어 빈 침대를 두어 번 토닥인다. 그녀의 베개도 토닥인다. 베개를 붙잡고 가슴으로 당겨온다. 베개를 끌어안고 베개 속에 얼굴을 파묻는다.

나는 양손으로 칼을 움켜잡고 위로 치켜든다. 칼끝은 놈의 목에서 육십 센티미터 위에 있다. 제대로 해야 한다. 효과를 극대화하기 위해 칼날 끝을 비스듬히 조준한다.

기차가 나무숲을 벗어나자, 한 줄기 달빛이 칼날을 비춘다. 칼날이 반짝반짝 빛난다. 내가 칼끝을 조준하는 동안, 달빛은 칼날에서 산산이 부서진다. 오거스트가 다시 자세를 바꾼다. 이번에는 코를 골며 심하게 뒤척여 똑바로 눕는다. 놈의 왼쪽 팔이 침대 밖으로 축 늘어진다. 내 허벅지에서 불과 몇 센티미터 떨어진 곳에 있다. 칼날은 끊임없이 달빛을 받으며 빛난다. 칼이 움직이기 때문이다. 그러나 그것은 내가 칼끝의 위치를 조정하고 있기 때문이 아니다. 나는 두 손을 덜덜 떨고 있다. 오거스트가 입을 쩍 벌리고 숨을 들이마시면서 엄청 시끄럽게 입맛을 다신다. 내 허벅지 옆에 있는 손은 축 늘어져 있고, 다른 쪽 손가락은 실룩실룩 움직인다.

나는 놈의 몸 위로 고개를 숙이고, 말레나의 베개 위에 조심스럽게 칼을 내려놓는다. 그리고 몇 초간 놈을 쳐다보다 그곳을 나온다.

이제는 흥분도 잦아들어 아드레날린이 분비되지 않는 건가 머리가 다시 몸보다 크게 느껴진다. 나는 비틀비틀 여러 개의 복도를 통과하고 마침내 마지막 특실 객차까지 온다.

여기서 결정을 해야 한다. 다시 한 번 지붕 위로 올라가든가 아니면 단장 전용차를 지나가든가 해야 한다. 단장 전용차에는 누군가가 아직 자지 않고 카드놀이를 하고 있을 가능성이 크다. 게다가 단장 전용차를 지나간 후에는 숙소차들을 지나가야 하고 숙소차들을 지나간 후에는 다시 지붕 위에 올라갔다 내려와야 가축차로 건너갈 수 있다. 그래서 나는 어차피 올라갈 거, 빨리 올라가기로 한다.

그런데 내겐 벅찬 일이다. 누가 머리를 세게 치는 것만 같고, 균형을 잡기가 결코 쉽지 않다. 나는 차체 옆면 가로대를 기어올라 어렵사리 지붕 위로 기어올라간다. 일단 지붕으로 올라간 후에는 지붕 가로대 위에 뻗는다. 속이 울렁거리고 몸에 힘이 없다. 십 분간 숨을 돌린 후에 기어가기 시작한다. 차량 끝에 와서 지붕 가로대 사이에 엎드려 다시 한 번 쉰다. 완전히 녹초가 되었다. 내가 과연 몸을 일으킬 수 있을까? 그러나 어쨌든 이렇게 누워 있을 수는 없다. 여기서 잠이 들기라도 하면, 다음번 모퉁이를 도는 순간 추락할 테니까.

윙윙 소리가 다시 들린다. 눈동자가 초점을 못 잡고 흔들린다. 차량들 사이를 네 번 건너뛰며, 뛸 때마다 이번에는 실패라고 생각한다. 다섯 번째 건너뛸 때에는 정말 실패할 뻔한다. 손이 쇠로 된 얇은 가로대를 잡았지만, 차량 모서리에 배를 부딪힌다. 나는 너무 깜짝 놀라 그대로 매달린 채 꼼짝도 못한다. 힘들다. 그냥 손을 놓으면 훨씬 편할 텐데, 라는 생각이 머릿속을 스쳐간다. 익사하는 사람들은 죽기 바로 전에 이런 느낌일 것 같다. 싸우기를 포기하고 부드러운 물의 품에 안기는 느낌일 것이다. 내 경우는 좀 다르다. 나를 기다리고 있는 것은 부드러운 물의 품이 아니다. 여기서 포기하면, 팔다리가 찢겨나갈 거다.

나는 정신을 차리고 두 다리를 버둥거려 차량 지붕 모서리에 발을 디디는 데 성공한다. 일단 발을 디디면, 몸을 끌어올리는 것은 식은

죽 먹기다. 바로 다음 순간 나는 다시 숨을 헐떡이며 지붕 가로대 위에 눕는다.

기차가 경적을 울린다. 나는 내 거대한 머리를 들어올려 본다. 나는 가축차 지붕 위에 있다. 이제 채광창까지만 가면 된다. 채광창에서는 뛰어내리기만 하면 된다. 나는 몸부림치면서 채광창을 향해 기어간다. 채광창은 열려 있다. 이상한 일이다. 나오면서 닫은 줄 알았는데. 나는 창을 통해 몸을 들이밀고 바닥으로 쿵 떨어진다. 말 한 마리가 히힝 울며 계속 콧김을 내뿜고 쿵쿵 발을 구른다. 뭔가에 화가 나 있다.

나는 고개를 돌린다. 차문이 열려 있다.

나는 급히 몸을 일으키고 반대쪽을 본다. 안쪽 염소방 문을 본다. 이 문도 열려 있다.

"월터! 캐멀!" 내가 큰소리로 외친다.

바닥 이음매에서 나는 철컥철컥 소리에 맞추어, 문짝이 벽에 부딪히는 소리만 나지막이 들려온다.

나는 겨우 몸을 일으켜 문쪽으로 휘청휘청 걸어간다. 몸을 반으로 접고, 한 손으로는 문을 붙잡고 다른 한 손은 허벅지 위에 올려놓고, 나는 아무것도 보이지 않는 눈으로 차량 안을 둘러본다. 머리에서 피가 모두 빠져나간 것만 같다. 다시 한 번 눈앞에서 검은색과 하얀색 불꽃들이 폭발한다.

"월터! 캐멀!"

시력이 돌아오기 시작한다. 앞에 있는 것보다 옆에 있는 것이 더 잘 보여서, 나도 모르게 고개를 돌리고 물체를 시야의 경계에 놓는다. 가축차 널빤지 사이로 들어오는 달빛으로 비어 있는 침대가 눈에 들어온다. 침낭도 비어 있다. 한쪽 구석 말담요도 비어 있다.

나는 뒤쪽 벽에 일렬로 세워놓은 트렁크 쪽으로 비틀비틀 걸어가서 트렁크 뒤쪽을 살펴본다.

"월터?" 그러나 퀴니 뿐이다. 퀴니는 오들오들 떨면서 몸을 공처럼 동그랗게 말고 있다. 그러면서 겁에 질린 표정으로 나를 바라본다. 이젠 의심의 여지가 없다.

나는 바닥에 털썩 주저앉는다. 슬픔과 죄책감이 밀려온다. 나는 책을 벽에 집어던지고, 바닥을 발로 차고, 하느님을 향해 주먹을 휘두른다. 흐느낌이 시작되고, 도무지 그칠 줄을 모른다. 트렁크 더미 뒤에 숨어 있던 퀴니가 기어 나와 무릎 위로 올라온다. 한참 동안 녀석의 따뜻한 몸뚱이를 끌어안고 있다. 어느새 흐느낌이 잦아들고, 우리는 요람 속의 아기처럼 말없이 흔들흔들한다.

내가 월터의 칼을 가져가지 않았다고 하더라도 결과는 똑같았을 것이라고 믿고 싶다. 그러나 내가 칼을 가져가지 않았다면, 최소한 반격할 기회는 있었을 것이다.

나는 그들이 살아 있을 것이라고 믿고 싶다. 나는 애써 그들이 살아 있는 장면을 상상한다. 월터와 캐멀이 부드러운 숲 속 잔디밭을 데굴데굴 굴러 내려가며 욕설을 퍼붓는다. 바로 지금, 월터는 도움을 구하고 있을지도 모른다. 캐멀을 안전한 곳에 편하게 뉘어놓고 도움을 구하러 갔을지도 모른다.

그래. 그래. 내가 생각했던 것처럼 나쁘지는 않을 거야. 월터와 캐멀을 찾으러 가야겠다. 아침이 밝는 대로, 말레나와 함께 가장 가까운 마을로 가봐야겠다. 병원을 찾아봐야겠다. 감옥도 찾아봐야겠다. 마을에서 월터와 캐멀을 부랑자로 생각하고 감옥에 보냈을 수도 있으니까.

아니야. 그럴 리가 없어. 불구의 노인과 난쟁이를 빨간불 시킬 수는 없어. 그것도 교각 위에서. 그럴 수는 없어. 오거스트라고 해도, 엉클 앨이라고 해도 그런 짓은 못할 거야.

나는 놈들을 죽일 온갖 방법을 생각하며, 밤새 뜬눈으로 지새운다. 마치 말랑한 돌멩이를 만지작거리듯 살해 방법을 하나씩 떠올리며 입맛을 다신다.

기차가 멈추는 날카로운 브레이크 소리가 나를 백일몽에서 흔들어 깨운다. 나는 기차가 미처 멈추기도 전에 자갈 위로 뛰어내려 숙소차 쪽으로 성큼성큼 걸어간다. 쇠로 된 계단을 뛰어올라 첫 번째 숙소차(일꾼들이 잠을 자는 초라한 차량)로 가서 차 문을 벌컥 연다. 너무 세게 열었는지 반동 때문에 문이 다시 닫혀버린다.

나는 문을 다시 열고 성큼성큼 걸어간다.

"얼! 얼! 당장 나와!" 나의 목소리는 증오와 분노로 쇳소리를 낸다. "얼!"

나는 좌우로 늘어선 사이를 지나가며 이리저리 살펴본다. 깜짝 놀라 나를 바라보는 얼굴들 중에 얼의 얼굴은 없다.

다음 차량.

"얼! 당장 나와!"

나는 걸음을 멈추고 어리둥절한 표정으로 침대 위에 누워 있는 사내를 돌아본다.

"대체 어디 갔어? 여기 있어?"

"경비원 얼 말이야?"

"그래. 경비원 얼. 어디 있어?"

그는 엄지손가락을 어깨 뒤로 휙 넘긴다. "두 칸 저쪽."

나는 또 하나의 차량을 통과한다. 침대 밑에 이리저리 튀어나온 팔다리와 침대 밖으로 늘어진 팔들을 피하느라 시간이 걸린다.

나는 쾅 소리를 내면서 문을 열어젖힌다.

"얼! 당장 나오지 못해? 여기 있는 거 다 알아!"

깜짝 놀란 사람들 사이로 잠깐 침묵이 흐른다. 좌우로 늘어선 침대에서 사람들이 시끄러운 침입자가 누구인지 보기 위해 몸을 뒤척인다. 사분의 삼쯤 갔을 때 얼이 눈에 띈다. 나는 그에게 달려든다.

"개자식!" 나는 이렇게 말하며 달려들어 멱살을 잡는다.

"어떻게 그런 짓을 했어? 어떻게 그럴 수가 있어?"

얼이 침대에서 뛰어내려 두 손으로 내 팔을 막는다.

"어허— 가만있어 봐, 제이콥. 진정해. 무슨 일 있어?"

"시치미 뗄래?" 나는 고래고래 소리를 지르며 그의 손아귀에 잡혀 있는 팔을 비틀어 뺀다. 그를 덮치려고 한다. 그러나 내가 그를 붙잡기도 전에 그가 다시 한 번 내 팔을 붙잡는다.

"어떻게 그럴 수가 있어?" 눈물이 줄줄 흘러내린다.

"어떻게 그럴 수가? 캐멀의 친구인 줄 알았는데! 도대체 월터가 뭘 잘못했어?"

얼의 얼굴이 창백해진다. 그는 양손으로 내 팔목을 붙잡은 채 그 자리에 얼어붙는다.

우리는 공포에 질린 채 눈을 끔뻑이며 서로의 얼굴을 마주 본다. 몇 초가 흘렀을까. 겁에 질린 웅성웅성 소리가 차량 안에 퍼진다.

얼이 내 손을 풀어주며 말한다. "따라와."

우리는 기차에서 내려선다. 기차에서 수십 미터 벗어난 후 그가 몸을 돌려 나를 본다. "없어졌어?"

나는 그의 표정을 읽으려고 애쓰면서 그를 쳐다본다. 정말 아무것도 모르는 것 같다. "없어졌어요."

그가 헉 소리를 낸다. 그리고 눈을 감는다. 잠시 동안 나는 그가 울음을 터뜨릴 거라고 생각한다.

"아무것도 모른단 말이에요?" 내가 묻는다.

"당연히 모르지! 나를 뭐로 보는 거냐? 나는 그런 짓 한 적 없어. 으, 제길. 으, 맙소사. 불쌍한 녀석들. 잠깐만 기다려—"

그는 이렇게 말하며 갑자기 나를 빤히 본다.

"너는 뭐하고 있었어?"

"나는 거기 없었어요." 내가 대답한다.

얼은 잠시 나를 쳐다보다 시선을 바닥으로 옮긴다. 양손을 허리에 올리고 한숨을 내쉰다. 그리고 고개를 깐닥깐닥하면서 생각에 잠긴다. "좋아." 그가 입을 연다. "그 불쌍한 놈들이 몇 명이나 당했는지 알아봐야겠어. 하지만 너 내 말 잘 들어. 배우 자식들을 그렇게 처리하는 법은 없어. 아무리 쓸모없는 배우도 그런 법은 없어. 월터가 당했다면, 놈들이 월터를 너로 착각해서 그런 거야. 내가 너라면, 이 길로 당장 여길 떠나겠어. 뒤도 돌아보지 않고 떠나겠어."

"그럴 수 없다면요?"

그는 나를 노려본다. 그러면서 턱을 좌우로 흔든다. 그리고 나를 오랫동안 물끄러미 바라본다.

"낮에, 서커스장에 있을 때는 안전할 거야." 한참 후에 그가 입을 연다. "오늘 밤 기차로 돌아가면, 그 가축차 근처에는 얼씬도 하지

마. 무개화차 근처에 있다가 잘 때는 마차 밑에서 자. 절대 잡히지 마.
방심은 금물이야. 떠날 수 있게 되면 즉시 떠나.”

“알았어요. 시키는 대로 할게요. 하지만 그전에 처리할 일이 몇 가
지 있어요.”

그가 나를 마지막으로 한참 들여다본다.

“그럼 나중에 만나.” 그는 이렇게 말하며 식당 쪽으로 걸어간다.
식당 근처에는 비행단 기차의 일꾼들이 삼삼오오 모여 겁에 질린 얼
굴로 주위를 살핀다.

실종된 사람은 캐멀과 월터 말고도 여덟 명이 더 있다. 가운데 기
차에서 세 명, 비행단 기차에서 다섯 명이 없어졌다. 블래키 일당이
몇 조로 나뉘어서 기차 전체에서 그런 짓을 했다는 뜻이다. 서커스단
이 파산하기 일보 직전이니, 일꾼들을 빨간불 시켰으리라는 것은 예
상할 수 있었다. 그러나 교각에서 그런 짓을 하는 것은 뭔가 이상하
다. 그것은 나를 노리고 한 짓이다.

오거스트를 차마 찌르지 못하고 돌아서던 그 순간, 누군가는 놈의
명령에 따라 나를 죽이려 했었군.

놈이 잠에서 깨어나 그 칼을 보았을 때, 기분이 어땠을까? 놈이
그 칼의 의미를 깨닫기 바란다. 어젯밤 그 칼을 놓을 때는 그저 위협
일 뿐이었다. 그러나 이제 그 칼은 약속이 되었다. 나는 빨간불 당한
모든 사람을 위해서 그 약속을 지켜야만 한다.

　　　　　　　•

나는 아침 내내 슬금슬금 숨어 다니면서 말레나를 필사적으로 찾
아 헤맨다. 그녀는 아무 데도 보이지 않는다.

엉클 앨은 하얀색과 검은색 체크무늬 바지와 진홍색 조끼 차림으

로 서커스장을 휘젓고 다닌다. 미처 놈의 지팡이를 피하지 못하는 사람들은 예외 없이 머리를 얻어맞는다. 어느 순간 놈이 나를 발견한다. 놈의 표정이 차갑게 굳어진다. 우리는 백 미터를 사이에 둔 채 마주본다. 나는 노려보고 또 노려보며 눈빛 속에 내 모든 증오를 담는다. 몇 초 후 놈의 입가에 차가운 미소가 번진다. 그는 오른쪽으로 급선회하여 가던 길을 걸어간다. 똘마니들이 뒤에서 어기적어기적 따라간다.

멀리서 점심식사를 알리는 식당 깃발이 올라간다. 말레나가 거기 있다. 외출복 차림으로 줄을 서서 차례가 오기를 기다린다. 그녀의 시선이 사람들 사이로 움직인다. 나를 찾고 있다! 나의 무사생존을 알려주고 싶다. 그녀가 자리에 앉자마자 어디선가 오거스트가 나타나서 그녀의 맞은편에 앉는다. 그의 손엔 음식이 들려 있지 않다. 그는 뭔가 말을 하며 식탁 위로 손을 뻗어 그녀의 손목을 붙잡는다. 그녀는 손을 뒤로 빼다 커피를 쏟는다. 주변 사람들이 돌아본다. 그는 그녀의 손목을 놓고 자리에서 급히 일어난다. 장의자가 풀밭 위로 넘어진다.

놈은 씩씩대며 밖으로 나간다. 놈이 나가자마자 내가 식당으로 뛰어들어간다.

말레나가 고개를 들다가 나를 발견한다. 그녀의 낯빛이 하얗게 질린다.

"제이콥!" 그녀가 숨을 헐떡이며 내 이름을 부른다.

나는 장의자를 일으켜 세우고 의자 끝에 걸터앉는다.

"놈이 무슨 짓 안 했어요? 괜찮아요?" 내가 묻는다.

"나는 괜찮아요. 하지만, 당신은요? 내가 듣기로는—" 그녀는 목이 메어 말을 잇지 못한다. 그러고는 손으로 입을 막는다.

"우리 오늘 떠나요. 내가 지켜줄게요. 기회 봐서 그냥 서커스장 밖으로 걸어 나가요. 내가 곧 뒤따라갈게요."

그녀는 창백한 얼굴로 나를 쳐다본다.

"월터와 캐멀은 어쩌고요?"

"나중에 다시 오면 되요."

"시간이 두 시간쯤 필요해요."

"왜요?"

엉클 앨이 식당 천막 옆에 서서 손가락으로 딱딱 소리를 낸다. 식당 반대편에 있던 얼이 이쪽으로 다가온다.

"방에 돈이 좀 있어요. 그가 없을 때 가져올게요."

그녀가 말한다.

"안 돼요. 너무 위험해요." 내가 말린다.

"조심할게요."

"안 돼요!"

"나가, 제이콥." 얼이 내 어깨를 잡으며 말한다.

"단장이 너를 내쫓으래."

"잠깐만 시간을 줘, 얼." 내가 사정한다.

그가 깊게 한숨을 내쉰다.

"좋아. 반항하는 척해. 하지만 정말 잠깐만이야."

"말레나." 내가 절박하게 부탁한다.

"거기 들어가지 않겠다고 약속해요."

"들어가야 해요. 그 돈은 절반은 내 거예요. 그 돈이 없으면 우리는 한 푼도 없어요."

나는 얼의 손아귀에서 빠져나오며 얼의 얼굴을 마주본다. 정확히 말하면, 얼의 가슴을 마주본다.

"어디 있는지 알려주면, 내가 가져올게요." 나는 얼의 가슴을 손가락으로 찌르면서 으르렁거리는 목소리로 나직이 말한다.

"창문 앞 의자 아래 있어요." 말레나가 애원하듯 속삭인다. 자리에서 일어나 식탁을 빙 돌아 내 옆에 선다. "장의자 바닥이 열려요. 돈은 커피 통에 들었어요. 하지만, 아무래도 내가 가져오는 편이……"

"좋아. 정 그렇다면 끌어낼 수밖에." 얼이 위협적인 목소리로 말한다. 나를 빙글 돌려 팔을 등 뒤로 꺾는다. 그리고 나를 앞세우며 밀어낸다. 나는 허리가 꺾인 자세로 밀려난다.

나는 말레나 쪽으로 고개를 돌린다. "내가 가져올 거예요. 당신은 그 객차 근처에는 얼씬도 하지 말아요. 약속해요!"

나는 몸을 꿈틀거리면서 시간을 번다. 얼이 팔을 더 조이지 않는다.

"약속한다고 말해요!" 내가 쉿소리로 재촉한다.

"약속할게요." 말레나가 말한다. "조심해야 해요!"

"이거 놔, 개자식!"

나는 얼에게 소리를 지른다. 물론 연기이다.

얼과 나는 식당 천막에서 나오면서 굉장한 연기를 펼친다. 얼은 내 팔을 아플 만큼 심하게 꺾지는 않는다. 누군가 이상한 낌새를 눈치챈 사람은 없을까? 그러나 얼은 팔을 살짝 꺾은 것을 보상하듯 나를 삼 미터 이상 풀밭 위로 내팽개친다.

나는 오후 내내 구석진 곳을 살펴보고 천막들을 슬그머니 들락날락하고 마차들 밑으로 몸을 감추느라 시간을 보낸다. 그러나 아무도 모르게 사십팔 호 객차에 접근하는 데는 계속해서 실패한다. 게다가 점심시간부터 오거스트가 눈에 띄지 않는 것을 보면, 놈이 객차 안에 있을 가능성이 농후하다. 그러니 참고 기다리는 수밖에.

오늘은 낮공연이 없다. 오후 세 시쯤 엉클 앨이 서커스장 중앙 단상 위에 올라가서 배우들에게 밤공연에서 최고의 실력을 선보이지 않으면 재미없을 것이라고 연설한다. 재미없다는 것이 무슨 뜻인지는 말하지 않는다. 아무도 무슨 뜻이냐고 묻지 않는다.

연설이 끝나고 즉흥 퍼레이드가 조직된다. 퍼레이드 후 동물들은 조련사의 지휘 아래 동물원에 입장하고 매점 일꾼들이 과자 등의 상품을 진열하기 시작한다. 마을에서부터 퍼레이드를 뒤따라온 군중은 서커스장 중앙로에 모여든다. 곧 세실이 사이드쇼를 구경하는 얼간이들의 혼을 빼놓는다.

나는 동물원 텐트에 달라붙어 끈으로 연결한 천막 틈을 벌리고 텐트 안을 엿본다.

오거스트가 안에 있다. 로지를 우리로 데려가고 있다. 놈은 로지의 배 밑과 앞다리 뒤에 은지팡이를 휘두른다. 때린다기보다는 위협하는 것이다. 로지는 얌전하게 따라가고 있지만, 눈빛은 적대감으로 이글이글 타오른다. 놈은 로지를 우리로 데려가서 한쪽 발을 말뚝에 묶는다. 로지는 놈의 구부린 등을 바라보며 귀를 바짝 붙인 채 자세를 바꾸려는 것 같다. 코를 이리저리 흔들면서 땅에 뭐가 있나 살펴본다. 그러다가 땅에 떨어진 과자를 발견하고 코로 주워든다. 코를 안으로 말고 과자의 질감을 확인하며 혀로 문지른다. 그리고는 입 안으로 집어넣는다.

말레나의 말들은 이미 줄을 지어 서 있지만, 말레나는 아직 보이지 않는다. 촌뜨기들은 대부분 동물원을 지나 공연장 안으로 들어갔다. 말레나가 지금쯤 나와야 하는데. 어서, 어서, 어디 있는 거야—

불현듯 그녀가 약속을 어기고 객실에 갔을지도 모른다는 생각이 떠오른다. 제길, 제길, 제길. 오거스트는 아직 로지를 묶느라 바쁘다. 그러나 놈이 말레나가 없어진 것을 발견하고 찾으러 가는 것은 시간 문제다.

누군가 내 소매를 잡아당긴다. 나는 주먹을 불끈 쥐고 휙 돌아본다. 그레이디가 항복이라는 듯 양손을 들어올린다.

"거 참, 친구, 내가 뭘 어쨌다고."

나는 주먹을 푼다.

"내가 지금 신경이 좀 날카로워. 그래서 그런 거야."

"그래, 알아. 그럴 만도 하지." 그가 주위를 살피며 말한다.

"근데, 뭣 좀 먹었어? 식당에서 쫓겨나는 것 같던데."

"못 먹었어." 내가 대답한다.

"그럼 가자. 튀김 가게에서 뭐 좀 먹어."

"안 돼. 못 가. 땡전 한 푼 없어." 나는 그가 빨리 가주기를 간절히 바라며 말한다. 그러고는 다시 천막 쪽을 돌아보고 천막 틈을 벌린다. 말레나는 아직도 보이지 않는다.

"내가 쏠게." 그레이디가 끈질기게 권유한다.

"괜찮아, 정말이야." 나는 그에게 등을 돌린 채로 대답한다. 그가 눈치 채고 가주면 좋겠는데.

"할 말이 있어서 그래." 그가 조용히 말한다.

"중앙로로 가는 편이 안전해."

나는 고개를 돌리며 그와 눈을 마주친다.

나는 그를 따라 중앙로로 간다. 공연장에서는 밴드가 입장행렬 음악을 연주하기 시작한다.

우리는 튀김 가게 앞에서 줄을 서서 기다린다. 카운터 뒤에 있는 사내가 무서운 속도로 패트를 뒤지고 빵 사이에 끼워서 사람들에게 나눠준다. 아직 공연장에 들어가지 못한 사람들은 불안한 얼굴로 버거를 기다린다.

그레이디와 나는 사람들을 헤치고 줄 앞으로 간다. 그레이디가 손가락 두 개를 펼친다. "버거 두 개, 새미. 천천히 줘도 돼."

몇 초 만에 카운터 뒤에 있는 사내가 양철 접시 두 개를 내민다. 내가 하나를 받고 그레이디가 하나를 받는다. 그레이디가 돌돌 말린 지폐를 내민다.

"저리 치워." 요리사가 손을 내저으며 말한다.

"자네 돈 안 받아."

"고마워, 새미." 그레이디가 지폐를 주머니에 넣으며 말한다. "정말 고맙다고."

그는 밀가루 반죽이 군데군데 묻어 있는 나무 식탁으로 가서 한쪽 발을 장의자 너머로 휙 넘긴다. 나는 맞은편으로 간다.

"할 말이 뭐야?" 내가 나무 식탁 마디를 만지작거리며 묻는다.

그레이디가 주위를 슬쩍 둘러보며 대답한다.

"어젯밤에 당한 녀석들이 다시 잡혀왔어." 그는 버거를 들고 기다린다. 기름 세 방울이 접시 위에 떨어진다.

"뭐? 그래서 지금 여기 있어?" 나는 이렇게 물으며 상체를 똑바로 세우고 중앙로를 둘러본다. 사이드쇼를 구경하는 몇몇 사람(아마도 바바라 텐트에 들어갈 순서를 기다리는 사람)을 빼면, 촌뜨기들은 모두 공연장에 있다.

"목소리 낮춰." 그레이디가 주의를 준다.

"그래. 다섯 명이 잡혀왔어."

"그러면 월터는……?"

심장박동이 빨라진다. 내가 월터의 이름을 꺼내자마자 그레이디의 눈빛이 흔들린다. 대답을 들을 필요도 없다.

"아 이럴 수가." 나는 고개를 돌려버린다. 눈을 끔뻑끔뻑하며 눈물을 삼키고 침을 꿀꺽 삼킨다. 정신을 차리기까지 잠시 시간이 걸린다. "어떻게 된 거였어?"

그레이디는 버거를 접시에 내려놓는다. 오 초간의 침묵이 흐른 후, 그가 입을 연다. 그의 말은 억양 없이 조용하다.

"교각에서 당한 거래. 모두. 캐멀은 머리를 바위에 부딪쳐 즉사했대. 월터는 다리가 심하게 으깨졌고. 도저히 데려올 수 없었대." 그레이디는 침을 한 번 삼키고는 덧붙인다. "그날 밤을 넘기지 못했을 거 같대."

나는 먼 곳을 응시한다. 파리 한 마리가 손 위에 내려앉는다. 나는 파리를 쫓으며 묻는다. "다른 사람들은?"

"다른 사람들은 죽지는 않았어. 두 사람은 사라졌고 나머지는 잡혀왔어." 그가 좌우를 둘러본다. "빌도 잡혀왔어."

"앞으로 어떻게 할 거래?" 내가 묻는다.

"빌은 아무 말도 없어." 그레이디가 대답한다. "하지만 어쨌든 엉클 앨한테 복수를 하겠지. 나도 도울 수 있으면 도울 거야."

"왜 나한테 이런 말을 하는 거야?"

"도망칠 기회를 주는 거야. 너는 캐멀한테 잘 해줬어. 우리 모두 잊지 못할 거야." 그가 상체를 내민다. 가슴이 식탁에 눌린다. 그는 나직한 소리로 말을 이어간다.

"그뿐이 아니야. 내가 보기에 너는 지금 큰일났어."

나는 잠깐 그를 노려본다. 그는 내 눈을 똑바로 바라보며 한쪽 눈썹을 치켜세운다.

하느님 맙소사. 그가 알고 있다. 그가 알고 있다면, 다들 알고 있다는 얘기다. 우리는 당장 떠나야 한다. 지금 당장.

공연장에서 우레 같은 박수소리가 터져 나온다. 밴드의 연주가 자연스럽게 구노의 왈츠로 넘어간다. 나는 동물원을 바라본다. 반사적인 행동이다. 지금쯤 말레나는 로지의 머리에 올라탈 준비를 하고 있거나 이미 올라타고 있을 거다.

"이제 가야겠어." 내가 말한다.

"앉아." 그레이디가 말한다. "먹어. 떠날 생각이면 먹어 둬. 언제 먹게 될지 모를 일이니까."

그레이디는 거친 회색 나무 식탁에 팔꿈치를 괴고 버거를 집어든다.

나는 내 버거를 쳐다본다. 이걸 삼킬 수 있을까.

나는 버거로 손을 가져간다. 그러나 버거를 채 집기 전에 음악이 불협화음으로 뒤엉킨다. 관악기가 괴상하게 울려나오다가 심벌즈의 공허한 굉음으로 이어진다. 음악은 공연장 텐트에서 흘러나와 서커스장 전체에 퍼진다. 그리고 그렇게 음악이 멈춘다.

그레이디는 버거를 먹으려다 말고 그 자세 그대로 얼어붙는다.

나는 주변을 둘러본다. 아무도 꼼짝하지 않는다. 모두의 시선이 공연장 텐트에 고정되어 있다. 건초 두어 가닥이 단단한 땅 위에서 게으르게 빙글빙글 돌아간다.

"뭐야? 무슨 일이야?" 내가 묻는다.

"쉿." 그레이디가 내 말을 가로막는다.

밴드의 연주가 다시 시작된다. 연주곡은 '성조기여 영원하라'이다.

"이런 제길. 말도 안 돼." 그레이디는 벌떡 일어나 뒷걸음질 치다가 장의자를 넘어뜨린다.

"뭐야? 뭐냐니까?"

"재앙 행진곡!" 그가 소리치며 뒤로 돌아 뛰어간다.

서커스단과 관련된 사람들은 모두 공연장 쪽으로 헐레벌떡 달려간다. 나는 장의자에서 뛰어내려 멀뚱히 서 있다. 대체 무슨 일이지? 그러면서 요리사를 휙 돌아본다. 요리사는 앞치마와 씨름하고 있다.

"그레이디가 대체 무슨 소릴 하는 거야?" 나는 소리친다.

"재앙 행진곡 몰라?" 요리사는 앞치마를 벗으려고 몸부림치면서 대답한다. "문제가 생겼어. 심각한 문제가 생긴 거야."

누군가가 지나가며 내 어깨를 세게 친다. 다이아몬드 조다. "제이콥— 동물원이야!" 그는 뒤를 돌아보며 소리를 지르면서 달려간다. "동물들이 탈출했어. 어서, 빨리, 서둘러!"

그렇구나. 동물원을 향해 달려가는 동안, 발밑에서 바닥이 우르르 울린다. 오금이 저리게 겁이 난다. 이것이 단순한 소리가 아닌 것을 알기 때문이다. 이것은 짐승들이 단단한 바닥 위를 달려가며 지축을 흔드는 소리다.

나는 천막을 걷으며 동물원 안으로 뛰어들어간다. 바로 그때 거대한 야크가 내 앞을 지나가고, 나는 벽에 바짝 붙어 선다. 녀석의 굽은 뿔이 내 가슴 바로 몇 인치 앞을 스쳐간다. 하이에나 한 마리가 야크의 어깨 위에 매달린다. 하이에나의 눈이 공포로 빙글빙글 돈다.

지금 내 눈앞에 동물원 대탈출 광경이 펼쳐지고 있다. 우리들이 전부 열려 있고, 동물원 중앙에 정체를 알 수 없는 뭔가가 빙글빙글 돌아간다. 덩어리를 자세히 살펴보니, 침팬지, 오랑우탄, 라마, 얼룩말, 사자, 기린, 낙타, 하이에나 그리고 말이 있다. 말은 수십 마리 있다. 그중에는 말레나의 말도 있다. 하나같이 공포로 미쳐 있다. 온갖 짐승이 이리저리 왔다 갔다 하고, 펄쩍 튀어 오르고, 비명을 지르고, 대롱대롱 매달리고, 무섭게 달리고, 으르렁, 히히힝거린다. 온 사방에 짐승들이 널려 있다. 로프에서 흔들리고 있고, 기둥을 기어올라가고 있고, 마차 밑에 숨어 있고, 벽에 바싹 붙어 있고, 동물원 중앙을 가로질러 달려가고 있다.

나는 텐트 안을 둘러본다. 말레나가 어디 있지? 그러나 말레나는 간 데 없고 표범 한 마리가 눈에 띈다. 녀석은 공연장과 동물원의 연결 통로 쪽으로 어슬렁어슬렁 기어가고 있다. 녀석의 유연한 검은색 몸뚱이가 공연장으로 사라지는 순간, 나는 침을 꿀꺽 삼킨다. 시간이 몇 초나 흘렀을까, 올 것이 오고야 만다. 외마디 비명이 들려오고, 곧이어 또 다른 비명이 들려오고, 곧이어 또 다른 비명이 이어진다. 이윽고 공연장 전체가 떠나갈 듯한 굉음이 들려온다. 사람들이 서로 밀치면서 도망치는 소리, 몸뚱이가 부딪힐 때 나는 소리다.

하느님, 제발 사람들이 뒷문으로 나가게 해주세요. 이쪽으로 오지 않게 해주세요.

미친 듯 날뛰는 짐승들의 바다 뒤로 두 사내의 모습이 보인다. 그들은 로프를 흔들면서 짐승들을 더욱 흥분하게 만들고 있다. 그들 중 하나가 빌이다. 그는 나와 눈이 마주치자 로프를 흔들던 손을 멈춘다. 그러고는 다른 사내와 함께 공연장 안으로 사라진다. 밴드가 음악을 멈춘다. 그리고 다시는 음악이 들리지 않는다.

나는 필사적으로 텐트 안을 둘러본다. 미치기 일보 직전이다. 말레나, 어디에 있어요? 지금 어디 있어요? 대체 어디 있는 거예요?

나는 분홍색 시퀀을 발견하고 급히 고개를 돌린다. 그녀가 로지 옆에 서 있다. 너무 기쁜 나머지 비명이 새어 나온다.

오거스트가 말레나와 로지를 마주보고 있다. 놈이 여기 있는 것은 당연하다. 말레나가 두 손으로 입을 막는다. 말레나는 아직 나를 보지 못했지만, 로지는 나를 봤다. 로지는 나를 한참 동안 물끄러미 바라본다. 로지의 눈빛이 뭔가 이상하다. 하느님 맙소사. 나는 온몸이 얼어붙는 것만 같다. 그러나 오거스트는 아무것도 눈치 채지 못한다. 벌겋게 상기된 얼굴로 고래고래 고함을 지르면서 양팔을 퍼덕이고 지팡이를 흔들어댈 뿐이다. 놈의 신사모가 짚더미 위에 놓여 있다. 모자는 놈이 발로 짓밟은 듯 푹 꺼져 있다.

로지는 코를 쭉 펴 뭔가를 집으려고 한다. 기린 한 마리가 시야를 가로막는다. 기린의 긴 목의 움직임은 공포에 질렸을 때에도 우아하다. 기린이 지나간 후 로지 쪽을 보니, 바닥에 놓여 있던 막대기가 녀석의 코에 감겨 있다. 막대기의 반대쪽은 바닥에 닿아 있다. 로지의 발은 아직 사슬로 묶여 있다. 녀석은 생각에 골몰한 시선으로 나를 본다. 그러고는 모자도 쓰지 않은 오거스트의 뒤통수로 시선을 옮긴다.

"오, 이런." 나는 낮게 신음한다. 녀석이 무엇을 하려고 하는지 알겠다. 나는 비틀비틀 앞으로 가다가 지나가는 말의 궁둥이에 튕겨져 나간다. "안 돼! 안 돼!"

로지는 막대기를 솜처럼 가볍게 들어올려, 놈의 대가리를 단번에 박살낸다. 퍽. 놈의 대가리가 삶은 계란처럼 쪼개진다. 로지는 놈이 앞으로 고꾸라질 때까지 기다렸다, 막대기를 제자리에 내려놓는다. 로지의 동작은 게을러 보일 만큼 느긋하다. 로지가 막대기를 내려놓고 한 발 뒤로 물러서자 말레나의 모습이 보인다. 말레나는 방금 일어난 일을 보았을까? 못 봤을까?

바로 그때 얼룩말 한 떼가 지나가며 다시 시야를 가로막는다. 인간의 버둥대는 팔다리가 사정없이 달려가는 검은색과 하얀색의 다리들 사이로 힐끗힐끗 눈에 띈다. 얼룩말 떼가 지나가자, 오거스트가 있어야 할 자리에 살점과 내장과 짚더미가 엉켜있다.

말레나가 눈을 휘둥그레 뜨고 그 광경을 바라본다. 그러다가 바닥에 털썩 주저앉는다. 로지가 두 귀를 펄럭이고 입을 크게 벌리고 옆걸음질 쳐서 말레나 머리맡에 선다.

대탈출 행렬은 아직 여전하지만, 말레나는 일단 안전하다. 그녀가 쓰러진 곳까지 가려면 텐트 가장자리를 따라가야 한다.

사람들이 공연장에서 빠져나가기 위해서 아까 들어왔던 길을 찾는 것은 당연하다. 곧 사람들은 동물원 안으로 들어올 것이다. 내가 말레나 옆에 무릎을 꿇고 앉아 그녀의 머리를 양손으로 받치고 있을 때, 공연장과 동물원 사이의 통로에서 사람들이 밀물처럼 쏟아져 나온다. 그렇게 몇 걸음 들여놓은 사람들은 동물원 안에서 무슨 일이 벌어지고 있는지를 깨닫는다.

맨 앞에서 달려오던 사람들이 갑자기 걸음을 멈추다가 뒤에서 밀려오는 사람들 때문에 바닥으로 넘어진다. 뒤에 있던 사람들이 제때에 동물원 내 상황을 깨닫지 못했다면, 넘어진 사람들은 모두 깔려 죽었을 것이다.

뒤얽혔던 동물들이 갑자기 도망치던 방향을 바꾼다. 서로 다른 종류의 동물들이 같은 방향으로 도망친다. 사자들, 라마들, 얼룩말들이 오랑우탄들, 침팬지들과 나란히 달려가고, 하이에나 한 마리와 호랑이 한 마리가 어깨를 맞대고 뛰어간다. 말 열두 마리와 기린이 함께 도망친다. 기린 목엔 거미원숭이 한 마리가 매달려 있다. 북극곰이 네 발로 어슬렁어슬렁 기어간다. 모든 동물이 달려가는 쪽은 사람들이 잔뜩 모여 있는 그곳이다.

관중은 비명을 지르며 공연장 안으로 다시 들어가려 한다. 바로 조금 전에 바닥에 깔릴 뻔했던 사람들은 이제 가장 뒤쪽에서 필사적으로 발을 동동 구르며, 앞에 있는 사람들의 등짝과 어깨를 주먹으로 내리친다. 인간들과 짐승들이 한데 엉켜 비명을 지르며 도망친다. 어느 쪽이 더 겁에 질렸는지 모르겠다. 양쪽 모두 자기 목숨 건져야 한다는 생각밖에 없다. 벵갈 호랑이 한 마리가 한 여자의 다리 사이로 돌진한다. 여자의 몸이 공중으로 떠오른다. 아래를 내려다본 여자는 정신을 잃는다. 남편이 그녀의 겨드랑이 사이로 손을 넣어 호랑이의 등 위에서 끌어내려 공연장 쪽으로 질질 끌고 간다.

불과 몇 초 만에, 동물원 안에 있는 생명체는 나 말고 셋만 남게 된다. 로지, 말레나, 렉스. 늙어빠진 겁쟁이 사자는 자기 굴로 들어가서 한쪽 구석에서 오들오들 떨고 있다.

말레나가 신음 소리를 낸다. 그러고는 한 손을 들어올렸다가 다시 떨어뜨린다. 나는 오거스트가 있던 곳을 힐끗 본다. 그녀에게 보여주면 안 되겠다. 나는 그녀를 들쳐업고 매표소를 통과해 밖으로 나간다.

서커스장은 거의 비어 있다. 사람들과 짐승들이 걸음아 날 살려라

사방으로 도망친다. 도망치는 사람들과 동물들은 마치 연못 위의 동심원과 같이 멀리멀리 퍼져간다.

collection of the ringling circus, museum, sarasota, florida
〈링글링 서커스 박물관〉 소장, 플로리다 주 사라소타

동물원 대탈출 후 첫째 날.

우리는 아직 동물들을 찾으러 다니는 중이다. 우리가 잡아온 동물
도 많지만, 마을 사람들이 신경 쓰는 동물들은 순순히 잡혀온 동물
들이 아니다. 사자와 표범 같은 맹수들은 대부분 잡히지 않았고, 곰
도 아직 못 잡았다.

점심식사를 막 끝냈을 때 동네식당에서 우리더러 와보라고 한다.
식당에 도착한 우리는 겁에 질린 레오가 부엌 싱크대 밑에 숨어 있는
것을 발견한다. 레오 바로 옆엔 레오 못지않게 겁에 질린 접시닦이가
오도 가도 못하고 갇혀 있다. 사람과 사자가 나란히 얼굴을 맞대고
앉아 있다.

엉클 앨도 자취를 감췄지만, 아무도 놀라지 않는다. 서커스장은
경찰들로 득시글거린다. 지난밤에 오거스트의 시체가 발견되어 어딘
가로 옮겨졌고, 경찰들은 사건을 조사 중에 있다. 그러나 형식적인

조사일 것이다. 짐승 떼에 밟혀 죽은 것이 분명하기 때문이다. 소문에 의하면, 엉클 앨은 경찰이 자기를 뒤쫓지 않는 것이 확실해 질 때까지 피신 중이라고 한다.

동물원 대탈출 후 둘째 날.

동물원 천막으로 동물들이 한 마리씩 돌아온다. 보안관이 경찰의 호위 하에 다시 서커스장에 와서 부랑자 금지법이 어쩌고 하면서 떠든다. 그러면서 기찻길 측선에서 비켜나라고 한다. 그리고 책임자가 누구냐고 한다.

밤에 식당에 음식이 동난다.

동물원 대탈출 후 셋째 날.

오전에 〈네스키 형제 서커스단〉 기차가 우리 기차 바로 옆 측선에 멈춰 선다. 보안관이 다시 나타난다. 이번에는 철도청 관리들과 함께 와서 왕이라도 알현하듯 공손하게 〈네스키 서커스단〉 단장을 환영한다.

〈네스키 서커스단〉 단장, 보안관, 철도청 관리들은 서커스장을 이리저리 둘러본 후 헤어진다. 헤어질 때에는 따뜻한 악수를 나누며 껄껄껄 웃는다. 〈네스키 서커스단〉 일꾼들이 〈벤지니 서커스단〉 동물들과 장비들을 자기네 텐트와 자기네 기차로 옮기기 시작한다. 이제는 우리 중에 가장 낙관적인 사람들도 더이상 사실을 부인할 수 없다.

엉클 앨은 줄행랑을 쳤다. 우리 모두 일터를 잃었다.

좋은 수가 없을까, 제이콥. 좋은 수가 없을까.

우리가 갖고 있는 돈으로 여기서 빠져나갈 수 있다. 그러나 갈 곳이 없는데 그게 무슨 소용인가? 곧 아기도 태어날 텐데. 우리는 계획이 필요하다. 나는 일자리가 필요하다.

나는 마을 안에 있는 우체국에 걸어가서 윌킨스 학장에게 전화를 건다. 나를 기억하지 못할까 봐 걱정이었는데, 그는 내가 전화해 주어서 마음이 놓인다고 한다. 내 생각을 자주 했다고 한다. 내가 어디로 갔는지, 내가 어떻게 지내는지 알고 싶었다고 한다. 그건 그렇고 내가 지난 삼 개월 반 동안 대체 어디서 뭘 했느냐고 묻는다.

나는 심호흡을 한다. 이 모든 상황을 어떻게 설명해야 할지 모르겠다고 생각하면서, 입을 연다. 그런데 말이 술술 쏟아져 나온다. 말이 너무 한꺼번에 쏟아져서 내가 대체 무슨 말을 하고 있는지도 모르겠다. 이 말 하다 저 말 하다 아까 했던 말로 돌아간다. 결국 내가 말을 끊었는데, 윌킨스 학장도 말이 없다. 너무 오랫동안 대답이 없어서 통화가 끊어진 줄 알았다.

"윌킨스 학장님? 듣고 계세요?" 내가 묻는다. 나는 수화기를 들고 살펴본다. 벽에 대고 쳐볼까 하다가 그만둔다. 우체국 여직원이 지켜보고 있어서다. 그녀는 나를 흥미진진하게 쳐다보고 있다. 내가 하는 말을 다 듣고 있었으니. 나는 벽 쪽으로 고개를 돌리고 수화기를 다시 귀로 가져간다.

윌킨스 학장은 잠시 헛기침을 하고 말을 더듬다가 입을 연다. 그래, 와라. 언제든 돌아와 시험을 보아라.

내가 서커스장으로 돌아오니, 로지는 동물원 천막과 좀 떨어진 곳에 서 있다. 로지 옆엔 〈네스키 형제 서커스단〉 단장과 보안관과 철도 공무원이 함께 있다. 나는 그쪽으로 달려간다.

495

"대체 무슨 일입니까?"

나는 이렇게 물으며 로지의 어깨 옆에 멈춰 선다.

보안관이 나를 돌아본다. "당신이 이 서커스단 책임자요?"

"아닌데요." 내가 대답한다.

"그럼 꺼져." 그가 대답한다.

"이건 내 코끼리니까, 나랑 상관이 있어요."

"이 짐승은 〈벤지니 형제 서커스단〉 재산이니, 나는 보안관의 권한에 따라서—"

"제길, 로지는 내 거야. 내 거라고."

구경꾼이 몰려든다. 대부분 일자리를 잃은 〈벤지니 서커스단〉의 막일꾼들이다. 보안관과 철도청 관리가 불안한 듯 시선을 교환한다.

그렉이 앞으로 나선다. 우리 눈이 마주친다. 그렉이 보안관에게 말한다.

"진짜야. 코끼리는 이 사람 거야. 이 사람은 코끼리 조련사야. 우리랑 함께 다니긴 했지만, 코끼리는 이 사람 거야."

"증명할 수 있나?"

나는 얼굴이 달아오른다. 그렉은 적개심을 드러내며 보안관을 노려본다. 그러면서 이를 갈기 시작한다.

"그렇다면." 보안관이 딱딱한 미소를 지으며 입을 연다.

"관계자들끼리 이야기를 해봅시다."

나는 〈네스키 서커스단〉 단장 쪽을 바라본다. 그의 눈이 휘둥그레진다.

"녀석을 사지 마세요." 내가 말한다. "녀석은 바보예요. 내 말은 좀 알아듣지만, 다른 사람 말은 전혀 못 알아들어요."

그가 눈썹을 치켜세운다. "엉?"

"직접 해보세요. 아무거나 시켜 봐요." 내가 재촉한다.

그는 내가 뿔 난 도깨비쯤 되는 듯이 나를 쳐다본다.

"보면 알 거예요." 내가 계속 재촉한다.

"코끼리 조련사 있어요? 불러서 시켜보라니까요."

그는 계속 나를 쳐다본다. 그러고는 고개를 돌린다.

"딕." 그가 소리친다. "아무거나 좀 시켜 봐."

갈고리를 들고 있는 사내가 앞으로 나선다.

나는 로지의 눈을 바라본다. 제발, 로지. 지금 어떤 상황인지 알지? 제발.

"녀석 이름이 뭐야?" 딕이 어깨너머로 내게 묻는다.

"로지."

그는 로지를 돌아보며 명령한다. "로지. 이리 와. 자, 이리 와." 그의 목소리가 높고 날카로워진다.

로지가 콧김을 뿜으며 코를 흔들기 시작한다.

"로지, 이제 이리 와." 그가 다시 명령한다.

로지가 눈을 끔뻑끔뻑한다. 그러고는 코로 바닥을 쓸다가 멈춘다. 그리고 코끝을 둥글게 말고 흙을 발로 밀어 코 위에 모은 뒤, 코를 들어올려 흔들기 시작한다. 흙이 로지의 등과 주위 사람들 머리 위로 떨어진다. 구경꾼 몇몇이 킬킬 웃는다.

"로지, 발 들어." 딕이 이렇게 말하며 로지에게 다가가서 어깨 바로 옆에 선다.

갈고리로 다리 뒤를 툭툭 친다. "들라니까!"

로지는 귀를 펄럭이며 그의 몸에 코를 갖다대고 쿵쿵댄다.

"발 들어!" 그가 다리를 더욱 세게 치며 명령한다.

로지가 미소를 지으며 그의 주머니를 살펴본다. 녀석의 네 발은 바닥에 굳게 박혀 있다.

코끼리 조련사는 로지의 코를 쳐내며 단장 쪽을 바라본다.

"이 사람 말이 맞아요. 녀석은 아무것도 몰라요. 도대체 녀석을 어떻게 여기까지 데려온 겁니까?"

"이 친구가 데려왔어." 감독이 그렉을 가리키며 대답한다. 그러고는 나를 돌아본다. "녀석이 할 줄 아는 게 뭐야?"

"동물원 텐트 안에서 사탕 받아먹기."

"그게 다야?" 그가 믿을 수 없다는 듯 묻는다.

"다예요." 내가 대답한다.

"이 빌어먹을 서커스단, 괜히 망한 것이 아니었군." 그는 고개를 내저으며 웅얼댄다. 그리고 보안관을 돌아본다.

"그럼 이제 정리할 게 또 뭐가 있나?"

그때부터 다른 말은 하나도 귀에 들어오지 않는다. 귓가에서 계속 윙윙 소리가 들린다.

대체 내가 무슨 짓을 한 거지?

나는 쓸쓸하게 사십팔 호 차 창문을 바라본다. 우리에게 코끼리가 생겼다는 이야기를 말레나에게 어떻게 꺼내야 할지. 난감하다. 바로 그때 그녀가 갑자기 문을 왈칵 열고, 가젤처럼 기차 계단에서 펄쩍 뛰어내린다. 발이 바닥에 채 닿기도 전에 손과 발을 내저으며 달려간다.

나는 그녀가 달려가는 곳으로 시선을 옮긴다. 그리고 그녀가 달려가는 이유를 알게 된다. 보안관과 〈네스키 서커스단〉 단장이 동물원 텐트 밖에 서서 미소를 지으며 악수를 하고 있다. 그들 뒤로 그녀의 말들이 일렬로 서 있다. 〈네스키 서커스단〉 일꾼들이 말고삐를 잡고 있다.

그들이 말들 사이로 채찍을 휘두르며 돌아다니는데 말레나가 다가 간다. 너무 멀어 똑똑히 알아들을 수는 없지만, 그녀가 쏟아내는 비 난들 가운데 일부(가장 높은 음역)가 간간이 들린다. "어떻게 이런 짓 을", "지독한 사람들", "철면피 같으니" 같은 말도 들려온다. 그녀는 말 을 하며 양팔을 위아래로 크게 휘젓는다. "엄청난 도둑질"과 "동물학 대"라는 말이 서커스장을 가로질러 내 귀까지 들려온다. 아니면 "감 옥"이란 말이었나?

깜짝 놀란 두 사람이 그녀를 멍청하게 바라본다.

마침내 그녀가 이야기를 끝낸다. 가슴 앞에 팔짱을 끼고 험악한 얼굴로 발을 까딱까딱한다. 두 사람은 휘둥그런 눈으로 서로 쳐다본 다. 보안관이 말레나를 돌아보며 뭔가 말을 하기 위해 입을 여는 순 간, 말레나가 다시 폭발한다. 공습경보 사이렌 소리처럼 고래고래 고 함을 지르며 보안관 얼굴에다 삿대질을 해댄다. 보안관이 한 발 뒤로 물러서면, 그녀는 한 발 앞으로 다가간다. 뒷걸음질 치던 보안관이 한곳에 버티고 서서 가슴에 잔뜩 힘을 주고 눈을 감는다. 그녀는 삿 대질을 멈추고 다시 가슴 앞에 팔짱을 낀다. 발도 까딱까딱, 머리도 까딱까딱.

보안관이 눈을 뜨고 단장을 돌아본다. 의미심장한 침묵 끝에 보안 관은 어쩔 수 없다는 듯 어깨를 으쓱해 보인다. 단장은 인상을 찌푸 리며 말레나를 돌아본다.

단장은 오 초 정도 버티다가 한 발 뒤로 물러서며 항복이라는 듯 양손을 쳐든다. 그러고는 애써 '삼촌' 같은 표정을 지어본다. 말레나는 양손으로 허리를 받치고는 무서운 얼굴로 노려보며 대답을 기다린다. 결국 그는 벌게진 얼굴로 뒤를 돌아보며 말고삐를 쥐고 있는 일꾼들에게 뭐라고 꽥 소리를 지른다.

말레나는 열한 마리 모두 동물원 텐트에 다시 들어갈 때까지 지켜보다가 사십팔 호 객차로 돌아온다.

하느님 맙소사. 나는 일자리도 없고 집도 절도 없다. 그런데 임신한 여자와 버려진 개와 코끼리와 말 열한 필을 돌보아야 한다.

나는 다시 우체국에 가서 윌킨스 학장에게 전화를 건다. 이번에 그는 더 오래 말이 없다. 그러다가 마침내 더듬더듬 사과의 말을 한다. 정말 미안하다고 한다. 도와주고 싶지만 그럴 수가 없다고 한다. 재시험을 치러 오는 것은 언제라도 환영이라고 한다. 그러나 코끼리를 어떻게 하는 것이 좋을지는 자기도 전혀 알 수 없는 일이라고 한다.

서커스장으로 돌아오는 나는 잔뜩 겁에 질려 있다. 말레나와 동물들만 여기 남겨 두고 나만 혼자 이타카까지 시험을 보러 갈 수는 없다. 그동안 보안관이 동물원을 팔아버릴지도 모르니까. 말들을 맡길 데는 있을 테고, 말레나와 퀴니가 한동안 호텔에 묵을 돈도 있다. 그러나 로지가 문제다.

서커스장에 들어선 나는 여기저기 쌓여 있는 천막들을 밟지 않기 위해 멀리 돌아간다. 〈네스키 서커스단〉 일꾼들이 온갖 종류의 천막 두루마리들을 바닥 위에 펼쳐놓으면 십장이 천막의 상태를 점검한다. 천막 값을 매기기 전에 찢어진 데가 없는지 확인하는 모양이다.

사십팔 호 객차 계단을 오를 때, 심장이 두근두근하며, 숨이 가빠진다. 진정해야 한다. 그런데도 머릿속이 빙글빙글 돌아가고, 빙글빙글 도는 원은 점점 작아진다. 이래서는 곤란하다. 정말 곤란하다.

나는 문을 연다. 퀴니가 뛰어나와 나를 빤히 올려다본다. 어리둥절한 표정과 감사하다는 표정이 뒤섞인 가엾은 표정이다. 퀴니는 몽탕한 꼬리를 자신 없는 듯 살살 흔들어본다. 나는 허리를 굽히고 녀석의 머리를 긁어준다.

"말레나?" 나는 허리를 세우며 그녀를 부른다.

그녀는 초록색 커튼을 걷으며 나온다. 그러면서 걱정 어린 표정으로 손가락을 비틀면서 내 눈을 피한다.

"제이콥— 아, 제이콥. 내가 아주 바보 같은 짓을 했어요."

"뭔데요?" 내가 묻는다.

"당신 말들 말이에요? 괜찮아요. 알고 있어요."

그녀는 급히 나를 쳐다본다. "알고 있어요?"

"다 보고 있었어요. 들리지는 않았지만 무슨 일인지는 알겠던데요."

그녀는 얼굴을 붉힌다. "미안해요. 나는 그냥…… 순간적으로……. 나중 일은 미처 생각 못했어요. 내가 정말 사랑하는 말들인데, 그 사람이 데려가는 걸 차마 볼 수가 없어서…… 그 사람, 엉클 앨 못지않게 나쁜 사람 같아요."

"괜찮아요. 이해해요." 나는 잠시 말을 끊는다.

"말레나. 나도 할 말이 있어요."

"그래요?"

입을 벌렸다가 닫았지만, 아무 말도 나오지 않는다.

그녀가 걱정스러운 표정으로 묻는다.

"뭔데요? 무슨 일이에요? 안 좋은 일이에요?"

"코넬 대학 학장한테 전화를 걸었어요. 시험을 다시 치게 해주겠대요."

그녀의 얼굴이 밝아진다. "이야, 잘 됐네요!"

"그리고 우리가 로지를 맡게 됐어요."

"우리가 뭘 맡았다고요?"

"당신도 말들을 사랑해서 그랬잖아요. 나도 로지를 사랑해서 그런 거예요."

나는 황급히 설명을 늘어놓는다.

"저쪽 코끼리 조련사, 험악하게 생겼더라고요. 차마 놈한테 로지를 줄 수가 없었어요. 로지가 나중에 어떻게 될지 누가 알겠어요? 내가 녀석을 얼마나 사랑하는데. 보낼 수가 없었어요. 그래서 로지가 내 코끼리라고 거짓말을 했어요. 그리고 이제 정말 내 코끼리가 됐어요. 그런 것 같아요."

말레나가 한참 나를 쳐다본다. 그러고는 고개를 끄덕인다. (얼마나 마음이 놓이는지 모르겠다.)

"잘했어요. 나도 로지를 사랑해요. 로지는 이미 너무 많이 고생했어요. 앞으로 잘 해줄 거예요. 그렇다고 우리가 어려운 상황에 처한 것은 아니에요." 그녀가 창밖을 바라보며 생각에 잠긴 듯 눈을 가늘게 뜬다.

"우리 같이 다른 서커스단에 들어가는 거예요." 그녀가 마침내 입을 연다. "그 방법밖에 없어요."

"어떻게요? 신참을 뽑는 데는 없는데."

"실력만 있으면, 언제든지 링글링에 들어갈 수 있어요."

"우리가 정말 성공할 수 있을까요?"

"물론이죠. 코끼리 연기를 보여주면 다들 열광할 거예요. 당신은 코넬대를 나온 수의사고. 충분히 성공할 수 있어요. 하지만 그전에 결혼을 해야 해요. 링글링의 분위기는 주일학교 같아서……."

"나는 그놈 사망증명서 잉크가 마르자마자 당신과 결혼할 생각이에요."

그녀의 얼굴에서 핏기가 사라진다.

"이런, 말레나. 정말 미안해요." 내가 사과한다.

"내가 말을 잘못했어요. 그러니까 내가 하고 싶은 말은…… 당신과 결혼하고 싶어요. 한순간도 내 마음을 의심한 적 없어요."

잠시 말이 없던 그녀는 내 뺨에 손을 갖다댄다. 그러고는 지갑과 모자를 움켜쥔다.

"어디 가요?" 내가 묻는다.

그녀는 발끝으로 빙글 돌아 내게 입맞춘다.

"전화하러. 행운을 빌어줘요."

"행운을 빌게요." 내가 대답한다.

나는 그녀를 배웅하고 쇠로 된 기차 바닥에 앉아 그녀가 멀리 사라지는 것을 바라본다. 그녀는 어깨를 활짝 펴고 한 걸음 한 걸음 똑바로 힘차게 걷는다. 그녀가 지나가는 동안, 서커스장에 있던 사람들이 모두 그녀를 돌아본다. 나는 그녀가 건물 모퉁이를 돌아 사라질 때까지 지켜본다.

기차 바닥에서 일어나서 특실로 돌아가려는데, 천막을 펼치던 사람들 사이에서 외마디 소리가 들려온다. 한 남자가 성큼 뒤로 물러서며 자기 배를 움켜쥔다. 허리를 반으로 굽히고 풀밭 위에 먹은 것을 게워낸다. 나머지 사람들은 자기네 눈앞에 드러난 그것을 계속 지켜보고 있다. 십장이 모자를 벗어 가슴 위에 갖다댄다. 다른 사람들도 하나씩 하나씩 모자를 벗어 가슴 위에 갖다댄다.

나는 그쪽으로 걸어가면서, 더러워진 보따리 같은 것을 쳐다본다. 보따리가 꽤 큼직하다. 좀더 가까이 가니, 주황색과 황금색 브로케이드와 검은색과 하얀색 체크무늬가 눈에 들어온다.

엉클 앨이다. 교수형이라도 당한 듯 밧줄에 목이 졸려 있고, 목둘레는 검게 변해 있다.

밤이 깊었을 때, 말레나와 나는 동물원 텐트로 몰래 숨어 들어가서 보보를 데려와 우리가 있는 특실에 숨겨놓는다.

가는 데까지 가보는 거다.

그러니까 결국 이거였나? 로비에 홀로 앉아 오지 않을 가족들을 기다리는 신세라니.

사이먼이 오늘 일을 잊었다니 믿을 수가 없다. 그것도 오늘 같은 날을. 그것도 사이먼이. 녀석은 태어나서 칠 년 동안 링글링 서커스단에서 살았던 놈인데.

물론 잊을 수도 있다. 녀석의 나이가 일흔한 살이니. 아니, 예순아홉인가? 제길. 정확히 모르는 상태로 살기도 지겹다. 로즈메리가 돌아오면, 올해가 몇 년도인지 물어보고 이 문제를 결판내야겠다. 로즈메리라는 여자, 내게 아주 잘 해준다. 그녀는 내가 바보 같은 질문을 해도, 바보 같은 질문을 했다는 느낌이 들지 않게 대답해줄 것이다. 자기가 몇 살인지 정도는 알고 살아야 한다.

생생하게 기억나는 일도 많이 있다. 사이먼이 태어나던 날도 바로 어제처럼 생생하다. 얼마나 기뻤는지. 얼마나 마음이 놓였는지! 침대로 가는 동안, 현기증이 났다. 다리가 덜덜 떨렸다. 침대에서는 나의 천사, 나의 말레나가 나에게 미소를 보내고 있었다. 지쳐 보였지만, 얼굴에서는 광채가 났다. 담요에 둘둘 말린 뭔가가 그녀의 한쪽 팔을 베고 누워 있었다. 얼굴이 너무 거무튀튀하고 쭈글쭈글해서 도무지 사람 같지가 않았다. 그런데 바로 그때 말레나가 녀석의 머리를 덮고 있던 담요를 벗겼다. 빨강 머리가 드러났다. 나는 너무 기뻐 기절하는 줄 알았다. 혹시 아닐지도 모른다고 생각했던 것은 아니었다. 설사 아니었다 해도 나는 녀석을 사랑을 다해서 키웠을 것이다. 하지만 그래도. 빨강 머리를 본 순간 나는 그 자리에서 쓰러질 뻔했다.

나는 시계를 힐끗 본다. 포기해야 할까. 지금쯤은 무대인사 행렬이 퇴장했을 텐데. 이건 너무 불공평해! 여기 사는 늙은이들은 다들 좋아라 구경 가서는, 뭐가 뭔지 모르고 앉아 있을 텐데. 나는! 로비에서 꼼짝도 못하고!

정말 그래?

나는 미간을 찌푸리며 눈을 끔뻑끔뻑한다. 그런데 왜 나는 내가 여기에서 꼼짝도 못한다고 생각하는 거지?

좌우를 둘러보니, 아무도 없다. 현관 쪽을 돌아보니, 간호사 하나가 차트를 움켜쥐고 바닥만 쳐다보며 쏜살같이 어디론가 달려간다.

나는 휠체어 끝에 엉덩이를 걸치고 보행기로 손을 뻗어본다. 대충 계산해 보니, 오 미터 정도만 걸어가면 자유를 얻을 수 있겠다. 물론 현관문을 나가서도 한 블록을 걸어가야 한다. 그러나 한 블록만 걸어가면, 본공연 중 몇 개쯤은 볼 수 있을 거다. 게다가 피날레도 볼 수 있고. 피날레가 무대인사 행렬을 대신해줄 수는 없겠지만, 그래도 꽤 볼 만하다. 온몸에 짜릿한 열기가 흐른다. 나는 웃음을 참기 위해 헛기침을 한다. 아흔이 넘어도, 아직 안 죽었어.

현관문 앞으로 다가가니, 문이 자동으로 스르륵 열린다. 천만다행이다. 보행기를 잡고 문을 열긴 어려웠을 텐데.

나는 밖으로 나와서 걸음을 멈춘다. 햇빛에 눈이 부시다.

너무 오랜 세월동안 세상과 격리되어 살았던가? 자동차가 달리고 개가 짖고 경적이 울리는 세상에 나오니 왠지 목이 메어 온다. 인도 위를 걸어가는 사람들이 나를 피해 가며 길을 낸다. 마치 시냇물 한복판에 놓여 있는 바위가 된 것 같은 느낌이다. 슬리퍼 차림의 노인네가 보행기를 잡고 양로원 문앞에 서 있는 모습을 이상하게 생각하는 사람은 아무도 없는 것 같다. 아뿔싸. 나는 지금 로비 바로 앞에 서 있다. 간호사가 로비를 지나다가 보기라도 하면 큰 낭패다.

나는 보행기를 조금 들어올려 왼쪽 방향으로 오 센티미터 정도 튼다. 그러고는 바닥에 쿵 내려놓는다. 플라스틱 바퀴가 콘크리트 바닥을 긁는 소리에 현기증이 날 것 같다. 진짜 소리, 억센 소리. 양로원 고무바닥에서 나는 끼익끼익 소리나 또각또각 소리와는 완전히 다르다. 나는 보행기를 붙잡고 이리저리 방향을 틀면서 슬리퍼가 바닥을 스치는 느낌을 즐긴다. 출발하기 전에, 보행기 방향을 총 세 번 튼다. 전진 — 후퇴 — 전진. 완벽한 삼 점 회전이다. 이제 보행기를 잡고 걷는 일만 남았다. 두 발에 온 정신을 집중한다.

너무 빨리 가지 말자. 넘어지면 여러모로 큰 손해다. 바닥에 타일이 없으니 발길이(내 발)를 기준으로 삼는다. 한 걸음 내디딜 때마다, 한쪽 발꿈치를 다른 한쪽 발가락과 나란한 위치에 놓는다. 이렇게 걸으면 한번에 이십오 센티미터씩 전진한다. 이따금 걸음을 멈추고 뒤를 돌아본다. 얼마나 왔는지 보려는 것이다. 걸음걸이는 느리지만 안

정적이다. 고개를 들 때마다 자홍색과 하얀색 무늬의 텐트가 조금씩 커진다.

삼십 분이 걸렸다. 도중에 두 번 쉬었다. 그러나 어쨌든 도착했다. 벌써부터 승리의 쾌감이 느껴진다. 걸음걸이가 약간 불안하지만 두 다리는 아직 건재하다. 오는 길에 웬 여자가 훼방을 놓았다. 그 여자 때문에 문제가 생길 뻔했다. 떼어놓느라고 너무 힘들었다. 내가 잘했다는 얘기는 아니다. 보통 때는 나도 그렇게 험한 말을 쓰지는 않는다. 특히 여자에게는 절대 그런 말을 안 쓴다. 그러나 내가 외출 좀한다는데 웬 중뿔난 인간이 나타나 도와준답시고 훼방을 놓으면, 가만히 있을 수는 없다. 얼마 남지 않은 서커스 공연을 보기 전까지는 그놈의 시설에 발을 들여놓을 생각이 절대 없다. 누가 방해하면 나도 가만있지 않아. 여기까지 왔는데 간호사들에게 붙잡히면? 발버둥치면서 안 간다고 해야겠다. 소동을 일으켜야겠다. 사람들이 많을 텐데, 얼마나 난처할까. 간호사들이 어쩔 줄 모르고 있으면, 그때 로즈메리를 불러오라고 해야겠다. 그녀가 나타나면, 서커스를 보고 말겠다고 고집을 부려야지. 그녀라면 나를 공연장에 데려가 줄 테니.

이런. 그녀가 그만두면, 양로원 생활을 견딜 수 있을까? 그녀가 곧 떠난다는 생각이 떠오르자, 내 늙은 몸뚱이가 슬픔으로 찢어질 것만 같다. 그러나 슬픔이 사라지고 기쁨이 솟아난다. 쿵쾅쿵쾅! 공연장에서 흘러나오는 음악이다! 어느새 공연장 텐트 앞에 왔다. 아, 서커스 음악! 달콤하고 또 달콤하다. 나는 입맛을 다시며 걸음을 재촉한다. 거의 다 왔다. 이삼 미터만 가면 된다.

"저기, 할아버지. 어디 가시게요?"

나는 깜짝 놀라 걸음을 멈춘다. 그리고 소리 나는 쪽을 돌아본다.

어린애 하나가 표를 파는 카운터 앞에 앉아 있다. 카운터 뒤에는 분홍색과 파란색의 솜사탕 봉지가 가득 쌓여 있고, 유리로 된 카운터 위에서는 광선칼 등 장난감 무더기가 번쩍이고 있다. 표 파는 애를 보니, 눈썹에는 링을 박았고, 아랫입술에는 징을 박았고, 양어깨에는 커다란 문신을 새겼고, 손톱에는 검은색 매니큐어를 발랐다.

"어디 가는 거 같으냐?"

나는 괴팍하게 되묻는다. 이럴 시간 없다. 이미 놓친 걸로 충분하다.

"표 값 십이 달러 내요."

"나 돈 없어."

"그럼 못 들어가요."

나는 당황한 나머지 할 말을 잃는다. 뭐라고 해야 하나? 바로 그때 남자 하나가 내 옆으로 다가온다. 어른이고, 면도도 말끔하게 했고 옷도 말쑥하게 입었다. 서커스단 매니저가 확실하다.

"무슨 일 있나, 러스?"

어린애가 엄지손가락을 휙 들어올리며 나를 가리킨다.

"이 노인네가 몰래 들어가려고 해서 잡았어요."

"몰래? 내가 언제!"

나는 녀석의 거짓말에 화가 치밀어 오른다.

남자는 나를 잠깐 본 후 어린애를 돌아본다.

"너는 대체 정신이 있는 거야?"

러스는 인상을 쓰면서 고개를 떨어뜨린다.

매니저는 나를 마주보고 서서 친절한 미소를 짓는다.

"어르신, 제가 자리를 안내해 드리겠습니다. 휠체어에 타실래요? 그러면 자리 잡을 걱정도 없고요."

"그럽시다. 고마워요."

나는 너무 마음이 놓여 왈칵 눈물이 쏟아질 것 같다. 러스와의 실랑이는 끝났지만 아직도 몸이 떨린다. 아까는 앞이 캄캄했다. 여기까지 어떻게 왔는데, 입술에 징이나 박고 앉아 있는 십대 녀석한테 쫓겨날 줄이야. 그러나 이제는 걱정 없다. 공연장에 들어가는 데 성공했을 뿐 아니라, 무대 바로 앞에 자리를 잡을 수도 있을 것 같다.

매니저는 공연장 텐트 뒤쪽으로 가서 병원용 휠체어를 끌고 온다. 그러고는 내가 휠체어에 앉는 것을 도와준다. 그가 미는 휠체어를 타고 공연장 입구로 가는 동안, 욱신욱신 쑤시던 몸이 편안하게 풀린다.

"러스는 신경 쓰지 마세요." 그가 입을 연다.

"구멍을 뻥뻥 뚫기는 했어도, 괜찮은 녀석이랍니다. 물이 들어가면 구멍으로 흘러나올 것 같은데, 그렇지는 않더군요."

"내가 젊었을 때는 노인들이 표를 팔았는데. 표 파는 일은 인생 막장이었지."

"서커스단에서 일하셨어요?" 남자가 묻는다.

"어느 서커스단에 계셨어요?"

"두 군데 있었지. 처음에는 〈벤지니 형제 지상 최대의 서커스단〉에 있었고." 나는 우쭐한 마음에 한 단어 한 단어 힘을 주어 대답한다. "다음에는 〈링글링 서커스단〉에 있었지."

휠체어가 멈춰 선다. 남자가 갑자기 내 앞으로 얼굴을 들이민다.

"〈벤지니 서커스단〉에 계셨어요? 몇 년도에요?"

"1931년 여름이었지."

"동물원 대탈출 사건 났을 때도 거기 계셨어요?"

"물론 거기 있었고말고!" 나는 큰 소리로 대답한다.

"사건의 현장에 있었지. 동물원 텐트에서 일했으니까. 서커스단 수의사였거든."

그는 믿을 수 없다는 표정으로 나를 바라본다.

"설마! 서커스 역사상 최고로 유명한 사건이잖아요! 하트포드 서커스단 화재 사건, 그리고 하겐벡—월러스 서커스단 기차 전복 사건과 맞먹는 사건인데!"

"굉장했지. 맞아. 어제 일처럼 또렷이 기억나. 제길, 어제 일은 기억이 안 나도, 그때 일은 기억나."

남자는 눈을 끔뻑끔뻑하며 나에게 악수를 청한다.

"찰리 오브라이언 삼세라고 합니다."

"제이콥 얀콥스키." 나는 그의 손을 잡으며 말한다. "일세라네."

찰리 오브라이언은 나를 한참 동안 바라본다. 그러면서 마치 뭔가 맹세하듯 한 손을 가슴 위에 올린다.

"얀콥스키 씨, 일단 남은 공연을 보실 수 있도록 공연장 안으로 모시겠습니다. 하지만 공연이 끝나면 제 트레일러에서 한잔 대접하고 싶습니다. 부디 왕림해주시면 영광이겠습니다. 어르신은 역사의 산 증인이십니다. 어르신께 직접 그때 사건 이야기를 듣고 싶습니다. 그리고 나중에 제가 댁까지 모셔다 드리겠습니다."

"그거 좋지." 내가 대답한다.

그는 민첩하게 휠체어 뒤로 돌아간다.

"그럼 이따 뵙겠습니다. 즐거운 관람 되십시오."

하. 왕림해주시면 영광?

그가 휠체어를 무대 바로 앞에 세워준다. 나는 지그시 미소를 짓는다.

서커스 공연이 끝났다. 공연은 대단히 훌륭했다. 〈벤지니 형제 지상 최대의 서커스단〉이나 〈링글링 서커스단〉의 규모에는 비할 수 없었지 만. 하지만 그거야 당연한 일 아닌가? 그만한 규모를 갖추려면 서커 스 기차가 필요한데.

　나는 지금 포마이카 탁자 앞에 앉아 있다. 너무너무 근사한 내장 형 아르브이RV에 올라타고 너무너무 맛있는 싱글몰트 위스키를 마시 면서(아무래도 라프로익 같다) 카나리아처럼 재잘재잘 이야기를 늘어 놓고 있다. 나는 찰리에게 온갖 이야기를 들려준다. 부모님 이야기, 말레나를 만나고 사랑한 이야기, 캐멀과 월터가 죽은 이야기, 놈을 죽이려고 한밤중에 칼날을 입에 물고 기차 지붕 위를 기어가던 이야 기를 들려준다. 빨간불 당한 사람들 이야기, 동물원 대탈출 이야기, 엉클 앨이 목 졸려 죽은 이야기를 들려준다. 그리고 끝으로 로지가 한 일을 말해준다. 이런 말을 할 생각은 없었는데. 입을 여니 말이 그냥 쏟아져 나온다.

말을 하고 나니 마음이 이렇게 편할 수가 없다. 수십 년간 마음속에 가둬둔 말이었다. 말을 하면 죄책감이 느껴질 줄 알았다. 배신자가 된 듯한 느낌일 줄 알았다. 그런데 죄를 용서받은 느낌이다. 찰리가 고해실의 신부처럼 고개를 끄덕이고 있어서 그런 걸까. 구원받은 느낌이 이런 걸까.

말레나는 알고 있었을까. 그녀는 한 번도 내색한 적이 없었다. 그때 동물원 텐트 안에서는 엄청난 소동이 벌어지고 있었다. 그때 그녀는 무엇을 보았을까. 모르겠다. 나는 그녀에게 사실대로 말하지 않았다. 그럴 수가 없었다. 사실대로 말했다가 로지에 대한 그녀의 마음이 변할까 봐 두려웠다. 솔직히 말하면, 나에 대한 그녀의 마음이 변할까 봐 두려웠다. 오거스트를 죽인 것은 로지였지만, 놈을 죽이려고 했던 것은 나도 마찬가지였다.

처음에 내가 사실을 감춘 것은 로지를 지켜주기 위해서였다. 내가 사실대로 말했다면, 로지는 위험에 처했을 것이다. 당시에는 코끼리 처형이 그리 드문 일이 아니었다. 그러나 말레나에게까지 사실을 숨긴 것은 변명의 여지없이 내 잘못이다. 말레나가 사실을 알았다 하더라도 로지를 다치게 하거나 하지는 않았을 것이다. 로지를 사랑하지 않게 됐을지는 모르지만. 결혼할 때 내가 그녀에게 말하지 않은 것은 그것뿐이었다. 결혼하고 나서 시간이 지나자, 비밀을 털어놓는다는 것이 불가능해졌다. 비밀이 그렇다. 어느 시점이 되면, 고백하는 것이 되레 이상해진다. 비밀을 감추고 있다는 사실은 여전히 꺼림칙하지만.

찰리가 내 이야기에 충격을 받은 것 같지는 않다. 내가 잘못했다고 생각하는 것 같지도 않다. 다행이다. 완전히 안심한 나는 동물원 대탈출 이야기를 다 하고 나서도 계속 이야기를 이어간다. 말레나와 나는 〈링글링 서커스단〉에 들어가서 일하다가 셋째가 태어난 후 서커스단을 그만두었다. 말레나도 유랑 생활에 지쳐 있었고, 로지도 중년에 접어들었다. 보금자리를 꾸릴 때가 되었던 것이다. 시카고에 있는 브룩필드 동물원의 수의사가 다행히도 때마침 그해 봄에 세상을 떠나준 덕분에, 나는 손쉽게 그의 후임이 되었다. 칠 년 동안 각종 외래종 동물을 치료한 경험이 있었고, 명문대 학위도 있었던 데다가, 무엇보다 코끼리를 데리고 있었기 때문이다.

우리는 도시에서 멀지 않은 시골에 땅을 샀다. 말들을 키우려면 시골에 살아야 했는데, 차를 타면 출퇴근하기도 그렇게 힘들지 않았다. 우리 집은 은퇴한 말들의 보금자리였다. 말들은 말레나와 아이들을 가끔 태워주는 것만 빼면 아무 할 일이 없었다. 말들은 살이 찌고 편해졌다. 하지만 좌충우돌하는 아이들은 살찔 새가 없었고, 말레나도 호리호리한 편이었다. 물론 보보도 우리 집 식구였다. 보보의 말썽은 우리 집 아이들의 말썽을 다 합친 것보다도 심했지만, 그래도 우리는 언제나 보보를 사랑했다.

좋았던 시절, 아무 걱정 없는 행복했던 시절이었다! 밤이면 칭얼대는 아기들 때문에 밤잠을 설쳤고, 낮이면 온 집안이 허리케인이라도 휩쓸고 지나간 듯 난장판이었다. 아이 다섯, 침팬지 하나, 그리고 감기로 앓아누운 아내를 나 혼자 돌봐야 할 때도 있었다. 하룻밤 사이에 우유 잔을 네 번이나 엎지르고, 꽥꽥거리는 고함소리에 머리가 깨질 것만 같을 때도 있었다. 문제를 일으킨 아들놈을 데려오기 위해 경찰서에 가서 보석금을 내야했을 때도 있었다.

이놈이 한 번, 저놈이 한 번, 그리고 보보가 굉장하게 한 번.

그러나 좋았던 시절은 총알처럼 지나갔다. 말레나와 나는 아이들과 정신없이 씨름하고 있는 줄 알았는데, 어느 틈에 아이들은 대학에 들어갔다. 그때부터 아이들은 차를 빌려 타고 집에서 나가기 바빴다. 그리고 언젠가 나는 지금의 내가 되었다. 고독한 구십대 노인, 이게 지금 나의 모습이다.

찰리는 나의 이야기를 정말 재미있게 들어준다. 정말 좋은 사람이다. 그가 위스키병을 들고 내게 따라주려 한다. 내가 잔을 내미는데, 누가 문을 두드린다. 나는 깜짝 놀라 급히 잔을 뒤로 뺀다.

찰리는 장의자에 앉은 채로 창문 있는 데로 옮겨간다. 창문으로 상체를 기울이며 엄지와 검지로 체크무늬 커튼을 살짝 들어올린다.

"이런." 찰리가 놀란다. "경찰이네. 대체 무슨 일일까요?"

"나를 잡으러 왔어."

그는 굳어진 얼굴로 나를 뚫어져라 쳐다본다. "뭐라고요?"

"나를 잡으러 왔어."

나는 그의 눈을 마주보려 애쓰며 대답한다.

그의 눈을 똑바로 보기가 어렵다. 안진증이 생긴 것은 오래전에 머리를 심하게 다친 후부터다. 눈동자가 경련하듯 앞뒤로 움직이는 증상이다. 똑바로 보려고 할수록 눈동자는 더 심하게 움직인다.

찰리는 커튼을 살짝 내려놓고 문쪽으로 간다.

"안녕하세요." 문쪽에서 사내의 굵은 목소리가 들려온다.

"찰리 오브라이언이라는 사람을 찾습니다. 저기에서 물어봤더니 여기 있을 거라고 하던데요."

"맞습니다. 무슨 일인가요, 경찰관님?"

"도와주실 일이 있습니다. 바로 아랫동네 양로원에서 노인네 하나가 없어졌어요. 직원들이 여기 왔을 거라고 하네요."

"그럴 수도 있겠네요. 서커스는 남녀노소 모두 좋아하지 않습니까?"

"그럼요. 그야 그렇지요. 그런데 문제는 그런 게 아니라— 없어진 노인네가 나이가 아흔셋에 몸이 아주 약하답니다. 양로원에서는 서커스 공연이 끝나면 알아서 올 줄 알고 기다리고 있었는데, 두 시간이 지나도록 감감무소식입니다. 양로원에서 걱정이 이만저만이 아닙니다."

찰리는 상냥한 얼굴로 경찰을 쳐다보며 눈을 끔뻑끔뻑한다. "혹시 서커스를 구경하러 왔었다고 하더라도, 벌써 돌아가고도 남았겠지요. 우리는 원래 서커스장 문을 아주 일찍 닫거든요."

"제가 말한 그런 사람 오늘 못 보셨나요?"

"물론 봤습니다. 꽤 많이 봤지요. 노인들이 많이 와서 오랜만에 가족들과 즐거운 한때를 보내시고 가셨지요."

"혼자 온 노인네는 없었나요?"

"못 봤는데. 하지만 모르죠. 사람들이 워낙 많다 보니, 일일이 신경을 쓸 수야 없지요."

경찰은 트레일러 안으로 고개를 들이민다. 그러고는 나를 발견하고 관심을 보인다. "누구신가요?"

"누구요? 저분이요?" 찰리는 나에게 손을 흔들며 묻는다.

"네, 저분이요."

"아버지인데요."

"잠시 들어가도 되겠지요?"

찰리는 아주 잠시 망설인 후 경찰에게 자리를 비켜준다.

"물론이죠. 어서 들어오세요."

경찰이 트레일러 안으로 올라온다. 키가 너무 커서 허리를 굽히지 않으면 머리가 지붕에 닿는다. 턱은 주걱턱, 코는 매부리코, 미간이 좁아서 마치 오랑우탄처럼 눈이 한데 몰려 있다.

"안녕하세요, 어르신?" 경찰이 인사를 건네며 다가온다. 눈을 가늘게 뜨고 나를 이리저리 훑어본다.

찰리가 급히 내게 눈짓을 보낸다. "아버지는 말씀을 못 하세요. 몇 년 전에 중풍에 걸리셨거든요."

"그러면 집에 계시는 게 나을 텐데?" 경찰이 묻는다.

"여기가 아버지 집이에요."

나는 중풍 환자처럼 입을 좀 벌리고 아래턱을 덜덜 떤다. 손을 덜덜 떨며 술잔을 잡다가 쏟을 뻔한다. 진짜로 쏟지는 않는다. 이렇게 맛있는 위스키를 쏟을 수야 없지. 없고말고.

"아버지, 제가 먹여드릴게요."

찰리가 이렇게 말하며 서둘러 내 쪽으로 온다. 옆에 앉아 술잔을 집어 들어올려 내 입에 대준다.

나는 앵무새처럼 혓바닥을 내밀고는 술잔에서 입 안으로 넘어오는 얼음에 혀끝을 대본다.

경찰이 우리의 모습을 지켜본다. 나는 그를 똑바로 보지는 않지만, 비스듬히 쳐다보면 더 잘 볼 수 있다.

찰리는 술잔을 내려놓고 여유 있게 경찰의 얼굴을 바라본다.

경찰은 한참 동안 우리를 쳐다보더니 눈을 가늘게 뜨고 트레일러 내부를 둘러본다. 찰리는 태연자약하다. 나는 젖 먹던 힘까지 동원해 침을 질질 흘린다.

이윽고 경찰은 모자를 들어올려 인사한다.

"두 분 감사했습니다. 비슷한 사람을 보시면, 연락 부탁드립니다. 제가 말씀드린 노인네는 혼자 돌아다니면 큰일 나요."

"알겠습니다." 찰리가 말한다. "혹시 모르니까, 서커스장도 한번 둘러보세요. 직원들에게도 찾아보라고 하겠습니다. 말씀하신 노인에게 무슨 일이라도 생긴다면 큰일 아닙니까?"

"연락처입니다." 경찰은 이렇게 말하며 찰리에게 명함을 건네준다. "뭐든 나타나면 전화해주세요."

"걱정 마십시오."

경찰은 마지막으로 다시 한 번 트레일러 안을 둘러본 후 문쪽으로 걸어간다. 그리고 인사를 건넨다.

"그럼, 안녕히들 계십시오."

"안녕히 가세요." 찰리가 인사하며 문 앞까지 배웅한다. 그리고는 문을 닫고 포마이카 탁자로 돌아온다. 자리에 앉아서 다시 한 번 술잔 두 개를 채운다. 우리는 위스키를 한 모금씩 들이킨 후 잠시 침묵을 지킨다.

"정말 괜찮으시겠어요?" 마침내 그가 입을 연다.

"괜찮아."

"건강은요? 약 필요하지 않으세요?"

"필요 없어. 아픈 데 없어. 나이 많이 먹은 것 빼고는 아무 이상 없어. 약 먹는다고 나이 안 먹나?"

"가족은요?"

나는 위스키를 한 모금 마신 후 술잔을 빙글빙글 돌린다. 그리고는 술잔을 내려놓는다. "엽서나 보내줄까 해."

찰리의 표정을 보아하니, 내 말에 가시가 있었던 것 같다.

"아니, 그런 뜻이 아니야. 나는 가족들 사랑해. 가족들이 나를 사랑하는 것도 알고 있고. 하지만, 나는 이제 가족들의 삶에 낄 수 없어. 가족들한테 나라는 존재는 부담스러운 짐 같을 거야. 오늘 밤에 여기 혼자 온 것도 그것 때문이고. 가족들이 나를 까맣게 잊어버렸거든."

찰리가 미간을 찌푸린다. 반신반의하는 표정이다.

나는 필사적으로 말을 쏟아놓는다.

"내 나이가 아흔셋인데, 잃을 게 뭐가 있나? 아직은 내 몸 하나 끌고 다닐 힘은 있어. 도움이 필요할 때도 있겠지만, 자네가 생각하는 것처럼 그렇게 쓸모없는 인간은 아니야."

이런. 내 눈가에 눈물이 맺힌다. 나는 어떻게든 강해 보이려고 주름진 얼굴에 잔뜩 힘을 준다. 나를 찌질이로 보지 마라.

"여기서 일하게 해주게. 나는 표도 팔 수 있어. 러스는 다른 일을 찾을 수 있을 거야. 녀석은 젊잖아. 러스가 하던 일을 나한테 시켜줘. 돈 세는 일이라면 나도 할 수 있어. 거스름돈 덜 주거나 그런 일도 없을 거야. 이렇게 근사한 서커스단에 사기치는 놈이 있으면 안 되잖아."

찰리의 눈가가 젖는다. 정말이다.

내 입에서 말이 끝없이 흘러나온다.

"잡히면 순순히 나갈게. 안 잡히면 다행이고. 끝까지 안 잡혀도, 서커스 시즌만 끝나면 집에 전화해서 데리러 오라고 할 거야. 혹시 그 사이에 뭐가 잘못되면, 전화만 한 통 해줘. 그러면 집에서 데리러 올 거야. 나쁜 일도 아니잖아?"

찰리는 나를 물끄러미 바라본다.

내가 지금까지 살아오는 동안 지금 그의 얼굴에 떠오른 표정처럼 심각한 표정은 처음 본다.

하나, 둘, 셋, 넷, 다섯, 여섯…… 찰리는 묵묵부답이다. 일곱, 여덟, 아홉…… 나를 돌려보낼 생각이군. 그리 틀린 생각도 아니지. 나에 대해 뭘 안다고 일을 맡기겠나. 열, 열하나, 열둘……

"좋아요." 찰리가 입을 연다.

"좋다고?"

"좋아요. 손주분들 만나시면 이곳 서커스단 이야기도 해주세요. 증손주들인지 고손주들인지 모르겠지만."

야호! 콧구멍이 벌렁벌렁한다. 신이 나서 미칠 것만 같다.

찰리가 한쪽 눈을 찡긋하며 위스키를 일 센티미터 더 따라 준다. 그러다 생각이 바뀐 듯 더 따르려고 한다.

나는 손을 뻗어 술병을 잡으며 찰리를 말린다.

"그만 마시는 게 좋겠어. 술에 취했다가 괜히 넘어져서 엉덩이에 금이라도 가면 곤란하지."

그러고는 웃음을 터뜨린다. 이렇게 웃길 데가 있나. 이렇게 기분 좋을 데가 있나.

웃음을 참을 수가 없다. 이렇게 웃다가 졸도할 것만 같다.

그래 나 아흔세 살이다. 어쩔래? 그래 나 고령자다. 성질은 괴팍하고 몸뚱이는 쭈글쭈글하다. 어쩔래? 서커스단에서는 나 같은 사람도 받아준다. 죄가 좀 있어도 상관없다고 한다. 그래서 서커스단을 따라 도망칠 생각이다. 어쩔래?

찰리가 경찰에게 말했던 대로다. 이 늙은이에게는 여기가 바로 집이다.

작가의 말

나는 전혀 예상치 못한 곳에서 이 책의 아이디어를 얻었다. 2003년, 나는 전혀 다른 책을 준비하는 중이었다. 그런데 우연한 기회에 《시카고 트리뷴》에 실린 에드워드 J. 켈티에 관한 기사를 보게 되었다. 켈티는 1920년대와 1930년대에 서커스단들을 따라 미국 방방곡곡을 돌아다녔던 사진작가다. 기사에 실린 사진에 완전히 반한 나는 옛날 서커스단 사진집 두 권을 구입했다. 제목은 《서커스의 세계로 오세요: 에드워드 J. 켈리 사진집》과 《이상하고 아름다운 세계: F. W. 글래지어가 바라본 미국 서커스》였다. 나는 이 책들을 보면서 서커스에 완전히 매료되었다. 쓰려고 했던 책도 포기하고, 나는 서커스의 세계로 정신없이 빠져들었다.

나는 가장 먼저 위스콘신 주 바라부로 날아갔다. 바라부에 위치한 서커스 박물관 〈서커스 월드〉의 기록보관인에게 참고문헌 목록을 얻었다. 서커스 소설을 쓰기 위한 첫 단계였다. 그 중에는 절판된 책들도 많았다. 나는 희귀본을 전문적으로 취급하는 서점을 통해 겨우 그 책들을 구할 수 있었다. 그로부터 몇 주 후엔 〈링글링 서커스 박물관〉이 있는 플로리다 주 사라소타로 날아갔다. 박물관에서는 때마침 자기네가 갖고 있는 희귀본 컬렉션의 영인본을 싸게 팔고 있었다. 나는 수백 달러어치의 책을 샀다. 너무 많아 들고 올 수 없을 정도였다. 돈을 너무 많이 썼지만, 부자가 된 느낌이었다.

그때부터 사오 개월 동안은 서커스 소설을 쓰는 데 필요한 정보를 수집했다. 자료조사차 세 차례 여행을 떠났다. 다시 사라소타에 가서 〈서커스 월드〉 등을 둘러보았고, 주말에는 〈캔자스시티 동물원〉에 가서 코끼리의 보디랭귀지와 행동패턴을 연구했다. 전직 코끼리 조련사가 도움을 주었다.

미국 서커스의 역사는 매우 풍요롭다. 이 소설에 나오는 끔찍한 내용들 중에는 실화나 일화를 그대로 옮긴 것도 많이 있다(서커스의 역사는 실화와 일화의 경계가 모호한 것으로 유명하다). 하마를 포름알데히드에 절여서 동물원에 전시했던 일, 몸무게 백팔십 킬로그램의 "뚱녀"의 시체를 코끼리 우리에 넣고 마을에서 퍼레이드를 했던 일도 실화이고, 코끼리가 몰래 말뚝을 뽑고 우리를 빠져나가 레모네이드를 훔쳐 먹은 일, 역시 코끼리가 이번에는 우리에서 도망쳐서 동네 채소밭을 망쳐놓은 일, 사자와 접시닭이 싱크대 밑에 함께 갇혔던 일, 서커스 단장이 살해당해 공연장 텐트 자락에 둘둘 말렸던 일도 실제로 있었던 일이다. 자메이카 생강술 마비증이라는 끔찍한 비극도 미국 역사의 일부이다. 1930년에서 1931년 사이에 수십만 명의 미국인이 생강술을 마시고 목숨을 잃었다.

1903년, 톱시라는 이름의 코끼리가 조련사의 목숨을 앗아간 사건이 있었다. 조련사가 불이 붙은 담배를 코끼리에게 억지로 먹인 것이 화근이었다. 당시에 서커스 코끼리가 사람 한둘 죽이는 것은 보통이었다. 죽은 사람이 서커스 관계자가 아니라면 문제였겠지만, 그렇지 않다면 별로 문제가 되지 않았다. 그러나 톱시의 경우는 달랐다. 사람을 죽인 것이 벌써 세 번째였기 때문이었다. 서커스 단장은 코니아일랜드의 루나 파크에서 톱시를 공개처형하기로 결정했다. 처형을 보러온 구경꾼들에게 입장료를 받으려는 것이었다. 그러나 톱시의 교수형 광고가 나붙자 소동이 일어났다. 수완이 좋았던 단장은 에디슨을 섭외하는 데 성공했다.

그 당시 에디슨은 라이벌이었던 조지 웨스팅하우스의 교류 전기의 위험성을 '증명'하기 위해 수년 동안 길 잃은 개들과 고양이들을 감전사시킨 바 있었다. 말과 소를 실험에 이용하는 경우도 있었다. 에디슨에게 코끼리를 감전시킨다는 것은 대단한 도전이었다. 에디슨은 새로운 도전을 받아들였다.

그 당시 뉴욕의 공식적인 사형집행 방법은 전기의자였다. 교수대에서 전기의자로 바뀐 것이었다. 톱시가 목이 매달리는 대신 감전될 것이라는 말을 듣고, 사람들은 소동을 멈추었다.

첫 번째 처형은 실패로 돌아갔고, 두 번째 처형은 성공했다. 톱시가 청산가리를 섞은 당근을 먹은 것이 첫 번째 처형 때였는지 두 번째 처형 때였는지에 대해서는 의견이 분분하다. 그러나 에디슨이 처형장에 영화 카메라를 들고 온 것만은 확실하다. 에디슨은 톱시의 네 발에 샌들을 신기고 구리 전선으로 잡아맸다. 그리고는 육천육백 볼트의 전류를 연결했다. 오천 명이 넘는 구경꾼이 보는 앞이었다. 에디슨은 이 실험을 통해서 교류 전기의 위험성이 증명되었다고 믿었으며, 전국 각지를 돌며 이 필름을 상영했다.

유쾌한 일화도 있다. 그것도 1903년의 일이었다. 멜러스의 서커스 단장이 칼 하겐벡으로부터 올드맘이라는 이름의 코끼리를 사들였다. 서커스계의 전설로 통했던 하겐벡은 올드맘이 자기가 보았던 코끼리 가운데 가장 영리한 놈이라고 호언장담했다. 올드맘의 새 조련사들은 한껏 기대에 부풀었다. 그러나 곧 실망하지 않을 수 없었다. 아무리 애를 써도 올드맘에게 아무것도 가르칠 수 없었던 것이다. 아무짝에도 쓸모가 없어진 올드맘은 "이 서커스단 저 서커스단을 전전했다." 나중에 하겐벡이 올드맘이 있는 서커스단을 찾아갔을 때, 사람들은 그에게 올드맘이 얼마나 우둔한지 모른다며 불평했다. 하겐벡은 기분이 나빴고, 독어로 기분이 나쁘다고 말했다.

사람들이 사태를 파악한 것은 바로 그때였다. 올드맘은 독어밖에 알아듣지 못했던 것이다. 이 일이 있은 후, 올드맘은 영어를 배웠고, 그때부터 서커스계에서 화려한 경력을 쌓았다. 1933년, 올드맘은 친구들과 동료 단원들의 애도 속에 팔십 세의 나이로 세상을 떠났다.

이 책을 톱시와 올드맘에게 바친다.

새러 그루언

옮긴이의 말

우리가 원하는 생생한 눈속임의 세계

서커스

고달픈 붙박이 인생에게 아주 가끔 찾아오던 특별한 여흥. 귀족들이 화려한 오락을 즐기던 시절에도, 부르주아들이 심오한 예술을 받들던 시절에도, 고향을 떠나온 도시 사람들이 자극적인 유희를 뒤쫓던 시절에도, '촌뜨기들'은 서커스단이 온다는 소문에 마음이 설랬다. 서커스를 기다리는 촌이 없어지고 옛날 서커스도 사라진다. 그리고 많은 사라지는 것이 그렇듯이, 값비싸게 포장되어 전 세계 메트로폴리스의 호사가를 찾아온다. 〈벤지니 형제 지상 최대의 서커스〉단은 물론 옛날 서커스다. 미국 대공황 시절의 옛날 기차 서커스단.

대공황

1929년 가을. 미국 주식 투자자는 150만 명으로 늘어나 있었다. 9월부터 주식값은 떨어지고 있었지만, 150만 주식 투자자 중에 자기 주식이 곧 휴지장이 될 거라고 생각하는 사람은 아무도 없었다. 그런데 10월 4일, 이상한 일이 벌어지기 시작했다. 언제인가부터 모두가 판다고 외치고 있었다. 주식값은 미친 듯이 떨어졌다. 검은 월요일. 대공황 첫날로 기억되는 날이었다. 대공황은 이로부터 10년 동안 지속된다. 말끔한 양복을 차려입은 중년의 백인들이 고층빌딩에서 우수수 뛰어내리거나 은행에 넘어간 호화주택 서재에서 자기 머리를 쐈다. 원래 가난했던 사람들은 굶어서 죽었다. 그러나 다행히도 이 소설에는 자살하거나 굶어죽는 사람은 안 나온다.

스터노

금주법이 해제된 후에도 가난한 사람들은 스터노 연료에 물 등을 섞어 칵테일을 만들어 마셨다. 칵테일 이름은 '캔에 담긴 열기canned heat' '핑크 레이디' 등 다양했다. 1929년에 토미 존슨이 녹음한 '캔드 히트 블루스'는 돈이 없어 스터노를 마시게 된 알코올중독자에 관한 노래다. 밴드 '캔드 히트'는 밴드명을 이 노래에서 따왔다. 캔드 히트를 마신 많은 사람들이 메탄올 중독으로 죽었다. 1963년 필라델피아에서만 31명이 죽었다. 주인공 제이콥이 서커스단에서 처음 사귄 친구인 캐멀을 포함해, 많은 서커스단 일꾼들이 스터노를 돌려 마신다. 다행히도, 이 소설에서 메탄올 중독으로 죽는 사람은 없다.

코끼리

제이콥은 로지(코끼리)를 보자마자 사랑에 빠진다. 코끼리는 지상에서 가장 몸집이 큰 동물이자, 먹은 것이 소화되는 기간이 제일 긴 동물이자(22개월), 상당히 똑똑한 동물이다. 거울에 비친 자기를 알아보는 동물은 인간, 원숭이, 돌고래, 그리고 코끼리뿐이다. 가죽도 꽤 두꺼워서(2.5센티미터), 서커스단 동물 감독 오거스트가 갈고리로 마음껏 찍어도 생명에는 지장 없다. 한편, 코끼리는 술을 좋아하고 복수심이 강한 동물이다. 1998년 12월, 1999년 10월, 2002년 12월, 인도에서는 불만을 품은 코끼리들이 마을을 쑥대밭을 만드는 사건이 있었는데, 최소한 몇 마리의 코끼리는 술에 취한 상태였던 것으로 추정된다. 끝으로, 코끼리는 미국 공화당의 상징인데, 그것이 코끼리의 잘못은 아니다.

아흔살

소설의 주인공 제이콥은 지금 아흔 살 혹은 아흔세 살의 노인이다. 자신의 나이를 정확히 알지 못하는 나이, 정확히 말해서, 올해가 몇 년도인지 정확히 알지 못하는 나이. 더 정확히 말하면 알 필요가 없는 나이. 내가 있길 기대하며 거울을 볼 때마다 웬 낯모를 노인이 나를 쳐다보고 있는 것을 보고 화들짝 놀라곤 하는 나이. 희미한 눈동자 뒤에서 아무리 열심히 나의 흔적을 찾으려 해봐도 소용없는 나이. 야단맞는 것에 익숙해지고 이리저리 끌려다니는 데 익숙해지고 남들이 시키는 대로 하는 것에 익숙해지는 나이. 온전한 정신을 지키는 것이 가장 큰 바람이 되는 나이. "이제부터 내리막길이야. 금방 끝이 나겠지만. 그래도 끝까지 정신만은 온전하길 바랐는데. 정말 바랐는데."

플래시백

청년 제이콥은 우여곡절 끝에 〈벤지니 형제 지상 최대의 서커스단〉에 수의사 겸 일꾼으로 취직한다. 그때부터 우리의 꽃미남 제이콥에게는 파란만장 모험담이 펼쳐진다. 노인 제이콥에게 그때의 기억은 자신의 양로원 생활보다 훨씬 강렬하고 생생한 현실로 느껴진다. 그래서 이 소설의 이른바 액자 형식에 구슬픈 개연성이 생긴다. "요새는 내가 이렇다. 여기가 어딘지, 지금이 언젠지 헷갈린다. 시간과 공간을 넘나드는 느낌이다. 드디어 노망이 들었나? 아니면, 정신이 너무 멀쩡해서 그런 건가? 현재 속에서는 멀쩡한 정신을 쓸 일이 없으니, 정신이 과거로 돌아가려 하는 것은 당연한 일 아닌가? 내가 할 수 있는 일은 없다. 내 과거의 유령들이 내 텅 빈 현재에 들어와 분탕질치는데, 내가 할 수 있는 일은 그것을 바라보는 것뿐이다. 그러면서 죽음을 기다리는 것뿐이다. 과거의 유령들이 현재를 제집처럼 휘젓고 다닐 수 있는 것은 과거의 유령과 싸울 만한 강력한 현실이 현재 속에 존재하지 않기 때문이다. 나는 유령들과 싸우는 것을 그만두었다. 지금 유령들은 나의 현재 속을 제집처럼 휘젓고 다니는 중이다."

역사의 종언

노인 제이콥은 한탄한다. "사실 이제 내 진부한 이야기를 가지고는 그들의 관심을 끌 수 없다. 그것을 그들의 잘못으로 돌릴 수도 없다. 내가 겪은 이야기는 모두 다 유행이 지났다. 나는 스페인 독감, 자동차의 첫 등장, 일이차 세계대전, 냉전, 게릴라전, 스푸트닉을 직접 경험했고, 그에 대한 경험담을 들려줄 수도 있다. 그러나 그래봤자 이 모든 것은 이제 오래전 이야기에 불과하다. 그러나 나한테는 오래전 이야기 말고는 아무것도 없다. 나는 이제 더이상 새로운 경험을 할 가능성이 없다. 그게 바로 늙는다는 것의 실상이다. 그게 바로 문제의 핵심이다. 나는 아직 늙고 싶지 않다." 늙는 것이 끔찍한 이유 중 하나는 내가 살아온 과거가 의미가 없어지기 때문이다. 현대사의 비극들이 의미가 없어질 때, 옛 세대는 새로운 세대에게 아무것도 전해줄 것이 없다. 노화를 두려워하는 시대는 과거에서 아무것도 배우지 못하는 시대다. 그러니, 인생에 의미가 있다고 느껴지는 순간은, 젊은이가 늙은 내게 이렇게 말하는 순간이 아닐까. "어르신은 역사의 산 증인이십니다. 어르신께 직접 그때 사건 이야기를 듣고 싶습니다."

거짓말

이 소설에는 적어도 두 번, 거짓말 옹호론이 나온다. 한번은 노인 제이콥이 같은 양로원 원생을 거짓말쟁이라고 불러서 갈등이 생겼을 때, 양로원 간호사 로즈메리가 그러지 말라고 설교하는 장면이고, 또 한 번은 제이콥의 상관인 오거스트가 제이콥에게 서커스단의 생리를 설명하는 장면이다. "나이를 먹다 보면, 오랫동안 생각해온 것, 오랫동안 소망해온 것이 진짜처럼 느껴질 때가 있잖아요. 그러면 그것을 진짜라고 믿게 되고, 그러다 보면 자기도 모르게 그것이 정말로 인생의 일부가 되잖아요. 그런데, 남들이 거짓말 말라고 다그치면— 나는 상처를 받겠지요. 내가 무슨 말을 했는지는 다 잊어버려도, 누가 나더러 거짓말쟁이라고 하면 절대 잊을 수가 없겠지요. 얀콥스키 씨의 말대로 맥긴티 씨의 말이 사실이 아니라고 하더라도, 맥긴티 씨가 왜 화가 나셨는지 이해할 수 있으시겠지요?" "루신다? 사백 킬로그램이라는 것도 순 뺑이지. 기껏해야 백팔십 킬로그램 정도가 고작이지. 프랭크 오토가 보르네오에서 성난 야만인들한테 붙잡혀서 온몸에 문신을 당했다고? 그 말을 믿어? 말도 안 되는 소리. 놈은 비행단 기차의 천막치기였어. 문신을 하는 데는 구 년이 걸렸어. 하마가 죽었을 때 엉클 앨이 어떻게 한 줄 알아? 수조에 물 대신 포름알데히드를 채워 넣고 계속 동물원에 세워놨어. 우리는 이 주 동안 하마 피클을 기차에 싣고 다녔지. 이 모든 게 다 눈속임이야, 제이콥. 그리고 그건 나쁜 게 아냐. 사람들이 우리한테 원하는 게 바로 그거니까. 사람들은 우리한테 눈속임을 원해. 그게 눈속임이라는 것도 이미 알고 있고."

영화

우리 시대 대표적인 눈속임 장르는 뭐니뭐니해도 영화다. 이 소설을 읽을 때도, 영화의 장면을 그려보지 않기는 어려울 것이다. 대부분이 대화 아니면 지문으로 되어 있고, 거의 모든 문장이 현재 시제이며, 지면상에 씬이 바뀌는 대목이 표시되어 있다. 실제로 할리우드 영화의 미덕(박진감 등)과 특징(감상주의 등)이 이 소설에서도 발견된다. 그리고 할리우드 영화처럼 기만적이다. 그리고 우리는 그것이 기만임을 알고 있다. 그럼에도, 우리는 여전히 기만당하기를, 눈속임당하기를 원한다. 눈속임 속에서가 아니라면 진실을 만날 곳이 없음을 알기 때문이다.

김정아

블랙 유머 미스터리

비밀 블로그 – 익명의 변호사

블로그 하나로 작가의 꿈을 이루다!

《비밀블로그 – 익명의 변호사》의 작가 제레미 블라크만. 그는 프린스턴대학을 다닐 때 뮤지컬 코미디용 대본을 쓰고 노래를 작곡하면서 작가의 꿈을 키웠다. 졸업 후 한 소프트웨어 회사의 마케팅 부서에서 일하던 그는 작가가 될 수 있을 때까지 돈을 벌기 위하여 하버드 로스쿨에 진학하였다.

제레미 블라크만 지음
황문주 옮김

　　하버드에서도 학보에 글을 쓰고 교내 아카펠라 그룹을 위해 작곡을 하던 블라크만은 인턴사원으로 로펌의 생활을 접하고 충격을 받는다. 그리고 그 경험을 살려 거대 로펌의 인사담당 파트너가 몰래 쓰는 비밀 블로그 anonymouslawyer.blogspot.com를 만들게 된다. 며칠 정도 장난이나 치려던 블로그는 인기가 높아지며 소문이 나서 방문자가 계속 불어났고, 방문자들은 '익명의 변호사'가 진짜 로펌의 변호사인지 궁금해했다.

　　그러다가 뉴욕타임즈에 인터뷰 기사가 실리면서 그의 정체가 밝혀졌고, 7명의 출판 에이전트와 36명의 출판사가 달려들어 신인으로서는 파격적인 계약을 맺게 되었다. 블라크만은 로스쿨을 졸업한 후 새로운 형식의 픽션 블로그 소설의 집필작업에 착수하였다. '익명의 변호사'는 타임지 선정 50 Coolest Website에 올랐고 책으로 출간되었다. 드디어 작가의 꿈이 이루어진 것이다.

　　블로그의 내용을 정리해서 내는 일반 블룩(Blog+Book)과 달리 《비밀블로그 – 익명의 변호사》에는 블로그의 내용은 10% 정도뿐이다. 사장이 갑자기 사망하는 사건이 일어나고 '익명의 변호사'는 일생의 라이벌 '머저리'와 사장 자리를 놓고 치열한 암투를 벌인다는 완전히 새로운 스토리로 만들어졌다.

"문화에 관심이 있는 사람이라면 반드시 구입해서 읽어야 할 참고서이자 거울이다. 《비밀블로그 – 익명의 변호사》는 우리 사회사의 한순간의 심혼을 관통한다." – 〈뉴욕 포스트〉

"사악하게 즐거워지려면 《비밀 블로그 – 익명의 변호사》를 읽어라." – 〈유에스에이 투데이〉

"감미롭고 강력한 독백……. 사악하게 재미있다." – 〈에스콰이어〉

"익명성은 우리 시대의 사탄이다. '익명의 변호사'가 토해내는 신경에 거슬리는 고백에도 불구하고 그를 좋아하게 만드는 무엇인가가 있다. 일촉즉발의 긴장감, 성공에 대한 왜곡된 가치관, 블라크만이 높은 수위로 노출하는 정교한 로펌 변호사의 일상은 변호사뿐 아니라 변호사가 아닌 이들에게도 만족스러운 글을 제공할 것이다." – 〈글로브 앤 메일〉

"세계적 로펌 안에서 벌어지는 한 변호사의 히스테리 발작 엿보기. 그것 하나만으로도 충분한 소설. 블로그가 주요 무대이며 이메일은 외부와의 소통이다. 짧은 문장처럼 빠르고 격렬하며 흥미진진하다." – 〈탬파 트리뷴〉

"《비밀블로그 – 익명의 변호사》는 진실한 순간을 포착한, 여느 소설보다 더 많은 것을 가진 책." – 〈내셔널 로 저널〉

"아무리 바쁘더라도 블로거 제레미 블라크만의 무대 소설에 고개를 숙일 시간은 내야 한다. 블라크만이 그려내는 로펌 생활의 초상화는 너무 진짜 같으며 충분히 진짜다. 비난할 수는 있지만 완전히 미워할 수 없는 '익명의 변호사'. 뒤뜰에서 익명의 아들과 함께한 모습은 뭉클했다." – 〈더 레코더〉

워터 포 엘리펀트

지은이 새러 그루언
옮긴이 김정아

2판 1쇄 발행 2011년 3월 30일
ISBN 978-89-92524-41-4 03840

기획·편집 박선주
디자인 문보경

펴낸이 탁연상 | **펴낸곳** 도서출판 두드림
출판등록 2003년 12월 20일
주소 서울시 마포구 서교동 469-9 석우빌딩 3층
전화 0505-707-0050 **팩스** 0505-707-0051